단이리
장편추리소설

鬼
怒
川

기누
가와

나남
nanam

단 이 리 (段以理)

서울 출생.
미국, 아시아의 여러 나라에서 일해 왔으며
지금은 정치, 경제, 역사를 융합하는 소설 창작에 힘을 기울이고 있다.

단이리 장편추리소설

기누가와 鬼怒川

2010년 4월 20일 초판 발행
2010년 4월 20일 초판 1쇄

저자_ 段以理
발행자_ 趙相浩
발행처_ (주) 나남
주소_ 413-756 경기도 파주시 교하읍
        출판도시 518-4
전화_ 031) 955-4600 (代)
FAX_ 031) 955-4555
등록_ 제 1-71호(79. 5. 12)
홈페이지_ www.nanam.net
전자우편_ post@nanam.net

ISBN 978-89-300-0586-9
ISBN 978-89-300-0572-2(세트)
책값은 뒤표지에 있습니다.

나남창작선 • 86

단이리

장편추리소설

鬼怒川

기누가와

나남
nanam

프롤로그

처얼썩 … 처얼썩 ….

거품을 물고 달려온 파도가 바다로 다시 빠져나갈 때마다 가슴 속에 그만큼의 허무가 쌓인다. 무언가를 약속하듯 몰려오는 밀물에 이어 아무것도 주는 것 없이 매몰차게 돌아서는 썰물을 바라보면서 박민자는 한숨으로 어깨를 늘어뜨린다.

8월의 아침, 부산 송정리 죽도공원의 소나무가 해풍에 흔들린다. '나무가 가만히 있으려 해도 바람이 내버려두지 않는다'는 옛 시의 한 구절이 생각난다. 한국 사회는 바람이고, 나는 자그마한 한 그루 나무인가? 모처럼 활동 지역구인 해운대를 찾은 박민자는 죽도공원의 벤치에 앉아 파도를 바라보며 쓴웃음을 짓는다.

국민통합당 최고 고문 조정달에게 전화가 걸려온 건 어제 저녁이었다. 작고한 대통령의 측근 중 한사람이자 전직 의원인 그는 한국의 제1야당 민주한국당의 '킹메이커' 중 하나로 군림하다가 2010년 초에 창당된 국민통합당의 최고 고문으로 새롭게 영향력을 행사하고 있다. '전직 대통령의 자살'이라는 전대미문의 사태에 이어 그와 뜻을 같이하는 정치인들이 만든 국민통합당은 6월에 있던 지방선거에서 많은 사람들의 기대를 초월하는 선전을 펼쳤다. 그 기세를 몰아 2012년 4월에 있을 국회의원선거에서는 제3당의 위치를 확실히 굳히고 한국 정치에서 캐스팅보트를 쥐는 정당으로 성장하겠다는 야심을 불태우는 것이었다.

"자네도 이제는 전국적 지도자의 이미지를 만들어야지?"

원로는 여자인 박 의원을 '자네'라고 부른다. 여자정치인도 '기미'(君)

라고 부르는 일본풍습이 남은 탓이다.

"선생님, 전 아직 민주한국당과의 관계를 완전히 정리하지 못했어요."

원로에게 지금까지 가져다 바친 돈을 생각하면 더 이상 선생님이라고 부르며 따르고 싶지 않지만 그 역시 박민자가 얽혀 있는 거미줄의 큰 가닥 중 하나다. 박 의원은 가끔 자신을 끈적끈적한 거미줄에 얽혀 연명하는 한 마리 나방이라고 생각하기도 한다. 정치판에서 자신의 이성과 철학이나 신념으로 할 수 있는 일은 거의 없다. 당 안에서는 계파의 논리를 따라야 하고 원로들의 눈치를 봐야 한다. 당 밖으로 나가면 더욱 조심스럽다. 한국 정치에서는 모든 사안이 '뜨거운 감자'다. 아무리 사소한 사안이라도 지루한 논쟁을 거쳐야 하고 때로는 격렬한 데모의 심판을 받아야 한다. 대중의 이해와 시민의 지지를 받아 독자적으로 활동하는 국회의원은 한국 정치에서는 결국 '개밥에 도토리'다. 정치인의 가치와 운명이란 실상 인격이나 능력, 전문성에 달렸다기보다 투쟁력과 언론 플레이 따위로 결정된다.

그러니 모든 국회의원이 언젠가는 대통령 후보가 될 것 같은 기세와 표정으로 매일을 연출해 낼 수밖에 없다. 골프장에 벼락이 떨어졌는데 번개를 카메라 플래시로 착각해서 함께 플레이하던 여야 원내 부대표들이 모두 미소를 짓고 죽었다는 농담을 듣고 박 의원과 동료들은 씁쓸하게 웃었다.

"자네의 정치 인생이 민주한국당에서는 더 이상 뻗어나갈 수 없다는 거, 자신이 누구보다 잘 알잖아?"

이 말을 듣는 박 의원은 속이 뒤집힌다. 그러나 사실이다. 원로의 판단은 대개 정확했다. 이렇다 할 학벌이나 경력 없이도 그가 평생을 야당 정치인으로서 그런대로 생활하고, 남이 타고 다니는 시커먼 자동차도 타고 다니며, 급기야 전직 대통령의 측근 중 한사람으로 활약하다가, 무슨 연맹의 총재직을 꿰찰 수 있던 비결은 정치적 '감'에 있었다. 말하자면 그는 여의도라는 고개에 깃발을 꽂은 '정치 점쟁이'인 것이다. 이 정치 점쟁이의 정확한 감 앞에서 정치학자의 어설픈 해설이나 일간신문의 '그 밥에 그 나물'인 정치칼럼, 머리 나쁜 원내 부대표의 관측 등이 하나 같이 빛을 발하지 못하는 것이 박민자는 지루하고 지겹다.

침묵을 지키는 박민자에게 원로는 쐐기를 박는다.

"가서 열 개만 해서 와. 올 가을에 있을 전당대회에서 자네가 국민통합당 최고의원으로 발탁되는 것은 보장할게. 내가 지금까지 거래에서 실패한 적 있나?"

원로는 10억 원을 기부할 것을 요구한다. 물론 형식적으로는 당에의 기부다. 10억 원, 크기도 하고 작기도 한 돈이다. '서민의 정치가'라는 기치를 내세워 온 박 의원이 아는 한국의 서민들은 평생 보지도, 만지지도 못할 큰 돈이다. 동시에 요즘 아파트를 한 두어 번 샀다 팔거나, 어린 프로야구선수가 나무방망이 2~3년 휘두르거나, 혹은 버라이어티쇼 캐릭터들이 방송국마다 찾아다니며 한 1년 웃고 소리 지르면 벌 수 있는 돈이다.

박민자는 마음만 먹으면 10억은 쉽게 만들 수 있다. 마침 일본의 부동산 회사에서 전화가 왔는데 가와사키 역 앞에 있는 박민자 소유의 6층짜리 허름한 건물을 3억 엔에 사고자 하는 매주가 나타났다는 것이다. 원화로 30억 원이 넘는 돈이다. 이 돈이면 신당에 10억 기부하고 최고의원 자리를 확보해서 다음 총선에서 국회의원 자리를 지켜낼 수 있을 것이다. 원로는 박 의원의 개인적 속사정까지 훤히 꿰고 있는 것이다. 순간 소름이 돋는다.

"알겠어요. 힘써 볼게요."

"좋아. 그리고 힘을 너무 엉뚱한 데 빼지마."

"선생님도 무슨 말씀을 그렇게 …."

원로는 지금 박 의원이 주축이 되어 결성한 '일본의 대한제국 국권찬탈을 규탄하는 국회의원 모임'이라는 임의단체를 이야기하고 있다. 약칭 '국찬모'로 불리는 이 임의단체는 민주투사이자 일본의 역사적 과오를 비판하는 정의파로 통하는 박민자 의원이 주축이 되어 만든 것으로, 1910년의 한일병합조약 체결일, 즉 경술국치의 날로부터 100년 째 되는 2010년 8월 22일에 동경에서 대규모 항의집회를 거행키로 준비해 온 터이다.

국회회기가 끝난 박 의원은 지역구에 잠시 내려왔다가 내일이면 이 대회를 위하여 일본으로 출국하게 되어 있다.

"국찬모 활동은 한국과 일본의 언론에 이미 다 공표된 일인데…."

"걱정 마. 시간이 지나가면 곧 다 잊어. 세월이 약이라는 말이 가장 잘 듣는 곳이 정치야. 정치가는 시민의 망각을 먹고 살아간다는 것을 잊어서는 안 돼."

"선생님. 같이 준비한 의원들도 있고 여러 가지로 도와준 대학교수, 사회단체 사람들도 무시할 수 없어요."

"도대체 자네 언제 어른이 될 거야?"

일흔이 넘은 원로가 버럭 소리를 지른다.

"아직도 모르겠어? 여의도에서 국회의원 주변에서 맴도는 사람들은 두 부류야. 하나는 국회의원이라는 버스를 운전해 자신의 목적지에 가려는 이기주의자들이야. 애들은 계산도 빠르고 결단도 빨라. 두 번째는 국회의원이라는 이름을 자신들의 깃발에 써서 휘두르려고 하는 정치적 로맨티스트들이지. 애들은 계산은 느리지만 변덕이 심해. 국찬모 뒤에서 얼쩡거리던 이기주의자들과 낭만주의자들, 아마 지금쯤은 다 빠져 나갔을 걸."

"그래도 한일합방 100주기는 다시 오지 않을 기회이고 구실인데…."

"물론 좋은 타이밍이지. 자네 같은 정치가에게는 절호의 찬스인 건 알아. 하지만 말이야. 원천적 동력이 없어. 우리 사회가 원하지 않거든."

8

"아니, 선생님. 경술국치의 날을 맞은 지 100년이 되는 해에 이를 규탄하는 정치행사의 동력이 없다니, 무슨 말씀을….."

"자네 심경은 내 잘 알아. 하지만 이 일에는 정치적 이익이 없어. 그래서 처음에 수십 명의 여야 의원들이 관심을 보였다가 다 뒤로 내뺀 거야. 국찬모에 침 튀기며 참여하는 게 선거에서 표로 연결되지도 않고, 당 안에서 입지를 쌓는 데 점수도 되지 않고. 지금 분위기를 봐서는 언론에서 멋있게 포장도 안 돼. 국민은 지금 설치고 소음 만드는 정치가들에게 염증을 느끼고 있고, 이제 임계상태에 도달했어. 정치에도 바야흐로 소음과 탄소를 배출하지 않는 그린혁명이 찾아온 거야."

이 말에는 박민자도 동의한다.

"또 한 가지, 이제 와서 한일합방을 규탄하는 것은 국민들 정서에도 맞지 않아. 자네 G세대라는 말 들어봤나? 앞으로 정치인의 운명을 좌우할 한국의 젊은 세대는 나나 자네 세대가 일제라는 말만 들어도 흥분하고 혈압 오르던 것과 달라. 요즘 젊은 세대는 전에 우리가 알던… 그래. 미국 사람들이라고 보면 돼. 이들에게 한일합방을 말하면 '그때 우리 선조들은 왜 그렇게 약하고 당하기만 했어요?'라고 되물을 거야. 한일관계를 당사자의 입장, 더구나 피해자의 입장이 아닌 제3자의 입장에서 보는 사람들이 늘고 있는 거지."

원로의 분석을 들으며 박 의원은 기운이 빠진다.

"그러면 어떻게 할까요?"

"이제 와서 자네가 이를 해낼 수 있을지 모르지만… 이 일은 말싸움 좋아하는 시민단체나, 거 뭐야 네티즌이라든가… 인터넷에서 세계를 주무르는 사람들에게 맡기고 그냥 빠져. 가장 재미있는 건 한국의 좌파와 일본의 우파가 대결하는 구도를 유도하는 거야."

파도를 바라보는 박민자의 가슴에 분노와 슬픔이 차오른다. 부마항쟁 시 영일대학교에서 데모를 주동하던 '부산의 잔 다르크'의 정열과 기상은 다 어디로 가고, 중견정치인의 영악한 계산과 중년여성의 소비적 욕망만 남았단 말인가. 파도가 흰 거품을 물고 기품 있게 밀려왔다가 추한 모습으로 성급히 빠져 나가는 모습을 보며 이 정치라는 연극도 이번 일본여행을 계기로 정리해야겠다고 생각한다.

1

　동경에 도착하면 언제나 마음이 편안하다. 한국의 지도자 중 한사람이며 게다가 한일 역사문제에 정통한 국회의원이 일본에 오면 마음이 편해진다는 걸 남이 알면 구설수에 오를까 입도 벙긋 못하지만 사실이다. 늘 그렇게 느꼈다. 일거수일투족이 관찰되는 국회의원이라는 입장에서 벗어나 익명의 이방인이 되기 때문에 그렇겠거니 생각했다. 그런데 우연히 일본에서 체류하는 한국 유학생들과 대화를 나누며 일본에 있는 한국인들도 대개 그렇게 느낀다는 것을 듣고 놀랐다. 그 자리에서 동경대학에서 사회학 박사학위를 한다는 유학생은 일본이 스트레스가 없는 사회임을 결정적 이유로 꼽았다.

　한국인은 모르는 사람을 만나도 상대방을 금세 파악하려고 들고, 무엇인가와 결부지어 낯섦에서 오는 불편함을 지우고자 한다. 처음 만나는 사람도 '학교는 어디 나왔어요? 강북에 사세요? 자동차는 가지고 나왔어요?'하며 타인에 대해 호구조사를 하고 자신과 비교하며 어떻게 대해야 할지를 결정한다. 조금 튀는 행동이나 복장을 하면 노려보거나 눈치를 주는 사람이 한둘이 아니다. 남의 눈을 응시하는 것도 한국에서는 실례가 아니다. 자신에게 관대하고 남에게 엄격한 한국인들은 극소수의 훌륭한 사람과 수많은 죽일 놈을 양산하면서 매일을 보낸다. 그에 비해 일본인들은 좀처럼 타인에 대해 묻지도, 남에게 피해가 가는 짓은 하지도 않는다. 미국의 경영대학에 재직 중인 한 한국인 학자가 조사해보니 일본에서는 어린 아이들에게 밖에 나가서는 남에게 폐를 끼치지 말라고 가르치고, 미국에서는 무언가 새로운 것을 시도해보라고 가르치는데, 한국에서는 나가서 얻어맞지 말고 이기고 돌아오라고 가르친다는 것이다.

일본특파원 생활을 거치고 일본을 오래 관찰하며 박민자 의원이 파악한 일본이라는 사회는 한마디로 '말 잘 듣는 개미들이 모여 사는 곳'이다. 누구를 만나도 같은 분위기, 말투, 복장, 라이프스타일…. 일본인이 가장 존경한다는 기업가 마쓰시타 고노스케(松下幸之助)가 일본을 이끌 지도자를 육성하기 위해 만들었다는 '마쓰시타 정경숙'(松下政經熟)의 비전은 '스나오'(素直)한 — 즉 소박하고 정직한 국민을 만들어내는 데 있다. 그러고 보면 대부분의 일본인들이 대체로 소박하고 정직하다.

이런 사람들이 어떻게 중국과 싸워 이기고 러시아와 싸워 이기며 아시아를 지배하고 그 많은 악행을 저질렀던가? 시키면 시키는 대로 하기 때문에 가능했다고 박민자는 생각한다. 전전의 육군대본영이나 전후의 종합상사, 전자제품 메이커가 승승장구하는 것도 모두 같은 원리에 바탕을 둔다. 구성원들이 개성을 추구하지 않고 집단의 논리와 명령에 그야말로 '스나오'하게 복종했던 것이다. 또한 물질적 욕망의 추구가 비교적 약하고 죽음과 삶에 대한 의식의 구분이 선명하지 않다. 그래서 부나 권력을 크게 추구하지 않고 잘못이 있다면 쉽게 사과하며 목숨을 버린다. 한국의 회사 사장이 회사를 말아먹으면 끝까지 재판을 받지만 일본의 사장은 여관에 가서 넥타이로 목을 맨다. 이렇게 약한 개성의 비슷비슷한 사람들이 모여 사는 일본을 찾아드는 한국인은 상대적으로 무언가 편하다는 느낌을 받게 된다. 농도가 강한 사회에서 농도가 약한 사회로 올 때 벌어지는 일종의 삼투압 현상일까?

일본이 개미의 사회라면 한국은 베짱이의 사회다. 모두 자신의 목소리를 거침없이 내고 노래한다. 남자는 걸출한 물건, 여자는 또순이가 되어야 잘살 수 있다. 억울하면 출세하라고 어려서부터 세뇌받기 때문에 상향정신이 강하다. 그래서 그런지 인구에 비해 우수한 인재들도 많다. 여자골프를 봐라! 일본 여자프로골프를 한국 선수들이 평정하더니 이제는 본토인 미국 여자골프마저 접수하려 들지 않는가?

　비서도 없고, 수행보좌관도 없고, 신경 쓸 기자 무리들도 없는 동경에서 호젓하게 열차를 타고 시내로 들어오며 이런저런 생각을 하는 길이 이렇게 편할 수가 없다. 다만 국찬모 행사가 마음에 걸린다. 사실 박민자는 매스컴에 이름 올릴 일이라면 무엇이든 덤비는 국회의원들의 속물근성에 기대 '일본의 대한제국 국권찬탈을 규탄하는 국회의원 모임'이라는 거창한 간판을 걸면 손님이 좀 모일 거라고 예상했다. 그런데 결과는 형편없었다. 며칠 후인 8월 22일에 동경 히비야 공원에서 대규모 집회를 열기로 공포했는데, 참여할 국회의원이 5명이나 될까? 시민단체라는 곳도 돈이 안 따르면 꼼짝을 안 하니 입에 거품 물고 떠들어 줄 데모꾼들 고용하기도 만만치 않다.

　어떻게든 되겠지! 이 말은 성인이 된 이후 박민자가 터득한 세상에 대한 대처방법을 가장 잘 요약한다. 시작이 반이라고, 일단 일이 시작되고 난 뒤 그때부터 개기고 개기다 보면 정말이지 어떻게든 되는 것이다. '일단 저지르고 보는 것, 못 먹어도 고!'는 오늘을 사는 한국 사람들이라면 껴안고 사는 생활철학이다. 그리고 최선을 다해보고 안 되면 '아! 미안' 한마디면 된다. 한국인들은 큰 목소리로 따지기도 잘하지만 용서도 그만큼 쉽게 한다. 뻔히 아는 일을 잘못해놓고 수줍게 웃으며 뒤통수 긁는 것을, 드라마 작가들은 무슨 사랑스러운 청년의 이미지로 약속한 듯 반복해서 써먹고 있다.

　정치인이 된 이후 국회의원 박민자의 순풍을 도운 또 하나의 거대한 조류는 언론의 '온라인화'였다. 과거의 전국지, 지방지, 스포츠신문, 주간신문 등 다양한 보도매체가 이제는 평준화되고, 나아가 모두 온라인화 되면서 인터넷 신문이 시민의 주된 정보원으로 자리 잡았다. 인터넷 대국이 된 한국의 시민들은 종이에 잉크 묻힌 글은 안 읽고 오직 화면에 그림과 함께 뜨는 기사를 읽는데, 이것도 길면 안 된다.

특히 중요한 것은 온라인 신문의 메인 화면이다. 첫 화면은 국가의 장래에 영향을 미치는 중요한 법안이나 중남미에서 일어난 지진, 유명 배우의 결혼이나 유럽의 어느 마을에서 일어난 나체 데모 등 잡다한 기사가 동등하게 취급된다. 신문지면에서는 일종의 위계질서가 있던 정치, 경제, 사회, 문화 등의 분야가 범벅이 되어 열거되고 국경 없이 전 세계의 사건들이 보도되다 보니 아무리 중요한 사안이라도 사이버 공간에서는 잠깐 머물렀다가 이내 사라지고 마는 것이다.

국찬모 행사가 성공하면 더 바랄 나위가 없지만, 실패로 끝난다 해도 큰 걱정거리가 안 되는 연유는 그 내용이 대한민국의 인터넷 매체에서 머무는 시간이 지극히 짧기 때문이다. 시민의 관심이 오만가지 일에 분산되어 있어 특정 사안에 대해 천착은커녕 기억조차 오래하지 않는다. 이 사이버 시대야말로 '대충 대충하는' 정치가들이 행세하기에는 그야말로 천국인 시대다. 치고 빠지면 그만이다.

차창으로 눈을 돌리니 어느새 지바 현 시골풍경이 다 지나가고 동경권이 시야에 들어온다. 동경은 산이 없이 퍼진 거대한 평야에 수많은 건물이 지어져 마치 콘크리트의 바다를 보는 것 같다. 순간 마음이 무거워진다. 원로가 말한 두 가지의 사안을 생각해 본다. 돈 10억 만드는 거야 어차피 가와사키 건물을 처분할 테니 문제가 아니다. 한국민주당을 떠나 국민통합당으로 옮기는 문제는 아직 생각해 볼 시간이 있다.

그런데 한일 해저터널… 전부터 가끔 언론에 떠올랐다가 가라앉던 이 일에 대해 자신은 딱히 아는 것도, 정해진 입장도 없다. 이런 거대한 토목공사에는 엄청난 이해관계가 걸리고 예측 불가한 요소들이 숨어있을 것이다. 그만큼 이 사안이 자신에게 정치자산이 될지 어떨지 곰곰이 따져볼 필요가 있다. 그래도 당장 손해날 일은 없지 않은가? 여기까지 생각이 미친 박민자 의원의 얼굴에는 안도의 미소가 번진다. 열차는 어느새 동경에 들어서 철교를 건너고 있었다. 강 주변 하천부지에서 야구를 하는 소년들의 모습이 사랑스럽다. 독신인 박민자는 어깨에 야구방망이 메고 자전거를 타고 가는 어린 소년을 볼 때마다 '나도 결혼해서 저런 아이를 하나 가졌더라면' 하는 상상과 함께 공허해지곤 한다. 여의도에서의 생쇼와 형식뿐인 회의들, 의식적인 전화 통화로 지친 몸의 피로를 생각하며 기지개를 켜는데 불현듯 가랑이 사이가 간질간질하면서 그곳이 스멀스멀 젖어 오는 게 느껴진다. 자신이 강사로 초빙된 강연회에 참가한 40대 중반의 사업가라는 남자와 최근에 은밀히 만나 몸을 좀 섞어 봤지만 자식이 얼굴은 반반한데 침대 위에서는 영 시원치가 않다.

리스크를 감수하면서 한 섹스가 오히려 안 한 것만 못하게 몸만 성을 들여 놓았는데, 이놈이 두어 번 만난 후 은근히 말을 놓으면서 국회의원 기둥서방 비슷한 흉내를 내는 거 아닌가? 알고 보니 놈은 돈도 없었고, 타고 다니는 에쿠스도 알고 보니 렌터카 플레이트였다. 서울을 떠나면서 자르기로 결정했다.

새삼스럽게 클럽 카타르시스 무라타의 몸이 그립다. 체구는 작아도 근육질의 몸에 훌륭한 성기를 가지고 있다. 발기해서 빳빳해진 놈의 성기를 빨리 가랑이 사이에 넣고 싶다는 생각을 하니 몸이 부르르 떨려 무릎에 놓인 핸드백을 꽉 껴안는다. 갑자기 황홀해지며 팬티가 젖는 것이 느껴진다. 아, 감사합니다! 내 나이 이제 갱년기인데 아직도 상상만으로 팬티가 젖을 수 있다니. 부지런히 먹는 홍삼 덕분인지 최근에 짬을 내서 하는 스포츠 댄스 덕분인지 모르지만 이 시간에 열차 따위에 앉아 생각만으로도 팬티를 흥건히 적실 수 있다는 사실에 감격스럽다.

* * *

박민자 의원이 신주쿠(新宿)에 있는 클럽 카타르시스를 찾은 것은 동경에 들어온 다음날인 17일 저녁이었다. 도착한 날 오후부터 17일 내내

15

일본의 정치가들과 재일교포 사회운동가들을 만나봤지만 국찬모에 대해서는 소극적으로 지지할 뿐이었다. 특히 크게 기대했던 사회민주당은 지지는커녕 오히려 그만두었으면 하는 눈치였다.

그 결정적 요인은 북한을 대체로 지지하는 일본 정치세력인 사회민주당이 일본과 북한의 관계개선에 큰 계기를 마련하고자 노력하고 있기 때문이었다. 하토야마 정권 기간에 북한과의 관계정상화를 성취시키겠다는 사회민주당의 입장에서, 더구나 그 첫 단추로서 북한선박 만경봉호의 일본 재취항을 눈앞에 두고 있는 상황에서 한반도와의 관계에 새로운 혼란요인이 될 수 있는 국찬모 활동이 반가울 리 만무하였다.

교포사회 또한 국찬모 활동에 뜨악한 반응을 보였다. 재일교포사회는 친한국계의 민단(대한민국민단)과 총련(조선인총연합회)의 두 계파로 나뉜다. 1945년에 창립된 총련이 공산주의를 지지한다는 이유로 탈퇴한 사람들이 이듬해에 만든 것이 민단이었다. 결집력이나 사회활동 등에서는 총련이 민단보다 훨씬 적극적이었다. 그런데 재일교포사회는 세월이 가면서 한반도에 대한 관심과 정체성이 희박해지고 점차 일본에 동화해 왔다. 더구나 최근에 이르러서는 북한에 대한 교포들의 실망과 일본당국의 심한 규제로 인해 총련은 와해상태에 있는 것이다.

나아가 일본정부가 재일한국인의 귀화조건을 완화하고 참정권을 부여하고자 하는 커다란 흐름 속에서, 일본을 규탄하고 천황의 사과를 받아내겠다는 한국 야당국회의원들의 운동에 참가하고 싶은 사람들이 드문 것은 당연한 추이였다.

* * *

"잘되니?"

풀이 죽어 들어오는 박민자를 아사이 사다코가 맞는다. 사다코가 실질적으로 소유하고 있는 호스트 클럽 카타르시스의 사무실이다. 일본 국적을 가진 언니와 한국국적을 가진 동생의 만남이다. 13년의 나이차이가 있지만 이제 중년이 지난 이 이복자매는 마치 흉허물 없이 모든 것을 털어놓고 이야기하는 친구 같다.

"잘 안 돼요. 잘될 리가 없지. 처음부터 계획이 엉성하기도 했고 일본의 정치상황이 바뀌었으니까 … 우익들이 설치던 자민당 정권이 지속되었다면 이 계획은 마당에 내놓기만 해도 저절로 굴러가는 수레처럼 잘될 수 있었어요."

"그렇구나. 나도 힘닿는 데까지 돕겠지만 아무래도 우익 쪽에서 바짝 긴장하고 대응행동을 할 눈치야."

"물론 대환영이에요."

"대환영이라니 …?"

"어차피 이 행사의 목적은 메시지 전달이 아닌 언론에 대한 노출에 있어요. 따라서 어느 쪽이 내든지 소음의 총량이 커지는 것이 중요해요."

"소음의 총량이라 …."

"일본 우익분자들이 와서 확성기로 떠들어준다면 그만큼 주목을 받게 될 것이고 … 모쪼록 그랬으면 좋겠어요."

사다코는 이복동생 도시코(민자)를 만날 때마다 가끔 그녀가 열세 살 위의 자신보다 한참 앞서 있다고 느낀다. 정치가로서 철저하게 자신의 이익 위에 서서 세상을 보는 것이다. 일본 정치가들과의 교류도 빈번한 사다코가 볼 때 정치 감각에서는 도시코가 일본정치가들보다 한 수 위에 있다.

모든 국회의원들에게 자신의 당선 후에 인류가 존재한다고 말해도 과언이 아니다. 그래서 어느 나라에 가든지 정치가들은 인간관계에 관한한 지극히 이해타산적이다. 자신에게 이득이 된다고 판단하면 옷을 벗어서라도 덤벼들고, 이익이 되지 않는다고 판단하면 발가락에 붙었던 반창고처럼 떼버린다. 이러한 타산을 행동으로 옮김에 있어 도시코가 보이는 과단성과 잔혹함은 한 편의 엽기영화에 가까운 예술적 경지에 도달해 있다.

"알겠어. 아무튼 히비야 공원에서의 행사는 우리 여행사 직원들과 내가 아는 교포들을 동원해서 도와줄게."

"고마워요, 언니."

"일은 일이고, 우리 모처럼 술이나 한잔 하자."

"좋아요."

사무실에서 클럽 플로어로 나와 보니 한 20명의 호스트들이 출근했는데 무라타의 얼굴은 보이지 않는다. 언니가 클럽에 나와 있을 때는 호스트를 데리고 자는 것을 자제하기로 한 박민자는 오늘은 참기로 한다. 낮은 칸막이로 구획된 응접세트에서 호스트 아이들을 두어 명 앉혀놓고 술을 마시는데, 상무 요코다가 다가와서 90도 각도로 인사를 한다.

"센세이 오셨습니까?"

일본에서 센세이(선생)라는 호칭을 듣는 사람은 유치원부터 대학교까지의 교육기관에서 월급을 받는 사람들과 정치가들이다.

"어이! 요코다 상무, 오랜만이에요. 어째 더 멋있어졌네."

박민자가 유창한 일본어로 요코다를 띄워 준다.

키는 크지 않지만 균형 잡힌 체격에 고급양복으로 감싼 요코다는 모델을 해도 손색이 없을 정도로 세련된 모습이다. 단, 눈에는 무언가 살기가 도는 것이 만만치 않다.

"가게는 어때요?"

"여성분들이 요즘 경기에 민감해서인지 호스트 업계도 보통 어려운 게 아니에요."

"그래도 카타르시스는 항상 활기가 넘치는데, 요코다 상무 수완이 보통이 아닌가 봐?"

"과찬의 말씀을… 감사합니다."

"아아, 그런데 전에 본 젊은 친구… 이름이 뭐더라…?"

박민자는 무라타의 이름이 잘 기억나지 않는 척하며 묻는다.

"무라타 군을 말씀하시는군요."

"그래… 그래, 무라타."

"걔는 오늘 다른 클럽에 찬조출연을 좀 시켰는데 내일은 나올 겁니다."

이 말을 듣고 박민자는 내일 한번 더 와야겠다고 생각하며 위스키를 조금 마신다. 박민자의 내심을 읽은 요코다가 못을 박는다.

"모처럼 와주셨는데… 무라타는 내일 확실히 나올 테니, 혹시 이 부근에 오신다면 잠깐이라도 들르세요. 저희에게는 큰 격려가 되겠습니다."

"그래. 늘 바쁘긴 하지만… 생각해 볼게요."

2

　사법고시를 준비한다는 것은 특별한 노력과 인내를 필요로 한다. 헌법을 비롯한 육법과 그 외의 다양한 법률조문, 이론을 이해하고 이를 바탕으로 제한된 시간 안에 논점을 정리해서 기술할 수 있으려면 외워야 할 내용이 엄청나다. 논술에서는 단순한 암기능력뿐만이 아닌 독창성까지 요하기도 한다.

　인터넷 토론클럽에서 주목을 끌기 시작한 닉네임 '홍남부두'는 사법고시에 여섯 번 실패했다. 처음에는 실패에 큰 충격을 받기도 했으나 자꾸 떨어지다 보니 면역도 생기고, 게다가 세상과 단절되어 책상에서 공부만 한 나머지 갑자기 세상에 나가 새로운 일을 시도할 용기도 없고, 준비도 안 됐다. 명문 국립대학 니노하시(二橋) 대학 법학부를 졸업한 그는 후배들이 이미 판검사가 되어 법정에서 활동하는 상황에 이르자 내심 사법고시를 포기해야겠다고 마음먹은 터였다. 그렇다고 몇 년을 공부하던 사법고시를 그냥 접겠다고 선언할 수도 없었다.

　이렇게 마음의 뿌리가 뽑혀 정신적으로 방황하던 그에게 정열의 불을 붙여 준 것은 다름 아닌 역사였고, 인터넷 상에서의 토론이었다. 홍남부두라는 ID를 정한 데는 가문의 내력이 얽혀 있다. 자신이 가장 사랑하고 존경하던 인물인 할아버지가 식민지조선에서 함경남도 지사를 지낼 때 홍남에서 일했고, 전쟁이 끝난 후 일본에 돌아와 어린 손자인 자신에게 홍남에 대하여 많은 이야기를 들려준 까닭이다.

　할아버지가 이야기해준 홍남항구는 바다가 육지로 쑥 들어와 부채를 펼친 모양의 만을 형성하고 있었다. 그 만에는 1,500미터에 이르는 방파제가 만들어져 천혜의 항만이 자리 잡았다. 바다로 돌출한 방파제를 중심으로 만은 둘로 갈라지는데, 흥남부두는 그 중 북쪽에 있다. 흥남부두 주변의 유정리, 하덕리, 호남리 등에는 공장, 거주지, 상업시설 등이 발달했는데 일본 유수의 서점인 마루젠(丸善) 서점이 있어 할아버지가 종종 일본서적을 구입하곤 했다는 것이다.

사이버 공간에서 흥남부두는 일본제국의 식민통치에 관하여 전문성을 가진 평론가로 통한다. 심야에 커피를 마시며 마음껏 식민역사에 관한 지식을 자랑하고, 법률공부로 다져진 논리력을 가지고 머리 나쁜 토론자들을 까는 일은 진정으로 신나고 보람 있는 일이다. 눈과 뇌가 피곤해진 새벽에 컴퓨터를 끄고 잠자리에 들면서 그는 '인터넷은 나 같은 인재를 발굴하기 위하여 창조되었다'는 생각을 하기도 한다. 시야에 들어오는 법률서적들은 더 이상 자신의 인생과는 관계없는 장식품에 불과하다.

사법고시를 포기하고 주로 사이버 공간에서 거주하는 흥남부두가 유일하게 긴 시간 외출을 하는 것은 매달 두 번 식민역사연구회에 참석할 때이다. 고교동기생이자 둘도 없는 친구인 요코다 유지가 연구회를 실질적으로 주도한다. 해외에서는 '우익'이라 하고, 일본에서는 '보수'라고 하는 산케이 신문, 세이론(正論) 잡지, 쇼쿤(諸君) 잡지 등에 글을 기고하는 지식인들이 대거 참여하는 모임이다. 멤버들의 실력이나 식견은 세간에 알려진 명성에 비해 사실 실망스러운 것이지만 시각을 넓힌다는 의미에서 참가하고 있던 터였다.

*　*　*

"물건이 왔다."

심야에 전화를 건 자는 요코다였다. 박민자를 중심으로 결성한 국찬모가 동경에서 시위집회를 계획하고 있음을 흥남부두는 이미 인터넷에서 파악하고 있었다.

"예정대로 동경집회를 결행할 모양이지?"

"그렇겠지 … 다른 비즈니스도 있겠지만 ….."

"정치인 주제에 비즈니스는 또 뭐야?"

"음, 자세히 말하기는 좀 ….."

"요코다, 너하고 내가 못할 이야기가 뭐냐?"

"그래도 이건 좀 심각한 이야기라 … 나중에 기회 봐서 할게. 아! 이건 말해도 좋겠지. 그 여자가 가와사키 역 앞에 건물을 하나 가지고 있는데 이번에 와서 팔 모양이야."

"한국 국회의원이 어떻게 가와사키 역 앞에 건물을 가지고 있어?"

"아버지가 일본에 귀화한 사업가잖아. 세상을 떠나기 전에 딸들에게 상당한 재산을 물려주었지."

"흠 … 좀더 내막을 알아봐."

홍남부두의 둘도 없는 친구인 요코다는 박민자의 이복언니 사다코가 경영하는 클럽 카타르시스의 상무다. 그는 인물은 뛰어나지만 가게에 놀러 온 여자들은 절대 건드리지 않는다. 대신 사다코가 경영하는 또 다른 회사인 태평양 여행사의 비서를 애인으로 데리고 있어서 아사이 가문의 비밀을 손바닥처럼 파악하고 있다. 물론 그 애인은 사다코와 요코다의 관계를 잘 모른다. 요코다는 일본유수의 광역폭력조직인 스미야스 구미(住安組)의 중간간부이고, 사다코는 요코다의 상관인 아사이 신스케의 아내인 것이다.

* * *

국찬모 대표 박민자 의원이 동경에 왔다는 정보를 입수한 홍남부두는 인터넷 토론사이트 '욘채널'(ch4)에 이를 올려 반응을 보기로 한다.

'일본의 대한제국 국권찬탈을 규탄하는 국회의원 모임'(약칭 국찬모)의 방일
에 관하여

ID: 흥남부두 - 울분을 억누르며 이 글을 씁니다. 한국의 국회의원들이 국찬
모라는 것을 결성했는데 그 대표가 동경에 왔답니다. 이들은 히비야 공원에서
일본의 식민통치를 규탄하고 천황폐하의 사과를 요구하는 대규모 시위집회를
가질 것입니다. 강호제현의 의견을 듣고자 합니다.

인터넷에 글을 올리고 10분이 경과하자 댓글이 달리기 시작한다.

ID: d9IY3mafia - 좌파 하토야마 정권이 들어서더니 드디어 올 것이 오는군요.
세상모르는 '음다공화국' 애들이 이제 여기까지 오는군요.

ID: 블루요코하마 - d9IY3mafia님. 음다공화국이 뭐죠? 심각한 역사토론시간
에 그 무슨 해괴한 용어를 들이대는 겁니까?

ID: d9IY3mafia - 서울이 재미있다고 해서 지난주에 가보았는데…TV를 틀어
보니 '음다'라는 소리가 하도 많이 들려서 한국어를 잘 아는 친구에게 물어보
니 일본어의 데스(です)와 마스(ます)에 해당하는 문장종결어더군요. 뉴스를
보면 1분에 한 번꼴로 음다, 음다하기에….

ID: 역사사무라이 - d9IY3mafia님, 진지한 역사토론에 방해되는 사소한 언급은
삼가세요. 내가 알기로는 국찬모를 주도하는 사람은 박민자라는 국회의원입니
다. 그녀는 전에 한국의 〈해남일보〉일본특파원으로서 일본에서 활동하였으
며, 그때의 경험을 바탕으로 《일본의 침몰》이라는 책을 쓰기도 했습니다.

ID: TU4UA - 역사사무라이님, 잘 아시는군요. 그런데 이들이 하고자 하는 일
이 대체 뭐죠?

ID: 흥남부두 - 크게는 두 가지입니다. 하나는 히비야 공원에서의 대규모 시

위집회이고, 또 하나는 황궁주변을 일주하면서 삼보일배라는 특이한 형태의 가두행진을 하겠다는 것입니다.

ID: IJ1MAwrite - 한국에 가서 우연히 삼보일배라는 것을 본 적이 있습니다. 대단하더군요. 긴 행렬의 사람들이 세 발자국을 걷고 나서 땅바닥에 무릎을 꿇고 절을 한 후 다시 일어나서 세 발자국 걷는 것입니다. 그런데 이게 보기에는 평화적이지만 엄청난 사보타주의 의미가 들어있습니다. 한마디로 도시의 기능을 마비시키겠다는 생각이거든요.

ID: virtual museum - 일본 문명의 집결점이라고 할 수 있는 천황폐하가 계신 황궁주변을, 조센진들이 삼보일배로 돌며 동경의 시내기능을 마비시킨다…? 이거야 말로 일본의 '국치의 날'이 되겠군요. 도대체 일본인들이 자신의 긍지와 가치를 지키기 위해 할 수 있는 일은 뭔가요?

ID: sanada@chiba - 날로 연약해지는 일본 사회를 볼 때, 더구나 아시아에 추파를 던지는 하토야마 정권의 작태를 볼 때, 그 국치의 날을 막을 방도가 없는 게 아닌가 걱정됩니다. 전쟁이 끝나고 이른바 '평화헌법'을 강제당한 일본 사회는 평화치매증에 걸려 자존을 지킬 의지도, 능력도 상실한 불구의 사회가 되어버렸어요.

ID: 케세라세라 - 가장 간단하고 확실한 방법이야 그 대표라는 작자를 제거해 버리는 거지만…. 작년에 한국에서 유행하고 한류라는 흐름을 타 일본에서도 방영된 〈아이리스〉라는 드라마를 보면 국회의원 한사람쯤 없애버리는 건 별거 아니던데….

ID: history*detective - 케세라세라님은 필명대로 될 대로 되라 식의 드라마를 너무 많이 보시는군요. 일본에 이렇게 많은 고통을 주는 북조선의 김정일도 간단히 처치하지 못하는 게 지금의 국제사회에요. 우선 일본에는 외국정치가의 암살을 감행할 만한 배포와 능력을 가진 조직이 없어요. 야쿠자 아이들은 자기들끼리는 죽이지만 노미소(머리된장) 속에 국제정치 논리는 없으니까요.

ID: FxxK*ASIA - 그건 그렇고, 일본이 베푼 시혜를 깡그리 무시하고 오히려 사과를 요구하는 조선의 이 배은망덕한 무리들을 어떻게 계몽시켜야 하나요? 제가 대학원에서 사회학을 공부했는데, 한국에서 온 유학생이 처음에는 일본의 많은 것이 한국과 비슷하다고 호들갑 떨더군요. 그러고 한 반 년이 지난 지금 한국의 근대문명이 일본에서 건너온 것이기 때문에 비슷하다는 것을 알고는 기가 죽어 있어요.

ID: 역사사무라이 - 한국인의 입장에서 보면 일본제국이 한국인의 의사와 관계없이 일방적인 논리로 밀고 들어와 일본의 이익을 위하여 조선을 근대화시켰다고 생각할 수도 있습니다.

ID: insight@kyoto - 그 논리는 이른바 민족자결주의를 요약하는 말입니다. 그런데 20세기로 들어설 무렵에 조선에 근대적 사고방식이, 조선인들이 운명을 결정할 수 있는 지각이 있었는가 물으면 대답은 부정적이에요. 그렇기 때문에 당시의 개화주의자들은 일본제국의 병합을 환영한 것 아니던가요?

ID: 케세라세라 - insight@kyoto님, 이름대로 통찰력이 있군요. 당시 사진들을 보면 조선인들은 토굴 속에 사는 원시인 같은 존재였어요. 여자들은 도대체 왜 저고리 밑으로 유방을 다 드러내놓고 있던지. 여자들은 유방을 드러내고 다니고 남자들은 몇 달이고 머리를 감지 않아서 냄새가 진동하는데 … 그런 사회가 무슨 동방예의지국입니까? 오죽하면 게이오대학을 만드신 후쿠자와 유키치는 당시 일본이 아시아라는 쓰레기 밭에 핀 한 떨기 꽃이고, 따라서 아시아를 떠나 유럽에 들어가야 한다는 탈아입구(脫亞入歐) 사상으로 일본인들을 눈뜨게 했겠습니까. 유교문화에 바탕을 둔 한국사회는 지금도 부모가 돈이 많거나 좋은 대학을 나와 기득권을 확보한 사람들과 그렇지 못한 사람들 두 부류로 구성되는 곳이에요. 그 기득권에 들어가지 못한 사람들이 성질이 나니 늘 쌍소리 하고 아무 데나 침을 뱉는 것 아닌가요?

ID: history*detective - 깜깜한 토굴같이 어둡고 더럽고 냄새나는 조선사회에 철도, 도로, 학교, 병원 등 근대사회의 문물을 도입하여 사람답게 살 수 있는 곳으로 만든 게 일본제국이에요. 당시의 문헌을 보면 일본은 엄청난 돈을 들여 진정으로 일본과 차별하지 않고 조선을 건설했어요. 창씨개명을 가지고 조선인들이 아직도 시비를 거는 모양인데, 당시 창씨개명은 자유롭게 신청하는 것이어서 대만에는 신청자가 너무 적고, 조선에는 너무 많아 총독부가 골머리를 앓았다는 기록도 있어요.

ID: FxxK*ASIA - 문제는 그러한 사실을 그때의 조센진이나 지금의 한국인들이 알면서 말하지 않는다는 거지요. 한국에는 형식적으로는 언론의 자유가 있지만 미운 털 박히는 말은 실제로는 무서워서 아무도 못하는 사회에요. 일한 관계에 관해서 공정한 말을 하는 사람은 친일파가 되고, 일단 친일파로 불린 이후 사회에서 따돌림 받는 것은 시간문제죠.

ID: sanada@chiba - 공감해요. 우연한 기회에 1930년대에 일본에서 발행했던 〈킹〉이라는 월간지를 봤는데 조선의 한 부유한 부부가 유럽을 여행하며 대접을 받기 위해서는 절대 조선인이라고 말하지 말라고 남편이 부인에게 지시하는 일화가 나오더군요. 최근 한국에서 친일파 사전이라는 것이 발행되었다고 하던데, 아마 당시에 그 사전에 나오는 사람을 다 빼고 나면 조선은 야만사회였을 거예요. 지금도 서울에 가서 지하철을 타보면 사람이 먼저 내리기 전에 밖에서 마구 밀고 들어오고 … 교차로에서는 차들이 서로 양보를 하지 않아 정부에서 캠페인까지 하더군요. 기초 질서를 안 지키는 사람들을 잘 살펴보면 무식한 사람들도 아니고, 학교도 다닐 만큼 다닌 것 같던데 ….

ID: 흥남부두 - 일본의 식민통치에 관하여 말을 하자면 끝이 없겠지요. 결국 국찬모 행사를 동경에서는 막을 수가 없다는 것인가요?

ID: 케세라세라 - 아까 내가 지적했듯이 핵심을 제거하여 원천적으로 시작 자체를 봉쇄하지 못하면 그때는 수천 명의 경찰이 덤벼들어 막으려고 해도 이미 엎질러진 물입니다. 시작부터 봉쇄해야 합니다. 여기서 더 큰 문제는 오늘날 일본이 그러한 투사나 열사도 잉태하지 못하는 유약하고 비겁하기 짝이 없는 사회라는 겁니다. 역사는 소수가 움직이는 것인데, 일본은 이제 평범한 인간들이 사이좋게 사는 세상이 되어 버렸으니까요.

3

박민자가 동경에 온 이틀 후인 8월 18일, 식민역사연구회가 소집되었다. 통상적으로 둘째, 넷째 주 수요일에 열리지만 국찬모 대표가 동경에 들어왔다는 뉴스에 긴급히 모인 것이다. 어느 때보다 많은 회원들이 참석하여 열띤 토론을 벌인다. 특히 연구회 회장을 맡고 있는 명성대학 오다 시즈카 교수가 모처럼 참석하여 모두발언을 하였다.

흰색에 가까운 머리를 여학생 단발처럼 기르고 콧수염을 잘 단장한 오다 교수는 외모에 신경을 안 쓰는 홍남부두의 눈에는 마치 살찐 삽살개처럼 보인다. 60세가 넘은 남자가 예쁘장하게 기른 단발머리의 모습을 거울에 비춰 보며 무슨 생각을 할까? 대학교수라거나 문학가라거나 하는 사람들이 우스꽝스러운 복장이나 행색으로 자신들의 존재를 차별화해 보려는 행동은 일본에서 자주 눈에 띄는 현상이다. 그림 못 그리는 화가일수록 이상한 모자부터 뒤집어쓰고 나오는 풍토는 일본에서 시작했는데 식민지 시대에 조선에도 전파되었는지 한국의 화가나 만화가도 대개 빵떡모자를 쓰고 나왔다.

"위기입니다. 한국의 좌파의원들이 일본의 식민통치에 항의하고 천황폐하의 사과를 요구하는 집회를 동경의 심장부 히비야 공원에서 거행하고 이어 황궁을 돌며 시위하겠답니다."

삽살개 교수의 표정에는 우려보다는 심심하던 차에 잘됐다는 듯 신이 올라있다. 삽살개 교수의 정치적 성향이 우파인 건 사실이지만 자신과 생각이 다른 모든 사람을 좌파로 싸잡아 돌리는 버릇은 역시 머리가 나쁜 데에서 기인하는 것일 게다. 세상을 이분화 내지 단순화하지 않고는 머리가 정리되지 않는 사람들이 많다.

"더구나 삼보일배를 한다는군요."

동척(東拓)대학의 안인화(安仁花) 교수가 말했다. 정식으로 일본어를 배우지 않아 서툴고 일본에 귀화한 지도 얼마 안 돼 외국인이 분명하거늘, 언제나 일본인 이상으로 일본인 행세를 하는 여자다.

"삼보일배란 세 발자국 걷고 난 후 오체투지의 모습으로 땅에 붙어한 번 절하는 행위를 반복하는 일종의 투쟁적 시위입니다. 목소리 큰 사람이 지배하는 게 한국인데, 이제는 큰 목소리만으로는 부족해서 땅에 엎드려 절하거나 길가에 모여 집단으로 삭발을 하고, 그 중 자신을 통제 못하는 자는 몸에 불을 붙이기도 하죠."

"그러한 야만적인 조선의 문화를 선진 문명으로 끌어 올리려고 피나는 노력을 기울인 것이 우리 선조들인데 이런 사태가 벌어지다니 … 화가 나요. 일본의 지성을 주도한다는 우리들의 책임이 크네요."

일본의 손꼽히는 우익단체인 관동재단의 이사장 감투를 쓰고 있는 소설가 출신의 여자가 하는 말이다. 저 여자가 어떻게 일본의 지성을 주도하나? 스스로를 지도층에 슬쩍 끼워 넣는 저 센스 덕분에 아무도 안 읽는 소설을 쓰다가 야쿠자 지도층의 마음에 들었던 것인가? 홍남부두는 분노와 냉소를 감춘다.

"이사장님의 말씀에 전적으로 동감이에요. 같은 식민통치를 겪고도 대만 사람들은 지금도 일본에 대한 감사의 마음이 철철 넘치는데 대만보다 더 큰 혜택을 받은 조선인들은 저렇게 은혜를 원수로 갚으려고 하니 … 정말 연구대상감이에요."

대만출신으로 일본에 귀화하여 '평론가'라는 직업을 가지고 똑같은 말을 수십 군데에서 하고 돌아다니는 여자의 말이다.

"원인을 따지자면 한이 없겠지만 이러한 사태가 올 수 있는 분위기를 조성한 것은 이 한심한 좌파 하토야마 정권입니다."

28

전국지로 성장한 우파신문인 대일본신문 국제부장이 끼어든다. 정치부 기자 출신의 그는 이 세상의 모든 문제를 정치에서 기인하는 것으로 몰아감으로써 철밥통을 꿋꿋이 지켜온 사람이다.

　"문제는 국찬모의 활동을 저지해야 하는 것인데, 이를 해낼 능력이 일본에 있을까요? 식민지 시대에 조상이 피해를 당했다는 이유로 그 후손들이 지금도 일본법정에서 소송을 벌이는 것이 지금의 세태입니다."

　나이가 가장 어린 홍남부두가 조심스럽게 발언한다. 말은 풍성하되 행동방안이 없는 지식인들이 갑자기 침 먹은 지네처럼 조용해진다.

　"대책을 강구해 보시지요."

　침묵을 깬 사람은 이 모임의 간사를 맡고 있는 요코다이다. 그는 학자도 아니고 언론인도 아니다. 그가 야쿠자로서 대동아부흥회(大東亞復興會)에서 기획을 맡고 있다는 것은 회원들이 모두 알고 있다. 30대 전반이라는 연령, 대학을 나왔는지 안 나왔는지도 모를 학력 등 어느 면에서 보아도 그가 이 모임을 실질적으로 이끄는 것이 불가사의이다. 그런데 요코다의 말에는 권위가 있다. 그의 말이 현실적이고 건설적인 까닭이다.

　"글쎄 … 우선 히비야 공원에서 국찬모에 대항하는 행사를 생각해 볼 수 있겠지."

　삽살개 교수의 말이다.

　"그 행사에서 누가 뭐라고 하는 겁니까?"

　"식민통치의 정당성을 주창하고 … 뭐 그런 행사가 되지 않을까?"

　"교수님, 그 정도 가지고 그 억센 한국 데모꾼들 상대가 된다고 생각하십니까? 오히려 지금 점점 좌향화되는 일본시민들에게 한국 데모꾼들의 주장을 더 어필하는 꼴만 조성하는 게 아닐까요? 식민통치를 당한 불쌍한 조선인들이 동경에까지 와서 자신들의 입장을 말하는데 이것마저도 일본의 우익이 깔아뭉갠다는 인상을 줄 우려가 있어요."

"요코다 상의 말에 동의합니다."

대일본신문 국제부장이 끼어든다.

"그러면 어떻게 할까 …?"

"눈에는 눈, 이에는 이, 소리에는 소리. 이것이 답이죠."

엉킨 실타래를 붙들고 쩔쩔매는 할머니 앞에서 간단하게 매듭을 푼 손자의 명민함을 보이듯 요코다가 말한다.

"한국 데모의 핵심은 메시지가 아닌 데시벨의 크기와 드라마적 과격성에 있어요. 그러니까 뜻이 아닌 일종의 퍼포먼스죠."

중노년의 학자, 작가, 언론인들이 젊은 야쿠자의 발언을 주의 기울여 경청한다.

"따라서 수십 대의 확성기 차량을 동원하여 맞불을 놓을 작정입니다. 한국인들이 쓰는 마이크 앰프로는 도저히 상대가 안 되는 고출력 확성기를 단 대형 트럭을 수십 대 동원해 히비야 공원과 황궁의 도처에 배치한 후 신나는 군가와 어필하는 구호를 틀어 댈 생각입니다. 그렇게 해서 일본시민들이 메시지와 관계없이 시각, 청각적으로 압도되는 감동을 느끼게 할 것입니다. 조센진들이 천황폐하의 사과를 요구하며 황궁 주변을 돈다는 것은 일본에서 가장 새빨간 좌파도 마음속으로는 용납 못하는 것이니까요."

머리 좋고 깡다구 있는 젊은 야쿠자의 말에 중노년의 지식인들은 시원한 감동을 느끼는지 한동안 대답이 없다.

* * *

식민역사연구회는 모임이 끝나고 이자카야에 모여 저녁식사를 하며 뒤풀이를 한다. 넓은 연회실을 빌려 한 20명이 먹고 마시며 떠들고 난 뒤 그래도 흥이 덜 풀린 사람들은 2차로 신주쿠의 클럽으로 술을 마시러 간다. 물론 모든 비용을 대는 것은 요코다이다. 정확히 말하면 그가 소속된 대동아부흥회가 부담한다. 식민역사연구회 회원들이 열심히 나오는 건 물론 역사토론도 재미있지만 공짜로 좋은 식사를 하고 이어 예쁜 외국여자들이 아양을 떠는 클럽에 가서 신나게 놀 수 있다는 데에 있을지도 모른다고 흥남부두는 생각한다. 대개 가는 곳은 한국클럽, 대만클럽, 중국클럽 중 하나인데 어디를 가도 일본어가 가능한 아가씨들이 가득 있다. 중년이 지난 지식인들이 아시아의 젊은 여자들과 시시덕거리며 노는 것을 보면 과연 이들이 우익의 입장에서 식민역사를 연구하는 사람들인가 의심하게 된다.

요코다가 안내한 대만클럽에서 이미 술판이 벌어졌는데 흥남부두는 요코다를 슬쩍 끌어 구석자리로 가서 말을 붙인다. 이 두 사람이 고교 동기생이라는 걸 다른 사람들은 모른다.

"박민자라는 여자가 정말 동경에서 그런 대규모 집회를 할 수 있을까?"

흥남부두가 묻는다.

"힘들 거야. 이야기가 전체적으로 과장된 것 같아. 물론 히비야 공원 집회와 삼보일배 행진을 시도는 하겠지. 그렇지만 동경에서 이를 계획하고 준비하는 사람은 내가 알기로 별로 없어."

"그럼 대체 그 여자는 무슨 생각으로 이렇게 거창한 이야기를 세상에 내놓은 거야?"

"글쎄 … 나도 자세히는 모르지만 여러 가지 요소가 겹치다 보니 설익은 이야기가 세상에 나와 활보하고 있는 건 아닐까?"

"여러 가지 요소라면?"

"사다코 상 이야기를 좀 들어보고 판단한 건데 … 박 의원이 한국 정치판에서 써 먹을 요량으로 거창한 이야기를 꺼내 지지자를 모은 것인데, 이게 생각대로 잘 안 되었던 거고, 그 상태에서 튀는 이야기를 좋아하는 언론이 픽업해서 크게 다루기 시작한 거지. 더구나 지금은 인터넷 시대잖아. 아무리 설익은 이야기라도 일단 넷 상에 오르면 그때부터는 이미 기정사실이 돼서 시위를 떠난 화살처럼 세계를 활주하거든."

"흠…그래도 동경에서 누군가가 도와주고 지지하고, 어느 정도는 실행가능성이 있어야 그런 이야기를 시작할 수 있는 거 아닌가? 장난도 아니고 명색이 정치하는 국회의원이…."

"사다코 상이 하는 여행사에서 도와주는 거 같던데…."

"뭐야. 여행사? 결국은 실체 없는 풍선에 불과하잖아?"

"그래. 박 의원으로서는 그 풍선을 띄워 놓으면 일본의 재일조선인이나 좌파단체 등이 들러붙을 줄 알았겠지. 그런데 별로 호응이 없어."

요코다의 말을 듣는 홍남부두의 가슴 속에는 뜨거운 분노가 치밀어 오른다. 자신의 조상이 헌신한 식민통치를 부정하는 것도 괘씸한데, 아무런 진정성도, 이상도 없이 개인의 출세를 위한 정치적 계산으로 식민통치역사를 도구삼아 모독한다는 말인가? 친일과 반일을 떠나서 국가와 국가, 민중과 민중 사이에 영향을 미치는 이렇게 민감한 사안을 개인적 계산에서 출발해 조작하는 인간 따위는 결코 용서할 수 없다. 마음 속 인내의 실이 끊긴다.

터질 것 같은 분노를 억누르고 홍남부두는 태연을 가장해 묻는다.

"보고 싶네. 어떤 여자인지…."

"너도 아마 본 적이 있을 거야."

"…어디서?"

"일본에 올 때마다 우리 클럽에 자주 놀러 오는데, 언젠가 네가 우리 클럽에 왔을 때 내가 슬쩍 일러준 기억이 나는데…."

그러고 보니 작년에 그런 일이 있던 것 같다. 오사카의 이타미(伊丹)에서 같은 고교를 졸업하고 헤어진 후 동경에서 요코다를 재회한 홍남부두는 그의 호스트 클럽에 두어 번 간 적이 있었다. 그 중에 한번 VIP라며 어떤 여자를 요코다가 가리킨 기억이 나는 것이다.

"유난히 입술이 두꺼워 보이던 중년여자 말이야?"

"응. 맞아."

"그럼 동경에 오면 카타르시스에 또 놀러 오겠군."

"그럴 거야. 대개 늦은 시간에 사다코 상을 클럽에서 만나니까."

"사다코 상…? 그 여자가 사다코 상을 왜 만나?"

"몰랐구나. 사다코 상이 그 여자의 이복언니야."

"그래?"

"응. 그런데 말이야…."

"뭐?"

"그 여자가 우리 클럽에 오면 호스트를 데리고 기누가와(鬼怒川)에 가는 건 거의 정해진 일과야."

이 말에 흥남부두는 귀가 솔깃해진다. 머릿속에 먼 곳의 천둥소리 같은 것이 울린다.

"정해 놓은 애라도 있나?"

"뭐 그런 건 아닌데 … 무라타라는 아이를 좋아하는 것 같아. 이번에도 특별한 사정이 없는 한 무라타를 내보내려고 해."

"그 얼굴 갸름하고 근육질의 아이?"

"응. 맞아. 만난 적이 있나?"

"클럽에 놀러 갔을 때 우연히 인사 정도 나눈 것 같아."

이때 술 취한 삽살개 교수가 비틀비틀하며 화장실로 가는 것이 요코다의 눈에 들어온다. 시간은 이미 11시에 가깝다. 모임을 파해야 할 때다.

4

사람의 감각이란 참 질긴 모양이다. 바위도 비를 오래 맞으면 깎이거늘, 같은 생각을 오래 하면 신경이 닳아 없어질 것도 같은데 여전히 그대로라는 사실에 홍남부두는 경이를 느낀다. 최근 홍남부두의 머리에 자주 떠오르는 생각이란 '콤비니 때문에 일본이 망한다!'는 것이다. 콤비니, 콘비니언스 스토어(*convenience store*)의 일본말인 '편의점'에 가면 작은 가게 안에 없는 것이 없을 정도로 물건의 구색이 갖추어져 있어 최소한으로 먹고 사는 데에는 지장이 없다. 홍남부두는 일본여자들이 애를 낳지 않고, 그래서 일본의 장래가 어둡다는 우울한 전망의 한 원인이 콤비니에 있다고 생각한다. '이 콤비니가 잘되어 있어 남자들이 딱히 아내를 찾을 이유가 없기 때문'이라고 분석하는 것이다. 게다가 섹스마저 돈만 있으면 얼마든지 할 수 있다. 거리의 어디나 섹스를 상품으로 파는 가게가 있어 그 안에 들어가 다양한 복장을 한 여자 중 하나를 고를 수도 있다.

문제는 돈이다. 돈이 있느냐 없느냐, 늘 그것이 문제다. 1년에 서너 번 어머니가 부쳐주는 돈으로 수년 간 사법고시를 준비하며 생활해 온 홍남부두는 이제 심각한 재정위기에 봉착했다. 어머니가 말은 잘 안 해도 아버지 몰래 가지고 있던 돈이 바닥 난 지 1년도 넘은 것으로 보인다. 지난 한 해 소비자금융회사에서 빌린 돈이 이제 300만 엔을 육박한다. 고리대금회사들이 빚 쓰라고 카드를 만들어 돌리고, 게다가 ATM에서 수시로 출금 가능한 시스템을 설치해 놓은 까닭에 빚이 눈덩이처럼 불어난 것이다.

대학교육을 받고 서른이 넘은 아들이 고리대금 쓴 돈 갚겠다고 매일 아버지에게 시달리는 어머니에게 전화할 수는 없다. 하지만 빚의 상환이 반년 이상 연체되자 소비자 금융회사에서 전화가 수시로 걸려오더니 그제는 아파트에 사람이 찾아오기 시작했다. 이 생각만 하면 손이 떨리고 침이 마르는데 뾰족한 대책이 없다.

지금으로서는 친구 요코다에게 돈을 좀더 빌려 쓰는 수밖에 없다. 녀석이 금전적으로 여유가 있기도 하지만 놈이 속한 대동아부흥회가 아시아의 통합을 모색하는 싱크탱크를 만드는 과정에서 역사부문에 홍남부두의 자리를 하나 마련해주겠다고 하니 그때 월급을 받아 갚으면 되겠거니 생각하는 것이다.

아시아통합연구소! 멋진 이름이다. 요코다의 말에 의하면 지난 2009년의 중의원 선거에서 낙선한 자민당 거물정치인들을 초빙해 대동아부흥회가 새로운 싱크탱크를 만든다는 것이다. 홍남부두가 참가하는 식민역사연구회도 이에 흡수될 것이다. 이 싱크탱크는 일본을 중심으로 과거 대동아 공영권에 속하던 한국, 대만, 중국 동북 3성 등의 새로운 협력과 통합을 모색하는 비전과 정책들을 연구하고 세상에 제언하게 된다. 과거 일본의 지도자들이 제창했던 '아시아 공영권'의 현대판을 설계하는 것이다. 왜 아시아가 다시 통합되어야 되며, 이 통합이 왜 일본을 중심으로 이뤄져야 하는지의 논리를 개발하고 세상을 계몽하게 된다. 이 얼마나 원대하고 통쾌한 계획인가! 바로 홍남부두의 증조부와 조부가 몸을 바쳐 일한 대의에 부합하는 활동인 것이다.

이 멋진 연구소에 한자리 차지하고 양복을 입고 출근해서 내로라하는 지식인들과 토론하고 신문에 기고하고⋯ 미래의 자신의 모습을 생각하면 힘이 절로 솟는다. 지금은 비록 매일 콤비니에서 제일 싼 도시락이나 사먹고 고리대금을 걱정하더라도 미래를 생각하면 어려움을 극복할 자신과 용기가 생긴다. 지금 해야 할 일은 인터넷 역사연구 활동에 온 힘을 쏟아 웬만한 대학교수들은 상대도 안 될 지식을 넓히는 것이다.

내 장래는 오직, 오직 여기에 달려 있다. 따라서 이를 방해할 어떠한 요소도 있어서는 안 된다. 새로 솟는 희망과 각오로 콤비니의 문을 힘차게 밀고 들어선다.

*   *   *

홍남부두가 동네 콤비니 문을 밀고 들어설 때 박민자 의원은 가와사키 역전의 부동산 회사 문을 밀고 들어서고 있었다. 부친 박재을이 남긴 유산은 200억 엔을 넘는 상당한 것이었다. 박재을은 이 중에서 일부를 전처의 가족에게 주고 조선학교에 상당액을 기부한 후, 나머지 돈을 두 딸에게 80억 엔 정도씩 균등하게 상속하였다. 박민자에게 상속된 재산은 대개는 건물과 토지였고 10억 정도의 유가증권이었다. 부친이 1996년에 사망하며 남긴 이 재산에서 박민자는 20억 엔 정도를 한국에 가져다 썼다. 환율에 따라 들쭉날쭉 했으나 지난 15년 동안 250억 원 정도를 가져다가 썼으니 돈에 관한 한 한국의 다른 국회의원들이 상대가 될 수 없었다. 이 돈을 합법적으로 가져올 수 있는 부분은 아주 제한적이라 환치기 등의 수법을 쓰기도 하고 이복언니 내외의 도움을 많이 받았던 터이다.

"いらっしゃいませ。"(어서 오세요.)

가와사키 역전에 있는 부동산 업소에 박민자가 들어서자 네 명의 직원들이 합창을 하듯이 손님을 맞는다. 사장으로 보이는 중년남자가 소파로 자리를 권한다.

"역전에 있는 6층짜리 상께 빌딩 주인이에요."

"네. 기다리고 있었습니다. 사고자 하는 분도 곧 오실 겁니다."

"그쪽에서 어느 정도 제시하던가요?"

"3억 2천입니다."

"너무 낮네요. 나로서는 파는 게 급하지 않은데 …."

"손님, 잘 모르시는데 솔직히 말씀드려서 지금 못 파시면 앞으로 더 힘들어집니다. 상떼 빌딩은 지은 지 18년이 되어 내진설계가 안 되어 있어요. 모두 대지진을 걱정하기 때문에 내진설계가 안 된 건물들은 토지를 보고 사는 거예요. 건물도 지하주차장이 없어 매력이 없어요."

"그래도 사장이 힘 좀 써 줘야지요. 다른 물건들도 또 있는데 …."

"물론 저도 최선을 다하고 있습니다. 상대가 급히 물건이 필요한 눈치여서 3억 2천이면 후하게 친 가격입니다."

이때 젊은 사내가 들어서는데 보아하니 서른 살이 넘을까 말까 하는 청년이다. 이런 새파란 젊은 애가 어떻게 3억 엔이 넘는 건물을 살까 의문이 든다. 간단한 인사가 끝나고 흥정이 오간다.

"건물은 무슨 용도로 쓸 생각인가요?"

"네. 저희 회사에서 종합오락관을 운영할 생각입니다."

"종합오락관?"

"네. 1층에는 만화백화점을 내고, 2층에는 빌리아드홀, 그리고 3, 4, 5 세 개의 층에는 가라오케홀을 놓고, 6층은 사무실로 쓸 생각입니다."

이복언니의 남편이 폭력조직에 몸담은 관계로 박민자는 금세 냄새를 맡는다. 이 젊은이는 어느 폭력조직의 사무담당 대졸사원일 것이다. 건물대금으로 넘어올 돈이 혹시 세탁된 돈이 아닐지 다소 찜찜하다. 하지만 합법적으로 거래하는 것이니 파는 사람에게는 문제가 없을 것이다. 한 가지 조건을 내걸고 들어주면 팔기로 마음을 정한다.

"내가 워낙 3이란 숫자를 좋아해서 … 미신이라고 생각하실지 모르지만 … 33이면 팔겠어요."

3억 3천을 요구한 것이다. 이 말을 들은 청년은 가타부타 말이 없이 가방에서 계산기를 꺼내 두들긴다. 그렇더니 간단명료하게 대답한다.

"사장께 상의 후 2시간 이내로 알려 드리겠습니다."

박민자는 아직 동경에 체재할 여유가 있어 일단 동의하고 부동산을 나온다. 가와사키 역에서 전차를 타고 동경 역까지는 50분이 소요된다. 역에서 택시로 투숙하는 오쿠라 호텔에 도착했을 때 박민자의 휴대전화가 울린다. 부동산업자다. 사고자 하는 측에서 3억 3천에 동의했다는 것이다. 낭보다. 이로써 약 40억 원 가까이 손에 들어오게 됐다.

* * *

"결전은 3일 후입니다."

대일본국체수호회(大日本國體守護會)의 부총재가 거창한 어조로 침묵을 깬다. 어마어마한 이름의 이 조직은 일본 최대조직폭력단 에가미 구미(江上組)의 2차 단체이다. 2차 단체란 광역폭력조직의 간부가 스스로 대표가 되어 만든 조직으로, 말하자면 본부의 하청업체이다. 줄여서 국체회라고 부르는데 실제로 소속인원은 10명 남짓하다.

대일본국체수호회라는 이름 자체는 태평양 전쟁이 끝나고 잠깐 주목을 끌었다. 태평양 전쟁의 패배를 받아들이기를 거부하는 몇 명의 육군 하사관들이 집단자결을 하였는데, 그들의 가족들이 모여 만든 임의단체였다. 이 단체가 유명무실해지자 나중에 에가미 구미의 한 똘똘한 간부가 조직을 인수하여 스스로 총재가 되었던 것이다. 지금의 국체회 총재는 3대째 우두머리다.

국체회는 에가미 구미의 하부조직으로서 천황제도에 대한 도전을 봉쇄하는 것에 일종의 전문성을 가진 집단이다. 천황제도에 대해 불경한 언사를 하거나 시비를 거는 사람들을 적시하여 암묵적으로 위협하고, 그러한 행사가 있다면 인원을 동원하여 방해하거나 커다란 확성기를 단 트럭을 이용해 압도적인 소음으로 제압하는 것이 주된 일이다.

"아니, 그런데 이년이 죽으려고 환장한 것도 아니고⋯."

국체회 총재 이케사와가 한국에서 왔다는 박민자 의원을 생각하며 도저히 이해가 안 간다는 표정으로 중얼거린다. 내용이 뭐가 됐든 일본에서 천황폐하의 사과를 요구하며 천황폐하가 계시는 황궁을 돌고 데모한다는 것은 듣도 보도 못한 이야기다. 국찬모 동경집회에 대해 처음에 들었을 때는 너무나 어처구니가 없어 믿지도 않았는데 자신이 잘 아는 한국여자들의 성격을 고려해 볼 때 어쩌면 충분히 저지를 법도 하다.

반년 전부터 데리고 사는 여자는 아카사카(赤坂)에서 클럽을 하는 한국여자인데, 이 젊은 애가 깡다구가 보통이 아니어서 한번은 말다툼을 하다가 폭력조직 간부인 자신에게 부엌칼을 들고 덤비는 것을 보고 간이 콩알만 해진 적도 있었다.

"배후에 누가 있는 거야?"

"특별한 배후가 있는 것 같지는 않습니다. 그런데 …."

"그런데 뭐?"

"스미야스 쪽의 아사이라는 자가 이 한국 국회의원의 형부인 것으로 파악되었습니다."

"스미야스? 그럼 이거 곤란한데 …."

스미야스 구미와 에가미 구미는 일본 전체의 폭력세계를 양분하는 거대 라이벌이다. 이 정도의 사안으로 두 조직이 항쟁하는 분위기를 연출할 수는 없다.

"스미야스가 직접 결부된 건 아니겠지. 스미야스 애들이 아무리 골이 비어도 천황폐하의 사과를 요구하는 한국 국회의원을 밀어줄 리 없어."

"물론 아닙니다. 아사이와의 관계는 순전히 개인적 관계라고 할 수 있습니다."

"아사이의 마누라는 뭐하는 여자야?"

"'태평양'이라는 여행사를 하고 있습니다. 동시에 남편과 함께 카타르시스라는 호스트 클럽에 투자하고 있고요."

"알겠어. 이봐, 기획부장. 대책이 뭐야?"

"우선 히비야 공원 집회에는 가두선전트럭을 20대 정도 동원해서 공원을 에워싸고 고출력으로 계속 방송을 할 것입니다. 그리고 황궁을 돌며 시위행진이 시작되면 20대의 트럭이 일정한 간격을 유지하며 같이 돌 것입니다."

"병력은?"

"구미에서 지원을 받아 300명 정도를 모을 계획입니다. 30명을 한 개 조로 하여 공원의 각처에서 대형스피커를 가지고 반대 데모를 하고, 행진 시에는 트럭에 10명씩 태우고 나머지는 같이 돌면서 방해공작을 할 것입니다."

"무기는?"

"무기소지는 경찰과의 시비가 예상되고 매스컴에 그대로 보도되기 때문에 금할 생각입니다."

"데모하는 인간들이 얼마나 모일지는 모르지만 이렇게 복잡하게 대처할 필요가 있을까요?"

가만히 듣고 있던 부총재가 끼어든다.

"무슨 말이야?"

"차라리 그 여자를 조용히 시말(始末)하는 것이 …."

시말이란 죽인다는 뜻의 일본식 은어다. 부총재란 사나이는 구미 안에서도 악명 높은 칼잡이다. 사시미를 잘 뜨는 주방장이 생선의 피를 보여주지 않듯이 이 자가 벤 인간은 피를 별로 흘리지 않은 채 치명상을 입는다. 그래서 그의 별명은 '하모노'(刀物)이다. 듣고 있는 일행은 하모노가 한국 국회의원을 시말하는 광경을 잠시 상상한다.

"섣부르게 행동하지 마. 겁은 좀 줄 필요가 있을지 모르지. 마음대로 설치게 내버려 둘 수는 없어."

"그럼 허락하시는 겁니까?"

"그 여자가 묵는 호텔에 '선물'이나 하나 보내든가."

5

"도오모(どうも) …."

백발에 기름을 발라 올백으로 넘긴 자그마한 체구의 노신사가 조용하게 인사한다. 일본특파원 생활을 거쳐 오래 일본과 접해 있었으면서도 박민자는 이 '도오모'라는 단어가 아직도 어색하다. 일본에 있다 보면 하루에도 수십 번씩 듣는 이 간단한 인사말의 사전적 의미는 '매우'이다. 생략을 좋아하는 일본인은 언어에서도 형용사는 지우고 부사만 말해버리는 것이다. 그래서 반가워도, 고마워도, 슬퍼도, 유감이어도, 기뻐도 모두 고개를 숙이며 '도오모'라고 하면 훌륭한 인사가 된다.

1955년에 결성된 일본 자민당이 2009년까지 54년을 집권하는 동안 유일하게 잠깐 권력을 놓친 적이 있었는데, 바로 1994년 4월부터 약 2년 남짓한 때다. 이때 가장 오래 수상 자리에 있던 것이 사회당 출신의 무라야마였다. 무라야마 내각에서 총리비서실장격의 관방장관을 맡았던 시마나카(島中) 씨는 74세라는 나이가 믿어지지 않을 정도로 건강하고 단정한 모습을 하고 있다. 박민자가 〈해남일보〉 일본특파원을 할 때부터 알고 지내던 그는 박민자를 딸같이 귀여워했다. 사실 말이 딸이지 그가 박민자의 육체에 관심을 가지고 있다는 것은 서로 알고 있던 터이다. 당시 그는 이른바 '20년 가설'의 신봉자였다. 허리띠 아래 일은 묻지 않는다는 일본 정계에서 은밀히 공유되던 이 가설이란 남자와 여자가 어느 쪽이 위이든 간에 스무 살 차이가 나는 게 좋다는 것이다. 당시 오십 갓 넘은 그에게 서른 갓 넘은 박민자는 그 20년 가설을 체험해보고 싶은 대상이었다. 다만 이를 말이나 행동으로 옮길 배짱이 없는 시마나카는 애꿎은 술집에서 삼십 전후의 여자만 찾았다. 사연이 어떠하든 시마나카가 자신을 원했다는 것을 알아챈 박민자는 한 여자에게 육체적 관심을 가진 남자는 그 여자에게 영원히 약하다는 사실을 요긴하게 이용했다.

시마나카의 사무실은 시나가와 프린스 호텔 부근이다. 박민자가 특파원 시절에 이미 오래된 사무실이라고 들었으니 수십 년이 되었을 것이다. 당시 젊었던 비서는 이제 초로의 아주머니가 되어 있다.

"센세이, 오랜만입니다. 더 건강해 보이시는데요."

박민자의 아첨 섞인 인사에 노인의 입이 벌어지는데 오늘 아침에 새로 닦았는지 희게 번쩍이는 의치가 처진 입술과 슬프게 대조된다.

"자네를 기다리고 있었어."

"무슨 좋은 일이라도⋯."

이 노회한 정치가는 거래가 능해서 거래할 일이 없으면 아예 사람을 만나지도 않는다는 것을 박민자는 잘 안다.

"아주 재미있는 일이 있지. 자네의 도움이 좀 필요해."

"실은 저도 센세이에게 상의드릴 일이 좀 있어서⋯."

"좋아. 오랜 친구끼리 만나 서로 이야기를 나누고 도울 수 있다는 것은 늙어 가는 인생의 가장 큰 매력일 거야."

"역시 센세이를 만나면 힘이 생겨요."

박민자의 아첨에 시마나카의 의치가 또 한 번 희게 번쩍인다.

* * *

"자이니치(在日)가 위기야."

담뱃재를 털며 시마나카가 말하는데 수전증으로 담배를 끼운 파이프가 재떨이에 달달 소리를 내어 부딪쳐 위기감에 청각효과를 준다. 자이니치란 일본에 거주하는 한국계, 북한계 주민들을 통틀어 말한다. 일본인들은 이들을 대개 '재일조선인' 또는 '재일코리안'으로 부른다.

"전후 60만 명이던 재일조선인의 숫자가 꾸준히 증가했지만 지금은 상당히 많은 수가 일본 국적으로 귀화했지. 일본인으로 귀화한 사람이야 일본사람이니까 별문제 없지만… 일본에 귀화하지 않고 영원히 일본에 사는 외국인, 특히 자이니치가 하토야마 정권의 뜨거운 감자로 떠오르고 있어."

"지방선거 참정권 문제군요."

"그렇지. 지금 일본의 보수와 혁신 세력의 갈등은 새로운 장으로 접어들고 있다고 봐. 자민당의 보수정치가 압도하던 오랜 기간이 끝나고 하토야마 정권의 혁신정치가 시작되면서 지금까지 눌려있던 많은 사회적 논쟁이 불거져 나올 거야. 우선 정주외국인들에게 참정권, 즉 적어도 선거권을 주자는 생각이 드디어 정치이슈로 등장한 것이지."

"하토야마 정권이 일본 현대사에서 차지하는 위치가 마치 한국의 노무현 정권과 비슷한 것 같아요."

"그렇지. 길게 보면 일본 사회가 가는 방향을 음미해 본다는 의미에서 좋은 일이야. 하지만 당분간 여기저기에서 마찰음이 들려올 거야."

오랜 야당정치인 생활을 해 온 시마나카는 박민자와 일종의 동류의식을 가지고 있다.

"그런데 제가 도와드릴 수 있는 일이 뭔가요?"

"한국 정계에서 역사전문가이자 일본통으로 알려진 자네가 여의도에서 한국의원들의 지지를 규합해준다면 큰 힘이 될 것 같아."

"하토야마 정권이 추진하는 법안통과가 쉽지 않은 모양이지요?"

"만만치 않지. 보수 자민당이 반대하는 것은 물론이고, 집권 여당 간의 의견이 아직 통일되어 있지 않아. 알다시피 민주당 안에는 극우부터 극좌까지 다양한 입장이 공존하고 있잖아. 게다가 연립을 구성하고 있는 사회당과 국민신당도 각기 입장이 다르고."

"구체적으로 뭘 원하시는지 ···."

"한국 정계에서 강력한 요청과 지지가 있다면 한결 일하기가 쉬울 거야. 총리가 밀고 나갈 좋은 명분이 될 테니까. 전과 달리 요즘 일본에서는 한국의 입장을 존중하는 사람들이 급격히 늘어나고 있어. 그런데 자네도 알다시피 일본과 한국 사이에는 의사소통 채널이 없어졌어. 특히 정권 레벨에서 서로 잘 알고 말이 통하는 정치가들이 거의 없다고 해도 과언이 아니야. 특히 한국 측이 심한 것 같아. 현재 한국 야당의원들 중에서 일본통이라고 할 수 있는 의원이 자네 말고 또 누가 있어? 입으로는 한일 간의 친선을 무성하게 말하지만 양쪽을 연결하는 파이프가 없다는 거지. 그러니 한국 야당들이 나서서 외국인 참정권 문제에 관심을 가지고 구체적으로 지지하는 행동을 보이도록 자네가 설득해줘."

"좋은 일이네요. 그런데 ···."

"그런데 뭐?"

"제가 금년 가을이면 한국민주당을 탈당해서 새로 창당된 국민통합당으로 옮기게 될지 모르겠어요."

"그래? 흠 ··· 두 정치세력이 원래 같은 뿌리 아닌가? 아무튼 그 문제야 자네가 잘 알아서 하겠지만, 바쁘더라도 이 사안이 자네의 위상을 높이는 일에 도움이 될 수도 있다고 보는데 ···."

하기는 그렇다. 한국민주당에서 위로 올라가지 못하고 결국 새로 생긴 작은 정당으로 옮기는 가장 큰 배경은 자신의 정책활동이 미흡하다는 데 있다는 것을 박민자는 잘 안다. 차라리 일본통으로서 재일동포의 참정권을 확보하는 일에 주동적으로 나선다는 것은 여러모로 모양새가 좋다.

"알겠어요, 센세이. 돌아가서 열심히 뛰어볼게요."

"좋았어. 그럼 이제 자네의 이야기를 들을 차례지?"

거래에 익숙한 자신을 치켜세우는 듯한 시마나카의 태도에 박민자는 내심 짜증이 나지만 힘 있는 남자 앞에 앉은 연약한 여자의 분위기를 최대한 연출하며 입을 연다.

"센세이는 제가 지금까지 정치가로 성장하는 데 가장 도움을 많이 주신 분이에요. 늘 감사하고 있어요."

박민자의 때 아닌 외교적 언사에 시마나카의 눈에 경계의 불이 켜진다.

"저의 정치인생에서 가장 큰 고비를 맞고 있어요. 센세이의 도움이 필요해요."

"국찬모 건인가?"

"네 … 국찬모도 중요한 일이에요. 하지만 외부에 전혀 알려지지 않은 더 중요한 안건이 있어요."

"오호 … 그래?"

막후조정에 능한 시마나카에게 비공개 안건이란 늘 관심사이다.

"한국에서 저의 정치적 스승이라고 할 수 있는 조정달 선생의 하명이신데 …."

"아! 조 상은 잘 계신가?"

시마나카가 사회당 정책심의회장을 할 때 조정달이 한국민주당 원내부대표를 하고 있어 둘은 오랜 지기이다.

"네. 아직도 건강하시지요. 그분이 이번에 창당된 국민통합당 고문이 되시면서 칼을 하나 뽑아 드셨어요."

"어떤 칼?"

"한일 해저터널 프로젝트요."

"한일 해저터널?"

시마나카가 박민자를 정면으로 응시하며 오랜만에 눈이 동그랗게 떠진다. 심히 놀란 모양이다.

조정달이 설명한 한일 해저터널사업이란 일종의 양동작전이었다. 새로 창당된 국민통합당은 세상을 떠난 전임 대통령의 이념을 계승한, 폭이 좁은 프로그램을 가진 이념적 정당이라는 이미지가 강하다. 더구나 그 대통령은 실제와는 다르게 좌파이며 민족주의적 정치가라는 인식이 대중에 널리 퍼져 있다. 결국 국민통합당은 담론을 좋아하는 낭만적이고 비현실적인 정당이고 따라서 국민의 입장에서는 경제나 비즈니스를 전혀 모르는 의지할 수 없는 정치세력이라는 인식이 정착될 위험이 있는 것이다.

이러한 편견을 봉쇄하기 위해 조정달이 내건 사업이 한일 해저터널이다. 이를 실제로 수행할 수 있는지는 둘째 문제고, 우선은 대중의 이미지를 수정하는 데 효과적인 수단이 될 거라는 생각이다.

신설된 정당이 이러한 무리수를 둘 수밖에 없는 배경에는 2012년의 총선과 대선이 도사리고 있다. 상반기에 총선, 하반기에 대선을 치를 2012년은 커다란 정치 시즌이 될 것이다. 현재의 집권당이 추진하는 4대강 개발사업은 이때쯤이면 상당히 진척되어 많은 돈이 풀려나갈 것이다. 일부의 예측으로는 약 28조 원이 풀려 나간다는데, 이는 현 집권당의 총선과 대선에서의 승리를 거의 담보해주는 것이 될지 모른다.

이러한 상황전개는 한국 사회가 점차 보수화하는 거대한 조류와 맞물려 야당의 참패로 이어질 공산이 크다. 특히 최대 야당인 한국민주당은 거물들이 서거한 후 지도부의 무능 속에서 매력 있는 정책들을 제시하지 못하는 까닭에 대패할 위험성이 있다. 이러한 상황은 한국민주당과 뿌리를 같이하는 국민통합당이 제3당으로 두각을 드러내고 앞으로 한 국민주당과의 관계설정에서 주도권을 쥘 수 있는 기회를 의미한다. 따라서 허구한 날 이념적 담론만 거듭한다는 인식을 과감하게 불식하기 위해 한일 해저터널사업이라는 거대한 풍선을 쏘아올리고, 거기다가 '국민통합당은 일도 잘하는 정당'이라는 이미지를 커다랗게 그려 놓겠다는 전략인 것이다.

"생각으로는 이해하기 힘든 것도 아닌데 …."

시마나카는 골똘히 생각하며 말을 고른다.

"자네도 알다시피 한일 해저터널 문제는 오래 전부터 통일교에서 관심을 가지고 추진해 왔어. 그리고 그쪽은 아무래도 자민당과 밀접한 관계를 유지해 왔지."

"네. 들어서 알고 있습니다. 그런데 최근에는 한국에서도 관심이 높아져 특히 제 지역구인 부산에는 학자들을 중심으로 연구회도 생겼죠. 더 이상 특정한 사람들이 독점하는 이슈가 아니라고 생각해요."

"자네의 말에도 일리가 있어. 그래도 정치 쪽에서는 자민당이 주축이 되어 왔지. 2008년에 만들어진 '일한해저터널 추진의원연맹'도 큐슈 출신의 자민당 의원들이 중심이 된 것이니까?"

"현재 집권여당에서는 누가 관심이 있습니까?"

"글쎄 … 좀 알아봐야겠지만 … 내 기억으로는 지금 집권여당을 구성하는 민주당, 사민당, 국민신당에서 모두 참여하기는 했지. 그리고 보니 하토야마 총리도 당시 가입했을 걸?"

"센세이, 이 문제를 일본 집권여당에서 주요 안건으로 채택하게 해주신다면 참정권 문제를 한국 야당들이 열심히 추진하도록 해볼게요."

"알았어. 민주당 일한 의원교류위원회에서 어떻게 생각하는지 우선 알아봐야겠네. 그런데 한국의 집권당인 한나라당에서 가만히 있을까?"

"한나라당은 지금 일본보다는 중국에 더 관심을 갖고 있어요. 작년 겨울에 중국의 차세대 지도자라고 하는 시진핑 부주석이 한국에 왔을 때 한중 해저터널이 심각하게 언급될 정도였으니까요."

"그건 좋은 소식이야. 지금 일본 수뇌부는 한일 관계를 매우 중시하고 있어서 한일 터널 자리를 한중 터널에 빼앗긴다는 것을 치명적인 손해로 생각할 테니."

"아무튼 센세이만 믿겠어요."

"요씨 … 알아보지."

시마나카와의 미팅을 마치고 가벼운 기분이 되어 호텔 프런트에 도착하니 깜짝 선물이 기다리고 있었다. 자민당의 실력파 국회의원 사무실에서 선물을 맡기고 갔다는 것이다. 여자가 혼자 들기에는 클 정도의 상자가 황금색 포장지로 멋있게 싸여 있고, 위에는 붉은색 리본 옆에 자민당 국회의원 명함이 붙어있다. 이 자민당 의원을 내가 알던가? 긴가민가하는 기분으로 객실로 들어가 벨보이가 탁자에 놓고 나간 상자를 뜯어본다. 특별히 주문해 놓은 샴페인 아스티 수퍼만티를 객실냉장고에서 꺼내 홀짝거리며 상자를 열었을 때 박민자는 비명을 지름과 동시에 샴페인 플루트를 바닥에 떨어뜨렸다. 드라이 아이스가 은은히 새어 나오는 용기 안에는 거대한 문어의 대가리와 다리들이 잘린 채 엉켜 있었다. 검붉고 둥근 고깃덩어리가 마치 폭탄처럼 보인다.

* * *

박민자의 전화를 받고 아사이 부부가 긴급히 오쿠라 호텔에 온 것은 오후 4시가 가까운 시간이었다. 박민자는 소파에 몸을 있는 대로 뭉치고 담요를 뒤집어 쓴 채 웅크려 있었다. 바닥에는 샴페인 플루트가 깨진 채 뒹굴고 응접 테이블 위에는 황금색 포장지에 싸인 상자가 열려 있다. 신스케가 안을 들여다보니 드라이 아이스는 다 날아가고 문어 대가리는 표면이 말라 뻘건 육포 덩어리와 같은 형상을 하고 있다.

"흠 …."

"여보, 도대체 뭐예요?"

사다코가 안을 들여다보며 묻는다.

"문어 대가리인데 … 살인의 예고 비슷한 거라고 할 수 있지 …."

"······?"

사다코의 옥타브 높은 외침에 박민자는 새삼스럽게 겁을 먹는다.

"도대체 누가 이런 짓을 ···?"

사다코의 물음에 신스케는 아무런 대답도 없이 주머니에서 수술용 고무장갑을 꺼내 끼고 상자 표면부터 찬찬히 살핀다. 우선 눈에 띄는 것이 위에 붙은 자민당 의원의 명함이다.

중의원 의원

야스다 쇼타로 (衆議院議員 安田正太郎)

자민당 의원이 한국 국회의원에게 살인을 예고하며 자신의 명함을 붙일 리 없다. 물건을 보낸 자가 어디서 받았거나 우연히 얻은 것으로 봐야 한다. 중의원 의원의 명함을 받는 사람은 부지기수이다.

신스케는 부하에게 전화를 걸어 야스다 쇼타로 의원의 프로필을 살펴보도록 지시한다. 전화를 끊고 담배를 한 대 피우자마자 보고가 들어온다. 우선 야스다는 농림수산위원회와 안전보장위원회에 속한다는 것이다. 그렇다면 농림수산위원회와 관련되는 단체나 업자와 결부되는 인간일 가능성이 높다. 동경 한복판의 오쿠라 호텔에 이렇게 보기 드문 문어대가리를 잘라 보낼 수 있는 곳은 츠키지(築地)의 어시장밖에 없다고 신스케는 판단한다. 그 동네 조직을 좀 살펴봐야겠다고 머리에 메모한다.

"민자야, 일 처리는 형부에게 맡기고 나가자. 나가서 저녁 먹고 오늘은 카타르시스에서 애들 데리고 한잔 하렴."

"알겠어요···. 언니."

박민자는 정치투사가 아니라 약한 여동생의 모습이 되어 이복언니에게 매달린다. 자동차로 이동하며 사다코는 클럽의 상무 요코다에게 전화를 넣는다. 저녁에 예의 'VIP 손님'이 간다는 것이다.

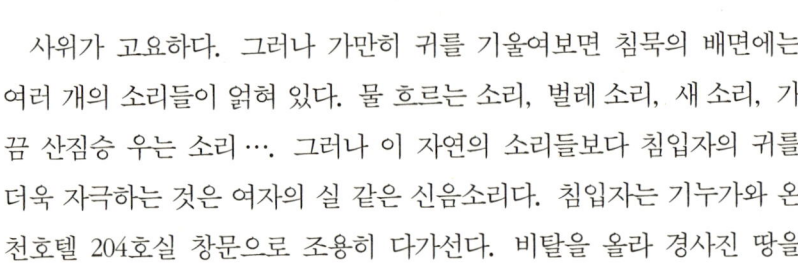

6

사위가 고요하다. 그러나 가만히 귀를 기울여보면 침묵의 배면에는 여러 개의 소리들이 얽혀 있다. 물 흐르는 소리, 벌레 소리, 새 소리, 가끔 산짐승 우는 소리 …. 그러나 이 자연의 소리들보다 침입자의 귀를 더욱 자극하는 것은 여자의 실 같은 신음소리다. 침입자는 기누가와 온천호텔 204호실 창문으로 조용히 다가선다. 비탈을 올라 경사진 땅을 딛고 안을 들여다보니 실내의 바닥이 시선과 거의 같은 높이에 있다.

여자는 무릎을 꿇은 자세로 곧추선 남자의 가랑이 사이에 얼굴을 묻고 있었다. 나체인 두 사람의 모습이 뿌연 실내조명 속에서 낡은 필름의 옛날 영화를 보는 듯한 착각을 불러일으킨다. 광경을 채운 여주인공은 박민자다. 그녀는 얼굴이 동그랗고 큰 탓인지 몸이 비대할 것이라는 선입관을 갖게 하지만 벗은 몸을 보니 사십대 후반의 나이치고는 군살이 거의 없다. 중년여성의 입 속에 자신의 성기를 빼앗긴 젊은 남자는 고개를 젖히고 천장을 쳐다보고 있었다. 얼굴 바로 위에 샹들리에가 매달려있어 남자의 표정이 자세히 보인다.

"아 … 아 …!"

남자가 낮은 비명을 지른다. 쾌감 때문인가? 남의 정사를 엿보는 방관자 입장에서 질투심 비슷한 감정이 샘솟는 것이 스스로도 어이없다. 그런데 자세히 보니 단지 쾌감이 아닌 듯하다. 여자는 남자의 가랑이에 얼굴을 묻고 양 손으로는 남자 엉덩이를 움켜쥐고 있었다. 가만히 보니 남자가 지르는 낮은 비명은 여자의 입놀림에 따른 쾌감이 아니라 손가락이 엉덩이를 파고드는 아픔 때문이 아닌가? 침입자는 일종의 안도감

50

을 느끼며 입에 고인 침을 조심스레 삼킨다.

젊은 일본남자가 중년의 한국여자와 섹스를 하며 쾌감을 느끼지 않는다는 사실에서 분노가 다소 가라앉음을 느낀다. 남자의 가랑이에서 얼굴을 뺀 여자는 성이 잔뜩 난 성기를 유심히 들여다보더니 이내 손가락으로 가지고 놀기 시작한다. 오른손으로 움켜쥐고 핸들 돌리듯이 하였다가 앞뒤로 피스톤 운동을 하였다가 자유자재다. 서 있는 남자의 얼굴에는 애써 흥분을 참으려는 표정이 역력하다. 마치 성기를 여자에게 잠깐 빌려주기는 했지만 감정은 빼앗기지 않겠다는 자세다. 이 무슨 기묘한 풍경인가.

갑자기 여자가 성기를 놓더니 남자를 바닥에 눕힌다. 기마자세로 남자를 탄 여자는 본격적으로 상하운동을 하면 신음을 지른다. 이를 보는 침입자도 별 수 없이 흥분하기 시작한다. 소리를 내지 않기 위해 정지된 자세로 실내를 엿보는 침입자의 침 삼키는 소리가 계곡의 물소리보다 더 크다. 천장을 보고 누운 젊은 남자도 흥분하며 신음을 낸다. 이 신음에 여자는 더 신이 나서 소리를 지른다. 나이에 비해 탄력과 볼륨이 있는 여자의 유방이 상하로 일정한 리듬을 타고 흔들린다.

* * *

그는 살면서 이 세상이 공정하지도 정의롭지 못하다는 명제를 의심한 적이 없다. 태양 아래의 모든 것이 불완전하듯이 인생은 불공평하다. '부자이건 빈자이건, 강한 자이건 약한 자이건 인생을 즐기는 자는 모두 사기꾼'이라고 갈파한 루소의 말이 생각난다. 인간에게 자유로운 선택이 주어진다면 불공평하다는 불만을 갖지 않을 것이다. 그러나 인생에 중대한 영향을 미치는 것은 모두 선택 없이 강요되는 것이 아닌가? 부모, 국적, 피부색 … 심지어 이웃나라와의 관계도 말이다.

일본과 조선이 옆에 붙어 있지만 않았어도 이 새벽에 자신과 관계없는 이들의 섹스를 훔쳐보는 일은 없었으리라고 생각하며 침입자는 심한 자괴감과 함께 갈등한다. 저 여자도 나와 같이 피해자이고 희생자일까? 이 자리에서 조용히 물러날까? 모든 중대한 선택은 갑자기 찾아와 순간적인 결정을 요구한다는 어느 선배의 말이 생각난다. 그것이 바로 불공평한 인생의 핵심인지 모른다고 생각한다. 비탈에 서서 몸을 유지하려고 한쪽 다리에 힘을 주고 남의 정사를 들여다보는 자신의 모습에서 침입자는 어처구니없는 코미디를 발견한다.

이윽고 마음이 편해진다. 어차피 여기까지 온 길, 쭉 가버리자는 생각으로 마음을 다잡는다. 일본남자를 타고 앉은 저 조선여자를 죽여야 한다는 살인에 대한 집착이 차가운 새벽공기 속에서 전신의 피를 데우며 돈다. 두려움이 사라지고 이내 평온하다. 남은 것은 일련의 간단한 동작뿐이다.

환희의 절정에 이른 남녀의 비명이 들리고 여자가 남자의 몸에서 내려와 천장을 보고 눕는다. 창문이 많은 방안에는 새벽의 여명이 은은하게 들어와 땀이 밴 두 남녀의 몸을 어렴풋이 비춘다. 누워서 담배를 한 대 피운 젊은 남자가 일어나 화장실에 잠깐 들르더니 옷을 입기 시작한다. 떠나려는 것이다. 여자는 남자를 잡지 않는다. 무언가 간단한 말을 나누더니 여자가 핸드백에서 무언가를 꺼내 건넨다. 돈일 것이다. 만물의 영장인 인간이란 사실은 '섹스하는 동물'이라고 혐오하면서 최근 자신에게는 그 섹스라는 행위조차 없었다는 생각이 뜬금없이 떠오른다.

침입자는 창가를 떠나 노천욕장에 앉아 기다린다. 여자가 새벽이면 노천욕장에서의 시간을 즐긴다는 것을 미리 들어 알고 있다. 동경에서 준비해 온 비닐봉투를 세 장 겹쳐서 그 안에 사과만 한 돌을 타월에 싸서 넣는다. 봉투를 회전시켜 일격에 머리를 때려 실신시킬 수 있는 훌륭한 흉기이다. 상처가 나지도 않는다. 백 팩에서 스키장갑을 꺼내 끼고 객실에서 노천욕장으로 내려오는 계단에 앉아 기다린다.

눈을 들어보니 먼 곳에서 떠오르는 태양이 계곡 건너편 숲에 엷은 황금색을 뿌린다. 새들의 지저귐이 더 빈번해지고 아침 닭 우는 소리가 들린다. 평화롭다. 이 평화로움이 얼마나 계속될 수 있을까? 이제 미지의 세계로 접어든다고 생각하니 허전해서 허기마저 느껴진다. 눈이 퀭하고 시력이 약해지는 듯한 착각도 든다. 돌이킬 수 있는 길은 없다고 마음을 굳게 먹는데 뒤에서 문 여는 소리가 들린다. 여자가 모습을 드러낸다. 나체였다.

다섯 칸 정도의 계단을 내려오는 여자의 유방이 심하게 흔들린다. 크지도 작지도 않은 적당한 사이즈의 유방은 중년여성의 것으로서는 많이 처지지도 않고 유두는 위를 향해 솟아있다. 큰 얼굴에 비해 조그마한 유두는 기묘한 불균형감을 준다. 160센티미터를 넘지 않을 체격이 결코 크다고 할 수 없으나 차례로 내딛는 다리가 길게 느껴진다. 밝아오는 아침의 광선 속에서 교대로 움직이는 다리 사이의 음모가 짧게 정리되어 있음이 보인다. 여자의 손에 들린 흰 수건과 검은 음모의 콘트라스트가 새벽의 푸른 공기 속에서 먼 시골들판의 가을 서리와 같은 청량감마저 느끼게 해준다.

잠이 덜 깨어서인지 아니면 섹스의 쾌감이 남아서인지 여자는 계단을 다 내려와서야 뒤늦게 침입자를 발견한다. 놀라움으로 갑자기 확대된 흰자위가 검은 동공을 감싼다. 무엇보다도 두드러지게 침입자의 눈에 들어온 것은 두껍고 큰 갈색 입술이었다. 육감적이기도 하고 잔인하기도 한 모양이 인생을 거칠게 살아오면서 형성된 카리스마를 순간적으로 직감하게 했다.

여자가 그 입술을 벌리려는 순간 비닐봉투가 회전하며 타월에 싸인 돌이 여자의 왼편 관자놀이를 강타한다. '아!' 하는 외마디 비명을 내며 실신한 여자는 계단의 맨 아랫단에 철퍽 주저앉는다. 나체의 여자가 계

단에 앉아 있고 검은 옷으로 무장한 남자가 그 앞에 서 있는 묘한 풍경
이 잠시 지속되는데 아침바람이 싱그럽게 지나가며 꽃향기를 뿌린다.
서 있는 남자는 여자의 확인사살을 어떻게 할 것인지 연구한다.

　이윽고 여자를 두 팔에 들어 올려 욕조 난간 위에 눕힌다. 밝아오는
아침광선에 드러나는 여자의 몸을 물끄러미 들여다보던 남자는 주머니
에서 플라스틱 빨랫줄을 꺼내든다. 빨랫줄을 정성스럽게 목에 감은 남
자는 여자의 머리 위쪽 욕조난간에 앉아 손에 감긴 빨랫줄을 당기기 시
작한다. 여자의 성기에 시선을 꽂은 채 온 힘을 다해 빨랫줄을 당기던
남자는 더 이상 힘을 줄 수 없는 포인트에 이르러 사정한다. 오래간만
에 느끼는 짜릿한 쾌감에 온몸을 떨었다.

7

우기가 끝난 기누가와의 8월 아침은 눈부셨다. '귀신이 화난 계곡'(鬼怒川)이라는 전설을 가진 기누가와의 좁은 골짜기로 신선한 공기를 뚫고 쏟아지는 태양이 강바닥에 드러난 바위 위에 잘게 부서진다. 계곡 양쪽으로는 소나무, 단풍나무 등이 짙은 녹색으로 우거져 음양의 대조가 뚜렷하다.

기누가와의 수많은 온천호텔에서도 역사를 자랑하는 온천장 '유노사토'(湯の里)의 청소부 하세가와 미도리는 오랜만에 콧노래를 흘린다. 어제는 여러 가지로 기분 좋은 날이었다. 오후의 퇴근길에 가끔 들러 1천 엔씩 넣고 해보는 파친코에서 다마가 터져 1만 9천 엔을 벌었다. 한 달에 15만 엔도 채 안 되는 그녀의 수입에 비추어 볼 때 횡재 아닌가? 평소 은근히 눈이 맞은 파친코 종업원이 슬쩍 눈치를 준 다이에 앉은 덕이었다.

최근 몇 년 간 한류는 일본인의 생활에 구석구석 퍼져오고 있다. 과거의 영광을 잃어가는 파친코업계도 한류에 기대를 걸고 일본에서 히트 친 한국드라마 〈대장금〉이라거나 〈천국의 계단〉을 테마로 만든 파친코 기계를 전면에 내세우고 있다. 대장금의 팬인 미도리는 어제도 대장금 다이에 자리를 잡았다. 유리속의 기계판 위에 드라마의 남녀주인공이 포즈를 취한 그림 사이에 구멍이 있고, 그 속으로 다마가 퐁퐁 들어가는 것을 보며 마흔 중반의 미도리는 묘하게 흥분했다. 남편은 그날 밤, 오후부터 서서히 달아오르기 시작한 미도리의 몸을 시원하게 풀어주었다.

남편과의 원만한 성생활도 어쩌면 장금이 덕택이다. 미도리와 남편은 근래 수년 간 섹스가 연중행사일 정도로 드물었다. 미도리보다 여섯 살 위인 남편은 40대 중반부터 왠지 발기가 시원치 않았다. 40대에 들어 육체적으로 피크에 달한 미도리에게는 참으로 답답한 노릇이었다. 별로 정숙하다고 할 수는 없지만, 그렇다고 남편이 발기가 안 된다는 이유로 기누가와라는 작은 관광촌에서 은밀히 불륜을 즐길 상대를 찾아내기란 쉬운 일이 아니었다.

남편의 가랑이 사이가 위축되는 반면 아내의 가랑이 사이가 뜨거워지는 이 한심한 불균형을 지방 고등학교를 시시한 성적으로 마친 미도리로서는 도저히 설명하기 힘들었다. 세상이 하도 일본의 버블이 터졌다고 떠들어대니 남편의 임포텐스도 그와 관계가 있는지 생각해보기도 한다. 돌이켜보면 부동산과 주식 버블로 일본에 돈이 철철 넘칠 때 남편의 성기에도 상당히 힘이 들어가 있었다.

기누가와 부근의 한 토목회사에서 크레인을 운전하던 남편이 직장을 잃은 것은 버블이 요란한 소리로 붕괴하던 시기였다. 남편이 직장을 잃던 그날 TV에서는 수십 년이 넘는 역사를 자랑하던 일본의 간판 증권회사 야마이치(山一)가 도산을 알리며 사장이 머리를 조아리고 '사원들에게는 죄가 없으니까'라고 어린아이처럼 엉엉 우는 장면이 방영되고 있었다. 묵묵히 일한 것 외에는 죄가 없던 미도리의 남편도 20년 가까이 일하던 직장을 잃고 말았다.

그 후 한 2년 놀던 남편은 운송회사에 취직하여 장거리트럭을 운전하게 되었다. 남편의 성기가 비실비실하게 된 것은 그 즈음이었다. 장거리운전이 많아 수면부족 때문인지 불규칙한 식사 때문인지 아니면 운전석에 오래 앉아 아랫도리가 약해져서인지 알 수 없었지만, 아무튼 남편이 미도리의 몸을 탐하는 일이 급격하게 줄더니 언젠가부터 가랑이 사이의 물건이 소변전용으로 바뀐 것이었다.

그런 남편의 성기가 어느 시점에서 기적적으로 살아 돌아왔다. 어느 날 밤일을 마치고 돌아온 남편은 비닐봉투를 툭 던지며 '이것 좀 CD 플레이어에 넣어 봐' 하였다. 〈겨울연가〉였다. 그것이 부부 르네상스의 시작이었던 것이다.

"이햐… 벳핀(別賓)이다."

남편은 겨울연가를 보며 주연여배우가 나올 때마다 넋이 나가 중얼거린다. 벳핀이란 미녀를 두고 말하는 옛날식 표현이다. 기누가와의 이 작은 철골주택에서 살아온 것이 그럭저럭 20년, 그 긴 세월 동안 남편이 먹고 사는 데 필요한 최소한의 말 이외에 '문화적 비평' 비슷하게 처음으로 입 밖에 낸 소리가 한국여배우 칭찬 아닌가? 미도리는 내심 심통이 뻗친다. 그래도 한류 덕분에 둘이 나란히 앉아 드라마를 보며 대화를 나누고 차도 마시며 부부 사이가 원래대로 돌아오게 된 것이 기쁘다. 무엇보다 남편이 미도리의 몸을 다시 탐하기 시작한 것이다.

*　　*　　*

어제 파친코의 대박, 그리고 남편과 한류드라마를 본 후의 만족스러운 섹스 덕택에 오늘 아침 미도리의 얼굴에는 화색이 돌고 콧노래가 나온다. 온천장에 도착하자 프런트는 204호실을 우선 청소하라고 지시한다. 204호실은 이 호텔에서 일반고객에게는 빌려주지 않는 방으로, 말하자면 오너의 별장 같은 곳이다.

"VIP가 있으니 조심해야 돼."

프런트의 사내가 말한다.

"VIP라니 누구?"

"잘 알잖아."

"아아, 그 여자."

"그 여자라니, 그 입 좀 조심해."

프런트의 사내는 VIP를 그 여자라고 부르는 미도리를 향해 매섭게 눈을 흘긴다.

온천장 유노사토에서 VIP는 한사람밖에 없다. 오너 후쿠시마 고로의 딸 박민자이다. 아버지가 일본 이름, 딸이 한국 이름을 쓰는 데는 까닭이 있다. 후쿠시마는 태평양 전쟁이 한창이던 1940년에 징용으로 일본에 끌려온 사람이었다. 경상남도 함안 태생으로 일본에 징용된 박재을은 처음부터 일본의 북동부에 있는 이바라키(茨城) 현의 히다치(日立) 광산에서 일하게 되어 있었다. 히다치 광산에는 조선인을 비롯한 외국인이 다수 와 있어서 관리가 큰일이었다. 광산의 작업반은 보통 10명으로 구성되었는데, 반장이 부르고 통솔하기 편하게 적당히 일본식 성을 주고 이치로(一郎)에서 주로(十郎)까지 일련번호 비슷하게 이름을 붙였다.

재을은 부산의 여관에서 하룻밤을 자고 탄 배가 일본 서해안의 항구에 도착하여 다시 기차로 갈아타고 3일 동안 달렸다. 어디로 가는지도 모르고 일본열도를 가로질러 히다치에 도착하는 사이에 경상도를 떠나본 적이 없는 재을의 눈에 이국의 수많은 광경이 스쳐갔다. 불안한 마음과 피로 속에서도 그의 마음에 선연히 각인된 것은 가는 도중에 본 후쿠시마(福島) 현의 이름이었다. 열차의 차창으로 내다본 역들에 적힌 '후쿠시마'라는 이름을 보며, 강제로 끌려온 이 일본이 자신에게 복이 되는 섬이기를 절박하게 기도하였다. 재을은 그래서 자신에게 후쿠시마라는 성을 주었다. '다섯 번째 남자'라는 뜻의 '고로'(五郎)는 작업반장이 붙인 것이었다.

온천장 유노사토에 취직한 지 얼마 안 되는 미도리는 이 부녀의 관계를 잘 모른다. 그러나 얼핏 듣기로 전쟁 중 끌려온 온천장 사장이 히다치 광산에서 일본여자와 결혼하여 전쟁이 끝나고도 조선에 돌아가지 않고 우츠노미야에서 부동산업에 손을 대어 대성했다는 정도는 알고 있다. 그러다가 일본인 처가 일찍 세상을 떠나고, 후쿠시마 고로는 한국의 고향에 찾아가 새 여자를 봤는데 그 여자와의 사이에서 태어난 딸이 박민자라는 것이다.

그런데 이 딸이 한국의 국회의원이 되어 온천장을 가끔 찾아오므로 모두 VIP라고 부른다. 후쿠시마는 한 5년 전에 세상을 떠나고 온천장의 경영권은 후쿠시마의 딸 사다코에게 넘어갔다. 경영자라고는 하지만 사다코는 동경에서 하는 여행사에 정신이 팔려 기누가와에는 1년에 몇 번 얼굴을 비칠 정도이고, 운영은 아버지 대부터 일하던 실무진에 맡기고 있는 터이다. 사다코보다 오히려 더 자주 온천장에 오는 것이 그녀의 배다른 여동생 박민자였다. 그런데 그녀가 유노사토에 올 때는 언제나 20대로 보이는 젊은 남자들과 투숙한다는 것이다.

* * *

"손님, 실례합니다."

고급 한지를 바른 미닫이를 살짝 노크하고 불러도 204호실 VIP는 기척이 없다. 한 번 더 목청을 올려 불러도 대답이 없자 미도리는 방문을 열고 들어간다. 향긋한 벼 냄새를 풍기는 고급 다다미 스무 장 정도의 넓은 객실의 한가운데에는 두 사람용 침구가 깔려 있다. 눈을 들어 창밖을 보니 계곡의 반대편 산비탈이 햇살을 듬뿍 받아 두터운 진녹색 융단처럼 펼쳐져 있다. 넓은 방인데도 실내 공기에는 무언가 비릿한 냄새가 섞여있다. 아마도 지난 밤 흩뿌렸을 체액의 향이리라.

"손님, 어디 계십니까?"

미도리가 소리를 높여 불러 봐도 아무런 기척이 없다. 망설인다. 객실의 발코니를 나가면 옥외에 객실전용 노천욕장이 있는데 거기까지 가봐야 할지, 아니면 프런트로 돌아가 객실에 손님이 없는 것을 알려야 할지. 그런데 강력한 자석과 같은 힘이 미도리를 노천욕장 쪽으로 이끈다. 호기심이다. 궁금한 것이다. 도대체 이 여자는 어떤 사람일까?

'손님'이라는 말이 마치 유령에게서 자신을 보호해주기나 하는 듯 미도리는 불안한 마음으로 손님이라는 말을 반복하며 노천욕장으로 조심스레 발을 옮긴다. 발코니에서 옥외로 통하는 문을 여니 한 스무 평 남짓한 넓이의 정원이 펼쳐지고 그 한가운데 욕조가 있다. 최고급 노송나무 목재로 짠 욕조에는 더운 온천물이 넘치고 있다. 정원 주변은 성인의 키를 넘기는 향나무가 둘러싸고 아래쪽으로는 동백나무가 작은 키로 정리되어 있어 밖에서 안을 들여다 볼 틈이 없다. 정원의 아래쪽으로는 40미터 정도의 급경사 언덕이 이어지고 그 아래로 기누가와가 흐른다.

　여자는 욕조의 난간 위에 누워 있었다. 나신이다. 폭 30센티미터 정도의 노송판자로 된 난간을 침대로 하듯이 위를 보고 반듯이 누운 자세였다. 두 다리가 크게 벌려져 오른쪽 다리는 욕탕 안에 잠겨 있고 왼쪽 다리는 욕조 밖으로 늘어져 있었다. 강렬한 태양빛이 위로 솟은 여자의 치골 위에 떨어져 배와 허벅지를 뚜렷하게 부각시키고 있다. 치골 위의 음모가 마치 호젓한 들판에서 여름의 햇빛을 만끽하는 이름 없는 풀과도 같다는 착각을 준다.

　"헉!"

　여체를 본 미도리는 짧은 탄성을 흘린다. 지금까지 목욕탕 등에서 수많은 여자의 나체를 보아 왔지만 신선한 충격에 가까운 생경감을 느끼기는 처음이다. 여자는 미동도 하지 않는다. 이제라도 프런트로 돌아갈까 생각하면서도 미도리의 발은 조심조심 여자에게 다가간다. 원초적 호기심이다. 짧은 순간이지만 이 여자의 성기를 자세히 보고 싶다는 생각을 하는 자신에게 미도리는 움칫한다. 여자의 음모는 일정한 길이로 다듬어져 있어 성기가 그대로 눈에 들어온다. '손님'하며 몸을 흔들어 보려는 순간, 미도리의 동공에 여자의 목을 두른 짙은 자색 상흔이 들어온다.

　"꺅!"

　미도리가 기절한 것은 그 순간이었다.

8

"큰일이군."

일본의 유수한 관광지인 기누가와에서 역전파출소 소장을 하는 시무라 켄(志村健)은 너무나 큰 충격에 의자가 부서질 정도로 주저앉는다. 멍하니 쳐다보는 벽에 걸린 달력에는 '2010년 8월 21일 토요일'이라는 글자들이 춤을 추고 있다. 앞으로 6주만 버티면 10월 1일부로 다시 형사업무로 복귀하게 되건만….

수상관저와 국회의원회관이 부근에 있는 아카사카 경찰서의 엘리트 형사 시무라가 음주운전으로 가벼운 교통사고를 일으켜 이 시골 관광지의 역전파출소장으로 좌천되었던 것은 1년 전이다. 경부보(警部補)라는 계급은 지킬 수 있었지만 자신이 그토록 좋아하던 형사업무에서 손을 떼고 관광지 역전파출소에서 술에 취한 노인이며 일본어 안 통하는 외국인 관광객들과 씨름하며 1년이나 썩었다는 것을 생각하면 울화통이 터진다.

경찰공무원이 되는데 국가고시를 패스하지 않았다는 이유로 '논 커리어'(non career)라고 불리기는 하지만 형사로서는 수완을 인정받았던 터이다. 자신도 평생 경찰에서 밥을 벌어먹는 '커리어'를 따르는 마당에, 국가고시를 붙지 않았다고 '아니다'라는 접두사를 붙여 자신의 경력을 무시하는 이 일본의 관료시스템을 생각하면 분노가 치밀어 지금이라도 당장 경찰을 때려치우고 사설탐정이라도 해볼까 싶다. 하지만 시무라로서는 범인을 잡는 형사 일의 매력을 무엇과도 바꿀 수 없다. 매년 4월과 10월에 인사이동이 있어 시무라도 10월이면 동경 시타야(下谷) 경찰서 형사과로 부임하게 되어 있었다. 그런데 이런 살인사건이 터지다니.

지난 1년 간 기누가와에서 근무하며 시무라는 온천장 유노사토와 그 오너였던 후쿠시마 고로에 대하여 자세히 알게 되었다. 시무라가 아는 바를 종합한다면 후쿠시마는 이 기누가와에서 유명인사였다. 태평양 전쟁 와중에서 일본에 징용된 과거가 있지만 전쟁이 끝나고도 한국에 돌아가지 않고 일본에서 완전히 일본인으로 동화하여 부동산업, 대금업 등으로 큰 돈을 번 사람이다. 일본에서 대성한 그는 일본에 귀화하였으며 자신이 한국출신이라는 것을 드러내기를 꺼렸다. 오히려 일본에 대한 자랑과 찬미를 늘 말하며, 지역출신의 국회의원, 현 의원들 중 보수계 정치가들에게 상당한 정치헌금을 아끼지 않았다.

그런데 주위 사람들은 모르지만 중앙의 경찰청과 도치기(栃木) 현 경찰에서는 후쿠시마를 주시하고 있었다. 후쿠시마와 일본인 처 아야코 사이에서는 딸이 하나 있었다. 우츠노미야에서 태어나 동경에서 전문대학을 졸업한 딸 사다코는 25세에 결혼한다. 결혼상대는 후쿠시마와 같이 히다치 광산에서 일하던 한국인 인부의 아들로서, 그 가문 또한 일본에 귀화하여 아사이라는 이름으로 히로시마에 정착하였다. 사다코와 남편은 양쪽의 부모에게 자금을 받아 여행사를 경영하여 상당한 성공을 거두었다. 그런데 경찰청은 이 여행사의 배후에 광역폭력단이 연루된 것으로 파악하고 있는 것이다.

사다코의 남편 아사이 신스케는 히로시마 지역의 조선학교에서 야구 선수를 하다가 프로구단에 들어가는 것이 좌절되자 아버지의 돈으로 골프숍 등을 운영하다가 스미야스 구미라는 폭력단에 아예 몸을 맡기고 말았다. 욱하는 성질, 매사를 간단명료하게 정리하는 단순한 사고, 그리고 근육질의 강건한 신체를 가진 그가 재일조선인을 끼워주지 않는 일본 사회에 좌절하고 폭력조직에 몸담은 것은 어쩌면 불가피한 선택이었다.

한국식 본명과 일본식 통명(通名)을 가진 재일교포들이 일본 사회에 정식으로 편입되기 위해서는 귀화를 해야 한다. 그런데 이 귀화요건이 여간 까다로운 것이 아니어서 웬만한 사람은 일본인이 되고 싶어도 될 수가 없다. 일본에서 태어난 2세 내지 3세의 경우 언어, 사고방식, 생활습관 등 인간을 구성하는 요소들로 볼 때 실상 일본인임에도 불구하고 일본인도 아니고, 그렇다고 한국인이나 북조선인도 아니다. 그야말로 '경계인'이다. 아이덴티티가 없는 것이 아니라 정할 수 없다는 것은 인간에게 본능적으로 불안감을 조성하고 이 불안감은 반항으로 발전하기 쉬운 터였다.

그런데 사다코나 신스케보다 일본경찰의 관심을 더 끄는 인물은 따로 있었다. 후쿠시마가 한국에서 낳은 딸 박민자다. 후쿠시마와 처 아야코는 태평양 전쟁이 막바지에 이르던 1944년에 결혼하는데, 아야코는 딸 사다코를 낳고 결핵에 걸려 1956년에 세상을 떠난다. 후쿠시마와 동갑이던 아야코가 37세, 딸 사다코가 8세 때의 일이었다.

조선인인 자신을 믿고 사랑하며 같이 피땀을 흘려 가정을 세운 아야코의 죽음은 후쿠시마에게 큰 충격이었다. 고독과 허무함에 내몰린 후쿠시마는 아야코가 세상을 뜬 다음해에 고향땅을 찾는다. 경상남도 함안의 농촌이었다. 17년 만에 찾은 고향에 부모는 이미 없었고 아는 이도 많지 않아 서먹하였다. 그런데 한 동네에서 자라며 후쿠시마, 즉 재을이 옛날 몰래 좋아하던 아이 최덕자를 만나게 된다. 덕자는 훌륭하게 성장하여 중학교 역사교사가 되어 있었는데 아직 독신이었다. 30대 중반의 두 사람은 곧 맹렬한 사랑에 불타고 그 결과 박민자를 낳는다.

박민자라는 이름이 일본 공안당국의 안테나에 떠오른 것은 1992년경이었다. 그해 민자는 부산에 본사를 두는 〈해남일보〉 일본특파원으로 동경에 오게 된다. 31세의 젊은 여성이 동경특파원으로 부임했다는 것만으로도 주목을 끄는데 그녀의 활동 또한 눈부신 것이었다. 1992년에

일본정부 관방장관이 종군위안부 문제에 대하여 행한 '공식사죄'의 특별
인터뷰를 따내더니, 당시 자민당과 권력을 다투던 일본신당 당수와 사
회당 서기장 등을 상대로 종군위안부, 역사교과서, 야스쿠니 신사참배
등 한일 간의 민감한 사안들에 대해 대담하게 취재하고 집필했다.

젊은 여성기자의 이러한 과감한 종횡무진 뒤에는 그녀의 특별한 경력
이 있었다. 1979년 부마항쟁에서 박민자는 학생운동의 한 리더로 활약
하였다. 그녀의 나이 열아홉에 불과했다. 그런 경력을 가진 일명 '부산
의 잔 다르크'가 동경에 특파원으로 온다니 일본 진보계 인사들은 흥미
를 가지고 기다리고 있었다. 박민자 특파원의 이러한 활동 자체가 일본
공안당국의 관심대상이 되는 것은 아니었다. 정작 공안의 신경이 곤두
서게 된 계기는 경찰청의 한 회의에서 박민자 〈해남일보〉 특파원이 동
경을 관할하는 경시청이 주시하는 광역폭력조직의 한 간부와 수시로 만
난다는 첩보였다. 박민자가 만났던 것은 다름 아닌 이복언니 사다코의
남편 신스케였다.

박민자는 일본 식민주의와 역사의식의 부당성을 부각시킨 뒤 이를 규
탄하는 데 혁혁한 공적을 세우고 한국에 돌아가 《일본의 침몰》이라는
책을 저술하여 명성을 날린다. 그리고 그 기세를 몰아 1994년에는 부산
을 지역구로 국회의원에 뽑히게 된다. 야당에 입당한 민자는 여의도에
서 일본통이자 역사통의 정치가로 성장한다. 그리고 2009년, 국찬모를
결성한다.

이러한 배경을 가진 한국의 여자 정치인이 가끔 일본에 와서 젊은 남
자를 데리고 유노사토에 투숙하였다는 것을 아는 시무라 경부보는 수사
가 진행됨에 따라 어떻게 사태가 진전될지 그저 눈앞이 캄캄할 수밖에
없었다.

*　*　*

"뭐? 박민자 의원이 살해되었다고?"

일본 총리의 비서실장이자 내각의 대변인 격인 관방장관은 수화기에
서 흘러나오는 경찰청 장관의 보고에 순간적으로 뇌의 움직임이 정지하
는 패닉을 느낀다. 50년 이상 일본을 지배하던 자민당의 집권을 부수고
2009년 가을에 역사적인 첫 출범을 장식한 하토야마 정권이 집권 첫 해
를 순항하면서도 우려하던 사안의 하나가 한일병합 100년째라는 2010년
이었다. 진보계인 집권 민주당이 한국의 보수 여당인 한나라당과는 관
계가 원만하게 유지되는데, 같은 진보계 정치세력인 민주한국당과는 오
히려 손발이 잘 맞지 않고 있었다. 여기에는 한 가지 사정이 있다. 한
국 사회가 점차 보수화되는 가운데 열세로 몰리는 민주한국당으로서는
역사문제나 반일문제를 정치적 재료로서 활용하지 않을 수 없는 입장이
었다. 따라서 하토야마 정권과의 유대가 일시적으로 후퇴하는 한이 있
어도 박민자 의원 등이 추진하는 국찬모를 형식적으로나마 지지할 수밖
에 없었던 것이다.

"도대체 어떻게 죽은 겁니까? 누가 죽였어요?"

경찰청 장관에게 토로하는 관방장관의 말에는 궁금증이 고스란히 담
겨 있었다. 총리대신에게의 보고나 기자회견에서의 설명은 그 다음 문
제다. 진심으로 궁금한 것이었다. 수화기를 들고 아연실색한 그의 벌어
진 입으로 먼지가 흘러 들어가는 것이 창에서 빗겨 들어오는 햇살을 통
해 선명하게 보인다.

9

기누가와를 관할하는 이마이치(今市) 경찰서 형사과장 가자마 세이지(風間正次)를 비롯한 수사팀이 유노사토에 도착한 것은 정오가 갓 지난 때였다. 현장은 잘 보존되어 있었다. 욕조 난간 위에 하늘을 향해 누운 여체에 8월의 태양이 쏟아져 내린다. 시체를 본 형사들 눈에 우선 들어온 것은 목을 싸고 돈 짙은 자색의 상흔이었다. 교살임이 분명하다. 감식반이 두 번째로 발견한 특징은 머리 왼쪽 관자놀이 부분이 심하게 부풀어 올라 있었다는 것이다. 출혈은 없으나 심하게 부푼 것으로 보아 표면을 부드럽게 감싼 둔기에 의한 충격으로 추정할 수 있었다.

"과장님, 이쪽에 침입한 흔적이 있습니다."

젊은 수사관이 가리키는 정원의 구석에는 두 그루의 향나무 아래 부분 기둥이 잘려나가 울타리에 걸려있는 형국이었다. 잘려나간 부분을 가로막는 키 작은 동백나무도 깨끗이 제거되어 있었다. 자세히 보니 톱밥이 떨어져 있다. 범인은 휴대용 톱을 쓴 게 틀림없었다. 이로써 성인이 기어 들어올 수 있는 정도의 공간이 깨끗이 뚫려 있다.

"누군가가 이곳으로 침입하여 오른손에 든 둔기로 피해자의 좌측 두부를 타격하고 그 다음 로프 같은 걸로 목을 졸랐겠지."

가자마는 일단 가설을 세워본다.

"그렇게 추론해도 무리가 없습니다."

누군가가 동의한다.

"그렇다면 피해자의 몸을 욕조의 난간 위에 올린 것은 그 다음이라고 봐야겠지?"

"글쎄요. 목 졸린 것이 먼저인지 욕조 위에 올린 것이 먼저인지는 지금 단정할 수 없다고 봅니다. 다만, 이 시점에서 추정할 수 있는 것은 피해자가 타격을 받기 전에 이미 나신이었다는 것입니다. 의식을 잃고 늘어진 피해자의 옷을 벗긴다는 것이 자연스럽지 않고, 더구나 이곳은 비좁은 욕조입니다."

"그거야 그렇겠지. 그런데 의식을 잃거나 사망상태에 들어간 피해자를 이 욕조의 난간 위에 다리를 벌린 채로 올려놓은 이유는?"

가자마의 질문에 선뜻 대답을 제시하는 수사관은 없다. 그 대신에 모두의 눈이 벌려진 가랑이로 집중한다. 스포츠 선수 모발처럼 균등하고 짧게 정리된 음모 아래로 여자의 대음순이 보인다. 크기는 보통보다 매우 크고 짙은 보라색을 띠고 있다고 가자마는 느낀다. 피해자 신체의 또 하나의 특징으로 입술이 매우 크고 돌출되어 있었는데, 그 입술이 대음순과 모양이나 색에 있어 매우 비슷하게 보인다. 여성의 성기는 입술을 닮고 남성의 성기는 코를 닮는다는 속설이 과연 근거가 있는 것인가 하고 가자마는 생각한다.

"성적 학대가 있었는지는 역시 검사를 해봐야겠지."

"그래야 확실할 것입니다."

그때 가자마의 휴대전화가 진동한다. 서장이다.

"긴급사항을 전한다. 경찰청 최상부에서 연락이 왔다. 피해자 사체를 즉시 동경경찰병원으로 옮겨 부검하라는 거야. 사법부검이다. 경찰청 장관이 결정한 사항이다. 헬리콥터가 그리로 가고 있으니 준비할 것. 초동 수사가 결정적이니 최선을 다해주기 바라네. 보통 사건이 아니야."

사법부검이란 사건의 긴급성에 비추어 가족의 동의를 구하지 않고 행정당국 직권으로 실시하는 부검을 말한다.

"알겠습니다."

사체를 헬리콥터에 실어 보내고 수사관 전원은 노천욕장의 담장 밖으로 나가 주변을 쓸듯 뒤지기 시작한다. 온천장 204호실 실내는 감식반이 증거를 채취하고 있으나 큰 수확이 없으리라고 가자마는 직감한다. 범인은 정원 쪽에서 들어온 것이다. 향나무로 만들어진 담장에서 기누가와 계곡물까지의 거리는 약 40미터 정도인데 45도 정도의 경사를 이루고 있다. 수령이 수십 년을 넘음직한 소나무와 단풍나무가 들어차 있어 서늘하고 어두운 그늘을 만들고 있다. 작은 관목들은 의외로 적어 일단 침입한 자는 이동하기 쉬웠을 것이다. 언덕을 내려가면 약 4미터 정도의 폭에 크고 작은 돌들이 깔린 물가가 나온다.

동경의 동북부에 위치한 후쿠시마 현에서 도치기 현을 향하여 남으로 흐르는 기누가와 계곡을 중심으로 시오바라(塩原)와 기누가와라는 두 개의 산간 온천지대가 자리 잡고 그 아래로 해외에서도 잘 알려진 니코(日光) 관광지가 있다. 이 산간 온천지대를 뚫고 내려오는 기누가와 계곡물은 폭이 넓은 지점에서 한 30미터이고 좁으면 10미터 정도이다. 푸른 계곡물이 하얀 바위를 씻어 내리며 흐르고, 그 양쪽으로 온천호텔들이 자리 잡고 있다.

계곡의 동서를 연결하는 몇 개의 다리가 있는데, 유노사토는 구로가네라는 다리의 동쪽 기슭에 자리 잡고 있다. 다른 다리들과 달리 구로가네 교에는 특징이 하나 있어 다리에서 계곡물까지 내려갈 수 있는 계단이 만들어져 있다. 계단을 내려가면 유노사토의 204호실 밖에 만들어진 노천욕장이 100미터도 채 안 되는 거리였다. 수심이 깊어 봐야 성인의 가슴 정도이므로 신발과 옷이 젖을 것을 각오한다면 유노사토에 다가가는 것은 그리 어려운 일이 아니다.

"범인이 구로가네 다리에서 내려와 침입했다고 봐도 되겠지."

가자마는 소리를 내어 수사진에게 가설을 하나 던진다. 이윽고 그 가설을 뒷받침하는 증거가 나왔다. 숲 속에서 영수증 한 장을 발견한 것이었다.

야마자키숍 (Yamazaki Shop Kinugawa)
2010년 08월 20일 (금) 15:21 레지134

아사히원더 캔커피 185G	￥ 120
7P하이퀼리티 전지 단4형 8개 팩	￥ 580
신문	￥ 130
합계	￥ 830
지불	￥ 1,030
잔돈	￥ 200

큰 수확이었다. 이 영수증이 범인이 흘린 것이라면 범인은 사체가 발견된 21일 오전에 앞서 20일 오후에 야마자키숍이라는 편의점에 들러 물건을 산 것이었다. 야마자키숍은 근처의 후지와라 소방서 바로 이웃에 위치한 편의점이었다.

오랜 형사의 경험으로 가자마는 범인이 프로가 아님을 직감했다. 프로라면 영수증을 흘릴 정도의 칠칠맞은 실수는 하지 않을 것이고, 게다가 범행 전에 현장 부근의 편의점에서 물건을 사지도 않을 것이다. 가자마가 형사가 되어 첫 번째로 투입되었던 사건을 돌이켜 볼 때 일본에 와서 청부살인을 한 러시아 마피아는 호텔에서 목욕도 하지 않고 잘 때도 침대에 비닐을 깔고 잘 정도로 극도로 용의주도하여 증거채집에 곤욕을 치렀다. 그런데 신문? 사람을 죽이기 전에 신문을 사서 읽었다는 것인가?

10

'조선병합을 규탄하는 한국 국회의원 피살!'

8월 22일 일요일, 긴 여름휴가에서 돌아와 피로를 달래고 있던 일본 시민들은 뉴스에 경악한다. 신문과 방송은 한일병합 이후 100년에 관한 특집기사나 프로그램을 준비하고 있었는데, 이 쇼킹한 뉴스로 단번에 무용지물이 되고 말았다. 하토야마 정권이 들어서 아시아 공동체 형성 등 아시아 외교를 중시하는 기조가 정착하며 한일관계의 비약적 개선을 기대하던 사람들은 내심 위기감을 느껴 TV 속보에 빨려들고 있었다.

신중하던 일본의 매스컴도 최근 수년 간 포퓰리즘에 휩싸이면서 파악된 사실이 적으면 적을수록 추측과 자극적인 수식어로 공간과 시간을 메운다. 임시수사본부가 설치된 도치기 현 경찰서에서 누군가가 매스컴에 흘린 것이 분명하다. 그러나 사건의 충격성에 비해 알려진 것이 적어 매스컴의 보도는 자극적인 표현을 반복했다.

한편 일반시민에 비할 수 없을 정도로 큰 충격에 휩싸인 곳은 동경의 수상관저였다. 일요일 오후, 수상관저에 긴급 소집된 특별대책회의에 참가한 면면을 보면 민주당 정권이 이 사건을 얼마나 심각하게 대응하는지 엿볼 수 있었다. 하토야마 수상이 친히 주재한 회의에는 내각 부총리격인 국가전략담당대신, 법무대신, 내각관방장관, 국가공안위원장, 경찰청장관 등이 나타났다. 사건이 발견되고 하루가 조금 지난 시점이어서 확정되지 않은 사실관계가 아직 많지 않았으나 경찰청장이 브리핑한 주요한 포인트는 다음과 같았다.

첫째, 8월 21일 토요일 오전 10시 30분 경, 도치기 현 니코 시 기누가와에 위치한 온천호텔 유노사토에서 한국 현역 국회의원 박민자가 사체로 발견되었다.

둘째, 사체는 현재 동경경찰병원에서 부검이 이뤄지고 있으며, 현장 수사팀이 수집한 증거들은 과학경찰연구소에서 분석이 이뤄지고 있다.

셋째, 범인의 단서나 프로필을 아직 확정할 수 없으나 개인의 범죄로 보이며, 직접적 사인은 목을 조른 교살로 추정되고 있다.

넷째, 현장을 초동 수사한 수사팀은 기누가와 계곡 쪽에서 올라와 노천욕장의 담을 뚫고 침입한 증거를 확보하였다.

경찰청 장관의 보고 후 무거운 침묵이 회의장을 짓누른다. 이윽고 수상이 입을 연다. 본인이 아시아를 중시하여 일본외교의 새로운 방향성을 제시하고자 하는 마당에 이러한 사건이 발생하여 충격과 애도를 표한다는 심경을 피력한 후 경찰은 아무런 성역이나 편견 없이 수사하고, 수사의 레벨을 현이 아닌 중앙경찰로 격상하여 모든 가용한 자원을 동원할 것, 그리고 수상관저도 최대한 협조할 것이라고 짧게 훈시했다.

이어서 장관은 각료급의 국가공안위원장은 수사본부를 경찰청에 설치하여 경찰청, 동경경시청, 그리고 관련되는 현과 지방자치단체 경찰의 공조체제로 할 것이며 초기 수사관을 100인 체제로 할 것이라는 방침을 밝혔다. 수사관 100인 체제란 매우 이례적인 맘모스 수사체제이다. 이 자리에서 관방장관은 월요일인 내일 아침, 주일한국대사에게 조의와 유감을 표시하며 현 시점에서 인지된 사항에 관해 전달할 것임을 밝혔다.

* * *

한편 한국 정치권력의 정점인 청와대에는 낭패감과 당혹감이 휩쓸고 있었다. 하토야마 일본수상이 수상관저에서 긴급대책회의를 갖고 있던 거의 같은 시간에 청와대에서도 대통령이 몸소 주재하는 긴급회의가 있었다. 주일한국대사관의 국가정보원 주재관이 사실관계는 대개 파악하여 보고했으므로, 청와대 회의에서 보고된 내용은 일본 수상관저회의에서 보고된 것과 대동소이했다. 문제는 이 사건에 어떠한 성격을 부여하고, 국민들에게 앞으로 어떻게 설명해나갈 것인지의 여부였다. 일본과의 외교관계는 그 다음 차례의 일이었다.

사실 대통령을 비롯하여 정부여당의 수뇌부는 국찬모의 결성을 못마땅하게 여기고 있었다. 특히 대통령은 국찬모와 반대되는 발상을 가지고 있었다. 한국이 이제 세계 12대 경제대국이며 OECD에 이어 G20의 일원이라는 지위를 가지고 있는 마당에, 100년 전에 조상들이 일본에 눌려 국권을 빼앗긴 것을 다시 공공연하게 상기시키기보다는, 다시는 그러한 상황이 재현되지 않도록 차분하게 과거를 반성하며 미래를 그리는 분위기를 조성하고 싶었던 것이다.

100년 전에 일본에 국권을 빼앗긴 것은 일본민족이 한국민족보다 우수해서가 아니라 역사적 조건들이 일치하여 일본이 먼저 근대화를 서두른 것에 연유할 뿐이다. 중요한 것은 2010년인 오늘, 한국이 일본과 나란히 경쟁하고 있으며 분야에 따라서는 오히려 앞서가고 있으니 국민들도 더 이상 아픈 과거를 상기하며 패배감과 열등감을 느낄 필요가 없다는 점이었다.

나아가 한국과 일본의 협력은 이제 선택의 문제가 아니라 피할 수 없는 운명과도 같은 것이라고 대통령은 판단하고 있었다. 인구가 점차 줄어들면서 앞으로 한국과 일본의 인구를 합하여도 중국의 한 성에 지나지 않는 상태가 올 것이다. 그렇다면 민주주의와 시장경제를 중심으로 가치체계를 공유하는 이 두 나라가 무의미한 경쟁이나 질투로 국력을 낭비하고 삶의 질을 저하시킨다는 것은 어리석다는 생각이었다. 다행히도 새로 수립된 하토야마 정권이 스스로 한국에 러브콜을 보내는 국면은 동아시아에서 차지하는 한국의 위상을 높이는 데 매우 유리한 사태

진전이었던 것이다.

　대통령이 착석할 때까지 일요일 오후의 긴급회의에 참석한 멤버들은 대통령의 생각을 이미 알고 있어 무거운 마음으로 말도 조심하고 있었다. 참석자는 청와대에서 대통령실장, 외교안보수석 및 휘하의 비서관, 정무수석, 정부의 국무총리, 외교통상부 장관, 동북아시아 국장, 일본 과장, 국가정보원장, 법무부 장관, 행정안전부 장관, 경찰청장 등이 참가한 대형회의였다.

　실무형의 대통령은 거두절미하고 본론으로 들어가 질문했다.

　"사안에 관해서는 대개 들었으리라고 봅니다. 현 시점에서 사건에 관해 새로 밝혀진 것이 있습니까?"

　"아직은 없습니다. 일본수상관저도 아직 암중모색 중이라네요."

　일본의 정보계통에서 시시각각 진전 상황을 보고 받는 국정원장이 대답한다.

　"이 소식을 듣고 하도 놀라 점심을 먹으면서 좀 생각해봤습니다."

　대통령은 편하게 같이 고민해 보자는 어투로 말을 잇는다.

　"국찬모라는 정치집회를 갖기 위해 동경에 간 한국의 국회의원을 살해하고자 하는 동기나 이유를 가진 사람은 어떤 사람일까? 생각해보면 상당히 있을 수 있다고 봅니다. 알다시피 하토야마 정권은 북한과의 관계개선도 추진해 온 까닭에 곧 만경봉호가 니가타 항에 입항할 것입니다. 이것을 싫어하는 사람들이 일본외교에 우선 타격을 가하는 것을 생각해 볼 수가 있습니다. 그리고 당연히 우익세력이 있지요. 자민당 정권 내내 하늘 높은 줄 모르고 떠들던 우익인사들이 하토야마 정권이 들어서면서 수세에 몰려 있는데, 국찬모 행사는 그들에게 아마 큰 분노를 안겼을 겁니다. 따라서 이들을 배제할 수 없어요. 아니면 우익세력과 연계되어 있는 폭력조직의 누군가가 점수를 따려고 영웅주의에 휩싸여 저지른 일일 수도 있고…. 한일 간의 긴밀한 공조체제를 싫어하는 조총런 쪽의 의도도 생각해 볼 수 있습니다. 가설은 여러 가지로 생각해 볼 수 있는데, 일본정부에서는 어느 방향으로 생각하고 있는지요?"

대통령의 전문가 못지않은 분석을 듣고 아무도 금방 입을 열지 못한다. 잠깐의 침묵이 지나고 일본정계에 많은 지인을 가진 외교통상부장관이 입을 연다.

"저도 오기 전에 일본 민주당 간부와 전화를 잠깐 하고 왔는데, 일본 수상관저에서의 긴급회동에서도 아직 가닥을 잡지 못한 것 같습니다. 사건이 발견된 것이 어제 오전이고 오늘이 일요일이어서 수사는 이제부터라고 봅니다. 다만 한 가지 묘한 말을 들어서 …."

외교통상부장관이 입에 올리기가 심히 난처한 듯 머뭇거린다.

"무슨 말인데요?"

대통령이 채근을 한다.

"아직 일본수사당국에서도 정식으로 논의하는 것은 아닌 것 같은데, 뭐라 할까 … 박민자 의원의 사체에서 남성의 정액이 나왔다는 말이 돈다는 겁니다."

"네?"

대통령은 작은 눈을 있는 대로 크게 뜨고 놀란다.

회의석에 있던 모두 이 충격적인 말에 어안이 벙벙하다.

"그러니까 박민자 의원이 동경에서의 큰 정치집회를 앞두고 지방의 온천호텔에 갔는데, 거기서 남자와 동침했다는 이야깁니까?"

"네. 그러한 정보가 앞으로 수사회의에서 정식으로 올라갈 것 같다는 것입니다."

이것이 사실이라면 국가 간의 역사문제에 대한 갈등이 아니라 한국인의 자존심, 특히 여야를 막론하고 한국 지도층의 윤리와 자존심에 큰 타격을 가할 수 있는 민감한 사안이다. 충격에서 벗어나 대통령은 바로 질문을 이어간다.

"국정원장, 박민자 씨는 도대체 언제부터 얼마나 자주 일본에 다닌 것입니까?"

주요 요인들에 대한 동향정보를 가지고 있으며 공항에서의 출입국기록을 파악하고 있는 국정원장이 말을 잇는다.

"박민자 의원은 과거 〈해남일보〉 일본특파원을 지냈습니다만 그 전과 후의 일본 행적이 매우 다릅니다. 박민자 씨는 1989년 1월에 특파원으로 부임하여 약 2년간 체재하였습니다. 특파원으로 부임하기 전에는 일본에 단 두 차례 방문한 것으로 나타납니다. 그런데 특파원을 역임하고 난 후에는 공식, 비공식을 포함하여 매년 수십 차례씩 일본을 찾은 것으로 파악됩니다."

"그렇게 일본에 자주 가는 어떤 사정이라도 있나요?"

"글쎄요. 일본에 관한 책을 출판하였다거나 일본통이라거나 하는 이유도 있습니다만 가장 중요한 이유는 박민자 씨의 부친이 재일교포라는 데 있다고 봅니다."

"박민자 씨의 부친이 … 재일교포?"

대통령은 놀란다.

"네. 수년 전에 별세하였습니다만."

예기치 못하던 맥락이 추가되면서 혼란은 더 가중된다. 원점으로 돌아가 다시 생각해 보겠다는 느낌으로 대통령이 묻는다.

"박민자라는 사람은 도대체 어떠한 인물입니까?"

이 말에 청와대 민정수석이 서류폴더를 열며 보고를 시작한다.

"1961년생으로, 올해 만 49세가 되던 박민자 씨는 지난 1996년 15대 국회에 부산 해운대에서 당선되었습니다. 그 후 16대에는 낙선하였으나 다시 17, 18대 당선한 3선 의원입니다. 아시다시피 투사형의 정치가이고 정책보다는 역사관계, 민주화 등의 굵직한 쟁점에서 화려한 언변을 구사하며 강성한 이미지로 성공한 정치가죠. 다만 문제는 소속하는 정당에서도 입지가 강하지 못하고 주변과의 관계가 좋지 않아 따르는 사람이 별로 없는 편입니다. 그래서 다음 선거에서는 공천이 힘들거나 공천이 되어도 당선이 어려울 것이라는 시각을 가진 사람이 많습니다. 이를 아는 본인도 이번 국찬모를 크게 성공시켜 정치적 입지를 확보하겠다는 계산이 있는 것으로 압니다."

"정치적 입지라면 구체적으로···."

"여의도에서는 국찬모 활동이 성공하면 박 의원과 생각을 같이하는 사람들이 새로 정치그룹을 만들 것이라는 설, 아니면 다른 정당으로 옮긴다는 설이 돌고 있습니다."

"흠··· 사생활 면은 어떤가?"

"박 의원은 독신이며 결혼한 적이 없습니다. 특별한 비리 같은 것은 나온 것이 없습니다. 다만 주변에서 의아하게 생각하는 것은 의원의 세비 이외에는 특별한 재산이 없는 것으로 보이는데 돈이 풍부하고, 특히 선거자금이 넉넉하다는 것입니다."

민정수석의 보고는 그 돈이 일본의 재일교포 부친에게 건너온다는 뉘앙스를 강하게 풍기고 있다.

* * *

'또 한번의 국권찬탈인가?'

박민자 의원의 살해소식을 전하는 월요일 아침, 한국 신문들의 일면 머리기사 제목은 대담무쌍하고 화려하다. 일요일 자 일본의 호외보도와 인터넷 기사, 그리고 현지특파원의 보고를 종합한 한국의 보도기사들은 한참 앞질러가고 있었다. 구체적인 사실보도는 빈약하면서도 이 사건이 일본에서 일어난, 한국에 대한 모종의 조직적 도발 또는 역사적 망동의 반복이라는 인상을 남기게 하는 기사나 평론이 대부분이었다. 특히 삼보일배라는 종교 의식이 대중의 시선을 잡아끄는 시각적 퍼포먼스가 된 요즘, 한국 국회의원들과 시민단체 대표들이 수많은 사람을 데리고 동경 한복판의 히비야 공원에서 규탄대회를 갖고 이어 동경중심지를 삼보일배로 돈다는 소식은 일본을 증오하거나 민족주의에 심취한 많은 한국인들을 열광시키고 있었다.

그런데 그것이 무산되다니! 아니 무산된 정도가 아니라 그 대회의 견인차라고 할 수 있는 '부산의 잔 다르크' 박민자 의원이 살해되다니! 솔직히 박 의원에 대한 일반의 평판은 그리 좋은 것이 아니었고, 그녀의 정치적 행보에 가시적 요행이 많이 섞여 있다는 것은 대개 느끼고 있었다. 그러나 어찌됐든 그녀의 살해소식은 사람들의 동정을 본능적으로 불러일으켰다.

월요일 아침인데도 여의도에서는 국회의원 보좌관, 비서, 출입기자들이 일에서 손을 떼고 '한 사라 여사'의 죽음에 관해 열을 올리며 이야기꽃을 피운다. '한 사라 여사'란 박민자 의원의 별명이다. 박 의원의 말이 거침없고 화려한데다가, 그 말이 나오는 입술이 워낙 크고 붉어 '입술을 썰어 회 접시로 한 사라'라는 비하적 농담이었다.

학생운동과 일본특파원이라는 배경을 가지고 35세의 젊은 나이에 국회의원이 된 박민자는 맹렬여성이었다. 부하들에게 일을 시킬 때는 가혹하였고, 자신의 뜻을 관철하기 위해서 필요하다면 상식과 관례를 초월하는 행동을 서슴지 않았다.

그녀는 자신의 성공 포인트가 대중에게 투영되는 이미지라는 것, 한국 민중은 다른 사람의 말을 의심 없어 잘 믿으며 이를 입에서 입으로 전파시킨다는 것을 간파하고 있었다. 따라서 그녀는 주요 이슈가 있을 때마다 다른 사람이 옮기기 좋게 짧고 자극적인 언어를 골라 언론, 특히 인터넷에 흘리기를 게을리하지 않았다. 그 결과 '이슈 있는 곳에 박민자의 걸쭉한 입이 있다'는 이미지가 대한민국에 정착하게 된 것이다.

물론 그 내용을 싫어하는 사람들도 많다. 하지만 박민자는 포퓰리즘 시대에 정치가의 생명을 결정하는 것은 발언과 행동의 내용이 아니라 투표권자들의 관심의 빈도라는 나름의 성공법칙을 굳혔다. 그래서 그녀는 정치를 지망하는 후배들에게 '대형사고라도 쳐서 우선 언론에 이름을 등록하라'는 조언을 아낌없이 하기도 했다.

나아가 박민자는 이탈리아의 독재자 무솔리니에게 큰 교훈을 얻었다. 지방의 일개 기자에 불과했던 무솔리니가 중앙의 대정치가들을 공격하자 사람들은 '아, 무솔리니는 대정치가들과 맞먹는구나!'라는 착각을 하게 됐고 이 착각이 축적되어 일약 전국적 인물이 된 것이다.

'이빨에는 단검을 물자. 손에는 폭탄을 들고, 가슴에는 한없는 경멸을 품자'는 무솔리니의 말에서 박민자 의원은 큰 격려를 얻었다. 박민자는 이 원리를 적극 활용하여 묵직한 사안에 관해 자신보다 군번이 한참 위인 정치거물이나 국정지도자들을 대놓고 공격하거나, 나아가 그 공격의 멘트를 디자인하여 사실검증 안 하고 자극적인 말 좋아하는 요즘의 기자들이 옮겨 쓰기 좋게 내뱉어 한국 정치의 한 축으로 부각되었다.

생각 있는 사람들은 박민자 의원의 이러한 사고방식과 언행을 지긋지긋하게 싫어했다. 다만 반발이나 반대의사를 표현하여 공연히 제3자로부터 박 의원의 출세를 시기한다는 오해를 사는 것이 두려워 말은 못하고 수시로 '한 사라 여사'라는 가학적 별명을 부름으로써 위안을 얻는 것이었다.

11

8월 23일 월요일 오전 10시, 경찰청 대회의실.

총리대신의 특명에 의한 합동수사회의가 개최된 가스미가세키(霞が
關)의 경찰청 회의실에는 긴장감이 감돈다. 경찰청 장관이 직접 주관하
는 회의에는 경찰청의 형사, 공안, 외사 세 부문의 간부, 과학경찰연구소
와 동경경찰병원의 전문가, 동경경시청의 공안과 형사, 조직범죄대책 세
부문의 간부, 도치기 현 경찰의 간부진, 이마이치 경찰서 서장과 형사과
장, 그리고 기누가와 역전 파출소의 시무라 경부보까지 대거 참가했다.

경찰청 장관이 서두를 열었다.

"일한합병 100년이라는 국제정치적으로 민감한 이 시점에서 한국의
현역 국회의원이 일본의 영토에서 살해되었다는 미증유의 사건이 발생
하였습니다. 작년에 새로 수립된 정부가 아시아 외교의 진흥에 힘을 기
울이고 있는 상황에서 이 사건은 대단히 중요합니다. 더구나 피해를 당
한 박 의원이 고도의 정치성을 띠는 활동을 위해 일본에 온 시점에서 사
건은 발생한 것입니다. 이 사건의 신속하고 엄정한 해결은 일본의 공안
당국뿐 아니라 정권, 나아가서 일본국민의 위신이 걸려있다고 해도 과
언이 아닙니다. 제군은 이 중대성을 깊이 인식하고 전력을 기울이기 바
랍니다."

1955년부터 2009년까지 수십 년에 걸쳐 자민당 집권 하에 있던 일본
경찰은 작년 진보계 정권이 들어섬에 따라 커다란 내부변화를 겪고 있
다. 자민당 보수정치의 중심 기둥의 하나가 공안이었다. 따라서 집권
민주당으로서는 우경화한 공안체제에 리버럴한 발상전환과 조직개편을

시도하고 있다. 정권 수뇌부의 한 멤버인 경찰청 장관의 발언에 그러한 의도가 들어 있다고 참석자들은 간파했다.

장관의 발언에 이어 장관의 비서실장격인 관방장이 수사의 운영체제에 관해 설명했다. 사건의 중대성에 비추어 합동수사본부는 경찰청에 두고, 본부장은 경찰청 형사국장이 맡기로 했다. 그리고 경찰청이 수사를 지휘하되 도치기 현 경찰, 그리고 일본 경찰조직에서 가장 많은 자원을 가지고 있는 동경경시청, 특히 그 안의 형사부, 공안부, 조직범죄대책부 등이 적극 가담하는 것으로 구성되었다.

관방장의 수사체계에 대한 설명에 이어 마이크를 받은 사람은 이 수사의 실질적 리더인 경찰청 형사국장 기무라 시로였다. 동경대학교 법학부를 졸업하고 국가고시에 패스하여 줄곧 경찰에 몸담아 온 기무라는 장차 경찰청 장관자리를 대기하는 엘리트였다. 경찰이 아니라 금융회사의 임원이나 종합상사의 간부로 보이는 세련된 풍모에 사람을 꿰뚫는 시선이 매섭다.

"수사의 방향을 설정하기 위해 현 시점에서 아는 바를 공유하기로 합시다. 먼저 피해자에 관해 살펴보겠습니다. 피해자의 본명은 박민자, 1961년생의 한국인 여성입니다. 현직은 한국의 국회의원이며 미혼입니다. 지역구는 부산시 해운대구, 소속은 민주한국당입니다."

현직 한국 국회의원이 일본에서 살해당했다는 사실이 형사국장의 입에서 나오니 새삼스럽게 사건이 무겁게 다가온다. 에어컨이 가동되어 서늘한 회의실에는 긴장감마저 감돈다. 참가자들은 괜히 화장실에 가서 소변이라도 보고 싶은 심경이다.

"사체가 발견된 것은 21일 토요일 오전 10시 25분 경이고, 유노사토 온천호텔에서 기누가와 역전파출소로 통보가 온 것은 10시 34분 경입니다. 지금까지 48시간이 아직 경과하지 않았고, 어제는 일요일이었습니다. 따라서 피해자의 사인, 범인의 정체나 동기, 범행수법 등에 관해 현재까지 획득한 정보는 많지 않습니다. 본격적인 수사는 지금부터입니다. 확정되거나 인지된 사항이 조금이라도 있으면 이 자리에서 간결하게 보고해주기 바랍니다. 우선 초동수사를 담당한 이마이치 경찰서에서 보고하도록."

이마이치 경찰서 서장이 신중하고 자신 있는 태도로 마이크를 켠다. 비록 국가고시 출신의 엘리트 공무원 층인 커리어구미(組)에 속하지는 않지만 일선형사들이 존경하는 경찰관이다. 퉁퉁한 몸집에 백발을 잘 빗어 넘긴 서장이 느긋한 목소리로 보고를 시작한다.

"오늘 아침 경찰병원에서 연락이 있었습니다. 잠정 사망 추정시각은 21일 오전 7시 전입니다. 사체가 호텔의 청소부에게 발견된 시각인 10시 반경까지 약 3, 4시간이 경과한 시간입니다."

"온천장에서는 보통 아침 식사를 객실에서 서브하는데 …."

기무라 형사국장이 의아하게 묻는다.

"피해자는 투숙하던 20일 밤, 아침에 자신이 연락할 것이니 방해하지 말라는 지시를 프런트에 해두었습니다. 그런데 여기서 두 가지 의문이 있습니다."

서장의 느긋한 어투에 참석자들은 조바심을 느끼기 시작한다.

"하나는 사건 전날 밤 10시 28분에 호텔에 누군가 전화가 걸어 피해자가 도착하였는지를 문의했다는 것입니다. 남성이었답니다. 이 남성은 박민자 의원의 보좌관을 칭하며 상의할 사항이 있다고 도착여부를 물었고, 아직 도착하지 않았다는 교환수의 말에 투숙하는 객실의 호수를 물었습니다. 교환수는 의심 없이 이를 가르쳐 주었답니다."

"아니? 어찌 그런 일이!"

기무라 국장이 놀라며 언성을 높인다.

"호텔에서 투숙자의 신상정보를 외부에 알려서는 안 되는데 …."

"그렇습니다. 그렇지만 지방의 작은 호텔이고, 전화를 건 자가 일본인으로 추정되며, 국회의원의 일정을 알고 상의할 사항이 있다는 이례적인 상황이어서 교환수가 실책을 범한 것으로 보입니다."

낭패감이 회의장을 감싸는데 기무라 국장이 보고를 재촉한다.

"또 하나의 이례적인 점은 피해자가 혼자 투숙한 것이 아니라 같이 온 사람이 있다는 것입니다. 호텔 담당자의 말에 의하면 같이 온 사람은 20대로 추정되는 남성입니다. 그런데 이 남성은 사건이 있던 아침 오전 6시 경에 자동차로 떠났습니다. 이 호텔의 주차장은 주방과 면해 있는데 아침에 스포츠카의 시동 거는 소리에 주방에서 일하던 사람 둘 이상이 창으로 내다보고 확인했답니다."

"그 자의 신원은 확인하였습니까?"

"그게 아직 …."

계급이 낮은 후지와라 파출소의 시무라 경부보가 머뭇거리며 서장을 쳐다본다.

"말해봐."

"이 사건에 직접 관련되는지 자신은 없습니다만, 박 의원이 가끔 신주쿠에 있는 호스트 클럽의 호스트를 데리고 와서 투숙하는 것으로 몇몇 현지 사람들은 알고 있습니다."

"뭐라고?"

기무라 형사국장이 자신의 귀를 의심하는 투로 묻는다.

"그와 관련된 보고가 하나 있습니다."

동경 경찰병원장이 손을 든다.

"피해자의 초기 부검결과가 오늘 아침 나왔습니다. 하나의 특이사항인데 … 피해자의 질에서 남성의 정액이 채취되었습니다."

병원장의 진술에 참석자들이 술렁인다. 경찰청의 대회의실에서 이뤄지고 있는 한국 국회의원 살해사건에 관한 수사회의에 도저히 어울리지 않는 이 묘한 보고에 누구도 선뜻 입을 열지 못한다.

82

"병원장, 전문가들이 보는 직접적 사인은 무엇입니까?"

"가는 로프 등을 사용한 교살에 따른 질식사였습니다."

"피해자가 성적으로 공격당한 징후가 있습니까?"

"없습니다. 앞서 보고한 정액은 자발적인 성행위의 결과임에 틀림이 없습니다."

"피해자의 질에서 채취된 정액은 동일인의 것입니까?"

"네. 그렇다고 판단됩니다."

"그러면 피해자와 성행위를 한 사람과 살해를 한 사람이 별도일 가능성이 있다고 볼 수 있습니까?"

기무라 형사국장의 말에 아무도 자신 있게 대답을 못한다.

결국 살인용의가 가장 농후한 자는 전날 밤 전화를 한 인물로 좁혀졌다. 기무라는 자신의 심복부하인 형사기획과장에게 전화를 한 남자와 피해자와 같이 투숙한 남자의 신원을 밝혀 조사하도록 지시한다.

형사국장의 지시가 끝나자 이마이치 경찰서 서장은 초동수사를 한 가자마 형사에게 보고하도록 눈짓한다.

"이마이치 경찰서의 형사과장 가자마 세이지입니다. 현장의 주변을 수사한 결과 중요한 증거를 하나 확보하였습니다. 범인으로 추정되는 인물은 범행 전일 오후, 주변에 있는 야마자키숍이라는 편의점에서 물건을 샀다고 판단됩니다. 그 영수증을 살인현장에서 20미터 정도 떨어진 숲 속에서 발견했습니다. 이 숲 속은 평상시에 사람의 통행이 없는 곳입니다."

이 말에 기무라 형사국장의 표정이 밝아진다.

"아, 그래? 자네의 말이 맞는다면 범인은 아마추어이거나 용의주도하지 못한 인물로 보이는군. 좋아. 형사기획과장은 야마자키숍에 연락하여 해당 시각의 CCTV 영상을 포함한 모든 참고자료를 확보하도록."

"알겠습니다."

"그리고 피해자의 휴대전화가 있습니다. 초동수사진이 발견해서 확인해 본 결과 최근 수일간 많은 전화통화가 있었습니다."

"전화통화 분석은 수사본부에서 맡도록."

기무라 국장은 형사기획과장에게 지시한다.

국장의 지시가 끝나고 새로운 보고상황을 기다리는 침묵이 다소 흐르는데 경찰청 경비국장이 마이크를 잡는다. 이에 형사국장은 다소 긴장한다. 경비국장은 외사를 포함한 공안을 총괄하는 책임자다.

"일본에서 역사적인 정권교체에 따라 새로운 정권이 출범된 지 1년 남짓한 시점에서 이웃나라의 국회의원이 살해되었다는 것을 보통의 살인사건으로 볼 수는 없습니다. 일한합병 100년째를 맞아 일한합병을 규탄한다는 매우 정치적 목적을 가지고 온 정치가의 살해사건입니다. 특히 이 사건이 어렵고 미묘한 것은 일본정부가 북조선과 융화정책을 펴려는 시점에서 발생했다는 것입니다. 따라서 처음부터 이 사건을 개인적이거나 단순한 동기에 의한 살인사건으로 봐서는 안 되고 다양한 시각에서 접근할 필요가 있다고 사료됩니다."

대형사건이 발생하면 일본경찰의 내부에서 형사부문과 공안부문이 대립하는 것은 흔히 있는 일이다. 형사부문은 사건을 사회적 범죄라는 시점에서 증거에 따라 풀어간다. 그러한 점에서 형사업무는 '아래에서의 접근'을 취한다. 반면, 공안부문은 국내외의 세력이 일본의 국가안녕, 질서를 위해할 가능성이 항상 있다는 발상에 발을 딛고 있다. 공안의 업무는 반대로 '위에서의 접근'을 취하는 것이다.

게다가 일본경찰의 최정상에 있는 경찰청 내부에서 동경대를 나온 형사국장과 일류 사립대를 나온 경비국장의 대립은 볼 만한 싸움거리이다. 이러한 사정을 잘 아는 경찰청 장관은 서둘러 언쟁을 차단한다.

"경비국장의 발언에는 경청할 점이 있습니다. 이 사건은 단순한 살인사건이 아니라 조직범죄, 혹은 국내외에서 정치적 동기를 가진 집단이 시도한 사건일 수 있다는 점입니다. 그러나 현 시점에서 이 사건에 너무 크게 접근할 필요가 없고, 그 경우 매스컴을 쓸데없이 자극하여 언론의 과대포장을 부추길 우려가 있습니다. 따라서 형사국장의 지휘 아래 모든 부문이 긴밀하게 공조할 것과, 상하로는 경찰청, 경시청, 현의 경찰 모든 관련부문이 일사불란하게 협조하기를 바랍니다."

이것으로서 최초의 합동수사회의는 끝났다. 회의 결과, 수사망은 전화로 객실호수를 물은 자, 야마자키숍에서 물건을 산 자, 그리고 피해자 질 내에서 검출된 정액의 주인 세 사람으로 일단 좁혀졌다.

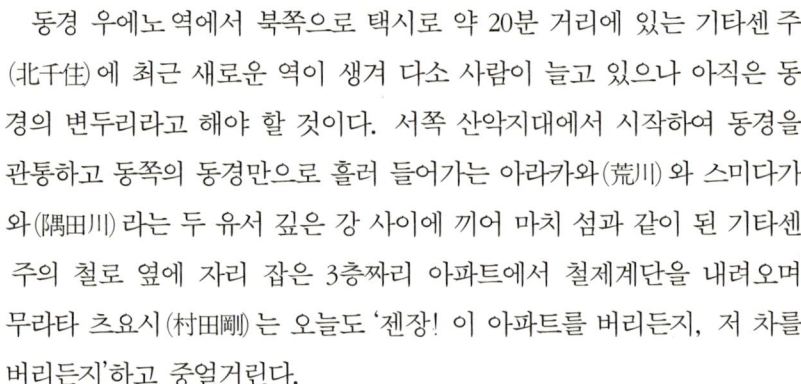

12

동경 우에노 역에서 북쪽으로 택시로 약 20분 거리에 있는 기타센 주(北千住)에 최근 새로운 역이 생겨 다소 사람이 늘고 있으나 아직은 동경의 변두리라고 해야 할 것이다. 서쪽 산악지대에서 시작하여 동경을 관통하고 동쪽의 동경만으로 흘러 들어가는 아라카와(荒川)와 스미다가와(隅田川)라는 두 유서 깊은 강 사이에 끼어 마치 섬과 같이 된 기타센 주의 철로 옆에 자리 잡은 3층짜리 아파트에서 철제계단을 내려오며 무라타 츠요시(村田剛)는 오늘도 '젠장! 이 아파트를 버리든지, 저 차를 버리든지'하고 중얼거린다.

흰 구두에 짙은 보라색 양말, 펄 블루의 더블 슈트에 금박이 있는 검은 와이셔츠 차림의 화려한 모습과 녹슨 계단은 전혀 어울리지 않다. 그런데 정작 무라타 자신은 이 싸구려 아파트와 밖에 세워둔 BMW 스포츠카가 진짜 안 어울린다고 생각한다. 도대체 누가 일본에서 아파트와 맨션을 구분하기 시작했는가. 다른 나라에서라면 그냥 아파트라고 부르면 될 시멘트 상자들을 일본에서는 조금 좋은 것은 '만숀'이라고, 싼 것은 '아파토'라고 부른다. 도회지의 물정에 좀 익숙해지면서 알게 되었는데, 비교적 고층에 철근콘크리트 구조물이어서 엘리베이터가 있는 주거건물은 맨션, 즉 일본식 영어로 만숀이고, 철골구조여서 엘리베이터를 설치할 수 없고 걸으면 다소 삐걱거리는 건물이 아파토인 것이다.

가게에 놀러온 여자 손님들이 화제가 궁해 '무라타 군은 어디 살아?'라고 물을 때 다른 애들은 만숀에 산다고 하는데 자신은 아파토에 산다고 하는 것이 영 자존심이 상한다. 그렇다고 똑같은 시멘트 상자에 살면서 거짓말을 하기도 그렇고. '치쿠쇼!'(畜生) 하고 욕이 절로 튀어 나온다. 한국에서는 '개새끼' 정도로 번역된다.

전에는 월요일이라면 전화 한 통으로 몸이 좀 불편하다며 출근을 면할 수 있었는데 불황인 요즘은 호스트 클럽 세계에도 경쟁이 심해져 하룻밤 출근 안 하면 다른 놈이 단골손님을 채 갈 수 있다. 금요일 밤에 가게에 찾아온 나이 많은 한국 손님을 자신의 차로 기누가와까지 데리고 가서 밤새 시달리고 이른 아침에 다시 동경까지 돌아오느라 지쳐 주말 내내 집에 누워 TV만 보다가 월요일 오후에 겨우 출근하는 참이었다.

동경 신주쿠에서 기누가와까지 심야에 달려도 3시간이다. 왕복 여섯 시간 운전하고 나서 하기 싫은 서비스를 몇 번이나 하다니! 나이 먹은 여자가 밝히기는 어찌나 밝히던지, 무라타는 진이 빠져 아침에 차를 끌고 동경으로 돌아오는데 교통 간판이 잘 안 보일 정도였다.

아무 대상 없이 짜증이 나 아는 욕은 다 뱉으며 BMW 스포츠카 운전석의 문을 여는데 두 사람의 남자가 다가선다. 눈초리가 예사롭지 않다.

"무라타 씨?"

"그렇습니다."

"잠깐 이야기 좀 할까요?"

"누구십니까?"

"경찰청에서 왔습니다."

경찰청? 형사? 근처의 센주 경찰서도 아니고 경찰청?

워낙 배포가 없는 무라타는 손바닥이 젖어 오는 것은 느낀다.

"무슨 일이죠?"

"하나 확인합시다. 지난 금요일 밤 기누가와에 있는 온천장 유노사토에 한국인 여성과 같이 있었습니까?"

그 여자 이야기라면 특히 꿀리는 것이 없는 무라타는 캄캄하던 눈앞이 다소 밝아짐을 느낀다.

"네. 그런데 …"

"경찰청까지 임의로 동행하여 몇 가지 물어봐도 좋겠습니까?"

"뭐 … 좋습니다."

경찰청 차로 한 30분을 달리니, 오른쪽으로 황실이 있는 황거가 보이고 왼쪽으로 중앙관청들이 모여 있는 가스미가세키가 보였다. 경찰청이 들어 있는 건물은 새로 건축한 제2합동청사로서, 보통 회사건물과 다를 바가 없다. 오는 길에도 경찰청의 차라면 과속 정도는 할 줄로 생각했는데 일반차량보다 더 조심스럽게 운전을 한다. 무라타는 어쩐지 공포심이 줄어드는 것을 느낀다.

경찰청의 한 조사실에 들어가니 이미 출근시간이 지나 있었다.

"형사님, 회사에 조금 늦겠다고 전화해도 되겠습니까?"

두 형사 중에서 상관으로 보이는 자가 잠시 생각을 하더니 입을 연다.

"이 자리에서 우리가 듣는 앞에서 휴대전화로 하세요. 그리고 사유는 어디까지나 몸이 아파서 조금 늦겠다고 하시오. 경찰청에 왔다는 말을 해서는 안 됩니다."

무라타는 회사에 전화를 넣는다. 호스트 클럽도 회사이다. 실제로 무라타가 일하는 클럽 카타르시스는 사장도 있고 상무도 있다. 사장은 오너이고, 상무는 경영을 책임지는 지배인이다. 전화에 나온 것은 후배 되는 아이였다.

"상무님 계시냐?"

"어, 무라타 선배. 이 시간에 출근 안 하고 폼 나게 웬 전화?"

"빨리 바꾸기나 해, 새끼야."

"나 상무다."

"상무님, 무라타입니다. 지난 금요일 기누가와에 가서 뭘 잘못 먹었는지 탈이 좀 나서 아직도 죽을 먹고 있습니다. 죄송하지만 조금 늦겠는데요."

"뭘 먹었는데?"

"손님하고 맥주하고 사시미를 조금 먹었는데 그게 걸린 것 같아요."

요코다가 한동안 말이 없더니 응한다.

"알았어. 빨리 나와."

전화를 끊자 형사가 단도직입적으로 요건을 말한다.

"무라타 상, 금요일에 같이 있던 한국여자가 죽었습니다. 우리는 이를 살인사건으로 보고 수사를 진행하고 있어요."

이 말에 무라타는 의자에서 떨어질 정도로 놀란다. 아니, 지난밤에 그렇게 까무러치게 펄펄 뛰던 여자가 죽다니 왜 죽어? 무라타가 사태를 파악하고 정신을 차리는 데 수십 초가 걸린다.

"우리가 당신에게 살인혐의를 두고 조사하는 것은 아닙니다. 하지만 그 여자가 매우 중요한 인물이어서 이렇게 중앙의 경찰청에서 직접, 그 여자와 조금이라도 연루된 사람들을 조사하고 있는 거요. 우리가 묻는 말에 하나도 빠짐없이, 그리고 왜곡되지 않게 진술해서 본인이 혐의가 없음을 밝히기 바랍니다. 그리고 우리가 묻지 않더라도 이 사건의 해결에 도움이 되는 것이 있다면 말해주세요."

"알겠습니다."

무라타는 형사들의 말에서 자신이 살인혐의를 받고 있지 않음을 간파하고 다소 진정을 찾는다.

"우선 인적사항을 진술하세요. 본명을 포함해서."

"저의 본명은 무라타 츠요시입니다. 1984년 후쿠오카에서 태어났습니다. 26세입니다. 고등학교를 졸업하고 동경에 와서 건설현장 등에서 일하다가 현재는 신주쿠에 있는 호스트 클럽 카타르시스에서 일하고 있습니다."

"그곳에서 언제부터 일했습니까?"

"2008년 12월이니까, 1년 반 조금 넘습니다."

"그 사이에 피해를 당한 여자를 자주 봤습니까?"

"그분이 클럽에 일 년에 몇 번 오시기 때문에 얼굴은 여러 번 봤지만 같이 밤을 보낸 것은 이번이 … 아. 세 번째입니다."

"그 여자가 무슨 일을 하는 사람인지 압니까?"

"모릅니다. 다만 …."

"다만 무엇입니까?"

"우리 회사의 사장이나 상무와 잘 아는 사이인 것 같은데 … 무언가 힘이 있는 사람이라고는 알고 있었어요."

"그래요? 그럼 8월 20일 저녁부터의 행적을 자세히 진술해 봐요."

"음, 그러니까 … 그 손님이 가게에 오신 것은 저녁 8시 경이고 한 시간 정도 있던 것 같습니다. 상무님이 그분을 모시고 기누가와로 가라는 지시가 있어 저는 술을 전혀 안 마시고 있다가 9시에 나와 제 차로 기누가와로 갔습니다. 12시 경에 도착한 것으로 기억합니다."

"상당한 속도로 달렸는데 …."

"네. 제 차가 스포츠카여서 … 그리고 방에 체크인해서 …."

이 대목에서 무라타는 자세한 이야기를 망설인다. 그래도 남자로서의 프라이드가 있는데 상대가 아무리 형사라고 해도 같은 남자 앞에서 호스트의 일을 자세히 말하기는 싫다. 이를 눈치 챈 형사가 말을 가로챈다.

"무라타 상이 직업적으로 한 것에 관해서는 우리가 알 필요가 없습니다. 행동의 순서만 정확히 말하면 됩니다."

"알겠습니다. 저는 그 객실에서 시간을 보내고 아침 일찍 나왔습니다. 6시가 채 안 된 시간이라고 생각합니다."

"왜 그 시각에 나왔습니까?"

"음 …. 솔직히 일단 그 여자랑 같이 있는 것이 싫었고, 코고는 소리가 하도 심해서 잠을 이루기가 힘들었습니다. 그래서 깨다 말았다 반복하다가 동이 트자 바로 나온 겁니다."

"나올 때 여자와 어떻게 헤어졌습니까?"

"인사도 안 하고 나오면 나중에 회사에서 욕이라도 먹을 것 같아 중요한 약속이 있어 동경으로 간다고 말했습니다."

"반응이 어땠나요?"

"특별한 반대 없이 돈 3만 엔을 주기에 받아 넣고 나왔습니다."

"그리고 그 여자는 무엇을 하던가요."

"제가 나올 때 목욕을 하겠다고 노천욕장으로 가는 것을 봤습니다."

"그때의 복장은?"

"복장이라 할까 … 아무것도 입지 않은 상태였지요."

"호텔을 나와서 어느 루트로 돌아왔습니까?"

"이마이치 인터체인지에서 니코-우츠노미야 도로를 타고 오다가 동북자동차 고속도로로 갈아타고 내려왔습니다."

"도중에 고속도로 통행료 영수증을 받았나요?"

무라타는 기억을 더듬다가 원군을 만나 펄쩍 뛰듯 말한다.

"네. 제 자동차 바닥에 떨어져 있을 것입니다."

무라타의 진술에서 이상한 점을 발견할 수는 없었다. 형사들은 무라타가 혐의대상에서 빠져 나감을 직감한다.

"무라타 상, 피해자는 한국의 국회의원입니다. 일한관계에 결부되는 중요한 사항이니 혐의를 벗기는 데에 그치지 않고 최대한 협조 부탁합니다."

"네 …."

무라타는 사태의 중요성을 깨닫는다.

"매사를 확인하는 의미에서 당신의 자동차와 자택을 우리 수사관이 조사해도 좋겠습니까? 동의하지 않는다면 우리는 수색영장을 발부받겠습니다."

"네. 좋습니다."

형사들의 신사적인 태도에 응한다. 어차피 자신에게 혐의가 없다면 가능한 한 좋은 관계를 유지하는 것이 낫다는 판단에서다.

"그리고 이것으로 조사가 종결된 것은 아닙니다. 앞으로 필요하다면 또 협조를 구할 테니 응해야 합니다."

협조의 요청이 아닌 통보다.

"그리고 이 사건과 조사에 관하여 제3자에게 말하거나 상의해서는 안 됩니다."

"알겠습니다."

* * *

무라타를 조사한 경찰청 형사계장의 지시에 따라 수사반원들이 그의 아파트와 자동차를 이 잡듯이 뒤진 것은 월요일 저녁 9시가 안 되는 시간이었다. 무라타의 자동차에는 동경과 북부지방을 잇는 간선고속도로인 동북자동차도에서 빠져나온 영수증이 바닥에 떨어져 있었다. 동경의 북쪽 센주오하시(千住大橋) 인터체인지를 통과해 나온 시간은 21일 오전 8시 23분이었다. 무라타의 말대로 오전 6시 경에 기누가와를 나왔다면 불과 2시간 23분 안에 돌파한 것으로, 아무리 토요일 아침이라 도로의 정체가 없다고 하더라도 거의 날아오다시피 과속한 것이 틀림없다.

경찰병원의 부검결과 사망 추정시간이 오전 7시 이전이라면, 무라타가 그 시각에 피해자를 죽이고 2시간 남짓한 시간 만에 동경에 진입하여 운전하는 것은 불가능하였다. 무라타의 방에서도 특별히 살인사건에 참고가 될 법한 것은 아무것도 없었다.

오히려 살인사건과 관련되는 일은 밖에서 벌어지고 있었다. 무라타의 전화를 받은 클럽 카타르시스의 상무 요코다의 머릿속에는 즉시 경고등이 커졌다. 그가 오래 겪어서 잘 아는 국회의원 박민자는 심야에 술을 마시거나 음식을 먹는 일이 없다. 그것이 그녀가 체형을 유지하는 한 가지 비결이었다. 게다가 아침이 매우 굼뜬 사람이고 식사를 늦게 한다. 따라서 심야에 맥주와 사시미를 먹었다는 무라타의 말은 거짓이다. 그리고 시골에서 자라 일에 대한 성실함이 저 나름 몸에 밴 무라타가 병을 핑계로 직장에 늦는 것은 지난 1년 반 동안 한 번도 없던 일이다.

한참 생각을 하고 있는데 휴대전화가 울린다. 아사이 신스케였다. 요코다가 가장 두려워하는 인물이다. 외형적으로 여행사의 사장인 그는 실제로는 고베에 본부를 두고 동경지역에서 세력을 확장하고 있는 전국 폭력조직 스미야스 구미의 간부다. 육십 살이 넘은 나이임에도 본래 야구선수였기도 하고 후에 검도를 통해 다져진 그의 몸은 다부졌다. 평범한 외모와 달리 과단성이 있었으며 필요하면 잔인의 극치를 보이기도 했다. 그는 조직원들의 존경과 두려움의 대상이다.

"어떻게 된 거냐?"

"무슨 말씀이신지."

"이런 한심한 인사가⋯."

격한 말을 쓰지 않는 아사이가 이 정도의 표현을 쓴다는 것은 이미 비상사태를 뜻하는 것이다.

"자네는 뉴스도 안 보나?"

사실 야쿠자나 호스트 등 밤 생활을 하는 인간들은 신문이나 TV 뉴스와 거리가 멀다. 자신들이 결부된 사건이 있기 전에는 말이다. 그래서 밤 10시가 넘어도 주고받는 인사가 다른 사람들의 아침인사인 '오하이오 고자이마스'(빨리 나오셨습니다)이니, 낮 동안의 뉴스는 딴 세계 이야기인 것이다.

"죄송합니다. 정리할 것들이 있어 뉴스를 못 봤습니다만⋯."

"박민자 의원이 기누가와에서 죽었다."

"네⋯?"

요코다의 심장이 멎는다.

"아니 어떻게 ….."

멎은 심장을 다시 살려 겨우 물어본다.

"내가 어떻게 아나. 박의원과 같이 갔던 애는 나왔나?"

"그게 … 무라타라는 놈인데 아직 출근 전입니다만 … 무언가 석연치가 않습니다."

"그래 …?"

한동안 말이 없던 아사이가 지시한다.

"애들을 보내 무라타의 집을 뒤지게 하고, 그 아이가 가게에 나오면 자세히 물어봐. 하지만 이곳으로 보내면 안 된다. 경찰이 이미 미행을 붙였을 거야."

"알겠습니다."

클럽 카타르시스에 적을 두고 있는 호스트는 약 50명이다. 그 중 상근이 한 30명, 그 가운데 3명은 스미야스 구미에서 파견 나온 아이들이다. 요코다는 구미에서 나온 아이 두 명을 즉시 무라타의 집으로 보냈다. 그리고 30분 후에 온 보고를 듣고 요코다는 아연한다. 애들이 가니 이미 무라타의 집에 경찰이 나와 조사를 하고 있다는 것이다.

13

　오랜 야당정치인 생활을 하는 동안 군사독재와 싸우고 산전수전을 다 겪은 70대의 노인이 된 조정달에게 무서운 것은 없다. 젊은 시절에는 불확실하고 불안한 것도 많았으나, 이제 노년이 되니 세상의 이치가 보이는 것이다. 하루 동안 산행을 할 때 오전이나 오후보다 해가 저물어 가는 석양에 경치가 더 정교히 눈에 들어오는 이치와 비슷하다고 생각한다. 그런 조정달에게 뼈가 떨릴 정도로 큰 충격과 공포를 준 것은 일본에서 들려온 박민자의 살인사건이었다.

　도대체 누가 왜 죽였을까? 박민자에게 돈 10억을 준비하고 한일 해저터널 프로젝트 추진에 대해 일본에서 알아보라는 밀명을 내린 터에 접한 죽음인 만큼, 이 사건이 혹여 그녀를 죽음으로 내몰았는가 하는 의문이 든다. 간담이 서늘하다. 일요일 오후에 박민자의 죽음에 관한 뉴스를 접하고 남몰래 고민하다가 조정달이 동경에 날아든 것은 24일, 화요일 오후였다.

* * *

　"오랜만입니다."

　조정달이 투숙한 호텔의 칵테일 바에 들어온 시마나카는 수년 만에 만나는 조정달을 옛 친구처럼 반긴다. 오래전부터 일본과 한국의 보수정권 치하에서 야당생활을 한 두 사람은 국적은 달라도 동료의식을 가지고 있을뿐더러 인간적으로도 통하는 면이 있었다. 오후의 칵테일 바에는 사람이 없고 음악도 조용해 밀담을 나누기에 안성맞춤이다.

"도대체 어떻게 된 겁니까?"

조정달이 능숙한 일어로 묻는다. 1932년생의 그는 일제식민치하에서 중학교까지 다녔고 정치에 입문한 이후에도 한일 양국 야당권의 파이프 역할을 한 까닭에 일본의 언어와 문화에 익숙하다.

"글쎄요 … 나름으로 파악하려고 지금 동분서주하고 있는데 경찰도 아직 오리무중에 있는 것 같아서 ….."

"박 의원을 만나셨다고 전화로 보고를 받았습니다만 …."

"네, 지난 금요일에 만났습니다. 박 의원을 통해서 주신 말씀을 듣고 자민당의 오자키 의원도 만났습니다."

"박 의원의 살해범은 어떤 인물이라고 판단하십니까?"

"흠 … 아시다시피 내가 정권에 몸담은 지가 오래 전이어서 경찰내부의 깊숙한 정보를 얻기가 쉽지 않네요. 다만 확실한 것은 범행 자체는 집단이 아닌 개인이 저질렀다는 것, 그리고 그 범행수법으로 보아 프로가 아닌 아마추어 쪽이라는 것이 경찰의 판단입니다."

"아마추어라 …."

조정달은 이 말의 의미를 분석하느라 골똘하다. 두 사람 모두 남아도는 것이 시간이어서인지 대화가 끊기고 침묵이 흐르는 것에 전혀 불편함을 느끼지 않는다.

"아마추어의 행위라면 어떤 이념단체나 종교단체 관계자라고 볼 수 있을까요?"

조정달의 질문 안에 어떤 생각이 들어있는지를 시마나카는 잘 안다. 그는 지금 박민자에게 내린 한일 해저터널 관련 미션과 그녀의 죽음을 연결시켜 걱정하고 있는 것이다.

"무슨 말씀인지는 잘 알겠는데 … 너무 성급한 생각이 아닐까요? 내가 그 터널 이야기를 듣고 다른 사람을 만난 것은 엊그제 본 오자키 의원뿐입니다. 이 이야기를 아는 것은 일본에 아직 두 사람뿐이라는 거지요. 아시다시피 오자키 의원도 입이 무겁고 신중한 사람 아닙니까? 누군가와 쉽게 상의했다고 보지 않아요."

시마나카의 말에 조정달은 다소 안심이 되는지 좌석의 등받이에 몸을 기대며 한숨을 내쉰다. 자신이 박민자를 죽음으로 내몰았다는 죄책감에서 해방됨을 느끼는 순간이다.

"그러면 도대체 누가…?"

"나는 해저터널보다는 국찬모 쪽에 원인이 있다고 봅니다."

시마나카의 말에 조정달이 심하게 고개를 끄덕인다. 동의의 표시이기도 하고 자신의 책임이 없어지는 데에 대한 안심의 반작용이기도 하다.

"요새 일본의 보수세력은 아주 의기소침해 있어요. 이른바 '55년 체제'라고 불리던 1955년 이래의 자민당 보수정치가 끝나고 혁신정치가 도래하면서 그들의 입지가 급격히 줄어들고 있지요. 선거를 통해 시민이 보수세력은 뒤로 물러가라고 했으니 어쩌겠습니까? 하지만 일본 사회의 본연적인 보수성이 쇠퇴한 것은 아닙니다. 게다가 일본인들의 천황제도에 대한 충성은 거의 맹목적이지 않습니까? 이러한 상태에서 일본의 식민통치를 전면적으로 부정하고 나아가 동경에서 천황의 사과를 요구하는 집회를 한국 정치가들이 한다는 것은… 아마 일본의 보수세력으로서는 도저히 받아들이기 힘든 것일 겁니다."

"충분히 이해가 가요. 보수세력이라면 워낙 넓은 개념인데, 그 중에서 어느 쪽인지 감이 잡히는 게 있습니까?"

"하… 글쎄요. 느낌이 전혀 없는 것도 아니지만 사견이고 아직 정보가 너무 없어 똑 부러지게 말할 수가 없군요."

"알겠습니다."

"그건 그렇고… 한국정계의 반응은 어떻습니까?"

이 질문을 받고 '말하자면 얘기가 길다'는 표정으로 조정달은 맥주를 두 병 더 시킨다. 새로 가져온 맥주를 한 모금 마시고 입을 연다.

"일반시민들은 난리지요. 마치 국권찬탈이 다시 또 벌어졌다는 분위기에요. 물론 포퓰리즘에 푹 젖은 매스컴이 그렇게 분위기를 몰고 가는 것이지만 … 그런데 청와대 쪽에서는 뭔가 이상한 이야기를 듣고 바짝 신경을 곤두세우고 있는 것 같아요."

"이상한 이야기라면 …?"

"이게 말이 되는지 모르지만 … 박 의원이 기누가와 온천호텔에 젊은 남자애를 하나 데리고 투숙했다가 살해되었다는 겁니다."

"그 이야기에는 나도 놀랐지만 … 사실인 걸로 압니다."

"그래요?"

두 노년의 남자들은 잠시 각자의 생각에 빠진다. 두 사람 모두 박민자가 성에 노골적으로 적극성을 보인 여자임을 알고 있는 터이다. 게다가 아마 두 사람 모두 지난 날 박민자를 품에 안는 광경을 많이 상상했을 터이다.

"해저터널문제는 앞으로 어떻게 하시겠습니까?"

"박 의원이 시마나카 상께 어려운 부탁을 드린 모양인데 …. 송구스럽지만 당분간 덮어주시기 바랍니다. 이 사건의 전모가 밝혀지고 사태가 다 진정된 다음에, 필요하다면 다시 부탁드리겠습니다."

"알겠습니다. 나도 박 의원을 통해서 부탁드린 것이 있는데 …."

"아, 일본의 외국인 참정권과 관련하여 한국 야당의원들의 지지를 모으는 것 말씀이시군요. 그건 어렵지 않고 뜻이 깊은 일이니 제게 맡겨주십시오. 최선을 다해보겠습니다."

"감사합니다."

* * *

호텔로비에서 헤어지며 조정달이 시마나카의 귀에 조용히 속삭인다.
"터널 이야기가 경찰에는 가급적이면 안 들어갔으면 합니다."
"물론이지요."

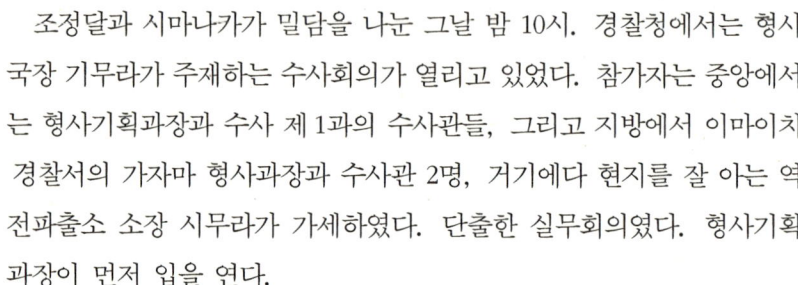

14

조정달과 시마나카가 밀담을 나눈 그날 밤 10시. 경찰청에서는 형사국장 기무라가 주재하는 수사회의가 열리고 있었다. 참가자는 중앙에서는 형사기획과장과 수사 제1과의 수사관들, 그리고 지방에서 이마이치 경찰서의 가자마 형사과장과 수사관 2명, 거기에다 현지를 잘 아는 역전파출소 소장 시무라가 가세하였다. 단출한 실무회의였다. 형사기획과장이 먼저 입을 연다.

"현재 시점에서 중요한 증거나 단서는 모두 수집되었습니다. 오늘 이 자리에서 하나하나 짚어보고 수사의 방향을 결정할 수 있으면 합니다. 우선 수사 제1과에서는 사건 전날의 전화에 관해 보고하시오."

"전화회사 NTT 동일본에 조회한 결과 그 전화는 기누가와 나카마치 2구에 있는 다카오 신사 부근의 공중전화에서 걸려온 것이었습니다. 해당 전화기에 가서 지문을 채취했습니다만, 워낙 많은 사람의 지문이 겹쳐 있어 증거로 쓰기에는 신뢰성이 매우 낮습니다."

수사 1과장의 보고에 참석자들 모두 실망한다. 그런 분위기를 거부하듯이 기획과장의 주문이 이어진다.

"피해자의 질에서 나온 정액의 주인에 관해 보고하시오."

"어제 오전 이마이치 경찰서의 협조를 얻어 토요일 아침 피해자와 같이 있던 방에서 나온 자가 무라타 츠요시라는 인물임을 특정할 수 있었습니다. 오후에 무라타의 거주지를 파악하고 임의 동행하여 조사하고 가택도 본인 동의를 얻어 수색하였습니다."

"결과는?"

형사국장이 끼어든다.

"살인범이 아닌 것이 확실합니다. 우선 경찰병원에서 특정한 사망추정시간을 오전 7시로 본다면, 그로부터 불과 1시간 23분이 지난 8시 23분에 무라타는 동경의 센주오하시 고속도로 인터체인지를 빠져나오는 영수증을 가지고 있었습니다. 기누가와에서 센주오하시까지 아무런 거침이 없이 달린다 해도 3시간 이상 소요됩니다. 게다가 그의 자동차가 아침 6시 경에 호텔 주차장을 빠져 나가는 것을 목격하였다는 주방종업원들의 진술과 모순되지 않습니다. 그의 DNA를 조사한 결과 정액이 그의 것임은 분명합니다."

"자택에서 참고할 만한 것은?"

"없었습니다."

부정적인 예감이 들어맞으며 수사관들의 얼굴에 실망의 빛이 역력하다. 수사가 장기화될 것이 이제 분명해졌기 때문이다.

"무라타 츠요시를 조사하면서 특기할 만한 사항은?"

"그는 후쿠오카 출신의 26세의 독신으로, 신주쿠에 소재하는 호스트 클럽 카타르시스에서 일하고 있습니다. 그의 말에 의하면 피해자 박민자는 카타르시스의 오래된 단골이라는 것이며 클럽의 상무에게 20일 밤 피해자와 동행하라는 지시를 받았다는 것입니다."

"상무…?"

형사국장이 예리한 눈을 치켜뜬다.

"네. 카타르시스도 기업형태를 갖추고 있어 사장이 오너이고 상무가 약 50명이 되는 호스트를 관리하는, 말하자면 전문경영인인 셈입니다."

"그 상무라는 자가 피해자를 잘 알고 있는 듯한 눈치던가?"

"네. 분명히 그런 인상을 받았습니다."

"카타르시스라는 클럽과 그 상무라는 자를 철저히 조사하도록."

형사국장은 즉시 지시를 내린다.

"현재로서 가장 중요한 사항은 역시 범인으로 추정되는 자의 편의점에서의 물건구입입니다. 보통 Y숍이라 불리는 이 편의점의 본사를 통해 이마이치 경찰이 획득한 영수증에 나타나 있는 시간대, 즉 8월 20일 오후 14시 21분입니다만, 그 시간대의 CCTV에 찍힌 영상을 확보하였습니다."

기획과장은 프로젝트를 틀어 벽에 걸린 스크린에 영상을 쏜다.

"보시다시피 카운터 번호로 보아 편의점의 판매대 앞에 서 있는 인물로는 두 사람이 나타납니다. 영상이 좋지는 않고 얼굴이 정면으로 보이지는 않지만 키가 크고 마른 형으로, 40대 후반에서 50대 초반으로 보이는 남자임은 분간할 수 있습니다."

기획과장이 마우스로 스크린의 인물을 가리키며 설명한다. 이때 이마이치 경찰서 형사과장 가자마가 의견을 제시한다.

"이 사람은 아니네요. 물건을 사고 나가는 모습에서 비닐봉지가 보이지 않아요. 영수증을 보면 우리가 찾고 있는 자는 세 종류의 물건을 샀고 보통 그 정도면 편의점에서 비닐봉투에 담아주죠. 더구나 그 자는 신문을 샀는데 손에서 신문이 보이지 않습니다."

"그러네요."

기획과장이 동의한다.

"그렇다면 이 사람밖에 없습니다."

스크린에 비추어지는 인물은 키가 170센티미터 정도로 추정되는 남자로 약간 통통한 체격을 하고 있었다. 야구 캡을 눌러쓰고 티셔츠에 청바지 차림이었다. 짙은 색 스니커즈로 추정되는 신발을 신고 있었는데 등에는 백 팩을 메고 있다.

영상이 찍히는 동안 그 자는 내내 고개를 들지 않은 관계로 카메라에 얼굴이 잡히지 않는다. 옆모습을 보면 금속 테의 안경을 쓰고 있는데 무언가 인텔리 분위기가 풍긴다. 이때 역전파출소장 시무라가 끼어든다.

"이 자는 기누가와에 사는 자가 아니라고 봅니다. 분위기가 달라요. 앞의 키 큰 자는 아마 지나가던 트럭 운전사가 아닐까 합니다. Y읍이 면해 있는 길은 운송차량이 많은 길입니다. 그리고 이 자의 물건구입 내용이 마음에 걸리는데, 그날 밤이나 다음날 새벽에 사람을 죽이려고 마음먹은 자라면 보통 편의점에서 단4형 배터리를 사는 일은 거의 생각하기 힘들다고 봅니다. 아시다시피 단4형 배터리는 아주 작은 것으로 대개 휴대용 기기에 쓰이는 것인데 그렇다면 이를 범행 하루 전에 편의점에서 구입하다니 … 이런 강력사건과 거리가 먼 부류의 인간이라는 생각이 듭니다."

이 말에 경찰청 수사 1과장이 동의하며 나선다.

"동감입니다. 이 자가 범인이라면 살인사건을 처음 저질러보는 아마추어입니다. 아마추어 중에서도 아주 서툴고 용의주도하지 못한 성격의 소유자라고 봅니다. 요즘에는 살인사건을 다루는 영화, 드라마, 소설 등이 많아 살인의 수법이나 경찰 수사과정 등이 비교적 소상하게 알려져 있어요. 그런 것을 본 인간이라면 적어도 편의점에 CCTV 카메라가 작동한다는 것을 알 테고 그렇다면 편의점에서 한가하게 쇼핑을 하지 않을 것입니다. 더구나 신문과 배터리라니 …."

형사국장이 나서서 이야기를 정리한다.

"이 시점에서 확정할 수 있는 것은 피해자 신체에서 나온 정액의 주인이 살인과는 전혀 관계없다는 것이지?"

"그렇습니다."

모두 동의한다.

"그러면 남은 용의자는 이 안경 쓴 자인데 … 이 인간을 샅샅이 조사해보기로 하지. 공중전화에서 전화한 자도 이 자라고 봐도 무방할 것 같지만 … 결론은 유보하기로 하고. 이 조사는 이마이치 경찰이 맡아주기 바라네. 기누가와의 모든 호텔과 여관을 일일이 찾아가서 이 자가 혹시 숙박했는지 물어보고, 주변의 탐문수사도 실시할 것."

"알겠습니다."

"기획과장, 피해자의 전화분석은 어떻게 되었나?"

"네. 담당 계장이 보고하도록 하겠습니다."

"보고하겠습니다. 피해자는 8월 16일 오후에 동경에 들어왔고 그때부터 상당히 많은 양의 통화를 했습니다. 통신회사의 도움을 얻어 통화상대자의 성명은 모두 확보했습니다. 물론 다른 사람의 명의로 전화를 쓰는 경우도 있습니다만 일단은 상대방의 신원은 파악하였습니다."

"그 중에서 뭐 눈에 뜨이는 것 없어?"

"국회의원이라 많은 사람을 만나겠지만 세 가지가 신경이 쓰입니다. 하나는 신원이 파악되는 번호로 무라야마 내각에서 관방장관을 한 시마나카 씨이고, 또 하나는 가와사키에 있는 부동산업자입니다. 그런데 이보다 더 신경이 쓰이는 것은 두 개의 번호와 매우 빈번한 통화가 있었는데 지금은 전화가 꺼져있다는 것입니다."

"그래 …? 자네가 책임지고 지금 말한 상대들을 가능한 한 빨리 만나보도록. 그리고 수사관들을 동원해서 모든 통화상대자들에 대한 면담기록을 남기도록 해."

"알겠습니다."

"국장님, 이 자의 영상을 매스컴에 흘리는 것은 어떻겠습니까? 영상에 자신이 모습이 나오면 빨리 자수하는 케이스가 종종 있습니다."

형사기획과장이 묻는다.

"지금은 너무 빠르지 않을까? 우선 이 자의 행동을 예측할 수 있을 정도로 정보를 확보할 필요가 있어. 현지 탐문수사에서 아무런 결과가 없을 때 언론에 주기로 하지. 만약 이 자가 범인이 아니라면 빨리 그 선택지를 버려야 하는 필요성도 있으니."

"알겠습니다."

"그리고 수사 1과장은 신주쿠 경찰서와 협력하여 호스트 클럽 카타르시스에 관하여 소상히 파악하고 특히 그곳의 상무라는 자를 만나 이야기를 해보게. 무언가 이놈에게서 썩은 냄새가 나."

"알겠습니다."

"그럼 오늘의 회의는 여기까지."

회의가 끝난 시각은 새벽 1시를 가리키고 있었다.

15

호스트 클럽 카타르시스의 조사임무를 받은 경찰청 수사 2계장 사나다(眞田)는 경찰 입문동기인 신주쿠 경찰서 형사과장 다시로(田代)에게 오랜만에 전화를 넣는다. 두 사람 모두 동경의 사립대학을 졸업하고 경찰에 투신하여 형사부문에서 은근히 경쟁한 동료들이다. 가끔 만나서 술잔을 기울이며 정보를 교환하기도 하지만 사나다가 경찰청으로 전근한 후 뜸하다.

"웬일이야, 경찰청 계장님께서 지방자치단체 경찰에게 전화를 다 하시다니."

다시로는 일본인으로서는 드물게 농담과 위트를 잘한다.

동경을 관할하는 경시청이 실제로 일본에서 가장 막강한 경찰조직이지만 일단 편제상으로는 경찰청 산하조직이다. 경시청 안에서도 신주쿠 경찰서는 형사들에게 사관학교라고 불릴 정도의 엘리트 코스이다. 대형 형사사건이 가장 많이 터지기 때문이다.

"오랜만에 자네가 사주는 우동이라도 한 그릇 먹으려고."

"그래? 우동이라면 신주쿠로 와야지. 점심 어때?"

"좋지."

흔히 동경이라고 불리는 지역은 엄밀하게 동경도(東京都)로서 약 1천 3백만 명의 인구를 갖는 거대한 메트로폴리스이다. 그 안에 동쪽으로 23개의 구가 있고, 서쪽으로 26개의 시가 있다. 한국의 서울과 경기도를 합한 개념으로 보면 좋다. 23개의 구 가운데에서도 신주쿠 구는 일본 환락가의 중심, 그리고 외국인이 가장 많은 구로 꼽힌다. 그 중에서도 호스트 클럽 카타르시스가 자리 잡은 곳은 단일지역으로는 일본 최대의 환락가라고 할 수 있는 가부키초(歌舞伎町)다. 여기에는 일본, 한국, 중국, 러시아, 필리핀 등 다양한 국적의 호스티스들을 고용한 클럽들이 수백 개가 몰려 있다.

신주쿠 경찰서 근처에서 간단히 점심을 마친 사나다와 다시로는 경찰서로 돌아와 비어 있는 취조실의 삭막한 테이블에 마주보고 앉는다.

"무슨 사건이야, 자네가 직접 여기까지 오고?"

"벌써 이야기 들었지? 한국 현역 국회의원이 기누가와 온천에서 죽은 사건?"

"그 사건이 우리와 관계가 있나?"

"그건 아닌데 … 언론에는 아직 안 나갔지만 피해자의 몸에서 정액이 나왔는데, 주인이 가부키초에 있는 카타르시스라는 클럽의 호스트로 밝혀졌어."

"그놈이 살인혐의를 받고 있나?"

"그것도 아니야. 다만 그 피해자가 카타르시스를 애용하는 단골이라는군. 그리고 거기서 남자애들을 지정해주는 것이 그곳의 상무라는 직함을 쓰는 자인 모양인데 … 아무래도 냄새가 나. 그리고 형사국장이 직접 관심을 가지고 있고."

"그래? 잠깐 기다려봐. 내가 자료를 좀 보고 올게. 혹시 잘 아는 수사관이 있으면 데리고 올게."

한 10분 후에 다시로가 다시 나타난다. 옆에는 누런 파일을 든 30대 초반의 사내가 서 있다.

"역시 내 추측대로 자료가 마루보(マル暴) 쪽에 있더군."

마루보란 경찰의 은어로서 조직범죄대책부서를 뜻하는 말이다. 폭력조직을 동그라미(마루)로 봉쇄한다는 뜻이 있는 것으로 전해진다.

"이 친구가 우리 신주쿠 경찰서 마루보에서 제일 유능한 수사관이야."

"니무라(新村)입니다."

사내는 계급이 위인 사나다에게 깍듯이 인사를 한다. 얼굴은 지성미가 풍길 정도로 똑똑한 분위기인데 차림은 야쿠자이다. 마루보의 형사들은 여러 가지 이유로 야쿠자와 같은 행색을 하고 다니는 것이 하나의 전통 비슷하게 되었다.

니무라가 입을 연다.

"사나다 경부께서 찾으시는 자는 요코다 유지라는 자입니다. 1978년생으로 현재 32세. 태어나기는 구마모토 현이지만 교토에서 편모슬하에서 자라 이타미에서 고교를 졸업하고 교토의 사립대학교를 다니다가 중퇴하고 어느 시점에서 스미야스 구미에 가입했습니다. 아시다시피 스미야스는 저희 마루보가 가장 주목하는 광역지정폭력단으로, 현재 정규단원 수만 해도 6천 명이 넘고 있습니다. 그 중에서 비교적 똑똑한 아이들의 일부가 스미야스 구미 산하 우익단체인 대동아부흥회 일을 보고 있습니다. 요코다는 2005년경부터 대동아부흥회 일을 하다가 2, 3년 전부터 호스트 클럽 카타르시스에서 상무라는 타이틀을 가지고 매니저 일을 보고 있는 것으로 압니다."

"그렇다면 카타르시스가 스미야스 구미와 관련이 있다는 것인데…."

"네. 간접적으로 그렇습니다. 스미야스 구미에는 최고의 정점에 있는 회장을 중심으로 수십 명의 산하단체장이라고 할 수 있는 부회장이 있고, 별도로 회장보좌라는 참모진이 있습니다. 그 회장보좌의 하나가 바로 사건이 난 유노사토 호텔의 소유주 아사이 사다코의 남편 되는 아사이 신스케입니다. 아사이 신스케는 공식적으로는 여행사의 사장이며, 이 여행사가 주식회사의 형태를 가진 카타르시스클럽의 대주주입니다."

"흠…."

사나다는 실마리가 조금 풀린다고 느낀다.

"요코다가 지금까지 사건에 연루되었다거나 하는 일은 없었던가?"

"없습니다. 다소 미스터리한 인물이에요. 인물도 깨끗하고 비교적 품행도 좋아 얼핏 보면 회사원이나 무슨 젊은 학자와 같은 느낌을 줍니다. 대동아부흥회에서 기획 쪽의 일을 맡는다고 들었는데, 그래서 그런지 대동아부흥회가 수시로 거리에 돌리는 가두선전트럭에도 거의 타지 않습니다. 저희 팀의 한 수사관의 말로는 오히려 휴일이 되면 도서관에 가고 학자 비슷한 사람들과 자주 어울린다고 합니다."

"그래? 정말 의외로군. 요코다의 사진을 한 장 얻을 수 있나?"

젊은 수사관은 폴더에서 사진을 한 장 꺼내 건넨다.

"미행을 붙이실 생각이십니까?"

"음, 수사관을 붙여 봐야겠어."

"뭔가 나오면 저희에게도 정보를 주십시오."

"물론이지."

신주쿠 경찰서를 나서는 사나다는 사건의 진상에 한 걸음 다가서는 느낌이 든다.

* * *

일본 환락가의 1번지 가부키초에서는 저녁 8시가 보통사람의 아침 9시이다. 밤이면 사람이 북적이는 가부키초의 한복판에 '풍림회관'이라는 다방 겸 경양식 집이 있다. 워낙 명물이라 모르는 이가 없는데 많은 술집여자들이 저녁을 같이 보낼 남자를 만나려고 이곳에 오기 때문에 후우린(風林) 회관이라 발음하지 않고 불륜을 위한 후린(不倫) 회관이라고 부르는 이도 많다. 이 풍림회관에서 멀지 않은 곳에 클럽 카타르시스가 자리 잡고 있다.

자정이 가까운 시간부터 경찰청 수사관 두 사람이 클럽 주위에 잠복한다. 새벽 4시가 되자 카타르시스 손님이 그럭저럭 다 나온 모양이다.

호스트 클럽이라고 여자 손님만 있는 것은 아니다. 술에 취한 남녀들이 클럽 문 앞에서 끊임없이 헛소리들을 주고받고 있는데 정장 차림의 젊은 사내가 문에서 빠져나온다. 수사관의 머릿속에 입력해 놓은 요코다이다. 그는 불과 30미터도 안 되는 공영주차장에서 은색 벤츠를 끌고 나온다. 지금 잡아서 알코올 검사를 하면 위반일 가능성이 높지만 형사들에게는 음주운전이 관심사가 아니다. 그의 생활을 파악해야 하는 것이다.

가부키초를 빠져나온 그는 신주쿠 서부의 동경도청 앞을 지나 순환고속도로를 탄다. 이쿠라(飯倉) 램프에서 고속도로를 내려온 차는 아자부다이의 한 맨션의 주차장으로 들어간다. 한국대사관을 비롯하여 많은 외국공관이 있는 고급주택가이다. 그때부터 4명의 수사관이 교대로 감시를 한다. 요코다는 오후 2시 경 맨션을 나와 히로(廣尾) 쪽으로 걷기 시작했다. 티셔츠에 진 바지의 가벼운 차림이었다. 한 15분을 걷더니 동경도가 운영하는 중앙도서관에 들어간다. 그곳에서 그는 신문열람실에서 여러 가지 일간지를 모아 읽고 있었다. 호스트 클럽의 매니저가 여가시간에 도서관에 가서 신문을 읽는다는 것이 뭔가 석연치 않지만 이를 수사에 단서가 되는 특이사항이라고 하기에는 부족하다.

이 석연치 않은 외출 이외에 요코다는 아무런 미동이 없다가 저녁 8시에 다시 신주쿠의 카타르시스에 출근하는 것이었다. 맨션 안에서 변복을 하거나 남이 알 수 없는 통로로 빠져나와 외출할 가능성을 배제할 수는 없지만 그의 행동에서 이상한 점을 발견할 수 없었다. 수시로 보고를 받는 형사기획과장의 마음속에 초기수사 실패라는 말이 서서히 자리 잡고 있었다.

'실패'라는 말은 이마이치 경찰서의 수사진의 머릿속에도 떠오르기 시작했다. 기누가와에 있는 모든 호텔을 차례로 찾아가 CCTV에 나온 안경잡이의 사진을 보였으나 목격한 자는 없었다. 유노사토 호텔에서도 모든 종업원을 상대로 사진을 보여주었으나 목격자가 없기는 마찬가지다. 초동수사에서 확보한 자료들이 아무 성과를 내지 못하는 것이다.

* * *

경찰청 형사 두 사람이 시마나카의 사무실을 찾아 온 것은 26일 오후였다. 오전에 경찰청에서 면담을 요청한다는 말을 비서에게 듣고 시마나카는 자택에서 생각을 정리할 시간이 필요했다. 한국에서 온 조정달 의원을 만난 것이 바로 이틀 전인데, 이것이 경찰에 탐지되었나? 가슴이 섬뜩하다. 또 다른 가능성은? 골똘히 생각해보니 박민자가 가지고 있던 휴대전화에 자신과의 통화내역이 남아 있을 것이라는 데 생각이 미친다. 경찰과의 면담에서 두 가능성에 모두 대비해서 발언해야 할 것이다. 딱히 잘못한 것은 없지만 정계를 은퇴한 이 나이에 이런 번잡한 사건에 얽혀 매스컴에 이름이 오른다면 보통 낭패가 아니다.

지난주에 박민자 의원을 만나고 나서 큐슈 출신의 자민당 거물인 오자키와 바로 그날 저녁 만날 수 있었다. 과거 고이즈미 전 수상의 맹우로서 가토라는 거물 의원과 함께 세 사람 영문이름의 두 문자를 딴 OKK(Ozaki - Koizumi - Kato)라는 브랜드로 유명해진 오자키는 비교적 리버럴한 비전과 입장을 가지고 자민당에서 일각을 구축해 온 정치가이다. 큐슈의 중심도시인 후쿠오카가 지역구여서 한일 해저터널에 관하여 잘 알 터였다. 더구나 그는 한국과 북조선 양측에 상당한 지인을 가지고 있다.

조용한 요정에서 식사한 후 해저터널 이야기를 꺼내자 그는 내심 놀라는 눈치였다.

"아니 시마나카 상 발이 넓은 것은 세상이 다 아는 일이지만 어떻게 해저터널 이야기까지 하십니까? 우리 같은 후배들은 그저 기가 죽을 뿐이네요."

"아니야. 뭐 대단한 건 아니고…. 한국의 어떤 야당지도자 한사람이 찾아와서 관심을 표하기에 그쪽 분위기는 어떤지 알고 싶어서…."

"그쪽이란 자민당입니까? 아니면 큐슈입니까?"

"이 사람아, 뭘 그렇게 따져. 양쪽 다지."

두 사람은 자민당과 사회당이라는 대립하는 정당 출신이지만 개인적으로 말이 통해 호형호제하는 사이이다.

"자민당에서는 한일 해저터널이 당 차원에서 중요한 의제로 떠오른 적이 없지요. 해저터널의 일본 쪽 출발점에 위치하게 될 큐슈 지역 의원들이 늘 관심을 가지고 있기는 한데, 지역차원에서 할 수 있는 문제가 아니에요. 다만 최근에 일본의 제너콘들이 대규모 토목공사가 없으니까 일정한 관심을 가지고 주목하고 있다고 생각합니다. 그리고 아시다시피 이 문제는 통일교가 오래 전부터 주도해 와서 일종의 기득권을 가지고 있다고 봐야지요."

"그렇군."

"한국 측에서는 어떤가?"

"제가 알고 있기로는 한국에서도 중앙차원에서 정책 어젠다로 채택된 적은 없고 부산, 마산 등 경상남도의 학자들이나 시민단체에서 관심이 높다는 정도입니다. 그런데 누가 그렇게 관심이 많습니까?"

"자네도 안다고 생각하는데 한국 정계에서 일본통으로 통하는 박민자 의원이 관심이 많은 것 같아."

"박민자가요?"

오자키 의원이 의아하다는 표정이다.

"뭐, 박민자라기보다는 그녀의 정치적 스승이라고 할 수 있는 조정달 씨가 손을 대려고 하는 것 같아. 여기까지 말이 나왔으니 하는 말인데 조정달 씨가 금년 초에 창당된 국민통합당의 고문으로서 이 사업을 채

112

택하여 2012년의 총선과 대선에 히든카드로 쓰려고 하는 모양이야."

두 노회한 정치가는 이 정보를 머리에 넣어 계산하느라 한동안 조용하다. 이윽고 오자키 의원이 입을 연다.

"전혀 말이 안 되는 소리는 아니군요. 잘만 쓰면 훌륭한 일회용 무기가 되겠어요. 다만, 두 가지를 잘 생각해야 할 겁니다. 하나는 이 문제에 보이지 않는 기득권을 가지고 있는 통일교와 협조할 필요가 있고, 둘째는 일본 측의 제너콘을 잘 선정해야만 사업계획을 제대로 짤 수 있다는 겁니다. 이 안이 탁상공론의 차원에서라도 이야기가 진행된다면 일본기업이 주축이 되지 않을 수 없어요."

"흠… 잘 알겠네."

오자키 의원과의 미팅을 회고하며 시마나카는 경찰청 형사들과의 대화에서 어디까지 소상히 말할 것인가를 가늠해 본다. 조정달과의 만남에 대해서는 말해야 할까? 결론은 쉽게 난다. 경찰과의 대화는 우는 아이에게 젖 주는 격으로 물으면 마지못해 답하는 것이지 이쪽이 나서서 말해 줄 필요는 없는 것이다. 매스컴에 보도된 박민자의 살해소식에 시마나카도 큰 충격을 받고 며칠 새 더 늙은 느낌이다. 인간이 하는 가장 큰 후회는 한 일보다는 하지 않을 일이라고 하던가. 이런 와중에서도 아직 젊었을 때 '그녀와 한 번 자보는 건데'라고 생각하는 자신을 보며 스스로 끌끌 혀를 찬다.

* * *

"센세이, 바쁘신 중에 귀한 시간 내주셔서 대단히 감사합니다."

똑똑해 보이는 경찰청의 형사 두 사람이 머리를 숙여 인사한다.

"수고가 많군. 그래, 내게 무슨 이야기를 듣고 싶어서 …."

목적을 뻔히 알면서도 너스레를 떤다.

"보도를 접하셨겠지만 한국의 박민자 의원이 지난 21일 새벽에 사체로 발견되었습니다. 워낙 크고 중요한 사건이라 센세이께도 참고의견을 좀 듣고자 합니다."

"음…나도 무척 놀랐어. 지난 금요일, 그러니까 사건의 바로 그 전날이네. 오전에 여기 왔었거든."

"그랬군요. 얼마나 체재했습니까?"

"1시간 정도 있었어."

"박민자 씨는 언제부터 아십니까?"

"오래 됐지. 내가 사회당 국제부장을 하고 그녀가 〈해남일보〉 일본특파원으로 왔을 때 처음 만났으니까, 보자…그래 쇼와(昭和)가 끝나고 헤이세이(平成)로 넘어 왔을 때니까 1989년이구먼. 20년이 넘네…그건 그렇고 나와 박민자가 안다는 것은 경찰청이 어떻게 알지?"

"네. 피해자의 휴대전화 통화기록을 조사하던 중 센세이의 번호가 나왔습니다."

"그렇군."

"피해자와 말씀을 하던 중 이상하게 생각하거나 한 부분은 없었습니까?"

"뭐, 특별히 없었지…."

이 대목에서 시마나카는 한일 해저터널 이야기를 할까 말까 망설인다. 노련한 형사들이 이를 놓칠 리가 없다.

"센세이, 조금이라도 미심쩍은 부분이 있다면 말씀해주세요. 그게 안전합니다. 나중에 검찰이나 법원에 나와 말씀하시게 되면 불편할 겁니다."

생각해보니 맞는 말이다. 박민자의 피살과 자신은 아무런 관계가 없으니까.

"이상하다고는 할 수 없어도 박 의원이 한일 해저터널에 깊은 관심을 표명하더군."

"한일 해저터널이오?"

"음…박 의원을 둘러싼 한국 정치가들이 이 사업을 추진할 모양이야."

"그 이야기를 다른 분과 나누었습니까?"

"해저터널 이야기는 아무래도 큐슈 사람들이 잘 아니까 자민당의 오자키 의원에게 이것저것 물어본 적은 있어."

"다른 특이한 것은 없습니까?"

"뭐 그 정도야. 내가 현역에서 물러났으니 나눌 이야기가 그리 많을 게 없지."

시마나카가 말을 마치고 소파의 뒤로 기대앉을 때 수사관 한사람이 주머니에서 사진을 한 장 꺼내 탁자 위에 놓는다. 기누가와 편의점 CCTV 영상이다.

"센세이, 혹시 이 인물 보신 기억이 있습니까?"

"흠. 젊은 사람이군. 전혀 생각나는 바가 없는데. 왜, 이 자가 범인인가?"

"현재로서는 용의자로 보고 있는 자입니다."

"전혀 모르겠어."

"잘 알겠습니다. 감사합니다."

16

"도대체 어떻게 된 거예요?"

사다코의 물음에 요코다와 아사이 두 사람은 말이 없다. 사건이 나고 몸을 잔뜩 사리고 있던 아사이 부부와 요코다가 26일 밤늦게 카타르시스에서 모였다. 경험이 많고 눈치가 빠른 요코다는 자신이 미행당하고 있다는 것을 알고 조심해 온 터이다. 두 남자의 침묵에 많은 의미가 들어 있다고 느끼는 사다코는 또 한번 채근한다.

"도대체 누가 그런 짓을… 누가 죽인 거예요?"

"제가 알 수는 없지만… 아무튼 우리 클럽의 무라타가 한 짓은 아닙니다. 경찰에서 알리바이가 입증됐습니다."

"도시코가 데리고 잔 그 애 말이지?"

사다코가 묻는다.

"네."

"그런데 경찰이 너를 감시한다고 한 말은 뭐야?"

아사이가 묻는다.

"그게… 무라타 이놈이 경찰에서 사건이 있기 전날 밤 박 의원을 모시라고 제가 지시했다는 말을 했답니다."

"얼마나 자세히 말했대?"

"박 의원이 우리 클럽에 가끔 오신다는 것까지 말한 것 같습니다."

"이런, 개새끼!"

아사이가 담배를 신경질적으로 비벼 끄며 뱉는다.

"그 새끼는 시간을 좀 두었다가 정리하고 손을 좀 봐."

116

"알겠습니다."

"경찰의 손이 우리에게 뻗칠까요."

사다코가 불안한 눈으로 묻는다.

"지금으로서는 거기까지 갈 가능성은 없다고 보지만 그래도 준비는 하고 있어야 돼."

"그럼 어떻게 해야지요?"

"수상관저까지 관심을 가지는 사건인 만큼 경찰이 철저하게 조사할 거야. 합동수사본부가 경시청도 아닌 경찰청에 만들어졌을 정도니까. 따라서 여기까지는 경찰이 알게 된다고 봐야 돼. 첫째, 박 의원과 당신이 이복자매라는 것. 둘째, 박 의원이 클럽에 지금까지 수년 간 출입했다는 것. 셋째, 태평양 여행사, 즉 우리가 클럽에 투자했다는 것."

"경찰이 알게 하는 것은 여기까지야. 이게 마지노 라인이란 말이야. 둘 다 알아듣겠어?"

"네."

사다코와 요코다는 무겁게 머리를 숙인다.

"하지만 도시코가 클럽의 아이와 잔 것에 관해서는…"

"이번 것은 이미 알려진 것이지만 박 의원의 명예를 보호하기 위해서라도 다른 아이들도 데리고 잤다는 것은 나오면 안 돼. 요코다, 알겠나? 애들에게 단단히 입단속 시켜!"

"알겠습니다."

한동안 침묵이 흐르며 세 사람이 뿜어대는 담배 연기가 방을 가득 채운다.

"문어 보낸 아이들 좀 조사해봤어?"

"네. 우선 야스다 의원과는 아무런 관계가 없는 것으로 봐야 할 것 같습니다. 의원의 비서에게 전화를 해서 언저리를 탐색해봤는데 최근에 동경도 어업공제조합에서 의원을 강연에 초빙한 적이 있답니다. 여기에는 동경에서 수산물 도매업자들이 가입해 있는데 당연히 그 중에는 순수한 수산업자가 아니고 무언가 이권이 관련되는 곳들이 있을 거라는 말입니다."

"흠… 충분히 가능한 이야기야. 원래 야쿠자는 항만에서 생겨난 것이니까. 그 어업조합에 가입한 멤버들을 모두 조사해봐. 애들 시키지 말고 네가 조용히 알아봐. 즉시 착수해."

"알겠습니다."

* * *

아사이 부부와의 미팅을 끝내고 난 요코다는 마음이 왠지 편치 않다. 꼭 집어서 '이거다'라고 생각나는 것은 없는데 무언가 개운치 않다. 뭘까. 클럽 플로어를 둘러보는데 갑자기 홍남부두 생각이 난다. 박민자가 동경에 오기 전부터 홍남부두가 그녀에 대하여 관심을 표명한 터이다.

이타미의 고교에서 내내 붙어 다니다가 졸업 후 수년 만에 우연히 동경에서 만난 후 홍남부두와 한 달에 적어도 한 번은 만나는 사이가 되었다. 만남이 반복되면서 요코다는 자신이 리드하는 식민역사연구회에 관해 우연히 언급을 하였다. 그러자 홍남부두는 눈을 빛내며 자신도 참여하고 싶다고 하였다. '사법고시 공부로 바쁠 텐데'라고 말려도 홍남부두는 말끝을 흐리며 반드시 참가하고 싶다는 것이었다. 2004년 초였다. 당시 고이즈미 정권 하에서 우익학자들의 활동이 두드러져 식민역사연구회는 비록 겉으로는 드러나지 않지만 매우 활발하게 활동하고 있었다. 해외에서는 일본의 우경화에 대한 논란이 일고 있었고, 노무현 정권이 집권하고 있던 한국에서는 일본의 우경화와 갈등을 빚고 있었다.

박민자가 동경에 자주 오게 된 것은 그 무렵이었다. 당시 박민자는 국회의원 재선에서 실패하고 다음 선거를 준비하고 있었다. 그때까지도 박민자의 부친 후쿠시마 고로는 생존해 있었으며 박민자가 부친에게서 거액의 선거자금을 받아 여러 차례 나누어 한국으로 가지고 갔음을 요코다는 기억한다.

서울에서 동경에 온 박민자는 민간인이라는 홀가분한 신분이 되어 요코다가 관리하는 카타르시스에 등장하기 시작했다. 처음에는 이복언니인 아사이 사다코와 동행했다. 과거 신문사 일본특파원으로 있어서 일본어가 통하는 박민자는 점차 클럽 카타르시스의 VIP로 자리 잡게 되었다. 사다코의 이복동생이라는 것을 알게 된 요코다는 자연히 그녀를 우대하지 않을 수 없었고, 클럽에서 같은 자리에 앉아 이야기를 나눌 기회도 더러 있었다. 술집에 앉아 심각한 이야기는 별로 하지 않지만 박민자가 한일 문제에 많은 관심을 가지고 있으며, 일본 사회를 비판적으로 그린 《일본의 침몰》이라는 책을 썼다는 것을 요코다는 알게 됐다.

일본에 대한 비판적 시각을 가진 한국의 전직 국회의원이 우익단체 대동아부흥회의 기획을 맡은 요코다의 관심대상이 되지 않을 수 없었다. 매달 모이는 식민역사연구회에서 요코다가 박민자에 대하여 언급한 것은 그 즈음이었다. 박민자에 관하여 홍남부두가 지극히 큰 관심을 보인 탓이다. 단순한 생활을 하면서 평소에 다른 사람의 일에는 관심이 거의 없는 녀석치고는 다소 이례적이었다. 그런데 혹시 홍남부두가 살인? 에이, 말도 안 돼. 애써 웃으며 생각을 떨쳐 버린다.

* * *

"기사마(貴樣)!"

기사마란 그럴듯하게 들리는 한자말과는 달리 남자들이 결투 등을 할 때 상대를 지칭하는 말이다. 국체회 총재 이케사와가 휘두른 목검이 무릎을 꿇고 앉아 있는 젊은 사내의 어깨에 떨어진다. 뼈가 부서지지는 않았어도 몇 주는 팔을 못 쓸 것이다. 이케사와는 분노에 차서 얼굴껍질이 경련을 일으키고 누런 눈이 터져 나올 것 같다.

"이 새끼야! 그년에게 겁을 좀 주랬지 누가 죽이라고 그랬어?"

"총재, 제가 죽인 거 아닙니다."

젊은 사내는 벌벌 떨며 호소한다.

"총재, 저 놈은 심부름만 했지 살인한 건 아닙니다."

칼잡이 부총재 하모노가 끼어든다.

"자네가 어떻게 알아?"

총재는 매서운 눈으로 부총재를 노려본다. 평소에 큰소리를 내지 않는 이케사와가 젊은 부하에게 목검을 휘두르는 보기 드문 행동을 취하며 분노가 폭발하는 대상은 사실은 이 부총재라는 놈이다. 야쿠자도 머리가 있어야 해먹는 건데, 이놈이 칼은 좀 써도 머리가 안돌아 애를 먹이는 게 한두 번이 아니다. 성질 같아서는 금방 잘라버리고 싶은데 놈의 근성이 보통이 아니고 따르는 애들이 있으니 섣불리 건드릴 수는 없다.

"저 놈이 죽지 않았다 하더라도 나가서 누구한테 무슨 말을 한 줄 알아? 부총재 자네가 책임질 수 있나?"

며칠 전에 한국 박민자 의원이 주도하는 국찬모 동경행사를 막는다는 대책회의를 하며 박 의원에게 겁을 좀 준다는 이야기가 이렇게 번진 것이다. 총재의 추궁을 받는 부총재도 자신이 입을 좀 가볍게 놀린 것이 켕겨 고개를 숙이고 반론을 못한다. 야쿠자업계도 요즘 불황이어서 한번 튀어보려고 아무 생각 없이 허락받지 않은 짓을 저지르는 애들이 많다.

"도대체 야스다 의원 명함이 문어 대가리 상자에 들러붙어서 호텔에 배달된 연유는 뭐야, 이 돌대가리 새끼들아!"

"오쿠라 호텔이 워낙 까다로워서 프런트 직원이 물건을 아무 저항 없이 받아들이도록 머리를 쓴다는 것이 그만…."

부총재의 설명이다.

120

"도대체 그 명함은 어디서 난 거야?"

"지난번 강연회에서 의원 비서에게서 받은 것입니다. 이런 사건이 발생하여 그 명함이 문제가 될 줄은 꿈에도 생각 못했습니다."

"그년이 경찰에 신고라도 했다면?"

"신고는 감히 못할 거라고 생각했습니다."

"그 박이라는 국회의원에게 겁을 주기로 한 건에 대해 아는 애들을 몇 명이나 되나?"

"글쎄요, 딱히 몇 명이라고 말할 수는 없지만 트럭 동원하는 일 등을 상의하면서 우리 국체회하고 본부의 에가미 구미에서 알게 된 사람은 꽤 있습니다."

"우리 조직에 덜미를 씌우려고 일을 꾸미는 인간이 있을 수도 있잖아?"

총재의 말에 모두 입을 다문다. 만약 그렇다면 이건 보통 사단이 아닌 것이다. 국체회 총재 이케사와가 이토록 화를 내는 데는 연유가 있다. 일본이 알아주는 에가미 구미도 매춘이다, 마약거래다, 시장상인들에 대한 집금이다, 하는 전통적인 사업이 잘 안 돼 합법적인 수산업에 진출해 보려고 국회 농수산위원회 실력자인 야스다 의원에게 헌금도 상당히 하고 공작을 해 왔던 터이다. 그렇게 공을 들여왔는데 이 엉뚱한 사건으로 날아간다면….

"아까 야스다 의원 비서에게서 전화가 왔어. 왠지 스미야스 구미 쪽의 인간이 이것저것 물어보더라는 거야."

총재의 말에 모두 긴장한다. 스미야스 구미와는 일본의 야쿠자업계를 양분하고 있는 사이다.

"부총재하고 너, 당장 잠수타. 그리고 이 사안에 관해서 아는 애들이 누구인지 빠짐없이 명단을 만들어 보고하도록. 보고는 다른 아이를 시켜. 구미 본부에서 문제를 삼는다면 우리는 당분간 제대로 숨쉬기 힘들 것이다."

          *   *   *

"과장님, 이것 좀 보십시오."

경찰청 형사기획과장에게 심각한 얼굴로 부하직원이 다가선다. 직원이 내민 것은 부동산 매매계약서이다.

"이게 뭐야?"

눈이 극도로 피곤한 기획과장 모리는 계약서의 작은 글씨를 보자 짜증나는 목소리로 묻는다.

"피해자의 통화기록을 분석하던 중 가와사키의 한 부동산업자가 걸려들었습니다. 그 자에게 긴급히 수사관을 보내 알아봤더니 피해자가 가와사키 역전에 소유하던 건물을 파는 계약이 지난 목요일에 있었답니다. 매매계약이 성립된 다음날인 금요일에 3억 3천만 엔이 피해자의 예금계좌에 넘어가도록 되어 있는데, 그날 밤 피해자는 기누가와로 가고, 다음날인 토요일 새벽에 사체로 발견된 것입니다."

"뭐야? 부동산 매매? 도대체 한국 국회의원이 무슨 부동산을 판다는 거야? 거참 희한하네. 그 매입자가 누군지 알아봤어?"

"네. 가서 만나봤습니다. 가와사키 역에서 멀지 않은 곳에 있는 파친코 업자였습니다. 그 부근에서 야키니쿠(불고기) 식당이며 전당포 등여러 가지 사업을 하는 유한회사입니다. 사장을 만나보니 재일한국인 출신으로 일본에 귀화한 사람이더군요. 배후는 아직 조사해볼 시간이 없었습니다. 어떻게 할까요?"

"철저하게 조사해봐."

17

　8월 21일 사건이 터진 후 며칠째 집에도 못가고 동경의 합동수사본부와 도치기 현 경찰서의 수사본부 분실을 왔다 갔다 하던 가자마 형사과장이 모처럼 집에 들른 것은 며칠이 지나서였다. 사건이 아무리 중대해도 자신이 소속하는 이마이치 경찰서의 간부회의에는 참석해야 하기 때문이었다. 오랜만에 냄새나는 옷들을 벗어버린 채 아내를 끼고 밀린 잠을 잔 가자마가 덜 풀린 피로로 연신 하품을 하며 사무실에 출근한 것은 아침 9시가 넘은 시간이었다.

　27일 오전 10시에 예정된 간부회의에서 간단히 보고할 것을 준비하기 위해 컴퓨터에 전원을 넣었지만 켜지지가 않는다. '어떤 놈이 만졌나' 하며 아무리 스위치를 넣어도 반응이 없다. 장비가 오래되어 전원코드를 뺐다 다시 연결하면 들어오는 한심한 물건이었다. 의자를 빼고 피곤한 몸을 구부려 책상 밑에 있는 전원 콘센트에서 코드를 뺐다가 다시 끼고 몸을 일으키는데 뒤통수가 책상 서랍에 호되게 부딪힌다. 40대 중반이라는 중년의 몸에 피로가 쌓이니 몸이 뇌의 지령대로 움직이지 않는 것이다.

　성질이 뻗쳐 욕을 해대면서 의자에 앉아 뒤통수를 만지는데 퍼뜩 머릿속으로 번개가 지나간다. '혹시 놈이?'

　24일 밤 경찰청 수사본부에서 기무라 형사국장이 주재하는 수사회의에서 Y슈퍼에서 확보한 용의자의 CCTV 화면을 본 순간부터 가자마의 머릿속에서는 무언가 석연치 않은 것이 맴돌고 있었다. 아무리 생각해도 '이거다'라고 꼬집어 말할 수 있는 힌트가 떠오르지 않지만 오랜 수사의 경험이 무언가 이상하다고 머릿속에서 속삭이는 점이 있던 것이다. 그 의문이 지금 뒤통수를 맞으며 풀린 듯하다. 마음을 가라앉히고 생각을 정리한다. 영상에 비치는 용의자의 모습을 반복적으로 보면 놈이 비교적 체격이 통통한 편이고 동작이 둔한 편이며 몸을 쓰는 일이 아닌 주로 책상에 앉아서 일을 하는 자라는 것을 느낄 수 있다. 그런데?

그런데 가자마의 마음속에서 가시지 않는 의문이란 유노사토 온천장에서 초동수사를 지휘하면서 발견한 담장의 구멍이 매우 작았다는 것이다. 영상에 보이는 용의자의 몸의 크기, 우둔한 이미지와 비교해 볼 때 온천장 노천욕장의 향나무 담에 뚫려있던 구멍의 크기는 분명 작았다. 그렇다면! 자신의 예상이 옳다면 놈은 옹색한 구멍을 뚫고 들어가려다가 어딘가 부딪히기라도 했을 것이다.

요 며칠 사이에 비가 왔나? 다행히 오지 않았다. 그렇다면 향나무 담에 뚫어 놓은 구멍에 무언가 흔적이 남아 있을 것이다. 생각이 이에 미친 가자마는 용수철처럼 튀어 오른다.

"곤도 계장, 출동 준비해. 기누가와다. 감식반 애들 차에 태워. 나는 서장한테 잠깐 보고하고 올게. 그리고 유노사토 온천장에 전화해서 우리가 갈 테니 현장에 아무도 접근하지 못하도록 해. 역전파출소의 시무라도 현장으로 오라고 하고."

"알겠습니다."

가자마는 서장실로 급히 뛴다.

사이렌을 울리며 경찰차가 유노사토에 도착한 것은 한 시간 이내였다. 호텔의 프런트에서는 시무라가 기다리고 있다.

"지배인, 그 사이에 현장에 아무도 접근하지 않았겠지?"

"물론입니다. 폴리스 라인에 일체 접근하지 않도록 철저히 지시해 두었습니다."

"좋아. 감식반원들은 현장에 가서 울타리를 다시 한번 자세히 보도록. 곤도 계장과 시무라 경부보는 나와 같이 개천으로 간다. 물에 젖을 만한 것은 모두 여기에 꺼내놔. 구로가네 다리로부터 물로 들어가 접근할 테니까."

"이 복장으로 말입니까?"

시무라가 오늘 아침에 닦은 구두를 내려다보며 묻는다.

"세탁비는 나중에 줄게. 따라와."

구로가네 다리에서 하천보도교 계단을 내려가 개천으로 들어서니 유노사토 호텔이 왼편으로 보이는데 204호실에 아래에 있는 기슭까지 100미터가 안 되는 거리이다. 가자마, 곤도, 시무라 세 사람이 물속으로 걸어 들어가는데 곤도의 등에는 백 팩이 매달려 있다. 곤도의 체격이 용의자의 체격과 엇비슷해서 그를 모의실험에 써보기로 한 것이다. 개천의 중심부분은 물살이 세지만 가장자리는 걷기에 어렵지 않다. 허벅지에서 시작한 수심은 깊은 부분에서 가슴에 오더니 다시 차츰 얕아진다.

만약에 놈이 예행연습을 하고 현장에 침투하였다면 낚시용 방수복을 입고 물을 건넜을 가능성이 있다. 조심조심 걸어서 5분 정도의 시간에 무사하게 204호실 아래의 기슭에 도달할 수 있었다. 상체까지 흠뻑 젖은 몸으로 45도 경사의 숲을 올라가는 것은 쉬운 일이 아니었다. 용의자가 이 숲을 통과한 시각이 언제였는지가 중요하다. 어둠 속이라면 무언가 조명의 신세를 졌어야 할 것이다.

숲을 통과하여 울타리에 도착하니 안쪽에 감식반원들이 있다. 구멍은 향나무의 기둥을 두 개 톱으로 쓸어 아랫부분을 제거한 것이었다. 향나무들이 서로 얽혀 있어 두 그루의 밑둥치를 도려내더라도 위쪽이 다른 나무에 얽혀 형태를 유지하고 있는 형국이었다. 지면에 낮게 키워 놓은 동백나무도 제거되어 있었다. 구멍의 크기는 높이와 폭이 각각 60센티미터 정도였다.

안쪽에서 감식반원이 말한다.

"제가 조사해봤더니 사건이 발생한 날의 일출시간이 5시 7분이었습니다. 그리고 현장에 있던 호스트가 호텔을 뜬 것이 오전 6시이고, 경찰병원의 사망추정시간이 오전 7시 경이었습니다. 일출시간이 5시라면 그 이후 시각에 개천을 건너 이리로 오는 것은 누군가에 의해 목격될 수 있음을 의미합니다. 개천의 양쪽으로는 호텔들이 서 있고 수많은 객실의 창문이 계곡을 향해 있으니까요."

"음… 그렇다면 범인이 아직 어두운 시간, 즉 새벽 5시 이전에 이미 이 구멍을 뚫고 들어와 노천욕장에 숨어 있었다고 가정할 수밖에 없군."

"그렇습니다."

모두들 동의한다.

"어둠 속에서 휴대용 톱으로 향나무 기둥을 자르고 관목을 정리한다는 것이 쉬운 작업이 아닌데… 더구나 소리가 나서는 안 되고…."

"따라서 놈이 충분한 시간을 가지고 천천히 작업을 했다고 보는 것이 타당합니다."

"그렇다면 조명이 필요했을 겁니다."

"이 지점에서 객실의 창문이 보이는 곳은 없지. 확인해 보자고."

모두들 자세를 엎드려 사방을 둘러보아도 204호실을 포함하여 시선이 직접 닿는 객실의 창문이나 열린 공간은 없다.

"그 시각이라면 빛이 있었어야 하는데. 강한 조명은 쓸 수가 없지."

"그렇습니다. 그건 굉장히 리스크가 따르는 일이지요."

"혹시… 제가 밤낚시를 가서 전등이 고장 나 겪은 일인데 휴대전화를 열면 화면에서 나오는 조명이 야간에는 상당히 힘을 발휘합니다."

"아, 그런 수가 있네. 휴대폰은 열어 자르고자 하는 부분을 보고 조용히 톱질이나 가위질을 하다가 안 보이면 다시 휴대폰을 열고."

"하나의 가능성으로 충분히 고려할 수 있습니다. 요즘에는 어두운 극장에서 좌석을 찾을 때 휴대전화를 쓰는 이들이 많아요."

"그렇다면 과장님, 이놈이 초범이고 비교적 서투른 놈인데 그 휴대전화가 나중에 물에 젖어 못쓰게 된 가능성도 있지 않습니까? 범인의 주거지역을 안다면 고장 난 전화의 교체가 있었는지 전화회사에 알아볼 수도 있지요."

"그렇군. 수사계장 이 사항은 잘 기록해 수사본부에 통보하도록. 우리가 떠맡을 수는 없어."

"알겠습니다."

"그런데 말이야. 오늘 내가 여기에 온 주 목적은 DNA를 채취하러 온 거야. 아침에 떠오른 생각인데 이렇게 구멍이 작다면 들어가다가 어딘가에 걸려 작은 생채기라도 나지 않았을까 하는 거야."

"아!"

그제야 일동은 생각이 미친다.

"그러니까 감식반은 구멍 가장자리의 가지 끝부분을 모두 채집해서 과학수사본부에 보내고 이 사항도 수사본부에 통보하도록. 오늘의 현장 검증은 여기까지다."

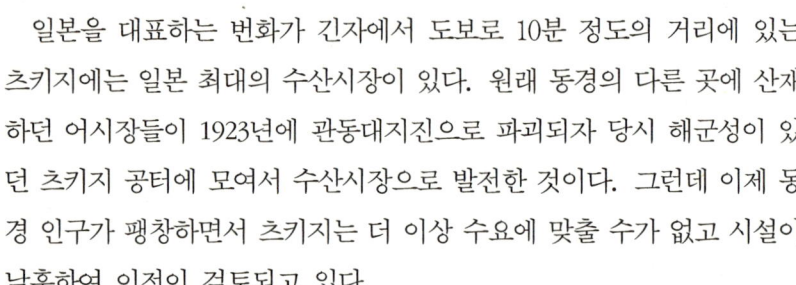

18

일본을 대표하는 번화가 긴자에서 도보로 10분 정도의 거리에 있는 츠키지에는 일본 최대의 수산시장이 있다. 원래 동경의 다른 곳에 산재하던 어시장들이 1923년에 관동대지진으로 파괴되자 당시 해군성이 있던 츠키지 공터에 모여서 수산시장으로 발전한 것이다. 그런데 이제 동경 인구가 팽창하면서 츠키지는 더 이상 수요에 맞출 수가 없고 시설이 낙후하여 이전이 검토되고 있다.

세리(競り)라고 불리는 생선 경매가 진행되는 것은 새벽 4시이다. 어젯밤 아사이 부부와의 회합에서 신스케의 지시를 받은 요코다가 새벽 두 시쯤 신주쿠의 호스트 클럽을 나서서 츠키지에 들어섰을 때 생선업자들은 세리 준비에 한창이었다. 최근에는 세리를 견학하는 사람들이 늘어 외부 사람들이 많이 오기는 하지만, 화려한 양복에 번쩍이는 구두를 신은 요코다의 행색은 유달리 눈에 띈다.

"문어를 좀 많이 사려고 하는데 어느 집이 좋겠습니까?"

요코다는 비교적 큰 상점의 사무실에 접근하여 묻는다.

"이쪽은 중개업자들이고 저쪽으로 가면 도매업자들이 있는데 도매업 회사가 일곱 개 있으니 어디 가더라도 알 수 있을 거요."

커다란 장화와 고무로 된 에이프런을 두른 사내는 바빠서 요코다의 얼굴도 보지 않고 대답한다. 코너를 돌아가니 천장에 거대한 형광등이 길게 이어져 있고 넓은 콘크리트 바닥에 물이 흠뻑 젖어있는 대형도매상들이 나온다. 신발에 생선물이 튈까 조심조심 발걸음을 떼며 요코다가 사무실 쪽으로 다가가자 작업복을 입은 한 사내가 담배를 꼬나물고 요코다를 째려본다.

"문어를 좀 많이 사려고 하는데 상담을 좀 할 수 있겠어요?"

"글쎄 … 보아하니 생선거래를 하는 사람은 아닌 것 같은데, 우리는 경매로 물건을 파는 업자이니 소매업자를 하나 알아봐야 할 것 같구려."

대답이 시큰둥하다.

"아, 그래요. 잘 몰라서 … 그러면 문어를 가장 많이 취급하는 소매상을 하나 소개해주십시오."

"그래요? 그럼 …."

사내는 생각하는 듯하며 요코다의 행색을 자세히 살핀다.

"저쪽으로 돌아서 오른쪽으로 한 50미터 가면 미하마(美浜)라는 간판이 보일 게요. 거기 가서 물어보시오. 그런데 문어는 어디에 쓰려고 하시오?"

"네. 전문식당을 하나 계획하고 있는데 … 아무튼 고맙습니다."

요코다가 돌아서자 사내는 담배를 뻘고 휴대전화를 꺼내 돌린다.

"무슨 일이야. 이 새벽에?"

아침에 몸이 굼뜬 국체회 부총재 하모노가 전화를 열더니 퉁명스럽게 묻는다. 옆에는 어린 여자가 나체를 다 드러내놓고 쌔근쌔근 자고 있다.

"문어에 관하여 묻는 낯선 놈이 있으면 알려달라고 했잖아? 이태리 양복점에서 금방 튀어나온 것 같이 생긴 놈이 지금 문어를 사겠다고 츠키지를 뒤지고 다니는구먼."

하모노가 벌떡 일어나 묻는다.

"그놈 지금 어디 있어?"

"미하마로 가서 알아보라고 보냈는데."

"알았어. 내가 애들을 미하마로 보낼 테니 자네는 미하마에 전화해서 시간을 끌고 이야기를 천천히 하라고 그래."

도매상을 나온 요코다가 미하마라는 소매상회에 가서 주인에게 문의

하니 의외로 친절하다. 묻지 않는 말에도 자세히 설명을 하는데 요코다에게는 새롭고 재미있다. 한 10분 그렇게 이야기를 주고받는데 미하마상회의 건너편에 작은 픽업트럭이 조용히 멈춘다. 운전석과 조수석에는 작업복을 입은 두 명의 젊은이가 보이고 짐칸에는 생선그림이 그려진 상자들이 쌓여 있다. 조수석의 사내는 디지털 카메라로 연신 미하마 상회 안을 찍어댄다. 이야기를 대충 마친 요코다가 주차장으로 향하니 조수석이 사내가 조용히 내려 미행을 시작하고 운전석의 사내는 시동을 건다.

* * *

"우리같이 머리 나쁜 사람들은 그저 참고 들러붙는 수밖에 없어."
작은 목선으로 고기를 잡아 가족을 부양해 온 아버지가 늘 하던 말이다. 시마네(島根) 현의 어촌에서 고등학교를 졸업하고 경찰시험에 붙어 시마네 경찰에 있다가 동경경시청의 조직폭력대책과로 작년에 전근한 순사부장 이코마(生駒)는 이제 자신이 태어난 어촌에서 영웅에 가까운 인물이다. 순사부장이라고 해봐야 경찰에서 제일 낮은 순사보다 하나 높은 계급이지만, 일류대 출신이 즐비한 동경경시청에서 어촌에서 고교를 나온 자신이 같이 일할 수 있다는 것이 여간 자랑스러운 게 아니다.
더구나 한국 국회의원 살해사건 수사본부에 참가하다니. 당장 시골로 달려가 고생하는 아버지에게 자랑이라도 하고 싶다. 호스트 클럽 상무 요코다를 미행하는 임무를 맡았을 때 다른 수사관들은 모두 싫어했지만 이코마는 이게 웬 떡인가 싶어 사건이 완전히 종결할 때까지 요코다라는 놈을 끈질기게 따라 붙으려고 굳게 마음먹었다. 다리가 쭉쭉 뻗고 엉덩이가 올라붙은 세계 각국의 미녀들이 종일 왔다 갔다 하는 신주쿠 가부키초에 차를 세워놓고 요코다를 감시하면서 이코마는 자신이 영화에 나오는 형사와 똑같다고 으쓱하고 있었다.

금요일인 27일 밤에도 이코마는 클럽 카타르시스가 잘 보이는 모퉁이에 차를 대고 지나가는 각국의 미녀들을 비교하고 있었다. 시마네에 있을 때는 세계에서 한국여자들이 제일 예쁘다고 동네 아저씨들이 말하는 것을 들었는데, 여기에 와보니 글쎄, 품는다면 이왕이면 러시아나 루마니아의 금발이 좋겠다고 생각하게 되었다.

지나가는 아가씨들을 다시 한번 비교하고 있는데 요코다의 차가 차고를 나오는 것이 보인다. 시간을 보니 새벽 2시이다. 이놈이 어제도 새벽 두 시에 기어 나오더니 도대체 무슨 일인가? 이코마는 급히 차를 따라 붙인다. 그런데 이코마보다 먼저 요코다를 따라 붙는 차가 있다. 픽업트럭인데, 생선그림이 그려진 상자들이 실려 있다. 이 시간에 웬 생선트럭? 의아하게 생각하며 부지런히 미행을 시작한다.

요코다의 차가 복잡한 신주쿠를 빠져 한적한 대로에 들어섰을 때 갑자기 대형냉동트럭이 골목에서 튀어 나오더니 요코다 차 앞으로 끼어든다. 새벽 두 시의 동경거리에는 차량이 거의 없다. 그런데 요코다를 쫓던 픽업트럭이 갑자기 속도를 내더니 요코다의 차를 뒤에서 들이받는 것이 아닌가? 추돌을 당한 요코다의 벤츠가 도로변에 서자 픽업트럭도 따라 서는데 앞에 있던 대형냉동트럭도 멈추는 것이 보인다. 상당한 거리를 두고 차를 멈춘 이코마가 운전석에 앉아 망원경으로 관찰한다. 소리는 안 들리지만 요코다와 픽업트럭에서 내린 2명의 작업차림의 사내들이 삿대질을 하며 언쟁을 하는 모양이다.

그런데 언쟁이 시작되자마자 작업복의 한 사내가 주머니에서 무언가를 꺼내어 요코다 면전에 흔든다. 그러자 요코다가 손을 얼굴로 가져가면서 고개를 숙이고 주저앉는다. 강한 페퍼 스프레이를 뿌린 게 틀림없다. 요코다가 쭈그리고 앉아 있는데 냉동트럭의 조수석에서 한 사내가 야구방망이를 들고 나오더니 요코다를 가격한다. 수산업자들로 보이는

131

사내들이 널브러진 요코다를 냉동트럭의 화물칸에 실은 것은 순식간의 일이었다. 이코마는 부랴부랴 카메라를 들어 사진을 찍는데 두 화물차들이 급발진을 한다. 사진 두 컷을 제대로 찍었을까 말까하는 상태에서 이코마는 카메라를 조수석에 던지고 두 트럭을 쫓으며 급히 통신용 마이크를 들어 본부에 보고한다.

반시간 후에 두 대의 화물트럭과 이코마의 차가 츠키지 어시장 주차장에 들어설 때는 이미 경찰청 수사관들이 기다리고 있었다. 냉동트럭 화물칸을 열자 요코다는 얼어붙은 생선같이 뻗어 있었다.

19

"TV 아사히(朝日) 정오뉴스입니다. 우선 본 방송이 독점 입수한 특보를 보도해 드리겠습니다. 지난 21일 아침 도치기 현 기누가와의 호텔에서 살해된 한국 국회의원 박민자 씨의 유력한 범행용의자의 영상을 본 아사히 방송에서 독점 입수했습니다."

28일 토요일, TV 아사히 정오뉴스는 아나운서의 오프닝 멘트에 이어 화면에 기누가와 Y숍에서 잡힌 용의자의 영상을 반복해서 흘리고 있었다. 일본 전역에서 점심을 먹으려고 움직이던 사람들, 점심을 먹던 사람들의 시선이 TV 화면에 반복적으로 나오는 사내의 모습에 쏠린다. 편의점에서 물건을 사가지고 나오는 안경 긴 젊은 사내다. 바야흐로 사건에 커다란 격랑이 몰아치는 순간이었다.

점심시간이 되어 잠시 일손을 놓으려던 경찰청은 크게 요동친다. 가장 큰 충격을 받은 것은 기무라 국장이다. 일어서려다가 TV 화면에 나오는 영상을 보고 순간적으로 전기충격이라도 받은 듯 의자에 주저앉아 멍하니 화면을 쳐다본다.

"아니, 이럴 수가….."

멍하니 입을 벌리고 앉아 있는데 형사기획과장 모리가 다가온다.

"누군가가 방송국에 흘렸습니다."

당연한 것을 큰 발견이라도 되듯이 말하는 그의 태도는 차분하다.

"도대체 어떤 놈이….."

국장이 분하여 얼굴이 벌게져서 말하자 과장은 건성으로 응한다.

"용서할 수 없습니다. 반드시 색출하겠습니다."

* * *

　기누가와 사건 용의자의 영상을 독점 입수한 것은 최근에 일본방송계에서 기세를 올리고 있는 아사히 뉴스그룹에겐 또 하나의 승리였다. 일본에서 판매부수가 가장 많은 일간지 〈아사히〉를 중심으로 TV, 라디오 등을 포함하여 거대한 매체그룹을 형성한 아사히는 일본의 언론계에서 가장 리버럴한 입장을 견지한다. 일본의 5대 일간지라면 흔히 〈아사히〉, 〈마이니치〉, 〈요미우리〉, 〈산케이〉와 〈일본경제신문〉을 든다. 여기서 경제지인 〈일본경제신문〉을 제치고 보면, 4대 종합일간지에서 이념적으로 가장 왼쪽에 있는 것이 〈아사히〉, 가장 오른쪽에 있는 것이 〈산케이〉라고 할 수 있다. 〈아사히〉의 또 다른 특징은 한국, 중국 등 아시아에 대해 우호적인 입장을 가지고 있다는 것이다.

　아사히 그룹의 이러한 입장은 하토야마 정권과 합치하는 것이었다. 따라서 하토야마 정권의 출범 이후 아사히 그룹이 더 뜨는 것은 어쩌면 자연스러운 추세라고 할 수 있다.

　운동선수의 목표가 금메달이나 우승트로피라고 한다면 기자의 목표는 특종을 따내는 것이다. 〈아사히〉의 논설위원 중 한사람인 노가미(野上)가 모리에게 전화를 넣은 것은 어제 자정이 가까운 시간이었다. 마침 모리는 퇴근 준비를 하고 있었다. 아무리 살인적인 일정이라고 해도 금요일 밤에는 역시 좀 쉬고 싶다. 퇴근이라고 해봐야 집에 가서 몇 시간 눈 붙이고 옷을 갈아입고 나오는 것이지만.

　"もしもし。"(여보세요.)

　모리는 자신의 휴대전화 번호를 아는 사람이 많지 않지만 발신자 번호가 분명히 기억나지 않으면 결코 직책이나 이름을 대지 않는다.

　"나야, 노가미."

　"어이. 자네가 이 시간에 웬일이야?"

모리와 노가미는 동경대 법대 동기생이며 학창시절 마작을 같이 즐기던 절친한 사이다.

"전화로 말할 수 없으니 나와. 청사 앞에 비상등을 켜고 있는 렉서스에서 기다리고 있을 테니까."

검은색 렉서스 운전석에는 〈아사히〉 경찰청 출입기자가 앉아 있고 뒷좌석에서 노가미가 담배를 피우고 있다.

"이 사람아, 자네는 아직도 담배를 피우나?"

"신문사 생활이 그래. 항상 똥끝이 타니까 담배를 끊겠다고 생각할 겨를도 없네."

"뭐 하느라고 그렇게 바빠. 인터넷이 나오고 나서 신문사는 다 폐간한 줄 알았는데."

"지금은 그 기누가와 사건 때문에 죽겠네."

"무슨 소리야, 죽는 건 우리 경찰이지. 앞이 캄캄해."

"국민의 알 권리를 보장해 줘야지!"

"지금은 알릴 것도 없어."

"그건 그렇고 한국에서 온 국회의원이 죽었는데 시마나카다 오자키다 하는 거물 정치인들이 왜 들썩이는 거야?"

"뭐라고?"

농담을 주고받던 모리가 긴장한다. 경찰청에서 형사 두 사람을 보내 시마나카를 면담하게 하였지만 중요한 첩보는 없었던 터이다. 그런데 경찰청과는 다른 루트로 많은 정보를 가지고 있을 〈아사히〉의 논설위원이 이 정도로 나온다면 무언가 있는 게 아닌가? 더구나 자민당의 거물 오자키?

모리는 동경대 동기생이 아니라 경찰청 형사기획과장의 입장에서 노가미가 하는 말의 진의와 깊이를 가늠해 본다. 물론 언론계에 있는 사람들의 말이란 대개 과장을 내포하고 있어 액면 그대로 받아들일 수는 없다. 하지만 현재 경찰청의 수사관들이 공통적으로 갖는 인식이란 용의자가 프로가 아닌 아마추어 살인자라는 것이다. 아마추어 살인자라면 범죄조직이 아닌 다른 곳을 들춰봐야 하는 게 아닌가? 혹시 이 살인이 한일 해저터널 프로젝트와 관련되는 것인가? 모리는 피곤한데 터무니없는 이야기를 꺼내는 노가미가 귀찮다는 포커페이스를 짓고 시계를 보며 하품을 한다.

"말도 안 되는 소리를 가지고 떠보려고 하지 마. 가서 잠이나 좀 자야 되겠다."

"자네 이 사건 제대로 처리하지 못하면 끝장이야. 우리는 이미 수상관 저에서 경찰청에 대하여 불만이 쌓여가고 있다는 냄새를 맡고 있어. 기무라 국장이 못하면 자네라도 해내야 되잖아. 언젠가는 자네가 경찰청 장관을 해야 주위에서 기대하는 사람들에게 보람이 있지."

노가미가 모리를 띄우며 그의 정치적 야심을 부추긴다. 모리도 귀가 솔깃하다. 장래의 장관 자리는 고사하고, 지금의 지지부진한 수사진도라면 국장과 자신이 함께 골로 갈 위험성을 어렴풋이 감지하고 있는 터이다.

"피곤한데 본론부터 꺼내봐."

"그렇지! 이제야 자네답군. 별거 아니야. 우리는 국민의 알권리를 충족시키자는 거야. 그 대신에 우리가 수집하는 정보는 즉각 자네한테 넘길 테니까."

"국민의 알 권리? 흥, 거창하게 말하긴. 뭘 알리고자 하는데?"

"저 친구한테 듣자니 기누가와 편의점에서 찍힌 용의자 사진이 있다던데…."

운전석에 앉은 경찰청 출입기자를 턱으로 가리키며 하는 말이다.

"그건 안 돼. 국장이 아직 엠바고를 걸고 있어."

"이 사람이 아직도 정신을 못 차리네. 사건이 일어난 지 벌써 거의 일주일인데 궁금해 하는 국민들은 아직 용의자 그림자도 구경을 못했어. 이게 선진국이고 세계에서 검거율 최고라는 일본경찰이야?"

노가미의 말이 블러핑이지만 일리도 있다. 사실 모리 자신은 지금이라도 영상을 공개하여 언론과 시민의 협조를 받고 앞으로 내닫고 싶은 심정이다. 사건의 해결이 지연되거나 미궁으로 빠지면 결국 대가를 치러야 하는 것은 국장과 자신이 아닌가? 그렇지만 내가 왜? 이제 겨우 출세의 상승커브를 타기 시작했는데?

모리의 고민하는 내심을 눈치 빠른 노가미가 놓칠 리가 없다.

"이봐, 모리 군. 내가 단도직입적으로 정리해 줄게. 첫째, 그 영상이 빨리 공개되면 될수록 경찰에 유리하고, 나아가서 이 정권에도 유리한 거야. 둘째, 그 영상이 유출되는 것은 시간문제야. 그렇다면 자네와 내가 하는 게 가장 안전하고 최대의 효과를 낼 수 있어. 그리고 마지막으로, 이 노가미나 아사히 그룹이 신세지고 갚지 않는 거 본 적 있나?"

렉서스의 뒷좌석에 앉은 모리는 창밖을 내다본다. 토요일 새벽 1시가 가까운 관청가에는 오가는 차량이 없어 괴괴하다. 갑자기 피로가 엄습한다. 그리고 노가미의 말에 반론을 찾기 힘들다. 용의자의 영상을 일본에서 가장 큰 네트워크, 그리고 현 정권에 정서적으로 가까운 아사히에 흘리는 것이 이 사건을 종결하는 지름길인지 모른다. 그리고 어쩌면 저 기무라를 제치고 내가 앞으로 나아갈 수 있는 또 하나의 재료를 얻을 수 있는 일인지도 모른다.

"알았다. 영상을 USB에 담아올 테니 확실하게 처리해. 보안에 문제가 생기면 자네와 내가 협력하는 일은 다시는 없을 거야."

"보증할게."

서늘한 바람이 낮에 달구어진 아스팔트를 식히며 휴지조각들을 휩쓸고 있었다. 차문을 열고 사무실로 다시 들어가는 모리의 등에 진땀이 스민다.

* * *

아사히가 용의자의 영상을 공개한 날 저녁, 시청 앞 플라자 호텔의 한 스위트룸에서는 무거운 분위기 속에서 몇몇의 사내들이 조용히 말을 주고받고 있었다. 한국의 외무장관, 국가정보원장, 청와대 외교안보수석, 공보수석, 주한일본대사 및 공사 여섯 사람이었다. 수사의 진행을 숨죽이고 지켜보던 한일 양국의 외교, 정보 계통 수뇌들이 의식을 조율하기 위한 모임이었다. 박민자 피살사건은 너무 이례적이기도 하고 그와 동시에 한국과 일본 어느 쪽도 공식적인 입장을 말하기 어려운 애매한 사건이었다. 게다가 일본수상이 특명을 내린 수사본부가 수사를 진행하고 있는 상황에서 어느 누구도 섣부른 발언을 할 수 없는 실정이었다. 정보가 없는 상태에서 눈덩이처럼 불어난 언론과 시민의 의문과 소문을 잠재울 수 있는 묘약이 절실한 지경이었다.

이러한 상태에서 며칠 전 야당의 거물 조정달이 몰래 일본에 들어가 시마나카를 만났으며, 한일 해저터널을 포함하여 모종의 일을 꾸미고 있을 가능성이 있다는 일본경찰의 보고에 일본 수상관저나 한국 청와대 모두 신경을 곤두세우고 있던 터이다. 그러한 와중에 살인용의자의 영상이 공개되자 최소한 한국과 일본의 최고권력이 인식은 공유해야 되겠다는 필요성에 생각이 일치한 것이었다.

"드디어 용의자의 인상이 아사히를 통해 공개되었는데 … 대사, 용의자는 어떤 인물입니까?"

외무장관이 묻는다.

"오기 전에 경찰청 장관과 통화를 하고 왔습니다만, 이 시점에서 중요한 것은 용의자가 특정한 집단을 대표하는 자는 아니라는 것입니다."

이 말에 일동이 안도하는 내색이 역력하다. 전례 없이 한일관계가 좋아지고 있는 큰 흐름 속에서 돌발한 이 사태가 어떤 정치성을 띤 집단의 소행인지, 개인의 소행인지의 여부는 앞으로 한일관계에 미칠 파장이나 후유증에 있어 하늘과 땅 차이였기 때문이다. 이 사건 이후 한국 시민들 사이에서 막연히 퍼져가고 있는 반일감정에 정부는 긴장하고 있던 터였다.

"게다가 특정한 이념이나 주장을 내세우기 위한 열사 비슷한 인간이 아니라 수법이 매우 서투르고 정신적으로 다소 불안한 자의 소행이라는 것이 일본경찰의 현재 판단입니다."

"참으로 불행 중 다행입니다. 그렇다면 한국정부가 특별히 대책을 세우거나 대응할 필요는 없고, 사태를 관망해도 좋겠습니까?"

청와대 외교안보 수석이 초조한 얼굴로 묻는다.

"네. 리스크를 전혀 배제할 수 없지만 그 방향으로 판단하는 것이 무방하다고 봅니다."

"문제는 들끓는 여론과 날로 과열하는 추측보도인데 … 일본에서야 수사본부의 움직임이 수시로 보도되고 경찰과 언론이 교감을 하므로 어려움이 없겠지만, 우리는 참 보통 일이 아닙니다. 요즘 기자들 피해 다니기가 보통 힘든 게 아니에요."

청와대 홍보수석의 말이다.

"외람된 말이지만, 청와대에서 주요 미디어의 책임자들을 모아 놓고 비공개로 설명하고 추측보도를 자제해 달라는 협조를 구하는 게 어떻겠습니까?"

주일대사관 정치담당 공사의 말이다.

"일본에서는 언론과의 그러한 협조가 가능한지 모르지만 서울에서는 그게 어려운 실정이에요."

"그래도 그 방법에 의존할 수밖에 없다고 봅니다."

국정원장이 말한다.

"그러기 위해서는 이 사건이 곧 종결된다는 보장이 있어야 하는데,

일본경찰청의 예상은 어떻습니까."

"글쎄요… 현재 진행 중인 사건을 놓고 예상은 어렵지만 경찰청 장관의 말로는 범인을 특정하는 데 필요한 증거가 상당히 확보된 만큼 검거는 시간문제라는 겁니다. 이 사건에서 새로운 국면이 돌출될 위험성은 거의 없다고 보기 때문에 이제부터 수습단계로 접어들자는 것이 경찰청 장관의 판단입니다."

"그렇다면 그 판단을 믿고 청와대에서도 미디어의 협조를 구하겠습니다. 워낙에 이례적인 사건이고 수사가 해외에서 진행되는 만큼 협조하도록 노력하겠습니다. 그 대신 대사관에서는 일본에서의 진전 상황을 매일 전달해주시기 바랍니다."

홍보수석은 결단을 내리며 요청한다.

"알겠습니다. 정치담당 공사가 매일 홍보수석께 보고하겠습니다."

일본대사가 약속한다.

* * *

"한일 해저터널 이야기인데… 우리는 그 신빙성을 믿지 않습니다만 동경에서의 시각은 어떻습니까?"

국정원장이 나선다.

"그 문제에 대해서도 자민당의 오자키 의원과 통화를 했습니다만… 국정원장의 말씀이 정확합니다. 조정달 씨가 새로 만들어진 국민통합당의 뒤를 봐주며 생각해 낸 것인데 탁상공론의 차원이라는 겁니다."

"그렇다면 대사의 말씀을 믿고 그 이야기는 언론에 보너스로 줘서 거품을 빼는 데 요긴하게 써야겠습니다. 괜찮겠습니까?"

홍보수석의 물음에 주한일본대사는 흔쾌히 승낙한다.

"2010년이라는 상징성이 큰 해에 터진 이 사건으로 한일관계에 찬물을 끼얹는 격이 될까봐 대통령께서 크게 근심하고 계셨는데 큰 위기는 없다고 봐도 좋겠지요?"

외교안보 수석이 안경을 손가락으로 올리며 근심스럽게 묻는다.

"수상관저에서도 그 점을 매우 염려했는데 사건의 당초에 있던 패닉은 가라앉았고 이제부터 관리만 잘하면 큰일 없이 넘어갈 것이라는 것이 관방장관의 말씀입니다."

일본대사의 말에 모두 안도의 숨을 내쉰다.

긴장을 풀며 앞에 놓인 맥주잔을 비운 후 외무장관이 독백처럼 말한다.

"한국과 일본 사이를 이제 1년에 천만 명이 오가는 시대가 곧 올 텐데 아직도 사건 하나하나에 양국의 지도자들이 숨을 죽여야 하다니 … 작년에 있던 부산사격장 화재사건에서도 우리가 얼마나 마음을 졸였습니까? 한일관계가 성숙해야 한다는 말의 의미를 절감합니다. 아무튼 수고하셨습니다. 오늘과 같은 면면이 참가하는 비밀회의가 앞으로 없기를 바랄 뿐입니다. 극비 중의 극비이니 조심해서 나갑시다."

일행은 서로를 쳐다보며 어색하고 웃고 자리를 뜬다.

20

기누가와에서 독신으로 사는 파출소장 시무라의 교통수단은 자전거다. 휘황찬란한 아카사카에서 형사차를 타고 다니던 그가 시골로 내려와 자전거를 타고 다니자니 처음에는 쪽팔릴 일이었다. 하지만 이제는 자전거를 타고 산소가 풍부한 전원의 공기를 마시며 다니는 맛이 그만이다. 멀지 않은 거리에 있는 아파트에서 가벼운 점심을 먹고 자전거를 파출소로 몰면서 그는 도대체 경찰청의 방침이 왜 갑자기 선회하여 정오뉴스에 용의자의 영상이 흘러나오는지 골똘히 생각한다. 파출소에 거의 당도해 가는데 누군가 자전거를 뒤에서 잡아챈다.

"시무라 상!"

여자의 큰 목소리에 깜짝 놀라 돌아보니 도서관에서 일하는 여자 사사키이다. 독신인 시무라가 가끔 혼자 가서 저녁도 먹고 간단히 술을 한잔하는 이자카야에서 더러 만나 자리를 함께한 적도 있는, 어울려 가라오케에 가본 적도 있는 여자다. 친하다고는 할 수 없어도 나이가 엇비슷하고 직장이 가까워 비교적 막역하게 지내는 사이다.

그녀가 총무직원으로 일하는 도서관은 정말로 미니도서관이다. 역전 광장에서 여러 갈래 길이 뻗어나가는데 서쪽의 니코 쪽으로 가는 길 입구에 파출소가 있고 길 건너에 조금 떨어져 도서관이 있다. 도서관이라고 해봐야 휴게실에 신문과 잡지들이 있고 안쪽에 서너 줄의 서가가 있는 정도다.

"점심 먹고 오는 거야?"

시무라는 편하게 반말로 한다.

"응. 시무라 상도 점심 먹었어?"

사사키는 일본여자치고는 활달하고 행동거지도 히피 비슷하다. 워낙 몸이 실하기도 하지만 거기에 걸친 대형 티셔츠와 청바지, 그리고 목에 주렁주렁한 목걸이가 마치 영화에서 본 샌프란시스코의 히피족 따라다니는 여자 비슷한 느낌이다.

"뭐 재미난 일 없어?"

시무라는 자전거 안장에 엉덩이 한쪽을 걸치고 서서 묻는다.

"하나 있지."

"또 뭐야, 남자라도 생긴 거야?"

"남자는 남자인데 말이야… 좀 이상한 놈이야."

"뭔데? 빨리 자세히 불어봐. 시간 없어."

"며칠 전에 저쪽 유노사토에서 여자가 죽었다며."

"응."

"내가 무언가 좀 이상야릇한 것을 봐서."

"뭔데?"

"정오뉴스에 용의자가 이 동네 편의점에 있던 것이 TV에 공개되었잖아? 아무래도 그 사람이 우리 도서관에 왔었던 것 같아."

"왜 그렇게 생각하는 거야?"

"사건이 있었다는 전날 말이야. 그러니까 20일이지… 알다시피 우리 도서관은 관광지에 있으니 오는 사람이 별로 없거든. 그런데 점심 먹은 후 한 3시쯤 되었을까, 어떤 남자가 들어오더니 〈산케이〉를 찾더라구."

"그래서?"

시무라는 긴장하여 자전거에 내려 노트를 꺼내며 묻는다.

"신문대는 대출카운터 바깥쪽에 있어 이용객이 물을 필요가 없는데 그날 오전에 〈산케이〉가 신문대에 걸려있지 않았나 봐. 사무실에 물어봐도 안 보이더라구. 아무튼 그렇게 그 남자와 얼굴을 마주보고 말도 하고 그랬는데 … 아무래도 그 사람이 용의자와 같은 인물인 것 같아."

"사사키 상, 지금 빨리 도서관에 돌아가 관장한테 모든 직원들을 모아 놓고 가능한 한 그때의 흔적을 추적할 수 있도록 아무것도 건드리지 말고 대기하라고 말해줘. 부탁해."

시무라는 급히 말을 내뱉고 뒤도 돌아보지 않은 채 자전거를 내달린다.

* * *

시무라의 통보가 있은 지 한 시간도 안 되어 이마이치 경찰 수사진이 도서관에 집결하였다. 역전광장에서 조금 떨어진 '니코 시립 후지와라 도서관'의 유리문을 열고 들어가니 왼쪽으로 대여섯 명이 앉을 수 있는 책상과 신문대가 있는 열람실이 있고 작은 카운터를 경계로 서고가 있었다. 오른쪽에 사무실이 있는데 그 안에서 조사가 시작된다.

"미리 신고를 했어야죠!"

가자마 형사과장이 불만스러운 어조로 사사키를 째려보며 말한다. 웬만한 사람이라면 기가 죽을 눈초리인데 히피풍의 사사키는 눈 하나 깜짝하지 않고 천연스럽게 대답한다.

"길에서 시무라 상을 만날 때까지는 생각이 미치지를 못했어요. 경찰을 보니 생각이 났어요."

사실이었다. 그리고 미리 생각이 미쳤더라도 아마 나서서 신고하지 않았을 게다. 그게 요즘의 일본인이다. 남의 일에 나서는 것은 금기다. 게다가 일본경찰이 보통 까다로운 것이 아니어서 억울한 사람이 고소하고 싶어도 그 조사가 까다로워 섣불리 신고를 못하는 지경이다. 하물며 남의 일인데 며칠이고 불려 다닐 일을 할쏘냐. 더구나 사사키에게는 남이 들여다보면 좀 불편한 사생활이 있는 터이다.

"우선 이 순간부터 이 도서관은 폴리스 라인으로 접근 금지조치를 취하겠습니다. 절차는 중앙의 경찰청에서 취할 것입니다."

가자마가 입을 연다. '중앙의 경찰청'이라는 단어에 도서관 직원들이 움찔하며 쪼그라드는 모습이 역력하다.

"그럼 용의자가 출현해서 목격한 장면부터 자세히 말해주세요."

"아까 시무라 경부보님께 말했듯이 용의자를 본 것은 20일 오후 세 시가 넘은 시간이라고 생각해요."

사사키가 질문에 응한다.

"우리 도서관을 찾는 이들은 대부분 열람실의 신문이나 잡지를 보러 오는 사람들이고, 외지인들이 주로 오기 때문에 도서를 신청하지 않으면 기록이 남거나 사람을 기억하는 일은 없습니다. 그런데 기억나는 것은 그 사람이 〈산케이〉를 달라고 해서 한참 찾아보고 말도 나누었기 때문입니다."

"인상착의는?"

"글쎄요… 분명히 캡을 눌러쓰고 있었고 금속 테의 안경을 쓰고 있었다는 것 이외에는 별로 기억나는 것이 …TV에 나왔던 그 사람인 것은 분명하다고 생각해요."

"체격은 어느 정도이던가요?"

"카운터를 사이에 두고 있었기 때문에 체격 전체를 볼 기회는 없었는데 신장은…." 하면서 사사키는 주위를 둘러본다.

"저기 계신 수사관님과 신장이나 체격이 비슷한 것 같은데…."

한 감식반원을 가리킨다.

"자네 신장하고 체중이 각각 얼마야?"

"169센티미터에 74킬로그램입니다."

그렇다면 용의자는 일본남자치고 작지 않은 키에 통통한 편이다.

"그리고 또 한 가지 기억나는 것은, 얼굴에 살이 붙어서 안경테가 살을 파고드는 거 같았다는 거예요. 눈썹이 다소 짙은 편이고 볼이 통통하고, 입술도 통통한 편이었어요."

"좋습니다. 나중에 몽타주 작성에 협조해주세요."

이때 구석에 있던 한 여자직원이 '저기 …'하면서 주목을 끈다. 이십
대 후반의 여성인데 다소 마른 몸에 사무용 에이프런을 꽉 졸라매고 있
어 몸이 더 가늘게 보였다. 소심하게 보이는 여자는 마치 큰 죄라도 지
은 양 조심조심 입을 연다.

"그날 오후에 퇴근준비를 하며 정리하는데 분실물이 하나 나왔는데 …
그것이 관계가 있을까요?"

가자마 형사는 긴장한다. 즉시 감식반원에게서 고무장갑을 한 켤레
를 여자에게 건네 분실물을 가져오도록 한다. 책이었다. 팥죽색 커버의
작은 문고판이다.

다다이 요시오(多田井喜生) 저, 《조선은행》(朝鮮銀行)
PHP 新書 193(2002년 3월 1일간)

모인 사람들이 숨을 죽이고 보는 가운데 가자마 형사는 책을 찬찬히
살펴본다. 책의 소유주라거나 하는 정보가 쓰인 것은 없다. 실망을 하
며 책을 감식반원에게 주고 감식을 지시한다.

"이 책 어디에 있었습니까?"

"저기 열람책상의 한 의자 밑에 떨어져 있었어요."

"이걸 어떻게?"

"그게 … 아! 작은 비닐봉투에 들어 있었어요."

여자 직원은 낭패한 듯이 천장을 보다가 '있다!'하며 자리로 뛰어간
다. 비닐봉투에서 책을 꺼내 보고 비닐봉투도 분실물 함에 넣어두었던
것이다. 여자가 가져온 봉투는 보통의 흰색 비닐봉투로 작고 얇은 것이
었다. 겉에는 다음과 같이 쓰여 있었다.

호카호카야(ホカホカヤ) (03) 5875-7xx7

"여기가 뭐하는 데야?"

가자마가 묻는다.

"아마 도시락 파는 가게일 겁니다. 곳곳에 체인점이 있는데 저도 몇 번 사먹은 기억이 나요."

한 수사관이 대답한다.

이른바 '잃어버린 10년'을 통과하면서 일본경제가 침체하는 과정에서 여러 가지 상업이 흥하고 망하였는데, 새로 흥하고 있는 것 중 하나가 도시락 가게였다. 따끈하게(호카호카) 데워주는 도시락을 사가지고 가는 곳이다.

"즉시 전화해봐."

한 수사관이 휴대전화로 전화를 거니 아니나 다를까.

"호카호카야입니다."

중년남자의 목소리가 들린다.

"거기 위치가 어디에요?"

"후카가와(深川) 2정목 교차점인데요. 주문은?"

"아, 나중에 하겠습니다."

전화를 끊는다.

"어디야."

"강동구 후카가와 2정목이랍니다."

강동구 후카가와라면 동경만에 면해 있는 동경의 동부지역이다.

수사진 모두의 마음속에 서광이 비쳐오는 느낌이다. 중요한 단서를 포착하였다는 확신이다.

감식반원들이 도서관에 남아 지문을 채취하는 등 작업을 하는 동안 가자마 수사과장을 위시한 수사진은 가까이에 있는 파출소로 옮겨 의견을 나눈다.

"동경 강동구에 사는 사람이 도시락을 담았던 봉투에 책을 넣어 이 멀리 떨어진 관광지에 와서는, 더구나 도서관에 들러 봉투를 흘렸다는 것은, 야…이거 좀 웃기는 이야기 아니냐?"

가자마가 입을 연다.

"부자연스럽네요. 더구나 《조선은행》이라는 제목의 케케묵은 내용을 다룬 책인데…이 동네에 놀러 오는 사람이라면 아주 특이한 사람이라고 봐야겠네요."

수사계장이 말을 받는다.

"그런데 일맥상통한 것이 있는 것 같아. 이 범죄가 우발적인 것이 아니라 계획에 따른 것이라고 봐야 하는데…범죄를 계획해서 저지른 놈치고는 아주 서투르고 성격이 용의주도하지 못한 것 같아."

가자마가 진단한다.

"맞습니다. 프로는 아닙니다."

같이 있던 젊은 형사의 말이다.

"살인을 한다는 자가, 더구나 한국의 현역 국회의원을 상대로 엄청난 일을 저지르는 자가 편의점에 들러 보안용 CCTV에 모습을 노출하고 버젓이 공공도서관에 와서는 물건을 잃어버리고…도저히 이해하기 힘들군요."

"맞아. 이 자는 분명히 성격상에 결함이 있을 정도로 나사가 빠진 인간이거나 아니면 정신적 결함이 있는지도 몰라."

가자마 형사는 '정신적 결함'이라는 말을 뱉고 그 말이 자신의 가슴 속에서 맴도는 것을 느낀다.

"나는 동경에 올라가 수사본부에 보고하고 후속조치를 요청하겠다. 그럼 일단 서로 돌아가고 경찰청으로 내일 아침에 모이도록."

21

8월 29일 오전 10시. 기무라 형사국장의 방으로 들어오는 수사진들의 얼굴에는 피로한 기색이 역력하다. TV 아사히가 흘린 용의자의 영상은 일본뿐 아니라 세계의 방송들이 수시로 틀어대고 있다. 그럼에도 수사본부로서는 용의자의 체포는커녕 인적사항을 특정할 단서도 아직 발견하지 못한 실정이다.

기무라 형사국장이 수사관들 사이에서 인망이 높은 것은 유능하기도 하지만 어떠한 압력이나 긴장상황 속에서도 차분함을 잃지 않기 때문이다. 영상을 TV 아사히에 흘린 내부인원을 색출하는 것이 감정적으로나 조직의 규율을 위해서 필요하다. 그러나 기무라는 우선 수사에 총력을 기울이자는 방침을 명확히 하였다.

"기획과장, 바쁘니까 새롭게 나타난 중요한 사항을 정리해서 보고하도록."

"우선 주목할 인물은 호스트 클럽의 상무일을 하는 요코다라는 자입니다. 이 자를 우리 요원이 계속 감시했는데 어제 새벽 2시 경에 가게에서 나와 이치가야 방향으로 이동하다가 수산회사를 가장하는 자들에게 납치당한 것은 이미 전화로 보고를 드렸습니다. 우리 요원들이 현장에서 모두 체포하였습니다."

"납치한 자들은 누구야?"

"광역폭력조직 에가미 구미의 산하단체인 대일본국체회라는 조직의 애들입니다."

"그놈들이 요코다라는 인간을 왜 납치하려고 해?"

"그게 지금부터 조사의 대상입니다."

"이 납치사건이 박민자 의원 살해사건과 어떻게 연결되는 거야?"

국장의 질문에 아무도 선뜻 대답을 못한다. 침묵을 깬 사람은 기누가와에서 올라온 가자마였다.

"저희가 어제 기누가와에서 확보한 물증들, 즉 기누가와 도서관에서 나온 도시락가게 비닐봉투, 문고판 서적 등이 조직폭력배와는 거리가 있어서 섣불리 결론을 내고 접근해서는 안 될 것으로 보입니다. 한 가지 유노사토 호텔 현장의 침입부분에서 용의자의 DNA가 검출되었으므로 앞으로 의심나는 모든 인간들의 DNA를 검사하여 대조해야 할 것입니다."

"요코다라는 인간은 지금 어디에 있어?"

"어제 새벽 납치당할 때 지독한 스프레이를 마셔 눈과 후두에 일종의 화상이 있고, 목 부분을 심하게 가격당해 당분간 병원에 있어야 할 것 같습니다. 현재 감시 하에 경찰병원의 병실에 있습니다."

"그런데 국장님, 통화기록을 분석하여 피해자가 만난 사람들을 조사해보니 너무 이상한 사안들이 돌출하네요."

형사과장이 조심스럽게 말을 이어간다.

"우선 전에 관방장관을 역임한 시마나카 씨를 만났는데 그에 의하면 피해자가 한일 해저터널 공사와 관련하여 협조를 구했다는 것입니다."

"한일 해저터널?"

너무나 의외의 사안에 형사국장은 놀라움을 금치 못한다.

"그러니까 피해자 박민자 의원이 일본과 한국 사이의 해저터널사업에 관여한다는 거야?"

"시마나카 씨의 말로는 그렇습니다."

"시마나카 씨는 나도 뵌 적이 여러 번 있는데 허튼소리 할 분이 아닌데 … 그렇다면 논리적으로 추론해 볼 때 가해자는 박민자 의원이 하고

자 하는 해저터널사업을 방해하거나 적어도 마음에 들어 하지 않는 자라는 것이 되는데….”

“그렇지요.”

“이 해저터널 이야기는 아주 민감한 사안이야. 다들 알고 있겠지만 오래 전부터 이 사안에 가장 적극적인 사람들은 통일교였어. 세계적인 조직을 가진 통일교는 자민당이 오래 집권하는 동안 자민당의 핵심세력과 매우 가까운 관계를 유지하고 있었으니까….”

“그렇다면 해저터널사업의 주도권을 빼앗기기 싫은 통일….”

“자네 입 함부로 놀리지 마!”

형사과장의 말을 기무라 국장이 급히 가로챈다. 정치적으로 지극히 예민한 사안이기 때문이다.

“알겠습니다.”

“하지만 일본에서 박 의원의 일이 마음에 들지 않는 것으로 치자면 천황폐하의 사과를 요구하는 국찬모 집회가 먼저 아니겠습니까?”

한 수사요원의 발언이다.

“그것도 그렇지….”

“또 한 가지는 피해자가 가와사키 역 앞에 있는 건물을 매도하기로 계약을 했는데 그 대금이 아직 건너오지 않은 상태에서 살해당했다는 것입니다.”

“금액이 얼마였지?”

“3억 3천만 엔입니다.”

“상당한 돈이네. 매입자의 조사는 끝났나?”

“네. 우선 1차 조사를 하였는데 가와사키에서 음식점, 전당포 등을 하는 한국계 귀화인입니다. 외형적으로 범죄조직과 관련은 없지만 털면 먼지는 많이 나올 겁니다.”

“하지만 부동산 회사를 통하여 공공연히 계약을 맺은 상태에서 돈과 관련하여 상대를 살해한다고 생각하기는 어려운데 … 상대가 한국 국회 의원이라는 것은 알았다고 하나?"

"그 점은 불분명합니다. 부동산 매입자 측의 대표는 몰랐다고 하지만 중간에 들어선 부동산 회사에서는 압니다. 가와사키 역 앞에서 오래 사업을 한 사람들끼리 그 정도의 정보는 주고받았다고 봐야 되겠지요."

"그렇다면 이 부동산 매입자 측도 용의선상에서 배제할 수는 없는 거 아닌가."

"논리적으로는요."

"참 갈수록 태산이군."

"그보다 더 큰 태산이 있습니다."

형사과장은 이제는 송구스럽다는 어조로 보고한다. 기무라 국장은 어이가 없다는 듯이 웃음을 터뜨린다.

"또 뭐야?"

"피해자의 통화기록에서 신원을 알 수 없는 번호가 두 개 있었는데 아사이 신스케와 아사이 사다코라는 부부의 것으로 밝혀졌습니다."

"아사이? 귀에 익은 이름이네 …."

"네. 스미야스 구미의 중간간부입니다. 사다코는 그 아내입니다."

"이 사람들이 왜 박민자 의원과?"

"사다코가 박민자의 이복언니입니다."

"그래?"

이번에야말로 기무라 국장이 눈을 크게 뜨고 놀란다.

"여기서 중요한 사실은 아사이 신스케가 지금 병원에 누워 있는 요코다의 윗선이라는 것이지요."

"즉, 스미야스 구미에 속하는 요코다를 공격한 것이 에가미 구미이고, 그 이면에 박민자 의원이 관련이 되어 있다?"

"일단은 그런 명제를 도출할 수 있습니다."

152

"일본의 양대 야쿠자세력인 스미야스와 에가미의 항쟁이라면 이건 보통 사안이 아닌데….".

방안의 수사관들 모두 사안의 중대성과 복잡함을 음미하며 조용하다.

"결국 우리에게 가장 중요한 것은 피해자를 살해한 CCTV에 잡힌 용의자와 오늘 언급된 주체들, 즉 정리하면 해저터널과 관련되는 세력, 스미야스 구미, 에가미 구미, 그리고 멀리는 국찬모를 싫어하는 세력, 그리고 뭐야… 부동산계약하고 대금 지불하지 않은 자들까지… 이 세력들과의 관계를 파악하는 것이군."

기무라 국장은 곧 있을 장관과의 면담을 생각하며 논점을 정리한다.

"아무래도 외사 쪽의 지원을 좀 받아야겠어. 자넨 어떻게 생각해?"

기무라 국장이 형사과장에게 묻는다.

"그게 좋겠습니다. 단순히 국내의 형사사건이 아니라 국외와 관련되는 복합적인 사건이라는 것이 분명해진 만큼….".

"그리고 저 도끼눈을 뜨고 우리를 지켜보는 경비국 인간들과 마찰도 피하고 말이야….".

외사업무는 경비국에 속하고 더구나 형사국장은 경비국장과 경쟁관계에 있다.

"하지만 경찰청 내부에서 요원을 부르지는 않을 거야."

"생각하는 사람이 있습니까?"

형사과장이 조심스럽게 묻는다. 사람을 뽑는 것은 경찰내부의 정치에 연결되기 때문이다.

"음. 동경경시청에 나가 있는 다케다 군을 불러오려고 해."

"아, 네….".

형사과장은 무언가 탐탁지 않은 투로 대답한다.

＊ ＊ ＊

"어제 TV 아사히에서 용의자의 영상을 흘려 전 국민이 관심을 가지게 되면서 수상관저에서 수시로 전화가 오고 난리야. 특히 매일 언론에 브리핑을 해야 하는 관방장관이 아주 난처한 처지에 있네. 무슨 진전이 있나?"

경찰청 장관의 질문에 기무라는 등에 진땀을 내며 얼버무린다.

"몇 가지 중요한 사항들은 확인하고 새로 발견하였습니다만 범인의 프로필을 특정하고 추적하고 있는 단계는 아직 아닙니다."

형사국장은 고개를 들지 못하고 대답한다.

"흠⋯."

장관이 무거운 한숨을 뱉고 나서 담배를 꺼내 문다. 고지혈증이 있는 그가 담배를 끊었다고 들었는데 이 사건 탓인가, 기무라는 순간 의문을 가지며 가벼운 가책을 느낀다.

"한 가지 상의를 드리고자 합니다."

"뭔가?"

"이 사건이 뭐라 할까⋯ 우발적인 사건도 아니면서 동시에 조직적인 범죄도 아닌 묘한 느낌입니다. 한 가지 심증을 굳히고 있는 것은 살인의 동기가 피해자의 배경이나 과거와 관련된다는 것입니다. 그래서 외사경찰 쪽의 도움을 받고자 합니다."

"그거 좋은 생각이야."

그렇지 않아도 경찰청장은 이 사건을 형사 쪽에서 독점하는 것이 아니라 공안과 협조하는 것이 좋다고 생각해 온 터이다.

"누구를 생각하고 있나?"

"다케다 료 군입니다."

"다케다⋯ 아, 그 정신분석학자 말이군!"

다케다 료(武田亮). 39세의 경시로서 영국에서 고교를 나와 영어를 잘하고 아버지가 유명한 정신과 의사여서 심리분석에 뛰어난 학자 같은 경찰관으로 소문이 나 있다.

　"지금 어디에 있나?"

　"동경경시청의 공안부 외사2과장을 하고 있습니다."

　"그래? 그럼 내가 그자의 상관에 해당하는 경찰청 경비국장과 경시청 총감에게 연락을 해서 차출하도록 하겠네."

　"감사합니다. 그럼 다케다가 올라오는 대로 합동수사본부의 임시기획관으로 임명하고 우선 서울로 보내 한국경찰의 협조를 받도록 하겠습니다."

　사건이 장기화됨을 직감하면서 기무라는 피로로 탈진한 몸을 이끌고 장관실을 나온다.

22

요코다가 들어 있는 경찰병원 입원실에 들어선 사나다는 예상치 않던 광경에 순간적으로 긴장한다. 환자가 병실에 혼자 있을 줄 알았는데 무척 멋을 낸 노신사가 환자 옆에 앉아 있던 것이다.

"실례합니다. 경찰청 형사국 수사 2계장 사나다라고 합니다. 요코다 씨에게 참고로 문의할 것이 있어 왔습니다. 가족이신지요?"

"아뇨. 나는 에토 세이자부로(衛藤清三郎) 변호사라고 하오."

"아니 그럼 그 유명한 에토 변호사님?"

"나를 유명하다고 해주니 고맙군요."

과거 대검찰청 강력부장을 역임하고 지금은 스미야스 구미의 고문변호사를 하고 있는 에토 세이자부로의 이름을 모르는 형사는 없다.

동행한 신주쿠경찰서 니무라도 놀라는 눈치이다. 요코다의 내막을 잘 아는 그를 사나다가 불러 같이 온 터이다.

"이쪽은 신주쿠경찰서의 형사 니무라라고 합니다."

조직폭력 담당부서라는 말은 살짝 빼고 소개한다. 그러나 에토는 역시 눈치가 빠르다.

"내 생각이 틀리지 않다면 마루보에서 나왔겠지."

에토의 말에 두 형사는 멋쩍게 웃고 만다.

"그래, 무슨 일로?"

"변호사님이야 말로 무슨 일로 여기 계십니까?"

"솔직히 내가 스미야스 일을 봐주고 있는 것은 자네들도 다 아는 일이 아닌가? 요코다 군이 불의의 습격을 받았는데 상대가 시로토(素人)

가 아닌 것 같아 경위를 좀 파악하러 왔네."

"네. 저희도 같은 이유로 왔다고 보면 됩니다."

"그거 잘 됐군."

에토 변호사의 느글느글한 태도에 분이 치밀어 오르지만 사나다는 진정을 하고 본론에 들어간다.

"요코다 상, 몸은 어떠시오."

"목의 경추에 충격이 있어 당분간은 기브스를 하고 있어야겠지만 페퍼스프레이가 눈에는 들어가지 않아 괜찮습니다."

"다행이군요. 공격을 가한 사람들은 지금 경찰청에서 따로 조사하고 있는데 에가미 구미 산하의 국체회가 보낸 자들이더군요. 그 사람들한테 공격을 당할 만한 이유가 있었습니까?"

"글쎄요… 딱히 생각나는 것이 없습니다. 나는 지금까지 에가미 쪽의 인간들과 한 번도 마찰을 겪어 본 적이 없습니다."

"일본의 양대 세력인 스미야스와 에가미가 현재 항쟁할 만한 사유도 별로 없다고 생각하는데…."

조직폭력세계를 꿰고 있는 니무라가 끼어든다.

이 말에 요코다는 침대에 기대 앉아 딴청을 하며 창밖만 보고 에토 변호사도 눈을 감고 조용히 묵상을 하는 모습을 한다.

사나다는 판을 흔들어야겠다고 결심한다.

"어떻습니까, 변호사님. 우리는 지금 요코다 상에게 무슨 혐의를 가지고 온 것이 아닙니다. 어쩌면 도움을 청하러 온 것입니다. 아는 것을 경찰과 공유하는 것이 혹시 앞으로 사안이 복잡해 질 때 유리하지 않겠습니까?"

"흠… 동감해. 요코다 군, 자세히 말해도 좋을 것 같아. 자네나 구미에서는 아무런 잘못이 없으니까. 경찰과 우정을 쌓는 것은 언제나 좋은 일이야."

'경찰과 우정'이라는 말에 마루보의 니무라 형사는 씩 웃는다.

"실은 박 의원이 시체로 발견되기 전날 오후에, 투숙하던 오쿠라 호텔에 선물로 보이는 상자가 하나 도착해 있었는데 열어보니 문어 대가리가 들어있었다는 것입니다. 놀란 박 의원은 이복언니인 아사이 사다코 부부를 호텔로 불러 상의를 하고 그 다음날 새벽에 시체로 발견된 것입니다."

"그래요?"

처음 듣는 이야기에 수사진은 긴장한다.

"워낙 수상한 일이라 우리 조직에서 나의 상관이 되는 아사이 신스케의 지시로 츠키지에서 그런 문어를 보낼 만한 사람이 있을까를 조금 조사해봤습니다. 그게 다에요."

"그럼 그 문어를 보낸 자들이 국체회 쪽이라는 이야기가 되는데 ···."

"그렇게밖에 생각할 수 없겠지요?"

사나다는 조직폭력업계를 잘 아는 니무라 형사를 쳐다보면 무슨 질문이라도 있는지 눈길을 준다.

"그 문어가 들었다는 상자에 다른 특이사항은 없었답니까?"

니무라가 묻는다.

"야스다 쇼타로 의원의 명함이 붙어 있었다고 합니다."

"야스다 의원이라 ···."

니무라가 중얼거리는데 무언가 알 것 같기도 하다는 표정이다.

더 이상 나올게 없다고 판단한 사나다 팀은 병실을 나오자마자 본부의 형사과장에게 보고를 한다.

"과장님, 사나다입니다. 지금 요코다에 대한 조사를 마쳤는데요, 긴급사항을 우선 전화로 보고합니다. 피해자가 살해되기 전날 오후에 투숙하는 오쿠라 호텔에 문어 대가리가 든 상자가 전해졌다고 합니다. 피해자의 형부가 되는 아사이 신스케의 지시로 요코다가 츠키지 수산업자들을 상대로 조사를 하였는데 그 다음날 습격을 당했다는 것입니다."

"그렇다면 요코다를 습격한 국체회 아이들을 조사하는 팀에게 빨리 알려야겠군."

"네."

"알겠어. 자네들도 빨리 경찰청으로 와서 합류해."

* * *

"문어는 왜 보낸 거야?"

형사과장이 직접 묻는다. 상대는 국체회 총재 이케사와이다. 심야에 요코다를 습격한 네 명의 국체회 멤버들이 현행범으로 체포되어 경찰청에서 조사를 받고 있었지만 문어를 보낸 것에 관해서는 전혀 짐작 가는 바가 없어 그 우두머리를 소환한 것이다. 소환에 응하지 않을 경우 가택수색영장을 발부 받아 조직을 전부 뒤지겠다는 경찰의 엄포에 이케사와는 조사에 임하지 않을 수 없었다.

"박민자라는 국회의원에게 경고를 하고 싶었을 뿐입니다."

"무슨 경고?"

"국찬모라는 말도 안 되는 집회를 그만두라고요."

"문어 대가리는 말하자면 살인의 예고 아닌가?"

"겁을 주려고 한 것뿐이지 그 살인에 대해 우리가 아는 것은 아무것도 없어요."

"그거야 지금부터 조사를 해보면 알 것이고…."

"괜한 시간낭비일 겁니다."

"닥쳐!"

경찰청 형사과장이 조직폭력배의 간부를 상대로 심문하는 것이 워낙 이례적이고, 더구나 고함을 지르니 수사진들도 긴장한다. 그 분위기를 이용하여 형사과장은 겁을 준다.

"말이 안 통하는 상대군. 안 되겠다. 에가미 구미 본부 및 이 자가 관할하는 지부 사무실에 대한 가택수색영장을 청구하도록."

지시를 내리면서 형사과장은 의자에서 일어난다. 본부사무실에 대한 수색영장이라는 말이 나오자 이케사와는 펄쩍 뛰며 형사과장에게 매달린다.

"과장님! 잠깐만 앉으세요. 말씀 드리겠습니다."

과장은 괜히 손목시계를 쳐다보며 마지못해 앉는 시늉을 한다.

"국찬모라는 것이 너무 괘씸해서 제 밑에 있는 부총재에게 겁을 좀 주라고 했을 뿐입니다. 그런데 우둔한 그놈이 문어 대가리를 상자에 담아 호텔에 갖다 맡긴 모양입니다. 그게 다에요."

"그런데 스미야스 구미의 요코다라는 자를 습격한 이유는 뭐야?"

"그놈이 어떻게 냄새를 맡았는지 모르지만 츠키지를 뒤지고 다닌다는 정보가 들어와서 일을 막아야겠다고 생각한 것입니다."

이 대목에서 형사과장은 조직폭력계의 내부를 잘 아는 동경경시청의 니무라 형사를 쳐다본다.

"중의원 야스다 선생하고는 요새 사업을 많이 하는 모양이지?"

니무라가 비꼬듯이 묻는다. 아무리 형사라도 나이가 한참 어린 니무라의 태도에 이케사와의 눈에 일순 분노의 불꽃이 일더니 성질을 죽이고 말을 잇는다.

"아시다시피 우리 조직도 합법적인 비즈니스를 많이 하려고 노력하고 있습니다. 그래서 수산물 유통업에 착수하는 중입니다. 그러다 보니 국회 농수산위원회에 계신 야스다 의원님의 파티에도 가고 하는 정도입니다. 다만 밑에 있는 애들이 호텔에 상자를 가지고 가면서 프런트에서 쉽게 받도록 야스다 의원님의 명함을 붙인 것뿐이에요."

"그게 요코다를 습격한 이유란 말이지?"

160

"맞습니다. 그리고 습격이라는 표현을 자꾸 쓰시는데 우리는 그저 그 놈이 누군지도 모르고 우선 데려다가 왜 츠키지를 쑤시고 다녔는지 좀 물어보고자 했을 뿐이에요. 재수가 없다 보니까 일이 그렇게 퍼지고 말았지만…."

형사과장이 사나다와 니무라를 쳐다본다. 두 형사는 조용히 동의의 눈길을 보낸다.

"좋아. 오늘의 조사는 여기까지다. 다만 살인용의자의 DNA가 검출되었으니 너희들 모두 DNA 검사를 받아야 돼."

"과장님, 저 아이들은…."

요코다 습격으로 체포된 네 명의 조직원을 가리키는 말이다.

"저 아이들이 살인과 관계가 없다면 경미한 사항이니까 경찰청에서 며칠 쉬었다가 나가면 돼."

"감사합니다, 과장님."

23

경찰청 수사관들이 돌아간 데 이어 에토 변호사마저 자리를 뜬 후 요코다는 눌러왔던 한숨을 몰아 내쉬며 멍하니 창밖을 내다본다. 28일 새벽에 아사이 신스케와 긴급회동을 가진 후 같이 츠키지에 가 볼 요량으로 클럽을 나섰다가 길 위에서 불의의 습격을 당한 요코다가 병상에서 정신을 차린 것은 그날 오후였다. 늦은 오후에 겨우 정신을 차리고 병원 복도로 나가 가벼운 산보를 하다 보니 벽에 걸린 TV에서 뉴스가 나오고 있었다. 한국 국회의원 살해 용의자의 영상을 공개하고 있었다.

"가즈야(鈴木一也)?"

그 순간 이후 요코다의 심신상태는 정상이 아니다. 엄청난 노력을 들여 표면적으로는 아무 일 없는 표정을 연출하고 있으나 머리의 회전이 멈추고 몸이 말을 듣지 않는다. 마치 혈액 속에 짙은 기름을 부어 넣은 듯 몸의 움직임이 둔하고 머리가 띵하다. 이유는 단 하나, 자신이 이 엄청난 사건의 범인을 알고 있다는 비밀스러운 생각이었다. 아는 정도가 아니라 자신이 그 원인을 제공한 것이다.

'그래. 가즈야… 스즈키 가즈야!'

요코다 유지와 스즈키 가즈야는 이타미의 고교에서 2년을 같이 보낸 동기생이다. 요코다가 고베의 지진으로 어머니를 잃고 외오촌 아저씨의 집에 몸을 맡기고 있는 것과 비슷하게, 가즈야는 아버지의 폭력에 시달리다 못한 어머니가 친정이 있는 오사카로 아들을 전학시킨 경우였다.

둘은 외부에서 전학을 하였다는 점 외에도 사춘기 소년들이 공유하는 점이 많았다. 두 소년 모두 어두운 동굴을 마음 속에 지닌 동병상련의 처지였다. 한 가지 크게 다른 점은 요코다가 주먹이 세고 약삭빠른 반면, 가즈야는 어수룩하면서도 공부는 잘한다는 것이었다. 둘은 여러 가지로 보완이 되는 관계였다.

우수한 성적으로 고교를 마친 가즈야가 명문 국립대학 니노하시대학에 진학한 반면 요코다는 오사카 부두의 한 창고회사에 취직하였다. 그 회사는 실질적으로 스미야스 구미가 경영하는 회사여서 요코다는 자연스럽게 '고쿠도'(極道), 즉 야쿠자의 길을 걷게 되었다. 머리가 영리하고 판단이 정확하며 일처리가 깔끔한 요코다는 조직의 외곽기업에서 승승장구하여 2004년부터는 조직의 계열인 대동아부흥회에서 기획 일을 하며 클럽 카타르시스를 관리하게 되었다. 이때 가즈야는 니노하시대학을 졸업 후 사법고시를 준비하고 있었다.

고교를 마치고도 연락을 취하던 둘은 동경에서 재회한 뒤 그리울 때나 조언이 필요하면 형제처럼 만나 진한 우정을 나누곤 했다. 우정 이외에도 두 사람을 연결하는 또 하나의 끈이 있었다. 바로 '조선'이었다. 둘이 함께 다닌 고교의 인근에 과거에 형성된 조선인촌이 있어 그곳에서 한국음식을 사먹기도 하며 많은 시간을 보냈다. 어둡던 소년 시절, 서로를 지탱하던 두 사람의 백그라운드에는 한국인촌 시장이 있었다.

그 후 한국에 대한 두 사람의 관심은 제각기 다른 각도에서 깊어만 갔다. 가즈야는 자신이 존경하고 그리워 마지않는 피붙이인 할아버지가 식민지조선에서 도지사를 지낸 고급 내무관료였으며, 할아버지의 아버지, 즉 가즈야의 증조부는 초대 조선총독 데라우치의 심복으로서 식산국장을 역임한 사람이었다. 가즈야에게 조선은 가문의 역사에 다름 아니었다. 한편 요코다는 우익단체의 기획 일을 하면서 전혀 다른 각도에서 한국에 대하여 관심을 갖고 있었다.

* * *

　요코다가 가즈야에게 전화한 것은 박민자 의원이 클럽에 오기 전날이었다. 사법고시를 사실상 포기하고 인터넷에서 홍남부두라는 별칭을 가지고 역사전문가를 자처하는 가즈야는 보통 밤을 꼬박 새우고 아침에 잠이 드는 습관을 가지고 있는 터이다.

　"아직 안 자냐?"

　"응. 아직."

　"밤새도록 컴퓨터 앞에 앉아 있는 거야?"

　"그렇지. 한밤중이 인터넷이 빠르고, 또 토론클럽에 참여하는 사람들도 대개 심야에 들어오거든."

　"건강은 괜찮아?"

　"누가 누굴 걱정해?"

　"뉴스 봤지? 북조선 배가 니가타에 다시 들어온다는 거."

　"그럼. 지금 인터넷은 그 사실 때문에 교통체증이 생길 정도로 난리다."

　"그렇구나. 그런데 … 그 박민자라는 한국 국회의원 말인데, 어쩌면 내일 우리 클럽에 올 거다. 네가 보고 싶다고 했지. 오면 볼 수 있을 거야."

　"클럽에 오면 술 많이 마시나?"

　"아니, 술을 많이 하는 건 아니지만 애들을 데리고 나가지. 아마 무라타라는 아이를 데리고 기누가와에 갈 거야."

　"그래, 알았어 … 시간을 내볼게."

　이것이 가즈야와의 마지막 대화였다. 대화 이후 가즈야가 살인을 저지르고 지금 TV 방송으로 그 모습을 세계에 뿌리고 있다는 말인가? 요코다는 아무리 생각해도 가즈야가 살인을 저지를 만한 이유를 알 수 없다.

　요코다는 마음을 가라앉히고 행동방안을 강구한다. 우선 상관인 아

164

사이 신스케에게 연락해야 한다. 모든 행동은 그의 지시를 따르거나 양해를 구한 뒤 취해야 하는 것이다. 경찰이 아마 자신을 감시하고 있을 것이다. 그러나 아직 용의자와의 관계는 전혀 눈치 채지 못하고 있을 것이므로 병원 안에서의 행동은 자유롭다는 판단에 이른다. 휴대전화보다 공중전화가 안전할 것이다. 요코다는 병원 복도의 공중전화에서 신뢰할 만한 부하에게 전화를 건다.

"모시모시."

"나야."

"하이! 센파이! 몸은 어떠십니까? 상황이 상황인 만큼 문안도 못 가고 있습니다."

"괜찮아. 중요한 사항만 말하겠다. 잘 새겨들어라. 회장님께 전화드려서 뉴스를 보고 걱정이 많으시겠다고 인사드려. 그리고 전에 같이 일한 시모지 사장님을 뵙고 싶다고 전해. 알아들으실 게다. 끊는다."

회장님이란 아사이 신스케이고, 시모지 사장이란 구미에서 계약직으로 쓰는 형사출신 사설탐정을 말한다.

* * *

시모지 아츠시(下地厚志)가 병원으로 찾아온 것은 다음날 아침이었다. 과일바구니, 꽃다발 등을 손에 든 예쁜 아가씨 두 명을 데리고 수선스럽게 나타난 시모지 일행은 한가락하는 건달의 친구나 선배가 폼 잡으며 위문 오는 연극을 멋지게 연출하고 있었다. 허벅지가 거의 다 드러난 섹시한 옷차림의 미녀 두 명이 요코다가 입원한 병실을 들락날락하니 멀리 떨어진 의자에 앉아 병실을 감시하는 어린 형사며 젊은 의사들까지 들떠 상당히 혼란스러운 분위기였다.

한편 요코타의 병실에서는 요코타가 시모지를 통해 아사이에게 전할 메시지를 간단명료하게 전달하고 있었다. 병원에서 곧 퇴원하더라도 앞으로 당분간은 시모지와 메신저로 연락할 수밖에 없다. TV에 나온 용의자가 자신의 친구라는 것, 따라서 일체의 행동을 조심하고 퇴원 즉시 비밀회동을 가질 수 있도록 주선해 달라는 부탁을 전한다.

24

새벽까지 인터넷을 하다가 스즈키 가즈야가 눈을 뜨는 것은 대개 정오 전후이다. 눈을 뜬 뒤에도 자리에 누운 채 TV를 켜고 정오뉴스를 보는 것은 이제 거의 습관이었다. TV를 켠 가즈야의 눈에 익숙한 모습이 들어온다. 잠이 화들짝 깨며 보니 자신의 모습이 아닌가? 갑자기 손이 떨려온다. 가까스로 볼륨을 올려 소리를 들으니 기누가와의 한 편의점에서 CCTV에 잡힌 살인 용의자를 수배한다고 아나운서가 설명한다.

순간 절망감이 몸을 감싸는데, 마치 어린 시절 심한 감기에 걸려 자리에 누워 꾼 꿈속에서 몸이 나락으로 떨어졌다가 공중으로 솟구쳤다가 하던 환각이 떠올랐다. 멍하니 누워 결행의 그 밤을 회상한다.

* * *

박민자 의원이 호스트 클럽 카타르시스에 와 있으며 무라타라는 놈을 데리고 기누가와의 호텔에 갈 것이라는 요코다의 전화를 받고 가즈야는 치밀어 오르는 분노에 눈이 터져나갈 것 같았다. 아무 연고도 없는 한국 국회의원에 대하여 내가 이렇게 분노를 느끼는 까닭은 무엇인가?

가즈야는 심연 깊이 숨어 있는 답을 안다. 어릴 적부터 머릿속에 각인된 증조부와 조부의 생애를 떠올린다. 일본제국에서도 출중한 배경과 학력을 가진 증조부와 조부는 식민지조선의 발전을 위하여 헌신하다가 가버렸다. 그 뒤안길에서 아버지는 어린 시절, 식민지조선에서의 경험과 부친에 대한 반발로 평생을 반항과 혼란 속에서 망쳐버린 인생이었다.

그리고 자신 …. 조부에 대한 존경과 부친에 대한 증오라는 희한하게 왜곡된 정서 속에서 아버지의 매를 맞으며 보낸 성장기 …. 조부의 유언대로 사법고시에 합격한 뒤 판사가 되어 사회정의를 구현하겠다는 순진한 꿈은 어느새 물거품이 되고, 심야에 가상공간에서 쓰레기들과 섞여 자신의 좌절과 분노를 거친 언어로 배설하는 쓸모없는 인간 ….

이런 상황에서 박민자가 하고자 하는 국찬모 집회가 성공하여 일본의 보수세력이 더 수세에 몰리고 그것이 아시아통합연구소의 발족을 막는다면 이는 자신의 미래는 사라지고 가문의 과거는 부정되는 것이 아닌가. 여기에 생각이 미치자 이 박민자라는 한국인을 그대로 둘 수 없다는 깨달음이 명료해진다.

법을 공부하면서 어느 페이지를 보아도 폭력이 선이라고 쓰인 곳은 없었다. 그러나 폭력도 때로는 정당화되는 것이다. 민족의 생존을 담보하기 위한 폭력, 자신을 방어하기 위한 폭력, 가치와 신조를 지키기 위한 폭력 ….

밖에 차량의 왕래가 끊기고 사람들이 잠들어 정적이 주변을 지배하기 시작하자 최근에 시작된 이명증세가 또 괴롭힌다. 먼 곳의 고압전송선에 전기가 흐르는 소리 같기도 하고 나뭇잎이 다 떨어진 겨울 숲에서 작은 새들이 대화를 나누는 듯 하는 이명에 점차 신경이 곤두서며 가즈야는 폭력이라는 단어가 점차 자신의 인생을 잠식하고 있음을 느꼈다.

* * *

어디를 둘러봐도 시멘트로 만든 건물과 도로밖에 보이지 않는 동경시의 순환고가도로를 벗어나 동북고속도로에 진입한 가즈야는 가벼운 열병을 앓는 기분으로 차를 몰고 있었다. 어제 심야에 내린 자신의 결심에 그는 두려움과 흥분을 동시에 느끼고 있었다. 박민자를 제거하여 국찬모 동경데모라는 말도 안 되는 사태를 막아야 한다. 이는 일본시민의 자존감을 지키는 것일 뿐 아니라 조상의 헌신과 자신의 인생이 값없는 것으로 추락하는 것을 막는 불가피하고 정당한 행위라고 단정한 터이다.

서너 시간을 자고 일어나 동척대학교 안인화 교수에게 전화를 넣었다. 자가용을 가지고 있지만 일본식의 도로 좌측 운전에 아직도 익숙하지 않아 차를 운전하기보다 세워두는 시간이 많다는 말을 한 것이 기억에 남아서였다. 그녀는 늘 그렇듯이 이번에도 고분고분하였다.

동척대학교에서 일본문화를 가르친다는 이 여자는 일본문화에 대한 정식교육도 받지 못하고 제대로 된 학위도 없이 대학교수가 된 불가사의한 케이스이다. 요코다의 말로는 원래 유학생으로 와서 호스티스 아르바이트를 하면서 신문사와 방송국의 간부들을 손님으로 알게 됐고, 그들이 한국 문화를 비판하는 책을 그녀의 명의로 출판한 것이 일본문화계에의 데뷔라는 것이다. 그 후로 어느 전직 외교관을 부친으로 둔 우익인사가 주도하는 그룹이 제작하는 한국, 중국의 비판서들을 그녀의 명의로 연속적으로 출판하여 일약 명성을 올리게 되었다는 것이다.

가즈야는 자신을 우익이라고 생각해 본 적이 없다. 그는 단지 일본제국의 식민통치의 이상과 가치를 높게 평가하고 숭상할 뿐이다. 이른바 우익인사들이 공통적으로 말하는 교과서문제, 영토문제, 야스쿠니 참배문제, 종군위안부문제 등에 대해 그는 첨예한 관심은 고사하고 아는 것도 별로 없었다. 오히려 이러한 문제들에 대하여 사소한 아이디어라도 있으면 서로 베끼고 알려주며 커다란 논점으로 만들어 직업과 명성을 유지하고자 하는 이들을 내심 비웃고 있는 터였다.

그 중에서도 일본인 우익인사들 사이에 핀 '한 떨기 조센진 꽃'과도 같은 이 안인화 교수라는 중년의 여자가 자신에게 관심을 가지고 있는 것을 알고 '데리고 잘까'하는 생각도 해봤다. 하지만 까무잡잡한 얼굴에 자그마한 체구의 중년여자와 몸을 섞어봤자 찜찜한 기억만 남을 것이라는

생각에 그만 두었던 것이다. 아무튼 평소 식민통치에 관해서 가즈야에게
정보도 얻고 자료도 얻던 안인화는 선뜻 그에게 자동차를 빌려 주었다.

* * *

가즈야는 기누가와로 차를 몰았다. 미리 가서 박민자를 기다리겠다
는 심산이다. 동북고속도로를 벗어나 니코가이도(日光街道)에 접어드니
그림 같은 풍경이 좌우로 펼쳐지는데 자동차라고는 보이지 않는다. 호
젓이 혼자 달리는 길은 평화롭기도 하고 두렵기도 하다.

관광 피크기를 지난 기누가와는 한산하다. 어린 시절 부모를 따라 이
곳에 와본 적이 있지만 생소한 풍경이다. 기누가와 역전을 차로 천천히
도니 관광안내소가 보인다. 에어컨이 씽씽 돌아가는 관광안내소에 들어
가 관광지도를 살펴본 후 차로 한 바퀴 돌아보기로 한다. 지도를 보니
북에서 남으로 흘러내리는 기누가와 계곡과 거의 평행으로 양쪽에 대로
가 통하고 계곡과 대로 사이에 호텔을 비롯한 상업시설들이 촘촘히 들
어서 있다. 모토유도리(元湯通り)라는 커다란 길을 따라 북상하니 좌편
에 편의점이 있다.

오전에 일어나 신문을 정독하는 시간을 즐기는 가즈야는 산케이 신문
을 찾았으나 없다. 일본의 보수주의자들이 가장 높이 평가하는 신문이지
만 전통적인 삼대신문이라는 아사히, 요미우리, 마이니치는 놓여 있어도
산케이는 없다. 할 수 없이 그 중에서 보수지인 요미우리를 집어 든다.

캔커피와 휴대용 면도기에 넣을 배터리를 사서 기누가와를 자동차로
한 바퀴 돈다. 지도를 보면 역전에는 도서관도 있다. 작지만 차분한 분
위기를 가진 도서관이었다. 그 길로 도서관으로 간다. 역시 산케이 신문
을 봐야 자신과 세상과의 관계가 정리되는 가즈야는 도서관에서 산케이
신문을 찾는다.

신문대에도 산케이 신문이 없어 사서에게 부탁해 열람석에 앉아 빠르면서도 침착하게 지면을 훑는다.

* * *

기누가와의 서편은 주택지가 있어 비교적 한산하고 주차할 공간이 많다. 어느 한적한 골목에 차를 세우고 걸으면서 기누가와 일대를 샅샅이 살펴본다. 박민자가 가끔 찾는다는 유노사토 호텔은 기누가와의 동편 기슭에 자리 잡고 있다. 부근을 가보니 구로가네라는 다리가 있고 그 다리에서 물가로 내려가는 계단이 있다. 불과 몇 시간 만에 기누가와 지역을 자세히 파악하고 천천히 저녁을 먹고 나니 8시이다. 어디 커피숍에라도 가서 가져온 책을 읽을까 하였으나 문고판 책을 넣은 비닐봉투가 없다. 어디선가 빠진 것이다. 할 수 없이 차 안에 앉아 잠깐 눈을 붙이기로 한다.

* * *

무방비 상태에서 맞은 엄청난 따귀에 소년은 옆으로 쓰러지며 테이블 모서리에 머리를 심하게 부딪친다. 일본인치고는 거구인 아버지는 씩씩거리며 할아버지를 노려본다. 할아버지는 자리에 누워 입을 벌리고 천장을 바라보고 있다. 살에 수분이 빠져 해골에 색 바랜 가죽을 씌워 놓은 것 같다. 눈에는 초점이 없는데 두 볼을 타고 흐르는 눈물이 슬픔 때문인지 아니면 눈물 조절을 못해 흘러내리는 것인지 알 수가 없다.

어머니는 할아버지의 방 모서리에서 기저귀와 걸레를 들고 부들부들 떨고 있다. 할아버지의 똥 기저귀에서 풍기는 오물냄새가 집안에 감도는 공포와 슬픔을 압도한다.

171

"더러운 위선자! 일본제국의 고위관료? 식민지조선의 건설자? 몰래 끼고 자던 백인 기집년은 어떻게 하구? 당신이 조선에서 어린 백인 기집년하고 재미 좋을 때 우리 어머니는 결핵으로 골골 앓다가 콜레라로 죽었어, 알아? 당신이 그렇게 대단한 인물이라면 며느리에게 누워서 똥구멍 내밀지 말고 일찍 죽었어야 되는 것 아니냐고!"

"그만 해요!"

폭언을 듣다 견디다 못해 소리를 지른 소년에게 아버지는 아무런 주저 없이 크고 두터운 손바닥을 뺨에 날렸다. 일주일이 멀다 하고 벌어지던 광경이었다.

악몽이다. 기누가와의 골목에 세워둔 차 안에서 이런 꿈을 꾸다니⋯ 기분이 영 꿀꿀하다. 가즈야는 차에서 나와 부근에 있는 자판기에서 맥주를 두 캔 뽑아온다. 평소 술을 잘 마시지 않지만 차가운 맥주를 들이켜니 악몽의 여운이 어느 정도 씻기는 것 같다.

알코올 기운이 퍼지며 슬픔과 분노가 뜨거운 기운이 되어 혈관을 타고 돈다. 자신이 그토록 사랑하고 존경하던 할아버지의 처참한 최후, 그 할아버지와 온 가족에게 말과 주먹으로 상처를 주던 아버지, 평생 남편에게 구박을 받으면서도 품위를 잃지 않고 병석에 누운 시아버지의 똥오줌을 받아내던 어머니, 그리고 아버지의 횡포와 폭력으로 얼룩진 어두운 성장기를 어렵게 지나 사법고시에 희망을 걸다가 이내 포기하고는 인터넷에 평론이랍시고 편견과 위선에 가득 찬 글을 써대는 자신⋯.

이 얼마나 웃기는 가족상인가? 이 가소로운 파멸의 풍경화가 도대체 어디에서 유래하였는가? 자신의 조상들은 출세에 대한 열망과 제국의 부추김으로 조선에 평생을 바쳤다. 조선의, 조선에 의한, 조선을 위한 가문이었던 것이다. 그리고 이제 그 식민통치의 가치를 전면으로 부정하고 일본시민의 정점에 서 있는 천황의 사과를 받아내겠다고 당돌하게 주장하는 조선여자가 일본에 와 있다.

172

제거해야 한다. 무슨 거창한 이념이나 논쟁 때문이 아니다. 이 여자를 제거하는 것이 가문의 파멸사에 하나의 종지부를 찍는 것이다. 그녀를 제거함으로써 이 어정쩡하고 어디로 갈지를 모르는 내 인생이 새롭게 정리될 수 있다. 용기가 솟는다.

악몽에서 깨어난 가즈야는 관광지도에서 호텔 유노사토의 전화번호를 찾는다. 세워놓은 자동차에서 가까운 공중전화 부스에 들어가 전화를 돌리니 여자교환수가 나온다.

"호텔 유노사토입니다."

손수건을 펴서 전화기를 감싼 가즈야는 권위가 느껴지도록 오만한 말투로 입을 연다.

"아… 나 한국의 박민자 의원을 동경에서 보좌하는 사람입니다. 의원님 아직 도착하지 않았습니까?"

박민자 의원이라는 말에 여자교환수가 쩔쩔맨다. 많은 일본인들은 익숙하지 않은 상황이나 어려운 상대를 만나면 무작정 당황하는 경향이 있다. 동경에서 의원을 보좌한다는 일본인의 문의에 교환수는 아무런 의심 없이 말해준다.

"죄송합니다만 박 의원께서는 아직 안 도착하셨습니다. 11시가 넘으면 도착하실 것으로 기다리고 있습니다. 무슨 하명하실 말씀이라도 …?"

"내일 오전 박 의원을 만나 서류를 보여드리고 상의할 일이 있는데, 혹시 몇 호실에 묶나요?"

"네. 박 의원님은 저희 호텔 가족이시라 늘 204호실에 묵으시지요."

"알겠소. 고마워요."

호텔 기누가와를 사들인 선대의 경영자가 목욕을 좋아하여 가족용 특실을 만들었으며 이 객실 전용으로 노천온천을 계곡에 가까운 곳에 만들었다는 것을 요코다에게 들은 적이 있다. 낮에 편의점에서 물건을 사고 난 후 주변을 둘러보니 유노사토 호텔은 가까운 곳에 있었다. 입구에 들어서니 로비플로어가 꽤 넓은데 마침 직원이 안 보이고 출입구 바로 옆에 카탈로그가 있다. 펼쳐보니 건물 전체의 층별 약도가 자세히 제시되어 있는 것이 아닌가? 내부의 구조를 파악하기에는 충분했다.

25

　일요일 오후에 느닷없이 경찰청 형사국장의 전화를 받은 다케다는 브라질에서 온 일본계 브라질 청년의 살인사건에 관련된 서류를 읽고 있었다. 경찰청의 형사국장 기무라와는 몇 번 같이 사건에 관여하면서 서로 호감을 갖고 있던 사람이다. 물론 기무라가 계급이나 학력 등 모든 면에서 우월하였으나 그가 자신을 높게 평가하고 있음은 익히 느끼고 있던 터이다. 기무라의 전화는 간단명료하였다. 오른팔이 되어 현재 진행되고 있는 사건을 해결하는 데 도와달라는 것이다. 경시청 총감에게는 이미 부탁을 해두었으니 일을 대충 정리하고 월요일에는 경찰청으로 출근하라는 것이다.

　다케다도 박민자 사건에 관해서는 경찰 내부에서 떠도는 말들을 대충 들은 바가 있다. 사건에 대한 그의 첫 번째 느낌은 사건이 어색하다는 것이었다. 박민자라는 한국의 국회의원은 그리 거물이라고 할 수 없다. 따라서 정치적 살인이라고 선뜻 믿기 어렵다. 그래도 기누가와까지 가서 범행을 저질렀다면 범인은 살인을 목적으로 그녀를 지목해서 간 것이다. 이에는 정치적 동기가 있다고 추론할 수 있다. 하지만 정치적 동기가 있다면 더 공공연히 범행을 저질러 그 동기를 대중에 알리고자 하는 것이 통례이다. 도대체 어떠한 부류의 인간일까? 일본의 경찰은 범인의 프로필을 분석하는 프로파일링이 약한 편이다. 사건에 대한 다케다의 관심이 증폭했다.

　8월 30일 정오에 가까운 시간, 경시청에 출근하여 부랴부랴 하던 일을 정리하고 다케다가 경찰청 형사국에 들어설 때 자리에는 이미 형사국장, 형사기획과장, 그리고 수사 1과장이 기다리고 있었다. 모두 다케다에게는 상관들이고 안면이 있는 사람들이었다.

"어서 오게."

국장이 맞이한다.

"제가 무엇을 도와드려야 할지 …."

"내가 자네에게 부탁하고자 하는 것은 사건의 전모를 파악하는 데 나를 보좌해 달라는 거야. 경찰청에도 많은 인재가 있지. 그런데 내가 자네를 부른 것은 자네가 여러 다른 요소들을 연결할 수 있다는 점에 있어. 자네는 형사업무와 외사업무를 다 알고 있네. 그리고 영국에서 학교를 다녀 영어를 잘하므로 한국경찰관의 공조에 적임자라고 보네."

"과분한 말씀입니다. 열심히 해보겠습니다."

"그럼 우선 수사기록을 모두 검토하고, 머리에 입력을 마치는 대로 서둘러 서울로 가서 한국경찰의 의견과 정보를 구해야 할 거야."

"한국경찰과의 공조를 구한다면 … 국장님은 이 사건의 장기화를 예상하고 있습니까?"

"싫지만 지금으로서는 그 가능성에 대비하여 움직일 수밖에 없어. 또 한 가지, 사건이 사건인 만큼 한국경찰을 방문하여 설명하고 협조를 구하는 제스처를 취하는 것이 좋아. 수상관저에서 그걸 바라고 있네."

수상관저라는 말을 듣고 다케다는 어깨가 무거워지는 것을 느낀다.

"그럼 나가서 간단히 점심이나 먹을까?"

형사국장의 제안에 경찰청의 간부들은 다소 놀라는 눈치로 따라나선다. 형사국장은 평소 남에게 곁을 주지 않고 기계처럼 일만 하는 사람으로 정평이 나 있기 때문이다. 다케다에 대한 그의 신뢰와 호감이 드러나는 순간이었다.

176

　다케다 일행이 점심을 먹고 있던 시각, 신주쿠 하얏트 호텔의 한 스위트 룸에 아사이, 사다코, 요코다, 그리고 시모지 네 사람이 모여 있다.

　"제가 큰 실수를 한 것 같습니다. 뉴스에 나간 용의자는 제 고교 동기생입니다."

　요코다가 입을 연다.

　불쾌한 얼굴에 늘 눈을 반쯤 감고 있는 듯한 느낌을 주는 아사이의 눈이 번쩍 뜨인다.

　"그놈 이름이 뭐야?"

　요코다는 순간 고속으로 머리를 돌려 신속하게 이름을 하나 지어낸다. 본명을 댄다면 아사이가 언제라도 경찰과 협상할 가능성을 배제할 수 없다. 나중에 본명을 알게 되더라도 그때 가서 생각하기로 한다.

　"… 사와키 … 가즈야 라고 합니다."

　"그놈이 박 의원을 어떻게 안 거야?"

　아사이가 묻는다.

　"사와키는 저와 같이 식민역사연구회라는 모임에 들어 있습니다. 저와는 고교 때부터 막역한 친구로, 연구회 모임이 끝난 후 박 의원에 관해서는 제가 두세 번 언급한 것 같습니다."

　"왜?"

　아사이가 눈초리를 치켜 올리며 묻는다.

　"글쎄요. 한국의 좌파의원 중 일본을 잘 아는 특이한 인물인지라…."

　"도대체 왜 그런 쓸데없는 말을 한 거야."

　사다코가 핏대를 올린다.

　"할 말이 없습니다."

"자. 지금부터 감정을 억제해. 우리가 조직을 보호하고 클럽을 살리기 위해 무엇이 필요한지 의논해야지, 지난 일로 서로 긁으며 시간 낭비할 수가 없어. 상대는 수상이 특명을 내린 합동수사본부야."

아사이의 말에 다들 움찔한다.

한동안의 침묵이 흐르고 아사이가 지시를 내린다.

"사와키라는 놈에 대해 말해봐."

"저와 오사카에서 고교를 같이 다녔습니다. 그놈은 수재여서 니노하시 대학 법과에 입학했습니다. 졸업 후 지금까지 여러 차례 사법고시에 응시하였는데 실패하였습니다. 근래에는 사법고시보다 역사연구에 열을 올려 저와 같이 식민역사연구회에 참가하고 있습니다."

식민역사연구회라는 말에 아사이는 역정이 난다.

"너는 이 새끼야, 야쿠자면 야쿠자 역할이나 제대로 하지 무슨 다쿠앙 말라비틀어진 역사연구야?"

이 말에 요코다는 자존심이 상하지만 성질을 죽인다.

"대동아부흥회 기획 일을 하려면 역사연구를 하는 사람들과 인연을 가지지 않을 수 없습니다."

"쯧… 사와키라는 놈 이야기나 계속 해봐. 누구와 같이 사나?"

"동경에서 혼자 삽니다. 신기바(新木場) 근처입니다. 부모님은 살아계시는데 아버지가 전에는 오사카에서 데파이야(撤廢業)를 한 것으로 압니다. 이제는 노인이지만…."

"데파이야라…."

데파이야는 기존의 건물을 인수하여 부수어 공터로 만들어 건설업자에게 양도하는 일로 야쿠자와의 관련이 깊다. 아사이에게는 이것이 흥미사항이다.

"그 새끼 애비 이름이 뭐냐?"

"음… 사와키… 아, 교지(恭司)인 것으로 기억합니다."

"시모지 군, 오사카에서 데파이야를 하는 사와키 교지라는 자에게 대해서 좀 알아보도록."

"네."

"그런데 사법고시를 준비하는 놈이 웬 사람을 죽여? 더구나 아무런 관련이 없는 한국의 국회의원을?"

"그게 좀 미묘한데 …."

"간단명료하게 말해봐."

아사이는 담뱃갑을 요코다의 머리에 던지면서 내뱉는다. 아사이의 혈압을 올렸다가는 큰일이 난다는 것을 잘 아는 요코다는 이내 영리한 머리를 가다듬어 말을 한다.

"사와키는 좀 특이한 아이입니다. 우선 아버지를 죽도록 싫어하는 반면 할아버지를 존경하고 그리워합니다. 사와키는 아버지의 폭력 때문에 고통스럽게 성장했습니다. 어머니도 아버지의 폭력이 무서워 아들을 제대로 보호하지 못한 것 같습니다. 사와키가 나가노(長野)에 있다가 오사카로 온 이유도 처음에는 아버지에게서 피신시키기 위한 어머니의 배려인 듯합니다."

"그런데 할아버지를 그렇게 따르는 이유는 뭐야?"

"할아버지가 대단한 분이라 식민지시대 조선에서 도지사를 한 사람이라고 합니다. 그리고 그분의 아버지, 즉 사와키의 증조할아버지는 초대 총독 데라우치의 오른팔이었다가 후에 탁지부장관을 한 유명한 사람이라고 합니다. 원래 사와키는 이 조상들의 뒤를 이어 고등고시를 붙어 법관이 되겠다고 생각했지요. 사와키는 어린 시절에 할아버지와 같이 산 적이 있는데 그때 어린 사와키에게 할아버지가 커서 법관이 되라고 했답니다."

"흠… 그런데 대체 그것과 살인이 무슨 관계야?"

"어느 시점에서인가부터 사와키는 조선에 대한 식민역사를 미화하게 되고, 이에 반대하거나 부정하는 인간을 극도로 미워하게 된 것 같습니다. 식민역사의 부정은 자신이 추앙하는 할아버지의 가치와 역사에 대한 부정이라고 생각하는 것 같습니다."

"그거 좀 도가 지나친 미친 놈 아니야?"

"글쎄요…미친 것은 잘 모르겠지만 정서적으로 불안정하다는 건 저도 최근에 가끔 느끼고 있습니다."

"야…이거 골치 아픈 사건이네."

네 사람은 말없이 골똘히 생각한다.

"우선 우리가 할 수 있는 일부터 정리해 보자. 요코다 상무, 가게에서 사와키를 본 아이가 있나?"

"두 번인가 왔습니다. 따라서 대화를 나누지는 않았어도 얼굴을 마주친 아이들은 있을 겁니다."

"잘 기억해 보고 그놈을 본 가능성이 있는 아이들은 모두 내보내."

"네."

"그리고 그놈이 무슨 짓을 했는지 정확히 파악해 놓을 필요가 있어. 시모지, 자네가 그놈의 집에 가서 세세히 파악해 놓도록. 급해."

"알겠습니다."

"오늘은 우선 여기까지다. 우리가 해야 할 일은 사와키라는 용의자와 우리 구미나 클럽이 아무런 관계가 없는 것으로 만들어 놓는 거야. 요코다, 너 이걸 잊어서는 안 된다. 그놈은 더 이상 너의 친구가 아니라 네 목줄을 끊어낼 흉기라는 것을."

요코다는 아사이의 목소리에서 살기가 찬 서리처럼 퍼져 나옴을 등골이 서늘하게 느낀다.

180

　요코다가 일러준 가즈야의 아파트는 옛날에 뗏목으로 목재를 실어 동경에 공급하던 지역인 기바에 있었다. 앞으로 사와키 가즈야, 즉 스즈키와의 연락 일체를 맡기로 한 시모지는 경험이 풍부하고 신중하며 충성스러운 인물이었다.

　시모지가 경찰을 그만두게 된 계기는 어처구니없는 사건에 있었다. 당시 그가 근무하던 동경 북구에는 불량소년들이 집이 없는 홈리스들을 재미 삼아 폭행하고 돌아다니고 있었다. 그들에게는 재미삼아라고는 하지만 폭행의 정도가 심해 대개는 중상을 입고 더러는 사망하는 경우도 있었다. 홈리스들이 많은 공원을 순찰하던 어느 날 시모지는 네 명의 불량배들과 부딪히게 된다. 전후의 일본경찰은 전쟁 전의 위압적인 이미지를 불식시키기 위해 노력하였고, 그래서인지 요즘에는 경찰을 무서워하는 사람이 별로 없다. 유도로 단련된 시모지였지만 십대의 애들 네 명을 상대하기는 버거웠다. 그들에게 심하게 맞은 것까지는 좋았는데 실탄이 장전된 권총을 빼앗긴 것은 치명적이었다. 그리고 그날 밤, 시모지의 권총은 아이들이 홈리스를 두 명이나 죽이는 데에 사용되고 만다. 결국 시모지는 여론을 잠재우기 위해서라도 경찰을 그만두는 수밖에 없었다. 경찰을 그만두고 사설탐정을 하던 시모지를 장기간에 걸쳐 포섭한 것은 스미야스 구미였다.

　요코다의 부하를 통해 연락을 미리 받은 가즈야는 큰 경계감 없이 시모지를 기다리고 있었다. 인사를 나누고 커피를 한 잔씩 들고 공원이 보이는 창가에 나란히 앉아 이야기를 시작했다. 공원에는 어린애들이 그네를 타고 있었다.

　"그 여자를 왜 죽인 거야?"

　시모지가 별거 아닌 일처럼 물어본다. 청바지에 베이지 점퍼를 입은 시모지의 얼굴은 전직 형사라기보다는 평범한 회사원이나 학교선생 같은 인상을 준다. 상대방이 거부감 없이 이야기하기 편한 얼굴을 하고 있었다. 한동안 침묵을 지키고 있던 가즈야는 돌연 참아온 숨을 터뜨리듯 입을 열었다.

"그 년은 우리 가문의 업적을 부정했어요!"

시모지는 순간 졸면서 보던 영화의 장면이 바뀐 듯한 착각을 느낀다. 너무 쉽게 자신의 과오를 인정하는 탓에 시모지는 오히려 당황스러웠다. 그러나 도무지 짐작조차 할 수 없는 말이었다. 시모지는 처음으로 가즈야의 얼굴을 유심히 본다.

운동이 부족해서인지 비교적 통통한 체격에 동그란 얼굴. 얼굴에도 살이 올라 안경테에 눌린 자국이 남아 있다. 오랫동안 다듬지 않은 머리카락은 잡초처럼 엉켜있고 눈썹만 짙고 수염이 없어 어린애 같은 인상을 풍긴다. 결코 잘 생겼다고 할 수 없는 얼굴이지만 학구적이고 성실하다는 느낌만은 확실하다. 일본에서 흔히 볼 수 있는 얼굴이다. 성격도 강하게 보이지 않는데 이런 애가 어떻게 사람을 죽였을까? 범죄현장의 언저리를 오랫동안 맴돌아왔던 시모지에게 퍼뜩 납득이 가지 않는 인상이다.

"자네 가문이 어떤 가문인데?"

시간이 많은 시모지는 천천히 이야기를 풀어가려고 한다. 시간이 많기는 가즈야도 마찬가지인지 한동안 말이 없이 커피만 마신다.

"우리 선조들은 미개한 조선을 근대화하는 데 일생을 바쳤어요. 저의 할아버지의 함자는 데루오(輝雄)라고 합니다만, 식민통치 당시 조선에서 내무관료로 오래 봉직하셨고, 전쟁이 끝나기 직전에는 함경남도 도지사를 하시면서 국가를 위해 큰 일을 하셨어요."

이 말을 하는 가즈야의 얼굴에 갑자기 광채가 난다. 분노의 기운을 거둔 얼굴에는 흥분의 기운마저 감돈다.

"아, 그래 ···."

시모지가 건성으로 감탄한다.

"그런데 큰일이라면 ···?"

"아직 말할 수 없어요. 그것은 국가적인 비밀사항이니까요."

이 대목에서 시모지는 이 젊은이가 정신적으로 불안상태에 있음을 간파한다. 형사를 오래하다 보면 많이 볼 수 있는 경우다. 이런 사람은 정신병자라고 쉽게 부르지 않고 신중하게 된다. 사실 대부분의 사람들은 병으로까지 나가지 않아도 정신적으로 불안정하다.

"그럼 그건 천천히 이야기하기로 하고 ··· 또 다른 분은?"

"증조할아버지요? 함자가 간타로(寬太郎)이신데 ··· 조선의 초대 데라우치 총독 밑에서 사세국장을 하시고 나중에 탁지부장관을 역임하신 아주 훌륭한 분입니다. 그분은 아무것도 없던 조선에 재원을 확보하여 철도를 깔고 길을 내는 등 조선을 근대적인 사회로 만드는 데 지대한 공을 세운 분이에요."

허공을 응시하며 흡사 암기라도 한 듯 가문의 내력을 줄줄이 입으로 뱉어내는 가즈야의 모습에 시모지는 소름이 돋는다. 이 말이 사실이라면 가즈야의 증조할아버지는 대단한 인물임에 틀림없다. 총독부의 국장이라면 당시 일본 본토에서도 우수한 엘리트 관료가 보내졌기 때문이다. 하지만 지금 역사를 길게 논할 상황이 아니다. 시모지로서는 사건의 요체를 신속히 파악할 필요가 있었다.

"그런데 대체 박민자가 이 분들의 업적을 어떻게 부정했다는 건지?"

"박민자라는 여자는 역사를 왜곡해서 밥을 먹고 출세하고자 하는 위선자의 전형이에요."

아까의 분노를 되찾은 가즈야는 격한 어조로 시선을 한 곳에 고정한 채 말을 내뱉는다.

자리에서 일어난 가즈야는 흥분해서 좁은 거실을 왔다 갔다 하며 말을 잇는다. 살인을 저지른 자의 태도가 아니라 어려운 이론을 우둔한 학생들에게 안타까운 마음으로 역설하는 선생의 모습이다.

"시모지 상도 〈세이론〉(正論)이라거나 〈쇼쿤〉(諸君) 같은 저명한 잡지에 나오는 기사들을 보셨겠지만 일본은 아시아를 지배하기 위해 진출한 것이 아닙니다. 아시아의 유일한 선진국이었던 일본은 서구세력으로부터 아시아를 보호하기 위해 할 수 없이 대동아전쟁을 일으킨 거예요. 특히 조선을 보호하고 근대국가로 만들기 위해 일본은 많은 투자를 하고 희생을 치렀잖아요? 이는 많은 자료를 통해 증명되고 있어요."

"그런 이야기는 잘 알려진 것인데…."

시모지는 가즈야의 말이 딴 데로 번질 것이 두려워 말머리를 자른다.

"문제는 대부분의 조선인들이 은혜를 모르고 오히려 지금도 일본을 규탄하고 있다는 겁니다. 특히 한국의 좌익분자들은 일본의 숭고한 목표와 일본국민이 치른 커다란 희생을 깡그리 부정하고 지금도 사과할 것을 요구하며 돈을 뜯어내려 하고 있어요. 그 대표적인 인물이 박민자입니다. 그녀는 2010년을 맞아 '일본의 대한제국 국권찬탈을 규탄하는 국회의원 모임'이라는 택도 없는 이름의 모임을 만들어 동경 한복판을 누비며 일본을 모욕하는 행사를 주도하려고 했어요. 결코 용서할 수 없습니다."

"……."

"한국인들이 진정으로 그렇게 자존심 센 인간들이라면 그러한 일을 시도할 수 없는 겁니다. 우선 한국인들은 자신들이 일본에 왜 패하였는가를 지금까지도 반성하지 않고 있어요. 오히려 진 것이 큰 자랑이에요. 지금의 일부 한국인들은 과거의 조상들의 패배를 이용해서 개인적인 착복마저 노리고 있어요. 인터넷에 들어가서 일본과 한국 사이에서 벌어지고 있는 논쟁을 보면 잘 알 수 있어요. 금융위기 때 일본이 도와줘도 고맙다는 말은커녕 더 신속히 도와주지 않아 고생을 했다고 불평하는 것이 이른바 한국의 지도자들이라는 작자들이에요."

"나는 역사를 그렇게 잘 모르지만 … 그래도 그녀를 죽이기까지 할 필요가 있을까?"

소박하지만 가장 결정적인 질문이다.

"누군가는 앞서 희생해 그런 인간을 없애야 역사가 진전하는 겁니다. 더구나 지금의 하토야마 정권은 '우애'라는 것을 내걸고 한국과의 관계를 무조건 부드럽게 만들려고 하고 있는데, 그런 와중에서 박민자 같은 쓰레기 정치가가 감히 천황이 계신 황궁주변을 돌며 데모를 하겠다는 생각을 하는 거예요. 말이 돼요?"

"그래도 많은 한국인들이 투표를 해서 뽑은 사람일 텐데, 쓰레기라는 표현은 좀 과한 것이 아닐까?"

"하하 …! 실상을 모르시군요. 박민자는 가식과 위선으로 사는 현대의 송충이들 중 한 마리에 불과해요. 한 예로 그녀가 한국에서 《일본의 침몰》이라는 책을 냈는데 내용이 말도 안 될 뿐더러, 사기 친 겁니다. 일본에 있는 그녀의 배다른 언니가 고용한 회사직원들이 신문기자들의 말을 듣고 쓴 거예요."

"박민자가 책을 냈다구?"

"네. 한국의 어떤 지방지에서 일본특파원을 하고 돌아가 써낸 책인데 일본이 섹스와 오락에 빠져있고 세습정치가들과 우익이 지배하는 사회라서 곧 망한다는 이야기죠."

"그런데 그 책을 누가 대신 써 주었다는 건가?"

"박민자의 아버지는 후쿠시마 고로라는 이름의 조센진이에요. 그가 일본에서 낳은 딸이 사다코라는 여자인데 다카다노바바(高田馬場)에서 태평양 여행사라는 꽤 큰 여행사를 하고 있어요. 거기에 한국인 직원들이 몇 명 있는데 그 아이들이 초고를 다 썼다고 하더군요."

사다코라면 아사이의 아내로서 시모지가 어제 만난 터이다.

가즈야의 역사지식에 탄복한 것 같은 표정을 지으며 시모지는 묻는다.

"그런데 자네는 사법고시를 준비해 왔다고 하던데 …."

"겉으로는 그랬지만 포기한 지 오래예요."

침을 튀기며 역사를 말하던 모습은 어디가고 풀이 죽어 대답한다.

"요코다의 말에 의하며 수재라던데 … 포기한 이유는?"

"붙으려고 마음먹으면 못할 것도 없지요. 니노하시대학에서 나보다 훨씬 성적이 나쁜 아이들도 지금 판검사 하고 있어요. 하지만 나는 우리 아버지라는 인간 때문에 되는 일이 없어요."

"아버지라 …."

시모지는 사와키 부친에 대해 알아보라는 아사이의 지시를 떠올린다. 이야기가 끝나면 곧바로 오사카로 내려가야겠다고 생각을 굳힌다.

"우리 아버지는 자신의 부친에 대한 열등감과 반항심으로 일평생을 망치고, 난 그런 아버지의 폭력에 희생된 놈이죠."

경찰이라는 아수라장을 통과하며 별의별 인간을 다 보아 온 시모지는 이 젊은이의 말을 아무런 위화감 없이 이해한다. 자식을 파괴하는 부모, 부모를 파괴하는 자식은 이 세상에 모래알같이 많다.

"그런데 말이야. 요코다하고도 상의했지만 … 사실 우리는 자네를 지금부터 보호하려고 해."

"보호라고요?"

가즈야가 말을 끊으면서 신경질적으로 뱉는다.

"왜, 지금이라도 경찰에 자수하고 감옥에 가려나?"

"……."

가즈야는 대답을 못한다.

"앞으로 자네를 아는 사람은 일체 자네와 접촉을 끊을 거야. 그 대신 내가 모든 연락을 대신할 거야. 따라서 내가 자네의 생명줄이라고 생각하면 돼. 그러니 내게는 모든 것을 소상하게 말해야 해."

한동안의 침묵하던 가즈야는 고개를 마지못해 끄덕인다.

　사건의 전말을 듣고 난 시모지가 긴 영화를 한편 본 양·기지개를 켜며 소파에 기댄다.

　"박을 죽이려고 마음먹은 게 언제쯤이야?"

　"인터넷에서 국찬모라는 모임이 한국에서 만들어졌다는 것을 안 것이 금년 봄이고, 그때부터 생각해 왔습니다. 하지만 정확히 언제 결심했는지는 기억이 안 나요."

　말을 중단하더니 가즈야가 머뭇거린다.

　"… 안 교수에게 물어보면 잘 알 텐데…."

　"안 교수라니?"

　시모지의 질문에 가즈야가 아차 싶었던지 손을 입으로 가져간다.

　"이봐, 나는 자네를 돕고 구하고자 하는 사람이야. 다 털어놔."

　"네 … 같이 식민역사연구회에 참가하는 동척대학교 교수예요. 잘 알려져 있는데…."

　동척대학교의 안인화 교수라면 일본의 우파 잡지에 한국을 비난하는 글을 많이 실어 시모지도 얼핏 들은 기억이 난다.

　"안 교수는 한국에서 일본으로 유학을 왔다가 지금은 귀화해서 완전히 일본 사람이 되었잖아요. 그 안 교수가 옛날에는 한국의 여군에 있었어요. 그때 알던 동료들이 보안부대에 있었는데 그 중에서 지금도 정보를 주는 사람이 있는 것 같아요. 그런 정보를 우리는 식민역사연구회에서 다 정리해서 연구하고 있습니다."

　가즈야가 의기양양하게 말을 한다.

　"그러면 박의 일거수일투족을 살피고 있던 셈이네."

　시모지는 노트에 안 교수에 대하여 메모하며 가즈야를 더 띄워 준다. 비행기를 좀더 태우면 얼마든지 불어 댈 인간이다.

"네."

"기누가와에 무슨 증거는 남기지 않았는지 잘 생각해 봐. 지문이라거나, 물건이라거나."

"장갑을 끼고 있었으니 지문은 없을 겁니다. 돌은 꺼내서 강에 버리고 비닐봉지와 빨랫줄은 백 팩에 놓고, 오다가 중간에 고속도로 휴게소에서 쓰레기통에 버렸어요."

"그럼 완전범죄네?"

"글쎄요…?"

가즈야가 갑자기 씩 웃는다. 이런 미친 새끼!

"옷은 어떻게 했나?"

"차 안에서 벗어서 집에 와서 세탁하였습니다."

"버려! 당시 입었던 옷과 모자는 봉지에 담아 나를 줘. 내가 처치할 테니까."

"알겠어요."

"기누가와에서 정면으로 눈을 마주친 사람이 있나?"

"적어도 제 기억에는 없습니다."

"기누가와에서 하루 이상을 체류했는데 편의점 말고 어디 간 곳은?"

"없어요. 아! 기누가와 역전에 있는 도서관에 잠깐 들렀어요."

"도서관?"

시모지는 크게 놀란다.

"아니, 살인을 계획하는 사람이 도서관에는 왜?"

"그 전날 기다리는데 워낙 지루해서요. 오전에 잠깐 들러 신문만 보고 나왔습니다."

"편의점에서 신문을 샀잖아?"

"〈산케이〉가 편의점에 없어서요. 국찬모 활동에 대하여 뭔가 새로운 소식이 있나 알고 싶었어요."

"그 외에 조금이라도 마음에 걸리는 것이 있나?"

"……."

가즈야가 말이 없다. 좋지 않은 징조이다.

"뭐야?"

"책을 잃어버린 것 같아요."

"책? 무슨 책을 어디에서?"

"조선은행에 관한 작은 문고판 책인데, 백 팩의 옆구리에서 빠진 것 같아요."

"어디에서?"

"그건 모르겠어요."

"무언가 자네의 신분과 관계되는 것이 적혀 있나?"

"아뇨. 고서점에서 샀어요."

"그래도 지문은 남아 있겠군."

"아마 그럴 겁니다."

"치쿠쇼! 자네, 살인범치고는 나사가 빠져도 한참 빠졌군."

"경찰의 손에 들어갈 확률은 거의 없다고 봅니다."

"허, 거참 낙관적이군."

"걱정하지 않습니다. 잡히고 안 잡히고는 하늘의 뜻이니까요."

마치 애국지사와 같은 태도를 취하는 가즈야를 보며 치밀어 오르는 성질을 담배로 다스린다. 시모지는 가만히 생각해 본다. 경찰이 수사를 치밀하게 진행할 때 불거져 나올 수 있는 문제가 무엇인가? 첫째는 기누가와 역전에 있다는 도서관에 들렀다는 것이고, 둘째는 책을 잃어버렸다는 것이다. 어느 하나 결정적인 증거가 될 것이라고 보지 않지만 범인을 지정하는 데 힌트가 될 소지가 있다.

"일단 오늘은 여기까지 하기로 하지. 그러면 이발을 좀 할까?"

"이발이라뇨?"

가즈야가 시모지의 얼굴을 쳐다본다.

말없이 가방에서 이발 기계를 꺼내든 시모지는 가즈야를 앉히고 머리를 깎기 시작한다. 길고 헝클어진 머리를 스포츠형의 머리로 바꾸고 난 뒤 염색약을 꺼내 갈색으로 물들인다. 딴 사람이다. 거울을 본 가즈야는 자신의 변모에 놀란다. 자리를 일어서며 시모지가 명함을 하나 꺼내 든다.

"우에노 부근 긴시초의 상점가에 있는 안경가게야. 전화를 해 놓을 테니 가서 콘택트렌즈를 맞추도록."

시모지는 가즈야가 전에 쓰던 안경의 다리를 한손으로 꺾어 버린다.

"그리고 살고 싶으면 살을 좀 빼. 모양이 좀 바뀌면 자네를 알아보는 사람도 그만큼 줄어들 테니까."

* * *

"좀 알아 봤나?"

시모지의 전화에 아사이가 묻는다.

"네. 전모는 파악했습니다. 아직 경찰이 사와키라는 아이의 정체를 모르니까 준비할 시간이 있습니다. 변장은 시켜놓았습니다. 지금부터 오사카로 가서 그의 아버지에 대하여 좀 알아보겠습니다."

"알겠네. 수고했네. 그런데 그 아이 어떤 아이야?"

"완전 사이코네요. 정상적인 심리나 정서의 소유자가 아닙니다. 좀더 두고 봐야겠지만 무슨 피해망상과 영웅심리가 섞여 있는 것 같아요. 자신이 저지른 범죄에 대한 죄책감이나 두려움이 없습니다. 이 부분이 가장 위험한 부분이라고 생각합니다."

"흠…."

190

26

"아빠, 아빠. 나 저 사람 봤어."

어린 딸이 소매를 흔들자 아베는 게슴츠레한 눈을 뜬다. TV 화면에서는 기누가와에서 있던 살인사건에 관하여 특집방송이 방영되고 있었다. 8월 31일 저녁 YBC의 특집방송이었다. TV 아사히에 특종의 선수를 빼앗긴 일본의 타 방송들은 질세라 다양하게 살인사건 특집을 해대고 있었다.

무명의 만화가 아베는 저녁이면 술에 취해 졸다가 쓰러져 자는 것이 일과가 되고 있었다. 아내가 자신을 떠나간 후 다섯 살짜리 딸을 데리고 부모가 남겨준 기누가와의 3층짜리 집으로 옮긴 지 거의 반 년이 된다. 만화잡지에 나가는 시리즈물의 하청작업으로 겨우 생활을 해나가고 있는 아베의 유일한 낙이라면 낮에는 딸아이를 유치원에 보내는 것과 저녁에는 술을 마시는 것이다.

딸아이가 아까부터 소매를 흔들었다는 것에 생각이 미친 아베는 정신을 차리고 TV를 본다. 기누가와의 편의점에서 찍힌 용의자의 영상을 반복적으로 내보내면서 프로그램의 진행자는 여러 사람들을 앉혀놓고 추측 섞인 해설을 해대고 있었다.

"저 안경 쓴 남자?"

"응."

딸아이가 용의자를 봤다는 말에 깜짝 놀라 되묻는다.

"어디서?"

"아빠 컴퓨터에서."

"뭐?"

"아빠가 찍은 사진들 있잖아. 아빠가 보는 걸 옆에서 봤는데 저 아저씨가 있어."

아베는 소스라쳐 놀라 컴퓨터를 켠다. 아베가 하는 작업은 꽤 알려진 만화가에게 하청을 받아 주로 인물부분을 그리는 작업이다. 복잡하고 다양한 표정들을 그려내기 위하여 아베는 베란다에 망원렌즈가 달린 카메라를 설치하고 틈나는 대로 멀리 있는 사람들의 얼굴사진을 몰래 찍어 보는 것이다. 작업으로 시작한 것이 이제는 심각한 취미가 되어 시간이 나는 대로 수백 커트씩 찍어 커다란 컴퓨터 화면에 올려놓고 감상했다.

고귀한 인상, 천한 인상, 야비한 인상, 섹시한 인상 등. 인간의 눈과 코, 입술이 연출하는 무궁무진한 장면을 보는 것은 세상에 알려지지 않은 큰 구경거리였다. 덤으로 잘빠진 몸매의 여성이라도 찍히면 그 사진을 가지고 쌓이고 쌓인 성욕을 처리하기도 한다.

딸아이가 자신이 찍은 사진들 속에서 용의자를 봤다면 사건이 있기 전의 일이다. 해당하는 날짜들의 사진을 화면에 올려놓고 딸아이를 부르니 금방 손가락으로 가리킨다. 과연! 카메라를 연발에 놓고 무작위로 눌러대는 셔터에 잡힌 것이다. 사진을 확대해 놓고 보니 엉덩이가 다 나올 정도로 짧은 청미니스커트에 배꼽이 나오는 티셔츠를 입은 젊은 여자가 오른쪽으로 걸어가는 모습이 있고 그 왼쪽으로 예의 사내가 해치백 RV의 뒤쪽에서 그 여자를 넋이 나가 쳐다보며 차의 뒷문을 열려고 하는 모습이 선명하게 잡혀 있다. 얼굴의 구석구석이 잘 보였다. 사내는 왼손을 뒷주머니에 넣은 자세였다.

차는 혼다 스텝 웨건으로 은색이고 넘버플레이트도 분명히 보인다. 사건의 해결에 중요한 단서를 자신이 잡은 것이다.

냉장고에서 찬 보리차를 꺼내 큰 잔으로 한 잔 마시고 담배를 피워 물고 어찌할 바를 생각한다. 이 사진을 경찰에 넘기긴 넘겨야겠지? 아마 그래야 하겠지. 스스로 일문일답하며 점검해 본다. 내가 지금 경찰에 출두해서 켕기는 것이 있나? 큰일은 없지만 마누라를 찾기 위해 사설탐정에게 부탁한 것이 있는데 아무래도 걔들이 질이 좋지는 않은 것 같아. 그렇다고 내게 문제가 될 것은 없지.

반대로 이를 경찰에 주면 내가 공을 세우는 것이 아닌가? 이 질문을 떠올리며 아베는 동네의 선술집에서 두어 번 만난 시무라 경부보를 생각한다. 동경에서 형사로 근무하였다는 그 친구는 무언가 죽이 맞고 나이도 엇비슷해 앞으로 친구로 사귀면 여러 가지로 좋을 것 같다는 생각을 한 터이다. 그래! 경찰친구 하나 가지고 있으면 좋을 거야! 시무라에게 사진을 주고 내게 귀찮을 일은 없도록 약속을 받는 거다. 그 친구는 내게 톡톡히 신세를 지는 거고.

생각이 이에 미친 시무라는 용의자가 담긴 커트를 USB칩에 저장하고 동네 선술집에 전화해서 시무라가 와 있는지 묻는다. 주인의 답으로는 아마 지금 파출소에 있을 것이라는 것이다. 시간을 보니 아직 10시가 안 되었다. 아베는 딸아이의 옷을 입혀 급히 밖으로 나간다.

차로 5분이 안 걸리는 역전파출소에 가니 불이 훤하게 켜있다. 근무복을 입은 시무라의 모습이 보인다. 문을 열고 들어서니 앳된 모습의 부하직원과 함께 있던 시무라가 의외라는 얼굴로 맞는다.

"어이, 아베 상 아닌가? 뭐야, 따님 데리고 이 한밤중에 여기까지 오시다니."

"시무라 상 근무태도 점검 좀 하려고."

"뭐야? 내 근무태도? 웃기고 있네."

일동은 모두 웃는다.

"사실 좋은 게 하나 있어."

"뭔데? 빨리 말해봐."

"유노사토 호텔 살인사건 용의자 영상을 잡은 게 있거든."

"뭐?"

시무라와 다른 경찰관의 눈이 등잔만 해진다.

아베는 USB칩을 건넨다. 화면에 떠오른 사진에 시무라는 흥분을 감추지 못하고 화면 속으로 들어가듯이 쳐다본다.

"허 … 이거 어떻게 나온 거야?"

"내가 만화 작업하며 참고하기 위해서 인물, 풍경 할 것 없이 사진을 많이 찍잖아. 방금 전에 사진들을 좀 보다가 우연히 발견했어."

아베는 어린 딸이 우연히 발견했다고는 차마 말을 못한다.

"나 주는 거야?"

"물론이지. 다만 한 가지 조건이 있어."

"뭔데?"

"내가 혼자 이 애 키우고 집 나간 마누라 찾느라고 정신이 없어. 그러니 참고로 부른다거나 하는 일은 일체 없도록 해줘. 우연히 카메라에 잡혔을 뿐이니까."

"알겠네. 하나만 확인해 두자. 이거 언제 찍은 거지?"

"그러니까 지난 금요일 … 달력을 보니 20일이구나. 이 애를 유치원에서 데리고 와서 간단히 간식을 주고 베란다에 나가 찍은 거니까 오후 두시 반 정도일 거야. 가만! 그 파일에 촬영시간이 있을 텐데 …."

젊은 경찰이 사진파일의 정보를 보니 사진에는 다음과 같이 선명히 기재되어 있다.

2010-08-20 14:39

"장소는? 사진을 찍은 정확한 집 주소 말이야?"

"나카마치 1구에 있는 우체국 바로 옆이야."

194

"알겠네. 고마워. 이거 대단한 정보야. 은혜는 잊지 않겠네. 그리고 경찰에서 알고 싶은 게 있으면 내가 연락할게."

"알았어. 나중에 술이나 한잔 사."

"당연하지!"

시무라는 흥분을 가라앉히고 차분히 생각하려고 노력한다. 자신이 세운 일련의 공이 결정적인 것이어서 이 지겨운 파출소를 벗어나 대도시에서의 형사업무에 복귀하는 것은 이제 시간문제다. 생각 같아서는 중앙의 경찰청에 설치된 합동수사본부에 곧바로 보고하고 싶지만 그래도 도치기 현 경찰에 소속되어 있으니 명령계통을 따라야 할 게다. 이 정보가 경찰청 형사국장에 올라가는 동안 몇 사람이나 생색을 낼까?

도치기 현 경찰에 있는 임시수사본부에 전화를 하니 가자마 형사과장은 오후에 경찰청 수사본부로 올라갔다는 것이다. 다시 동경의 수사본부에 전화를 하니 가자마가 받는다.

"과장님, 후지와라 파출소 시무라입니다."

"오, 그래 이 밤에 무슨 일인가?"

"용의자의 상세한 인상과 사용한 차량이 담긴 사진을 획득했습니다."

"그래? 어떻게? 그걸? 대단하군. 자네가 큰일 많이 하고 있어. 제공자는 누군가?"

"제가 지역에서 사귄 주민입니다. 사진은 현재 파일로 갖고 있습니다."

"그럼 메일로 즉시 보내. 그리고 자네는 지금 즉시 동경으로 출발하도록. 국장님께 보고하면 분명히 내일 아침 수사회의를 소집할 것이고, 그러면 자네가 필요해."

"알겠습니다."

시무라는 아드레날린이 샘솟듯이 분비됨을 느낀다.

시무라가 전송한 사진을 합동수사본부의 대형스크린에 올려놓은 가자마는 선명한 화면에 감탄하며 전화를 돌린다. 우선 직속상관인 이마

195

이치 경찰서장에게 보고해야 한다. 서장은 퇴근해 있었다.

"서장님, 가자마입니다. 늦게 죄송합니다만 사건에 큰 진전이 있습니다. 용의자와 사용차량이 담긴 사진을 획득했습니다."

"그래? 어디서 나온 거야?"

"기누가와의 후지와라 파출소 시무라 경부보가 확보한 것입니다."

"잘됐군. 우리 쪽에서 나왔다니 …."

"네. 형사국장에 대한 보고를 어떻게 할까요?"

서장이 직접 하겠는가를 묻는 것이다. 그러나 서장은 역시 정치적인 행동을 싫어하는 합리적인 인물이다.

"자네가 해. 다만 형사기획과장 그 친구가 까다로운 놈이니 국장한테 직접 하지 말고 기획과장에게 기회를 주는 것이 좋지 않을까?"

가자마도 동의하는 바이다.

"서장님. 아무래도 내일 아침 일찍 수사회의가 있을 텐데 올라오셔야 할 것 같습니다."

"알았네. 일찍 자고 올라갈게."

가자마가 형사기획과장의 휴대폰에 전화를 하니 아직 자신의 집무실에 있다는 것이다. 용건을 간단히 말하니 금방 달려온다. 사진의 선명함에 기획과장도 놀라 국장에게 보고가 되었는가 묻는다. 기획과장 본인에게 우선 보고한다는 말에 그는 표정을 다소 누그러뜨리며 형사국장은 지금 정부여당의 공안관계 고위층과 요정에서 식사를 하고 있다는 것이다.

이 시간이면 식사가 아니라 술일 것이다. 아무튼 기획과장의 보고에 형사국장이 달려 온 것은 20분이 채 걸리지 않았다. 중요한 단서의 포착에 대한 흥분인지 알코올의 작용인지 알 수 없지만 사진을 보는 형사국장의 얼굴은 상기되어 있었다.

"기획과장, 내일 아침 9시에 확대수사회의이다. 그 사이에 저 차량의 소유자를 파악해 놓을 것. 그리고 추가로 발견된 것에 관하여 담당별로 체계적으로 보고하도록 지시하도록."

국장의 이 한마디는 현재 남아있는 수사본부 요원은 모두 집에 돌아갈 수 없음을 의미하는 것이었다.

27

동경 한복판의 가스미가세키에 있는 정부합동 제2청사 20층의 경찰청 회의실에는 팽팽한 긴장감이 감돌고 있었다. 9월 1일 아침 9시의 확대수사회의에는 각료급의 공안위원장과 경찰청 장관이 참가하였다.

"그럼 지금부터 회의에 들어가겠습니다."

형사국장 기무라가 마이크를 이어받는다.

"보고는 형사기획과장이 하도록 하겠습니다."

"우선 확보한 자료를 보시기 바랍니다."

기획과장이 서두른다. 화면에 두 개의 사진이 올라간다. 하나는 편의점 Y숍에서 잡힌 용의자의 모습이고, 또 하나는 기누가와에 사는 만화가 아베가 제공한 사진이다. 용의자의 눈썹수를 셀 수 있을 정도로 세밀한 사진이 대형화면에 떠오르자 참가자들은 침을 삼키며 의자를 앞으로 끌어당긴다.

"왼쪽 사진은 이미 공개된 사진이고, 오른쪽 사진은 어제 기누가와의 만화가인 아베라는 시민이 이마이치 경찰서에 제공한 사진입니다. 사진의 제공자이자 만화가인 아베 씨가 작품에서 사람의 인상을 디테일하게 그리기 위해 평소처럼 고화소의 카메라로 사람들의 표정을 남기던 중 우연하게 포착한 사진입니다."

"두 사진은 같은 날 찍힌 것인가?"

경찰청 장관이 묻는다.

"예. 좌측의 동영상이 잡힌 것은 8월 20일 14시 21분이고, 우측의 스틸사진이 찍힌 것은 18분 후인 14시 39분입니다. 우측의 사진이 잡힌 지점은 기누가와 북측구역에 있는 부키자카(舞伎坂)라는 작은 언덕길로 판명됩니다. 이 지점에서 범인이 구로가네 다리를 건너 Y숍에 도착하기까지는 도보로 10분이 안 걸립니다. Y숍 앞을 지나는 모토유도리는 큰 길이고 주차할 곳이 적당치 않습니다. 따라서 범인이 차를 부키자카에 세워놓고 다리를 건너 Y숍에 가서 물건을 산 뒤 다시 차로 돌아왔을 것으로 추정할 수 있습니다."

"범인이 뒷문을 열려고 하는 저 차는 누구의 차인가?"

"네. 어제 사진을 입수한 후 긴급히 파악하였습니다만 동경에 있는 동척대학교의 안인화라는 여교수의 것으로 판명되었습니다."

"여교수?"

경찰청 장관이 심하게 눈살을 찌푸린다.

"현재 파악한 바에 의하면 안인화 교수는 1988년에 유학생 신분으로 한국에서 온 여성으로, 일본에서 작가로서 많은 책을 발표하고 4년 전인 2006년에 일본에 귀화하였습니다."

"귀화?"

장관의 어조에는 의아함이 가득 담겨 있다.

"안 교수라는 사람은 한국을 비판하는 책들을 출판하여 한때 한국정부가 출국금지 조치를 내릴 정도로 일본의 이른바 우익인사들과 가까이 지내며 활동한 사람입니다. 일본 우파의 잡지인 〈제군〉(諸君), 〈정론〉(正論) 등에도 상당한 양의 글을 기고하였습니다."

"그건 나도 어느 정도 알고 있지."

공안위원장이 나선다.

"그것이 사실이라면, 흠⋯ 아주 골치 아픈데⋯ 요컨대 용의자가 안 교수의 차량을 훔친 것이 아니라면 어떠한 형태로든지 안 교수의 차를 사용했다는 것이고, 이는 용의자가 안 교수와 같은 일본의 우익지식인들과 연결되어 있음을 말하는 거야."

공안위원장과 경찰청 장관이 자리를 뜬 후 본격적인 실무회의가 시작된다.

"모리 과장, 그럼 본건으로 들어가게."

"최근 2, 3일간은 이마이치 경찰서의 수사팀의 활약으로 큰 수확이 있었습니다. 우선 범행장소에 침입한 울타리의 구멍에서 잔 나뭇가지에 혈흔이 채취되었습니다. 좁은 구멍으로 들어가랴 용의자가 신체의 어느 부분에 상처가 났고, 그로 인해 DNA를 확보한 것입니다. 또한 후지와라 도서관에서 용의자가 분실한 책이 나왔습니다. 《조선은행》이라는 제목의 이 책에도 지문이 있을 것으로 추정합니다. 따라서 용의자가 검거되는 대로 DNA와 지문을 일치시켜 긴급체포할 수 있습니다. 그리고 세 번째 단서는 호카호카야 봉투입니다만… 그 가게의 위치가 강동구 후카가와 2정목을 판명되었습니다. 용의자가 살거나 모종의 관련이 있는 지역으로 추정할 수 있었습니다. 문제는 그 도시락 가게에 가서 탐방수사를 할 재료가 없었는데, 어제 밤에 용의자의 선명한 얼굴이 나온 사진이 확보됨으로써 그 사진을 가지고 수사할 수 있게 되었다는 겁니다. 이미 수사진이 가게의 주인을 기다리고 있는 상태입니다."

기획과장의 신속한 조치에 모두 안심하는 눈치이다.

"지금부터 우선적으로 취해야 할 조치는 동척대학교 인문교양학부 안인화 교수에 대한 조사입니다. 용의자가 사용한 차량이 안 교수의 것이 분명한 만큼 신속한 조사가 필요합니다."

"전적으로 동감이야."

형사국장이 끼어든다.

"용의자가 《조선은행》이라는 책을 범행장소로 가면서까지 읽었다면 이건 분명 보통의 잡범이 아니라, 뭐랄까… 인텔리 형의 범인으로 봐야겠지. 안인화 교수와의 관련은 매우 흥미 있는 부분이야. 다만 수사진은 안 교수의 경계심을 높이지 않도록 매우 조심해야 하네. 만약 우익

지식인들이 이 사건에 관련되어 있다면 안 교수가 그들에게 경고를 발하는 것을 막거나 늦추어야 하니까."

"알겠습니다. 수사요원 중에서 비교적 학력이 높고 여자교수의 경계심을 늦출 수 있는 매력 있는 수사관을 보낼 생각입니다."

이 부분에서 처음으로 수사회의에 웃음이 퍼진다. 피해자의 사체가 발견된 후 처음으로 수사본부에 활기가 돌기 시작한다.

* * *

경찰청 형사국 수사 제1과에 소속하는 경부 오하시(大橋)는 동경대 교양학부를 졸업하고 국가고시에 붙어 커리어 경찰이 된 엘리트다. 30대 초라는 나이에 경부라는 계급에 올랐을 때 교향악단 바이올리니스트인 그의 부친도 아들이 경찰에서 그렇게 출세하고 있다는 사실을 믿지 못할 정도였다. 좋은 집안에서 곱게 자라 험한 경찰의 길을 걷게 된 것이 이례적이어서 경찰청 안에서 선배들의 술안주처럼 씹히기도 하지만 간부층에서는 그의 장래에 기대하는 이가 많다. 머리가 명석하고 상상력이 풍부하기 때문이다. 발로 뛰는 형사가 필요한 만큼 머리로 뛰는 형사도 필요하다.

오하시가 과장의 긴급한 명령을 받고 동척대학교 인문교양학부 사무실에 도착한 것은 9월 1일, 오전의 합동수사회의가 끝난 이른 오후였다. 급히 안인화 교수의 소재를 파악하고 만나보라는 것이다. 가방에는 기누가와에서 찍힌 용의자의 사진과 그가 타고 다니던 혼다 RV의 사진이 들어 있다. 동척대학은 동경 시내와 교외에 두 캠퍼스를 가지고 있는데 마침 인문교양학부는 시내에 있었다. 학부 사무실에는 창가에 중년의 남자가 앉아 있고 그 외 세 명의 여자직원이 있었는데, 문을 열고 들어가도 별로 반응이 없다.

"실례합니다."

"네. 무슨 일로 오셨지요?"

"안인화 교수를 좀 만나러 왔는데요."

"안 교수님은 요즘 연구실에 잘 안 나오세요. 지금 방학 중이거든요."

일본의 대학은 10월이나 되어야 가을학기가 시작된다.

"연락처를 좀 알 수 있을까요?"

"누구시죠?"

직원들이 오하시를 쳐다본다.

"경찰에서 나왔습니다."

오하시는 경찰배지를 내어 보인다.

그제야 창가의 중년남자가 일어나더니 안으로 들어오기를 권한다.

"안 교수님께 무슨 사고라도…?"

"아닙니다. 진행 중인 수사에 참고로 문의드릴 것이 있어서…."

"학교방침 상 교수의 개인사항은 공개할 수 없습니다. 더구나…."

남자가 말끝을 흐린다.

"더구나 무엇입니까?"

"본인이 모르는 사람과 접촉하기를 극도로 꺼리는 실정이지요."

"그렇군요. 방침은 잘 알겠습니다만 지금 진행 중인 수사가 워낙 중요하고 긴박해서 안 교수와 가능한 한 빨리 만나야 할 텐데…좀 도와주십시오."

"무슨 사건입니까?"

"그건 말할 수 없습니다. 하지만 순조롭게 협조가 이뤄지지 않을 때 나중에 학교 측에 큰 누가 될 수도 있습니다."

오하시는 암묵적 위협의 말을 사내에게 꺼낸다. 사내는 오하시의 말을 잠시 곱씹더니 대답한다.

"그럼 제가 안 교수를 찾아 연락해서 그쪽으로 바로 전화 주도록 하면 어떻겠습니까?"

"그렇게 해주세요. 이 사건은 경찰청 장관이 직접 관여하는 사건입니다. 시간이 생명이에요. 부탁합니다."

"잘 알겠습니다. 최선을 다하겠습니다."

오하시는 인문교양학부 건물을 나와 캠퍼스 정원에서 캔 커피를 하나 뽑아 마시며 본부에 보고한다. 용의자의 신원을 파악하는 데 열쇠가 되는 자동차의 소유주 안인화 교수를 만나는 것은 시급을 다투는 과제이다. 오하시의 보고를 받은 과장은 불같이 화를 내면서 교직원의 팔을 더 세게 비틀지 못한 오하시를 야단친다. 안 교수를 만날 때까지 경찰청에 돌아오지 말라는 명령이다.

오하시가 캠퍼스에서 캔 커피를 마시며 주위의 나무를 멍하니 쳐다볼 무렵 안인화는 인문교양학부 총무과장의 전화를 받고 있었다. 총무과장의 메시지를 받은 안인화의 손이 부들부들 떨린다. 그날 안인화는 일본의 최남단에 있는 섬 다네가시마(種子島)에 있었다. 어느 우익계의 잡지에 일본의 선진문명과 신사(神社)에 관한 시리즈를 연재하고 있었는데, 방학을 이용해 다네가시마의 신사들을 둘러보고 싶었던 것이다.

다네가시마는 난파한 포르투갈 선원들에게 최초로 총이 전달된 곳이다. 이 사건이 없었다면, 어쩌면 일본이 근대적 무장을 하고 아시아를 침략하는 일은 없었을지도 모른다. 그런데 그 다네가시마에는 지금 초현대의 철포(鐵砲), 즉 로켓 발사기지가 있다. 근대의 무기과학의 역사가 집약되어 있는 다네가시마의 신사를 둘러보며 일본에 귀화한 한국인이 일본문명의 귀결점인 신사를 찬미하는 글을 쓴다는 것은 멋있지 않겠냐는 의도였던 것이다. 더구나 일본에 귀화하기 전에 한국에서 여자군인이었던 안인화에게는 썩 어울리는 주제설정이었다.

휴대전화의 번호를 누르는 안인화의 손가락이 떨린다. 아직 40대 후반인 안인화의 손가락이 떨리는 연유는 무슨 질병이 아니라 공포였다.

수신인은 호스트 클럽 상무 요코다였다.

"여보세요. 요코다 상?"

"아, 안 교수님, 그렇지 않아도 궁금했는데. 무슨 일이 있습니까?"

"큰일 났어요. 경찰이 학교로 찾아와서 나를 보자네요."

"경찰이?"

요코다는 가슴이 덜컥 내려앉는다.

"무슨 용건입니까?"

"학교 총무과에서 교수의 연락처를 가르쳐 줄 수 없다고 하고 내게 연락하겠다고 말해두었다는 거예요. 요코다 상, 스즈키 상 관련이지요?"

지난 8월 28일, 기누가와 편의점 Y숍의 영상이 매스컴에 공개되었을 때 안인화는 그를 알아보고 즉각 짐을 싸서 동경을 떠났다. 취재여행이라는 좋은 명분이 있었다. 그 후 조바심을 내는 가운데에도 박민자 의원의 살인과 스즈키 가즈야가 관련이 없기를 막연히 바라고 있었다. 한편 요코다는 안인화가 식민역사연구회의 핵심멤버라고 하더라도 그녀에게 가즈야가 범인이라는 것을 말할 수 없었다. 조직을 보호하기 위해 그 사실을 아는 사람은 적을수록, 그리고 아는 시기가 늦을수록 좋은 것이었다. 결국은 알게 되겠지만 지금 필요한 것은 장래의 데미지를 최소로 줄일 수 있는 대책을 강구하는 일이었다.

"아직은 확실한 것이 없습니다."

요코다는 거짓을 둘러댄다.

"그런데 경찰이 왜 안 교수를 찾아갔을까요? 뭐 짚이는 것 없습니까?"

이 질문에 머뭇거리다가 안인화는 대답한다.

"사실은 스즈키 상에게 내 차를 빌려주었어요."

"차요?"

요코다에게는 청천벽력 같은 말이다.

"아니, 언제입니까?"

204

"그러니까 … 지지난 주 금요일, 20일 점심 때 쯤."

"가즈야가 뭐라고 하던가요?"

"전화가 걸려 와서 이런 저런 자료 이야기를 하다가 내가 취재여행을 좀 간다고 하니까 그럼 그 사이에 차를 며칠 쓰자고 해서 … 같이 연구하는 처지에 거절하기도 뭣해서 그냥 빌려줬어요."

"어디서 빌려주었습니까?"

"스즈키 상이 학교에 와서 가져갔어요. 요코다 상, 무슨 일이죠?"

요코다는 이제는 안인화에게 사실을 말하고 허튼 실수를 막아야 한다고 결심한다.

"안 교수님, 지금부터 하는 말 잘 들으세요. 사실은 박민자를 죽인 것이 스즈키인 것 같아요. 아마 그놈이 기누가와로 가는데 교수님의 차를 썼을 거예요."

이 말에 안인화는 충격을 받고 주저앉는다. 바닥에 떨어진 휴대전화에서 그녀를 부르는 요코다의 목소리가 반복적으로 들려도 한참을 멍하니 앉아있다. 서늘한 바람이 부는 신사의 마당에는 아무도 없다. 누가 보면 중년여성이 신사의 고요를 즐기며 정원에 앉아 나뭇가지를 쳐다보는 것만 같다. 겨우 정신을 차린 안인화가 다시 전화기를 든다.

"안 교수님! 침착하세요. 지금은 비상사태입니다. 내 말 잘 들으세요."

"네 …."

"안 교수님은 형사상에 아무런 죄가 없습니다. 가즈야에게 차를 빌려주었다고 하지만 범행을 방조한 것도 아니에요. 입증하기 어렵습니다. 따라서 지나치게 겁을 먹으면 안 돼요. 다만 경찰의 수사를 가능한 한 더디도록 해야 합니다. 무슨 말인지 알겠지요? 대답하세요."

"그래요. 알겠어요."

안인화는 요코다가 조직을 보호해야 한다는 의도를 안다.

"그러니 지금부터 이렇게 하세요. 우선 지금 쓰는 전화기는 이 통화가 끝나는 대로 돌바닥에 팽개쳐서 고장 내세요. 그리고 근처의 휴대전화 회사에 가서 고장상담을 하고 나중에 증거가 되도록 기록을 정확히 남기세요. 그 다음, 향후의 모든 일정이나 행동은 나와 미리 상의하세요. 반드시 공중전화를 쓰세요."

"알겠어요. 그런데 경찰이 왜 나를 찾아왔을까요?"

"나도 그게 의문입니다. 하지만 지금으로서는 교수님의 차량번호가 가즈야와 함께 식별된 것으로 추론할 수밖에 없어요. 예를 들면 사진이라든가⋯."

여기까지 말하고 요코다는 자신의 말에 소스라치게 놀란다. 바로 그거다!

그럼 경찰이 공개되지 않은 또 다른 사진을 가지고 있다는 것이다. 요코다의 머릿속에 요란한 경보음이 울린다.

"교수님, 일단 경찰이 연락을 요구하므로 전화해서 무슨 사연인지 알아내고 내게 연락할 필요가 있습니다. 다만 지금 즉시는 안 됩니다. 단 몇 분이라도 시간이 필요해요. 경찰과 통화가 이뤄진다면 결국 가즈야의 본명을 말할 수밖에 없어요. 나는 지금 빨리 가즈야를 다른 곳으로 피신시켜야 합니다. 아무래도 지금부터 몇 시간은 필요한데⋯."

시간을 보니 오후 2시 44분이다.

"교수님, 어디 아픈 데 없습니까?"

"아픈 데라니요?"

"경찰에 전화하는 것을 몇 시간이라도 늦출 수 있는 핑계로 뭐 그럴듯한 거 없나요?"

"글쎄요⋯."

한참을 생각하던 안 교수가 이내 말을 잇는다.

"내가 최근에 갱년기 장애가 생겨서⋯ 호르몬 분비의 균형이 깨지면 온몸에 땀이 흐르고 몸을 움직이기 힘들 때가 있어요."

206

"그래요?"

"심하면 병원에 가서 호르몬 주사를 맞아야 하는 적도 있어요."

"됐습니다. 그럼 앞으로 이렇게 행동하세요. 이는 앞으로 경찰의 추궁을 받는다는 것을 가정하고 형사상의 책임을 회피하며 빠져나가는 시나리오를 생각하며 움직이는 거예요. 지금 어디에 있습니까?"

"가고시마 현의 다네가시마에요."

"잘됐네요. 우선 전화기가 망가져서 근처의 전화회사에 가서 휴대전화가 고장 났다고 하고 상담을 하세요. 실제로 고치는 것은 나중에 천천히 … 그리고 나서 갱년기 장애가 갑자기 찾아와 다시 병원을 찾아 가는 겁니다. 그리고 나서 정신을 차리고 경찰에 전화를 하는 거예요. 물론 공중전화죠."

"알겠어요."

"힘내세요. 우리는 가즈야를 보호할 의리와 의무가 있습니다."

요코다의 말대로 휴대전화를 신사의 돌계단에 던져 고장 낸 후 안인화는 섬의 중심가에 있는 휴대전화 회사를 찾아간다. 고장상담을 하고 동경으로 돌아가 다시 상담하여 단말기를 교체한다는 내용이 기록에 남도록 유도한다. 상담이 끝나고 나서 시내의 병원을 찾아가니 오후 4시가 가깝다. 여행자인데 갱년기 장애가 심해서 호르몬 주사가 좀 필요하다고 하니 간호사가 우선 호르몬 수준을 알기 위해 혈액검사가 필요하다고 한다. 안인화에게는 시간을 벌 수 있는 좋은 기회이다. 간호사의 어깨 너머로 붙어 있는 시간표를 보니 진료시간은 오후 5시 30분까지이다.

"내가 너무 힘들어서 그러니 한 시간 정도 쉬었다가 피를 뽑았으면 하는데 …."

안인화가 다 죽어가는 목소리로 말한다. 어리고 착해 보이는 간호사는 그렇게 하라고 허용한다.

작은 병원이지만 아담하고 깨끗하다. 대합실 구석에 공중전화가 있고 유리문이 있다. 그 바깥으로 정원이 보인다.

엉거주춤한 자세로 공중전화에 다가간 안인화는 요코다에게 전화를 건다.

"네. 교수님. 방금 전에 가즈야에게 짐을 싸라고 말했습니다. 그리고 식민역사연구회에 관한 일체의 자료는 따로 묶으라고 했습니다. 이는 내가 창고에 넣어 둘 것입니다. 가즈야에게 물어보니 살고 있는 기바의 아파트는 어머니의 명의로 임대가 되어 있다는 것입니다. 가즈야의 형식상 주거지는 아직도 오사카의 이타미에요. 그러니까 경찰이 가즈야의 본명을 안다고 해도 현재 주거지로 즉각 찾아갈 수 있는 건 아니에요. 이를 감안하세요."

"지금 내가 병원에 있어요. 호르몬 주사를 요구하니까 피검사를 하라고 하네요. 오늘은 제일 늦게 그 검사를 하고 저녁을 먹고 기운을 차려서 경찰에 전화하는 것으로 할게요."

"좋아요. 그리고 경찰과 통화할 때 스즈키에 관해서는 잘 모르는 것으로 하세요. 사는 곳은 강동구 어디인데 정확히는 잘 모른다고 하세요."

"강동구라고 말을 해야 할까요?"

"그 정도는 말을 해야 우리가 무엇을 보호하려고 한다는 인상을 막을 수가 있어요. 강동구는 수십만 명이 사는 넓은 지역이니까요."

"알겠어요."

병원에서 피를 뽑고 내일 주사를 맞기 전에 먹을 약을 타고 천천히 저녁을 사서 먹고 호텔에 돌아오니 저녁 8시. 안인화는 호텔방에서 마음을 가라앉히고 전화를 돌린다. 지금은 여교수라고 하나 옛날에 한국여군에서 특수훈련도 받은 몸이다.

"여보세요. 저는 안인화 교수라고 합니다만, 오하시 경부 계십니까?"

"아, 안 교수님. 오하시입니다. 아까부터 전화 기다렸습니다."

"네 … 무슨 용건이신지요?"

"저희가 수사하고 있는 중대사건에 참고의 말씀을 좀 듣고 싶어서요."

"대학교수인 제가 무슨 참고가 될까요?"

"안 교수님, 최근에 도치기 현의 기누가와에 간 적이 있습니까?"

"없는데요. 그곳에는 가본 일 자체가 없어요."

"그래요? 그나저나 안 교수님이 타는 차가 혼다 RV이고 플레이트 넘버가 네리마(練馬) xx89번이 맞나요?"

"맞아요. 그 차가…."

"그 차는 지금 어디에 있습니까?"

"며칠 전에 지인이 빌려달라고 해서 빌려주었는데요?"

"그 사람의 이름이 무엇입니까?"

"왜 물으시나요?"

오하시는 수화기를 던지고 싶은 울화를 겨우 참고 부드럽게 말한다.

"지금 매우 중대한 사건에 그 차량이 결부되어 있습니다."

"중대한 사건이라면…?"

오하시는 더 이상 머뭇거릴 필요가 없다고 판단한다.

"지난 8월 21일에 기누가와에서 발견된 한국 국회의원 박민자 살해사건의 용의자가 그 차량을 사용한 것으로 경찰은 단정하고 있습니다. 경찰에 신속히 협조하시기 바랍니다. 그것이 여러 가지로…."

"지금 저를 협박하시는 건가요?"

"협박이 아니라 선량한 시민의 협조를 부탁드리는 겁니다."

안인화는 더 이상 버티는 것은 자신에게 불리하다고 판단한다. 사실 자신이 일본에 귀화하는 데는 우익정치인들의 압력이 주효한 것이지만 법무성이나 경찰에서는 적극적으로 찬동하지 않았다는 것을 안다. 이제 일본 국적자가 된 마당에 일본경찰에 미운 털이 박힐 필요는 없다.

"스즈키 가즈야라는 사람입니다."

용의자의 이름이 최초로 경찰에 통보되는 순간이다. 오하시는 환희에 쾌재를 지르고 싶은 충동을 감추고 애써 태연하게 묻는다.

"교수님과는 어떠한 관계입니까?"

"같이 역사를 공부하는 모임의 회원입니다."

"역사공부요…. 스즈키 씨는 지금 어디에 있을까요?"

"그걸 제가 알 턱이 없지요."

"교수님은 지금 어디에 계십니까?"

"나는 지금 가고시마 현의 다네가시마에 와 있어요. 잡지에 넘길 글의 취재여행 중이에요."

"그렇군요. 스즈키 씨의 주거지를 압니까?"

"몰라요. 그렇게 친하지도 않고… 늘 요츠야(四ツ谷)에서 공부모임을 하는데 지하철 동서선을 타고 온다고 하고… 아, 강동구에 산다고 말한 기억이 나요."

안인화가 갑자기 대답을 단답형에서 해설형으로 바꾸는 것을 눈치 채고 오하시는 안인화가 지금 스즈키의 주거지를 경찰에 알리지 않으려고 애쓰고 있음을 직감적으로 파악한다.

"그렇군요. 교수님을 만나 이것저것 묻고 싶은 것이 있는데 동경에는 언제 돌아오십니까?"

"조사일정이 많이 남아서 아직은 당분간 가고시마에서 여행할 계획인데요."

"경찰에 와서 도와주시는 것은 힘들겠습니까?"

"네. 지금은 힘들 것 같아요. 가고시마에서 시간을 보낼 수 있는 것은 방학 때 뿐이어서 …."

"그렇군요. 그러면 제가 내일 아침이라도 그곳으로 가면 시간을 내주시겠습니까?"

안인화는 요코다와 상의하고 싶으나 더 이상 협조를 거부하는 것은 좋지 않다고 직감한다.

"그러시죠. 내일 오실 수 있다면 현재 제가 묵는 다네가시마 호텔에서 만날 수 있습니다."

"그럼 내일 오전 11시 경에 다네가시마 호텔에서 뵙겠습니다."

"알겠어요."

전화기를 내려놓은 시각은 저녁 8시 21분이었다.

용의자 성명 : 스즈키 가즈야

주거지 : 동경도 강동구

이 결정적인 정보는 지휘계통을 거슬러 올라가 형사국장, 경찰청 장관을 거쳐 공안위원장에게 즉각 보고됐다. 형사국장은 긴급회의를 소집하여 수사본부 전원과 강동구 관할의 모든 파출소에 근무하는 경찰관들의 휴대전화에 SMS메시지를 보낼 것을 지시한다. 이제 신원이 파악되었으니 검거에 들어가야 하는 것이다.

* * *

호텔방의 전화기를 내려놓자마자 안인화는 로비의 공중전화로 달려가 요코다에게 전화를 건다.

"네. 교수님."

"지금 경찰과 통화를 끝냈습니다. 스즈키 상의 이름을 댈 수밖에 없었습니다. 경찰의 말을 그대로 반복하면 박민자 살해사건의 용의자가 저의 차량을 사용한 것으로 경찰은 단정하고 있습니다."

"아니, 그것을 어떻게 알았답니까?"

"묻지 않았어요. 물어도 가르쳐 주지 않겠지요."

"맞습니다. 이쪽 사정을 말하면, 아까 오후 2시 45분 경 교수님과 통

화하고 가즈야에게 전화해서 즉시 아파트를 떠나라고 하였습니다. 필수
품과 개인적인 사항이 적힌 서류만을 가지고 이미 집을 나갔습니다. 그
리고 나가기 전에 식민역사연구회와 관련된 모든 자료나 서류를 한군데
에 모으도록 하였습니다. 이는 이미 애들을 시켜 박스에 담아 임대창고
에 넣었습니다. 지금 이 시각에 경찰이 가즈야의 집에 들이닥친다 해도,
가즈야의 개인적인 사항이나 우리 연구회에 관한 것은 일체 없습니다."

"빠르군요. 그런데 그 스즈키 상이 좀 어리어리한데 혼자 둬도 괜찮
겠어요?"

"그래서 우리를 돕는 시모지라는 전직 경찰을 오사카의 출장에서 돌
아오는 대로 동경으로 오게 해서 오늘 중으로 가즈야와 합류하도록 할
것입니다."

"알겠어요. 그리고 경찰이 출두를 원하기에 내일 이곳으로 오라고 했
습니다. 아마 오전 중에 오겠지요. 아, 스즈키 씨의 주거지를 강동구로
알고 있다고 말했습니다."

"알겠습니다. 경찰이 우리가 모르는 무슨 패를 쥐고 있는지 몰라도
스즈키 가즈야와 강동구라는 두 개의 고유명사로 가즈야의 아파트를 알
아내는 데는 한참 시간이 걸릴 것입니다. 다행히도 그 아파트는 어머니
의 명의로 임대가 되어 있어요."

"알겠어요. 그래서 내 차는 어떻게 했어요?"

"안에 아무것도 남지 않게 하고 가즈야의 집에서 많이 떨어진 공용주
차장에 넣을 것입니다. 그래야 의심이 없을 것 같아서요. 당분간 그 차
탈 생각하지 마세요."

"네. 알겠어요. 그럼."

28

오하시가 호텔 다네가시마의 로비에 도착한 것은 안인화 교수와 통화한 다음날인 9월 2일 정오에 가까운 시간이었다. 아침 8시 항공기로 동경 하네다공항을 출발해 가고시마공항에서 소형비행기로 갈아타고 오는 길이다. 크지 않은 열도에 수백 개의 공항을 만들고 정부가 항공사에게 거의 강제로 취항을 하게 하니 일본을 대표하던 일본항공(JAL)이 엄청난 적자에 시달린 사정을 이해할 만하다.

자그마한 호텔의 체크인 카운터에서 안인화 교수를 찾으니 객실로 연결을 한다. 전화를 받고 몇 분 후에 로비로 내려온 안 교수는 작고 마른 체구에 가무잡잡한 얼굴의 중년여자였다. 평생 웃어본 일이라고는 별로 없을 것 같은 여자는 나지막한 소리로 커피숍의 구석자리로 인도한다. 한국출신이라는 말을 듣고 오하시는 의기양양한 여자의 모습을 예상했는데, 정작 나타난 안인화라는 여자는 일본의 노인 같은 이미지이다. 일본의 야쿠자 두목이 가장 무서워하는 것이 한국여자라는 말이 있을 정도로 일본남자들은 한국여자가 성격이 강하고 억척스럽다는 선입관을 가지고 있는 것이다.

"지방에 와서 쉬시는데 방해한 것 같아 죄송합니다."

오하시가 커피를 한 모금 마시고 입을 연다.

"쉬기는요. 취재해야 할 일들이 많아요."

"무슨 취재를 하는데요?"

"지금 하고 있는 것은 신사라는 존재를 일본문화의 요체로 보고 다양한 신사들을 둘러보며 일본문화를 논하는 시리즈 작업이에요."

"한국출신이라고 들었는데 … 일본인에게도 쉽지 않은 테마를 하시는 군요."

"네. 나는 내가 한국출신이라는 것을 이제는 그다지 의식하지 않아요."

안인화의 모습에 일본인의 모습을 연출하고자 하는 노력이 역력하다. 하지만 일본어 구사는 아직 완전하지는 않다.

"바쁜 시간을 내주셨으니 바로 묻겠습니다."

"네. 내가 무슨 도움이 될지 …."

오하시는 뜨악한 안인화의 표정을 무시하고 질문에 들어간다.

"스즈키 가즈야라는 사람은 언제부터 알고 지내셨습니까?"

"우리가 하는 식민역사연구회에 그 사람이 처음 나온 것이 한 3, 4년 된 것 같아요."

"식민역사연구회라는 모임은 무엇을 하는 모임입니까?"

"문자 그대로 식민역사를 연구하는 모임이지요."

"식민이라는 것은 인류 역사에서 매우 사례가 많은데 … 구체적으로 일본이 아시아에서 행한 식민통치가 주된 관심사인가요?"

"그렇지요. 물론 비교적인 관점에서 서양의 식민통치도 연구하지만 주로 조선과 대만에서의 일본 식민통치를 연구해요."

"연구라는 말이 썩 이해가 안 가는데 … 구체적으로 어떠한 활동을 말하는 겁니까?"

이 질문에 이르러 안인화는 더 이상 소극적으로 도망가는 답변으로는 안 되겠다는 표정을 지으며 종업원을 불러 커피 리필을 요구한다.

"오하시 형사는 아시아의 역사에 관심이 있는 편입니까?"

"지금이야 경찰일로 바쁘니 독서도 못하고 있지만 대학에서 교양학부를 다닐 때 국제정치학을 전공하신 교수님의 세미나에 속해 있었기 때문에 아시아의 역사에 대해서는 저 나름 관심이 많았습니다."

"그러시군요. 실례지만 대학은 어디를 …."

"네. 동경대학을 나왔습니다."

동경대학이라는 말을 듣자 안인화의 모습이 조금 움츠러드는 느낌이다. 수사를 하며 오하시가 가끔 느끼는 것인데 보통 사람들은 형사는 무식하다는 편견을 가지고 있어 오하시가 동경대학 출신이라는 것을 아는 순간 위축되는 사람들이 상당수다. 아마도 학력 콤플렉스를 가진 자들이리라.

"동경대학 교양학부를 나오셨다니, 잘 아시겠지만 일본에는 자학사관(自虐史觀)이라는 것이 있지요. 일본이 나쁘다, 잘못했다라고 스스로 학대하는 역사관이 지금도 학계나 일반인의 의식 속에서 주류를 이루고 있죠. 이 자학사관의 중심은 식민지 통치에 대한 자기비하, 자기부정입니다. 우리 연구회의 목표는 이 자학사관을 바로잡는 거예요."

"아, 네…."

오하시는 안인화의 말에 동의할 기분이 아니지만 지금은 수사를 위해 온 것이지 역사관에 대하여 토론하기 위한 것이 아니다. 이야기를 빨리 진행시키기 위해 안인화의 말에 동조하기로 한다.

"그럼 자학사관을 바로 잡기 위해 구체적으로 어떠한 활동을 하시죠?"

"한 달에 두 번씩 모여서 회원들이 돌아가며 발표를 하고 나머지 사람들이 자유롭게 토론을 해요. 자발적인 임의단체이고 누구의 지원이나 통제를 받지 않아요."

"회원은 현재 몇 분이나 있습니까?"

"명부 상으로는 한 80명 있지만 연구회에 나오는 사람들은 평균적으로 한 30명 미만이에요."

"회장단은 어떻게 되어 있습니까?"

"회장은 명성대학의 철학자인 오다 시즈카 교수이고, 제가 부회장이에요."

"집행부는 그게 전부인가요?"

"네. 작은 임의단체이니 사실 특별히 집행부라고 할 만한 게 없어요."

이 대목에서 안인화는 연구회에 두 명의 간사가 있고, 그 중의 하나가 요코다라는 사실을 숨긴다.

"이 연구회에는 인터넷 홈페이지 같은 정보공개 장치가 없습니까?"

"없어요. 아직은 그럴 만한 단계에 도달하지 못했어요."

이때 아침을 굶고 나온 오하시의 뱃속에서 꼬르륵 하는 소리가 들린다. 아직 삼십대 초반의 오하시는 식욕이 왕성한 사내이다. 오하시가 얼굴을 다소 붉히며 물을 마시는데 안인화가 제안한다.

"배가 몹시 고프신 모양인데, 간단히 점심이라도 하면서 이야기를 하면 어떨까요?"

이 대화를 좀더 공식적인 직무대화와 연결하고 싶었지만 안인화가 조사의 대상이 아닌 만큼 그럴 필요도 없겠다 싶어 오하시는 이에 응한다.

호텔 밖으로 나오니 작은 공원이 있다. 야자수가 싱싱하게 자라는 모습은 일본이 남부에 아열대기후를 가진 해양국가라는 것을 실감하게 한다. 레스토랑에 들어가서 옆자리를 의식하며 나눌 수 있는 대화가 아니어서 오하시는 도시락을 사서 공원에서 먹자고 한다. 반찬이 골고루 들어 있는 마쿠노치(幕の内) 벤토를 사서 열어보니 한 칸에 김치가 담겨 있다. 전형적인 일본의 도시락에까지 넣을 정도로 김치는 일본인의 식탁에 자리 잡은 것이다. 오하시도 김치를 좋아한다. 한국출신인 안인화가 당연히 김치를 좋아할 것으로 여기고 아무 생각 없이 묻는다.

"안 교수님은 김치를 담가 드시나요?"

"일본인이 된 이후로는 김치를 먹지 않아요."

"네? 김치를 전혀 안 먹기로 했다는 겁니까?"

"네."

"아니, 왜죠?"

"김치에서 나는 한국냄새가 싫어요."

216

"한국냄새요?"

영리한 오하시는 이 말을 듣고 안인화를 천천히 깊이 관찰해 볼 필요가 있음을 느낀다.

"그나저나 스즈키 가즈야는 어떤 사람입니까?"

"글쎄요… 어제 전화에서 그 사람이 박민자 살해사건의 용의자라고 하셨는데, 저는 도통 믿을 수가 없군요."

"어떤 점에서요?"

"매우 온순하죠. 폭력과는 거리가 먼 사람인데…."

"이는 늘 폭력을 휘두르는 사람의 폭행사건이 아니라 이념이나 신조 같은 것을 원인으로 하는 드문 살인사건이 아니겠어요?"

"그래도…."

안인화의 말꼬리에는 스즈키를 잘 아는 사람의 변론이 묻어 있다. 그럼에도 불구하고 말을 지극히 조심하는 안인화의 태도를 보며 오하시는 안인화가 사건을 이해하는 데 중요한 인물임을 확인한다.

"식민역사연구회의 사무국이라 할까, 이 연구회에서의 활동내역을 자세히 알 수 있는 장소가 있습니까? 아니면 사람이라도…."

"그런 건 없어요."

"그럼 회장님은 꽤 자세히 알고 있겠군요?"

이 질문에 안인화는 적잖이 당황하면서도 짐짓 태연한 체 대답한다.

"별로 없다고 생각하지만 찾아가 보시든지…."

이 말에 오하시는 속에 분노가 치밀어 오른다. 지금은 화낼 때가 아니다. 이 여자를 달래 실마리를 찾아야 한다. 마음을 급히 가라앉히고 톤을 바꾼다.

"같이 연구활동을 하는 사람을 옹호하고자 하는 교수님의 기분은 잘 알겠습니다. 하지만 이 사건의 중대성을 다시 한번 인식하셔야 합니다. 일본정부가 가장 역점을 두고 있는 이웃나라인 한국의 현역 국회의원이 살해된 사건이에요. 수상 자신이 아무 성역 없이 진상을 규명하라는 특명을 내렸습니다. 식민역사연구회가 섣불리 용의자를 옹호하려고 한다면 큰 불이익이 생길 거요. 상식적으로 판단할 수 있는 일입니다."

이 말을 듣는 안인화의 까무잡잡한 얼굴은 핏기가 올라 더 어두워 보인다. 또랑또랑한 눈에는 뇌가 빠른 속도로 돌며 계산을 하고 있다는 기색이 역력하다.

"대체 뭘 알고 싶은 건가요?"

꼬리를 내린 안인화가 묻는다.

"우리가 가장 궁금해 하는 것은 물론 그의 소재입니다. 하지만 교수님이 모른다고 하시니 더 이상 묻기도 그렇고 … 또 하나는 동기입니다. 살인 그 자체는 입증할 충분한 증거가 있어요. 다만 앞으로 재판에 대비해서 동기를 충분히 파악하고자 하는 것입니다."

"동기는 …."

"네. 말씀해주세요, 교수님."

"동기는, 심리적인 것이겠지요. 사법고시를 공부하는 젊은 일본 사람이 잘 알지도 못하는 한국의 정치가를 죽이고 싶은 동기가 무슨 재물이라거나 개인적인 원한이라거나 하는 것은 아니겠죠."

"그 정도는 우리도 짐작하고 있습니다. 이 식민역사연구라는 말이 마음에 걸리는데 용의자는 왜 그토록 식민역사에 관심을 가진 건가요?"

"제가 알기로는 스즈키 상의 조부와 증조부가 모두 식민지에서 고위 관료를 하신 분들이에요. 특히 조선의 경제나 사회건설에 크게 이바지한 분들이죠. 그분들에 대해 스즈키 상은 큰 자부심을 가지고 있었어요."

"그런데 박민자 의원이 하고자 하는 국찬모의 활동이 조상의 공헌을 부정하고 자신의 자부심을 파괴하는 것이라고 생각할 수 있겠군요."

"그렇지요. 더구나 …."

안인화는 다시 입을 다문다. 조금이라도 외부의 자극이 있으면 달아버리는 조개와 같다. 오하시는 안인화를 보며 이 여자가 자신의 입지에 대하여 끊임없이 고민하고 불안하게 느끼고 있다는 것을 직감한다.

"교수님. 한국인으로서 일본에 귀화하여 한국에 관하여 비판적인 글을 쓰는 것이 얼마나 어려운 것인지는 이해할 수 있습니다. 하지만 안 교수님은 이제 일본 사람입니다. 더구나 지성인입니다. 그렇다면 신념과 용기를 가지고 말을 해주기 바랍니다. 솔직하게 말하겠습니다. 일본인으로 귀화한 안인화 씨는 지금 일본경찰을 적으로 돌리는가 마는가의 기로에 있는 것입니다."

이 말에 안인화는 적지 않게 충격을 받은 것 같다. 무릎 위에 놓인 핸드백을 잡은 손이 떨리는 것이 보인다.

"스즈키 상은 사법고시를 여러 번 실패하고 자신의 인생의 목표를 상실했다고 한번은 제게 말하더군요. 그의 부친이 스즈키 상의 성장과정에서 많은 폭력을 가했던 것 같아요. 그러한 상태에서 조상들, 특히 조부님이 스즈키 상의 어린 시절에 많은 영향을 준 것 같았습니다. 그 조부의 꿈이던 사법고시에 가망이 없게 되자 심한 패배의식에 시달려 온 것으로 보여요. 홍남부두라는 인터넷 상의 필명으로 식민역사연구에 몰두한 것은 일종의 도피라고 봐요. 자신의 인생의 정체성과 가치를 확인하고 긍정할 수 있는 유일한 곳이었지요."

"흠…. 그렇군요."

"스즈키는 어떻게 생활했습니까?"

"자세히는 모르지만 오사카에 있는 어머니가 돈을 보내주는 것으로 알아요. 어머니가 원래 부유한 가문 출신으로, 재산이 꽤 있었는데 그것도 거의 바닥이 났다고 들었습니다."

"스즈키는 누군가의 소개로 연구회에 오게 되었나요? 이 연구회가 일반인을 상대로 선전을 하는 것은 아니지요?"

"우리 회원들의 상당수는 〈쇼쿤〉(諸君)이나 〈세이론〉(正論) 등의 잡지에 기고하는 연구자가 많아요. 이 사람들이 학회나 연구모임 등에서 알리기 때문에 이를 듣고 오는 사람들이 많지요. 입회하는 데 특별히 절차가 필요한 것이 아니거든요."

안인화는 요코다가 스즈키를 데리고 왔다는 사실을 계속 숨긴다. 여기에 생각이 미친 오하시는 이번엔 요코다에 관해서 묻는다.

"요코다 유지라고 아십니까?"

안인화는 허를 찔린 듯이 멈칫하다가 자세를 가다듬고 대답한다.

"네. 연구회에 가끔 나오는 사람이에요."

"가끔요…. 그는 무슨 일을 하는 사람입니까?"

"잘 모르겠어요. 회원들의 개인사정까지 저는 꿰고 있지 못해요."

"요코다와 스즈키는 무슨 관계죠?"

"두 사람이 연구회에서는 가장 젊은 편이어서 친한 것 같은데… 다른 것은 잘 모르겠어요."

안인화는 그들이 고교동창이며, 요코다가 스즈키를 데려왔다는 것을 포함하여 아예 거짓말로 일관하기로 한다. 나중에 문제가 되더라도 형사상의 책임까지 가지는 않을 것이라는 판단이다.

오하시도 낌새를 파악하고 질문을 바꾼다.

"스즈키의 조상들의 이름을 아시나요?"

"할아버지가… 음… 데루오라는 이름이고 증조부가… 이렇게 중년이 되니 이름이 생각이 안 나요. 맞아… 간타로였어요."

안인화는 생년까지 기억할 정도로 잘 아는 이 두 인물에 대해 희미한 기억 속을 더듬어 경찰에 협조하는 태도를 연출한다. 오하시는 더 이상의 대화는 의미가 없다고 판단한다.

29

시모지가 탄 신칸 센이 남으로 달리고 있었다. 옆사람의 방해를 받지 않기 위해 탄 특등 그린카는 응접실같이 쾌적하다. 몸을 감싸는 의자에 앉아 커피를 마시는 시모지의 마음속은 그제 오후부터 기묘한 혼돈과 불안에 빠져있었다. 그제 사와키 가즈야라는 놈을 만나고 범행에 관해 고백을 들은 후 변장을 지시하여 자리를 뜬 시모지는 요코다에게 전화를 넣었다.

자신에게 돈을 지불하는 자는 아사이이지만 용의자가 요코다의 친구라는 점을 무시할 수 없고, 또한 요코다와의 관계도 앞으로 중요하다. 요코다는 전화를 기다렸다는 듯이 만나자고 한다. 그런데 장소가 히로에 있는 동경도립 중앙도서관이라는 것이다. 도서관?

중년 이상의 일본남성이 가장 싫어하는 동네가 있다면 아마 동경의 롯폰기(六本木)일 것이다. 롯폰기는 거칠게 요약한다면 외국인 남성들이 점령하고 일본여자들을 데리고 노는 곳이다. 일본여자들이 일본남자들에게서 매력을 느끼지 않고 외국인, 특히 백인남자를 선호한다는 것은 공공연한 비밀이다. 백인남자보다 매력이 적고 게다가 성기가 작다는 일본남자들이 은밀히 공유하는 열등감을 적나라하게 파헤쳐 행동으로 입증하고 있는 동네가 바로 롯폰기였다. 개새끼들… 롯폰기를 지나면서 시모지는 열이 뻗쳐 욕을 뱉었다.

그 롯폰기가 노는 동네라면 바로 옆에 있는 히로는 외국인들의 주거지이다. 좁은 거리에는 외국인들과 외국차량이 붐비는데 옆에 유서 깊은 공원이 있다. 공원을 들어서면 외국인들이 애들을 데리고 놀고 있는

데 한복판에 손바닥만 한 연못이 있어 주로 실업자들인 일본 노인들이 아무것도 잡히진 않는 물에 낚싯대를 들이고 있다. 영어 한마디 안 통하는 일본 노인들 옆으로 외국아이들이 영어로 고래고래 소릴 지르며 뛰어 노는 모습을 보면 '아, 이것이 국제화인가'라고 새삼 느끼며 시모지는 묘한 불안과 위화감을 느꼈다.

요코다가 지정한 대로 중앙도서관에 가니 5층에 식당 겸 휴게실이 있었다. 자판기의 커피를 뽑아 창가의 테이블에 앉아 기다리니 아래 위가 붙은 건설회사 작업복에 작업모를 쓴 사내가 다가온다. 얼굴을 보니 요코다이다. 요코다가 씩 웃으며 눈을 찡긋한다. 미행에 대비하여 변장하였다는 사연을 눈으로 전달하는 것이다.

"이야기 많이 들었습니까?"

"사와키 가즈야 군이 정신적으로 좀 불안한 것 같아. 일을 저지르긴 한 것 같은데 동기나 이유가 영 이해하기가 힘들어. 내가 무슨 정신의학자는 아니지만 피해망상이 아닌지 몰라. 전에 경찰에 있을 때 살인사건 용의자를 체포하면 재판에서 용의자 측 변호사가 정신적 장애를 들고 나와 화가 난 적이 많았는데 … 사와키라는 놈을 보니 정신적 장애에 따른 살인이 가능할 수도 있겠다고 여기게 되더라구."

"시모지 상에게 한 가지 사과할 일이 있습니다."

"뭔데?"

"사실 그놈의 본명은 사와키가 아니라 스즈키에요. 그놈을 보호하고 또한 조직에 누가 되는 일을 막는다는 생각으로 가능한 한 본명을 말하고 싶지 않았습니다. 이해해주십시오."

"흠 … 알겠네. 내게 특별히 사과할 일은 아니지."

"범행의 자세한 내용은 들었습니까?"

"응. 상당히 불안해. 그놈이 공부는 잘했는지 모르지만 주도면밀한 범죄형은 전혀 아니야. 따라서 경찰이 픽업할 소재들을 흘려 놓았을 가능성이 높아."

"특히 신경이 쓰이는 부분이라도 …?"

이때 시모지는 주머니에서 수첩을 꺼내든다.

"여러 가지야. 말을 들어보니 범행 전날 기누가와에 갔더구만. 그놈의 말을 종합하면 거의 만 하루를 기누가와라는 좁은 동네에 있던 거야. 내가 특히 신경이 쓰이는 것은 안 교수라는 사람의 차를 빌려 타고 갔다는 것, 편의점에 들러 물건을 사고 〈산케이〉가 편의점에 없자 그 동네의 도서관에 갔다는 것, 그리고 동경에서 가지고 간 책을 어디에선가 분실했다는 거야."

요코다는 이 말을 듣고 앞이 캄캄해진다. 아사이의 지시에 따라 자신이 제거되기 전에 소상히 고하고 조직의 도움을 받아야겠고 결심한다.

"지금부터 어디로 가실 생각입니까?"

"아사이 상한테 한 말도 있고 해서 오사카에 내려가서 사와키 교지 씨, 아니 스즈키 교지 씨를 한번 만날까 해. 혹시 아들이 말하지 않은 것 중에서 중요한 정보가 있을지 모르지."

"그렇군요."

"그 친구의 말에 따르면 조부와 증조부가 조선에서 어마어마한 일들을 했다고 하던데, 사실이겠지?"

"그런 거짓말을 할 친구는 아니니까요. 이왕 여기까지 오셨으니 그 조상들의 이력 정도라도 알아보는 것이 어떨까요? 이 도서관이 자료가 많고 아주 친절합니다."

"그럴까 …?"

대학을 졸업한 후 경찰에 몸을 담았다가 사설탐정 일을 하는 긴 세월 동안 도서관이라고는 한 번도 찾을 이유가 없었던 시모지는 자신이 없다. 이를 눈치 채고 요코다가 말한다.

"1층에 가서 사서한테 간단히 부탁하면 알아서 안내할 것입니다. 저는 여기서 조용히 빠지겠습니다."

"알겠네."

* * *

요코다의 말대로 1층의 사서에게 조선식민지시대에 총독부에서 일하
던 사람들에 관하여 알아보고 싶다고 하니 3층의 인문자료실에 가면
《조선신사록》(紳士錄)과《조선인명록》이라는 책이 있다고 한다. 3층
에 올라가 그 자료 이름을 대니 중년의 도서관 도우미가 안내한다. 뚱
뚱한 몸에 빨간색 에이프런을 두르고 일하는 모습을 보니 여기가 주방
인지 도서관인지 구별이 안 간다. 입을 가리고 조심조심 말하는 여자에
시모지는 짜증을 겨우 참고 책을 건네받는다. 1920년 판《조선신사록》
과 1945년 판《조선인명록》에서 스즈키의 조상 두 사람의 인적사항을
발견할 수 있었다.

스즈키 간타로(鈴木寬太郎) :

군(君)은 명치 7년(1874년) 4월 18일 나가노(長野) 현 마츠모토(松本)에서 태
어나 명치 30년(1897년) 동경제국대학 법학부를 졸업하고, 같은 해 고등문관
시험에 합격하여 대장성에 입성하다. 명치 39년(1906년)에는 조선통감부에 부
임하여 명치 43년(1910년)에는 조선총독부의 창설과 함께 총무국장을 거쳐
탁지부 사세국장을 역임한 후 조선의 식산사업에 종사하며 후일에는 탁지부
장관을 역임하다. …

1920년에 발간된 조선신사록에 나온 스즈키 증조부의 이력이었다.
스즈키의 조부인 데루오에 관한 기록은 1945년에 간행된 조선인명록에
게재되어 있었는데 기술의 형식이 다소 다르다.

스즈키 데루오(鈴木輝雄) 조선총독부 내무관료 :

현주소 – 함경남도 함흥시 운성리(雲城里) 함경남도 도지사 관사
군(君)은 명치37년(1904년) 7월 4일, 동경 중앙구에서 태어나 조선으로 이주,
소화 4년(1929년) 경성제국대학 법학과를 졸업하여 일본제국 고등문관시험에
합격, 조선총독부 내무국에 입국하다. 내무관료로서 국장까지 승진하는 과정
에서 조선의 개발에 진력한 후 소화 18년(1943년) 함경남도 도지사에 부임하
여 현재에 이른다.

이 두 개의 간단한 이력서를 본 후 시모지는 많은 생각이 들었다. 솔
직히 처음에는, 야쿠자가 부탁한 사건이니 그게 그거라는 생각으로 덤
벼들었는데 겪어보니 지금까지 보지 못한 종류의 살인사건인 것이다.
야쿠자가 귀찮은 여자를 죽였다거나, 채무자를 협박하는 과정에서 다치
게 했다는 등의 잡범 수준이 아닌 무언가 정치적인 사건이라는 냄새가
풍기는 것이다.
    일본에서도 알아주는 일류대학 법대를 나와 고시공부를 하던 놈이 한
국의 국회의원을 죽였는데, 그 죽인 이유가 조상에 대한 모욕 때문이라
고? 그 말이 사실인가 알아보기 위하여 좀 들추어 봤더니 이놈 조상이
그야말로 식민통치에 전 인생을 바친 최고급 엘리트 관료들이 아니던
가? 그런데 더 헷갈리는 것은 사건을 저지른 스즈키라는 놈이 단순히
짱구를 돌리는 놈이 아닌 이념형인 반면 행동에서는 증거를 줄줄 흘리
고 다니는 미숙한 자라는 것이다.
    시모지는 갑자기 골치가 아프다. 이 사건을 괜히 맡았다 싶으나 지금
으로선 빠져나갈 구멍이 없다. 성질 더러운 아사이 놈의 눈 밖에 나면
일감이 안 생길 뿐 아니라 자칫하면 몸을 다칠 수가 있는 것이다. 아무
튼 사태를 정확히 파악하기 위해선 이 오사카에 산다는 가즈야의 부친
교지의 말을 들어보는 것이 급선무다.

* * *

　시모지의 휴대전화가 진동한 것은 오사카 역에서 신칸센을 막 내렸을 때였다. 전화를 여니 요코다의 긴급한 목소리가 들린다.

　"시모지 상, 지금 어디입니까?"

　"그제 말한 대로 스즈키의 아버지를 만나보러 오사카에 지금 막 도착했는데."

　"미안하지만 즉시 동경으로 돌아와 주세요. 사태가 급변했습니다. 경찰이 스즈키의 주소지를 알아냈을 가능성이 높아 급히 놈을 피신시키고 짐을 모두 뺐습니다. 즉시 동경으로 와서 그놈을 보호하고 관리해주세요. 동경 역에서 우리 애들이 기다리게 하겠습니다."

　"치쿠쇼!"

30

요코다의 추측은 크게 틀리지 않았다. 경찰청 수사본부 요원들이 강동구 후카가야 2정목의 도시락 가게 호카호카야에서 주인을 만날 수 있던 것은 한창 점심손님으로 붐비던 정오 조금 못 미치는 시간이었다. 육십이 훨씬 넘어 보이는 부부가 가게를 하고 있었는데 작은 주방에서 도시락을 박스에 담는 부인, 그리고 카운터에서 주문을 받고 파는 남편에게 용의자의 RV 사진을 보여주고 아는 사람이냐고 물어도 '글쎄 …' 하는 시큰둥한 반응뿐이었다.

같이 나간 두 요원은 할 수 없이 그 가게에서 제일 비싼 돈가스 도시락을 하나씩 사먹고 길에 서 있다가 1시쯤 들어가니 그제야 부부가 카운터로 나와 사진을 자세히 들여다보는 것이었다.

"눈에는 익은 사람이야."

남편이 콧구멍으로 담배연기를 내보내며 말했다.

"그래도 그렇게 자주 오는 사람은 아니지 …."

이때 부인이 머리에 두른 수건을 벗어 탈탈 털며 덧붙인다.

"이 사람, 내가 공원에 앉아 우리 도시락 먹는 걸 본 기억이 나…."

"그게 어느 공원이죠?"

"저기 길 건너 후카가와 공원인데 … 이 동네 사람 같지는 않던 걸 …."

면적이 40제곱킬로미터에 가깝고, 50만의 인구가 사는 강동구에서 호카호카야의 도시락을 산 적이 있는 사람을 사진 하나로 찾는 것은 불가능에 가까운 일이었다. 두 요원은 일단 수사본부로 철수하기로 한다.

물에 젖은 휴대전화를 교체한 이가 있는지 확인하는 것은 더 힘든 일이었다. 용의자의 휴대전화가 실제로 기누가와 계곡물에 젖었는지, 그리고 그 젖은 전화가 고장이 나서 교체하였는지도 모르는 상태에서 8월 21일 부근에 물에 젖은 전화기를 교체해준 적이 있는지를 휴대전화 대리점에 묻는 것은 해변에서 돌맹이 찾는 것만큼 막연한 노릇이었다. 실제로 도시락가게 근처에 있는 NTT 도코모 대리점에 가본 수사요원은 '요즘은 대리점뿐 아니라 어느 양판점에서도 단말기를 교체할 수 있다'는 말을 듣고 맥이 쭉 빠져 수사본부로 돌아온 것이었다.

용의자의 이름과 거주구를 파악한 상태에서 형사국장은 긴급수사회의를 소집하였다. 이때 결정사항은 경찰내부 통신망을 통하여 동경도의 모든 경찰서와 파출소의 컴퓨터에 만화가가 찍은 사진과 용의자의 이름 및 강동구라는 정보를 발신하고 서장 및 파출소장에게 전원이 이 정보를 확인하도록 특명을 하달한 것이었다. 만화가가 찍은 사진을 매스컴에 공개하자는 의견도 있었으나 얼굴이 선명하게 나온 만큼 만에 하나 그 사진의 주인공이 살해범이 아닐 경우 심각한 명예훼손에 해당할 수 있는 것이었다. 우선 경찰의 수사력을 믿어보자는 쪽으로 의견이 모아졌다.

일본경찰의 최고엘리트 중 한사람인 경찰청 형사국장 기무라의 믿음이 헛되지 않음을 입증한 사람은 합동수사본부의 베테랑 요원이 아니었다. 고등학교를 졸업하고 경찰에 들어온 지 1년밖에 안 되는 스물 두 살의 앳된 여자 교통경찰이었다. 에다 사오리는 딱정벌레같이 작은 교통통제 차량을 타고 다니며 주차위반을 적발하고 교통안전을 실시하는 수많은 여자교통경관 중 한 명이었다.

강동구 후카가와 경찰서 교통과 소속의 에다 순경은 최근 화장실에 자주 가는 편이어서 밤늦게 교통순찰을 돌다가 관내의 도요(東陽) 파출소 앞을 지나다가 잠깐 들어가서 소변을 좀 보자고 차량에 같이 탄 선배에게 부탁했다.

밤 10시가 넘은 시간에 파출소에 들어가니 젊은 남자경찰이 혼자 지키고 있었다. 파출소 화장실에서 소변을 보고 나오기 전에 고맙다는 인사를 하려고 하는데 남자경찰의 앞에 놓인 컴퓨터의 화면 전체에 무언가 눈에 익은 그림이 올라와 있다. 가만히 보니 어제 오전인가 주차지도를 한 차량과 사람의 그림이었다. 틀림없다. 어제 기바 3정목 부근에 불법주차된 차량을 발견하고 마이크로 차량의 이동을 지시하자 통통한 30대 초반의 사내가 반바지에 러닝셔츠 차림으로 금방 뛰어나와 차를 이동한 것이 분명하다.

"이 사진은 뭐죠? 이 남자는 누구에요?"

에다 순경이 묻는다.

"기누가와에서 있던 한국 국회의원 살해용의자 사진인데 오늘 저녁 경찰의 긴급통신으로 동경의 모든 서에 발신된 거예요. 왜죠?"

"나 이 사람 어디 사는지 알아요!"

그로부터 20분 후, 경찰청의 형사기획과장과 수사 1과장을 위시한 수사본부의 요원들이 기바 3정목의 스즈키 가즈야의 아파트에 들이닥쳤다. 그가 사는 것으로 판명된 303호실에는 아무런 응답이 없었다. 아직 수색영장을 확보할 여유가 없었던 기획과장은 급히 그 아파트의 주인을 찾았다. 마침 그 건물 안에 살고 있었다.

아파트 주인이 불가피한 이유로 임차인의 주택에 들어가는 형식으로 수사진이 들어갔을 때 실내는 비교적 깨끗이 정리되어 있었다. 형사기획과장은 용의자 스즈키 가즈야가 경찰이 들이닥친다는 것을 미리 알고 움직였음을 오랜 경험에서 직감한다.

상대는 그리 만만치 않다. 과연 경찰이 아마추어라고 추측하고 있는 스즈키 가즈야 혼자인가? 그는 대체 어디로 증발한 것일까?

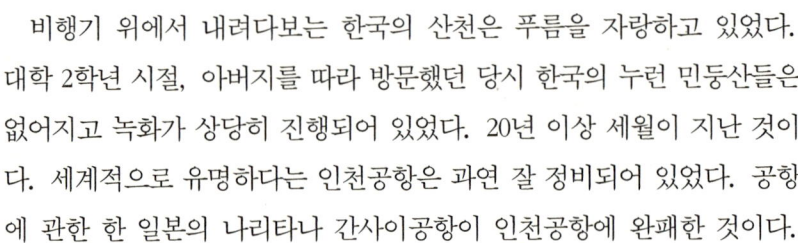

31

비행기 위에서 내려다보는 한국의 산천은 푸름을 자랑하고 있었다. 대학 2학년 시절, 아버지를 따라 방문했던 당시 한국의 누런 민둥산들은 없어지고 녹화가 상당히 진행되어 있었다. 20년 이상 세월이 지난 것이다. 세계적으로 유명하다는 인천공항은 과연 잘 정비되어 있었다. 공항에 관한 한 일본의 나리타나 간사이공항이 인천공항에 완패한 것이다.

합동수사본부에 출두하여 기무라 국장의 특명을 받고 수사기록을 읽고 전체 상황을 파악한 다케다는 오늘 아침 비행기로 급거 서울로 향하였다. 한국의 경찰청에서는 배영희(裵英姬)라는 여자형사가 마중 나올 것이라는 통보를 받았으나 좀 불안했다. 그 여자형사가 영어와 일어에 출중하다니 기대를 하면서도 한국형사의 외국어로 충분히 의사소통이 될까 한편 걱정이 되기도 했다.

공항에 도착해 동경에서 가지고 온 로밍전화를 켜니 긴급메시지가 들어와 있다. 수사본부에 전화를 넣으니 방금 전에 오하시 경부가 다네가시마에 내려가서 안인화 교수를 만났으며, 그 미팅에서 용의자의 이름이 스즈키 가즈야임을 확인했다는 것이다. 이 정보를 한국에 전달하고 한국에서의 조회를 요청하라는 지시였다.

세관 카운터를 지나 공항입국장으로 나오며 사람이 까맣게 몰려 혼잡하기 그지없던 김포공항을 회상했다. 배 형사를 제대로 만날 수 있을까 걱정했으나, 입국장 문을 나서서 본 인천공항은 넓고 의외로 사람이 없었다. 슬라이드 도어를 나서니 'Mr. Takeda'라는 문구가 적힌 쓰인 흰 종이를 들고 한 여자가 서 있다. 긴 생머리에 안경 쓴 얼굴로 나이는 30

대 중반으로 보이는데 얼핏 대학원생 같은 인상을 주기도 했다.

"Mr. Takeda?"

"Yes."

"Hello, I am Bae Young Hee. Very nice to meet you."

"Oh yes, I am pleased to meet you too!"

배영희의 영어는 유창했다. 더 놀라운 것은 그녀가 일본어도 능숙하다는 것이었다. 갸름한 얼굴과 흰 피부에 지적인 분위기를 풍기는 미인형이었다. 키도 다케다와 어깨를 나란히 할 정도로 컸다. 20년 전 한국에서 만나던 사람들과 사뭇 다르다는 인상을 받았다.

대기하던 차에는 젊은 형사가 운전석에 타고 있다. 서울시내에 있는 경찰청 본부까지 가려면 도로사정으로 보아 얼추 두어 시간은 잡아야 한다고 했다. 언어가 통하는 다케다와 배 형사는 곧 오랜 친구와 같이 이야기를 주고받는다. 국적은 달라도 경찰에 근무한다는 동료의식 때문이리라. 하지만 다케다는 그 이상을 느낀다. 이 젊은 여자형사에게서 신선한 충격과 매력을 느낀다. 배 형사는 외사기획과에 소속된 경찰대학을 나온 지 10년 된 경감이라 한다.

"실례지만 상당히 미인이시고 지적으로 보이는데, 어떻게 경찰대학에 진학하셨습니까?"

"왜, 미인은 경찰이 되면 안 되나요?"

배 형사가 웃으며 되묻는다.

"아니, 뭐 꼭 그런 건 아니지만⋯."

배영희는 대답을 주지 않는다. 차창을 내다보는 표정에 얼핏 어두움이 스쳐간다. '아차' 하며 다케다가 속으로 후회하는데 배 형사가 입을 연다.

"저도 고교를 졸업하고 여자대학에 들어갔어요. 그런데 한 1년 다녀 보니 제가 지향하는 인생의 목표와 거리가 멀다는 것을 느꼈어요."

"인생의 목표라는 것이 ···."

"사회정의를 실현하는 데 한몫하는 인생이 되고 싶었어요."

사회정의라 ··· 다케다는 착잡한 생각이 든다. 경찰에 입문할 당시 다케다도 그러한 생각을 가지고 있었지만 이제 중견이 되고 나니 거대한 시스템의 한 부속품이 되어 움직인다는 무력감과 회의를 느끼고 있던 탓이었다.

"사회정의를 실현하는 데 참가한다면 법관이 되는 것이 더 좋은 길이 아니었을까요?"

"법관도 생각해봤지만 저는 처음부터 외사경찰이 되고 싶었어요. 저는 외국어 고등학교를 졸업했거든요."

"그런 고등학교가 있어요?"

다케다는 일본에서 못 들어보던 고등학교에 의아하다.

"네. 특수목적 고등학교라고 해서 인문사회계에서는 외국어에 집중하는 고등학교에요."

"그럼 배 형사는 무슨 언어를 주로 배웠습니까?"

"일어와 영어요."

"그래요?"

다케다는 새삼 놀란다.

"어린 나이에 일어에 관심을 가지게 된 이유라도?"

배영희는 다시 말이 없다. 젊은 여자가 입이 무거운 편인가 보다.

"저 나름의 사연이 있어요."

흠 ··· 하기야 경찰에 들어오는 인간들이 대개 평범한 편이 아니고 사연들이 있지. 다케다는 더 이상 묻지 않기로 한다.

"다케다 상은 어떻게 경찰에 들어가게 됐나요?"

배영희의 질문에 다케다는 흠칫 놀란다. 최근 수년 간 생각해 보지 않은, 무언가 누렇게 바랜 책을 책꽂이에서 꺼내드는 느낌이다. 이번에는 다케다가 입을 다문다. 달리는 차창 밖으로 커다란 강이 흐른다. 세계 여러 나라를 다녀봤지만 대도시의 한가운데에 이렇게 큰 강이 흐르는 것은 여태 본 적이 없다. 런던의 템즈 강, 파리의 센 강 등은 규모에 있어 비할 바가 못 됐다.

"멋진 강이네요."

다케다가 탄복한다.

"네. 한강이에요. 그리고 저기 푸른색의 돔으로 된 건물 보이지요? 그곳이 국회의사당이에요."

"박민자 의원의 직장이군요."

"네."

다케다는 침묵에 들어간다. 그의 상상은 어린 시절로 날아간다.

* * *

다케다는 동경의 부촌 중의 하나인 스기나미(杉並) 구에서 태어나고 성장하였다. 아버지는 대학교수이고 어머니는 큰 출판사에서 편집을 하는 전문가인 유복한 환경에서 자란 다케다는 일류 사립대학에 부속된 초등학교에 들어갔다. 큰 사고만 없이 따라간다면 같은 교명을 쓰는 일류 사립대학까지 진학하는 것은 큰 문제가 없었다. '교육마마'라는 말이 유행하듯이 다케다의 교육문제를 어려서부터 맡으면서 주도적 역할을 한 것은 어머니였다.

외형적으로 다케다의 부모는 금슬이 좋은 부부였으나 실상에서는 그렇지도 않았다. 아버지가 연구에만 몰두하고 세상일에 별로 관심이 없는 반면, 어머니는 매우 사교적이고 TV의 좌담회에도 여기저기 얼굴을 내미는 일종의 사회명사로서 남의 눈을 많이 의식하는 사람이었다.

다케다 부부의 관계가 악화된 것은 아버지가 영국의 저명한 정신의학연구소에 초빙교수로 초청되면서부터였다. 다케다 교수를 초빙한 영국 런던대학의 정신의학연구소는 그 분야에서는 굴지의 연구소였고 거기서 1, 2년 간 연구한다는 것은 큰 도약을 의미하는 것이었다. 그 기회를 다케다의 아버지가 바란 또 하나의 이유가 있었다. 아들을 어머니의 과잉보호와 간섭에서 떼어놓고자 했던 것이다. 유일한 아들을 아내가 지나치게 독점하고 자신의 뜻대로 만들어 나가고자 하는 것에 대하여 아버지는 교육자로서 위기감을 느끼고 있었다.

심한 부부싸움 끝에 아버지는 영국행을 결행하였고, 이와 더불어 다케다도 고교 1년에 진학하는 봄에 영국으로 아버지와 함께 건너가게 됐다. 반년 간의 언어연수를 마친 다케다는 런던 동남부의 켄트 주에 있는 보딩 스쿨에 진학하게 된다. 공무원이나 군인으로 해외근무를 하는 이들의 자녀들이 주를 이루고 외국인 유학생이 10%정도를 채우는 이 보딩 스쿨에서의 생활은 마치 사관학교와 같이 숙소에서 교실로 갔다가 오후에 다시 숙소로 돌아오는 식이었다.

아버지가 1년의 연구를 마치고 동경으로 다시 돌아간 후에도 다케다는 보딩 스쿨에 남았다. 학교의 규칙상 외국인은 부모를 대리하여 보호해주는 가디언을 고용하게 되어 있었는데 다케다의 가디언으로서 엄마같이 따뜻이 해준 이가 미세스 블룸필드라는 여자였다.

영국 동남부의 유서 깊은 도시 캔터베리의 교외에 있는 미세스 블룸필드의 집에 가서 주말이나 방학을 지내는 것은 다케다에게는 황금 같은 시간이었다. 영국에서도 잘 알려진 노먼 성에서 멀지 않은 전원에 있는 미세스 블룸필드의 집에는 남편 미스터 블룸필드, 두 딸, 그리고 개 두 마리가 있었다. 200년이 넘은 집을 수리하여 넓은 정원에 각종 꽃이 만발했고 커다란 개들은 시골동네의 아저씨 같은 구수한 냄새와 정을 줬다.

무엇보다 다케다를 사로잡은 것은 둘째 딸 멜라니였다. 다케다보다

한 살 위로서 부근의 공립학교를 다니던 멜라니는 사춘기를 맞은 다케다가 최초로 연모한 여인이 됐다. 흰 피부에 갈색머리, 그리고 가는 허리에 긴 다리로 늘씬한 체격을 가진 멜라니는 다케다가 동양인이라거나 자신보다 키가 작다거나 영어가 아직 능숙하지 못하다거나 하는, 다케다 자신이 약점으로 생각하는 것들에 전혀 개의치 않고 남자로서 대해주었다.

사방을 둘러봐도 농가와 초원밖에 없는 한가한 곳에서 다케다와 멜라니가 가장 재미있어한 것은 긴 거리를 산책하여 동네 입구에 있는 주유소 겸 가게에서 스크래치 복권을 사는 것이었다. 집에서 거의 한 시간을 걸어야 있는 주유소에 이르는 길은 영국 전원의 아름다움을 한껏 맛보게 해줬다. 수백 년은 됨직해 보이는 이끼가 낀 돌담을 건너 끝없이 펼쳐지는 밀밭을 지나가면 구릉이 나왔고, 소떼가 한가히 풀을 뜯는 장면이 연출됐다. 작은 교회가 나오더니 갑자기 전혀 안보이던 사람들이 펍에 모여 맥주를 마시며 끝없이 말을 주고받았다. 이윽고 나무가 우거져 어두운 길을 한참 걷게 된다.

여기에 이르면 둘은 어느새 손을 잡고 걷는다. 학교이야기, 영화이야기, 가수이야기 등 닥치는 대로 말은 주고받으며 걷는 길을 다케다는 내내 자신의 손에 잡힌 멜라니의 손을 의식하며 걸어 집에 돌아오면 어깨가 뻐근하기도 하였다. 그리고 그런 밤이면 다케다는 멜라니를 생각하며 수음(手淫)을 하였다. 죄의식을 느끼기도 했지만 봇물처럼 터지는 그리움과 가랑이 사이에 몰리는 엄청난 피를 견딜 수 없었다.

'Ryo, I got a great idea!' 멜라니는 다케다를 료라고 불렀다. 봄학기가 끝나고 미세스 블룸필드의 집에 온 지 3일째 되는 7월초의 아침이었다. 다케다는 고교 2년에 진학했다. 이제는 영어도 능숙하고 영국인에 대한 위축감도 없어진 터였다.

그날은 부모와 언니가 할머니 집에 놀러 가는데 둘이서 어딘가를 가자는 것이었다. 우선 늘 가는 주유소에 가서 복권을 사서 당첨이 되면 파리에 가자고 한다. 런던과 파리를 연결하는 고속철도 유로스타를 타보고 싶다고 다케다가 말한 적이 있었기 때문이다. 다케다와 런던에 놀러갔다 온다는 말에 외출준비에 바쁘던 멜라니의 부모는 별 반응이 없었다.

7월초 켄트의 아침은 둘의 외출을 축복해주듯 청량하고 새소리와 풀향기가 어우러져 있었다. 그날은 둘에게 있어 엄청난 행운의 날이었다. 다케다가 동전으로 긁은 스크래치 복권에 300파운드라고 적혀 있던 것이다. 아직 고교생들인 그들에게 300파운드는 대단한 돈이었다. 유로스타를 타고 파리에 갔다 오는 것은 이제 문제가 아니었다.

캔터베리에서 가장 가까운 유로스타 정거장인 애쉬포드에서 유로스타를 타고 불과 세 시간 후에 파리의 북 역에 도착한 둘은 황홀했다. 몽마르트르 언덕에 올라 점심을 먹고 둘이 첫 번째 한 일은 거리의 화가에게 두 사람의 초상화를 그린 것이었다. 노트용지만 한 종이에 그려진 두 사람의 초상화를 다케다는 지금도 소중히 간직하고 있다. 발이 붓도록 파리를 돌아다닌 그들은 저녁이 되어서야 캔터베리로 돌아가는 교통편이 없다는 데 생각이 미쳤다.

고민 끝에 멜라니는 부모에게 전화를 해 솔직히 고백한다. 복권이 당첨되어 파리에 왔는데 시간이 너무 늦어 내일 돌아가겠다고. 미세스 블룸필드의 말은 간단하였다. 너희 둘을 믿을 테니 부끄러운 짓은 하지 말라는 것이었다.

그날 밤 둘은 룩셈부르크공원에서 멀지 않은 곳에 있는 작은 호텔에서 하룻밤을 보낸다. 그러나 아무런 사고는 없었다. 서로 사랑한다는 마음은 알고 있었지만 이를 행동으로 옮기기에는 아직 너무 순진하고 겁이 많았던 것이다. 다음날 돌아가는 길은 도버해협을 배로 건너기로 하였다. 아침 일찍 프랑스 북단의 칼레로 떠난 그들은 페리로 90분이 걸리는 도버해협을 건너 도버에 늦은 오후에 도착할 수 있었다. 도버해협을 내려다보는 길을 걷다가 다케다가 눈을 사로잡힌 것은 모형범선을 파는 가게였다. 각양각색의 모형범선을 보며 감동하는 다케다를 멜라니는 유심히 보고 있었다.

"갖고 싶니?"

"응…. 하지만 살 돈이 없잖아? 나는 동경에서 갑갑한 생활을 하면서 선원이 되어 자유롭게 세계로 돌아다니고 싶다는 생각을 많이 했어. 지금은 모두 지나간 일이지만."

"언젠가 여기 다시 와서 꼭 사자."

"그래."

둘이 캔터베리의 집에 이르는 들판을 걷게 된 것은 저녁시간이었다. 해가 지고 넓은 하늘의 엷은 구름들은 오렌지와 보라색의 파스텔로 칠한 헝겊처럼 걸려 있었다. 푸른색은 가장 아름다운 푸른색, 녹색은 가장 아름다운 녹색, 모든 색이 각자 최고의 순도를 연출하는 시간대였다. 한참을 걷다가 야트막한 성벽의 유적지에 둘은 나란히 앉았다. 눈길이 미치는 시계에 보이는 것이라고는 먼 곳의 집들과 나무들, 그리고 끝없이 이어지는 초원뿐이었다. 시원한 바람이 땀에 젖은 둘의 몸을 식혔다.

누가 먼저인지는 생각나지 않는다. 둘은 옷을 벗어 아직 온기가 남아 있는 풀 위에 깔고 나신이 되어 누웠다. 아직 빛이 남아 있는 드넓은 하늘을 보며 풀과 꽃의 향기 속에서 둘은 마치 성스러운 식을 거행하듯이 섹스를 하였다. 다케다에게는 첫 경험이었다. 아직 열여덟의 나이였지만 이처럼 아름다운 섹스는 자신의 생애에 다시는 오지 않으리라는 생각을 막연히 하며 다케다는 멜라니에게 들어갔다. 사랑의 행위를 마친 후 나란히 누워 하늘을 보며 멜라니는 윌리엄 워즈워드의 시를 나직이 읊었다.

Though nothing can bring back the hour
Of splendor in the grass, of glory in the flower,
We will grieve not, rather find
Strength in what remains behind …

초원의 빛이여, 꽃에 핀 영광이여
다시는 그 시간이 돌아오지 않아도
슬퍼하지 말고
우리가 함께 보낸 시간에서 힘을 얻도록 …

멜라니의 부친 미스터 블룸필드가 다케다가 다니는 학교로 불쑥 찾아온 것은 그로부터 거의 1년이 지난 다음 해의 6월이었다. 다케다는 한 달 후면 고교과정을 마치고 일본으로 돌아가게 되어 있었다. 다케다의 가디언인 미세스 블룸필드도 학교로 찾아오는 것은 미리 연락을 하고 오게 되어 있었는데 미스터 블룸필드가 연락도 없이 온다는 것은 이례 중의 이례를 의미했다.

"미스터 블룸필드, 무슨 일이세요? 아무런 연락도 없이 …. 곧 댁에 가서 일주일 정도 있다가 일본으로 돌아간다고 미세스 블룸필드에게 편지를 드렸는데요."

풀을 뽑아 입에서 우물거리며 말들을 바라보는 미스터 블룸필드는 아무런 말이 없다. 한참을 그렇게 있다가 그가 뱉은 말은 너무나 뜻밖의 것이었다.

"료, 네가 멜라니를 사랑하고 있었다는 것을 안다. 고맙게 생각해."

이 말에 다케다는 소중한 비밀을 눈치 챈 아이같이 대답을 못하고 멍하니 있다.

"최근에 멜라니를 본 것은 언제니?"

"지난번 부활절 휴가 때 댁에 가 있을 때 보고는 못 봤는데요."

"다른 연락도 없었고?"

"네 … 이메일이 두어 번 왔었지만 늘 하던 안부 정도였는데 …."

"멜라니가 며칠째 집에 돌아오지 않는다."

이 말은 다케다는 충격을 받아 몸에 힘을 잃고 주저앉는다. 마구간의 난간에 겨우 손을 얹고 일어난다.

"언제부터죠?"

"한 8일 된다. 지난 주 화요일 아침에 학교에 가서 그 후로 행방이 묘연해. 학교에서도 아무도 아는 사람이 없고 …."

"……."

다케다는 충격에 멍하니 그저 듣고 있을 뿐이다.

"그래서 혹시 네게 짚이는 것이 있나 해서 …."

"글쎄요 … 전혀 짚이는 것이 없는데 …."

"그래 알겠다. 혹시 멜라니에게 연락이 있으면 알려다오."

"알겠습니다. 너무 걱정 마세요. 멜라니는 현명한 아이니까요."

"나도 그렇게 믿는다."

미스터 블룸필드는 전형적인 영국남자였다. 자부심이 강하고 명예를 존중하며 쉽사리 흥분하지 않았다. 3년 가까이 블룸필드 가족의 신세를 졌지만 한 번도 그가 언성을 높이거나 서두르는 모습을 본 적이 없다. 오래 됐지만 신뢰할 수 있는 괘종시계와 같은 느낌을 주는 사람이었다.

졸업식을 마치고 다케다가 블룸필드 가에 와서 일본으로 돌아가는 준비를 할 때까지 멜라니는 돌아오지 않았다. 경찰에 실종신고를 하고 백방으로 알아봤지만 아직 아무런 성과가 없었다. 동경에 돌아가기 이틀 전 다케다는 멜라니와 산책하며 복권을 사러 다니던 길을 걸었다. 1년 전, 처음이자 마지막으로 사랑을 나눴던 그 길이었다. '도대체 멜라니는 어디로 갔을까?' 아무리 생각해도 답이 떠오르지 않는다. 멜라니는 건강하고 정상적인 아이였기 때문이다.

'짚이는 것 …' 미스터 블룸필드가 하던 말을 되뇌어 본다. 그 순간 다케다의 뇌리를 스쳐가는 것이 있었다. 도버의 모형범선! 다케다가 범선을 갖고 싶어하다가 사지 못하는 것을 안타깝게 보던 멜라니의 눈길이 망막에 떠오른다. 그리고 도버의 거리 여기저기에 모여 있던 수많은 외국인들의 영상 …. 도버해협을 끼고 영국과 프랑스의 연안에는 아프리카, 중동 등에서 몰려온 불법체류자들이 큰 사회문제가 되고 있는 실정이다. 혹시 나를 위해 범선을 사러 갔다가 그곳에서 납치라도?

다케다는 즉각 발을 돌려 블룸필드 가로 달려간다. 울고 싶은 마음을 가슴에 담고 집으로 달려가면서 다케다는 혹시 하는 생각이 점차 확신으로 자리 잡는 불길함을 감지한다. 숨을 헐떡이며 뛰어 들어와 털어놓는 다케다의 말을 듣고 블룸필드 부부가 무언가 확신에 도달하고 있다는 분위기가 거실을 채우고 있었다. 이윽고 미세스 블룸필드가 무겁게 입을 연다.

"료, 말해줘서 고맙다. 어쩌면 네 추측이 맞을지 모르겠다. 올해 들어 멜라니가 용돈을 모은다고 생각했어. 누군가에게 선물을 하거나 큰 물건이라도 사려나 했는데 … 아마 그것이었는지 모르겠군."

거실에 앉은 블룸필드 부부, 멜라니의 언니, 다케다, 그리고 두 마리의 개. 다케다는 모두 수백 년이 넘은 블룸필드 가의 가옥처럼 회색으로 변하는 것만 같은 환상에 아찔했다.

동경에 돌아온 다케다는 일본의 대학에 들어가기 위하여 학원에서 재수를 하였다. 다케다가 영국에 있는 동안 부모는 이혼을 하였고 다케다의 아버지는 연구와 병원 일에 도피하여 살고 있었다. 외로운 나날을 보내며 일본에 적응하고 있던 다케다에게 미스터 블룸필드로부터 편지가 온 것은 캔터베리를 떠나 수 개월이 지난 가을이었다. 내용은 간단했다.

도버경찰이 해안가의 숲에서 젊은 여자의 사체를 발견하였는데 멜라니의 DNA와 일치한다는 것, 시신은 나체 상태였으며 사인을 판명하기에는 너무 부패해 있었다는 것이다. 그리고 시신을 화장하여 도버해협에 뿌렸다는 내용을 마치 신문보도하듯 건조하게 전달했다. 감정을 배제하고 쓴 글이었다.

그 편지를 받은 날부터 대학을 졸업하고 경찰에 입문하기까지의 수년 간을 어떻게 보냈는지, 이제 중년이 된 다케다는 기억할 수도 없고, 기억하고 싶지도 않았다. 술을 마시고 대마초를 피우며 방랑하다가 들어간 대학이 동경의 상지(上智)대학이었다. 그 대학을 선택한 유일한 이유는 가톨릭 계의 그 대학 캠퍼스에 있는 교회가 멜라니와 함께 걷던 길에 있는 교회와 비슷하게 생겼기 때문이었다.

혼동과 자책, 그리움 속에서 대학생활을 보낸 다케다는 아버지의 죽음과 함께 이 세상의 모든 세속적 가치에 흥미를 잃었다. 특히 모든 사람이 똑같이 살다가 똑같이 늙고 죽는 거대한 일벌들의 둥지 같은 일본에서 취직을 하거나 가정을 꾸리기가 싫었다. 다만 범죄자에 대한 극도의 혐오가 정열과 동력이 되어 그의 인생을 끌어 경찰에 입문케 한 것이었다. 그리고 그의 외국어 실력과 해외경험은 자연히 그를 외사경찰로 만들었다.

경찰에서의 출세나 조직 내의 정치적 갈등 같은 것을 초월한 다케다의 심리상태는 오히려 그가 냉정하고 합리적으로 사건을 처리하는 데 수완을 발휘하게 하였다. 독신으로 기계같이 살아온 그의 인생을 끌어온 것은 멜라니와의 사랑에 대한 추억과 안타까움이었다. 지금도 캔터베리의 초원에서 가진 멜라니와의 섹스를 회고하면 다케다는 언제나 심장이 떨렸다. 흉악범과 대치하기 위하여 권총에 총알을 장전하는 순간에도 캔터베리의 벌판과 하늘을 생각하면 그는 가슴이 울렁거려 모든 것을 던져 버리고 울고 싶었다.

                    *   *   *

  땡, 땡, 땡, 땡.

  요란한 종소리에 다케다는 흠칫하여 눈을 뜬다. 시계에 들어오는 것
은 회색의 때가 낀 고가도로 밑의 낡은 건널목으로 통과하는 기차, 그
리고 그 경보음이었다. 여기가 어딘가? 아, 서울이지!

  "잠이 드셨나 봐요."

  여성의 목소리에 고개를 돌리니 배영희 형사다.

  "경찰청에 도착해 갑니까?"

  "네. 이 철도 건널목을 건너 좌회전을 하면 바로 경찰청이에요."

  다케다는 다시 현실로 돌아온다. 자신의 생사나 욕망 따위에는 개의
치 않는 그 현실 속으로.

32

다케다와 배영희가 의주로에 있는 경찰청에 도착하였을 때 인사를 받겠다던 경찰청장은 급한 일로 나가고 정보국장과 외사국장이 기다리고 있었다. 외사국장이 간단한 인사말을 대신한다.

"먼 길 오시느라 고생하셨습니다. 이번 사건은 대통령께서도 큰 관심을 갖고 계시기에 모든 지원을 아끼지 말라는 지시가 있었습니다. 한국 경찰로서 저희도 최선을 다하겠습니다. 필요한 것이 있다면 주저 말고 말씀하세요."

"감사합니다."

일본경찰청에서 입수한 가장 최근의 정보를 포함하여 파악된 것을 다케다가 보고하고 의견교환을 시작한다.

"우선 제가 동경을 떠나던 날로부터 수일 전에 TV 아사히에 영상이 공개된 용의자가 스즈키 가즈야라는 인물로 판명되었습니다. 이러한 이름을 가진 일본인이 한국경찰의 수사선상에 오르거나 한 일이 있는지 한국경찰 정보망에 올려 조회해주시길 부탁드립니다."

"알겠습니다. 즉시 처리하겠습니다."

"박 의원이 한국에서 습격당한다든가 하는 일은 없었습니까?"

"없었습니다. 한국경찰로서는 도저히 이해하기 힘든 사건입니다."

"박 의원이 정치적 행동 이외의 일로 경찰의 조사를 받거나 한 일이 있습니까?"

"없습니다. 물론 과거 박민자 씨가 국회의원이 되기 전에 부산에서 학생운동에 참가하는 등 경찰 정보부서의 주목받았던 적은 있지만 사건이 될 만한 일은 아니었습니다."

"최근에 한일 해저터널과 결부해서 박 의원이 경찰내부에서 논의된 일이 있습니까?"

"해저터널이요? 금시초문이네요."

"박 의원에 관한 한국경찰의 자료를 열람할 수 있겠습니까?"

"글쎄요⋯ 박민자 씨에 관한 정보는 경찰, 국가정보원 등에 산재해 있지만 그 정보를 한데 모아 체계화한 자료는 없습니다. 알고 싶은 것이 있다면 배 형사를 통하여 물으시면 최대한 공개하겠습니다."

"감사합니다. 내일은 부산에 가서 조사해 볼 생각입니다만, 부산 경찰의 도움을 받도록 해주시겠습니까?"

"좋습니다."

경찰청을 나서니 저녁 8시이다. 경찰청을 대신하여 배 형사가 저녁을 사기로 하고 둘은 시청 쪽을 향해 걷는다. 9월초 서울의 저녁은 선선한 바람이 불고 걷기에 좋았다. 다케다의 숙소가 시청 앞 플라자 호텔이므로 우선 들렀다가 체크인을 하고 늦은 저녁을 먹기로 한다. 경찰청을 나와 한 5분 정도를 걸으니 고궁이 나온다.

"아름다운 궁이네요. 이름이 무엇입니까?"

"덕수궁이에요. 원래 경운궁으로 불렸어요. 조선이 일본에 합병되기 전에 이씨조선의 마지막 황제들이 궁으로 쓰던 곳이지요. 다케다 상은 한국이 처음입니까?"

"아니에요. 대학교 2학년 때 가족과 함께 와본 일이 있으니, 한 20년 전의 일이네요."

20년 전에 대학교 2학년이었다면 한 마흔 살 정도 되었구나, 배영희는 그의 나이를 얼추 어림짐작해 본다. 나이에 비하면 젊고 건강해 보인다. 엷은 잿빛의 양복에 흰 와이셔츠, 노란색의 타이를 한 다케다는 경찰치고는 아주 세련되어 보인다. 외사경찰이라 그런지 매너도 좋다.

244

"다케다 상은 영어를 잘하시네요. 저는 일본 사람은 영어를 잘 못한다는 생각을 가지고 있는데. 뭐, 편견이겠지만요."

"편견도 아니지요. 잘 못해요. 그래서 나는 일본식 영어를 '마쿠도나루도 쟁그리쉬'라고 불러요."

"마쿠도나루도 쟁그리쉬요?"

"네. McDonald 햄버거를 일본에서는 마쿠도나루도라고 발음하지요. 쟁그리쉬는 Japan과 English를 합친 말이에요. 물론 l과 r의 구분이 없이 모두 r이 되는 것이지요."

"하하. 굉장히 재미있어요!"

영희는 단숨에 다케다 형사와 가까워짐을 느끼고, 다케다는 짧은 농담에 배 형사의 신뢰를 얻고 있음을 느낀다.

"그런데 다케다 형사님은 제 질문에 아직 대답을 안 하셨는데 …."

"아! 영어. 제가 실은 고등학교를 영국에서 다녔어요. 우리 아버지가 정신과 의사인데 런던 교외의 연구소에 객원교수로 가시게 되어 아예 런던에서 학교를 다녔지요. 그 덕에 나는 지금 외사경찰이 되었고 …."

다케다는 아까 공항에서 서울시내로 들어오던 차안에서의 회상을 생각하며 간단히 대답한다.

"아, 그렇군요."

호텔 체크인을 마치고 둘은 명동으로 향한다. 다케다가 가보고 싶다는 것이다.

"명동은 어떻게 아세요?"

"일본에서 유명하죠. 요즘 일본에는 한류에 대한 관심이 높아 한국에 와 보지 못한 사람도 명동, 인사동, 동대문 등의 지명을 많이 알아요."

"다케다 형사님도 한국드라마 보세요?"

"글쎄요, 일본형사도 꽤 바쁘답니다. 드라마를 볼 새가 없군요. 그래도 〈후유노 소나타〉(겨울연가), 〈장금의 맹세〉(대장금)는 봤습니다."

"한류라는 것이 그렇게 갑자기 일본에서 뜬 이유가 무업니까? 저는 이해하기가 힘든데 ···."

"글쎄요. 내가 문화평론가가 아니어서 ··· 한국배우들 중 미남, 미녀가 많아서는 아닐까요?"

"어머, 진짜 그렇게 생각하세요?"

배영희의 질문에 다케다는 다소 심각한 표정을 짓더니 입을 연다.

"길게 보면 이제 한국문화가 일본 사회에 시민권을 얻은 것이라고 봐야겠지요."

"시민권요?"

"일본문화를 터미널 문화라고 보는 시각이 있습니다. 버스 터미널에 가면 사방팔방에서 다양한 사람들, 문화들이 모이죠. 일본이 폐쇄된 사회라는 말이 있지만, 정치나 경제 등에서는 그럴지 모르지만 문화적으로는 일본은 사실 매우 개방적인 사회에요. 어느 문화라도 수용합니다. 이것이 대중에게 널리 받아들여진다면 일종의 시민권을 얻는 것입니다. 일본문화의 한 구성부분이 되는 거지요. 일본을 근대사회로 바꾼 명치유신 자체가 그랬으니까요. 서양의 여러 제도를 들여와 짜깁기한 것이 명치유신이에요. 한 예로 군대를 봐도 함대는 영국식, 보병은 프러시아식, 기병은 프랑스식 ··· 등. 문화면에서도 여러 차례의 파도를 타고 외국의 문화가 들어와 정착해 왔습니다. 포르투갈문화, 네덜란드문화, 프러시아문화, 그리고 전후에 미국과 영국의 문화, 중국문화 등. 이번 파도가 한국문화라고 보면 되지 않겠어요?"

"그렇군요. 그래도 한국인이 생각하는 것보다 훨씬 더 인기가 있는 것 같아요."

"맞아요. 어찌 보면 한국문화가 운이 좋게 정보시대, 인터넷시대라는 혁명의 시기에 그 물결을 타고 퍼져나가고 있으니까요. 지금까지 몰랐던 한국의 전통문화에 일본인들이 엄청난 지적 호기심을 느끼는 것 같아요.

대표적인 것이 〈장금의 맹세〉와 〈이산〉이지요. 조선 궁중의 내막이라는 것을 지금까지 시각적으로 보고 이해할 기회가 없었거든요. 학교에서 역사시간에 추상적으로 듣던 이씨조선의 궁중 속 이야기, 요리라거나 그림이라거나 하는 미지의 분야가 영상으로 펼쳐지는데 그야말로 문화적 충격을 받는다고 봐야지요."

차분하게 설명하는 다케다의 어조는 형사라기보다 교수나 기자와 같은 인상을 준다. 다케다의 학자적 풍모가 이번 사건을 담당하게 된 것과 관련있음을 직감을 하며 영희는 이야기를 사건에 관한 것으로 돌린다.

"다케다 형사님은 왜 한국에 오신 겁니까? 한국에서 무엇을 알아내고자 하는 겁니까?"

"흠. 좋은 질문이에요. 범인을 잡는 데 결정적인 힌트나 증거가 한국에 있다고는 생각하지 않아요. 그런 점에서 내가 왜 한국에 왔는지 궁금할 거예요. 수사본부에서는 이 사건이 장기화할 가능성을 염두에 두고 있어요. 더구나 사건이 워낙 정치적이어서 전모를 파악하는 것이 한일관계에도 중요하기 때문에 범인의 동기를 아는 것이 중요하다고 생각해요. 범인을 잡는 데도 도움이 되지만 나중에 법정에 제출하는 자료로서도 중요하지요. 이 사건은 일본과 한국, 양 국민의 감정이 걸려 있고 많은 사람들이 주목하고 있어요. 따라서 모든 것을 명쾌하게 아는 것이 중요하다는 것이 수사본부의 생각이에요."

"그렇군요. 그런데 범인의 동기를 알기 위해 한국까지 오실 필요가 있었나요? 혹시 범행에 한국 사람이 관련되어 있다고 생각하시나요?"

"일단 용의자라고 보는 사람은 스즈키 가즈야라는 일본 사람이에요. 그러나 넓은 의미에서 한국과 관련되는지를 확인할 필요가 있어요. 범인이 기누가와라는 데에서 사람을 죽였는데 박 의원이 우연히 거기에 있던 것이 아니고, 동경에서도 먼 기누가와라는 곳에 간 박 의원을 쫓아가 우정 온천장의 담장을 뚫고 들어가 죽인 거예요. 즉 우발적 사건이 아닌 계획적 살인이라는 겁니다. 그러면 그 계획 속에 어떠한 동기가 들어있을까… 필시 한국과 무관하다고는 생각하지 않아요. 박 의원은 일본에 사는 보통의 일본 사람이 아닌 한국의 정치가이니까요."

다케다의 명쾌한 설명에 배 형사는 탄복한다.

"내일은 어디에 가보고 싶으세요?"

"우선 국회에 가서 비서, 보좌관들, 그리고 박 의원을 알 만한 사람들을 만나고자 합니다. 그리고 국찬모에 가입한 의원들도 가능한 한 만나보고 싶군요. 그 다음에 부산에 가보고 싶어요."

달콤한 음식을 먹는 일본인들이 좋아한다는 불고기백반을 먹고 호텔로 돌아가는 명동의 밤거리는 인파로 가득하다. 여기저기서 일본말이 들려와 문득 일본의 한 거리를 걷는 착각이 들 정도다.

"격세지감이 드네요. 한국이 무서운 곳이라는 생각을 일본인들이 가지고 있던 것이 오래되지 않는데…."

다케다가 놀란 듯이 말한다.

"일본인들이 왜 그런 생각을 하나요?"

"글쎄 … 심각하게는 생각해보지 않았지만 역시 민중은 영리합니다."

"민중이 영리하다니요?"

"한국이 무서운 곳이라는 단순한 표현의 뒤에는 한국이 아직 민주화, 자유화가 되지 않았다는 생각이 있었을 것입니다. 사실 한국이 민주화되고, 그래서 일본인들이 한국 사회도 일본과 가치를 공유하는 사회라는 인식을 가지게 된 것은 비교적 최근의 일이지요. 그러한 생각이 친밀감으로 발전했다고 봐요. 아까 우리가 이야기한 한류도 그러한 배경이 있어 가능한 것 아니겠어요? 욘사마가 아무리 좋아도 한국이 군사정권 아래에 있었다면 그를 그리 좋아하지는 않았을 겁니다."

248

33

플라자 호텔에서 여의도로 가는 차도는 내내 붐볐다. 예정보다 20분 이상 늦게 국회의원 회관에 도착했다. 박 의원의 보좌관 두 사람과 비서관이 기다리고 있었다. 다케다는 의원의 집무실이 일본 국회의원의 집무실의 거의 두 배에 가까운 공간이라는 것에 우선 놀랐다. 비서진이 있는 부속실이 하도 좁아 옷깃에 서류뭉치가 걸려 떨어질까 염려스러운 나가타초(永田町)의 일본의원 사무실과 비교됐다. 일본보다 일인당 소득이 낮다는 통계상의 수치와는 다르게 한국인의 생활은 모든 면에서 일본보다 씀씀이가 크고 화려했다.

"일본경찰을 대신하여 충심으로 조의를 표합니다."

다케다는 깍듯이 고개를 숙인다. 일본식의 인사에 익숙하지 않은 보좌관과 비서관은 말없이 고개를 숙인다. 모두 30대의 젊은 남자들이다. 그 중에서 선임이 나와 인사한다. 물론 배 형사가 통역한다.

"이렇게 멀리서 와 주셔서 감사합니다. 의원님의 죽음에 저희가 받은 충격도 큽니다. 진상을 해명하는 데 저희도 최선을 다할 테니 궁금한 것이 있으면 말씀하세요."

"감사합니다. 그럼 질문에 들어가겠습니다. 박 의원께서 일본으로 가신 것은 언제입니까?"

"8월 16일 수요일 오전 비행기였습니다. 지역구인 부산에서 2, 3일 계시다가 동경으로 가셨습니다."

"이번에 일본에 가신 주 목적이 국찬모 행사 때문인 것으로 알고 있습니다만 … 언제 돌아오실 예정이었습니까?"

"행사가 끝나고 일본에서 여름휴가까지 보내실 예정이어서 돌아오시는 날짜는 정하지 않고 항공권도 오픈으로 열어둔 상태였습니다. 저희들도 그 사이에 교대로 휴가를 보내고 8월 30일 월요일에 모두 정상적으로 출근하기로 되어 있었습니다."

"국찬모 행사가 정식으로 벌어지는 것은 8월 22일 일요일이지요?"

"네. 그날 히비야 공원에서 집회가 있고, 이어서 동경 시내에서 삼보일배 행진을 하기로 되어 있었습니다."

"그러면 그 행사에 참가하는 다른 의원들은 박 의원과 같이 가시지 않았나요?"

이 질문에 선뜻 대답이 건너오지 않는다. 다소 뜸을 들이더니 비서관이 대답한다.

"사실 국찬모에 참가하는 다른 의원들이 소극적이어서 의견취합이 잘 안 되는 편이었습니다. 원래대로면 8월 21일, 토요일 오후에 모두 동경에서 모이기로 약속은 되었습니다만⋯ 이 사건이 보도되면서 모두 동경행을 취소했습니다. 결국 한 명도 가지 않은 것이지요."

이 말을 듣고 다케다와 배 형사는 순간적으로 얼굴을 마주본다. 이 국찬모라는 조직이 대외적으로 엄청난 반향을 불러일으킨 데 비해 실제는 박 의원이 주도한 조직성이 없는 모임일 뿐이라는 생각에 이른 것이다.

"국찬모에 참가의사를 표명한 의원은 몇 분이나 됩니까? 그래도 의원들의 임의단체인데 무슨 자료가 있지 않을까요?"

배영희의 질문에 보좌관들이 다소 머쓱한 표정을 짓는다. 침묵이 흐르니 선임보좌관되는 사람이 책상으로 가더니 서류파일을 하나 들고 와서는 마지못해 말을 한다.

"처음에 일단 이름을 올린 의원은 56명이나 되었어요. 민주한국당 소속이 44명, 한나라당 소속이 4명, 그리고 무소속 포함하여 기타가 8명이었습니다."

"그렇군요."

더 이상 정보가 나오지 않자 다케다가 묻는다.

"혹시 박 의원의 일본에서의 일정표를 볼 수 있을까요?"

한걸음 앞으로 내딛는 다케다의 요청에 비서진이 주저한다. 선임되는 사람이 비서관에게 눈짓 하자, 비서관이 수첩을 열어 보인다.

"의원님의 개인 일정이 섞여 있어 따로 표를 만들어 놓지는 않았습니다만, 일정을 관리하는 제 수첩을 그대로 보여드리죠."

배 형사가 번역해주는 내용을 보면 다음과 같았다.

8/16 (월)	부산 ▶ 동경 (저녁 개인일정)
8/17-18 (수)	개인일정
8/19 (목)	국찬모 일본지부장 오전 면담 (10시) 및 오찬
	오후 일본민주사회당 당사 방문
8/20 (금)	오전 민주당 당사 방문
	오후 자유시간
8/21 (토)	오후 행사장 (히비야 공원) 준비점검
8/22 (일)	오전 10시 히비야 공원 집회
	오전 11시-오후 2시 동경 시내 삼배일보 행진
	오후 3시 히비야 공원에서의 해산식
	오후 5시 위로파티 (아카사카)
8/23 (월)	오전 기자회견 (제국호텔 연회실)
	오후 2시 일본공산당 기관지 〈아카하타〉 인터뷰
	오후 4시 〈아사히〉 인터뷰

"이 일정을 좀 베껴도 좋겠습니까?"

"네. 하지만 수사에만 참고하시고 외부에 공개해서는 안 됩니다."

"물론이죠."

다케다는 배 형사가 불러주는 대로 자신의 수첩에 옮겨 적었다. 사건에 대한 다케다의 의구심은 더욱 깊어졌다. 한국과 일본에서 커다란 관심을 불러일으킨 국찬모의 동경행사가 의외로 조촐하게 준비된 점 때문이다. 동경에서의 기획, 조직, 인원동원 등의 행사 전모는 그럼 누가 맡았다는 말인가? 이러한 의문에 대한 힌트라도 얻고자 다케다는 조심스레 묻는다.

"일정표에는 국찬모 일본지부라는 것이 있군요. 이 일본지부에서 동경행사를 모두 맡아 준비한 모양이지요?"

대답이 선뜻 건너오지 않는다. 다케다는 다시 묻는다.

"국찬모의 일본지부장이라는 분은 누구죠?"

박 의원의 비서진이 서로 쳐다보더니 비서가 대답한다.

"재일동포로서 한국명은 김성자, 일본명은 가네다 사오리라는 여자 분입니다."

"아, 그래요. 그분의 연락처를 알 수 있을까요? 동경에 가서 한번 만나야 할 것 같습니다."

비서진이 다시 주저하더니 대답을 한다.

"저희가 일본말이 잘 안 되고 그분이 한국말이 서툴러 모든 연락은 박 의원께서 직접 하셨습니다. 해서, 실상 저희는 연락처를 모릅니다. 다만 그분이 박 의원의 언니 되시는 아사이 상과 잘 아는 분으로 알고 있습니다."

"아사이 상 말씀이십니까?"

다케다는 이미 기록을 읽어 박 의원의 이복언니 아사이 사다코에 관하여 알고 있지만 모르는 척하고 묻는다. 무언가 새로운 정보가 나올지도 모르기 때문이다.

"네. 아사이 상은 박 의원의 이복언니로, 일본인 남편의 성을 따서 아사이 상이라고 합니다. 동경에서 여행사를 하고 있습니다."

"그럼 그분의 연락처는요?"

여기까지 와서 머뭇거릴 필요가 없다는 판단에서인지 비서는 책상 위에서 명함을 한 장 가져온다.

Sadako Asai
淺井貞子
Vice President
Pacific Traveller's Group

다케다는 명함의 복사를 부탁하며 말머리를 돌린다.

"박 의원의 피살 소식을 듣고 매우 놀랐을 텐데 … 혹시 이 사건과 관련하여 짚이는 것이나 의문으로 떠오른 것은 없었습니까?"

비서진은 말이 없다.

"혹시 스즈키 가즈야라는 일본인에 대해 들어본 적이 있나요?"

"……."

"그 사람이 TV 아사히 방송에 나온 용의자인가요?"

보좌관이 묻는다.

"네."

"저희들이야 전혀 모르죠."

"알겠습니다. 그런데 국찬모 집회의 준비에 관한 자료가 전혀 없다는 것이 의문이군요."

다케다의 말에 다시 한동안 침묵이 흘렀다. 그러나 다케다가 다음 질문으로 넘어가려는 순간 처음부터 한마디도 없던 젊은 보좌관이 입을 연다. 마르고 작은 체격에 금테 안경을 쓴 전형적인 인텔리로 보이는 젊은이다. 그러나 눈초리가 매섭고 얇은 입술을 굳게 다문 모습에서 한번 마음을 먹으면 관철하는 자기 확신이 강하고 내면적으로 투쟁정신이 있는 지사형 인간을 읽는다. 그가 입을 열자 연상의 보좌관과 비서관이 당혹한 모습을 보이면서도 감히 제지하지는 못한다.

"그건 처음부터 잘못된 일이었어요."

"무슨 말씀인지 …?"

"이 일에는 처음부터 의원님의 사적인 동기가 너무 깊이 관여되어 있었어요. 물론 의원님의 죽음은 안타까운 일이지만 … 어쩌면 의원님이 초래한 일인지 몰라요."

"사적인 동기라면 …."

"국찬모라는 거창한 이름의 모임과 행사를 만드는 데 걸맞은 이념이나 투쟁의사가 의원님께는 애당초 없었어요. 여의도에 알 만한 사람은 다 알겠지만 박민자 의원은 그렇게 반일적인 사람도 아니고 역사적인 투쟁에 큰 관심이 있는 사람이 아니에요. 다만 직업적인 동기로 그렇게 포장을 해 왔고, 그러다 보니 자신의 능력범위와 컨트롤을 벗어나게 사태가 커진 거죠."

"아니, 이 보좌관! 무슨 말을 그렇게?"

연상의 보좌관이 제지한다.

"최 보좌관님, 더 이상 뭘 두려워한단 말입니까? 우리는 박 의원의 위선과 공명심에 이용당했을 뿐이에요. 그 결말이 뭐죠? 박 의원에게는 죽음이, 우리에게는 공허함과 낭패감밖에 남은 게 없잖아요?"

"……."

다른 비서진들도 반론을 못한다. 이 보좌관은 이왕 터진 입이니 속 시원히 말해 버리겠다는 어투이다.

"비극의 시작은 그 《일본의 침몰》이라는 유령의 책이에요. 그 책을 일본에서 누군가가 써주지만 않았어도 박민자 씨는 그저 그런 언론인으로서 그 나름 의미 있는 인생을 살았을 거예요."

격앙된 분위기가 가라앉도록 잠시 차를 마신 후에 다케다가 다시 입을 연다.

"그런데 의원님이 언제부터 한일 해저터널사업에 관여하고 있습니까?"

"네? 그게 무슨 말씀이신지?"

박 의원 보좌진의 얼굴에는 의아함이 가득하다. 포커페이스는 아닌 것으로 보인다. 결국 박 의원은 해저터널에 관한 사항을 의원실에서는 비밀로 하고 있던 것이다. 생각해보면 이 보좌관들은 자신의 보스가 당을 옮기려고 한다는 것조차 모르고 있지 않은가?

다케다와 배 형사는 충분히 파악하였다고 생각한다. 알고 싶은 것은 나중에 따로 개인적으로 물어보면 되는 것이다. 박 의원의 사무실을 나오니 거의 12시이다. 배는 고프지만 식욕이 없다. 2시에 국찬모에 이름을 올린 한나라당 김기영 의원과의 면담이 잡혀 있다.

의원회관을 나서니 넓고 시원한 잔디광장이 보인다.

"배 형사, 우리 저기 앉아서 시원한 공기 좀 마실까요?"

"좋아요."

나무 밑의 벤치에 앉으니 시원한 바람 사이에 가을 냄새가 난다.

"일본 국회는 도심 한복판의 건물 사이에 끼어 답답한 느낌이 드는데 한국 국회는 한적하고 시원하군요."

"네. 한국의 국회도 원래는 시내에 있었는데 이곳으로 옮기게 되었지요. 여의도라는 이 섬에는 국회와 증권가가 있어요."

"권력과 돈의 중심지이군요."

"그래도 이곳이 권력의 중심지라고 생각하는 한국인은 별로 없을 거예요. 권력의 중심지는 대통령이 있는 청와대이고, 반면 국회는 무시당하고 있으니까요."

"아, 그렇군요. 일본의 내각책임제와 달리 한국은 대통령제를 가지고 있지요. 일본의 국회의원도 별로 존경받지 못하지만 한국도 그런가 보죠?"

"네. 국회의원들 사이에서 유행하는 말인데 운칠복삼이라는 말이 있다고 해요."

"운칠복삼?"

"네. 국회의원이 돼서 성공하는 길은 운이 70%, 그리고 복이 30%라는 거지요."

"하하 … 그러니까 결국 자신의 노력이나 가치는 공헌도 제로라는 말이네요."

다케다는 오랜만에 크게 웃는다.

"하기는 일본도 비슷하지요. 할아버지나 아버지가 국회의원이어서 권력을 물려받는 사람, TV에 자주 나오는 배우나 코미디언, 유명한 운동선수, 맞든 틀리든 TV 좌담회에서 부지런히 떠드는 대학교수 등. 그저 유명해지기만 하면 표를 받을 수 있으니까요."

둘은 정치가 표류하는 시대에 정치가들의 명령에 따라 움직이는 경찰들의 한심한 처지를 생각하며 광장을 바라본다.

때가 점심시간이어서인지 여직원들이 삼삼오오 지나간다. 여자끼리 팔짱을 끼고 걸어가는 기이한 모습을 보며, 외국에서라면 모두 동성연애자로 오해받겠구나, 하고 다케다는 생각한다. 물끄러미 쳐다보는데 한 여자가 미소를 지으며 고개를 까딱한다. 누구지? 아! 박 의원 사무실 부속실에 있던 비서의 하나였다. 다케다는 급히 배 형사에게 말하여 그 여자를 불러 세운다.

"점심 식사하러 가세요?"

"벌써 먹고 산보 중이에요. 날씨가 너무 좋아서요."

"네. 좋은 날씨네요."

이십대 후반으로 보이는 여자는 통통한 얼굴에 사람 좋은 미소와 남의 일을 알고 싶어하는 호기심이 다래다래하다.

"아까 보좌관님들한테는 박 의원님 지역구 사무실에 관해서 소개받았는데, 가족에 대해서는 물어보지를 못했네요. 부산에 박 의원님의 가족이 있습니까?"

"박 의원님은 외로운 분이에요. 부산에는 중학교 선생님을 하시던 어

256

머니 한 분이 계실 뿐이에요. 지금은 노인홈에 입주해 계시지요."

"그렇군요. 성함이 어떻게 되시는데요?"

"글쎄 … 아, 최덕자 선생님이에요."

"잘 알겠습니다. 그분에 관해서는 부산의 경찰이나 교육청에 가서 물어보면 알겠지요."

"아마 그럴 거예요."

"그리고 … 혹시 박 의원님이 가까이 교제하시는 분은 없습니까?"

"그게 … 남자친구 같은 걸 말하나요?"

"네."

"어림없어요. 의원님은 목석같이, 남자같이 일만 하시는 분인 걸요."

"아, 그래요? 알려주셔서 고맙습니다."

여자가 돌아선 후 다케다는 한숨을 내쉬며 말한다.

"우리가 일본에서 알게 된 정보가 그려내는 박 의원과 여기서 아는 박 의원은 전혀 다른 인물이군요."

"네. 무언가 여러 얼굴의 박민자가 존재하는 느낌이에요."

배 형사도 동의한다.

의원회관에서 나와 여의도에서 간단히 냉면으로 식사를 마친 두 수사관이 찾아간 김기영 의원의 사무실은 박 의원의 사무실보다 두 층 위에 있었다. 층은 달라도 구조가 같고 실내 분위기도 비슷했다. 두 수사관을 맞이한 김기영 의원은 40대 후반쯤으로 보였다. 국회의원이라기보다는 보험회사의 외판원 같은 인상을 주는 사람이었다. 필요 없이 미소를 짓고 상대방과 마주 앉고도 연상 손을 움직이며 탁자 위를 정리하였다가 시계를 봤다가 정신이 없다. 어딘지 자신이 없고 불안한 느낌을 준다.

"의원님, 바쁘신데 이렇게 시간을 내주셔서 감사합니다."

"아녜요. 일본에서 여기까지 찾아오셨다니 내가 오히려 고맙습니다."

"의원님은 박민자 의원을 잘 아십니까?"

"잘 몰라요. 내가 잘 알 이유가 있나요?"

마치 박민자 의원을 아는 것이 무슨 결격사유라도 되는 양 강하게 부정한다.

"그럼 국찬모에서 처음 아신 것인가요?"

"뭐 알았다기보다 단 한 번 모여서 회의를 했을 뿐이에요."

"그게 언제였습니까?"

"금년도 봄이니까, 4월말쯤이었나?"

"그 후로는 회의가 없었습니까?"

"있기는 있는 것 같았는데 … 내가 마음에 안 들어서 안 갔어요. 바쁘기도 하고 …."

"국찬모가 내거는 이슈가 크고 국내외적으로도 큰 반향을 불러일으킬 수 있는 활동인데 … 왜 마음에 안 드셨습니까?"

"이게 알고 보니 초당파 의원의 모임이라는 이름을 걸었지만 박 의원이 독단으로 주도하는 모임이고, 의원들보다는 박 의원이 일본에서 아는 이들이 주로 관여하는 것 같아서 … 무엇보다 저 위에서 참여하지 말라는 뜻이 있었어요."

"위에서라면?" 하다가 다케다는 알아듣는다. 청와대를 말하는 것이다.

"그렇군요. 의원님께서는 당초 국찬모에 왜 가입하셨습니까?"

"이유는 여러 가지인데 … 나도 부산출신이라 워낙 일본에 관심이 많아요. 어릴 적에는 부모님이 늘 NHK를 시청하셨지요. 그리고 대학에서 역사를 전공하여 한일 관계사에 관심이 많습니다."

"그렇군요. 국찬모에는 한나라당에서 몇 분이나 참석하셨습니까?"

"언론에는 국찬모에 약 50명 이상의 의원이 참가한 것으로 보도되었는데 … 실상은 박 의원과 친한 의원들 몇 명이 주동이고, 거의 민주한국당 소속이지요. 한나라당에서는 나 이외에 관심이 있는 의원이 두셋 있었지만 지난봄의 첫 번째 모임에 가보고는 그 후로 참가하지 않았습니다."

"언론에 보도된 것과 실제의 모습에 있어 이렇게 차이가 나는 이유가 있습니까?"

"내 경우를 말하면, 나는 국찬모를 한일관계의 발전적이고 긍정적인 미래를 그려내는 초당파 모임으로 생각했어요. 그런데 동경에 가서 파격적인 행사를 하는 등 미디어에 강하게 노출되는 것에 혈안이 되어 있는 것이 불만이었어요. 이러한 불만은 청와대나 정부 여당도 마찬가지여서, 최근에 급격히 개선되고 있는 한일관계에 큰 마이너스 요인으로 작용할 것이라는 불안감이 여기저기서 들려왔지요. 결국 시간이 가면서 이러한 의견과 관계없이 일본의 보수주의와 첨예한 대립각을 세우는 데서 정치적 자산을 얻고자 하는 의원들만이 남게 된 것이지요."

"그렇군요."

결국 김기영 의원은 국찬모의 일원으로서가 아니라 그 모임과 자신이 어째서 관계가 없는가를 강조하기 위하여 이 만남에 응한 것이었다. 더 이상 들을 이야기가 없었다.

"박 의원에 관해서는 동료의원으로 어떻게 생각하셨습니까? 무슨 특별한 시각이나 정보라도…?"

이 질문에 김기영 의원은 '나는 많이 알고 있지' 하는 느낌을 주는 미소를 지으면서 지나가는 일처럼 말한다. 슬쩍 흘리는 말을 이용해서 타인을 곤경에 빠뜨릴 수 있는 약삭빠른 인간이다.

"그 여자는 돈이 많은 것 같아요. 야당에서 투쟁하는 여자정치가의 이미지를 언론에 주입하면서도, 실제로는 여당의 누구보다 돈을 잘 쓰는데 그 돈이 대체 어디에서 나오는지…."

"예를 들자면 어디에 돈을 씁니까?"

"뭐 어디에 쓴다기보다 지역구관리나 선거운동에서 돈 달린다는 불평이 없고, 무슨 일을 기획할 때 보면 자비로 유능한 사람들을 척척 고용해서 쓰니까요, 의원들 사이에는 하나의 궁금증이지만 한가하게 그런 걸 밝히고 다닐 수도 없고, 아무튼 미스터리였어요, 그 여자는."

동료의원을 '그 여자'라고 강조해 부르는 김 의원의 말에서 묘한 뉘앙스가 풍겨 나온다.

국회를 빠져 나오니 교차로에는 경찰기동버스가 잔뜩 몰려있고 누군가가 확성기로 외치고 있다. 자동차들이 꽉 막힌 상태에서 데모를 하고 있는 모양이다. 경찰기동버스의 옆에서 앳되어 보이는 기동경찰관이 물로 도시락을 정리하고 있다가 다케다와 눈이 마주치자 부끄러운 듯 고개를 돌린다. 마음이 아프다. 당당하게 살아도 모자랄 청년이 왜 공권력을 대표해서 근무하는 도중에 길에서 도시락 정리하는 것을 모르는 사람에게 들키고 부끄러워해야 한단 말인가?

다케다는 불과 하루 만에 일본의 정치일번지인 나가타초와 사뭇 다른 풍경을 목격하며 갑자기 이 사건의 해결이 당초보다 훨씬 피곤한 과정이 되겠다는 직감을 한다. 내일은 부산으로 가기로 하고 배 형사에게 마포에서 내려줄 것을 부탁한다. 마포의 호텔에서 주한일본대사관의 일등서기관과 만나기로 한 것이다.

* * *

마포가 중심지는 아니라는 말은 들었으나 그곳의 대로에는 넓은 도로에 차가 가득했고 호텔은 번듯했다. 직원의 안내를 받아 들어간 일식당의 다다미방에는 일등서기관이 기다리고 있었다. 다케다보다 나이가 훨씬 아래이고 공무원으로서 위계도 낮은 일등서기관은 '나는 일류 관청인 외무성의 외교관, 너는 이류 관청인 경찰청의 형사'라는 생각을 겉으로 나타내려고 노력이나 하는 듯 노골적으로 오만방자한 태도를 취한다. 주먹을 날리고 싶은 마음을 꾹 누르는 다케다에게 '이런 인간은 도대체 부모에게서 어떤 가정교육을 받았을까'라는 의문이 저절로 떠오른다. 경찰청을 통하여 꼭 만나고 싶다는 메시지를 보내온 일등서기관의 관심사는 사건의 해결이 아니라 알 것은 다 알아야겠다는 것이었다.

식당 종업원이 들고 온 거대한 접시에는 일본에서는 볼 수 없을 정도로 풍부한 양의 사시미가 얹혀 있었는데 다케다는 그 양에 압도되어서인지 먹을 생각이 안 난다. 맥주를 조금씩 홀짝거리며 일단 알릴 수 있는 것은 일등서기관에게 모두 전달하였다. 한 10분 이상을 다케다가 혼자 전하는 사이에 일등서기관은 메모 하나 하지 않고 접시의 사시미를 거의 반을 먹어 치우고 있었다.

경찰에 입신한 이후 자존심이 상하거나 비열한 인간에 대해 분노를 느끼는 등의 일체의 감정이 공무에 개입되는 것을 배제해 온 다케다는 상대방의 태도에 관계없이 건조한 태도로 말을 건넨다.

"박민자라는 인물에 대해서는 이제부터 알아볼 생각입니다만, 그쪽에서도 참고가 될 만한 것이 있다면 알려주시지요."

"글쎄요… 박 의원이 주축이 되어 국찬모라는 모임이 만들어졌을 때 사실 대사관에서도 긴장했습니다. 그런데 우리가 잘 아는 한국 정치가들에게 물어보니 이게 뭐 커다란 모임이라기보다 박 의원과 친하거나 비슷한 처지에 있는 의원들이 정치적 자산을 만들어보겠다는 생각으로 출발한 것 같아요. 그것에 대해 한국의 매스컴이 워낙 앞서가는 표현들을 쓰다 보니 당초 본인들이 생각하던 것보다 훨씬 더 크게 포장이 돼서… 아마 컨트롤하느라고 애먹은 것 같아요."

"정치적 자산이라니 구체적으로 무슨 의미입니까?"

"한국의 의원들은 비교적 입법활동이 저조한 편입니다. 반면에 개인적인 퍼포먼스 등으로 유명세를 따내는 경향이 강하지요. 반일과 애국을 주장하는 것은 정치가들의 단골메뉴에요. 특히 박민자 의원의 경우에는 일본특파원을 하고 《일본의 침몰》이라는 책을 써서 유명해진 만큼 반일을 외치는 데 앞장서지 않을 수 없었지요. 최근에 점차 실력이 있고 전문성을 갖춘 의원들이 나오면서 퍼포먼스 위주의 의원들이 당내에서 위상이 약해지고 … 그러다 보니 2010년이라는 절호의 기회를 맞아 아예 크게 한번 터트리고 성공해서 새로운 정치그룹을 만들어보자는 움직임이 있었을 것으로 추측할 수 있어요."

"그렇군요."

* * *

다케다가 숙소인 플라자 호텔에 돌아온 시각이 10시가 훨씬 넘었음에도 일본대사관의 경비대책관은 로비에서 기다리고 있었다. 서울로 오기 전에 경찰청에서 전화로 대화를 나눈 사이여서 금방 알 수 있었다. 주요 국가의 대사관에는 일본경찰청에서 경비대책관을 파견하고 있다. 외사는 경비부문에 속하므로 같은 부문의 동료로서 처음 만나는 사이지만 편하게 이야기할 수 있었다. 호텔 바의 구석진 자리로 옮겨 다케다는 아는 바를 자세히 설명한다. 설명을 마친 다케다가 경비대책관에게 묻는다.

"우선 확인해야 할 사항인데, 용의자로 지목되고 있는 스즈키 가즈야라는 인물에 대해서 대사관에서는 아는 바가 전혀 없나요?"

"네. 없습니다. 한국과는 직접적으로 관계가 없는 인물이라 단정해도 좋을 것 같습니다."

다케다의 브리핑이 대충 끝나자 경비대책관이 고개를 갸우뚱하며 입을 연다.

"이번 사건이 터지자마자 한국 국가정보원의 잘 아는 고급간부와 만나 이야기를 했는데 … 좀 묘한 말을 들었어요."

"묘한 말이라면 …."

"이 고급간부의 동기생이 부마사태를 전후하던 시기에 당시 중앙정보부의 부산분실에 근무하고 있었는데 그때 학생운동의 주모자 중의 한 여대생과 비밀리에 성적으로 접촉하고 있던 것이 발각되어 파직당했다는 겁니다. 그런데 그 여학생이 바로 다름 아닌 박민자라는 거예요."

"흠…."

"당시 그 중앙정보부 요원은 대학을 마치고 군에서 보안부대에 근무한 경험이 있는 사람으로 20대 후반이었고, 박민자는 대학생이었으니 20대 초반이었지요. 물론 그 요원은 당시 독신이었으나 영일대학교의 캠퍼스 등에서 보통이라면 생각지도 못할 대담한 섹스행각을 벌였다는 거예요. 이 요원이 파직당한 후에도 박민자가 주로 연상의 남자들을 상대로 대담한 섹스를 해서 정보계통의 내부에서는 그녀를 섹스 마니아, 즉 성중독자 비슷한 사람이라고 여기고 있었다는 겁니다."

"일본에서도 1960년대 후반에 대학에서 엄청난 데모들이 일어날 때 주동하던 학생들이 문란한 성적행동을 보여 문제가 되고 이를 다룬 소설이 나오기도 했지요."

"네. 비슷한 유형입니다. 다만 한국의 젊은이들이 일본의 젊은이들보다는 성에 대담하지 못해서 박민자의 행동이 돌출하게 보였을 겁니다."

"흠…. 알겠습니다."

대화를 마치고 돌아서는 다케다는 순간 이번 살인사건이 해를 가한 사람, 당한 사람 모두 정신적으로 상처를 가진 사람들이라는 데에 생각이 멈췄다.

34

"편히 주무셨어요?"

배영희가 인사한다.

"네, 덕분에. 아침에 호텔창문을 내다보니 청와대가 있다는 산이 보이더군요. 대단한 정경이었습니다."

"네. 서울에서 부산까지는 거리가 약 450킬로미터예요. 최근에 KTX라는 초고속철도가 생겨 세 시간 정도면 갈 수 있는데 현지에서 혹시 필요가 있을지 모르고 이동 중에 교신을 안전하게 하기 위해 차량으로 이동하기로 했어요. 비상라이트를 작동하고 달리면 점심 전에 도착할 거예요. 부산 경찰서의 간부들과는 오후에 만나기로 약속이 되어 있습니다. 그리고 이후에는 민주한국당 부산지구당과 박민자 의원의 지역구 사무실을 방문할 예정입니다."

"감사합니다. 박 의원의 모친도 찾아가는 거지요?"

"네. 부산 경찰로부터 얻는 정보를 바탕으로 행동을 넓힐 생각입니다."

"오늘 하루에 일정을 끝내는 것은 불가능하다고 봐야지요?"

"네. 아마도 힘들 거예요."

"그래서 나도 호텔에서 체크아웃 했습니다. 하지만 아무리 늦어도 일요일에는 동경에 돌아가야 할 것 같습니다. 배 형사도 이번에 동경으로 가서 다음 주 월요일부터는 나와 함께 일본에서 활동하기로 하시지요."

"알겠습니다."

대화가 잠시 중단되고 다케다는 차창을 내다본다. 차는 어느새 한강을 건너 고속도로로 진입하고 있었다.

고속도로에서 보이는 산들은 일본의 산들에 비해 낮고 둥근 모습을 하고 있어 무언가 정겨운 느낌이다. 한국의 고속도로는 일본 못지않게 잘 정비되어 있었다. 부산에 도달하는 데는 상당히 시간이 걸린다는 말을 들은 다케다는 가벼운 화제를 입에 올린다.

"일본과 비교할 때 산세가 많이 다르네요."

"저는 일본에 잠깐 가 봤는데 동경과 오사카의 시내만 봐서 산을 많이 못 봤어요. 그래도 산이 굉장히 많다는 것은 책에서 읽었어요."

핸들을 쥔 배영희가 대답한다.

"일본열도의 73%가 산이니 기본적으로 산악국가라고 해야겠지요. 섬나라이자 산의 나라이니까요. 어느 책에서 우연히 읽었는데 해발 2천 미터 이상의 산이 640개라고 한 것이 기억나요. 3천 미터 이상의 산도 수십 개이니까요. 해외에서는 워낙 동경이 있는 관동평야만 알려져서 잘 모르는 것 같군요."

"2천 미터 이상의 산이 640개요?"

영희는 놀란다.

"워낙 높은 산이 많다 보니 산을 경계로 자연히 일본열도가 여러 지방으로 갈라져 봉건제도가 형성되었지요. 성을 중심으로 많은 나라가 생겼던 거예요. 그래서 지금도 일본 사람들의 언어습관에는 고향을 물을 때 '나라가 어디세요?'라는 표현이 남아있지요."

"네. 그건 일본역사 시간에 배웠어요. 다케다 상은 어느 나라 출신이세요?"

"나는 신라 출신이에요."

"네? 무슨 농담이세요?"

"진짜예요. 물론 고고학자들이 밝힐 일이지만 우리 다케다 가문은 원

래 헤이안(平安) 시대의 무장이었던 미나모토노 요시미츠(源義光)의 후
손인데, 미나모토노 요시미츠는 고대에 조선반도에서 건너온 신으로 보
이는 시라기메이진(新羅明神)을 섬겼어요. 내가 속하는 다케다 가문은
미나모토 혈통 중에서도 지금의 야마나시(山梨) 현에 자리 잡은 가이국
(甲斐國) 미나모토계이지요. 그래서 나는 원래는 신라에서 온 도래인(渡
來人)이라고 생각해요."

"아, 그럼 지금 신라사람이 뿌리를 찾아가는 것이네요."

이야기를 주고받는 사이 어느새 차는 부산으로 접어든다.

* * *

박 의원의 지역구사무실과 자택이 있는 지역을 관할하는 부산 경찰청
에서는 경찰차장과 정보과장이 기다리고 있었다. 간단한 인사를 나누고
본론으로 들어간다.

"다케다 경시를 저희가 어떻게 도와드리면 되겠습니까?"

"이번 사건은 외교적, 정치적 중대성에 비추어 단순히 범인을 잡는
데 그치지 않고 사건의 소상한 전말을 양국의 시민들께 설명할 수 있어
야 합니다. 그래서 피해를 당하신 박민자 의원의 피살배경에 관련될 만
한 것을 상세히 알고 싶습니다. 제가 알고 싶은 것은 우선 두 가지입니
다. 하나는 범인의 범행동기를 파악하는 데 참고할 수 있도록 한국 경
찰당국이 알고 있는 사항을 가능한 한 소상히 알려달라는 것입니다. 또
하나는 박 의원의 생모 분을 만날 수 있게 주선해주시기 바랍니다."

"알겠습니다. 그럼 박 의원에 대해서는 정보과장이 가용한 자료를 바
탕으로 말씀드리도록 하겠습니다."

서장의 대답이다.

이어서 정보과장의 발언이 시작된다.

266

"박민자 씨는 1961년 경상남도 함안군에서 박재을과 최덕자 사이에서 태어났습니다. 함안에서 초등학교를 마치고 부산으로 이주하여 부산제 일여자중고를 거쳐 영일대학교의 사학과에 진학했습니다."

"학생시절에 문제가 있었다거나 특이사항은 없습니까?"

"아시다시피 1979년에는 부마사태라고 불리는 역사적 민중운동이 있었습니다. 그때 박민자 씨는 대학교 2학년이었습니다. 이 민중운동에서 박민자 씨는 영일대학교 학생운동을 이끈 그룹의 한 명이었습니다."

"당시의 자세한 활동에 대한 기록은?"

"저희 경찰서에는 없습니다. 국가정보원, 즉 당시의 중앙정보부에는 있을 것입니다. 이번의 피살사건과는 직접적 관계는 없을 것이라고 판단합니다만."

"제가 동경을 떠나던 날 수일 전에 TV 아사히에 영상이 공개된 용의자가 스즈키 가즈야라는 인물로 판명되었습니다. 이러한 이름을 가진 일본인이 부산의 경찰의 수사선상에 오르거나 한 일이 있습니까?"

"글쎄요. 서울의 본청에서도 이미 공문이 왔지만 당장 떠오르는 것은 없습니다."

"이런 질문이 조금 빗나간다고 생각하실지 모르지만…."

다케다가 조심스럽게 말을 꺼낸다.

"일본의 경우 1960년대 후반에 학생운동이 전국적으로 매우 심하게 일어났습니다. 특히 1969년의 동경대학, 일본대학 등에서의 학생투쟁은 그야말로 경찰과의 전쟁에 가까운 것이었습니다. 그때 운동을 주도한 학생들이 자연히 밤이면 혼숙을 했고, 그 안에서 성적으로 문란한 일들이 있었습니다. 혹시 유사한 상황이 한국에서도 있었나요?"

예상치 않던 질문에 한국의 경찰관들에게서 금방 답이 안 나온다. 다케다가 포기하려고 하는데 차장이 입을 연다. 50대 중반으로 보이는 신사이다.

"제가 대학을 다닐 때도 데모가 심했습니다. 당시는 박정희 정권의 독재에 대한 반대데모였지요. 그때도 사실 그러한 경향이 있었습니다. 아마 어린 나이에 정치권력과 맞서는 일에서 비롯되는 공포감이 이유가 아닐까 생각했습니다."

"그렇군요. 그런데 혹시 당시 박민자 학생이 중앙정보부 직원과 가깝게 지냈다는 말은 못 들으셨는지요?"

이 질문에 차장, 정보과장, 그리고 배 형사도 깜짝 놀란다.

"금시초문입니다. 그러한 일이 가능할까요?"

정보과장의 말이다. 배영희 형사는 이 사람이 지금 무슨 말을 하는가 하는 눈빛으로 다케다를 쳐다본다.

"어머니는 어떤 분이고, 지금 생존해 계시는지요?"

"네. 최덕자라는 인물입니다. 1922년생이니까 현재 만 88세인데 아직도 생존해 있습니다. 해운대에 있는 한 노인홈에서 사시는 것으로 압니다. 배 형사에게 주소와 연락처를 주겠습니다. 최덕자 씨가 박재을과 낳은 자식은 박민자뿐이었습니다. 만혼이었으니까요. 최덕자 씨는 영일대학교 사범대학을 나오고 부산지역에서 역사교사로 오래 재직하다가 정년퇴직하였습니다. 박민자가 소유하고 있던 아파트는 모친 최덕자가 소유하다가 물려준 것입니다."

"부친 박재을 씨 … 일본에서는 귀화한 일본인 후쿠시마 고로입니다만 그 이에 관한 정보는 없습니까?"

"지역에 가면 동네사람들이 아는 게 있을지 모르지만 경찰에 수집된 사항은 없습니다."

"잘 알겠습니다. 마지막으로 대학시절 박민자 씨와 가깝거나 같이 활동한 분을 혹시 아시나요?"

"현재 〈해남일보〉의 국제부장을 하는 서정훈 씨가 같이 학생운동을 한 것으로 알고 있습니다."

서장의 답변이다.

"감사합니다."

다케다가 경찰서 현관에서 기다리는 동안 배 형사는 필요한 정보를 메모하여 내려온다.

"다음에는 이디로 갈까요?"

"민주한국당 지역구사무실로 가봅시다."

"전화를 넣을까요?"

"아니요, 그냥 가보지요. 그 대신 〈해남일보〉의 국제부장이라는 사람에게 연락해주세요. 우리가 저녁에 편한 시간에 만나 뵙고 싶다고, 필요하면 정보도 좀 주겠다고 … 꼭 주선해주세요."

"그래야죠. 그런데 늦었지만 점심을 드셔야지요."

"그렇군요. 배가 고프네요. 부산의 명물 좀 먹게 해주세요."

* * *

민주한국당 부산광역시당의 사무실은 시내 중심가의 크지 않은 건물 4층 전체를 쓰고 있었다. 문을 열고 들어서니 실내 전체가 한눈에 들어오고 모서리에 칸막이 사무실이 보인다.

"어디서 오셨지요?"

카운터의 여자 직원이 묻는다.

"서울 경찰청에서 왔습니다."

배영희가 대답한다.

여자직원이 잠시 긴장하더니 구석의 사무실로 안내한다. 소파에 앉아서 기다리라는 말에 앉으니 오래된 쿠션이 내려앉아 영 불편하다. 여자직원이 가져다준 종이컵의 커피를 거의 다 마실 즈음 오십이 될까 말까 하는 중년의 사내가 들어선다. 검은 양복에 흰 와이셔츠를 입고 진

달래색의 넥타이를 맸는데 너무 강렬하게 대조되는 의복 탓에 위화감을 느낀다. 머리는 염색을 해서 그런지 검고 번들번들하다. 그러고 보니 한국의 중년 이후의 남성들은 모두 염색을 하는지 백발이 섞인 남자가 거의 눈에 안 띄는 듯하다. 명함을 내미는데 보니 '홍보국장'이라고 쓰여 있다. 긴장하는 사내에게 다케다가 말을 건넨다.

"박민자 의원의 명복을 빕니다. 일본경찰에서 이 사건을 담당하는 외사부문의 다케다 경시입니다. 몇 가지 참고로 여쭙고 싶어 왔습니다."

"우리는 아는 게 별로 없습니다."

사내는 다짜고짜 방어조로 말을 한다.

"예. 지구당과는 별로 관계는 없다고 생각합니다. 수사에 직접 관련되는 것은 아니고, 그저 참고로 박 의원의 배경을 알고자 하는 것이니 도와주십시오."

이 말에 사내가 다소 표정을 누그러뜨리며 앉은 채로 바지의 먼지를 턴다. 먼지는 하나도 없다. 구두는 지나치게 잘 닦여 천장의 등이 반사할 정도인데 번쩍이는 구두가 왜 불성실하게 느껴지는지 의아함을 느끼며 다케다가 말을 잇는다.

"박 의원은 민주한국당의 부산시당에서는 선도적 인물이었겠지요?"

"선도적 인물? 글쎄 … 잘 모르겠어요. 부산에는 워낙 쟁쟁한 인물이 많아서 … 아, 노무현 대통령도 여기 출신 아닙니까? 박 의원이 그리 잘난 것은 아니지요. 다만 …."

"다만, 무엇입니까?"

"그 입 때문에 매스컴을 많이 타긴 하지요. 그게 개인의 명성을 올리는 데는 좋을지 몰라도 당이라는 조직으로서는 곤란할 때가 많아요."

"박 의원의 정치생활 중에 원한을 품거나 적대감을 가질 사람은 없었을까요?"

"글쎄요 … 개인적으로 원한을 품은 사람은 없을 겁니다. 돈도 잘 쓰고…그렇지만 그놈의 입 때문에 적대감을 가질 사람은 아마 부지기수일 거예요."

사내는 박 의원에 대하여 좋은 생각을 가지고 있지 않음을 분명히 한다. 다케다는 잘 만났다고 판단한다. 외국의 경찰관에게 이렇게 짧은 시간에 같은 당의 국회의원에 대하여 거침없이 말하는 부류의 인간은 조금만 더 띄워 주면 술술 말하게 되어있다. 대개는 자신의 입장을 한탄하고 타인의 출세를 시샘하기 때문이다.

"말씀하시는 것을 보니 이 지역의 정치상황을 아주 잘 아시는 것 같습니다."

"그럼요 내가 부산의 정치판에서 벌써 20년이나 밥을 먹었는데…."

"방금 전에 박 의원이 돈을 잘 쓴다고 말씀하셨는데…박 의원이 재산이 많거나 무슨 사업체라도 가지고 있습니까?"

"그런 것은 전혀 없어요. 그런데도 부산의 정치인 중에서 현금을 제일 잘 융통하는 것이 박 의원이에요."

"어떻게?"

"아니, 일본에서는 잘 모르시는 모양이구만. 박 의원의 아버지가 재일교포인데 일본에서도 유명한 사업가여서 돈을 마음대로 갖다 쓴다는 겁니다. 하여튼 사람은 줄을 잘 서도 그 중에서 부모 줄을 잘 서야 돼…."

"국찬모라는 의원모임을 결성하여 규탄집회를 갖기 위하여 일본에 갔는데, 역시 박 의원은 일본에 대한 증오나 저항감이 대단한 모양이지요?"

"택도 없는 소리에요. 다 쇼지 뭐. 하기야 정치가 다 쇼 아닙니까? 정치가 중에서 애국 외치는 사람 치고 진짜 애국자 있습니까? 마찬가지에요. 박민자가 일본을 얼마나 동경하는데! 놀러도 많이 가고. 다만 공부 안 하고 주위에 받쳐주는 사람 없으니까 반일을 활동의 주 메뉴로 삼아 계속 밀어붙인 거지 뭐."

"그러한 점이 민주한국당에서 문제가 되지 않았습니까?"

"왜 안 되겠어요. 그 국찬모가 사실 민주한국당에서 더 이상 공천이 힘들 것 같으니까 일종의 안전망으로 준비한 거예요. 다만 매사를 과장하는 언론에서는 아주 쓰기 좋은 재료니까 너무 떠들어대는 바람에 박 의원도 거기에 울며 겨자 먹기로 장단을 맞춘 거고."

이 대목에서 다케다는 박민자 의원이 당을 옮기려고 했던 일에 대하여 물을까 하다가 상대가 그만한 인물이 아니라는 생각에 말을 멈춘다.

"잘 정리해주시는 덕에 큰 참고가 되었습니다. 박 의원의 지역구사무실이 서구에 있는 것 같은데 그 쪽 사무국장님을 좀 만날 수 있을까요?"

"그만두세요. 벌써 잠수 탔으니까."

"잠수를 타다니 …."

"이건 언론에 나가면 절대 안 되는데 …."

"걱정 마십시오. 내부자료로만 활용하겠습니다."

"그 친구가 …"하며 말을 머뭇거리는데 지역구 사무국장이 '그 친구'로 바뀐다.

"그 친구가 … 나 참 … 박 의원한테 남자를 하나 소개한 뒤 그 문제 때문에 골치를 앓았는데, 이번에 이 사건이 터지니 말하기 싫어 아예 잠수를 탔지 뭡니까?"

"남자문제라면?"

"그런 게 있어요. 그건 수사에 직접 관련이 안 되는 사생활의 문제이니 더 이상 묻지 마세요. 그냥 박 의원이 독신임에도 남자를 아주 좋아했다고만 해둡시다."

더 이상 말이 안 나올 것이고 이야기의 포인트를 잡았다고 생각한 다케다는 추궁을 하지 않고 그 자리를 나온다.

* * *

민주한국당 부산시당을 나오니 오후 4시가 지나있었다.

"이제 어디로 갈까요?"

"박 의원의 어머니가 계시는 데로 갑시다."

"그럴까요? 저희 할머니도 노인홈에 계시는데 저녁식사가 5시에 시작해요. 그 전에 가는 게 좋겠어요."

차로 한 15분 이동하니 비교적 한적한 주택가가 나오고 대형 골프연습장이 눈에 들어온다. 그 옆에 10층 이상의 건물이 있는데 병원 겸 노인홈이다. 최덕자 씨를 찾으니 가족이 아니면 면회가 안 된다고 한다. 할 수 없이 경찰이라는 것을 밝히자 의사가 나오더니 사정을 들어보고 특별면회를 허가한다는 것이다.

노인홈은 상당히 좋은 시설이었다. 응접실에는 원형의 응접세트가 두 개 놓여 있는데 벽으로는 책꽂이가 설치되어 책이 가득하다.

5분이 채 안 되어 젊은 간호사가 휠체어를 밀고 온다. 휠체어에 앉은 노인은 깡마른 체격인데 눈에서 광채가 난다. 몸은 노쇠해 있지만 정신이 말짱하고 특별한 질병은 없어 보인다.

다케다와 배 형사는 최대한의 예의를 갖추어 인사한다.

"충심으로 애도를 표합니다. 얼마나 놀라셨습니까?"

다케다의 일본어를 배 형사가 통역을 하기도 전에 최덕자는 일본어로 대답한다.

"遠くからわざわざありがとう。"(멀리서 일부러 오시다니 고마워요.)

1922년생이라면 성인이 될 때까지 식민통치 하에 있었고 인텔리라면 학교에서 일본어를 배웠을 것이라는 데에 다케다의 생각이 미친다. 비교적 솔직하게 말해도 통할 것이라는 직감이 든다.

다케다가 말을 잇기 전에 노인이 먼저 말한다.

"김 간호사. 우리 옥상정원에 데려다 줄래? 약 먹을 시간에 데리러 와."

노인은 배 형사를 보며 말을 잇는다.

"처녀도 경찰이우? 참 예쁘기도 하네. 옥상에 정원이 있으니 거기에 가서 천천히 이야기 합시다."

옥상에 오르니 전망이 시원하다. 간호사가 내려가고 세 사람이 남아 마주보고 앉는다. 딸의 죽음을 맞았음에도 불구하고 노인은 침착하고 명민해 보인다.

"배 형사라고 그랬지. 내가 일본어로 이야기해도 될까?"

"네. 좋아요. 이제부터는 일본에 가서 수사에 합류해야 하니 연습으로도 좋겠어요."

"그래?"

노인은 배영희가 여자형사임에도 일본어를 아는 데에 또 한번 놀란다. 곧 대화가 시작된다.

"그래 우리 딸을 죽인 범인은 잡았어요?"

"아직 …. 하지만 용의자의 영상이 포착되고 단서들이 잡히기 시작했으니 잡히는 건 시간문제입니다."

"그래 … 어떤 부류의 사람인가요?"

"아직은 모르지만 범죄조직에 속하는 사람은 아니라는 것이 현재의 시각입니다."

"일본 사람인가요?"

"일단 그렇게 추정하고 있습니다."

"그래. 오늘은 어떤 이야기를 하러 여기까지 온 건가요?"

"이 사건은 단순한 살인사건에 국한되지 않고 한일관계에 커다란 그림자가 될 수 있는 사건입니다. 그래서 총리대신을 비롯하여 일본정부에서는 범인의 검거에 그치는 것이 아닌 살해의 동기를 포함하여 사건의 전모를 완전히 파악하여 공개함으로써 양국 시민의 감정을 상하지

274

않게 하고, 좋아지고 있는 한일관계에 장애가 되지 않게 하겠다는 방침을 굳혔습니다. 그래서 박 의원의 배경에 대해 정확히 이해할 필요가 있다고 판단한 것입니다."

"…그 아이가 어려서부터도 평범하지를 못하더니 이런 험한 꼴을 보이는군."

"참으로 애석합니다. 다시 한번 조의를 표합니다."

"그래, 알고 싶은 게 뭐요. 묻는 건 좋지만 내가 다 대답한다고 기대하지 말아요. 요즘 언론이 무서워. 꽃밭에 씨를 뿌렸다고 하면 벌써 꽃이 만발했다고 써대니."

"오늘 나누는 이야기가 일본경찰청의 수사본부 밖으로 나가는 일은 절대 없을 것입니다. 믿어 주십시오."

"글쎄…아무튼 여기까지 왔으니 들어나 봅시다."

"따님을 살해할 정도의 원한을 품을 사람이 있을까요?"

"없다고 봐요. 그 애가 밖으로 나대고 말을 거창하게 하기는 해도 인간적으로 봤을 땐 소박하고 결이 약한 아이에요. 민자를 마음에 안 들어하는 사람은 많을지 모르지만 죽일 만큼 증오할 사람은 없다고 믿어요."

"혹시 스즈키 가즈야라는 일본 사람을 아시거나 이름을 들어보신 적이 있습니까?"

"스즈키 가즈야…? 생소한 이름인데, 그 사람이 범인이우?"

"일단 저희 경찰이 추적하고 있는 사람입니다."

"전혀 모르겠어."

"네…그럼, 박 의원의 유일한 직계 혈족이시고…이렇게 정정하시니 솔직하게 전부 상의를 드리겠습니다."

"나도 그러기를 바라죠. 이제 곧 죽을 텐데 진실이라도 알고 죽는 것이 좋겠지."

"박 의원이 기누가와라는 온천지의 호텔에서 피해를 당했습니다. 아시나요?"

"소문으로 들었어요. 그이가 그 애를 참 귀여워했는데 … 그이가 사들인 온천호텔이지요."

"그이라면 후쿠시마 고로 상을 말씀하시는 것이지요."

"그렇지. 내게는 박재을이지만 …."

"박 의원이 국찬모라는 이름의 의원모임을 결성해서 집회를 위하여 동경에 간 것도 아시지요."

"알다마다요. 내가 정말 반대했는데 …."

"그런데 한 가지 알 수 없는 것이 … 일요일이면 동경에서 세상의 큰 주목을 받을 정치집회가 예정되어 있는데, 불과 이틀 전인 금요일 밤에 동경에서부터 한참 떨어진 기누가와까지 갔다는 것입니다."

"대물림이에요."

"대물림이라뇨?"

"그이가 그렇게 목욕을 좋아해서 온천장까지 사들이더니 그 아이도 목욕을 좋아해서 … 거의 유일한 취미가 목욕하는 것일 정도였으니, 그이가 한국에 와서 지낼 때도 집안에 커다랗게 일본식 탕을 만들어 아침 저녁으로 목욕을 했지요. 민자가 다 자란 한참 후에도 같이 목욕도 하고 …."

이 말을 하는 노인의 눈에 무언가 분노 비슷한 강한 기운이 스쳐간다.

'다 큰 딸과 같이 목욕을 했다고?'

다케다의 뇌리 속에도 무언가 지나가는 영상이 있다. 얼마 전까지만 해도 일본에서는 저녁이면 온 식구가 탕에 들어가는데 더운 물을 아끼기 위하여 아버지, 자식, 엄마의 순으로 차례로 탕을 이용했다. 그러한 과정에서 부모가 상당히 큰 자식과 함께 나체가 되어 목욕하는 일도 드물지 않았던 것이다. 정신과 의사인 자신의 아버지는 이를 엄격히 금지하였다. 언젠가 그 이유를 묻자 자녀들의 성적인 의식 형성에 좋지 않고 최악의 경우 근친상간을 유발하는 환경이 된다고 답한 기억이 난다.

그러나 이 질문을 더 추궁할 수는 없다고 판단한 다케다는 다음 질문으로 넘어간다.

"지금 말씀드리는 것은 한국의 경찰에서도 모르는 사항인데 … 어르신이 듣기 아주 거북하겠지만 이렇게 의연하게 계시니 말씀드리겠습니다. 박 의원은 동경에서 젊은 남자와 동행하여 온천장에 함께 있었습니다. 그 젊은이는 새벽에 온천장을 떠났습니다. 그 후 외부에서 침입한 다른 사내가 살해한 것입니다."

이 말을 들은 노인의 눈에 눈물이 고이며 고개를 숙이고 말을 못한다. 자신의 잔인함을 탓하며 다케다도 아무 말 없이 먼 곳을 쳐다본다. 해가 기울고 서늘한 바람이 부는 옥상정원에 들리는 소리라고는 바람소리와 먼 곳에서 노는 아이들의 웃음소리뿐이다. 시간이 꽤 지나 비로소 노인은 휠체어에 걸린 숄을 어깨에 걸치더니 입을 연다.

"인간의 힘으로는 어쩔 수 없는 것이니까."

"무슨 말씀이신지?"

"욕정이라는 것이 …."

구십이 가까운 노인의 입에서 '욕정'이라는 단어가 나오니 인간의 성행위가 책상 위에 굴러다니는 연필과 같은 무기질로 느껴진다.

"그 애의 몸이 남자를 많이 원했던 것 같아. 언제부터인지 모르지만 그렇다고 나는 알고 있었어. 하긴 나도 남자를 많이 갈구했지. 가당치 않은 국회의원이 되어 어설픈 공인 노릇을 하는 바람에 결혼도 제대로 하지 못하고. 그게 그 아이로 하여금 남자를 더 찾게 만든 것 같아."

"박민자가 젊어서부터 학생운동을 주도하는 등 이념형의 사람이라고 느꼈습니다만 …."

"그것도 다 우연일 뿐이에요. 팔자인지 모르지만 우연히 어린 나이에 데모가 그렇게 멋있었나봐. 아빠가 집을 비우고 엄마와 둘이서 사는 게 그 아이를 외골수로 만든 건지도 모르겠어. 인생이란 것이 살아보니 단순한 것인데 … 어떤 인간을 만나는가가 결정적이야. 특히 어린 시절에 말이지. 그 아이가 대학에 들어가서 데모를 주동하는 이들과 어울린 것이 그 아이의 인생을 결정해 버린 거야. 참으로 허무해 ….”

노인은 휠체어에 걸린 물을 두어 모금 마시고 말을 계속한다.

“민자를 무슨 투사형의 정치인으로 사람들은 아는 모양인데, 그건 그 아이의 진짜 모습을 몰라서 하는 말이야. 군대의 장군이라고 다 몸이 튼튼하고 용맹한가? 부모가 우연히 사관학교를 보내다 보니 그 중에서 운이 좋아 장군이 된 거지. 형사라고 다 똑똑하고 정의감에 불타는 건 아니잖아?”

노인의 말이 진실하고 절실하게 다가온다.

“아사이 사다코를 아시지요?”

“민자의 이복언니지.”

“만나신 적이 있나요?”

“그 아이가 아직 학생일 때 아버지를 따라 한 번 부산에 왔었고, 나도 동경에 놀러가서 한 번 만난 적이 있어.”

“박 의원과는 친했습니까?”

“아주 친했지. 나도 놀랄 정도였으니. 민자가 속을 다 터놓고 말하는 진정한 친구는 정자(貞子, 사다코) 밖에 없었어.”

“그 남편 되는 아사이 신스케도 만나셨습니까?”

“아니, 만난 적은 없어. 하지만 그놈이 재앙이야. 그놈 때문에 정자는 신세를 망친 거고 민자도 많이 나쁜 영향을 받았을 거야.”

“나쁜 영향이라면?”

“글쎄 … 돈과 관련도 있고, 일본에서 도와준답시고 이상한 인간들과 연결시키고 … 나도 자세히는 모르겠어.”

공기가 차진다. 노인의 얼굴이 수척해진다고 느낄 때 간호사가 올라온다.

"할머니. 약 드실 시간이에요" 하면서 다케다 일행을 쳐다본다. 이제는 면회를 끝내야 한다는 것이다.

"감사합니다. 건강 조심하세요."

다케다는 진심으로 인사를 건넨다.

"수고했어요. 이왕 이렇게 된 거니 모든 걸 다 소상히 밝히는 게 좋을 거야. 민자의 명예 같은 것보다 앞으로 두 나라가 사이좋게 지내는 게 중요하니까?"

"말씀, 명심하겠습니다. 감사합니다."

* * *

다케다와 배영희와 작별하고 자신의 거처로 돌아온 최덕자는 현관문을 닫고는 주저앉아 참았던 울음을 서럽게 터뜨린다. 혼자서 사는 30평이 넘는 아파트형 노인홈에는 거실이 잘 갖추어져 있다. 그러나 최덕자는 문간에 주저앉아 거실로 들어갈 생각도 없이 눈물을 흘린다. 일본에서 홀연히 나타난 박재을과 인연을 맺고 난 이후 지금까지의 반 세기가 주마등처럼 지나간다. 재을과의 만남이란 오랜 세월 동안 회고해 보면 부자연스러운 것이었다. 지금에 본다면 처음부터 없었던 것이 좋았을 인연이었다.

일제의 식민지 치하에서 경상남도 함안의 학교선생으로 부임한 부친과 모친 밑에서 태어난 덕자는 유일한 자식이었다. 개성 토박이로 평양에서 사범학교를 졸업한 부모는 인텔리였고 함안에서는 인격자로 존경받던 사람들이었다. 무슨 연유로 인해 부모는 함안에 정착하기로 결정하고 과수원을 사서 경영하였다. 덕자가 재을을 알게 된 것은 동네에서 같은 학교를 다니기도 하였지만 재을의 부친이 가끔 과수원에 와서 일을 도와주었기 때문이었다.

당시 농촌에서 딸아이를 교육시키는 부모는 드물었지만 인텔리이고 재력이 있던 최덕자의 부모는 덕자를 부산에 유학시켜 대학까지 교육시켰다. 사범대학을 나와 부산에서 교편을 잡고 있던 중 최덕자의 가정은 한국전쟁을 맞는다. 38선이 무너지고 북한군이 파죽지세로 남하하면서 7월에는 벌써 대전을 점령하였다. 방학을 맞아 부산에서 함안의 집에 덕자가 와 있던 8월 18일, 이승만 정부는 부산으로 옮기고, 함안은 결국 북한군의 점령 치하에 들어가게 됐다.

마을에서 떨어져 있는 과수원은 북한군이 지구사령부로 쓰기 적합한 곳이었다. 함안은 이른바 '낙동강 교두보'의 바로 바깥에 위치해 있던 것이다. 게다가 개성에서 내려온 부모는 다른 마을 사람들과 달리 북한군에 대하여 적대감을 가지고 있지 않았다. 북한군이 최덕자의 과수원을 지구사령부로 쓴 것은 불과 몇 주간의 짧은 기간이었다. 이때 20대 후반의 덕자는 북한군 대위와 서로 흠모하는 사이가 됐다. 짧은 사랑이었다. 평양에서 대학을 나온 박길호라는 대위와 과수원의 나무에 숨어 나눈 사랑은 이제 아흔에 가까운 덕자의 마음과 세포에 지금도 각인되어 있다.

9월 15일 맥아더가 이끄는 연합군이 인천에 상륙하고 낙동강을 돌파하려던 북한군은 보급로가 차단되어 패퇴한다. 그로 인해 덕자의 부모가 한국군에게 부역으로 몰려 살해되고 가산이 몰수된 것은 피할 수 없는 결과였다. 박길호 대위의 언질로 함안을 미리 빠져 나가 부산에 잠입한 최덕자가 전쟁이 끝나고 수년 후에 다시 교직에 복직할 수 있던 것은 천만다행이었다. 조용한 시골동네에서 부모의 부역행위가 공식적으로 다뤄지지 않았고, 한편 부산에는 부모가 도피시켜 놓은 상당한 자금이 있어 덕자로서는 필요하다면 돈을 아끼지 않고 로비를 할 수 있었다.

덕자가 함안중학교 역사교사로 부임한 것은 1956년 가을이었다. 30대 중반의 노처녀로 함안 읍내에서 조용히 생활하던 어느 날, 덕자는 읍내의 냉면집을 찾았다. 부모와 가장 즐기던 음식이 냉면과 꿩만두였던 까닭이었다. 해방 전에 일본으로 갔다던, 뇌리에서 까마득하게 사라졌던 박재을과 덕자가 부딪치게 된 것은 이 냉면집에서였다. 과거 덕자네 과수원에 와서 일하던 인부 '떡배'의 아들 박재을의 모습은 간데없고 근사한 신사가 되어 있었다. 그가 먼저 말을 걸어 인사를 하지 않았다면 덕자는 모르고 지나쳤을 것이다.

당시로서는 보기 드문 승용차를 타고 함안읍을 휩쓸고 다니던 박재을에게 덕자는 전혀 관심을 두지 않았다. 그러나 어려서 덕자를 흠모했던 재을은 그녀를 포기하지 않았다. 그때나 지금이나 한국 남자들은 '열 번 찍어 안 넘어 가는 나무 없다'는 굳센 신념을 공유하고 있었다. 재을은 온갖 방법을 이용해 덕자를 회유하였다. 결국 덕자는 재을의 마음이 진심임을 확인하였다.

당시 덕자는 30대 중반으로 성숙할 대로 성숙한 여인이었다. 또 덕자보다 세 살 위인 재을은 넉넉한 돈과 탄탄한 육체를 가진 성공한 남성이었다. 그렇지 않아도 읍내에 혼자 사는 노처녀 여선생이라는 것이 언제 풍파를 맞아도 당연한 분위기였던 터에, 재을은 좋은 보호자가 될 수 있다고 덕자는 결심한다.

인민군 대위 박길호와의 사랑이 서로간의 배려와 존중에 충만한 조심스러운 비밀의 사랑이었다면 박재을과의 사랑은 인간의 욕망을 스트레이트로 충족시키고 남에게 선전하고 과시하는 사랑이었다. 박재을은 자신의 출중한 육체로 덕자에게 늘 동물적 오르가즘을 느끼게 하였다. 그러나 덕자가 정녕 그리워하던 것은 과수원에 숨어 나누던 박길호와의 약하디 약하고 아스라한 숨결의 나눔이었다. 자신의 몸 위에서 씩씩대는 재을의 얼굴을 보며 덕자는 박길호를 추억하는 자신을 나무랐지만 그 상상을 도저히 피할 수도 없었다.

재을의 아이를 원치 않게 임신하고 덕자는 내심 두려워졌다. 재을이

281

일본과 함안을 왕복하며 생활하면서 덕자는 혼자 보내는 시간이 많았다. 뱃속에서 아기가 성장함을 느끼며 덕자는 조용히 부산에 가서 아이를 지워야겠다는 생각을 수십 번은 하였다. 이러한 극단적이고 부정적인 생각이 결국 민자의 인격에 영향을 미쳤다고 덕자는 수십 년 동안 믿어 왔다. 모친이 되어 뱃속의 아이를 생각 속에서 수 없이 두려워하고 지우고 거부했기에 핏덩이는 이미 이를 알아챘을 것이라고 믿었다. 자기만의 미신이었다. 덕자는 이 비밀스러운 생각을 민자가 태어나 성장하는 과정에서 한 번도 머릿속에서 떼어내지 못했다. 외형적으로는 조용하고 교양 있으며 사랑이 넘치는 모친이 내심 딸의 존재 자체를 두려워하고 내켜하지 않음을 아이인 민자는 감지했을 것이다. 민자는 영리하고 영악한 아이였다.

집안에서는 조용하고 얌전하던 아이가 나가서는 수많은 사내아이들 앞에서 주먹을 불끈 쥐고 격렬한 어조로 사자후를 토하는 모습을 보며 덕자는 '아, 저것이 내가 만든 업보구나'하는 생각을 의심 없이 했다. 생각의 씨앗이 만들어 낸 조화는 거기서 그치는 것이 아니었다. 모친과 정서적으로 겉돌고 서로 내외하던 민자는 그 결핍으로 부친에게 유난히 집착했고, 거기서 존재의 동기를 찾았다. 말하자면 '엘렉트라 콤플렉스'(Electra complex)였다. 더구나 성인이 되어서는 부친의 DNA를 물려받아 성에 대해 강렬히 욕망하게 된 것이다.

이 복잡한 내력은 고스란히 연출되어 연극처럼 눈앞에 벌어졌다. 결국 민자의 처참하고 부끄러운 죽음의 보이지 않는 연출자는 자신이라고 덕자는 생각하는 것이었다.

35

노인홈을 나서니 아직 7시가 채 안 되었다. 〈해남일보〉 국제부장과의 약속은 9시이다. 아직 어둠이 내리지는 않았는데 노인과의 솔직한 대화에 여운이 남아 잠시 분위기를 바꾸고 싶은 생각이 간절했다.

"배 형사, 해운대는 말만 들었는데 시간이 남았다면 산보 좀 할까요?"

둘은 차를 바닷가에 세우고 모래사장을 걷는다. 초저녁의 바다는 마음을 차분하게 만든다.

"처음에는 몰랐는데 다케다 형사님은 박 의원에 관해서는 어느 정도 프로파일링을 하고 있던 것 같아요?"

"음 … 저로서는."

"어떠한 방향성이라도 있는 것인가요?"

"박 의원이 어떤 인간인가를 파악하는 것이 범행자의 동기와 연결된다고 생각했어요. 사적인 원한이라든지, 아니면 박 의원이 대표하는 이익에 반대되는 이익을 가진 자의 동기라든지, 아니면 박 의원의 주의주장과 반대되는 것을 가진 자의 동기라든지, 아니면 이런 것들과 아무 관계없는 우연한 만남이라든지."

"그렇군요. 정리하자면 개인원한 가설, 이익충돌 가설, 이념충돌 가설, 무작위 가설 … 뭐 이런 것인데, 그 중에서 어느 쪽에 비중을 두고 계신가요?"

"우선 제일 끝의 무작위 가설은 배제할 수 있지요. 용의자는 박 의원을 노리고 기누가와까지 간 거니까. 첫 번째의 개인원한 가설도 한국에서 들은 이야기들을 종합할 때 가능성이 희박하다고 봐요. 남는 것은 이익충돌과 주의충돌의 두 가설인데 ….”

잠시 생각을 정리하더니 다케다가 말을 잇는다.

“박 의원이 동경에서 과거 야당출신 거물인 시마나카 씨와 만나 한일 해저터널사업에 관한 이야기를 좀 했다던데, 워낙 크고 정치적으로 폭발성이 있는 사안이라 현재의 불충분한 정보로는 어떤 판단도 할 수 없군요. 그런 점에서 남는 것은 이념충돌 가설이지요.”

“더구나 박 의원이 일본의 역사적 과거를 비판하는 국찬모의 행사를 주도했으니까 ….”

“그건 그래요. 그런데 무언가 좀 석연치 않은 면도 있어요.”

“그게 뭐죠?”

“불일치에요.”

“불일치라면 …?”

“주의주장이 개입하는 살인사건은 대개 암살이라거나 하는 극적인 형태를 취하고 이를 통하여 해를 가하는 자의 주의주장을 만천하게 선포하려고 하는 게 통례에요. 요즘 중동에서 수시로 일어나고 있지요. 그런데 이 사건의 수법은 아주 졸렬하고, 필시 아마추어가 한 짓이에요. 주의주장을 천하에 내거는 조직이나 자기 이름을 알리고자 하는 자의 수법이 아니라는 겁니다.”

“그렇군요.”

“그런 점에서 박 의원의 개인적 성향이나 … 뭐라 할까, 인격 비슷한 것이 상당히 깊이 관여하지 않나 싶어요.”

“그래서 범인은 어떠한 이유에서이건 박 의원의 인간적 모습에 관심이 있는 것이군요.”

“맞아요.”

“아 … 시간이 이렇게 됐네. 어서 약속장소로 가야겠어요.”

* * *

　부산식 전통한식을 대접하고 싶다는 〈해남일보〉 국제부장 서정훈이
말해준 식당에 가니 작은 연회실에서 기다리고 있었다. 하루의 피로가
가실 것 같은, 조용하고 운치 있는 곳이었다. 다케다 일행이 들어서니
담배를 재떨이에 비벼 끄며 50대 초반의 신사가 일어나 맞는다. 흰머리
가 섞여 후춧가루색의 머리를 길게 기르고 검은 뿔테 안경을 쓴 모습이
옛날 문학동인지 속에서 튀어 나온 듯하다.

　"はじめまして。"(처음 뵙겠습니다.)

　서정훈이 일본말로 인사를 한다. 다케다가 놀라며 화답했다.

　"はじめまして。武田です。よろしく。"(처음 뵙겠습니다. 다케다입니
다. 잘 부탁합니다.)

　"부장님께서는 어떻게 일어를 잘하십니까?"

　"잘하는 것은 아니고요. 신문사에 있으면서 1년 간 일본에 유학을 다
녀왔습니다. 게이오대학에서 국제정치를 공부했습니다. 이 부산이라는
곳이 한국에서 가장 일본에 친화력을 가진 고장이라고 할 수 있죠."

　"그렇군요. 박 의원과는 친구였나요?"

　"대학 2년 선배이지요. 같은 대학에서 박 의원은 역사를 공부하고 저
는 사회학을 전공했습니다."

　"두 분 다 현실정치에 관심이 많은 분야이군요."

　"그렇지요. 그리고 민자가 4년 내내 학생운동에 관여하는 것을 이끌
고, 뒤에서 밀기도 하고 했지요."

　서 부장의 호칭이 박 의원에서 자연스럽게 '민자'로 바뀐다.

　문이 열리고 직원 네 명이 음식을 가지고 들어오는데 일본이라면 한
열 명이 먹어도 족할 음식이다. 가짓수를 다 셀 수 없을 정도로 많다.

　"이 음식을 누가 다 먹습니까? 이제부터 우리 이야기는 말고 음식만

먹고 헤어집시다."

다케다의 말에 웃음이 번진다.

"제가 일본에 일 년 있으면서 느낀 것인데, 일본 사람들은 조크가 없지요. 그런데 다케다 경시께서는 조크를 잘하시네요."

"그렇죠. 조크와 유머가 없는 것이 일본 사회의 약점의 하나예요. 저는 아마 고교를 영국에서 다녀서 조금 다를지도 모르겠습니다."

"그렇군요. 그럼 우선 술 한 잔 받으시지요."

"네. 딱 한 잔만 받겠습니다. 오늘은 중요한 말씀을 듣고자 해서요."

"저도 알고 싶은 것이 많습니다."

"그럼 고인의 명복을 빌고 한 잔 하기로 하겠습니다."

일동은 잠시 묵념을 한 후 술잔을 입에 댄다.

"서 부장께서는 언론에 계시니 사건의 내용은 대개 알고 계시지요?"

"네. 한국에 알려진 것은 압니다."

"지금 대목에서 가장 궁금하거나 석연치 않은 부분은 무엇입니까?"

"우선 용의자가 파악되었습니까?"

"오늘의 대화는 보도의 대상이 아닙니다. 이 대화에서 서 부장께서 어떤 유추를 하거나 해석을 하는 것은 좋지만 대화의 내용이 보고되어선 안 됩니다. 약속해주시겠습니까?"

"약속하겠습니다."

"네. 용의자는 파악했습니다. 서울에 와서 연락을 받았는데 스즈키 가즈야라는 자로, 아무래도 우익지식인과 관련이 있는 것으로 보인다는 겁니다."

"그래요? 역시 국찬모에 대한 반발이었나요?"

"그렇게 생각하기 쉽지만 단정하기는 위험합니다."

"위험하다는 것은 …?"

"한국의 좌파정치인을 일본의 우익관련 조직이 살해했다. 이렇게 정

286

하면 매우 편하고 멋있는 스토리가 될 것입니다. 문제는 그 이야기가 곧 붕괴될 위험이 있다는 것입니다."

"조금 아까 우익지식인 관련이라고 하지 않았던가요?"

"그런 징후가 있다는 것입니다. 다만 그것을 곧 우익 쪽의 조직적인 행동이나 개입으로 봐서는 안 될 것입니다. 일본에는 아직 외국의 정치가를 살해할 정도로 극렬한 우익지식인 단체는 없습니다. 또 한 가지 생각할 수 있는 가능성은 우익관련 폭력조직인데, 이들의 소행으로 볼 때는 범행수법이 서투르고 빈틈이 많아요. 따라서 우익 쪽에 동조하는 어느 개인의 영웅심리나 망상이 작용했을 가능성이 높다고 봅니다."

"박 의원이 살해된 장소가 동경이 아니라는 이야기가 도는데, 그건 무슨 이야기입니까?"

"이 말씀을 드려야 할지 … 언론인이 아니라 박 의원의 선배라고 여기고 말씀드리겠습니다. 동경에서 행사가 있기 전 이틀 전에 기누가와의 온천장에서 사건이 있었습니다."

"기누가와라면 나도 가 본 것 같은데 도치기 현의 골짜기 아닙니까?"

"네."

"왜 그곳에서 …?"

"그곳에 박 의원이 아버지가 소유하던 온천호텔이 있습니다."

"아, 그렇죠 …."

"문제는 그곳에 동경의 한 호스트 클럽의 호스트를 데리고 갔다는 것입니다."

"네? 뭐라고요?"

이 말에 서정훈, 그리고 배 형사도 놀란다.

"살인사건의 해결도 그렇지만 이 부분이 고인에게는 명예스럽지 못한 부분입니다."

"흠 … 역시 …."

"역시라니 무슨 말씀이신지요?"

"이렇게 솔직하게 말씀하시니 저도 솔직하게 말하겠습니다. 박민자가 참 생각이 바르고 똑똑한 후배인데, 뭐랄까…내가 잘 모르는 부분이지만 남자에 대한 비정상적인 호기심이 있다고 느낀 적이 많아요."

"예를 들자면…."

"매우 공격적인 성적 욕구라고 할까요? 그런 것이 대학교 시절부터 눈에 띄었습니다."

매우 우회적인 표현이지만 다케다는 충분히 알아듣는다.

"저도 한 가지 묻고자 합니다. 국회와 민주한국당 부산시당에서 들은 바를 종합하면 박 의원이 국찬모를 결성한 것이 진정한 역사의식이나 신념에 바탕을 둔 것이 아닌 당내에서의 입장의 약화나 향후의 정치적 입지를 위한 개인적 공작이었다는 견해가 있는 것 같은데, 어떻습니까?"

"그건 고인의 활동을 모욕하는 말이에요. 박민자 의원은 진정으로 한일관계의 어두운 부분에 초점을 맞추고 따지고 정리함으로써 극복하자는 생각을 오래 전부터 가지고 있었습니다. 다만 그 생각을 행동으로 옮기는 데 전술적으로 현명하지 못했고 주위의 사람이나 시운이 따라주지 못했습니다."

서정훈은 답답한지 큰 잔에 맥주와 소주를 섞어 마시고 말을 계속한다.

"박 의원의 진정성이 많은 사람들에게 의심받거나 매스컴에 왜곡되어 전달된 이유는 박 의원의 개인적인 배경에 따른 부분이 큽니다. 즉, 아버지가 재일교포라는 것, 그리고 그의 재산에 덕을 입었다는 거예요. 이것이 돈 없는 많은 정치인들의 시기와 모함의 씨가 되었습니다. 사회개혁을 외치고 반일을 외치는 '부산의 잔 다르크'는 돈이 없어야 그림이 맞거든요. 그런데 불행하게도 그녀에게는 원하면 얼마든지 가져다 쓸 수 있는 돈이 있었지요. 그 결과 나타난 현상이 진정한 동지들과의 뜻을 모은 투쟁이 아닌 외로운 싸움과 주위에서의 모독이었지요. 그러한 상태에서 박 의원의 이념이나 지향이 내용이 없는 것으로 포장되기 시작했어요."

여기서 서정훈은 맥주를 한 잔 더 들이켠다.

"그러한 과정에서 박 의원의 언행은 더 자극적이고 돌출적인 것을 추구하게 됐고, 그 이면에서 엄청난 고독을 느꼈다고 생각합니다."

세 사람은 한동안 음식을 먹으며 각자의 생각 속에 들어간다. 부산의 영화제, 정계이야기 등 다양하게 이야기가 번지는 과정에서 서정훈은 상당히 술을 많이 마시고 취기가 오르기 시작한다. 그가 더 이상 취하기 전에 진짜 질문을 해야 한다는 결론에 이른 다케다가 말을 돌린다.

"박 의원이 언제부터 한일 해저터널사업에 관여하게 되었습니까?"

"그건 좀 앞서가는 질문이군요. 혹시 박 의원이 일본에 가서 그 이야기를 하고 그것이 다시 일본경찰의 귀에 들어갔다면 그건 필시 흔히 박 의원의 정치 멘토라고 불리는 조정달 씨의 입에서 나온 것이겠군요. 부산사정은 내가 잘 아는데 해저터널을 학술적인 차원이 아니라 정치적 차원에서 리드할 세력이 없어요. 아니, 부산뿐만 아니라 한국에 아직 없다고 봅니다."

"그런데 그 이야기가 나온 배경은?"

"아마 조정달 씨가 박 의원을 데리고 새로 만들어진 당으로 옮기며 새로 꽂을 깃발이 하나 필요했던 게지요."

"그 말씀은 해저터널관련 사안으로 박 의원을 위해할 세력이 없다고 보시는 겁니까?"

"그럼요. 택도 없는 이야기에요."

다케다는 큰 감명을 받았다는 듯이 고개를 심하게 끄떡이고 나서 슬쩍 묻는다.

"그런데 그 사람은 어떻게 되었습니까?"

"그 사람이라뇨?"

"박민자 씨가 대학생 때 데모주동 그룹에 있으면서 사랑을 나눴다는 젊은 중앙정보부 직원 말인가요?"

이 질문에 서정훈은 들고 있던 위스키 잔을 놓치고 술이 상 아래로 흐르는 것을 의식하지 못한다. 상당한 충격을 받은 모양이다. 배영희도 눈이 동그랗다.

"허 … 어떻게 그걸 ….."

서정훈은 실성한 사람처럼 중얼거린다.

"당시 중앙정보부에서 그 사람과 같이 일한 동기생에게 들었습니다."

"그래요 …?"

서정훈은 술이 싹 가신 모습으로 자세를 바로잡는다.

"김치성이라는 사람이었는데 그 일이 발각되고 중앙정보부에서 쫓겨나 나중에 어느 미국계 경비회사에서 일한다는 소문만 들었습니다. 수십 년을 알고 지낸 박민자에 관해서 제가 이해할 수 없는 유일한 부분이 그것이에요."

"어쩌면 박민자 씨의 정신세계를 이해하는 데 열쇠가 되는 에피소드인지도 모르겠습니다."

그 말을 하는 다케다의 모습은 형사가 아니라 정신과 의사 같다고 배영희는 느낀다.

* * *

11시 가까이 식당에서 서정훈과 헤어진 다케다와 배영희는 고민 끝에 부산역 앞에 있는 찜질방에 가기로 한다. 한국에서 맛보아야 할 명물 중의 하나라고 배영희가 우긴 탓이었다. 술이 깨도록 조금 휴식을 취하고 김포공항으로 직행해 달라는 다케다의 부탁에 배영희가 제안할 수 있는 최선의 방안이었다. 찜질방의 휴게실에서 각자 가운을 입은 채 타월로 땀을 닦으며 만난 다케다와 배영희는 서로를 보며 한참을 웃는다. 새벽 1시가 되었는데도 찜질방의 휴게실 안에는 깨어 있는 사람들이 더러 있다.

커다란 TV 화면 앞에 앉아 찬 보리차를 마시며 다케다가 입을 연다.

"아까 그 사람이 그 여자를 사랑했나 봐요."

갑작스러운 소리에 배영희가 기가 막혀서 묻는다.

"무슨? 누가 그 사람이고 누가 그 여자에요?"

"서정훈과 박민자 말이에요."

"아, 왜 그렇게 생각하세요?"

"식당에서 나오는데 서정훈 씨가 식당정원의 구석에 있는 나무덩굴 밑에서 손수건으로 얼굴을 가리고 흐느끼는 것을 봤어요."

"그래요…?"

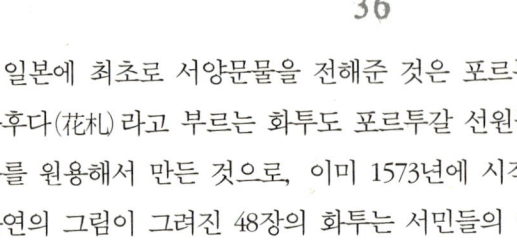

36

　일본에 최초로 서양문물을 전해준 것은 포르투갈 사람들이었다. 하나후다(花札) 라고 부르는 화투도 포르투갈 선원들이 가지고 놀던 카르타를 원용해서 만든 것으로, 이미 1573년에 시작한 텐쇼(天正) 시대에 자연의 그림이 그려진 48장의 화투는 서민들의 열정을 빼앗고 있었다. 열두 달을 그리는 이 화투 중에서 왜 8, 9, 3이 몹쓸 놈의 취급을 받는지는 지금도 똑떨어지는 대답을 내는 이가 드물다. 한국에서 유행하던 도리짓고땡과 유사한 게임이 있던 것은 분명하다. 다섯 장의 화투를 손에 쥐었는데 8, 9, 3이 들어있다면 합이 20이요, 그래서 버리는 패가 되는 것이다. 아무튼 8, 9, 3은 버리는 존재가 되었고 이 숫자의 일본식 발음인 '야쿠자'는 버림받은 인간이 되었다.

　그러나 야쿠자의 세계에서는 서로를 버림받은 인간이라고 부르지 않고 협객이라 부른다. 협객이 가는 최고의 길은 고쿠도였다. 의리를 생명으로 여기는 고쿠도의 세계에서 최고의 자리는 오야붕(親分)이었고, 그 부하들은 모두 코붕(子分)이었다. 고쿠도의 세계의 의리는 부모 자식 간의 의리인 것이다.

　일본에서 손꼽히는 고쿠도 세력인 스미야스 구미의 7대 총재이자 구미의 산하우익단체인 대동아부흥회의 최고 고문인 다니구치 이쿠오(谷口郁夫)의 모습은 위풍당당 그 자체였다. 행동대원이던 34세 당시에 오야붕의 명령으로 경쟁조직의 간부 세 명을 권총으로 살해한 혁혁한 공을 세우고 9년을 형무소에서 보낸 것이 어언 25년 전, 60대 후반의 오야붕은 미국대사관 건물이 멀리 보이는 미나토구(港區)의 본부 집무실에서 정원의 화초를 내다보고 있었다. 아사이의 면담 요청에 응하여 고문, 상담 등 간부진을 불러 모은 오야붕이 정원을 내다보는 동안 아사이는 이미 오래 전에 쥐가 난 다리를 깔고 무릎을 꿇고 있었다.

고쿠도의 오야붕은 칼날이 목에 들어와도 말을 흘트리지 않는다. 애써 지어낸 바리톤의 목소리가 이제는 성대에 자리 잡아 무게가 있다. 조직의 문양색인 감색의 와후쿠(和服)에 맨발인 오야붕이 정원에서 시선을 거두고 넓은 실내를 둘러보며 천천히 묻는다.

"왜 급히 보자는 거야?"

"조금 귀찮은 일이 생겼습니다, 오야붕."

아사이는 감히 고개를 들지 못하고 양손을 짚은 다다미를 바라보며 대답을 한다.

"무슨 일인데?"

"일전에 한국의 국회의원이 기누가와에서 살해된 사건이 있었습니다."

"그래서 …?"

"그 살인사건을 일으킨 놈이 대동아부흥회에서 기획을 보는 아이와 관련이 된 것 같습니다."

"우리 구미와 직접 관련 없는 일이 아닌가?"

"네. 그렇습니다. 다만 이 사건이 워낙 민감하고 총리대신이 직접 나서서 챙기는 사건이라 구미에 조금이라도 누가 되는 것을 막기 위해 미리 보고를 드리고 허가를 얻고자 하는 것이 있습니다."

"뭐냐?"

"사건을 일으킨 아이를 처분할까 합니다."

"흠 …."

"잠깐!"

이때 한 와카슈(若衆)가 제동을 건다. 와카슈는 참모진이 아니고 본 업라인에서 활동하는 중간간부 계급이다.

"그 아이를 처분하는 것은 간단하지만 대동아부흥회에 간접적으로 관련되는 사람들이 그 아이가 실종된 것을 안다면 결국 문제의 불씨가 남지 않을까?"

"그 아이는 뭘 하는 아이지?"

"사법고시를 준비하며 대동아부흥회에서 뒤를 봐주는 식민역사연구회라는 연구회의 멤버입니다."

"시로토라는 말이지?"

시로토란 전문의 길을 걷지 않는 자, 즉 여기서는 고쿠도의 길을 걷지 않는 자를 말한다.

"예, 그렇습니다. 오야붕."

"우리 고쿠도가 시로토의 생명을 앗는 일은 없다. 조직에 직접적인 피해가 있기 전에는. 우선 그 아이가 경찰에 검거되지 않도록 뒤를 봐주도록. 그래도 문제가 생긴다면 다시 보고해."

"알겠습니다."

오야붕의 접견실을 나와 정원의 벤치에 한참을 앉아 다리의 쥐를 푼 아사이는 즉시 요코다와 시모지를 비밀회의에 소집한다.

＊　＊　＊

아사이의 전화를 받았을 때 시모지는 스즈키의 방에서 나온 문서들을 박스에 담아 임대창고에 넣고 나오는 길이었다. 대부분이 A4 크기의 인쇄물들이었는데 얼핏 들추어 보니 식민역사연구회에서의 보고나 토의 자료, 책의 복사물, 인터넷에서 출력한 듯한 기사 등이었다. 시모지의 눈에는 아무짝에 쓸모없어 보이는 종이를 여섯 박스나 가지고 있는 스즈키의 행동이 영 못마땅하다. 더구나 이 일을 위하여 스즈키의 애비를 찾아 오사카에 도착하여 요코다의 전화를 받고 급히 동경으로 발을 돌린 것이 아닌가. 아사이가 지정하는 호텔의 객실에 들어서니 아사이와 요코다가 기다리고 있었다.

아사이의 표정이 험악하다. 뱀이 풀밭을 기어가는 듯한 소리를 내며 말을 뱉는다.

"놈을 제거하려고 생각했다."

요코다는 숨을 죽이고 듣는다.

"나는 세 가지 방안을 가지고 있었다. 첫째는 놈을 제거해 버리는 것이고, 두 번째는 자수시키는 것, 그리고 세 번째는 놈을 피신시키거나 증발시켜 영구 미제사건으로 만드는 것이다. 오야붕을 찾아뵙고 상의할 결과 첫 번째 방안은 고려하지 않기로 하였다."

요코다가 소리 안 나게 안도의 숨을 내쉰다.

"나머지 두 개의 방안에서 어느 쪽이 좋겠냐?"

아사이의 질문에 요코다와 시모지는 한동안 말을 못한다. 이윽고 시모지가 입을 연다.

"자수시키는 방안이 간단하기는 한데 … 이 스즈키라는 놈을 만나보니 정상적인 애가 아니에요. 자기만의 세계 속에 도취하여 남의 입장 등은 전혀 고려할 애가 아닙니다. 그 애의 입에서 무슨 소리가 나올지 모르는데 …."

"저도 동감입니다. 가즈야는 일단 경찰의 손에 넘어가면 식민역사연구회에 대하여 아는 대로 전부 떠들 것입니다. 그만큼 불안하고 동시에 자기도취적인 경향이 강합니다. 경찰이 식민역사연구회에 관하여 자세히 아는 것 그 자체는 중요하지 않지만 질문이 대동아부흥회에까지 이르게 되면 … 경찰이 알 필요가 없는 사항까지 알게 되지 않을까 걱정됩니다."

요코다의 우려를 아사이가 모르는 바가 아니다.

스미야스 구미는 겉으로 보기에는 단순한 폭력조직으로 보일지 모르나 내면적으로는 정계, 언론계, 학계의 우익세력과 일정한 관계가 있다. 이것이 경찰에게 세부적으로 파악되는 것은 구미가 우익의 인사들에게 결과적으로 누를 끼치게 된다. 이는 구미로서는 극력 회피해야 하는 상황이다. 더구나 하토야마 정권이 들어선 이후 일본의 우익세력이 느끼는 위기감은 날로 깊어지고 있다.

"그렇다면 세 번째 방안밖에 없다는 것인데….."

아사이가 이마를 잔뜩 찌푸리며 독백조로 내뱉는다.

"스즈키를 몇 년 정도 해외에 빼돌리는 것은 어떻겠습니까? 중국이나 필리핀이나 브라질이나… 우리 조직이 쓸 수 있는 장소는 얼마든지 있습니다."

요코다의 대답이다.

"흠…."

"우선 조직에서 관리하기 편하고 안전한 장소로 피신시켜야 합니다."

"거기가 어딘가?"

"다치카와(立川)가 어떨까 합니다."

다치카와는 동경 중심에서 서쪽으로 한 시간 정도 떨어진 교통의 연결점으로 동경 시내로 출근하는 사람이 많은 베드타운이다. 인파가 많아 숨어있기 편하고 스미야스 구미가 꽉 잡고 있는 지역의 하나다.

"좋아. 우선 그리로 피신시키고 잘 감시하도록. 관리는 시모지 군이 끝까지 맡아줘."

"알겠습니다."

37

부산의 찜질방에서 피로를 풀고 김포에서 오전 11시 반 비행기를 탄 다케다와 배영희가 가스미가세키의 경찰청 수사본부에 도착한 것은 저녁 7시가 가까운 시간이었다. 일요일인데도 수사본부에는 많은 수사요원이 자리에 남아 있었고, 기무라 형사국장과 모리 형사기획과장도 아직 청사 안에 있었다. 용의자 스즈키 가즈야의 거주지를 어렵사리 파악하여 급습하였으나 이미 증발해서 수사본부는 물론 경찰청 전체가 의기소침해 하고 있었다.

다케다는 한국 출장에 관한 간단한 구두보고와 함께 배영희를 소개하고 싶다는 희망에 형사국장 방에서 기획과장을 포함한 네 사람을 모았다.

"이렇게 미인 형사와 함께 일하는 한국의 경찰들이 부러운데."

기무라 국장이 무거운 기분 속에서도 조크를 한다. 다네가시마에 내려가 안인화 교수를 만나고 온 오하시가 합석한 자리에서 배영희의 소개에 이어 브레인스토밍 세션이 시작된다.

"한국출장은 어땠나?"

"자세한 사항은 문서로 보고드리겠습니다만 적어도 한국에서 박민자 씨를 살인하고자 하는 의도나 계획을 가졌던 사람이나 조직이 없었다는 것을 확인할 수 있었습니다. 저로서 큰 소득이라고 믿는 것은 박민자라는 피해자의 개인적인 배경에 관해 이해하게 되었다는 것입니다. 앞으로 범인을 검거하고 기소하는 데 직결되지는 않을지도 모르지만 사건 전체의 성격을 결정하는 데 중요하다고 생각합니다."

"간단히 정리해서 말해보지?"

기획과장이 다소 신경질적으로 끼어든다.

"네. 서울에서 배 형사와도 서로 생각을 정리해봤지만 이 사건의 동기는 크게 네 가지로 정리할 수 있습니다. 첫째는 우발살인, 둘째는 개인원한, 셋째는 이익충돌, 넷째는 주의주장 충돌입니다. 이 사건이 계획과 준비에 따른 것이니 첫 번째 가설은 성립하지 않습니다. 둘째의 개인원한에 의한 살인도 한국에서의 조사로 볼 때 타당하지 않다고 봅니다. 세 번째 가설은 박 의원이 살인을 고려할 만한 커다란 이권에 방해가 되는 존재인가 하는 것인데 …."

"자네는 지금 해저터널과 관련해서 고민하고 있는 모양이군?"

기무라 국장이 말을 가로챈다.

"아직 마음을 못 정하고 있습니다."

"오자키 의원을 만났어."

국장의 말에 모두 놀란다.

"그런데 오자키 의원이 면밀히 조사한 결과 한일 해저터널과 관련하여 새로운 추가적인 움직임은 전혀 없다는 거야. 특히 한국의 야당과 함께 이를 추진하고자 하는 움직임은 전혀 감지되지 않는다는 거지. 요컨대 이는 한국의 야권정치인들이 앞으로 띄우고자 하는 애드벌룬이라고 봐야 할 거야."

"실은 저도 부산의 언론인에게 같은 의견을 들었습니다. 그렇다면 남는 것은 주의주장의 충돌입니다. 박 의원이 국찬모라는 매우 이념적인 활동을 펴기 위해 일본에 왔다는 사실 자체가 이를 방증합니다. 문제는 박 의원이 대표하는 주의주장을 '살인'이라는 극단적인 행위를 가지고 반대하는 인물이나 조직이 이 세상에 있는가 하는 것입니다."

"그것을 이해하는 것이 용의자의 동기를 이해하는 것이고, 따라서 검거에 이르는 실마리라는 거지."

"그렇습니다."

"자, 정리해 보자. 배 형사, 우리가 다 안다고 생각하고 있지만 박 의원이 대표하는 주의주장이 뭡니까? 한국의 시각에서 요약해 보세요."

형사국장의 말이다.

"그럼 사건을 함께 해결하는 수사관의 입장에서 중립적으로 정리해 보겠습니다. 오늘을 사는 한국인들에게 일본이라는 타국으로부터 식민통치를 당한 과거는 지울 수 없는 상흔으로 오롯이 남아 있습니다. 이러한 의식을 일본에서는 막연한 피해의식이라거나 우라미(恨み=원한)로 이해하는 경향이 있습니다. 현 시점에서 과거의 일을 두고 한국과 일본 사람들이 충돌하는 가장 큰 요인은 감정적인 부분이라기보다 많은 일본인들이 공유하는 두 가지 생각 때문이라고 봐요."

일본경찰청의 고급간부들은 처음 만난 한국의 젊은 여자형사가 당당한 어조와 유창한 일본어로 설파하는 데 입을 벌리고 경청한다.

"하나는 당시 서구세력이 아시아를 지배하고자 하므로 일본이 서구세력으로부터 조선을 보호하기로 '선택'하였고, 조선도 이를 자발적으로 받아들이기를 '선택'하였다고 주장하는 거예요. 이는 지금도 일본의 많은 우익인사들이 가지고 있는 태도라고 봅니다. 또 하나는 일종의 공리주의인데, 일본의 식민통치를 조선이 원했든 원치 않았든 결과적으로 일본의 통치가 조선의 근대화에 결정적인 공헌을 했다는 주장이지요. 어떤 이들은 식민통치가 없었다면 조선은 러시아에 먹혀 버렸거나 오늘과 같은 발전이 없었다고 공공연히 말하지요."

"음…. 매우 좋은 요약이야."

형사국장이 감탄한다.

"이러한 주장을, 한일병합 100년을 맞이한 2010년에 동경 한복판에서 일본의 매스컴이 보도하는 중 그 부당성을 깨고 나아가 천황의 사과를 요구하겠다는 것이 박 의원과 국찬모의 계획이었지요."

"그리고 그러한 계획을 안다면 도저히 용인할 수 없다고 생각하는 세력이 일본에 있겠지요."

다케다가 끼어든다.

"그렇다고 볼 수 있지 …."

형사국장은 고개를 끄덕거린다.

"문제는 이에 관한 주의주장의 충돌이 있어도 그것을 살인이라는 행동으로 옮길 수 있는 행위주체가 일본에서는 생각하기 힘들다는 것인데 …."

형사기획과장이 인상을 있는 대로 찌푸리고 중얼거린다.

이때 오하시가 의자를 앞으로 당기며 곧추앉아 입을 연다.

"과장님의 말씀대로 일본의 우익인사들은 주로 대학이나 언론에 속하는 사람들로서 폭력과는 거리가 멀지요. 따라서 이들이 폭력을 행사하거나 조장했다고 보기는 힘들어요. 다만 두 가지의 예외상황을 생각해 볼 수 있습니다. 하나는 전부터 있던 일로, 우익인사와 우익폭력조직의 연계입니다. 이른바 국사(國士)라고 불리는 거물을 중심으로 우익계의 지식인, 정치가, 폭력조직이 하나의 공동체를 만드는 현상은 지금도 완전히 없어지지 않았습니다. 둘째는 인터넷의 발달로 인한 이른바 사이버 우익세력의 발흥입니다. 이 사람들은 익명이 보장되기 때문에 지금까지 일본인들이 상상도 못했던 극렬한 언어로 온갖 상상력을 동원하여 극단적 우익담론을 형성하는 것 같아요. 한 예로 욘채널이라는 인터넷 사이트는 웬만한 잡지 이상으로 보는 사람도 많아 그 영향력이 상당하다는 평가가 있습니다."

수사관 오하시의 지성은 경찰청의 한 자랑거리이다.

"좋은 분석이야. 그러한 관점에서 용의자인 스즈키가 참가하였다는 식민역사연구회에 짚이는 구석이 있나?"

"네. 다네가시마에 내려가 만나본 동척대학교의 안인화 교수가 아주 미묘한 인물입니다. 그녀가 참가한다는 식민역사연구회를 좀더 관찰해 볼 필요가 있습니다."

"좋아. 그건 오하시 군이 계속 추적해봐."

"알겠습니다."

"안인화 교수와의 면담에서 나온 특이사항이 있다면 이 자리에서 보고하도록."

기획과장의 말이다.

"네. 용의자의 검거에 직결되는 정보는 없습니다. 다만 안인화가 직접 말한 것으로서 중요한 점은 용의자가 사법고시에 연거푸 실패하여 인생의 목적의식을 상실한 상태에서 일종의 도피로 식민역사연구라거나 사이버 역사논쟁 등에 참여했다는 것입니다. 안 교수의 해석에 따르면 자신의 조상이 식민지조선에서 행한 활동에 커다란 자부심을 가지고 있었다는 것입니다."

"그렇다면 그를 부정하는 국찬모의 행동은 자신이 떠받드는 가치를 파괴하는 행동으로 비춰질 수 있겠군."

다케다의 말이다.

"그렇습니다. 그 외의 개인적인 살해동기는 없다는 것이 안인화의 해석이었습니다."

"그런데 말이야. 지금 이야기를 들으면서 무언가 마음에 걸리는 게 있는데 … 용의자의 주거를 급습한 수사팀의 보고에 의하면 용의자는 급히 신변을 정리하여 도망한 것으로 보이는데, 한 가지 특이사항으로 책꽂이에서 많은 부분이 자리가 비어 있고 그 옆의 책들이 마구 쓰러져 있다는 거야. 그게 그 연구회와 무슨 관련이 있지 않을까? 살인혐의를 쓰고 급히 도주하는 자가 한가하게 책을 싸 가지고 떠난다는 것도 이상하고 ….."

형사국장의 말이 지속된다.

"그렇다면 용의자의 책꽂이에서 없어진 것이 식민역사연구회에 관련이 있는 것이 아닐까? 거주조사에 나갔던 수사관의 보고에 의하면 책

수십 권 이상을 꽂을 수 있는 공간이 비어 있더라는 거야."

"살인혐의로 급히 몸을 피하는 자가 그 많은 분량의 책이나 문서를 가지고 사라졌다면 누군가의 도움을 받았다고 볼 수밖에 없습니다. 용의자가 사용한 RV는 인근의 공용주차장에 그대로 있습니다. 따라서 그 물건은 누군가가 차량으로 이동시킨 것인데 지금까지 드러난 정보들로 볼 때 이번 일은 용의자가 치밀하게 계획하고 집행한 것이 아니라 누군가가 도운 것일 확률이 높습니다."

기획과장의 분석에 일동은 침묵의 동의를 보낸다.

"제가 서울에서 요청한 아사이 사다코와 국찬모 일본지부장이라는 인물에 대한 조사는 어떻게 되었습니까?"

다케다의 질문에 기획과장이 곤혹스럽게 대답한다.

"아사이 사다코라는 여자가 베트남에 있다는군. 이 말이 의심이 가지만 의심을 노골적으로 보일 단계가 아니고 더구나 용의자가 아니니 출입국 기록을 아직 조회할 단계가 아니라고 판단하고 있네."

"제가 내일이라도 태평양 여행사에 가서 자세히 물어보겠습니다."

38

즉석의 수사회의가 끝난 시간은 이미 8시가 지나 있었다. 다케다 형사는 한국출장으로 비워둔 집에 귀가하기로 하고 오하시 형사가 수사본부를 대신하여 배 형사를 호텔로 안내하기로 한다. 경찰청을 나와 좌회전을 하면 황실이 잇는 황거(皇居)가 눈에 들어온다. 옛날에 적의 침입을 막을 수 있도록 만든 성벽호(城壁濠)에 짙은 녹색의 물이 고여 있다. 황거를 오른편에 끼고 차를 달리니 금방 한조몬(半藏門)이 나오고 수백 미터가 지나 왼편으로 성당이 보이는데 바로 오른편에 고지마치회관이라는 공익호텔이 있다.

"동경에서 이렇게 큰 성당을 보다니 예상 밖이네요."

배영희가 감탄한다.

"바로 서울에 출장 간 다케다 선배가 졸업한 상지대학의 성당이에요. 상지대학은 일본에서 드문 가톨릭 계의 대학이지요."

"아, 그래요?"

다케다가 가톨릭 계의 대학을 나왔다는 사실이 배영희에게는 왠지 극히 자연스러운 것처럼 느껴진다.

배영희가 체크인한 룸에 짐을 놓고 로비로 내려오니 오하시가 서서 기다리고 있었다.

"차는 어찌하시고요?"

"아예 주차를 했어요. 운동도 부족한데 조금 걸어서 아카사카에 가서 저녁을 먹고 다시 왔으면 하는데, 괜찮겠습니까?"

새벽부터 설친 배영희는 다소 피곤했지만 밤거리를 산보하는 일은 환영이다.

"여기서 한 10분만 걸어가면 한국 음식점이 많은 아카사카예요. 저는 한국음식을 무척 좋아하거든요."

이 말에 처음으로 배영희는 오하시의 얼굴을 똑바로 본다. 30대 초반으로 보이는 그는 말끔한 양복 차림에 세련된 모습을 하고 있었다. 일본의 형사들이 대체적으로 외양을 잘 가꾼다는 말이 사실인 모양이다.

제국호텔, 오쿠라호텔과 함께 일본의 3대 호텔에 들어간다는 뉴오타니호텔을 지나니 작은 강이 하나 흐르고 길이 여섯으로 갈라는 큰 교차로가 나왔다. 그 왼편으로 고층의 호텔이 보인다. 대한제국의 최후 황태자였던 이은 왕자 부부의 저택이 있던 자리에 지은 호텔이어서 '그랜드 프린스'라는 이름이 붙었다는 설이 있다. 교차로를 건너니 아카사카이다. 아홉시가 가까운 아카사카는 인파로 붐비고 있었다. 아카사카에 고급요정과 술집들이 많다는 말은 배영희도 익히 들어 알고 있었는데 직접 와 보기는 처음이다.

한국인들에게 일제침략의 원흉으로 인식되어 있는 이토 히로부미가 데리고 온 이은 왕자의 구 저택에서 불과 수백 미터도 채 안 되는 거리에 환락가가 있고 그 안에 수백 명의 한국아가씨들이 지금도 일본남자들에게 술과 웃음과 몸을 팔고 있는 현실을 어떻게 이해하고 받아들여야 좋을지 … 배영희는 한국인들이 그토록 즐겨 찾는 반일이라는 감정이 마치 친구가 장에 가니 덩달아 따라나서는 불성실함에 기인한 건 아닌지 혼란스럽다. 경찰내부에서 수시로 올라오는 일본 내 한국인들의 범죄행위에 관한 보고를 접하며 대한민국이 지금 시급히 해야 할 일은 올림픽의 메달 획득이나 드라마, 김치의 수출이 아니라 해외에서의 불법체류와 불법행위 근절이 아닌지 통감하곤 하는 것이다.

영희의 내심을 읽은 듯이 오하시가 묻는다.

"배 형사는 아카사카에 요정과 술집이 많은 내력을 아세요?"

"무슨 내력이 있는데요?"

"아까 지난 교차로 왼편으로 올라가면 일본의 국회가 있고 정당 본부들이 있지요. 그리고 아카사카에 국회의원들의 숙소가 있어요. 지방출신의 국회의원들은 옛날에는 지역구의 관리를 오엥카이(応援會)에 맡기고 동경에서 활동하였지요. 그러다 보니 늘 외식을 하고 술도 마시고, 따라서 본부인 이외의 여자와 따로 살림을 차리는 의원들이 많았지요. 국회의원의 '허리띠 아래의 일'을 묻지 않는다는 풍토는 그때 만들어졌다고 봐요. 더구나 네마와시(根回し, 성장한 묘목을 옮겨심기 전에 뿌리주변을 넓게 파고 흙과 함께 가마니로 잘 싸서 정성스럽게 준비하는 것을 비유한 사전조정)를 중시하는 일본정치에서는 밤에 요정에서 중요한 사항들을 결정했지요. 지금도 마찬가지지만."

인파로 붐비는 길을 한참 가던 오하시가 묻는다.

"뭘 드실래요?"

"글쎄요. 오하시 상이 좋아하는 것으로 먹어요."

"그럼 설렁탕으로 합시다."

"좋아요."

양복을 입은 일본경찰청의 형사 입에서 설렁탕이라는 단어가 나오는 게 신기하게 느껴진다. 멀리서 봐도 김이 무럭무럭 나오는 커다란 모형 설렁탕 그릇이 길가에 놓인 가게는 설렁탕 전문집이었다. 밤인데도 손님이 가득하다. 오하시는 장모 집에 온 사위같이 익숙한 솜씨로 수육과 소주, 그리고 설렁탕을 시킨다.

"소주도 좋아하세요?"

"그럼요. 요즘 일본여자들은 막걸리에 미쳤던데, 저는 담백한 소주가 좋아요."

수육이 나오니 주먹만 한 깍두기를 고기에 싸서 입에 넣는 오하시를 보고 한류가 여기까지 왔구나, 하고 배영희는 실감한다.

＊　＊　＊

　　배영희와 오하시가 아카사카에서 설렁탕을 먹고 있던 시각, 스즈키 가즈야는 다치카와 시의 한 한국 술집에서 '부산코에 가에레'(釜山港\歸れ＝돌아와요 부산항에)를 뽑고 있었다. 일행은 시모지, 그리고 요코다의 부하인 야쿠자 2명이었다. 요코다의 긴급한 연락을 받고 기바의 아파트에서 도망나와 한 이틀 정도 안절부절 못하다가 이제 술을 한 잔 마시고 안정을 찾는 중이었다. '돌아와요 부산항에'는 가즈야의 18번이다.

　　노래를 부르고 자리로 돌아오니 한국아가씨들이 양 옆에 몰려와 아양을 떤다. 슬쩍 물리치고 시모지에게 묻는다.

　　"앞으로 나는 어떻게 되는 겁니까?"

　　정서적으로 불안하고 행동이 예측 불가능한 스즈키에게 중요한 말을 할 수 없다고 판단한 시모지는 적당히 의문을 잠재운다.

　　"경찰에서 네 신상을 완전히 파악한 이상 잠수를 타는 수밖에 없어. 경찰이 워낙 다루는 사건이 많으니까 한 몇 주 잘 버티고 나면 관심이 멀어질 거야. 그때 봐서 다음 행동을 결정해야지. 목표는 이 사건을 영구 미제사건으로 몰고 가는 거야. 스미야스 구미에서 전적으로 돌볼 테니까 걱정 마라. 저 두 아이가 오늘부터 너의 보디가드다. 저 두 아이의 시선에서 벗어나면 안 돼."

　　시모지는 옆 테이블에서 말없이 술을 마시고 있는 20대의 야쿠자 두 명을 눈짓으로 가리킨다.

　　"여기서는 얼마나 있는 겁니까?"

　　"그건 나도 모르겠어."

　　"제 자료들은 어떻게 되었어요?"

　　"우에노 역 부근에 있는 임대창고에 넣어두었어. 열쇠는 내가 가지고 있지만 대동아부흥회 측의 허락 없이는 자네가 손을 댈 수는 없지. 그러니 지금부터 당분간 책이나 읽으면서 조용히 지내는 게 좋아. 아니면 너는 평생 감옥에 있을 것이고, 식민역사연구회 사람들에게도 큰 피해가 돌아갈 테니까."

스즈키의 얼굴이 어두워진다. 며칠 사이에 살이 빠지고 안경을 콘택트렌즈로 바꿨으며 머리칼을 염색하여 사건 전의 가즈야의 모습을 찾을 수 없다. 이 정도면 큰 염려는 없다고 시모지는 일단 안심하며 차디찬 맥주를 단숨에 들이켠다.

39

동경에서의 첫 밤을 보내고 경찰청으로 출근한 배영희는 22층의 작은 방에서 지금까지 일본경찰이 수집한 사건정보를 모두 훑어보기로 한다. 코너에 자리 잡은 방은 두 면이 유리여서 창밖으로 황거가 눈에 들어온다. 바로 길 건너편에는 사쿠라다몽 (櫻田門)이 조용히 서 있다. 지금으로부터 70년 전인 1932년 1월, 상해에서 잠입한 이봉창 열사가 일본 천황의 마차를 향하여 수류탄을 던진 곳이 바로 저 사쿠라다몽이 아닌가.

그로부터 70년이 지난 오늘, 한국의 경찰관으로서 동경에 와서 한국 국회의원의 살인사건에 관한 자료를 읽고 있는 자신의 모습이 마치 역사라는 거대한 강 위에 떠 있는 한 점의 가랑잎같이 느껴진다. 주위에는 경시청, 검찰청, 공안조사청, 법무성 등 일본 공권력의 핵심이 포진하고 있다. 그 공권력의 거대한 톱니바퀴의 한 톱날이 되어 영희는 지금 이 자리에 앉아 있는 것이다. 공권력의 일부분 … 경찰에 입문한 지 10년이 넘지만 영희는 아직도 자신이 공권력의 일원이라는 사실을 실감하기 못하고 있다. 자신의 가정에는 공권력과의 처절한 싸움이 있었기 때문이다.

* * *

월남에서 돌아온 배 상사, 즉 배영희의 아버지 배중민의 인생에 새로운 전기가 마련된 것은 아시안게임이 끝난 즈음이었다. 맹호부대 기갑병으로 월남전에 참전하고 돌아온 배중민은 전쟁에서의 살인경험에 따르는 심한 후유증을 극복하고 홍릉 부근에 있는 기계공작소에서 일하고 있었다. 원래 기계를 잘 만지고 성실한 그는 회사에서 곧 인정을 받는다. 1988년 서울올림픽은 재일교포들이 멀리 생각하던 한국을 가깝게 느끼기 시작한 계기였다. 이러한 분위기 속에서 동경 오타구(大田區)에서 특수절삭공구를 만드는 회사 에바라 공구의 사장 니시무라 마나부(西村學)가 배중민이 근무하는 회사를 사들였다.

동경의 오타구는 일본의 제조산업을 지탱하는 곳이라고 불릴 정도로 실력 있는 중소기업들이 모인 곳이었고, 그 안에서도 에바라 공구는 정평 있는 회사의 하나였다. 원래 강원도 출신의 교포인 니시무라는 동경공업대학을 마친 뒤 아버지가 고향이 그리워 에바라(江原)라는 이름으로 차린 회사를 크게 키운 것이었다. 돈도 벌 만큼 번 니시무라는 조국에 도움이 되었으면 하는 마음으로 홍릉기계공작소를 사들인 것이다. 에바라의 기술을 도입한 홍릉기계는 일취월장의 기세로 성장하였다.

전에는 김포공항에서 헌병만 보아도 오줌을 지릴 만큼 한국에 대하여 공포심을 가지고 있던 니시무라 사장은 수시로 서울을 찾게 되었고, 과묵하면서도 신뢰할 수 있는 배중민을 공장장으로 발탁했다. 사장의 신뢰에 보답하기 위하여 배중민은 늦게나마 일본어 공부에 열중하였고 그 분위기 속에서 외동딸 배영희를 외국어 고등학교에 입학시켜 일본어를 전공하게 하였던 것이다. 고령의 니시무라에게 서울출장이 힘들어지자 배중민이 일본으로 출장 가는 일은 자연스레 잦아졌다.

영희의 학교 교정에 목련이 활짝 피던 1991년의 4월, 동경에 출장 간 배중민은 일정을 훨씬 넘기고도 귀국하지 않았다. 남편이 출장 간 일본에 전화하던 일이 없던 영희의 어머니는 걱정을 하며 기다리는 수밖에 없었다. 그리고 며칠 후 국가안전기획부의 요원들이 홍릉기계와 배중민의 자택에 들이닥쳤다. 마른하늘에 날벼락이라는 말은 바로 이러한 사태를 그리도록 준비된 표현이었다.

나중에 재판이 벌어지는 과정에서 알게 되지만 당시 에바라 공구는 북한에 기계를 수출하기 시작하였다. 니시무라의 조상은 강원도 출신이었는데 그 고장이 남한이기도, 북한이기도 한 산골마을이었다. 따라서 그는 홍릉기계를 인수함과 동시에 북한에도 자신의 우수한 기계를 팔겠다고 결심하였다. 장삿속이라기보다 고국인 남북한에 모두 도움이 되고 싶다는 낭만적인 생각에서 비롯된 것이었다.

일본 공안당국이 이를 좌시할 리가 없었다. 더구나 에바라 공구는 특수금속을 절삭 가공하는 기계로서 무기를 생산하는 데 요긴하게 쓰이는 고급공구였다. 니시무라 사장을 비롯한 에바라 공구의 간부진과 배중민을 포함한 재일교포 기업인들 8명이 골프를 치고 긴자의 고급살롱에서 술을 마시다가 경시청에 외사경찰의 급습으로 연행된 것은 배중민이 일본에 출장을 간 주말이었다.

에바라의 북한에 대한 수출은 코콤, 즉 대공산권 수출통제위원회의 권고에 해당한다는 것이 일본 공안당국의 판단이었다. 니시무라 사장으로서는 수출을 중단하면 그뿐이었지만 문제는 배중민이었다. 동경에서 조총련 측에 속하는 재일교포 기업인들이 일본 공안에게 체포되어 조사받았다는 소식은 즉각 안기부에 들어갔고, 안기부는 배중민을 국가보안법 위반이라는 혐의를 적용하여 범죄인 인도요청을 일본경찰에 요구하였다. 일본경찰로서는 짐을 덜고 한국의 공안당국에게 생색내는 이 일을 마다할 리 없었다.

남산에 있던 안기부에 넘겨진 배중민에게는 가혹한 조사가 기다리고 있었다. 구타나 고문보다 배중민을 더 괴롭힌 것은 사건이 있던 날, 함께 골프를 친 사람들을 일일이 기억할 수 없는 것이었다. 동경 오타구와 인근의 가와사키 공업지대에서 사업하는 교포들이 네 명이 한 조가 되어 32명이 골프 라운딩을 하였는데, 그 중에는 북한에 친숙한, 정확히 말해 북한에 돈을 보내는 조총련에 기부하는 기업인들이 있던 것이다. 냉전의 사고체계가 아직 강하게 남아 있던 당시 한국인들은 민단과 조총련을 마치 삼팔선에서 서로 째려보는 병사들같이 인식하고 있었지만, 일본에서 태어나 같이 생활하다가 죽는 교포들에게 민단에 속하는지 조총련에 속하는지는 서로 으르렁댈 만한 사안이 아니었다.

안기부에서의 반 년에 가까운 조사에 이어 배중민은 국가보안법 위반 혐의로 제1심에서 징역 3년을 선고받았다. 죄목은 적국에 정밀무기제조 장치를 수출하는 것을 방조하고 한국에서 이를 위한 정보를 수집하여 제조자에게 제공하였다는 것이었다. 이때 영희는 외고 3학년에 진학해 있었다. 재판과정에서 가끔 서울에 온 니시무라는 조금이라도 유리한 정보를 가지고 와서 영희와 함께 한국어로 번역을 하기도 하고 어린 영희를 상대로 속을 터놓고 한탄하기도 하였다. 배중민은 공안검찰을 상대로 싸우는 것은 달걀로 바위를 치는 격이라는 것을 잘 알고 3년을 감옥에서 보낼 결심을 하였다.

그러나 니시무라 사장의 고집으로 항소하게 되었고 항소심이 진행되는 동안 그는 심근경색으로 세상을 떠났다. 항소심에서 2년으로 감형된 배중민은 결국 재판과정이 2년을 초과함으로써 구치소에서 형을 마치고 출소했다. 1993년의 일이었다. 이때 영희는 어머니와 함께 재판과정을 돕기 위해 대학진학을 미뤘고, 재판을 마친 뒤 1년 후에 이명여자대학교에 진학했다.

엄청난 회오리바람이 휩쓸고 지나간 뒤 배중민의 가족에게 남은 것은 가난과 질병, 공허감이었다. 배중민은 월남전에서 얻은 대인기피증이 재발하였고 영희의 어머니는 우울증에 시달렸다. 가족회의 끝에 내린 결론은 배중민 부부는 니시무라 사장이 물려준 강원도의 과수원으로 물러나고, 영희는 서울에 남아 고아 아닌 고아로 대학시절을 보냈다.

여성외교관을 꿈꾸며 영어와 일어를 열심히 공부하던 배영희가 경찰대학교 학장을 찾아가 특별면회를 요청한 것은 1996년 봄이었다. 아버지의 억울한 재판을 설명하고 경찰대학에 진학하여 외사경찰관이 되고 싶다는 것, 내년에 경찰대학에 지원하겠다는 것, 그리고 자신의 입학을 연좌제로 막지 말아달라는 부탁이었다.

열린 마음의 소유자이던 학장이 연좌제를 적용하여 우수한 학생의 입학을 막지 않겠다는 약속을 받은 것은 영희에게 있어 불행 중 다행이었다. 마침 학장 자신도 한국전쟁 중 월북한 먼 친척이 있어 경찰관 임용 때 연좌제에 걸릴까 두려움에 떨던 사람이었던 것이다. 어린 나이에 경찰대학 학장을 찾아가 담판을 짓고 1년을 기다려 경찰대학에 진학한 배영희는 이미 한국경찰 내부에서는 화제의 주인공이었다. 그 영희가 우수한 성적으로 경찰대학을 졸업하여 경위로 임관한 것은 2001년이었다. 그녀 나이 25세가 되던 해였다.

* * *

오랜 회상에서 깨어나 책상 위에 놓인 서류에 다시 집중한다. 사건이 발생한 날에서 현재 시점까지의 모든 자료를 정독하는 데 오전이 꼬박 걸렸다. 아버지의 재판 때부터 일본의 소송관련 문서를 읽기 시작하여 경찰생활을 하면서도 일본의 경찰소설, 추리소설 읽기를 게을리하지 않아 경찰청의 문서들을 읽는 데 전혀 위화감이 없었다. 일본의 경찰관련 문서를 읽으면서 다시 한번 통감하는 것은 한국어의 많은 어휘가 일제가 들여온 그 상태로 남아 있다는 것이다. 이는 처음부터 일본의 법률과 경찰제도를 받아들이고 이들이 한자를 중심으로 하는 개념어로 구성되어 있기 때문이다.

4시간 정도 집중하여 서류를 읽고 나니 눈이 피곤하다. 경찰청이 들어 있는 정부합동청사 지하에 내려가니 구내식당이 있다. 호젓이 앉아 카레라이스를 먹으며 서류를 읽고 난 후의 생각을 정리해 본다. 다케다 경시가 '한국인의 상식에서, 한국경찰의 시각에서' 자료를 검토해 보기를 원했기 때문이다. 의문점들을 정리해 본다. 배영희 자신이 수사를 지휘하는 입장에 있다면 우선 확인해보고 싶은 사항들을 메모지에 정리하고 있는데 아침에 일본경찰청이 지급해준 휴대전화가 울린다.

"네. 배영희입니다."

"다케다에요. 좋은 소식이 있어요. 박 의원의 이복언니 아사이 사다코와의 면담약속을 잡았어요. 22층에 계시면 우리 요원이 안내하러 갈 겁니다. 그가 운전하는 차로 오시면 됩니다. 다카다노바바(高田馬場)라는 곳인데, 거기서 기다리겠습니다."

영희는 부랴부랴 22층으로 올라와 양치질을 하고 간단히 화장을 정리한다.

* * *

신주쿠의 북쪽에 자리 잡은 다카다노바바는 대학 입시학원이 가장 많이 몰려 있는 학원가이고, 와세다대학이 부근에 있어 그런지 젊은 사람들로 붐비는 인상을 줬다. 자그마한 역전 광장에 면해 있는 7층 빌딩의 3층에 자리 잡은 태평양 여행사에 들어갔을 때 다케다는 원탁 테이블에 앉아 관광지 팸플릿을 보고 있었다. 배영희가 들어서자 다케다가 한 직원에게 안내를 부탁한다. 여직원의 안내로 한 층 위로 올라가 보니 대표이사의 집무실이 있었는데 신발을 벗고 들어가게 되어 있다. 고급목재로 된 넓은 플로어에는 여기저기 커다란 화분들이 있었고 사다코의 책상은 화초들 뒤에 숨어 있었다.

"어서 오세요."

여자가 웃으며 맞는다. 60세가 넘은 것으로 보이는 여자는 40대라고 해도 믿을 수 있을 정도로 잘 가꾸어진 몸매와 세련된 패션을 자랑하는 여자였다. 남에게 멋있게 보이려고 많은 시간과 노력을 들이는 사람들 중의 하나였다. 엷은 연두색의 정장에 주렁주렁 달린 귀금속 장식품들, 짙은 화장과 빨간 테의 안경은 얼핏 귀여운 인상을 줬지만 무언가 가식의 냄새가 짙게 풍긴다. 서양여자처럼 짙은 블론드로 염색한 곱슬머리가 이마 위로 흘러내리는 것을 익숙한 손동작으로 넘기며 자기소개를 한다.

"아사이 사다코에요. 요즘 베트남과 태국에 우리 태평양 여행사의 지사를 만드느라고 주로 해외에 있어 … 진작 뵙지 못해 죄송해요."

"아닙니다. 죄송한 것은 우리입니다. 저는 수사본부의 다케다 경시이고 이쪽은 한국경찰에서 온 배영희 경감입니다."

'배영희 경감'이라는 말에 여자는 눈을 크게 뜨고 놀란다.

"아니, 여자분이 형사이신데 더구나 경감이에요? 게다가 일본말도 잘하시고 …."

"경감이 그렇게 높은 직책은 아니에요. 경찰대학을 졸업하면 경위이고, 거기서 열심히 하다보면 경감으로 승진할 수 있어요. 일본어는 외국어 고등학교 일본어과에서 배웠어요."

여자는 놀라움을 과장하며 눈으로 배영희를 이모저모로 살핀다.

경찰생활 10년에 수많은 사람들을 보고 배영희는 가끔 이 세상 사람들을 두 부류로 나눈다. 한 부류는 인격이나 성격을 쉽게 파악할 수 있는 사람이고, 또 한 부류는 파악이 안 되는 중간지대에 있는 사람이다. 이들은 유식과 무식, 선량과 사악, 소박함과 야비함, 강함과 약함의 다양한 이분법의 세계를 배회하거나 그 경계에 걸터앉은 사람들이다.

아사이 사다코는 경계선 인간형의 대표처럼 보인다. 순진하게 느껴지는 외모 뒤에는 오랜 풍파 속에서 습득한 간교함이 숨어 있고, 미소와 더불어 가장된 매너와 부드러움을 연출하지만 상황에 따라서는 얼마든지 잔인할 수 있다는 느낌을 숨길 수 없다. 주워들은 풍월을 잘 정리해 식견이나 지식이 있는 것처럼 들리지만 본연의 지성이 없고 맥락이 바뀌면 곧 무식함을 드러내는 그러한 인간이었다. 자신의 노력보다는 지연, 학연, 혈연 등 각종 끄나풀을 활용해서 생존하고 성공하는 부류의 사람이다.

"무엇보다 동생이신 박민자 의원의 별세에 애석한 마음을 금할 수 없습니다. 고인의 명복을 빕니다."

그 말에 사다코의 눈에는 금세 눈물이 고인다.

"정치가로서 포부와 이상이 큰 아이였는데 … 저도 슬픔을 금할 수가 없습니다."

분홍색 손수건을 눈에 대고 사다코가 말한다. 손수건을 든 손에 낀 커다란 다이아몬드 반지가 사다코의 슬픔과 어울리지 않고 겉돈다.

"그런데 범인의 정체는 파악하셨나요?"

다케다와 영희는 시선을 교환한다. 스즈키 가즈야를 피신시킨 것은 사다코의 남편 신스케라고 두 형사는 믿고 있기 때문이다.

"네. 신상은 파악하였습니다."

"그러면 곧 검거되겠네요?"

"네. 시간문제입니다."

다케다는 가능한 한 짧게 대답한다.

다케다의 대답을 듣는 여자의 얼굴은 어둡다.

"오늘 찾아뵙게 된 것은 우선 유족되는 분에게 경찰청의 애도의 인사를 전하기 위함입니다. 그리고 피해를 당한 박 의원에 관해서 좀더 알고 싶습니다."

"감사합니다. 그런데 이미 고인이 된 사람에 관해서 무엇을 알고 싶으신지 …."

"네. 아시다시피 이 사건은 일한관계에 큰 현안이 되어 양국의 지도자들까지 첨예한 관심을 가지고 있는 사안입니다. 따라서 단순히 범인을 검거해 재판에 넘기는 데 그치지 않고 사건의 전모를 양 국민에게 세세히 밝히겠다는 것이 수사본부의 목표이기 때문입니다."

금세 어두워진 사다코의 얼굴 속에 불과 몇 분 전에 보였던 가장된 세련된 레이디의 모습은 간 곳이 없다.

이 대목에서 같은 여자인 배영희가 대화를 이끄는 것이 사다코의 경계심을 낮춰줄 것이라고 판단한 다케다는 영희를 보고 말한다.

"배 형사. 여쭤어 보고 싶은 게 있으면 말하세요."

영희는 곧바로 질문으로 들어가지 않고 우선 여자와 정면으로 시선을 교환하며 눈인사를 한다. 이러한 부류의 여자들은 대개 분위기에 약하기 때문이다. 때로는 자신이 매너가 좋다는 환상을 지키기 위하여 몸을 망치는 실수도 범하는 것이다.

"얼마나 슬픔이 크겠어요. 동경에 오기 전에 부산에 가서 박 의원님의 어머님을 뵈었는데, 박 의원께서 가장 따르고 의지하던 분이 언니이신 아사이 상이라는 말씀을 들었어요."

아니나 다를까 사다코의 눈에 동요의 빛이 보인다. 범인을 도피시킨 야쿠자의 아내에서 피살자의 이복언니로 돌연 심경이 바뀌는 순간인지도 모른다.

"저희는 외사경찰입니다. 보통의 형사와는 달리 매스컴과 밀접한 관계가 없어요. 그리고 이 사건의 전모를 안다고 해도 고 박 의원의 명예에 누가 되는 내용은 절대 공개하지 않겠다는 것이 일본과 한국경찰당국의 방침입니다."

사다코는 아무 대꾸가 없다. 묵인이라고 봐야 한다.

"아사이 상, 우선 제가 이해할 수 없는 것은 국찬모의 행사라는 큰 일을 앞두고 기누가와까지 찾아간 박 의원의 심중입니다. 더구나 젊은 남자와 함께 …."

"배 형사, 지금 몇 살입니까?"

사다코가 묻는다. 갑작스러운 질문에 영희는 잠깐 머뭇거리다가 말한다.

"1976년생이에요. 지금 서른넷이고요. 안타깝게도 한국에서는 서른 다섯이라고 하지만…."

"그렇다면 형사가 아니라 여자로서 내 말을 어느 정도 이해할 수 있다고 생각해요. 다케다 상, 그리고 배 형사 두 분 모두 지성인으로서 내가 하는 말을 듣고 참고만 하시고 기록에는 절대로 남기지 않겠다고 약속해주시겠습니까?"

"네. 약속하겠습니다."

두 사람은 입을 모아 말한다.

"도시코는 그 어마어마한 행사를 앞에 놓고 겁도 많이 먹고 불안해하고 있었어요. 그러한 심경에서 자신이 가장 사랑했던 사람이었던 아버지의 체취가 묻어 있는 기누가와에 가서 쉬면서 이런 저런 생각을 하고 싶어했어요."

"그건 충분히 이해하겠는데, 젊은 남자와 동행한 것은 이해하기가 쉽지 않네요."

영희의 반문에 사다코는 영희의 얼굴을 물끄러미 쳐다본다. 선의도 악의도 없는 표정이다. 딱히 영희의 눈을 본다기보다 자신의 시선이 가는 곳에 우연히 영희의 얼굴이 있다는 느낌이다. 먼 데를 보고 생각하고 있는 것이다.

사다코가 갑자기 일어난다. 뒷모습은 처녀같이 늘씬하여 몸에 착 달라붙은 치마가 허리와 엉덩이를 감싸 섹시하다. 책상 뒤로 돌아가더니 캐비닛에서 헤네시 XO병과 코냑 글라스 세 개를 가지고 온다. 짙은 포돗빛의 고급 코냑을 글라스에 따르자 감미로운 향이 방에 은은하게 퍼진다. 시간은 아직 오후 3시다.

"한잔 하면서 이야기하죠?"

다케다는 망설인다. 근무시간에 술을 마셔본 기억이 없다. 더구나 상대는 야쿠자 간부의 아내이다.

"형사로서가 아니라 성인으로서 그리고 도시코의 슬픔을 함께 나누는 사람으로서 한잔 하지요."

사다코의 음성에 진실함이 느껴진다.

"좋습니다. 고인의 명복을 기리며 한잔 하시지요."

다케다가 결단을 내린다.

코냑을 한 잔 다 마시고 한 잔 더 따른 뒤 금박의 담배케이스를 꺼내 담배에 불을 붙이는 일을 마치 성당의 신부가 미사집전 하듯 느리고 조심스레 행하던 사다코가 입을 연다. 아까보다 목소리가 탁해진 듯하다.

"도시코가 남자애를 데리고 기누가와에 간 심경을 이해할 수 있는 사람은 이 세상에 오직 나밖에 없을 거예요. 그 아이는 호스트를 아버지로 여기고 껴안고 있고 싶어했을 거예요."

사다코의 입에서 나온 말은 난해하고 기이한 것이었다.

다케다와 영희는 가만히 듣기로 한다.

"시작은 우리 아버지에요 …."

사다코의 모습은 마치 먼 여행을 안내하는 이야기꾼과 같다.

* * *

한국의 경상남도 함안에서 징용에 응해 일본으로 온 박재을은 일본 동부의 이바라키 현에 있는 히다치 광산에서 일하게 된다. 성실하고 과묵하며 강인한 육체를 가지고 있던 재을은 곧 광산 간부들의 눈에 들어 한 십장의 딸과 결혼하게 된다. 어린 나이에 초혼에 실패한 일본여자와 결혼할 때 재을은 이미 후쿠시마 고로라는 일본인이 되어 있었다. 1919년생의 박재을이 일본에 온 것은 1940년이었고, 일본여자, 즉 사다코의 어머니와 결혼한 것은 1944년이었다.

전쟁이 끝나고 후쿠시마와 처 아야코는 사업에 대성한다. 지방의 신용금고에서 일한 적이 있는 아야코는 요즘 말로 재테크의 기본을 알고 있었다. 둘은 악착같이 모은 돈으로 역 앞의 땅들을 사들이기 시작하였다. 전쟁이 끝나고 대개의 일본인들은 가족이 다시 모여 입에 풀칠하는 것을 염려하고 있을 때 후쿠시마 부부는 거의 거저로 사들인 역전의 땅들이 황금으로 변하는 때를 기다리고 있었다. 지금은 한국에서 대재벌로 이름을 떨치는 기업과 은행도, 기실 시작은 역전에 사둔 땅을 판 돈이 현해탄을 건너와 엄청나게 큰 것이었다.

전쟁의 폐허에서 새로 시작하는 일본에게 1950년의 한국전쟁은 경제 회생의 단초였다. 군수산업이 부활하고 경제가 활성화되어 1955년부터 18년 간 지속되는 이른바 '고도성장기'의 입구이던 1956년에 처 아야코는 결핵으로 숨졌다. 아야코와 동갑이던 후쿠시마가 37세, 사다코가 8세가 되던 때의 일이었다.

후쿠시마가 기누가와의 여관 유노사토에서 많은 시간과 정성을 들인 것은 이때였다. 컴컴하고 허리도 펼 수 없는 광산 속에서 일하며 그가 늘 꿈꾸던 것은 깨끗한 온천물이 철철 넘치는 탕에 들어가 쉬는 것이었다. 결혼한 후에도 집다운 집에 살지 못하던 후쿠시마 부부가 누릴 수 있는 유일한 행복은 온천장의 넓은 다다미방에서 마음껏 쉬는 것이었다. 아내의 죽음이 불러온 슬픔을 극복하고 그가 발을 돌린 곳은 고향 함안이었다. 그곳에서 그는 소년시절에 짝사랑하던 최덕자를 만나게 된다.

최덕자에게서 박민자가 태어난 것은 1961년이었다. 1년에 반 정도를 한국에서 보내던 재을은 민자가 초등학교에 들어가던 해 부산으로 집을 옮겼다. 일본에서는 지방의 준 재벌에 가까울 정도로 부를 축적하고 세련된 매너를 몸에 익히게 된 아버지 재을은 민자에게 우상과 같은 존재였다. 아버지가 나타날 때는 일본에서 가져온 검은색 도요타 크라운 세단을 타고 다녔고, 그 모습에 부산에서 방귀깨나 뀐다는 사람들도 머리를 숙였다.

　그러나 민자가 진정으로 동경한 것은 아버지의 부나 명성이 아니라 바로 육체였다. 기누가와의 유노사토에 가족 전용의 객실과 노천욕장을 만든 재을은 목욕을 마치고는 나체로 집안을 마음대로 다녔다. 목욕이 중독이 된 재을은 부산의 자택에도 커다란 욕실을 만들어 일본에서와 같은 습관으로 지냈다. 아버지의 육체를 민자가 처음 본 것은 중학교 1학년 가을이었다. 커다란 충격이었다. 이때부터 민자의 의식 속에서 늘 잠재하던 아버지의 성기에 대한 호기심과 그리움은 사춘기의 민자로 하여금 성에 과도한 관심을 가지게 하였다. 학교에서 착실한 우등생이었던 박민자의 인생은 열심히 공부해서 훌륭한 사람이 되겠다는 강한 의지와 남성 성기에 대한 선망으로 요약되는 것이었다.

　민자의 음경선망은 어느새 이상성욕(異常性慾)으로 발전하여 일종의 성욕항진(性慾亢進)의 상태에 들어갔다. 대학에 들어간 민자는 1학년 때부터 학생운동에 적극적으로 참가하였다. 2학년에 진학하면서 5월에 터진 민주화항쟁에서는 학내에서 주도적인 역할을 하기도 했다. 민자는 4년 내내 영일대학교 학생운동의 주요 멤버로서 활약하였다. 어린 학생들이 데모를 계획하고 감행하는 일은 늘 두려움을 깔고 하는 일이었다. 이때 민자에게 하나의 비밀이 생겼다. 영일대학교를 담당하던 중앙정보부직원을 알게 된 것이다.

　박정희 정권의 어느 시기에서인가부터 학원을 사찰하는 중앙정보부 직원들과 데모를 주동하는 학생들은 모종의 교류와 연대 비슷한 것을 가졌다. 박민자가 학생활동에 열중할 즈음 김치성이라는 정보부 요원이 새로 부임했다. 당시 20대 후반으로 보이던 김치성을 처음 본 순간 민자는 그에게서 아버지를 읽었다. 그의 육체에서 아버지를 봤던 것이다. 중앙정보부 직원 김치성에게 접근한 민자는 그와 과감한 육체관계를 맺었고, 이는 결국 중앙정보부에 탐지되어 김치성은 소리 없이 사라졌다.

320

1984년에 영일대학교를 졸업한 민자는 부산에 본사를 둔 〈해남일보〉
에 들어갔다. 출중한 머리, 빼어난 글재주, 그리고 두려움을 모르는 성
격으로 민자는 금방 두각을 드러냈다. 회사의 경영진에서는 국제부가 약
한 지방신문의 약점을 극복하기 위해 민자를 적극 이용했다. 민자의 부
친 박재을이 일본에서 상당한 재력가라는 사실은 부산에서 알 만한 사람
은 다 알고 있던 터였다. 민자가 1989년에 일본특파원으로 오게 된 것은
이러한 배경에서였다. 당시 70세의 박재을은 영리한 딸 민자가 일본특파
원을 거쳐 〈해남일보〉로 돌아가 국제부장으로 성장하기를 바랐다.
　동경에서 특파원으로 있으면서 민자는 자신보다 열세 살 위의 이복언
니 사다코에게 모든 것을 다 터놓고 의논하는 사이가 되었다. 자유분방
하고 너그러운 성격의 사다코는 민자가 가지고 있던 고민을 이해했고,
실제로 자신이 대주주로 있는 호스트 클럽 카타르시스에 민자가 출입하
는 것을 눈감고 묵인했다. 민자가 동경에서의 국찬모 대회라는 엄청난
일을 앞두고 남자를 찾은 연유는 이미 그녀의 몸속 깊이 오래 전에 습
관이 된 불안상황에서 일어나는 본능적 요구였던 것이다.

*　*　*

　사다코의 이야기가 끝났을 때 그녀는 상당히 취기가 올랐고 실내에는
코냑 냄새가 진하게 퍼져 있었다.
　"그렇군요. 어려운 말씀을 해주셔서 정말 고맙습니다."
　영희는 진심으로 감사를 표한다.
　"박 의원님이 국찬모 활동을 계획하시는 데 일본에서 도와준 가네다
사오리라는 분이 계시다는 말을 들었는데 …."
　"어떻게 알았어요?"
　"박 의원님의 비서관에게 들었어요."

"아, 그렇지 … 별거 아니에요. 그 사람은 내 친구인데 우리 회사 일을 가끔 돕는 사람이에요. 신경 쓸 필요 없어요."

이 말을 듣는 배영희의 가슴에 허탈과 잔잔한 분노가 휩쓸고 지나간다. '국찬모 일본지부'라는 것이 고작 이복언니를 말하는 것이 아닌가. 한국 사회를 떠받치는 많은 사물들이 위선과 과장을 구성요인으로 하고 있다는 평소의 생각이 동경에 와서 다시 확인되는 순간이었다.

한편 다케다는 사다코의 남편인 신스케에 대하여 물어보고 싶은 생각이 목까지 밀고 오르는 것을 참는다. 그 자가 스즈키 가즈야를 빼돌린 주역임에 틀림없고, 그렇다면 어차피 아사이 신스케 개인이 아닌 스미야스 구미를 상대해야 할 터이다.

* * *

사다코의 사무실을 나서니 6시가 가까웠다. 택시를 잡으려고 하는데 다케다의 휴대전화가 울린다. 오하시 형사였다. 안인화 교수의 진술을 바탕으로 스즈키 가즈야의 조상에 관해서 조사를 해야 하는데 내일 동경도립도서관에 배영희 형사와 함께 가보고, 스즈키 가즈야의 부친 스즈키 교지의 주소도 파악되었으므로 같이 오사카에 다녀오고 싶다는 것이었다. 다케다는 오하시의 요청을 배영희에게 전달하고 동의를 구한다. 마침 자신의 직장인 경시청에 나가 그 사이에 밀린 일을 좀 확인해보고 싶었는데, 잘된 일이었다. 그런데 뭔가 켕기는 것이 있었다. 젊고 잘생긴 오하시에게 배영희 형사를 넘겨주는 것이 허전하게 느껴지는 것이 아닌가. '바보 같은 놈'하며 다케다는 자신을 비웃고 만다.

40

창밖으로 펼쳐지는 화요일 아침은 흐려있었다. 그래도 시계는 불량하지 않아서 멀리 큰 공원이 보인다. 영희가 묶는 객실의 방향으로 볼 때 황태자의 거소가 있는 아카사카 고요치(赤坂御用地)일 것이다. '황태자….' 동그란 얼굴에 작은 키를 가진 일본의 황태자는 서양의 황실을 연상하는 한국인들의 이미지에 걸맞지 않다. 그렇다고 그를 왕자라고 부른다면?

경찰관은 기계다. 국가라는 체계를 움직이는 거대한 관료기구의 한 부분인 것이다. 이 기계에는 좌우의 이념이란 있을 수 없다. 그러나 좌우가 일상적으로 충돌하는 한국에서 중립적 기계인 경찰관은 때로 곤혹스럽다. 한국 사회는 개인에게 선택을 강요하기 때문이다.

영희가 동경으로 오기 직전에도 한국 사회는 일본 황실의 가장 위에 있는 노인을 천황(天皇)으로 부를 것인지, 일왕(日王)이라 할 것인지를 놓고 갑론을박하고 있었다. 어느 신문의 논설위원은 〈노트북을 열며〉라는 칼럼에서 일본의 황실제도는 특수한 역사적 배경을 가지고 있기에 한국인이 정서적으로 받아들일 수 없고 따라서 '일왕'이라 해야 한다고 설파하였다. 한편 다른 신문의 논설위원은 타국의 제도는 그대로 존중해야 하고, 싫든 좋든 천황이라는 호칭을 쓸 수밖에 없다고 주장하면서 '노트북을 닫고' 칼럼의 결론을 내린 터였다.

이 논쟁을 일본인들이 안다면 어떻게 생각할까? 우익적 사고를 가진 사람들은 한국의 대통령이라는 칭호가 인구 4,700만의 작은 나라에는 너무 거창하고 걸맞지 않으므로 대만의 총통 수준으로 낮추어 부르자고 할까? 이러한 공상을 마음껏 하고 있을 때 전화가 울린다. 오하시 경시가 로비에 도착한 것이었다.

*　*　*

스즈키의 부모가 사는 이타미로 가기 전에 그의 조상에 관하여 조금 알아보고 가는 것이 좋겠다고 오하시가 제안한다. 안인화 교수의 말에 의하면 스즈키의 선조가 식민지조선에서 큰 활약을 한 엘리트 관료들이었다는데, 이를 확인할 필요가 있었다. 게다가 경찰계통을 통하여 이타미 경찰에 조회해 본 결과, 스즈키의 부친은 엘리트이기는커녕 여러 번 문제를 일으킨 폭주족 출신이고, 지금도 조직폭력세계와 가끔 선을 대고 있다는 것이다.

"그 가문의 내력을 갑자기 어떻게 알아보지요?"

배영희가 의아해서 묻는다.

"배 형사님은 일본인이 기록의 민족이라는 말을 들어보셨습니까?"

"네, 그야 잘 알려진 이야기지요."

"도서관에 가면 의외로 정보가 많습니다. 한 예로 현역 국회의원들의 자택주소는 물론 비서들의 연락처 정도는 누구나 쉽게 얻을 수 있어요. 때로는 정보공개가 지나치다고 생각할 정도지요. 역사적 인물에 대한 정보라면 쉽게 얻을 수 있어요. 동경도가 운영하는 중앙도립도서관에 가보지요. 이 스즈키 가문에 대하여 미리 좀 알고 가야 할 것 같아요."

"좋아요."

일본의 공립도서관에 가서 과거 조선을 통치한 사람들의 프로필을 조사한다는 것은 배영희의 구미에 당기는 일이다.

히로에 있는 동경도립 중앙도서관에는 사람이 많았다. 1층에 있는 도서관 사서에게 가서 경찰의 신분증을 제시하며 스즈키라는 가문의 사람들이 조선총독부에서 대를 이어 고위관료를 역임하였다는데 그들의 인적사항을 알 수 있겠느냐고 묻자 사서는 눈을 동그랗게 뜨고 오하시를 쳐다봤다. 영리해 보이는 젊은 여자가 의아한 눈으로 응시하니 오하시는 쑥스러운 듯 말한다.

"경찰관도 때로는 역사적 사항을 알아볼 필요가 있답니다."

"아니 그게 아니고요 … 며칠 전에도 똑같은 것을 물으러 온 분이 있어서 … 그런 자료를 찾는 분은 몇 년에 한 번 정도인데 …."

"뭐라고요? 똑같은 자료를 찾은 사람이 있었다구요?"

사서와 함께 3층의 인문자료실에 올라가니 마침 며칠 전에 어느 남자에게 《조선신사록》과 《조선인명록》을 찾아주었다는 여자직원이 있었다. 그 남자가 문헌조사 같은 일과는 영 거리가 멀어 보이고, 하도 더듬대서 직접 해당페이지를 찾는 것도 도와주었다는 것이다. 각각의 책에서 해당페이지를 여니 다음과 같은 내용이 수록되어 있다.

스즈키 간타로(鈴木寬太郎) :

군(君)은 명치 7년(1874년) 4월 18일 나가노(長野) 현 마츠모토(松本)에서 태어나 명치 30년(1897년) 동경제국대학 법학부를 졸업하고, 같은 해 고등문관시험에 합격하여 대장성에 입성하다. 명치 39년(1906년)에는 조선통감부에 부임하여 명치 43년(1910년)에는 조선총독부의 창설과 함께 총무국장을 거쳐 초대 탁지부 사세국장을 역임 후 조선의 식산사업에 종사하며 후일에는 탁지부장관을 역임하다. …

스즈키 테루오(鈴木輝雄) : 조선총독부 내무관료

현주소 - 함경남도 함흥시 운성리(雲城里) 함경남도 도지사 관사
군(君)은 명치 37년(1904년) 7월 4일, 동경 중앙구에서 태어나 조선으로 이

주, 소화 4년(1929년) 경성제국대학 법학과를 졸업하여 일본제국 고등문관시험에 합격, 조선총독부 내무국에 입국하다. 내무관료로서 국장까지 승진하는 과정에서 조선의 개발에 진력한 후 소화 18년(1943년) 함경남도 도지사에 부임하여 현재에 이른다.

직원에 따르면 방문자가 이 부분을 복사한 때는 약 일주일 전인 8월 31일 오후 5시 경이었다는 것이다. 오하시는 즉시 도서관의 선임책임자를 불러 상황을 설명하고 해당자료를 수사증거로 경찰에 송부할 것을 부탁했다. 이어서 수사본부에 전화하여 감식반의 파견을 요청했다. 그로부터 1시간 이내에 감식반이 도착했고, 사내가 손을 대었을 만한 곳은 모두 지문이 채취되었다.

* * *

"오늘 아침에는 큰 수확물을 얻었네요."

도립도서관에서 지문채취 등의 후속작업을 감식반에 맡긴 오하시와 배영희가 이타미에 있는 오사카공항으로 가는 비행기의 좌석에 앉아 영희가 한 말이다. 오하시의 일솜씨는 차분하고 신속하며 빈틈이 없었다. 장래가 촉망되는 경찰관료의 모습이었다.

"네. 운이 좋았어요. 아마 배 형사가 몰고 온 운이 아닌가 생각해요. 나는 평소에 별로 운이 없거든요."

씩 웃는 오하시의 얼굴에는 아직 소년기가 남아있는 듯도 하다.

승무원이 커피를 나누어주고 두 사람은 스즈키 가즈야의 두 조상의 약력을 돌려가며 읽어본다.

"한 사람은 탁지부장관, 그 아들은 함경남도 지사 … 정말 조선을 지배한 엘리트 세력의 수장들이었네요."

영희는 가즈야의 조상들의 면면에 새삼 놀란다.

"그런데 그 후손은 한국의 국회의원을 죽였다니 ···."

오하시도 역사의 아이러니가 너무도 극적이어서 믿기가 힘든 표정이다.

"그런데 가즈야의 부친은 별로 부각되는 것이 없는 모양이네요. 기득권이 잘 보호되는 일본 사회에서 이 정도로 어마어마한 엘리트의 후손이라면 무언가 한자리를 해도 했을 것 같은데 ···."

"맞습니다. 저도 그게 궁금해서 수사본부의 요원들을 동원하여 조금 알아봤는데 용의자 스즈키 가즈야의 부친, 즉 스즈키 교지는 청소년 시절부터 폭력을 많이 휘둘러 경찰에도 기록이 남아 있는 게 확인되었어요. 조사에 의하면 선대가 남겨준 유산이 있는 나가노 현의 마츠모토(松本) 시에서 고교를 졸업한 후 건물 철폐업에 오랫동안 종사하다가 부동산버블이 붕괴한 후 실직한 다음에는 1994년, 아내의 본거지인 효고(兵庫) 현의 이타미로 이주한 것으로 되어 있어요."

"선대들의 출세와는 대조되는 인생이군요."

"글쎄 말이에요."

"스즈키 교지를 오후에 만날 수 있을까요?"

"현지 경찰에 협조를 얻어 동향은 수시로 파악할 수 있습니다. 아직까지 별다른 움직임은 없습니다. 오늘은 아무런 사전 연락 없이 불쑥 찾아가기로 하지요."

"좋아요. 무방비 상태에서 흔드는 것이 좋겠어요."

* * *

오사카에는 공항이 두 개나 있다. 원래부터 이타미에 있던 오사카공항, 그리고 바다를 메운 땅에 새로 만든 간사이 국제공항이다. 오사카를 중심으로 하는 넓은 지역을 가리키는 간사이(關西)라는 말의 연원을

아는 외국인은 많지 않다. 아무튼 '관'(關)의 동쪽이 동경을 중심으로 하는 간토(關東)이고 서쪽이 간사이(關西)라는 데는 누구나 동의하는데, 이 관(關)이 어디인가를 놓고는 일본에서도 설이 여러 가지이다. 그 중에서도 가장 인기 있는 설이 1600년에 일본의 모든 사무라이들이 동군과 서군으로 나누어 싸웠던 세키가하라(關ヶ原) 전장의 동쪽이 관동, 서쪽이 관서라는 것이다. 이 싸움에서 승리한 동군의 도쿠가와 가문은 그로부터 무려 250년 이상 일본을 지배하게 된다.

오사카후(府)의 서쪽에 붙은 이타미 경찰서는 공항에서 택시로 오래 걸리는 않는 위치에 있었다. 이타미 경찰서 형사과 요원들의 말에 의하면 스즈키 교지는 현재 74세로, 직업은 없다. 부인의 가문이 원래 이타미 지역의 갑부로 현재는 부인의 선조가 물려준 상당히 큰 저택에 살고 있었다. 다만 한 가지 특이한 것은 광역폭력조직으로 성장하고 있는 마츠바라회(松原會)의 전직 간부가 가끔 놀러와 같이 골프를 친다는 것이다.

이타미 시 사쿠라가오카(櫻ヶ丘)의 작은 공원에 인접해 있는 스즈키 교지의 자택은 일본의 가옥치고는 상당히 큰 택지를 차지하고 있었다. 고색창연한 가옥을 둘러싼 담장 안에서 오래된 나무들이 길로 퍼져 나와 일대가 어둡게 느껴질 정도였다. 담이 꽤 높아 집안은 보이지 않고 사방이 고요하여 초인종을 눌러도 사람이 나올까 의문이 들었다. 초인종을 눌러도 응답이 없다. 1분 정도의 간격을 두고 반복해서 초인종을 누르기를 네 번째, 인터폰에서 들릴까 말까한 여자의 목소리가 나온다.

"누구세요?"

"저 … 스즈키 가즈야 씨와 관련하여 동경의 경찰청에서 온 오하시 경부라고 합니다."

"……."

대답이 없다.

인터폰이 꺼졌나 싶어 오하시는 빨리 말을 덧붙인다.

"몇 가지 여쭈어보고 싶은 것이 있는데 가족분이 계십니까?"

"남편이 지금 외출 중이니 밖에서 조금 기다려 주겠습니까?"

"네. 공원에서 기다리겠습니다."

공원에서 기다리기를 한 10분, 공원 앞으로 오래된 벤츠 승용차가 천천히 오더니 코너를 돈다. 혹시나 저 차가… 하는데 잠시 후 문이 열리더니 건장한 풍채의 노인이 공원 쪽으로 걸어온다.

"오하시 경부? 제가 스즈키 교지입니다. 들어오세요."

뒤를 쫓아오는 두 형사들에게 말을 덧붙인다.

"역전에서 친구들을 만나 장기를 두고 있었어. 한창 이기고 있는데 마누라에게서 전화가 와서 말이야."

"죄송합니다."

배영희는 70살이 넘은 노인의 걸음에 무언가 어색한 데가 있음을 느낀다. 왼손을 뒷주머니에 넣고 조금 꺼떡거리며 걷는 것이다. 옛날 건달시절의 후유증인가?

대문을 들어서니 조금 전의 벤츠가 콘크리트 패드 위에 서 있고 정원의 나머지는 잘 가꿔진 꽃밭이었다. 아무렇게나 심은 꽃들이 아니었다.

"대단히 아름답네요. 누가 이것을…."

"음… 우리 마누라 작품이에요. 정원 가꾸는 것이 유일한 낙이죠."

잘 우려낸 엷은 밤색의 호지차는 아침부터 설친 두 형사의 피로를 풀어주었다. 스즈키 댁의 넓은 거실의 소파에 앉아 그대로 한잠 자고 싶은 충동을 억누르며 오하시가 입을 연다.

"아드님이 사건의 용의자로 지목되고 있다는 것은 들으셨나요?"

"그 바보 같은 새끼…."

73세라고는 하지만 일본인으로서는 큰 덩치에 아직 건장하고 말투는 젊은이 같다. 베이지색 면바지에 붉은 면 티셔츠를 입고 흰 수염을 3센티미터 정도 길러 얼핏 예술가와 같은 인상을 풍긴다.

"우리 가즈야가 그 한국 국회의원을 죽인 용의자임이 확실합니까?"

"네. 지금으로서는…."

"어려서부터 줄곧 마음에 안 들었는데 이제야 처음으로 맘에 드는 짓을 했군."

"네 …?"

"조센진을 죽인 것은 잘한 짓이죠."

노인의 어처구니없는 말에 두 형사는 말을 잃는다. 영희가 가만히 주변을 살펴보니 아까 차를 가지고 왔던 노부인이 멀리 떨어진 부엌의 입구에 서 있는데 이쪽의 대화에 귀를 기울이고 있는 것이 보인다. 젊어서는 미인이었을 기품이 있는 부인인데 무언가 겁을 먹은 어두운 분위기였다.

두 형사가 말이 없자 노인이 묻는다.

"그런데 저 젊은 여자는 누구야?"

"네. 서울에서 한국경찰청의 배영희 형사입니다."

"뭐라고? 조센진 여형사가 내 집에 들어오다니. 세상이 바뀌기는 참 많이 바뀌었군."

"한국에 대하여 반감이 많으신 모양이군요."

배영희의 말에 노인은 깜짝 놀란다. 여자형사라는 것에 놀랐는데 유창한 일본어에 다시 놀라는 것이다.

"배 형사라고 그랬나?"

"네."

"내가 경성에서 재동소학교를 다녔을 때 좋아하던 여자아이도 배씨였지."

"재동소학교를 다니셨어요?"

이번에는 영희가 놀라서 묻는다.

"그래. 내가 1936년에 경성에서 태어나고 43년에 재동소학교에 들어갔지. 그때만 해도 우리 아버지가 총독부에 근무했는데 조금 있다가 함경남도 지사로 부임하는 바람에 나는 경성에서 어머니와 지내다가 일본으로 돌아왔어."

"······."

"어린 나이에 참 고생 많이 했지. 어머니는 경성을 떠나기 직전에 콜레라로 돌아가시고, 나는 혼자 어른들 틈에 끼어 부산까지 갔다가 시모노세키로 들어오고, 아버지는 나중에 흥남에서 마이즈루(舞鶴)로 왔으니까."

들고 보니 이 노인은 어린 시절 엄청난 고생을 했다. 그 때문에 저렇게 한국을 노골적으로 싫어하는 것인가.

차를 한 잔 마시고 스즈키 교지가 말을 계속한다.

"내 기억 속에서 조선이란 특별한 곳이야. 우선 내가 태어났으니까 고향이라고도 할 수 있지만… 워낙 나쁜 기억이 많아서 말이야."

"어떤 기억들이 있나요?"

"조선은 참으로 어둡고 더러운 곳이었어. 지금의 발전과는 달리 그때만 해도 미개국이었지. 경성은 조금 살 만했지만 조금만 밖으로 나가도 사람들은 누렇게 때가 긴 무명옷을 입고 노인네들의 머리는 멀리 떨어져서도 냄새가 진동할 정도로 더럽고… 남자들은 모두 아무 곳에서나 가래침을 뱉어내고…."

"그래서 한국을 싫어하나요?"

"배 형사는 지금 보니 참 똑똑해 보이네. 내 말이 기분 나쁘다면 미안한데, 내가 어린 눈으로 본 조선은 그랬어. 그런 조선을 근대사회로 만든 것이 일본제국이었는데 이를 조선인들은 감사하게 받아들이는 것 같지 않아."

"당시 일본이 조선보다 발달했다는 것은 다 아는 일이에요. 그렇지만 일본에게 조선을 근대화시켜 달라고 부탁한 게 아니지 않아요?"

"그게 일한병합의 법적인 논란이야."

처음 만난 사람끼리, 더구나 경찰관이 정치적인 토론을 하는 것은 온 당치 않다. 오하시는 말을 돌리기 위해 끼어든다.

"오늘은 아드님에 관한 중대한 이야기를 하러 왔습니다. 혹시 부인도 같이 자리를 할 수 있을까요?"

이 말에 스즈키는 머쓱하여 소파에 가라앉는다. 이윽고 결심을 한 듯 이 부인을 부른다.

"처음 보는 사람들한테 이런 말을 하는 건 좀 이상하지만 … 내가 이 사람한테 평생 나쁘게 해서 이 사람이 조금 위축이 되어있어."

부인이 소파에 앉자 스즈키가 하는 말이다.

"스즈키 노부코라고 합니다. 잘 부탁합니다."

부인이 작은 목소리로 말한다.

"이미 언론보도를 통하여 아시겠지만 경찰은 한국 국회의원 박민자 씨를 스즈키 가즈야 씨가 기누가와의 온천호텔에서 살해한 혐의에 대해 추적하고 있습니다. 스즈키 씨는 동경 기바의 아파트에서 자취를 감추었습니다. 이 사건은 단순한 살인사건에 그치는 것이 아니라 일본과 한국의 외교관계에 큰 영향을 미치는 사건으로 양국의 지도자들도 비상한 관심을 가지고 지켜보고 있습니다. 우리 경찰로서 검거는 시간문제라고 생각합니다."

부인의 얼굴이 잿빛으로 변하며 소파 안으로 더 움츠러드는데 남편은 전혀 기가 죽지 않는다. 마치 경찰이 교통 위반딱지 정도 들고 왔다는 듯한 반응이다.

"그렇다면 여기 온 이유는 뭐요?"

스즈키가 퉁명스럽게 말허리를 자른다.

"네. 저희로서는 워낙 이례적인 사건이라 용의자의 동기나 배경을 충분히 알고 싶고, 그렇다면 자수를 권하거나 가능한 한 무리 없이 이 사건을 종결시키고 싶기 때문입니다."

"아마 자수는 안 할 거야."

"왜 그렇게 생각하시지요?"

"가즈야는 공부밖에 모르는 놈이지만… 동시에 이념형이야. 한 번도 폭력을 써본 적이 없는 놈이 살인을 하였다면 충분히 생각을 하고 그만한 각오를 하고 저질렀겠지."

"공부밖에 모르는 평화적인 사람이 왜 그런 생각을 했을까요?"

"내가 가즈야와 대화를 나눈 것이 아주 오래돼서 잘 모르지만 그 한국의 국회의원이라는 사람을 아주 괘씸하게 생각한 모양이지."

"가즈야가 관여한다는 식민역사연구회 때문이에요."

부인이 조용히 나선다.

두 형사는 긴장한다. 부인이 침울한 분위기를 가지고 있지만 원래 지성이 뛰어난 사람으로 보이기 때문이다.

"이렇게 처음 만나는 사람들과 우리 가정의 내막을 얼마나 이야기할 수 있을지 모르지만… 워낙 큰일이 터졌으니. 가즈야는 얼마 전부터인가 사법고시에 흥미를 잃어버렸어요. 그 대신 역사연구에 몰두하더니 대학교수, 작가 이런 사람들하고 식민역사연구회라는 것을 시작했죠."

부인의 말이 지속된다. 가즈야는 아버지는 멀리한 반면 어머니와는 대화를 가끔 나눈 것으로 보인다.

"그 식민역사연구회에 나오는 사람들은 다 직업이 있는 사람들이고 대개 나이가 많아 가즈야가 모임에서 일을 제일 많이 도맡아 했다고 했어요. 게다가 같이 고등학교를 다니던 요코다 유지라는 애하고 같이 하는 것 같더군요. 별로 질이 좋지 않은 사람인데…."

"아니. 가즈야가 요코다 놈하고 또 어울린다는 거야?"

스즈키가 불같이 화를 낸다.

"그 야쿠자 새끼가 들러붙었다면 이건 보통 일이 아니군."

스즈키의 얼굴에 낭패한 기색이 역력하다.

부인은 남편의 성질이 가라앉자 말을 잇는다.

"가즈야가 모임에서 구별되는 까닭은 다른 사람들이 추상적으로 식민 역사를 공부하는 반면에 그 아이는 가문의 핏속에 식민역사가 들어 있다는 점이에요. 조선총독부에서 증조부는 식산국, 조부는 내무국의 뛰어난 관료였으니까요."

"네. 도서관에서 자료를 봤습니다. 대단하신 분들이더군요."

"특히 조부되시는 스즈키 데루오 지사님은 일본에 돌아오셔서 가즈야의 어린 시절 조선에 관하여 많은 이야기를 해주었어요. 지사님은 조선을 진정으로 사랑하고 자신을 조선인이라 생각했으니까요."

부인은 별세한 시아버지를 조선에서의 마지막 직함에 따라 아직도 '지사님'이라고 부른다.

"그럼. 우리 오야지는 동경제대를 들어가고도 남는 실력인데 일부러 경성제대에 들어간 사람이야."

오야지란 남자들이 자신의 아버지를 일컫는 말이다.

"어린 시절 할아버지가 들려주신 조선에 관한 많은 이야기들이 가즈야의 마음에 많이 간직되어 있을 거예요. 이 분은 어린 시절에 잠깐 경험한 조선을 싫어했지만 패전만 없었다면 조선에 뼈를 묻을 각오였다고 제게 말씀하셨어요."

부인이 차를 녹차로 바꾸어 온다. 넷이서 조용히 차를 마시는데 밖의 정원에 참새가 날아와 앉는다.

"조선에서 어린 시절에 참새를 잡느라고 애 많이 썼지. 조선의 참새가 일본의 참새보다 더 컸던 것 같아."

부인은 남편의 헛소리를 무시하고 말을 잇는다.

"그 식민역사연구회에 가즈야는 점점 더 빠지고 나중에는 총무일은 요코다가 맡아서 하고 자료수집 같은 것은 가즈야가 다 하는 것같이 말하더군요. 내가 걱정을 많이 했는데 내 말을 듣는 것도 아니고…그러더니 이런 엄청난 일이….”

“식민역사연구회 사람들이 가즈야 씨를 유도하거나 하는 일은 없었을까요?”

“글쎄요…그 사람들이 학자들인데 사람을 죽이라고 유도하지는 않았겠지요. 다만 가즈야가 비현실적인 면이 많고 특히 일본이 조선을 구했다는 환상을 가지고 있었다고 생각해요. 그런 상태에서 자신의 처지, 즉 법조인이 되겠다는 포부를 버리고 인생의 목표를 잃은 상태에서 한국의 국회의원을 적으로 돌리는 망상에 빠졌을 가능성은 전혀 없다고 못해요. 그 연구회가 그런 망상의 씨를 심어주거나 부풀리는 역할을 했다고 봐요.”

“가즈야 씨의 생활비는 어떻게 해결했습니까?”

“여기서 보냈지요. 일 년에 몇 차례 나눠서….”

“혹시 가즈야 씨의 증조부님, 조부님의 활동에 관한 자료가 있을까요?”

영희가 묻는다. 진심으로 관심이 있기 때문이다.

부인이 영희를 물끄러미 본다. 처음으로 정면으로 보는 부인의 얼굴은 마르고 주름이 많았지만 단아하다.

영희를 바라보던 부인이 일어서더니 얼마 후에 보자기에 싼 것을 가지고 온다. 부인의 움직임은 마치 몸에서 수분이 빠져나간 단정한 헝겊 인형이 조용히 오가는 착각을 일으킨다.

탁자 위에 조심스럽게 놓고 말한다.

“이것은 타계하신 지사님이 내게 주신 거예요. 가즈야의 증조부님과 조부님이 조선에서 쓰신 일기나 간단한 비망록들이에요. 여기 계신 우리 남편에게도, 가즈야에게도 보여주지 않았어요. 가즈야가 법관이 된 후에 주려고 했는데 이제는 그런 가능성이 없으니….”

부인은 울음이 북받치는 듯 잠시 고개를 떨어뜨리더니 말을 잇는다.

"가즈야가 흉악한 일을 했다면 벌을 받아야겠지만 스즈키 가문이 조선에서 한 공헌을 욕되게 할 수는 없어요. 그러니 참고하시고 나중에 한국의 어느 도서관에 기증하기를 바랍니다."

* * *

스즈키 댁을 나와 택시가 잡힐 때까지 두 형사는 길을 걷는다.

"배 형사, 아까 들었던 말에 신경 쓰지 마세요. 그런 생각을 가진 일본인은 이제는 별로 없어요. 물론 세대에 따라 차이가 있겠지만 스즈키는 아주 이례적인 사람이에요."

"아, 아까… 괜찮아요. 벌써 잊었어요. 그렇게 말해주니 고마워요. 어느 나라에나 국수적인 사람들이 있기 마련이죠."

"일본의 경우 그들은 거칠게 행동하지 않지만 특정한 잡지 등을 중심으로 같은 말을 반복하고 있다는 게 특이해요. 가만 보면 말과 아이디어를 생산해서 밀가루같이 공동창고에 쌓아놓고 그 밀가루로 빵, 라면, 국수 등 다양한 대중동원 상품을 매체에 맞게 생산해내는 것 같아요. 일종의 국수주의 협동조합이라고 할까…."

"한편 한국에서는 잡지 같은 매체가 아니라 데모를 전문으로 하는 사람들을 돈으로 고용하지요."

"국수주의 연출에도 한일 간에 차이가 있군요."

"신념이 아니라 계산과 위선이 근본이라는 것은 마찬가지지만요."

41

서울에서 돌아와 오랜만에 짬을 낸 다케다는 동경경시청의 자기 자리에 돌아가 긴급한 서류들을 처리하고 오차노미즈(お茶ノ水)로 향한다. 동경 역에서 북쪽으로 조금 떨어진 오차노미즈 부근에는 대학과 병원들이 밀집해 있다. 다케다의 아버지가 현역에 있을 때 가장 아끼던 제자 미즈노(水野) 교수는 이제 준텐도(順天堂) 병원의 정신과 과장으로서 일본정신의학계의 지도적 인물 중 한사람이 되어 있다.

"어이. 다케다 군!"

다케다를 어린 시절부터 아는 교수는 마치 큰 형님이나 삼촌같이 느껴진다. 점심을 같이하기로 한 파스타 집에 미즈노 교수는 먼저 와서 레드와인을 마시고 있었다.

"아니. 정신과 과장님이 대낮부터 와인이라니 정신의학적으로 좀 문제가 있는 거 아녜요?"

"그럴지도 몰라. 정신적으로 문제가 있는 사람들과 대부분의 시간을 보내다 보면 그들이 비정상인지 내가 비정상인지 구분이 안 갈 때가 있거든."

"오래 전에 군마(群馬)의 산을 등정할 때 생각이 나는군요. 산 정상에 서니 구름이 발 아래로 흘러가는데 한참을 보니 어디가 하늘이고 어디가 구름인지 구별이 안 가더군요. 구름 위로 발을 내딛고 싶은 충동마저 느꼈어요. 그와 비슷한 심리상태일까요?"

"그것 참 좋은 비유인데…. 자네가 정신과 의사보다도 인간의 정신상태를 더 잘 이해하고 있는 것 같아."

두 사람은 각자 샐러드와 스파게티를 주문하고 음식이 나오는 사이에 다케다는 박민자 살해사건에 관하여 간략하게 설명한다. 용의자의 부모를 방문한 오하시와 배영희의 보고를 받고 나서 범인의 범행동기, 특히 심리상태에 대하여 좀더 깊은 이해를 가져야겠다는 생각에서다. 범인을 잡고 기소하는 데 필요하기도 하지만 평소 정신의학에 비상한 관심을 갖고 있던 다케다는 용의자의 정신세계를 알고 싶다.

"그러니까 용의자는 박민자라는 한국의원이 자신의 가문의 업적을 부정하고, 결국 자신의 인생의 의미를 파괴한다는 생각에서 그 의원을 죽인 것으로 요약할 수 있겠군."

"네. 그게 가능한 이야기입니까?"

"충분히 가능하다고 봐. 가능한 일이 현실로 나타난 거야."

"정신의학적으로 어떻게 해석하세요?"

"글쎄 … 환자, 즉 용의자를 장시간 관찰해보기 전에는 자신을 가지고 말하기 힘들겠지. 그렇지만 아주 제한된 정보만을 가지고 편하게 하는 이야기로 한다면 전형적인 정신분열증이야."

"정신분열증이라 … ."

다케다는 약간 눈살을 찌푸린다.

"자네의 그런 반응도 무리는 아니지. 미국영화나 소설에서 이 말이 너무 남용되는 바람에 원래의 의미가 오해되는 경우가 많은 것 같아. 자네도 정신의학책을 꽤 읽어서 잘 알겠지만 정신분열증은 대개 세 가지의 형태로 나타나지. 첫째는 사람과의 접촉에서 특유한 장애가 발생하는 것. 왜 침울하고 표정이 없고 상대하기 힘든 사람들이 있잖아. 둘째는 환자가 혼자서 가지는 주관적 증상. 망상장애가 대표적이야. 피해망상. 세상이 곧 파멸한다는 망상. 자신의 혈통에 대하여 가지는 이상한 망상 등. 셋째는 객관적으로 나타나는 증상. 잘 알려진 자폐증이 여기에 속해."

"그 중에서 용의자는 피해망상을 가진 것으로 보시는군요."

"그렇지. 피해망상이란 어떤 사람이나 조직, 아니면 미지의 힘이 자신에게 해를 가한다는 생각에 시달리는 거야. 정도의 차이는 있겠지만 피해의식을 가진 사람은 많은데 이것이 병적일 정도로 비이성적이라면 망상이라고 해야겠지. 이 사람은 피해망상이라는 일반적인 말보다는 박해망상에 시달린다고 볼 수 있어."

"박해망상 …."

"음. 자신에게 피해를 가하려고 적이 노린다고 생각하는 망상이야."

"네. 읽은 기억이 납니다. 박해망상은 단계가 있지요?"

"맞아. 정신과 의사들은 대개 3단계로 발전한다고 보는 것이 정설인데, 제 1기는 망상적 해석의 단계야. 사물의 원인을 타인의 박해라는 심리상태에서 파악하고 판단하는 것이지. 이것이 진행된다면 제 2기의 단계에서는 그 망상의 내용이 체계화되는 거야. 말하자면 머릿속에서 하나의 소설을 쓰는 거지. 제 3기에서는 구체적인 장애로 나타나서 망상과 환각이 행동으로 표출하는 거야. 환청, 환각에 따른 행동, 혼자 대화하는 것, 심령의 세계 속에서 대화하는 것 등이지."

"그렇군요. 그럼 용의자는 어떤 단계에 있다고 보십니까?"

"글쎄 … 오늘 들은 바를 종합한다면 제 1기에서 제 2기로 옮긴 것 같군."

"그리고 역시 이 망상도 다른 망상과 마찬가지로 환자의 상태에 따라 망상의 스위치가 올라가면 비정상이고, 내려가면 정상이기 때문에 주위 사람들이 병적이라고 판단하기 힘든 거지요."

"그렇지."

두 사람은 각자 음식을 씹으며 생각한다. 수사팀이 파악한 바와 미즈노 교수의 해석이 크게 다르지 않다. 그렇지만 누군가가 자신을 박해한다는 망상을 가지고 있어도 그 적을 살해하는 행동으로 옮기는 것은 또 다른 차원의 이야기가 아닌가?

이때 미즈노 교수가 다케다의 생각을 읽고 있다는 듯이 포크를 내려 놓고 입을 연다.

　"박해망상을 가졌다고 해서 그 환자가 적에 대한 반항적 행동을 할 것인가가 의문이지?"

　"네. 그게 포인트인 것 같아요."

　"돌아가서 자료를 좀더 찾아보고 해야겠지만 말이야. 지금 나의 직감 으로는 라세그-팔레(Lasegue-Farlet) 가설이 딱 들어맞는 것 같아."

　"무슨 가설입니까?"

　"자네도 알다시피 정신분열증이나 피해망상의 연구는 프랑스 정신의 학계가 선구적이었지. 그 중에서도 라세그와 팔레라는 두 프랑스 학자가 발견한 것을 종합한 것이 이 가설인데, '이성적 피해망상병'이라는 증상 이야. 이 증상은 피해망상을 가진 환자가 단지 수동적으로 장애에서 고 통받는 것이 아니라 자신에게 피해를 가하는 적을 규정하여 그에 대하 여 이성적으로 판단하고 능동적으로 해를 가하는 입장으로 전화(轉化) 하는 거야. 그들은 이러한 환자를 '이성자'(理性者) 또는 '가해적 피해자' 라고 불렀지."

　환자에 대한 충분한 자료가 없이 더 이상의 전문적 대화를 나눈다는 것은 실체의 파악을 오히려 막을 수 있다는 생각에 다케다는 더 이상 묻지 않는다. 그러나 마음속으로 미즈노 교수의 설명과 용의자의 행동 이 잘 어울리는 한 편의 드라마라는 생각을 떨칠 수가 없다.

42

21세기를 사는 현대인이 최근 들어 남발하게 된 말 중의 하나가 카리스마라는 말이다. 희랍어 원어의 의미를 보면 신이 사랑하여 내려준 재능, 특히 자신의 인격이나 화술을 발휘하여 남을 설득하는 지도력이 있는 사람을 가리킨다. 그런데 이것이 다소 변질되어 공무원 세계 등에서는 개성이 강하고 남을 장악하는 능력을 지칭하는 일이 많다. 일본경찰청의 꽃이 형사국장이라고 한다면, 그를 뒤에서 보좌하는 형사기획과장 모리 히데토는 보스 기질이 있고 배짱이 강하며 의리가 있어 카리스마가 있는 경찰관료로 생각하는 사람이 많다. 그래서 그런지 그를 따르는 경찰관이 전국에 많이 있어 정보가 다양한 곳에서 들어온다. 조직사회에서의 정치란 주고받는 것의 반복적 계산인데, 그 중에서 가장 소중한 물건이 정보인 것이다.

9월 8일 수요일 아침, 모리는 새로운 기분으로 하루를 시작하고 있었다. 어제는 오랜만에 집권 민주당 외교분과위원회의 젊은 국회의원들과 거하게 한잔 했다. 오랜 자민당의 독재를 깨고 집권한 민주당은 매사에 경험이 없었다. 일한관계에 앞으로 두각을 나타내고자 하는 젊은 의원들이 모리 과장을 불러 최근에 벌어진 사건에 관하여 이야기 좀 해달라는 청이 있던 것이다. '관료지배의 타파'를 외치는 민주당이 괘씸하기는 하지만 정치가와 관료는 서로 멸시하면서도 이용해 먹는 관계인 이상 향후의 출세를 위해서는 철없는 국회의원들 비위도 좀 맞추어 줄 필요가 있었다.

아침에 출근하여 국장과의 대화에서 다소 옥신각신했다. 기누가와에서 만화가가 찍은 스즈키의 자세한 사진을 언론에 공개할 것인지 여부를 두고 국장은 긍정적인 태도를 보였으나 모리는 한 템포를 늦추면 새로운 사태진전이 있을 것이라고 말했다. 기무라 국장과 기질적으로 잘 맞는 것은 아니었지만 합리적인 기무라는 유능한 후배인 모리의 의견을 가능한 한 수용하였다. 자리에 돌아와 언젠가는 저 기무라와도 한 판의 싸움을 피할 수 없다고 생각하며 울리는 전화기를 받는다.

"모시모시! 모리입니다."

"아! 과장님, 감식계의 이노구치입니다. 다름이 아니라 아주 재미있는 것을 발견하여 우선 과장님께 말씀드리고자….."

이노구치는 모리의 카리스마를 좋아하는 많은 경찰관들 중 하나다.

"그래? 그럼 지금 올라와."

감식계에서 오래 근무한 이노구치는 어제 오전 동경도립 중앙도서관에서 오하시 경부가 발견하여 증거로 채집한 《조선신사록》과 《조선인명록》의 지문탐색을 실시했는데 너무도 의외의 인물이 잡혔다는 것이다. 다름 아닌 시모지 아츠시라는 전직 경관의 지문이라는 것이다.

"전직 경관?"

모리는 눈썹을 치켜뜨며 묻는다.

"네. 과장님, 경무 쪽에 물어봤더니 1998년에 총기분실사고의 장본인으로 당시 동경 북구경찰서 형사과 경부로 근무하다가 파면되었답니다. 그 후의 행적은 경찰기록에는 없습니다."

"알겠네. 고마워."

모리는 즉시 경무과에서 자신을 따르는 요원에게 전화를 하여 1998년 당시의 동경 북구경찰서 서장과 형사과장의 인적사항을 물어본다. 잠시 후에 온 전화에 의하면 당시 서장은 은퇴하였고, 형사과장은 현재 야마나시 현 엔잔(塩山) 경찰서장으로 있다는 것이다. 모리는 즉시 전화를 넣는다. 경찰청의 과장이면 경시장(警視長)이고 지방경찰서의 서장이라면 한 계급 아래인 경시정(警視正)이다. 아마 모리보다 연령은 위일지 모르지만 계급사회이므로 말을 한껏 낮추어 대화에 들어간다.

"서장, 나 경찰청 형사기획과장 모리라고 하오."

"아, 네. 언젠가 회의에서 한번 뵌 것 같습니다만⋯ 기억을 하실지?"

"생각이 날 듯 말 듯하네."

"그런데 오늘은 무슨 일로⋯ 혹시 좋은 와인이 필요하신지? 하하하."

이놈이 필시 넉살이 좋거나 비굴한 놈일 거라는 추측을 한다. 엔잔은 일본 굴지의 포도산지로 세계적인 와인을 만들어보겠다는 야심을 가진 동네이다.

"와인은 가서 함께 마시기로 하고⋯ 시모지 아츠시라고 기억하나?"

"시모지 아츠시⋯ 아! 네⋯ 벌써 십 년도 넘었지요. 제가 북구경찰서에서 데리고 있었는데 총기분실사고가 나는 바람에 그만 옷을 벗었지요. 그런데 갑자기 그놈을 왜 경찰청 과장님이 찾으십니까?"

"그 사정은 지금 말하기 곤란하고⋯ 그 자가 그 후로 무엇을 했는지 아는지?"

"자세한 사정은 모르겠는데, 옷 벗고 한 3년은 연락이 되었죠. 그때는 동경에서 사설탐정을 하면서 돈을 좀 모으는 것 같더니⋯."

"사설탐정⋯ 흠. 서장, 내 부탁 하나 합시다. 경찰청에서 다루는 중요한 사건관련인데 시모지가 최근 무얼 하고 지내는지 좀 알아서 보고해주었으면 하는데, 지금으로⋯ 내가 고마움을 잊어버리지 않은 인간인줄은 알겠지."

"아, 그럼요. 모리 과장님이 경찰청의 사무라이라는 것은 잘 압니다."

"그럼 연락 기다리겠소."

자세한 사항을 파악할 때까지 국장에게 보고를 늦추기로 하고 모리는 밀린 일에 몰두한다. 경찰청의 과장쯤 되면 읽어할 서류가 너무 많아 엉덩이에 진물이 날 정도이다. 구내식당에서 간단히 소바로 점심을 때

우고 자리에 돌아오자 엔잔 서장에게서 전화가 들어온다.

"같은 경찰로서 말하기 민망하네요."

"뭡니까?"

"시모지의 과거 동료들의 말을 종합해보면 시모지는 최근 스미야스 구미 쪽의 일을 돕고 있다고 합니다."

"치쿠쇼!"

"스미야스 구미도 관할이 많은데…."

"동경이랍니다. 특히 최근에는 간부 중 하나인 아사이 신스케가 클라이언트라고 합니다."

"그래요… 서장 고맙소. 하나만 더. 시모지 전화번호 좀 줘요."

"과장님, 그건 좀…."

"서장, 나와 손을 잡을 거면 확실히 잡고 놓을 거면 빨리 놓으쇼."

"알겠습니다. 메모하세요."

* * *

'아사이 신스케.'

스즈키 가즈야를 경찰이 들이닥치기 전에 빼돌린 놈이 아닌가? 그렇다면 시모지 이놈이 어디에서 어디까지 개입한 것인가?

모리는 급히 형사국장에게 올라가 보고한다. 기무라 국장은 역시 결단이 빠른 사람이었다. 즉시 시모지에게 전화를 넣기로 한 것이다. 경찰청의 통합정보분석실에는 세계의 주요 수사당국, 인터폴 등과 통하는 종합정보시스템과 함께 고성능 통신장비가 갖추어져 있었다. 다케다 경시를 급히 불러 세 사람은 공중전화와 같은 기능을 하며 동시에 통화기록은 물론 위치추적을 할 수 있는 장비가 갖추어진 부스로 들어간다. 통화는 모리 과장이 하기로 한다.

344

시모지의 전화벨이 수차례 울리자 조용한 음성이 흘러나온다.

"모시모시."

"시모지 상. 나 경찰청 형사기획과장이오. 섣불리 전화 끊지 마시오."

"······."

이내 침묵이 흐른다. 그러나 전화를 끊지는 않는다. 경찰청 형사기획과장이 전화를 한다면 이미 자신은 경찰의 손아귀를 벗어날 수 없다는 것을 알기 때문이다.

"말씀하시죠."

"최근 아사이와 하는 일을 흥미롭게 보고 있소. 만나서 이야기합시다. 지금 동경 시내에 있소?"

"네."

"그럼 지금부터 한 시간 후인 3시 15분에 동경 역 마루노치 출구에 있는 마루젠 서점 4층에 있는 커피숍으로 오시오. 우리 측에서 다케다 형사가 영어소설책을 한 권 들고 들어갈 것이오. 카운터 쪽에 앉아서 기다리시오."

* * *

동경 역 마루노치에 새로 만든 마루젠 서점은 항상 사람이 붐비고 4층 커피숍은 서가와 문방구가 인접해 있어 드나드는 사람이 많다. 익명성을 확보하기 쉬운 장소이다. 다케다는 3시 15분 직전에 커피숍에 도착하여 카운터 테이블에 앉는다. 드나드는 사람을 파악하기 적당하다. 카운터 위에 좋아하는 제프리 아처의 영어소설을 눈에 띄기 좋게 놓고, 에스프레소를 한 잔 시킨다.

커피가 오는 순간 한 사나이가 옆자리에 앉는다. 시모지다. 마치 매일 만나는 동료가 구내식당에서 옆에 앉는 격이다. 시모지는 맥주를 시킨다. 낮에도 맥주를 마시는 일본인이 많아 이상할 것이 없다. 그래도 속이 탈 것이다. 각자의 음료를 반 정도 마신 후 시모지가 담배를 피워 문다. 다케다는 시모지의 성냥갑을 친한 친구 물건 만지듯이 하며 말문을 연다.

"일은 언제부터 한 거요?"

"며칠 안 되었어요."

"손님은 잘 계시고?"

물론 스즈키 가즈야를 말한다.

"네. 다른 사람들이 모시는데 잘 계시는 것으로 압니다."

"다행이네요. 우리 회사에서 관심이 많아요. 저 위의 회장님께서도 그렇고."

저 위의 회장이 총리대신이라는 것을 시모지는 알아듣는 눈치이다.

"본래 친구한테서 들은 일은 이렇게 큰 것이 아니었는데 ⋯."

"십 년 전에 당신이 회사를 퇴직한 후의 일들을 회사에서 자세히 조사하고 있어요. 아마 견적이 많이 나올 겁니다."

다케다의 암묵적인 위협에 시모지는 긴장하는 눈치이다.

"지금 상태에서 손을 떼고 완전히 우리에게 인계한다면 회사에서도 더 이상의 조사는 없을 거요."

"⋯⋯."

시모지는 담배를 다 피우고 맥주잔을 비우고 한 잔 더 시킨 후 입을 연다.

"지난 십 년 간의 견적은 더 이상 논의하지 않는다는 것은 보장됩니까?"

"보장하오. 회사 사장의 약속이오."

경찰청 장관의 약속이란 뜻이다.

"좋습니다."

"그러면 나가서 바로 옆에 있는 마루노치 호텔 919호실로 가시오. 전무하고 상무가 기다리고 있으니. 나는 계산하고 가겠소."

　마루노치 호텔은 마루젠 서점과 같은 건물에 들어있다. 서점과 호텔의 입구는 불과 20미터도 떨어져 있지 않은데 사람이 늘 붐빈다. 호텔 919호실에는 기무라 국장과 모리 과장이 기다리고 있었다. 시모지와 다케다까지 네 사람이 모이자 모리 과장이 입을 연다.

　"아까 전화한 모리요."

　"시모지입니다."

　"오래 전에 경찰을 떠났다고 들었소."

　기무라 국장이 중립적인 어조로 말한다.

　"나도 희망을 가지고 경찰에 투신한 사람입니다. 총기분실사건만 없었다면 나도 여러분과 같은 생활을 지금 하고 있을 것입니다."

　40대 중반으로 보이는 시모지는 술과 담배를 많이 하여 간장이 손상된 사람 특유의 고구마 빛 얼굴을 하고 있었다. 경찰이 옷을 벗으면 고급관료를 제외하고는 갈 길이 없음을 다 안다. 긴 세월, 많은 고생을 겪었음이 분명하다. 그래도 얼굴에는 총기가 있고 어딘지 모르게 프라이드마저 숨어 있다.

　"이 사건에는 어떻게 개입된 것이오?"

　"알고 개입한 것이 아닙니다. 내가 사설탐정업을 하며 만난 큰 고객이 하나 있는데 그 분이 스미야스 구미와 트러블이 있었어요. 이것을 해결하는 과정에서 상대방의 담당자인 아사이 신스케와 남자 대 남자로 통하게 되었습니다. 아시겠지만 사설탐정은 남의 뒤나 캐는 등의 잔챙이 일에서 벗어나려면 야쿠자 세계와의 접촉을 피할 수가 없어요. 아사이가 급히 도와달라고 하여 그와의 관계를 유지하기 위해 갔는데 스즈키 가즈야 건이 나온 겁니다. 내가 부탁받은 것은 그를 일정기간 동안 보호, 관찰해 달라는 것이었어요. 털어도 이게 다입니다."

　"스즈키는 지금 어디 있소?"

"나는 모릅니다. 나를 보호한다는 의미에서도 알려고 하지 않았습니다. 내가 경찰의 적이 된다면 징역을 살겠지만 야쿠자의 적이 된다면 목숨을 잃습니다. 야쿠자에 병력이 많은데 내게 그놈의 피신을 맡길 이유가 없지요."

시모지의 말에는 일리가 있었다.

"그럼 시모지 상이 한 일은 무엇이오?"

"한국 국회의원 살해에는 스미야스 구미가 손을 댄 것이 없습니다. 다만 그 산하에 있는 대동아부흥회에 있는 일부 인사가 스즈키 가즈야와 함께 식민역사연구회라는 모임에 참가하는 것 같습니다. 그것이 스즈키와 스미야스 구미의 유일한 접점이에요."

"요코다 유지를 말하는 것인데⋯."

"맞습니다."

"그래서 시모지 상이 한 일은?"

"그런 관계로 요코다 유지의 상관격인 아사이가 도대체 이 스즈키라는 놈이 어떤 인간인지 알고 싶어했고, 믿을 수 있는 사람에게 더 이상 이상한 짓을 하지 못하도록 관리를 시키고자 했던 겁니다. 그게 전부입니다."

"스즈키와 요코다 유지는 어떤 관계입니까?"

"이타미에 있는 고교 동기생입니다."

실내는 조용하다. 중요한 정보가 처음으로 나온 것이다.

"다시 한번 묻겠소. 스즈키는 지금 어디 있소?"

"정말 모릅니다. 다만 다치카와 시에 있다는 것은 알고 있습니다."

시모지가 가즈야의 거주지를 모른다는 것은 물론 거짓이다. 그로서는 생명을 보존하기 위한 거짓말이다. 그래도 경찰의 입장에서는 넓은 세상천지에서 다치카와라는 특정한 도시로 타깃이 좁혀지는 중요한 대목이다.

"고맙소. 시모지 상, 여기 오기 전에 나는 시모지 상의 과거 상사들과 이야기를 나누고 왔소. 시모지 상에 대해서는 모두 유능하고 신뢰할 수 있는 형사라고 평가했소. 본인의 의사에 반해 경찰을 떠나게 되어 안타깝다는 말을 들었소. 시모지 상, 수사본부에 공헌을 하나 하시오. 그럼 우리도 시모지 상을 보호하고 앞으로 도움이 되도록 하겠소."

기무라 국장의 말이다.

시모지는 담배를 한 대 피운다.

네 사람이 서로 다른 데를 보고 한동안의 시간이 지난 후 시모지가 입을 연다.

"좋습니다. 내가 이 시점에서 손을 뗀다고 해도 아사이에게 크게 원수가 지지는 않을 것이라 판단합니다. 앞으로 먹고 살자면 경찰청과 적이 될 수도 없고. 내가 할 수 있는 유일한 공헌이라면 스즈키의 집에서 나온 몇 상자의 기록을 넘기는 것입니다. 이 상자가 스즈키의 검거에는 직접적 단서가 되지는 않는다 해도 대동아부흥회, 식민역사연구회, 그리고 스즈키의 관계망 등을 파악하는 데는 요긴한 자료가 될 것입니다."

시모지의 말을 들은 기무라가 다케다를 쳐다본다. 다케다는 고개를 까딱하여 동의를 표한다. 다케다의 동의를 확인한 기무라는 형식적으로 모리의 의사를 묻는다.

"모리 군, 나는 이 선에서 마무리를 짓는 게 좋다고 보는데 자네 의견은 어때."

"좋습니다. 단 시모지 상이 이 사건이 검찰공소가 될 때까지는 얼씬도 해서는 안 된다는 것을 조건으로 해야 합니다."

"좋습니다. 당분간 잠적하겠습니다."

기무라는 일어나서 시모지에게 악수를 청한다.

"먼지가 다 가라앉은 후 술이나 한잔 합시다."

"감사합니다."

*　*　*

　시모지가 넘긴 열쇠를 갖고 수사요원들이 우에노에 있는 임대 창고에
서 여섯 상자의 서류들을 수사본부로 가져온 것은 2시간이 지난 후였다.

43

수사진이 확보한 용의자의 서류상자들이 수사본부에 옮겨지고 있을 때 배영희는 수사본부의 한구석에서 용의자의 모친이 준 스즈키 가계의 일기며 비망록들을 읽고 있었다. 한국경찰이 일본경찰청의 수사본부 안에서 과거 일제의 한국강점에 관한 기록을 읽고 있다는 사실에 웃음이 나올 정도로 기가 막혔다. 용의자의 증조부와 조부가 남긴 기록들은 고풍스러운 일본어 필기체여서 영희가 해독하기가 쉽지 않았다. 그래도 두 사람 모두 글씨가 정서체이고 짙은 만년필 잉크로 쓰여 있기에 읽을 수는 있었다. 당시의 식자들은 모두 서양문물의 상징으로 만년필을 애용하고 있다는 것을 들은 바 있다. 수사본부의 나이 든 여자직원의 도움을 받아 관심이 있는 부분을 대개 해독할 수 있었다.

　배영희가 특히 흥미를 느낀 것은 용의자의 증조부 스즈키 간타로가 조선총독부의 초대총독 데라우치 마사타케(寺內正毅)를 수행하거나 함께 일하며 쓴 일기들이었다. 일본 근대화기 권력엘리트 배출지의 하나이던 죠슈(長州), 즉 지금의 히로시마 출신의 군인이던 데라우치는 한일합방 당시 일본의 육군대신으로 근무하고 있었다. 한일합방을 주도한 이토 히로부미가 초대총감으로 있다가 암살당하고 2대 통감이던 소네 아라스케(曾根荒助)의 짧은 재임에 이어 1910년 5월에 데라우치는 육군대신 겸 제3대 조선통감으로 부임한다. 그리고 곧 한일합방이 강행되어 10월에 조선총독부가 생기며 초대 조선총독을 겸하게 되었다.

　데라우치는 영일동맹을 성사시킨 가츠라 다로, 야마가타 아리토모 등과 함께 죠슈 출신의 대조선 강경파였다. 한일합방을 축하하는 연회석에서 임진왜란 때 조선반도에서 활약한 세 무장을 그리며 다음과 같은 시를 읊었다고 전해진다.

고바야카와 다카카게여!
가토 키요마사여!
고니시 유키마사여!
그대들이 살아 있었다면
오늘 밤 저 달을
어떻게 보았을꼬?

'생애의 대업인 일한병합'을 달성하여 백작의 작위를 수여받은 데라우치는 1916년에 일본총리가 될 때까지 조선을 통치한다. 이때 그가 아끼던 관료 중 한사람이 스즈키 간타로였다. 동경대를 나오고 국가고시 합격자 중 최고 엘리트가 모이는 대장성에서 잔뼈가 굵은 스즈키를 데라우치는 총독부 총무국장으로 발탁하여 여러모로 활용하였음을 일기를 통해 알 수 있었다. 특히 데라우치 총독의 다양한 회의나 행사에 배석한 내용을 기록하여 한일강점 초기의 모습이나 생활상을 볼 수 있다.

수사와 직접 관련은 없으나 역시 한국인으로서 배영희의 눈이 가는 대목들은 당시 조선의 지도자들과 데라우치 총독의 관계였다. 일기의 몇 군데에는 다음과 같은 대목들이 있었다.

1911년 6월 17일 (맑음)
오전에 이완용과 조중응이 총독을 방문하여 다양한 사안에 관하여 의견을 나누다. 그 중에서도 성균관에서 바뀐 경학원의 운영에 관한 건, 외국에 거주하는 조선인의 귀국에 관련한 건, 조선에서의 화족회관에 관한 건 등을 논의하다.

1912년 3월 14일 (쌀쌀함)
조의연(趙義淵), 조금국(趙錦國) 양 씨가 총독을 방문하다.

352

1912년 4월 6일 (쾌청함)
김옥균에게 도움을 준 민권운동가이자 현양사(玄洋社) 총재인 도야마 미츠루(頭山滿) 씨가 총독을 방문하다.

1912년 4월 10일 (흐림)
오후, 송병준의 아들이 총독을 찾아와 이용구 씨가 위독하다고 고하다.

1912년 4월 14일 (맑음)
오후, 총독은 자동차로 청유리(靑柳里)에 있는 민비와 엄비의 묘지를 참배하다. 오는 길에 와병 중인 일진회 회장 이용구를 방문해 병문안하다.

1912년 5월 20일 (흐림)
조중응, 유길준, 장춘태(張椿泰) 세 사람이 총독과 면담하는 스케줄을 상의하다. 5월 중에는 힘든 것으로 일단 결정하다.

1912년 6월 1일
지난 5월 22일 타계한 이용구 씨의 유족에게 조의금을 지불하는 문제를 총독과 상의하다. 오후에는 송병준 자작이 총독이 하사한 예복에 답례하다.

1912년 6월 14일
총독은 오전에 오쿠라 기하치로(大倉喜八郎) 씨가 설립한 선린상업학교의 수업을 참관하다. 이어 오후에는 유길준 씨를 초치해 보조금을 지급하다.

1912년 12월 8일 (극심한 추위)
오전에 조중응, 유길준 씨가 총독을 방문하다.

1913년 3월 1일 (맑음)
오후에 민병석(閔丙奭), 윤덕영(尹德榮), 윤택영(尹澤榮) 세 사람이 총독을 방문하다.

1913년 11월 9일 (맑음)
총독은 오찬에 박영효씨를 비롯해 수십 명의 조선인 지도자를 초청하다.

1914년 4월 6일 (맑음)
한성부민회장인 유길준 남작이 총독을 방문해 아편단속, 유흥업단속, 중추원 고문인 조의연 남작의 신상에 관한 사항 등을 장시간 이야기하다.

1915년 2월 15일 (맑음)
이완용 백작이 총독을 방문하여 윤치호 등 총독암살미수사건(105인사건)으로 수감되어 있다가 지난 13일 특사로 출감한 건에 관하여 이야기를 나누고 돌아가다.

1915년 4월 28일
동경에 체재 중인 총독은 동양협회(현재의 척식대학)의 졸업식에 참석하다. 오후에는 박영효씨와 면담하다.

데라우치가 총독으로 재임한 시기에 이른바 한국에서 친일파로 부르는 사람들이 그를 면담한 기록은 스즈키 간타로의 일기 여기저기에 적혀 있다. 배영희가 형사로서 친일 등에 관하여 큰 관심을 쏟을 시간은 없었지만 놀라운 발견이었다. 스즈키가 수십 년 후에 자신의 일기가 공개될 것을 염두에 두고 허위의 사실을 기록했다고 보기는 어렵지 않은가?

한국인으로서 배영희의 눈에 거슬리는 내용은 고종을 이태왕(李太王), 순종을 이왕(李王)으로 칭하며 일본천황이 순종황제에게 전하는 메시지를 성지(聖旨) 등으로 표현함으로써 일본황실과 조선황실을 상하관계로 설정하고 마치 총독과 동격인 듯 기술한 부분이었다.

1911년 6월 28일 (맑음)
이태왕의 오찬초청이 있어 총독을 모시고 비서관 고마츠(小松), 고쿠분(國分) 등과 함께 참석하다. 조선인 중에서는 이완용, 이길영(李吉英) 등이 다수 참석하다.

354

1912년 3월 22일 (맑음)

이태왕의 초청으로 회덕전(懷德殿)에서 총독을 모시고 오찬에 참석하다. 오후에
는 경학원의 대제학 이하 수십 명의 강사를 위하여 총독부에서 리셉션을 베풀다.

1912년 4월 12일 (맑음)

오전, 총독부 간부회의에서 동양척식회사 보조금의 금리를 정하다. 오후, 이왕
이 총감군사령관 및 사단장들을 창덕궁에 초청하여 다과회를 가져 총독과 함
께 참석하다.

1913년 2월 28일 (맑음)

총독은 이태왕 및 이왕을 방문하여 조선남부를 시찰하고 오겠다는 인사를 하
고 오다.

1913년 10월 31일 (맑음)

천장절(천황탄신일)을 맞아 오후 3시에 이왕을 비롯하여 약 천오백 명을 초청
하여 원유회를 개최하다.

1914년 6월 10일 (맑음)

총독은 이왕을 방문해 일본 천황폐하의 성지(聖旨)와 하사품을 전달하다.

또한 스즈키의 일기는 당시 일제가 조선을 통치하는 모습을 다양한
각도에서 묘사하고 있었다.

1912년 3월 12일 (봄 구름이 끼어 추움)

이토 히로부미 전직 통감의 비서출신의 언론인 즈모토 모토사다(頭本元貞) 씨
의 안내로 경성에 주재하는 외국 총영사들과 선교사들에게 총독이 만찬을 베
풀다. 해리스 씨, 언더우드 씨, 겔 씨, 노블 씨 등이 참석하였으며 평양 지역에
서의 예수교 탄압에 관한 이야기가 오가다.

1912년 5월 3일 (오후 비)
오쿠라 기하치로(大倉喜八郎) 씨가 경영하는 오쿠라구미(大倉組)가 개발한 운산금광에 전력을 공급하는 전기동력회사의 설립을 인가하다.

1912년 5월 20, 21일
총독을 수행하여 평안북도, 평안남도, 황해도를 시찰하다.

1912년 6월 10일
오전에 송병준, 한상룡 양 씨와 부산부윤, 청진세관장 등이 총독을 방문하다. 이어 미국 하버드대학 명예총장인 엘리옷(Eliot) 씨 부부 및 수행원들을 위하여 총독이 오찬을 베풀다.

1912년 10월 12일 (맑음)
제국회의 중의원의 만주, 청국, 조선시찰단 수십 명이 총독부를 방문하다.

1912년 10월 15일 (흐림)
조선병합으로 폐지된 규장각의 도서를 정리, 보관할 수 있는 장소를 협의하다.

1913년 1월 20일 (흐림)
총독의 애견이 심장에 벌레가 생기는 병으로 죽다. 총독이 심히 마음이 상하다.

1913년 12월 15일 (맑음)
총독이 오늘부터 새로 개발된 당뇨약을 복용하기 시작하다.

1914년 3월 7일 (심한 비)
오늘 조선총독부의 예산이 제국의회 귀족원 예산분과위를 통과하다. 오후에는 조선철도 운수과장과 협의하다.

1914년 4월 5일 (흐림)
동양척식회사 요시와라(吉原) 총재, 노다(野田) 부총재가 총독부를 방문하여 총독과 함께 척식회사의 배당금에 관하여 협의하다.

용의자 스즈키 가즈야가 주장하듯이 그의 증조부 간타로가 식민지조선의 건설에 이바지하였다는 것은 다음과 같은 부분을 두고 하는 말인 것으로 추측할 수 있었다.

1912년 5월 13일 (맑음)
조선철도원 기노시타(木下) 영업과장, 만주철도의 독일인 고문 비드페르드(Widfferd) 씨 등과 함께 점심을 나누며 조선철도의 전반에 걸쳐 의견을 나누다.

1912년 10월 9일 (맑고 찬 공기)
철도국의 오야(大屋) 씨 등을 불러 조선의 철도망에 관하여 자세히 협의하다.

1912년 10월 21일 (흐림)
오늘은 경원선이 철원까지 연결되는 개통식이다. 총독을 모시고 철원의 개통식에 참가하다. 개통식에는 외국 총영사, 조선인 지도자 등 수백 명이 참석하였으며 리셉션이 있었다. 경성으로 돌아오는 길에 철원 헌병대를 시찰하다.

1913년 1월 15, 17일
조선철도국 오야(大屋) 장관 이하 철도관계자들과 조선의 철도망 확충에 관하여 집중적으로 토론하다.

1914년 4월 28, 29일
조선철도원의 후지타(藤田), 도쿠토미(德富) 씨 등과 함께 철도운임에 관하여 이틀간 협의하다.

1914년 8월 3일 (연일 비)
수일간 내린 폭우로 호남선의 일부 구간이 고장 나다.

1916년 5월 4일
조선철도의 매각에 관하여 협의하다.

일기를 다 읽고 난 배영희는 소란한 경찰청 수사본부에서 깊은 생각에 빠진다. 일제의 조선강점과 통치에 관해 과연 오늘을 살고 있는 한국인은, 아니 일본인을 포함한 인류는 과연 무엇을 얼마나 정확히 알고 있는 것인가. 친일과 반일은 무엇이고 나라를 팔아먹었다는 자들과 나라를 지켰다는 자들은 어떻게 다른가.

　　한국인으로서, 더구나 국민의 세금에서 월급을 받는 경찰관으로서 동경의 한복판에 있는 일본경찰청의 책상에 앉아 100년 전에 조선에서 긴 세월을 보낸 한 일본인의 기록을 보면서, 자신이 마치 역사라는 상상의 공간 속에서 일탈하여 떠다니는 하나의 먼지라는 착각이 들었다.

44

시모지는 돌아오지 않았다. 가즈야와 늘 붙어 지내다시피 하던 구미의 친피라(폭력조직의 하급행동대원) 두 명도 급한 일로 호출을 받고 나갔다. 저녁을 같이 해먹기로 약속했는데 저녁시간을 훨씬 넘어도 시모지는 오지 않았다. 지난 8월 31일, 시모지가 기바에 있는 가즈야의 아파트로 찾아온 이후 늘 같이 붙어 있던 시모지가 오지 않자 가즈야는 예상치 않던 불안과 고독에 휩싸였다. 철이 든 이후 부모의 곁을 떠나 홀로살기에 익숙해 있던 가즈야에게 시모지와 보낸 며칠은 새로운 경험이었다. 간단히 라면을 끓여먹고 멍하니 앉아 자신의 처지를 돌아봤다. 나는 왜 여기까지 왔는가? 한때 법관을 지망하며 이토록 유서 깊은 일본이라는 나라의 지도자가 되고자 했던 내가 왜 살인을 저지르고 이렇게 쫓기고 있는 것인가.

* * *

할아버지 데루오의 무릎은 가즈야의 마음의 고향이었다. 식민지조선에서 함경남도 지사를 지내다가 전쟁의 종식으로 일본에 돌아온 할아버지가 동경에서 무슨 재단법인의 이사장을 하다가 고향인 나가노 현의 마츠모토로 내려온 것은 가즈야가 태어난 다음 해인 1979년이었다. 1904년생인 할아버지가 75세 때의 일이었다.

선대에게 물려받은 넓은 저택에는 커다란 정원이 있었고 정원 너머로는 유서 깊은 마츠모토 성의 아름다운 모습이 보였다. 당시 40대의 아버지는 건설업인가에 미쳐 집에 들어오지 않는 날이 많았고 들어오는 날은 술에 만취해 있었다. 그 다음날에는 어김없이 할아버지와 아버지의 언쟁이 벌어졌다. 그 언쟁의 원인을 알게 된 것은 가즈야가 성년이 되어서이다.

넓은 저택에 며느리와 손자뿐인 할아버지에게 손자 가즈야는 만년의 유일한 낙이자 대화 상대였다. 가즈야가 네 살 정도 되어 말을 할 때 할아버지는 아름다운 정원이 보이는 마루에 앉아 무릎에 가즈야를 누이고 조선의 이야기를 들려주었다. 다른 아이들이 모모타로라거나 하는 옛날이야기를 듣고 자랐다면, 가즈야는 조선이야기를 듣고 자란 셈이었다. 할아버지와 손자 사이의 조선이야기는 가즈야가 초등학교 5학년 때까지 지속되었다. 할아버지가 85세로 별세하던 때 임종을 지켜본 것은 가즈야와 어머니였다. 아버지는 나가노 시에서 다른 여자와 살림을 차리고 있던 것이다.

한국은커녕 동경에도 가보지 못한 어린 가즈야의 머리에는 할아버지 들려준 조선의 이야기가 가득 차 있었다. 증조할아버지가 지휘해서 깔았다는 조선의 전차, 경성의 총독부, 혼마치의 미츠코시 백화점, 종로통의 전차, 할아버지가 졸업한 경성제국대학의 동기생들 등….

그중 할아버지가 특히 사랑하고 자랑스럽게 생각하던 것은 함경남도였다. 도청과 도지사 관사가 있었다는 함흥의 산천, 흥남의 부두, 일본인 거류민회, 미도리가오카(綠が丘) 병원, 운성리 일본육군병원, 그리고 할아버지가 피크닉을 즐겼던 함흥 삼각산 등….

할아버지는 당시 보통의 도지사가 아니라 함흥에서 벌어지고 있던 매우 중요한 일을 지휘하고 있었다. 나중에 대학생이 되어 문헌을 찾아보며 할아버지의 말을 돌이켜보니 그 중요한 일이란 함흥에서 미국 본토를 공격할 수 있는 로켓탄의 연료를 개발하는 일이었다. 많은 시간을 들여 가즈야가 재구성한 스토리는 다음과 같았다.

                                        * * *

　명치유신 이후 급성장하던 일본재계는 두 종류의 재벌이 이끌고 있었
다. 하나는 미츠비시, 미츠이, 스미토모 등 전통적인 재벌이었다. 또
하나는 아시아로 뻗어나가는 일본 군대와 손을 잡고 중화학, 기계 등의
분야에서 급성장하던 신흥재벌로, 당시는 독일어로 콘체른이라고 하였
다. 대표적인 것이 '니치츠'라고 약칭되던 일본질소재벌이었다.

　일본의 남쪽 가고시마에서 1906년에 소기(曾木) 수력발전소라는 것을
만들어 사업가로 성장한 노구치 시타가우(野口遵)라는 사람은 나중에
'조선반도의 사업왕'이라는 별명을 갖게 됐다. 그는 53세 되던 1926년에
조선수력발전과 조선질소비료라는 두 개의 회사를 함흥에 설립했다. 조
선총독부와 일본군의 지원을 등에 업고 부전강 수력발전소의 전기를 마
음 놓고 쓸 수 있는 매력적인 사업이었다. 당시 조선반도에서는 토지사
업과 농지개혁을 통하여 쌀을 일본 본토로 가져가는 것이 큰 일이었고,
따라서 화학비료에 대한 수요가 급증하고 있었다.

　노구치는 조선에서 중화학공업 이외의 분야에도 손을 댔는데, 1932
년에는 경성의 혼마치(本町)에 반도호텔을 개업했다. 지금의 롯데호텔
이 들어선 자리이다.

　한국에서는 '눈보라가 휘날리는 바람찬 흥남부두'라는 노래로 유명해
진 흥남항구의 일대에는 비료공장, 금속공장, 마그네슘공장이 있었고
부두에서 떨어진 함흥의 북쪽에는 혼미야(本宮) 공장, 서편에는 용흥공
장 등이 자리 잡았으며, 별도로 화약공장과 제련소가 있었다. 이 거대
한 공업지대를 지지하기 위한 부대시설로 대규모 노동자 수용소가 유정
리, 혼미야, 흥덕리에 자리 잡았다. 흥남여학교 옆에는 일본육군병원이
있었으며 유정리수용소에 마츠가에(松ガ枝) 병원, 그리고 혼미야 수용소
에 미도리가오카 병원이 설립되어 있었다. 심지어는 노동자로 동원된

                                                                    361

영국 호주 포로수용소까지 들어찬 대규모 산업도시가 함흥에 형성된 것이었다. 당시 함흥은 원산과 함께 '부'(府)라는 행정구역으로 편제되어 있었고, 함흥부는 함경남도의 행정수도였다.

가즈야의 조부 스즈키 데루오가 총독부 내무국장으로 있다가 함경남도 지사로 발령받은 것은 1942년 9월이었다. 제9대 조선총독으로서 그해 5월에 부임한 고이소 구니아키(小磯國昭)는 조선군사령관 시절부터 알고 지내면서 내무성의 인재 중 유독 눈독을 들인 스즈키에게 함경남도 지사로 내려가 군수산업의 원활한 진척을 위해 일해 달라고 부탁했다. 당시 인구 약 160만 명의 함경남도에는 5만 명 이상의 일본인들이 있었는데 대개 공업에 종사하는 사람들이었다.

당시 그곳은 공장에서 일하는 독신자들이 많아 조선은 물론, 일본에서도 매춘부들이 몰려들어 대규모의 사창가를 이루고 있었다. 일본 매춘부의 화대가 조선 매춘부의 화대보다 3배나 비싸다는 것이 도청에서 문제가 되기도 했다. 스즈키 지사는 함흥, 원산, 북청, 혜산 등을 여행하며 조선을 다스리는 사이 조선의 산천에 매료됐다.

일본이 아시아 전체를 지배하고 미국을 상대로 벌이던 전쟁이 막바지로 치닫던 1944년 7월 말, 한 대의 소형비행기가 함흥부의 비행장에 내렸다. 본토에서 해군성 군수과장이 일본질소 사장과 함께 도착한 것이었다. 태평양 전쟁에서 일본은 수세에 몰리고 있었다. 사이판에서의 미군과의 전투에서 '옥쇄' 작전을 감행한 일본군이 만 명이나 사망한 사건이 있은 후로부터 약 2주 후였다.

이렇게 불리한 전황에 책임을 지고 도조 히데키 내각이 총사직하고 후임수상으로 조선총독 고이소가 발탁됐다. 경성에서 있던 총독 환송파티에서 고이소는 스즈키에게 자신이 본토로 돌아가 총리로 부임한 후에도 함흥의 군수산업을 잘 지원해 달라고 친히 부탁했다.

해군성 군수과장이 가지고 온 메시지는 흥남공장에서 신형 로켓탄에 쓸 연료로 과산화산소와 하이드러진(Hydrazine)을 생산한다는 것이었다. 도지사 스즈키에게 인사하러 찾아온 군수과장은 '지금의 전선상황으로서는 신이 바람을 일으켜도 일본이 승리를 못할 지경이다. 최후의 남은 수단으로 이 로켓을 개발하기로 해군성이 결심하였으니 도와 달라'는 것이었다. 불과 1개월 이내에 소요되는 로켓연료의 반을 홍남에서 생산해야 한다는 것이었고, 나머지 반은 본토에서 스미토모, 미츠비시, 에도가와 등의 거대 화학회사가 생산한다는 것이었다.

홍남에서 생산되는 로켓연료의 별명은 NZ였다. 일본질소(Nippon Chisso)의 N과 제트기의 Z를 합성하여 만든 코드네임이었다. 홍남, 혼미야, 용흥의 세 개의 공장을 경쟁시켜 연간 5천 톤의 연료를 생산한다는 이 사업에 일본질소의 총력이 동원되었으며 심지어 학도병까지 동원되어 멀리 대구농업전문학교 학생들이 공장에서 일한 기록이 있었다. 생산은 순조롭게 진행되었다.

그러나 그 연료는 한 번도 로켓에 실려 연소되지 못했다. 생산이 한창이던 1945년 8월 9일, 소련군이 국경을 넘어 함경도로 진군한 까닭이다. 이로써 NZ 프로젝트는 그 관심의 주제를 언제까지 얼마를 생산할 것인가에서 '언제 폐쇄할 것인가'로 바꾸게 됐다.

일본해군에서는 당연히 생산시설의 파괴를 명하였다. 천황폐하의 돈으로 해군이 지은 것이라는 주장이다. 그러나 일본질소 측은 이 지시에 따르기를 망설였다. 과거 1차 세계대전 시 독일의 군수시설들이 전쟁이 끝나고도 독일의 산업역량으로 남았던 사례에 생각이 미친 것이었다. 일본질소가 반발하자 해군은 함흥에 주둔하는 일본육군을 동원하였다. 그러자 이번에는 그 부대에 있던 조선인 출신 병사들이 말을 듣지 않았다. 이 공장이 일본에 좋을 것이라면 남겨둬도 조선에 좋은 것이 아니냐는 것이었다.

그러나 이때 NZ 프로젝트 수뇌부의 더 큰 고민은 두 가지가 있었다.

하나는 1톤에 가까운 백금을 처리하는 문제였다. 연료를 생산하는 공정에서 유황용액을 전극하는 전극판에는 백금이 필요했다. 이에 본토에서 '천황이 하사한' 백금 1톤이 건너왔는데 이를 천황에게 반납해야 한다는 것이었다.

이 정보를 들은 소련군은 백금을 뺏으려고 총력을 기울였다. 당시 백금 1톤이란 어마어마한 재물이었다. 결국 일본군과 소련군의 쫓고 쫓기는 게임 끝에 선덕비행장으로 옮겨져 후쿠이 현의 미쿠니(三國) 비행장을 향하지만 돗토리의 고야마(湖山) 비행장에 불시착하게 되며, 이는 미군에게 압수되어 미국으로 수송당하는 운명을 맞는다.

또 하나의 고민은 기술자들을 포함한 생산요원들을 어떻게 하면 본국에 송환시킬 수 있는지의 문제였다. 8월 22일 함흥을 접수한 소련군은 일본군과 군수시설의 요인들을 체포하기 시작하였다. 이때 누구보다 앞서서 활약한 것은 지하에 숨어있던 조선인 공산당원들이었다. 그때 도지사 스즈키는 체포를 면한다. 백금의 후송문제 등을 경성에 있던 해군무관과 상의하는 등 전후 처리를 위하여 소련군의 함흥 진주 직전에 경성으로 올라가 있던 덕택이었다. 경성에 있던 스즈키는 자신이 다스리던 함경남도의 일본인을 위하여 마지막 애를 쓰게 된다. 남포를 중심으로 함흥지역에 있던 일본인들의 본국송환을 위하여 본토의 일본인들이 모금을 하였는데, 이를 소련군 치하에 있던 함흥에 전달하는 과제가 남아 있었다. 이때 우연히 스즈키의 귀에 들어온 소식이 있었는데 함흥에서 자신의 신세를 진 어떤 조선인의 아들이 징병되어 본토에서 육군부대에 있다가 조선으로 돌아온다는 것이었다.

부랴부랴 그에게 연락이 되어, 동경부근의 고사포부대에 근무하던 이 병사는 75만 엔이라는 거금을 가지고 와서 12월 말에 원산에 있던 일본인회에 전달했다. 당시 대학생의 1년 학비가 350엔 정도였으니 75만 엔은 대학생 약 2천 명 분의 1년 학비에 해당하는 돈이었다.

364

이 이야기를 할아버지에게서 반복해 들으며 어린 가즈야의 마음속에는 가보지 못한 조선반도의 홍남, 함흥, 경성, 원산 등지의 이미지가 저 나름 형성되었다. 할아버지가 세상을 떠난 후 이러한 가즈야가 대학생이 되어 가장 즐겼던 것은 조선반도에 살던 사람들의 수기를 읽는 것이었다. 동경의 평화기념 전시자료관, 소화관 등의 전문자료실을 비롯하여 많은 지역의 히키아게 기념관에는 조선에서 살던 수많은 일본인들의 생생한 기록들이 있었다. 어쩌면 지금의 한국인들이 모르는 또 다른 한국의 모습이 일본의 기록 속에 존재하는 것이다.

법과대학생이면서 조선의 역사에 몰두하던 가즈야가 할아버지와 아버지의 불화의 원인을 알게 된 것은 지극히 우연이었다. 대학 2학년 여름방학 동경에서 이타미로 내려온 그는 부모가 외출한 어느 날, 지루함을 달래기 위해 창고로 쓰는 방을 정리하고 있었다. 할아버지가 세상을 떠난 후 연속적으로 사업에 실패하며 가즈야에게 주먹과 욕으로 폭력을 가하던 아버지가 선조 대대로 가지고 있던 마츠모토의 저택을 팔아버리는 바람에 고1때 어머니의 친가가 있는 이타미로 거주지를 옮겼다.

마츠모토의 할아버지 서재에 잘 정리되어 있던 책들은 창고방에 바닥부터 천장까지 마구 쌓여 있었다. 줄잡아 천 권은 족히 넘을 이 오래된 책들은 조선과 일본의 다양한 주제를 다루고 있었다. 아무런 생각 없이 책을 훑어보던 가즈야의 눈길을 끈 것은 《영어청년》(英語靑年)이었다.

외형을 보니 월간지인데, 중간 중간 호수가 빠져있기는 하지만 1940년 4월부터 1943년 11월호까지가 책 더미의 일부를 구성하고 있었다. 할아버지가 이런 잡지를 읽으셨나 하는 호기심에 책들을 꺼내본다. 세게 다루면 부서질 것같이 건조하고 빛바랜 종이에서 오래된 먼지가 일어 재채기가 나오고 콧물이 흐른다. 잘 보니 지금도 건재한 켄큐샤(硏究

社) 라는 출판사가 발행하던 영어학습 잡지였다.

호기심에 한 권 한 권을 훑어보는데 잘 접은 편지지가 떨어진다. 펴보니 푸른 잉크로 쓴 두 장의 편지 사이에 사진이 하나 들어있다. 편지는 마치 펜맨십 공부하듯이 표준적인 필기체로 쓴 영문이었다. 사진 속 인물은 누렇고 희미하게 바랬으나 서양여자임이 분명하다. 군복으로 보이는 듯한 옷의 깃에는 영국기가 그려져 있었고, 머리에는 간호사의 흰 캡을 쓰고 있다. 나이는 20대 초반으로 상당한 미인이었다.

갑자기 가즈야의 가슴이 쿵쾅거리고 과거의 그림들이 빠르게 머리를 스쳐간다. 어린 시절 할아버지가 가즈야에게 함흥의 이야기를 들려주며 도지사 관사에 와서 할아버지에게 몰래 영어를 가르쳐 준 영국여자가 있었다는 말을 들었던 기억이 났다. 초등학교 2, 3학년 시절이었으니 그 의미를 알았을 턱이 없다.

그보다 더 가슴을 때리는 기억은 할아버지가 세상을 떠나기 전에 아버지가 할아버지에게 온갖 악을 쓰며 던진 말이었다.

"일본제국과 천황폐하를 위해 봉사하는 관리라는 너울을 쓰고 몰래 서양년이나 끼고 잔 위선자! 그래서 경성에 내 어머니를 버리고 결국 나까지 이렇게 쓰레기 인간으로 만들었나? 당신이 일본을 위해 일한다고 설치고 다니는 동안 불쌍한 우리 어머니 … 결국 그 더러운 경성에서 콜레라에 걸려 눈도 감지 못하고 죽은 걸 알기는 알아?"

일어나지도 못해 며느리가 똥오줌을 받아내야 하는 처참한 상태의 노인을 향해 중년의 아버지는 집안이 떠나갈 정도로 고함을 질렀다. 대학생이 되어 이제 세상을 알 만한 가즈야로서는 드라마가 고속으로 역회전하며 순식간에 과거가 정리되는 느낌이었다. 그렇다면 이 여자가 ….

가즈야는 조심스럽게 편지를 펼쳤다. 조선식민지를 통치하는 일본제국의 관리가 썼다고 하기에는 도무지 믿을 수 없는, 평이하고도 서정적인 문체의 영문편지였다. 1945년 8월 4일자에 쓴 글이었다.

366

나의 소중한 에밀리,

만난 모든 사람은 언젠가는 이별을 맞게 되지.

이제 우리도 이별을 피할 수가 없게 되었어. 며칠 후면 너는 승전국
영국의 국민으로서, 그리고 나는 패전국 일본의 국민으로서 이별을 맞게
되는구나.

벌써 2년이 지났다.

43년 9월 영국군 포로들이 여기 흥남으로 오던 날, 포로 사이에서
너를 본 나의 심장은 손으로 누르고 있어야 할 정도로 뛰었다.
전장의 피로도, 오던 길의 먼지도, 때가 절은 남루한 복장도 너의
청순한 아름다움을 가리지는 못했다.

그 후로 2년 간의 만남은 내게 가장 큰 행복이었다. 일본제국의 관리가
되어 식민지 백성들 위에 군림하는 영광은 실은 양심의 가책과 아픔을
주는 일이었어. 어쩌면 나와 상관없는 이 조선 산하에서, 영국에서
온 너를 만나 사랑할 수 있던 것은 내 인생에 다시는 찾아오지 않을
지고의 행복이라고 생각한다.

우리가 사랑할 수 있도록 도와준 포로수용소 의무실의 모리스 대위에게
감사한다. 다시 영국에서 만난다면 나를 위해 감사를 전해주기 바란다.

사랑하는 에밀리, 안녕! 너와 차를 마시며 영어를 배우던 그 순간들,
너를 처음으로 안았을 때의 꿈같은 감동, 너의 몸속에서 꿈틀대던
내 몸의 피의 소용돌이! 이 모든 것을 소중히 간직할게.

그리고 다시 태어난다면 인종, 국적, 신분 등 이 세상이 우리에게
강요하는 모든 귀찮은 속박에서 벗어나 오직 한 남자와 여자로 만나 사랑
을 나눌 수 있길 기도해.

이 세상을 떠날 때까지 너를 그리워할

데루오

충격적인 편지였다. 조선총독부의 고위관리가, 일본제국과 천황폐하를 그토록 우러르던 할아버지가 조선의 도지사로서 통치하며 영국군 포로가 된 젊은 간호사와 몰래 사랑을 나누었다는 말인가? 그리고 전달할 수 없었던 이 편지와 사진을 그 긴긴 세월 고스란히 간직하고 있었다는 말인가?

* * *

낡고 케케묵은 편지를 손에 들고 멍하니 정원을 내다보는데 어머니가 돌아오는 모습이 눈에 들어온다. 노인이 되어도 오후에 시장을 직접 돌아 손수 장을 보시는 오래된 습관은 여전하다. 아니, 어머니에게 있어 시장을 보는 행위는 습관이 아니라 잠시 해방을 맛보는 중요한 시간일지 모른다. 오사카의 명문여고와 초급대학을 졸업한 재원이던 어머니가 남편의 횡포와 폭력에 시달리는 일상에서 해방되어 자유를 맛보는 유일한 시간이 시장을 도는 때일 거라는 데 가즈야의 생각이 미친다. 마치 깨끗이 씻은 예쁜 조개와 같이 입을 꼭 다물고 자신의 세계에 숨어 들어가 있는 어머니에게, 처음으로 모든 것을 전부 물어봐야겠다고 가즈야는 다짐한다.

"어머니, 우리 이야기 좀 해요."

가즈야의 말에 스즈키 노부코는 놀라는 눈치다. 늘 온순하고 소극적인 외아들 가즈야가 눈을 똑바로 쳐다보고 이야기를 하자는 것은 처음 있는 일이다.

"난데없이 무슨 이야기니 …?"

노부코는 아들의 시선을 피하며 천천히 부엌으로 발을 옮긴다. 이미 성인이 다 된 아들이 정색을 하고 물어 볼 때, 자랑스럽게 말해 줄 인생의 내력이 없다는 잠재의식에 노부코는 더 풀이 죽는다.

"어머니, 잠깐이면 돼요."

가즈야의 낌새가 다르다. 모자가 대화를 나누어야 할 순간이 다가오게 되었다면 바로 지금인지 모른다는 생각에 노부코도 더 이상 피하지 않는다.

"그래, 거실에서 잠깐 기다리렴. 차를 내어 갈게."

* * *

모친이 좋아하는 호지차를 탁자에 놓자마자 가즈야는 할아버지의 편지를 어머니 앞에 놓는다.

"어머니, 이 편지 보신 적 있어요?"

노부코는 말없이 노안경을 찾아 끼고 읽기 시작한다. 편지를 든 노부코의 앙상한 손이 떨린다. 이윽고 눈에서 눈물이 고여 흘러내리는 데 노부코는 눈물을 닦으려고도 하지 않는다. 모친의 눈물을 가즈야는 처음으로 본다. 편지를 내려놓고 손수건으로 눈물을 훔치고 난 노부코는 넋이 나간 사람이 되어 정원을 바라본다. 모친과 아들은 말없이 정원을 내다본다. 매미 소리만이 집안을 맴돈다.

* * *

"그랬구나 ….."

할아버지의 숨겨진 사랑을 이해하고 동정하는 듯한 모친의 말투에 가즈야는 놀란다. 모친이 이 세상에서 가장 보수적이고 엄격한 생각을 가진 사람의 하나라고 여겨왔기 때문이다.

"어머니도 이 영국여자와의 관계를 아셨어요?"

"아니다. 내가 어찌 알겠어. 당시 조선에 있지도 않았는데 ….."

"어쩐지 어머니는 알고 있었을 거라고 생각했어요. 막연히 ….."

"나 나름 알고 있는 할아버지의 마음을 비추어 볼 때 이해할 듯도 하구나."

"할아버지는 어떤 분이셨어요?"

이 질문을 던지며 가즈야는 문득 자신이 그토록 사랑하고 존경해 마지 않던 할아버지의 참모습에 대해서는 아는 바가 없다는 데 생각이 미친다. 씁쓸하다.

자신의 시아버지라는 인물에 대하여 아들로부터 질문을 받고, 노부코는 무슨 말을 어디에서 시작해야 할지 난감하다. 호지차를 마시며 생각을 정리하고 노부코는 입을 연다.

"가즈야. 너도 '다이쇼데모크라시'라는 말을 잘 알지?"

"학교에서 꽤 배우기는 했는데 …."

일본에서 1912년부터 1926년까지 지속되었던 다이쇼(大正) 시대에 자리 잡았던 민주주의, 민권주의의 사회적 조류를 가리키는 말이다.

"너도 알겠지만 당시 지식인들 사이에서는 사회주의 이념이 인기를 끌었지. 할아버지가 1904년생이셨으니까 청소년 시절에는 이미 다이쇼 데모크라시가 사회를 휩쓸고 있었고, 특히 고교시절 할아버지가 존경하던 선생님이 맑스주의자여서 그 영향을 많이 받았다고 우리 아버님으로 부터 들은 기억이 난다. 당시 너의 증조부께서는 조선총독부에서 중요한 직책을 맡고 계셨어. 증조부께서는 당신의 아드님이 좌파 지식인이 주도하는 동경제국대학보다 새로 생긴 경성제국대학에 들어가는 것이 낫다고 판단하신 듯하다."

"할아버지가 경성제대에 들어가신 연유는 거기에 있군요."

"그렇지. 그리고 경성제대에서 나의 아버지, 바로 너의 외할아버지와 만난 것 아니겠니?"

"그렇군요. 두 분이 경성제대 법학부 동기생이지요?"

"그렇단다."

"그런데 그것하고 영국여자와의 사랑이 어떻게?"

"네 아버지와 결혼하기 전에 나의 아버지로부터 말씀을 많이 들었는데, 할아버지는 천성적으로 자유주의자이셨다는구나. 시대의 논리에 따라, 그리고 워낙 완고한 부친의 엄명에 따라 조선에서 내무관료가 되었지만 보통의 가정에 태어났다면 문학가가 되었을 거라는 게 외할아버지의 말씀이야."

"어머니가 말씀하시는 할아버지의 마음의 세계라는 게 바로 그거군요."

"나는 그렇게 생각해. 나중에 할아버지가 은퇴하고 마츠모토로 내려오신 후에 가끔 말씀을 들었는데, 조선을 매우 사랑했지만 동시에 조선 사람들을 통치하는 내무관료라는 직업에 대해서 내심으로는 늘 갈등하고 계셨다고 하시더라."

"어머니는 왜 아버지와 결혼했어요?"

아들의 갑작스러운 질문에, 그리고 자신의 인생의 아픔을 찌르는 질문에 노부코는 당황한다. 그러나 오늘은 터놓고 말을 해야 할 때이다. 자신의 몸으로 낳은 자식이 성인이 되었다는 사실을 몸으로 받아들이기 어렵지만, 엄마가 자식을 성인으로 받아들인 뒤 같은 입장에 서서 대화를 해야 하는 순간은 언젠가는 다가오는 법이다.

"그야 아버지의 지시에 따른 거지."

가즈야의 조부와 외조부는 경성대학 법학부 동기동창으로 조부는 내무관료, 외조부는 검찰관으로 일했음을 가즈야는 안다.

"지금은 많이 없어졌지만 당시에는 게이바츠(閨閥)라고 해서 아는 가문끼리 결혼을 하는 풍속이 아주 강했어. 너의 할아버지와 외할아버지는 동기생일 뿐 아니라 형제같이 서로 신뢰하는 사이였는데, 장차 자식이 생겨 적령기의 아들과 딸이 있다면 결혼시키자는 약속을 하고 실행한 거지."

"그리고 어머니는 그 약속의 희생물이 된 거구요."

"가즈야! 말조심해라."

노부코는 단호한 어조로 아들을 나무란다.

"나는 내 인생이 누군가에 의한 희생물이라고 생각한 적이 없단다. 아버지가 저렇게 늘 화를 내시고 가족에게 심한 행동을 하시니까 네가 그런 말을 하는 것은 이해한다. 그렇지만 아버지야말로 희생자셔."

"아버지가 왜 희생자예요? 누가 아버지를 희생시켰다는 겁니까? 본인이 마음만 먹으면 다 할 수 있는 환경이었고 무엇보다 세상이 존경하는 부모가 있었잖아요?"

가즈야는 강하게 항변한다.

"가즈야. 애착이라는 말 알지?"

애착(愛着)이라는 단어의 뜻에 대해 가즈야는 생각한다.

"글쎄요. 흔히 쓰는 말인데 …."

"아이들에게 애착이란 매우 중요한 거야. 특히 부모에게 애착을 가지는 것, 즉 무조건적으로 사랑하고 관심을 쏟는 것은 인격형성에 매우 중요하단다. 겉으로는 좋은 집안인데도 부모에게 애착이 없는 아이들이 커서 나쁘게 되고, 어려운 집 아이라도 부모에게 애착을 가진 아이들이 커서 좋은 인간이 되는 것은 인생의 미묘한 갈림 지점인지도 몰라. 너의 아버지는 불행하게도 부모 양쪽에 모두 애착을 가지지 못했다고 생각해. 너의 조부는 총독부의 내무관료로서 늘 집을 떠나 계셨고, 조모는 원래 병약한 분이어서 병을 달고 사신 데다 자식에 애정이 엷은 편이었지. 그래서 아버지는 어려서부터 외톨이이면서도 학교에 가서도 일본인 내무관료라는 무시무시한 아버지를 둔 아이라고 해서 다른 아이들, 특히 조선의 아이들이 상대를 안 해줬단다. 아주 어려서부터 겪은 고독과 소외감이 아버지를 반항적으로 만든 거야. 게다가 너의 아버지는 조부의 자유주의적인 유전자를 강하게 받은 면도 있었지."

찻잔은 식고 차는 더 이상 남아 있지 않았다. 두 모자는 빈 찻잔을 손에 들고 한동안 말없이 정원을 내다본다. 그렇게 울어대던 매미들이 조용해지고 대신 꿀벌이 한 마리 집 안을 자유로이 날아다닌다.

처음으로 가진 진하고도 진솔한 대화에 취했다가 깨어나듯이 노부코가 조용히 말한다.

"그래서 나는 내가 아닌 네 아버지야말로 희생된 분이라고 생각해."

"시대의 희생물이었군요."

"그렇게 말할 수도 있겠지."

"그리고 어머니는 그 희생물의 개인적인 희생물이구요."

"가즈야. 또…나에 대한 걱정은 고맙다. 그렇지만 우리 가족을 희생이라는 말로 따져서는 안 돼. 평범한 사람이 있는가 하면 그렇지 못한 사람이 있고, 평범한 가정이 있는가 하면 그렇지 못한 가정이 있는 거야. 나는 네가 이렇게 성장한 것만으로도 행복하고 내 인생이 가치 있는 것이라고 생각한다."

"어머니!"

*　*　*

조부의 편지를 읽고 모친과 대화를 나눈 시점을 계기로 가즈야의 정신세계는 급변하게 된다. 물론 아무에게도 말하지 못한 내면의 세계에서이다. 할아버지에 대한 맹목적인 동경과 숭배에서 벗어나 일본과 조선의 관계, 조선에서의 식민통치를 지적인 관심을 갖고 살피게 된 것이다. 또한 아버지에 대한 극도의 경멸에서 벗어나 그를 이해하려고 노력하게 됐다. 훌륭한 조상을 두고 남부러울 것 없는 아버지가 왜 대학진학을 거부하고 동네의 건달로 악명을 떨치게 되었는지, 아버지는 할아버지의 무엇에 대하여 그토록 반항하였던지, 아버지는 왜 자신이 할아버지를 존경하고 따르는 것을 그토록 싫어했는지. 이러한 풀리지 않았던 그간의 의문들에 차분하고 성숙한 태도로 임할 수 있게 된 것이었다.

* * *

어느덧 새벽 1시이다. 이제 시모지는 오지 않는다고 봐야 한다. 오래 전 이혼한 시모지에게는 가족이 없음을 안다. 막연한 불안이 점차 공포로 다가온다. 가즈야는 결단을 내리고 요코다 유지에게 전화를 넣는다. 요코다가 시모지를 통해 건넨 비상용 휴대전화를 쓰는 것은 처음이다.
"가즈야?"
자신이 준 휴대전화에서 전화가 오자 요코다는 즉시 나온다. 전화 저편에는 시끄러운 음악소리가 들린다. 호스트 클럽 카타르시스에서 받은 것이다.
"시모지가 안 나타났어."
"뭐라고…? 우선 애들을 급히 보낼 테니 움직이지 말고 집에 있어. 다시 연락할게."
요코다가 보낸 애들 두 명이 다치카와에 있는 가즈야의 은신처에 들이닥친 것은 1시간이 조금 지나서였다. 가즈야는 구면인 이 애들이 싫다. 이런 폭주족 출신의 친피라들과 같은 방에서 숨을 쉰다는 사실에서 가즈야는 자신의 인생의 의미가 손가락 사이로 빠져나가는 모래알같이 느껴진다.

374

45

　호텔로 돌아가 봐야 잠자는 것 이외에는 할 일이 없는 배영희는 경찰청 수사본부에 남았다. 시모지가 경찰에 넘긴 상자들 안에는 용의자 스즈키 가즈야가 정리해서 보관한 종이들이 가득 들어 있었다. 얼핏 보니 식민역사연구회와 관련한 연구노트, 참고자료 등인데 아주 오래된 일기 등도 보인다.

　상자 안에 든 모든 기록을 정독하겠다고 결심한 영희는 다케다 형사에게 부탁하여 젊은 수사관 두 사람의 보조를 받았다. 이십대 후반의 남자와 여자 수사관이었는데, 역시 여자 수사관이 일하기 편했다. 한국에도 졸업생이 많은 주오(中央) 대학을 나온 히야마(檜山)라는 수사관은 똑똑하고 영희를 금세 따른다. 한국경찰로서 일본에 와 두 사람의 일본형사를 지휘하게 된 것이 뿌듯하게 느껴진다.

　두 수사관이 자료를 분류하고 있는 동안 영희는 다치카와 시의 큰 확대지도를 들여다보고 있다. 어릴 때부터 지도 보는 것을 좋아했던 영희는 가보지 못한 다치카와라는 곳을 상상하며 지도에 빨려 들어갔다.

　일본에서 가장 큰 평원지대는 홋카이도(北海道)이지만 사람이 모여 사는 혼슈(本州)에서 가장 큰 평원은 동경이 자리 잡은 관동평야이다. 이 관동평야가 서쪽에서 끝나고 산악지역이 시작되는데 그 경계선이 다마(多摩)지구이고, 다치카와 시는 다마의 입구다. 이제는 민영화된 일본철도(JR)의 중앙선 급행이 다치카와 역에 서고 많은 지선이 퍼져나가 동경의 서쪽 베드타운의 중심지와 같은 역할을 하는 곳이다. 동경의 서편에서 좌우로 흐르는 다마강(多摩川)을 깔고 앉듯이 북쪽에 위치한 다치카와 시의 대형지도를 벽에 걸어 놓고 자세히 들여다보는데 배영희의 눈길을 끄는 단어가 하나있다.

동경도립 다마도서관

"히야마 상, 잠깐만 와 볼래요? 이 동경도립 다마도서관이라는 것이 히로에 있는 도립도서관과 무슨 관계인지 알아요?"

"그럼요. 제가 많이 가 봤어요. 두 도서관 모두 동경도가 운영하는 거지요. 제가 졸업한 중앙대학 종합정책학부가 인근의 하치오지(八王子)에 있어 졸업논문을 쓰는 데 많이 이용했어요. 다마도서관은 일본최초의 잡지전문도서관이라고 해서 세계의 주요한 잡지가 다 모여 있어요. 일미외교에 관한 논문을 쓰면서 그곳에서 미국의 논문지들을 많이 찾아봤죠."

"그렇군요. 물론 역사 등 다른 책들도 있겠지요?"

"그럼요. 그런데 왜 그러세요?"

"무언가 느껴지는데 … 용의자 스즈키가 살인을 하러 간 날에도 기누가와에서 도서관을 찾았잖아요? 저 상자에 든 종이들을 보니 이 자가 공부를 아주 좋아하는 것 같은데, 도피하면서 남는 게 시간이니 도서관에 가서 시간을 보내는 것도 충분히 가능하겠지요? 그런데 마침 다치카와에 이렇게 큰 도서관이 있다니 …."

"듣고 보니 그러네요. 배 형사님 명수사관이세요. 수사본부의 허락을 얻어 우리 가볼까요?"

일본 여자형사와 둘이 도서관에 가 본다는 생각에 영희는 마음이 설렌다. 오전에 출근한 다케다 경시의 허락을 얻어 점심이 지나 경찰청을 나섰다. 경찰청에서 택시로 동경 역으로 이동하여 중앙선을 타니 다치카와 역에 한 시간 이내에 도착한다. 오후 2시 경에 도착한 다치카와 역은 많은 사람으로 붐비고 있었다. 전차역과 상점을 복합시킨 전형적인 도회지의 역으로, 역을 둘러싸고 사방에 백화점 건물들이 들어서 있었다. 히야마 형사의 말로는 부근에 미군기지가 있어 상업과 유흥이 발달한 곳이라는 것이다.

두 여자형사는 도서관에서 여러 시간을 잠복해 보기로 하고 서류를 싸들고 왔다. 도서관에 앉아 연구원을 가장하고 수사기록을 읽어보면서 혹시 가즈야가 나타나는지 기다려보기로 한 것이다.

베이지색 목재를 기조로 꾸민 도서관 실내는 밝고 산뜻한 분위기를 연출했다. 입구와 참고서적 서가가 잘 보이는 두 자리에 각각 자리 잡은 두 여자형사는 수시로 관내를 둘러보면서 가져온 기록을 읽어본다. 스즈키 가즈야의 상자 안에 있던 자료들은 배영희와 두 젊은 수사관이 정독하기로 하고 분량을 셋으로 나누었다. 배영희가 담당한 두 상자를 훑어보니 식민역사연구회에서 발표된 자료들이 많이 들어 있었다. 그 중에서도 영희의 눈길을 끈 것은 조선의 철도에 관한 보고서와 그와 관련된 1차 자료들이었다.

도서관의 테이블 위에 자료를 꺼내놓고 읽으니 번잡한 수사본부 안에서보다 집중이 된다. 차례로 훑어 나가다가 눈이 번쩍 뜨이는 종이를 접하게 된다. 스즈키 본인이 식민역사연구회에서 발표한 자료였다. 2008년 11월 자료로 보이는 보고서의 중요한 부분은 다음과 같다.

식민역사연구회
제 21회 보고서 (2008년 11월)

발표자 : 스즈키 가즈야
내용 : 조선 경부철도와 일본제국의 공헌

개요:

제 2차 세계대전 이후 한국은 '경제기적'을 이룬 나라의 하나로 꼽힌다. 이 경제기적이 가능했던 배경은 일본제국이 식민통치기간에 실행한 엄청난 사회 인프라의 건설이었다. 그 중에서도 가장 중요한 것이 한국을 남북으로 종단하는 경부철도다.

이 보고서는 일본제국이 경부철도를 비롯하여 조선의 철도망을 확립하는 데 있어 초기에 결정적인 역할을 한 세 사람의 활동을 중심으로 요약한다. 세 사람이란 후루이치 고오이(古市公威), 가사이 아이지로(笠井愛次郎), 스즈키 간타로(鈴木貫太郎) 등이다.

조선의 초기철도와 조선총독부:

경부철도를 중심으로 상기 세 사람의 활동을 논하기 전에 왕조상태에 있던 무지몽매한 조선에 철도라는 근대문명의 산물을 도입한 일본제국의 초기의 활동을 요약하면 다음과 같다.

조선반도의 철도는 '일한 잠정합동조관'에 따라 철도부설권이 1894년 8월에 이씨조선에서 일본제국에 넘어옴으로써 시작된다. 이로써 1899년에는 노량진－제물포 구간의 철도가 개통된다. 이어 경인선이 부설되며 1905년에는 경부선이 개통된다. 그해 있던 일러전쟁의 발발로 인하여 1906년에는 군수수송의 목적을 위해 경의선이 개통됨으로써 조선반도를 남북으로 잇는 기본철도망이 깔린다. 경부선과 경의선의 연결을 완성한 일본제국은 만주에서의 권익을 확보하기 위하여 남만주철도를 건설, 조선철도와 연결시켜 대륙진출의 발판을 마련한다. 1910년 일한병합에 따라 일본제국이 조선에 대한 통치권을 얻음으로써 제국은 경원선, 중앙선, 호남선 등을 부설한다.

조선반도에 철도망이 확립되기는 하나 아직 노선수가 많지 않고 만주철도와의 일체적 운영을 위하여 조선철도의 경영은 1925년까지 남만주철도에 위탁상태에 있었다. 조선총독부가 조선철도의 경영을 직할하게 되는 것은 1925년이며, 1927년에는 '조선철도 12년 계획'(다음 보고서 참조)을 수립하여 두만선, 혜산선, 만포선, 동해선, 경전선 등 5개선을 확보하게 된다. 1931년의 만주사변에 따라 만주국이 성립함으로써 일본으로부터 조선, 만주로 움직이는 여객과 화물이 급증한다. 이로 인하여 시모노세키와 부산을 연결하는 관부연락선이 만들어져 경부선, 경의선에 연결된다.

초기선구자 3인의 활동 :

상기의 약사에 나타나듯이 조선에서 철도를 부설한다는 것은 당시 일본제국이 최초로 해외에서 행하는 일이었다. 이러한 초유의 일을 성취하는 데 있어 결정적인 공헌을 한 사람으로 다음의 세 사람을 꼽을 수 있다.

1) 후루이치 고오이 (古市公威)

1854년에 태어난 후루이치는 명치유신 전의 막부가 설립한 개성학교를 졸업하고 25세 되던 1879년에는 프랑스에 유학하여 중앙공업대학과 파리대학에서 공부하고 이학사 학위를 취득한다.

일본에 귀국한 후루이치는 내무성의 토목기사로 일하며 강의하였고, 이후 1886년에는 현재의 동경대 공과대학의 초대학장으로 취임한다. 체신성 차관이 된 후루이치는 조선에서의 철도부설을 위한 기술적 검토를 책임지며, 이어 조선으로 건너가 통감부 철도국장을 역임하다가 1903년에는 경부철도가 반관반민의 조직으로 바뀌면서 초대 조선철도주식회사 총재로 취임하게 된다. 후루이치는 본토에 돌아와 공학회 회장을 역임하는 등 일본토목의 기초를 확립한 공으로 남작의 작위를 수여받는다.

2) 가사이 아이지로 (笠井愛次郎)

1857년 기후 현에서 태어난 가사이는 공부 (工部) 대학 토목과를 졸업하고 오카야마 현의 기사로 일하다가 나중에 조선에서의 철도부설작업에 참가하는 건설회사 후지타구미 (藤田組) 의 고문기사가 되어 조선에서의 철도부설에 관여하게 된다.

경부철도 건설이 일본정치의 중요 의제로 등장하자 육군성 참모본부에서는 장래의 군사작전에 대비하여 본토의 철도와 같이 레일간 거리 3피트 6인치의 협궤와 레일하중 50파운드의 의견을 제시하였다. 이때 가사이는 군부에 대항하여 국제표준의 채택을 건의하였다. 그는 이 철도가 장래 중국을 통과하여 유럽에 연결되는 철도가 되어야 하며, 따라서 일본본토의 철도가 아닌 국제표준인 4피트 8인치를 채택해야 한다고 강력히 주장하였다. 그의 열정은 당시 일본에서 막강한 영향력을 행사하던 정상(政商)이자 경부철도 초대회장이던 시부사와 에이치(澁澤榮一)에게 어필하여, 시부사와는 육군과 통감부 철도국을 설득한다. 이로써 경부철도에는 미국 카네기사의 레일이 도입되어 부설된다. 가사이는 나중에 북조선에서 사설철도를 부설하기 위한 '북선흥업철도'의 발기위원장으로 활약하기도 한다.

3) 스즈키 간타로(鈴木貫太郎) - 본인의 증조부

1864년 나가노 현에서 태어난 스즈키는 1889년에 동경제국대학을 졸업하면서 고등고시에 합격하여 대장성에 입성한다. 1902년, 대장성 주계서기관으로 근무하던 스즈키는 조선에서의 철도건설을 위한 '제국신민의 외국에서의 철도부설에 관한 법률안'을 초안하는 작업반의 반장을 역임한다. 이어 1904년에 조선에 부임한 그는 이토 히로부미 공이 창설한 조선통감부에서 총무부 회계과장직을 거쳐 탁지부(度支部) 사세과장에 임명된다. 1907년에 한국정부 초빙 탁지부차관보를 지낸 그는 1910년에 조선총독부가 창설되면서 총무국장을 역임한 후 사세국장에 임명되어 조선의 재정을 책임지게 된다.

제 2대 총독 하세가와(長谷川)를 통해 탁지부장관으로 임명된 스즈키는 1925년에 조선철도의 경영이 만주철도 위탁경영에서 조선총독부로 이관됨을 계기로 탁지부장관을 퇴직하고 총독부 정무총감 고문으로 위촉되어 '조선철도 12년 계획'의 재정문제를 실질적으로 지휘하게 된다.

380

식민역사연구회는 공식적인 기구가 아닌 일본의 조선식민통치를 찬미하는 우익적인 생각을 가진 사람들의 사적 연구모임이다. 따라서 여기에서 보고되는 것은 사실관계를 엄밀하게 따진 것이라기보다 자신들의 주의주장을 뒷받침하는 데 좋은 재료를 발굴하여 가능한 한 긍정적인 톤으로 만든 이야기라고 추정할 수 있다. 스즈키가 제시하는 포인트들이 과장과 미화의 요소들을 포함하고 있다고 하더라도 그의 증조부가 조선총독부에서 요직에 있으며 초기의 식민통치에 깊게 관여한 것만은 믿을 수 있다는 생각이 든다.

배영희는 스즈키의 보고서에 적힌 '조선철도 12년 계획'이라는 제목의 다음 보고서를 종이뭉치에서 찾아냈다. 요지는 다음과 같았다.

식민역사연구회
제 23회 보고서 (2008년 12월)
발표자 : 스즈키 가즈야

내용 : 조선철도 12년 계획

개요 :
전회 본인의 보고('조선 경부철도와 일본제국의 공헌')에서 살펴본 바와 같이 조선의 철도는 남조선에서 경부-경인선, 북조선에서 경의선이 완성되어 교통수단이 없던 조선반도의 남단 부산에서 북단 신의주까지 철로가 깔림으로써 일본제국은 조선반도를 통하여 아시아대륙과 유럽에 통하는 바탕이 마련되었다. 경부-경인-경의로 이어지는 남북 종단선은 큰 시각에서의 전략적 철도선이었다. 이에 이어 일본제국은 횡단선을 확충하여 조선반도를 X자로 가로지르는 간선철도망의 완성을 꾀하였다. 이 새로운 횡단선은 경제적 기능에 중점을 둔 것으로, 특히 조선이 일본열도와 동떨어진 것이 아니라 내지(內地)의 연장에

따른 '내선일체'(内鮮一體)라는 제국의 열망에 따라 조선반도를 일본남부와 경제적으로 통합시켜 시고쿠(四國) –큐슈(九州) –조선으로 이어지는 경제권으로 만들고자 한 것이다.

특히 중화학공업의 필요성이 증대하고 일본제국의 대륙진출에 필요한 군수산업의 확충에 대비하여 조선의 광산, 탄광 등 경제자원의 동원을 용이하도록 하는 데 이 계획의 목표가 있었다. 이와 관련하여 특기할 것은 막대한 재원이 필요한 이 계획을 실행하는 데 있어 본인의 증조부인 스즈키 간타로가 막후에서 결정적 역할을 하였다는 점이다.

조선철도 12년 계획의 요점 :

이 계획은 두만선, 혜산선, 만포선, 동해선, 경전선의 5개 철도선 총연장 1,300킬로미터를 놓은 것이다. 이 계획을 실행하는 데 필요한 재원은 당초 3억 2천만엔으로 예상되었으나 1926년의 제 52회 제국의회에서는 자금수요의 증대에 대비하여 공채를 발행할 수 있는 '조선사업공채법'을 가결하였으며, 일본정부는 이 법에 의거하여 6억 370억 엔까지 공채를 발행하기로 결정하였다. 이는 다이쇼(大正) 시대의 마지막 연도인 1925년의 일본정부예산 5억 9천만 엔을 넘는 규모였다. 이 사실은 당시 일본제국이 조선의 발전을 위하여 얼마나 큰 투자를 감행하였는가를 여실히 보여준다.

스즈키 간타로의 역할 :

스즈키 간타로는 이 계획을 위한 예산안의 승인이 제 51회 제국의회에서 부결되자 즉시 동경으로 가서 정치지도자들을 설득하기에 이르렀다. 당시 스즈키는 관료출신자로서는 최고의 영예에 해당하는 귀족원의원에 추대되는 것을 사양하고 '조선사업공채법'의 가결에 총력을 기울였다. 그 결과 다음 회기인 52회 의회에서 이 법률안이 가결됐고, 더구나 공채발행 상한이 대폭 상승하게 된 이면에는 스즈키의 헌신이 있었다.

* * *

　보고서를 다 읽고 난 배영희는 어지러움을 느낀다. 지금까지 생각해
보지도 못한 충격적인 이야기를 한꺼번에 접해서인가? 도서관의 창밖을
내다보니 늦은 오후의 하늘은 흐려 있다. 커다란 유리창 밖으로 다치카
와의 주택가가 보이는데 회색의 하늘을 배경으로 전신주들이 서 있고
전선과 전화선이 어지럽게 얽혀 있었다. 일본은 아직 전선의 지하매설
이 안 되어 있는 것이다.

　과연 한국에게 있어 일본의 식민통치는 무엇인가? 이씨조선의 지도
자들은 무슨 생각을 하며 살고 있던가? 100년 전에 일제가 조선에 가한
굴욕에 관하여 오늘을 살고 있는 한국인들은 어떻게 감정을 정리하고
인생을 살아야 하는가?

　생각이 현실로 돌아오며 같이 온 히야마 형사는 어떻게 하고 있는지
궁금하다. 히야마가 있는 쪽으로 눈길을 돌리는 배영희의 몸이 순간적
으로 굳는다. 도서관 1층의 중앙부분에는 신간잡지 진열대가 크게 자리
잡고 있었는데, 삼십대의 초반 정도로 보이는 사내가 어떤 잡지를 서서
읽고 있었다. 그런데 그 모습이 어딘지 눈에 익다. 금발로 착각하기 쉬
운 엷은 갈색 머리, 매끈매끈한 얼굴에 턱에만 자란 얼마 안 되는 수염,
다소 살이 찐 체형… 일본에서 흔히 볼 수 있는 모습이다. 그런데 어째
서 눈에 익은지?

　곰곰이 생각하는 영희에게 갑자기 소름이 끼칠 정도로 번뜩이며 스쳐
가는 인상이 있다. 바지의 왼편의 뒷주머니에 넣고 있는 왼손… 기누가
와의 만화가가 제공하였다는 스즈키 가즈야의 사진을 보면 RV차량의 뒤
쪽에서 지나가는 젊은 여자를 쳐다보는 가즈야 역시 바지 왼편의 뒷주
머니에 손을 넣고 있는 모습이었다. 거기서 그치지 않았다. 경찰청의
오하시 형사와 함께 찾아간 이타미의 스즈키 가즈야의 부친, 스즈키 교

지도 두 형사와 대화를 나눈 후 배웅을 할 때 바지 왼편의 뒷주머니에 손을 넣고 정원을 걸어 나오지 않았던가.

저자가 바로 스즈키 가즈야? 유심히 보니 경찰이 입수한 두 개의 영상에서 본 용의자 스즈키와 머리색이 다르고 안경을 쓰지 않은 등 세세한 부분은 차이가 있으나 전체적으로 풍기는 인상은 상당히 흡사하다. 영희는 태연한 표정으로 자리에서 일어나 스즈키 앞을 지나 히야마 형사 쪽으로 걸어간다. 불과 3미터 앞을 지나가는 여자가 유심히 쳐다보는데도 젊은 남자는 잡지에 몰두하고 있다. 우수한 학생으로 고시공부를 하고 있었으니 어느 상황에도 독서에 몰두하는 것이 이제는 제 2의 천성이 되었을지 모른다.

"히야마 상, 우리 커피 한잔해요."

배영희가 나지막이 속삭이며 앞서서 도서관 현관을 나간다. 현관 밖에는 자그마한 정원이 있고 자판기가 있다. 캔 커피를 두 개 뽑아 하나를 건네며 영희가 히야마 형사의 눈을 응시하며 간단명료하게 말한다.

"목표물에 접근한 것 같아요."

이 말을 듣는 히야마 형사도 불필요한 질문 없이 영희의 말에 집중한다.

"잡지진열대에 서 있는 머리 염색한 남자가 목표물이라고 생각해요."

"근거는?"

"아직 약하지만 확신이 들어요. 뒷주머니에 손을 넣고 책을 읽는 모습이 수사본부에서 본 영상 속의 인물이라고 생각해요."

"알겠어요. 그럼 우선 촬영을 해야겠네요. 제가 촬영을 할 테니 배 형사님은 자리로 돌아가 독서를 계속하세요. 추적해 보기로 하죠."

도서관으로 돌아온 히야마는 1층이 잘 내려다보이는 2층에 올라가 서가에 숨어 촬영을 시작한다. 일본의 유명카메라 메이커가 경찰을 위하여 특수 제작한 카메라는 플래시가 없이도 조도를 높일 수 있으며 카메라의 렌즈부분이 빛나지 않도록 특수처리하여 은닉촬영에 적합한 것이다. 이 정도의 거리라면 영상을 대형화면에 다운로드할 경우 얼굴의 수염개수까지도 셀 수 있다.

6시가 지나고 어둑어둑해지자 도서관에서 사람들이 빠져나가기 시작하고 목표물도 도서관을 빠져 나간다. 두 여자형사는 급히 가방을 챙겨 뒤를 밟는다. 사내는 다치카와 역 쪽으로 방향을 잡고 있었다. 두 형사는 서로 거리를 두고 목표물의 뒤편에서 양쪽을 커버하는 형태로 미행을 시작한다. 사람들이 붐비는 대로에 나왔을 때 배영희의 휴대전화가 진동한다. 상대는 다케다 형사였다.

"잘되고 있어요?"

"네. 목표물에 접근한 것 같아요."

"그래요? 굿 잡. 그런데 배 형사가 갈 데가 있는데 ….."

"어디지요?"

"박 의원의 이복언니 아사이 사다코가 만나고 싶어해요."

"네?"

의외다. 그러나 배영희도 그녀를 만나고 싶다. 수사에 직결되지 않더라도 이 의미심장한 사건에 대해 속속들이 알고 싶은 것이다.

"다케다 형사님도 동행인가요?"

"아뇨. 배 형사와 단둘이 만나기를 원하고 있어요. 만나서 자유롭게 이야기해 보세요. 나는 그녀가 여러 면으로 고민을 하고 있다고 느껴요. 어쩌면 많은 말을 털어놓을지도 모르지."

"알겠어요. 그런데 지금 히야마 형사와 목표물을 미행하고 있는데 ….."

"히야마에게는 내가 연락할 테니 지금 부르는 번호로 전화를 해보세요. 현지 다치카와 경찰서의 협조를 받게 할 수도 있으니까."

다케다가 준 번호로 전화를 걸자 아사이 사다코가 받는다. 긴 말이 없이 8시 정각에 신주쿠 역 동남구 개찰구를 나오면 사람이 모시러 나올 것이라고 전한다. 시간은 아직 충분하다.

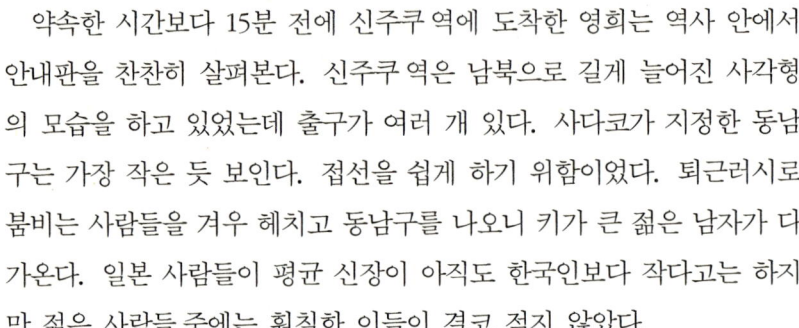

46

약속한 시간보다 15분 전에 신주쿠 역에 도착한 영희는 역사 안에서
안내판을 찬찬히 살펴본다. 신주쿠 역은 남북으로 길게 늘어진 사각형
의 모습을 하고 있었는데 출구가 여러 개 있다. 사다코가 지정한 동남
구는 가장 작은 듯 보인다. 접선을 쉽게 하기 위함이었다. 퇴근러시로
붐비는 사람들을 겨우 헤치고 동남구를 나오니 키가 큰 젊은 남자가 다
가온다. 일본 사람들이 평균 신장이 아직도 한국인보다 작다고는 하지
만 젊은 사람들 중에는 훤칠한 이들이 결코 적지 않았다.

야하면서도 세련된 모습의 젊은 남자는 영희에게 다가오더니 '배 상
데스카?'라고 묻는다. 배라는 한국성에 상이라는 일본호칭을 붙인 '배
상'(裵樣)이라는 말이 영희의 귀에 거슬린다.

앞장서서 걷는 사내를 따라가면서 보는 신주쿠 역 주변은 마치 영희
의 상상 속에 자리한 일본의 이미지가 축약된 것 같다. 인간이 먹고 자
고 씻고 운동하고 섹스하는 다양한 기능에 맞춘 사업시설들이 어떤 겉
치레나 가감 없이 그대로 나열되어 있었다. 쇼핑센터, 목욕탕, 스포츠 전
문용품, 서점, 햄버거가게, 우동가게, 포르노 영화관, 그리고 그 옆에 오
래된 여관 등. 다만 그 가게들이 일본 사람들의 외형을 중시하는 감성에
맞추어 깨끗하고 아담하게 차려져 있는 것이 차이라면 차이였다.

아마 박민자 의원은 짧은 시간에 이러한 이미지에 사로 잡혀 《일본의
침몰》이라는 책을 쓴 것일 게다. 나쁘지 않은 머리와 영웅심리가 만들
어낸 급조물이다. 말하자면 한국을 잠깐 방문한 외국인이 '한국남자들
은 모두 개와 뱀을 먹기 때문에 마초 경향이 있다'고 일반화하는 책을

내는 것과 비슷한 격이다.

뜬금없이 박민자 의원을 생각하며 남자의 뒤를 쫓는데 갑자기 비린내
가 심하게 난다. 커다란 생선 도매상이 일본 최대의 유흥가라는 가부키
초 한복판에 떡 버티고 있는 것이 아닌가? '과연!' 남녀가 저녁에 모여
술을 마시고 환락을 추구하기 전에 스스로 배를 채우는 것은 지극히 자
연스러운 코스이고 이 기능을 효과적으로 수행하다 보니 생선 도매상이
이곳에 들어온 것이다. 하기야, 어린 아이들이 왕래하는 용산 역전에
지금도 창녀촌이 남아있는 것과 논리적으로는 다를 바가 없으니 … 인간
의 욕망도 효율성을 추구하는 것이다.

호스트 클럽 카타르시스는 그 생선 도매가게에서 길을 대각선으로 건
넌 방향에 있었다. 일본에서 빛나는 곳이 있다면 파친코점이라고 들었
는데 호스트 클럽도 외관을 무수한 전등으로 장식하고 있었다. 좌우 30
여 미터 되는 가게의 전면이 각종 전구로 번쩍이고 있는데 출입구는 작
다. 그 대신에 커다란 유리판이 붙어 있고 그 안에 호스트들의 사진이
수십 장 진열되어 있었다. 여자 손님들이 사진을 보고 마음에 드는 호
스트를 미리 정할 수 있는, 말하자면 메뉴판인 것이다.

국회의원의 살해사건을 수사하러 온 한국의 여자경찰관을 호스트 클
럽으로 부른 이 아사이 사다코라는 여자를 어떻게 이해해야 할지 배영
희는 갑자기 난감해진다. 순간 불쾌하기도 하였으나 여기가 박민자 의
원이 와서 남자를 쇼핑해서 간 곳이라는 것, 그리고 사다코가 시쳇말로
맞이 간 여자라면 어떻게 맞이 갔는지 알고 싶다는 생각에 아무 말 없
이 사내를 따라 가게로 들어간다.

마치 수십 명의 남자사원들이 회식자리에 앉아 술잔을 들고 '위하여!'
를 부르짖듯이 호스트들이 동시에 입을 맞추어 부르짖는 소리에 배영희
는 움찔하여 주위를 둘러보니 다른 사람이 아닌 자신을 위해 지르는 소
리가 아닌가? 바야흐로 한국의 여자형사가 30명이 훨씬 넘은 일본 호스

트들에게 환영받는 순간이었다.

배영희가 안내된 곳은 많은 응접세트들이 놓인 메인 홀을 지나 구석에 있는 한 별실이었다. 상업용 객실이라기보다는 가정집의 응접실 분위기였는데 사다코는 소파에 앉아 기다리고 있었다. 실내에 향긋한 냄새가 흐른다. 전에 다카다노바바의 여행사에서 마신 코냑 냄새였다. 사다코는 며칠 전에 회사로 찾아가서 봤을 때와는 매우 다른 모습과 분위기를 하고 있었다. 나이의 장벽을 넘어 억지로 꾸민 섹시함과 귀여움은 사라지고 60대 여자의 평범하고 자연스러운 모습을 하고 있었다.

"어서 오세요."

사다코는 한국말로 말문을 연다.

"어머. 우리말을 잘하시네요."

"잘은 못하지만 급할 때 뜻은 통해요. 배 형사하고 한국말로 이야기하고 싶었어요."

일본어의 발음이 섞인 전형적인 재일교포의 한국말이다.

"불러주셔서 고맙습니다."

"아녜요. 한잔 하세요."

영희 앞에 잔을 놓고 코냑을 따르는 사다코를 제지하지 않는다. 어차피 오늘은 속내를 듣는 날이다. 사다코가 하자는 대로 하는 것이 상책이다.

테이블 위에는 치즈, 과일과 야채 모음, 그리고 커다란 접시에 모둠 스시가 놓여 있다. 배가 고프기도 한 영희는 일본 풍경이나 날씨 등 가벼운 화제를 소재로 대화를 시도하며 요기를 한다.

"스즈키 가즈야라는 놈이 도시코를 죽인 동기가 뭐라고 생각해요?"

코냑 서너 잔을 마셔서 살짝 취기가 도는 사다코가 담배를 입에 물고 입을 연다.

"그 사이에 많은 것을 알게 되었는데 … 용의자 스즈키는 일종의 모오

388

소오(妄想) 환자라고 생각해요."

"모오소오 … 망상환자 …?"

"네."

"민감한 단어네요. 나도 어떤 계기가 있어서 망상에 관해 알아본 적이 있어요."

"어려운 병이지요. 다른 사람이 들으면 말이 안 되는 것을 진실이라고 확신하는 정신병이니까. 게다가 이 병은 스위치가 켜지면 발동하고 꺼지면 정상으로 돌아와 병이 있는지 없는지 주위의 사람들은 알기가 어려워요."

영희는 속으로 적이 놀란다.

"사다코 상이 무슨 동기가 있어 이 어려운 정신병에 관해서 잘 아는 거예요?"

사다코는 대답을 않고 앞에 놓인 술잔을 비운다. 술은 어느새 코냑에서 위스키로 바뀌어 있다. 오늘은 술을 마시겠다고 작심한 모양이다.

"정신과 의사를 찾아간 적이 있어요."

사다코는 안주삼아 냉수를 한 모금 마시고 대답한다.

"네? 그럼 사다코 상이 무슨 문제라도?"

"그 대답은 조금 있다고 하기로 하고 … 그 스즈키라는 놈이 어떤 망상을 가지고 있다는 거예요?"

"그 사람의 조상, 즉 증조부와 조부가 식민통치시기에 조선에서 매우 높은 직에 있었을 뿐 아니라 일본 측 표현을 빌리자면 식민지 건설의 핵심멤버로 일한 것 같아요. 이러한 것에 큰 자부심을 느끼고 그것이 깊어져서 한국에 대한 일본의 식민지배를 미화하고 이를 부인하는 사람들을 적으로 돌리는 증상이 아닐까 싶어요."

"병신 같은 새끼 … 사법고시를 몇 년이나 실패한 놈이 결국은 그리로 몰두해 버린 거군 …."

389

"스즈키를 잘 아세요?"

"나는 오늘 배 형사하고 솔직하게 이야기를 나누고 싶어요."

"수사에 관한 것이라면 내게 아무런 결정권이 없어요. 미리 말합니다."

"나는 피해자의 가족이에요. 내가 왜 수사에 관해서 걱정해요?"

"글쎄요. 솔직히 말씀하신다니 … 부군 되시는 아라이 상이 용의자의 도피를 도와주고 있다고 보는데, 어떤가요?"

"병신 같은 새끼 …."

한마디씩 끊어 뱉는 사다코의 얼굴은 필요에 따라 얼마든지 잔혹할 수 있는 밤의 여인이다.

"이 사건을 계기로 그 새끼하고도 다 정리할 수 있게 되었어. 나는 그 점에서 행복하고 고맙게 생각해."

아사이가 스즈키의 도주를 방조하고 있다는 사실을 간접적으로 인정하는 말이었다.

"아사이 상과 인연을 끊으신다는 말씀인가요."

"그렇지. 머리 나쁜 인간하고 사느라고 수십 년 헛돈 쓰고 별 더러운 꼴 많이 봤어요. 이젠 그만이야."

"두렵지 않으세요? 경찰이 알기로는 스미야스 구미의 간부 중 한사람인데 …."

"영희 상, 〈고쿠도노 온나다치〉(極道の女たち)라는 영화 본 적이 있어?"

사다코의 말투가 어느새 반말 비슷하게 바뀌며 호칭도 배 형사에서 영희 상이 됐다.

"아뇨. 무슨 영화지요?"

"시리즈 야쿠자 영화. 일본에서 007영화처럼 인기에요. 내용은 다 똑같아. 야쿠자의 오야붕이 억울하게 당하고 그 아내가 다 복수하는 거야."

"그 영화하고 사다코 상이 무슨 …."

"쓸데없이 근육 키우고 몸에 비싼 돈 들여 먹물로 낙서 새긴 놈들이

390

반드시 야쿠자를 움직이는 게 아냐. 정말 힘센 사람들은 나 같은 여자나 힘 하나 없는 늙은이들이지 ….”

결론은 아사이보다 자신이 더 힘이 세다는 말이다.

시계를 보니 어느새 10시가 넘었다. 마냥 앉아서 원하는 대로 이야기를 할 수는 없다.

“사다코 상, 한 가지 꼭 알고 싶은 게 있어요.”

“말해 봐요.”

“박 의원님은 비록 결혼은 안 하셨지만 여자로서 가질 것은 다 손에 넣었는데 … 왜 이런데 와서 호스트를 데리고 잤을까요?”

“그 대답을 하려면 아까 내가 하려다 관둔 이야기를 해야 돼.”

“망상장애에 관한 이야기요?”

“맞아.”

술이 올라 벌게진 얼굴로 소파에 기대어 앉은 사다코는 긴 담배를 손가락 끝에 끼고 마치 선언하듯 말한다. 마음 속 깊이 숨겨진 사연을 털어 놓는 사람의 결연함이 엿보인다.

“이 거대한 사건의 발단은 … 아버지의 오친친(おチンチン)이야!”

오친친? 일본어를 학교에서 배운 영희는 어려운 개념어는 알아도 생활용어나 속어는 잘 모른다. 오친친이라 …. 이때 사다코가 궁금증을 풀어주듯 말한다.

“아버지의 자지 ….”

“네?”

60살이 넘은 여자의 입에서 나온 말이 너무 해괴해서 영희는 자신의 귀를 의심한다. 초등학생이 국어책을 읽는 것 같이 스타카토로 말을 잘라 천천히 뱉는데, ‘음경’(陰莖)이라는 어휘를 떠올리지 못하고 원초적인 말을 쓰는 술 취한 여자의 모습을 보며, 영희는 순간 아사이 사다코의 머릿속에 굉장히 많은 생각들이 얽혀 있다고 느낀다. 그녀는 부친 후쿠시마와 이복동생 박민자를 질투하고 있는가? 박민자와 모든 것을 터놓고 말하는 사이라는 말을 액면 그대로 믿어도 좋은가? 본래 영리하고 반듯한 사람으로 보이는 이 교포여자가, 벗어날 수 없는 일본 땅에서 야쿠자 남편과 살아오며 쌓인 고뇌와 모멸감이 이 짧고 과격한 표현에 응축되어 있지는 않은가?

영희의 뇌리를 스치고 지나가는 생각들을 전혀 모르는 사다코가 말을 잇는데, 소파에 기대 앉아 담배를 빨아대는 그녀의 얼굴이 어두운 그늘에 도사리고 있는 한 마리의 고양이 같다.

"도시코가 남자를 밝히는 것이 병적이 아닌가 싶어서 친구 중 정신과 의사를 하는 이에게 물어본 적이 있어. 도시코는 일본에 특파원으로 나오면서 나와 친해져서 그 이후로는 내게 비밀이 하나도 없을 정도였지."

"그렇군요."

"의사의 말을 따르자면 도시코의 경우 여자색정증, 영어로 님포매니아(nymphomania)일 가능성이 높다는 거야. 그 원인은 대개 네 가지인데 뇌손상이나 호르몬의 분비가 깨진 경우, 조울증, 생리나 내분비장애로 인한 이상성욕, 그리고 마지막으로 심인성 요인에 따른 강박적 행동으로 요약되고. 이 네 가지 모두 기본적으로 음경선망, 즉 자지를 동경하는 심리가 내재해 있다고 하더군."

사다코의 얼굴은 이제는 잔인한 밤의 여자에서 동생을 걱정하는 다정한 여인으로 변해 있다.

"그 정신과 의사놈이 대학 다닐 때 하도 술만 먹고 공부를 안 해서 돌팔이인 줄 알았는데, 제대로 맞춘 것 같아. 도시코에게 물어봤더니 아버지가 한국에 가서 생활할 때 아버지의 나체를 본 적이 있었는데 그후로 자신의 정신세계에 큰 변화가 생겼음을 어른이 되어 깨달았다는 거야."

"아버지에 대한 음경선망이 생겼다는 거군요. 프로이트가 말하는 엘렉트라 콤플렉스의 극단적인 경우군요."

"그렇지. 크게 보면 인격장애의 하나라는 거야."

"인격장애가 없는 사람이 어디 있겠어요. 정도의 차이겠지요."

"영희 상은 인간에 대해 이해가 깊군."

"형사를 하다보니까 정상적인 사람이 비정상일 정도로 이 세상에는 마음의 병을 가진 사람들로 가득 찬 것을 알았어요."

"영희 상 같은 딸이 하나 있었다면 얼마나 좋을까?"

개인적인 감정이 더 생기는 것이 두려운 듯 영희는 말을 바꾼다.

"박 의원님은 그래도 책도 쓰고 학생시절부터 반정부 운동을 하는 등 비판의식이 뛰어난 분인데 … 남의 눈을 피하여 젊은 남자들, 더구나 일본남자들과 함께 남녀관계를 가지는 데 죄책감이 없었나요?"

"무척 많았지. 내 앞에서 울기도 많이 울었고. 노력도 많이 했어. 적어도 한국에서는 이상한 짓을 하지 않았지."

"그렇군요."

"한번은 이렇게 말하더군. 죄책감이 심할 때는 미국의 클린턴을 생각한다고 …."

"무슨 말씀인지 …."

"세계를 좌우하는 미국의 대통령도 국민의 세금으로 지탱되는 백악관 집무실에서 바지를 내리는데 … 아무도 알아주지 않는 한국의 국회의원이 사적인 공간에서 팬티 좀 내린 게 별 거냐고 …."

"좀 심한 말씀이군요."

"그렇지. 그래도 남이 모르는 사연도 있었어. 도시코가 데리고 간 여기 아이들한테 물어보니까 성교에 집중하기 보다는 남자를 장난감처럼 가지고 노는 경우가 많았다는 거야. 뭐랄까 … 한국여자로서 일본남자들을 벗겨 놓고 가지고 놀면서 … 뭐랄까, 일종의 우월감을 느끼려고 했던 것 같아."

두 사람은 한동안 말이 없다. 밖에는 손님들이 많은지 음악소리와 웃음소리가 어울려 불협화음을 연출하고 있었다.

"네. 좋은 말씀 고맙습니다. 그럼 ….."

일어나는 배영희에게 사다코가 조용히 이른다.

"한 가지만 참고하세요. 일본경찰은 이미 예상하고 있겠지만 스즈키가 관여하던 식민역사연구회에는 상당히 큰 힘을 가진 우익세력이 개입되어 있어서 가만히 있지 않을 거야. 윗선의 의도를 모르는 아래쪽의 피라미들이 섣부른 짓을 하는 경우가 있으니 조심해요."

"충고 고맙습니다."

* * *

클럽 카타르시스를 나오니 10시에 가까운 시간이다. 일단 수사본부로 가서 다음 행동을 정하기로 하고 택시를 잡는다.

"일찍 돌아가는 모양이네 ….."

중년의 택시기사가 말을 붙인다. 영희를 호스티스로 본 모양이다. 이 부근에서 한국여자가 저녁에 택시를 타면 모두 호스티스로 볼 정도로 한국여자가 많이 와 있다는 말을 들었던 기억이 난다. 도대체 일본과 한국의 관계가 정상이 되는 날은 언제일까? 형사 직을 수행하며 한일관계를 신경 쓰는 자신의 입장이 어색하다고 느껴진다.

왼편에 황궁을 끼고 택시가 경찰청이 있는 가스미가세키에 접근할 때 영희의 핸드폰이 진동한다. 핸드폰을 열자 여자의 비명이 들린다.

"배 형사님 … 악!"

분명히 낮에 도서관에 같이 있던 히야마의 목소리이다. 전화를 걸어채 말을 하기도 전에 누군가의 습격을 받았음이 분명하다. 급히 다케다 형사에게 전화를 넣는다.

"다케다 형사님, 지금 히야마 형사에게서 전화가 왔는데, 비명만 지르고 끝났어요. 긴급사태에요."

"알겠어요."

"지금 경찰청으로 돌아가는 길인데 다치카와로 방향을 바꿀까요?"

"아니오. 거의 다 왔다면 경찰청에 와서 현관에서 기다리세요. 요원들과 곧 내려가겠소."

47

배영희와 거리를 두고 염색머리의 사내를 쫓던 히야마가 다케다의 연락을 받은 것은 사내가 다치가와 역 상점가로 막 들어가던 때였다. 내용인즉 배 형사는 다른 일이 있어 미행에서 빠졌다는 것, 곧 증원대가 올 테니 조심해서 행선만 파악하고 있으라는 것이었다. 7시가 되기까지 얼마 남지 않은 상황이었다. 히야마에게 본격적인 미행은 처음이었다. 배영희가 미행 중간 빠져나간 것을 알고 더 불안했다. 그러나 그만큼 제대로 일을 처리해서 인정받고 싶다는 욕망도 강했다.

사내는 상점가의 서점에서 반 시간 가깝게 이 책 저 책을 보더니 작은 문고판을 하나 사서 나간다. 들고 있던 책을 급히 놓고 사내를 따라나서는 히야마를 중년의 서점주인이 째려본다. 역내의 상점가를 북으로 관통한 사내는 북구를 빠져나가 역 앞에 있는 패밀리 레스토랑으로 들어가더니 자리를 잡는다.

주위를 경계하거나 하는 눈치가 전혀 없다. 이 정도라면 쉽다고 생각한 히야마는 사내가 앉은 부스에서 두 개 정도 떨어진 부스에 자리를 잡는다. 사내는 맥주에 샐러드, 스파게티를 시킨다. 마냥 앉아서 먹을 심산인 모양이다. 히야마도 스파게티와 샐러드를 주문한다. 과연 저 인간이 용의자 스즈키가 맞는지 확신할 수 없지만 배 형사가 확신하는 모양이니 사내의 거주지를 파악해서 돌아가기로 작정한 것이다.

음식이 나와 포크를 잡으려는데 옆 부스에 건달로 보이는 젊은 애들 둘이 자리를 잡는다. 불량기가 철철 넘치는 얼굴로 히야마 쪽을 건네본다. 레스토랑 안을 둘러보니 어느덧 사람이 가득하다. 염색머리의 사내는 한 손에 문고판을 들고 음식을 먹는데 아무런 걱정이 없어 보인다. 음식을 반 정도 먹어 가는데 다케다 형사에게 전화가 온다. 간단히 상황을 보고하니, 두 명의 요원을 보냈는데 교통체증 탓에 도착이 늦어진다고 한다.

히야마와 등을 마주하고 옆 부스에 앉아 있던 놈 중의 하나가 히야마의 통화내용을 유심히 듣는다. 겉으로는 껄렁거려 보여도 스미야스 구미에서 뽑혀 클럽 카타르시스에 파견 나와 있다가 요코다의 명령으로 스즈키를 보호하는 명을 지고 나온 자였다. 태연을 가장하여 놈은 파트너에게 윙크로 신호를 보내고 화장실로 가서 요코다에게 경찰의 미행이 붙은 것 같다고 보고한다.

보고를 받은 요코다는 지금 즉시 오겠으니 구미에서 관리하는 다치카와 역전의 클럽으로 오라고 한다. 사내는 이어 스즈키에게 전화를 하여 식사 후 클럽으로 이동할 것을 전한다.

히야마 형사가 스파게티를 천천히 씹으면서 염색머리의 사내를 주시하는데 사내가 전화를 받는다. 대답도 없이 끊는 것을 보아 무언가 지시를 받는 분위기였다. 식사를 마친 사내가 한동안 책을 읽더니 자리를 뜬다. 레스토랑을 나왔을 때는 이미 9시가 훨씬 넘어 있었다. 다치카와 역 북동 편은 고급호텔들이 들어선 번화가이다. 대로의 뒷골목으로 접어든 염색머리의 사내는 '아카네'(茜)라는 간판이 걸린 건물로 들어간다. 분위기로 보아 호스티스가 나오는 클럽임에 틀림없다.

히야마는 망설인다. 여자경찰이 호스티스 클럽에 쫓아 들어갈 수도 없고 입구에서 기다릴 수도 없다. 사내가 꽤 오랜 시간을 체재할 것이라고 판단한 히야마는 외부에서 잠복하기로 한다. 수사요원들이 증원될 것이니 조금만 버티면 된다고 생각한 것이다. 클럽이 들어있는 건물은 7층 정도의 펜시루비루였다. 펜시루비루란 작은 땅에 연필 모양으로 홀쭉하게 올린 빌딩을 칭하는 'pencil building'의 일본식 영어이다. 펜시루

397

비루와 좁은 골목을 사이에 두고 오래된 5층 건물이 있고 1층에는 비디오 가게가 있다.

비디오 가게에 들어가니 라면처럼 머리를 볶은 펀치파마의 젊은 남자가 카운터에 앉아 담배를 피우고 있다. 얼굴이 예쁘장한 히야마가 들어서자 카운터 사내의 얼굴에는 미소가 번진다. 마음에 드는 모양이다. 그러나 사내의 얼굴에서 미소는 오래 가지 않는다. 히야마가 경찰수첩을 꺼내 보였기 때문이다.

"경찰입니다."

"경찰이 우리 집에 웬일이요?"

"도움을 좀 청하고 싶은데요. 이 건물 옥상에는 무엇이 있나요?"

"특별히 아무것도 없어요. 건물 주인이 까다로워서 세입자들이 아무것도 놓지 못하게 하지요."

"거기에 좀 올라갈 수 있을까요? 주위를 좀 살펴보고 싶어서 ….."

사내는 잠시 생각하더니 헝겊 끈에 매달린 열쇠를 하나 건넨다.

옥상으로 올라가서 골목을 내려다보니 펜시루비루로 들어가는 입구가 잘 보인다. 일단 안심하고 확보한 관찰위치를 전화로 본부에 보고하려고 하는데 건달풍의 사내 둘이 펜시루비루로 들어가는 것이 보인다. 눈에 익다. 가만히 생각해 보니 아까 패밀리레스토랑에서 옆 부스에 앉아 있던 사내들이다. 그 순간 히야마는 자신이 저지른 실수를 깨닫는다. 문제의 사내를 미행하는 과정에서 그 패거리에게 역미행 당했을 가능성을 이제야 생각해낸 것이다.

히야마의 더 큰 실수는 경찰수첩을 비디오 가게 사내에게 보인 것이었다. 이 지역은 스미야스 구미 일당이 꽉 쥐고 있었다. 스미야스 구미에 정기상납을 하는 '피보호자'인 비디오 가게 주인은 즉시 동네를 관할하는 중간보스에 전화를 넣는다. 이 전화 한 통으로 스미야스 구미의 다치카와 지부는 비상사태에 들어간다.

동네 순찰경관도 아니고 엘리트 풍의 여자경찰이 와서 경찰청 신분증을 보였다면 본부에서 특별히 부탁해 온 스즈키 가즈야의 보호건과 관련이 있다는 판단에 이르는 것은 그리 어렵지 않은 일이었다. 여자형사가 스즈키가 들어간 클럽 아카네의 건너편 건물 옥상에 잠복했다는 정보는 다치카와로 전속력으로 차를 몰고 있던 요코다에게 들어간다.

　히야마가 건물옥상으로 올라오는 조용한 발자국 소리를 감지한 것은 견디고 견디다 못해 옥상 구석에 앉아 소변을 보고 옷을 추스르던 순간이었다. 혼자 목표물을 미행하면서 화장실에 갈 기회를 얻지 못했던 히야마의 방광은 더 이상의 인내를 허용하지 않았던 것이다. 철이 든 후 처음으로 화장실이 아닌 곳에 쪼그리고 앉아 창공에 엉덩이를 내놓고 소변을 보는 수치심을 채 떨치기도 전에 발자국 소리의 주인은 앞에 다가와 있었다.

　옥상은 부근 건물의 네온사인으로 훤하다. 30대 초반의 사내는 고급 양복을 몸에 감고 있었는데 그 양복에 감추어진 신체가 무술로 단련된 것을 가라테를 연마한 히야마는 직감하였다. 도장에서의 훈련이 아닌 싸움으로 연마된 몸이리라. 히야마는 도서관에서의 미행에 권총을 가지고 나오지도 않았다.

　"시원하겠네."

　찌그러진 미소를 짓는 사내의 목소리는 진한 허스키였는데 마치 기름이 빠진 기계벨트 돌아가는 음향효과를 내고 있었다.

　"닥쳐. 난 경찰청 형사다."

　"알고 있어."

　"형사에게 반항하는 것은 공권력에 대한 도전이다."

　"그것도 알고 있어."

　대학을 졸업하고 경찰에 입문한 지 3년이 되었으나 책상에서 조사업무를 하며 범죄인과 일대일로 맞부딪힌 경험이 없는 히야마는 그 다음 말을 어떻게 이어야 할지 머릿속이 하얗게 비어가기 시작한다.

수사요원들이 빨리 들이닥쳤으면 하고 생각하는 순간에 사내의 오른발이 커다란 원을 그리며 지면과 평행으로 날아들어 히야마의 두 발목을 스치고 지나간다. 공중에 뜬 짧은 순간에 히야마는 처음으로 죽음의 공포를 경험한다. 왼쪽 어깨로 떨어진 히야마의 쇄골이 부러지는 소리가 들린다. 신음하는 히야마에게 다가선 사내는 주머니를 뒤지기 시작한다. 나온 것은 지갑, 카메라 그리고 휴대전화가 전부였다. 사내는 카메라의 영상을 살피기 시작한다. 그 순간 정신을 차린 히야마는 전화를 들어 발신버튼을 누른다. 번호는 배 형사이다. 막 입을 열어 "배 형사님"이라고 말하는 순간 사내의 주먹이 히야마의 얼굴에 떨어지고 히야마는 의식을 잃고 만다.

신주쿠의 호스트 클럽 카타르시스를 나와 택시 안에서 영희가 받았던 전화는 바로 히야마가 주먹을 맞기 직전에 연결된 전화였다. 경찰청의 수사요원들이 옥상에 도착하였을 때 히야마는 의식을 잃고 누워 있었다. 맥박은 있고 큰 부상이 보이지도 않는다. 다만 소지품은 전혀 없었다.

* * *

주인이 문을 일찍 닫고 사라져버린 비디오 가게 앞에 병원의 응급차가 도착할 즈음, 스즈키 가즈야는 다치카와 세무서 부근에 있는 스미야스 구미 소유의 건물에 만들어진 은신처에 돌아와 있었다. 건물옥상에서 여자형사를 처리한 요코다, 그리고 스즈키의 보호임무를 맡던 친피라 두 명도 자리를 함께하고 있었다.

신주쿠에서 다치카와로 차를 달리는 동안 요코다는 아사이 신스케에게 긴급히 전화를 넣어 상황보고를 하였다. 수사본부가 이제 스즈키를 덮치려고 한다는 것, 따라서 구미가 즉시 스즈키 건에서 손을 떼는 결정을 상부와 협의해 달라고 요청하였다. 요코다의 보고를 받은 아사이가 구미의 오야붕에게 전화를 넣어 에토 변호사와의 협의를 거쳐 스즈키를 버리고 돌아오라는 결정이 요코다에게 통보된 것은 그가 히야마 형사가 있는 건물에 막 도착한 순간이었다.

"지나간 일을 더 이상 말할 시간이 없다. 경찰청에서 이미 우리가 스즈키를 보호해 온 것을 알고 다치카와까지 손을 뻗쳐왔다. 이곳에 경찰이 들이닥치는 것도 시간문제라고 봐야 한다. 결정사항을 통보한다."

요코다는 우선 클럽 카타르시스에서 파견된 부하 두 명에게 지시를 내린다.

"이 안가에서 완전히 철수한다. 너희 둘은 곧 잠수를 타라. 동경에 절대 나타나지 말고 클럽에도 나타나지 마. 그리고 각각 행동해야 한다. 너는 나고야로 내려가고 너는 후쿠오카로 내려가. 향후의 행동은 각각의 지부에 지시에 따르도록. 지금 즉시 모든 소지품을 가지고 떠나. 수고했다."

두 친피라가 허리가 부러지도록 숙여 인사하고 나간 것을 본 요코다는 스즈키에게 시선을 돌린다. 지난 8월 21일의 살인 이후 2주 이상의 도피가 지속되면서 스즈키의 눈에 공포가 확실하게 자리 잡은 것은 지금이 처음이다.

"가즈야. 안타깝지만 이제는 우리 조직에서 너를 더 이상 보호할 수 없다. 피치 못하게 내가 경찰관에게 손을 대었는데 이 때문에 조직에서는, 그리고 나는 상당한 대가를 지불해야 할 거야. 이 대화가 끝난 후 우리는 다시는 만날 수가 없다."

살인범 스즈키의 눈에는 소년의 순진함과 두려움이 엉키고 눈물이 나오기 시작한다. 요코다도 가슴이 메는지 잠시 시간을 보낸 뒤 주머니에서 봉투를 꺼내 내민다.

"3백만 엔이다. 급해서 많이 준비 못했어."

"고맙다."

"너 혼자서 이 사태를 헤쳐 나갈 능력은 없어."

"알아."

"네가 이 순간에 가장 신뢰할 수 있는 사람은 누구냐?"

스즈키는 말이 없다.

"역시 너의 아버지야."

"……."

스즈키는 무언가 말을 하려다가 입을 다문다. 아버지에게 도움을 청한다는 생각 자체가 그의 뇌리 속에 등록되어 본 적이 없기 때문이다. 다른 사람들에게라면 지극히 당연한 일이 어째 내게는 이토록 생소한가?

요코다는 스즈키의 마음을 읽는다.

"지금 아버지와의 감정을 따질 때가 아니다. 그리고 네 아버지와도 이제는 화해를 해야 되지 않겠니?"

'마지막'이라는 단어가 회색 안개처럼 피어올라 방안에 퍼지는 느낌이다.

"가즈야… 모든 사람에게는 결정을 해야 하는 때가 있어. 지금이 네가 결단을 내려할 시간이다. 부친에게 조용히 이 문제를 고백하고 상의해."

긴 침묵이 흐르고 드디어 스즈키가 결단이 선 듯 대답한다.

"알겠어."

"이 전화를 사용해. 아버지와 연락이 되는 즉시 전원은 꺼서 버려."

"그래."

"아버지가 잘 판단하시겠지만 해외로 떠나는 것이 좋겠다."

"그래."

"떠나기 전에 한 가지 할 일이 있다."

스즈키를 욕실로 데리고 간 요코다는 스즈키의 머리를 변기 위에 대고 전기면도기로 삭발을 시작한다.

"경찰이 이미 너의 염색한 머리모습을 알고 있어. 앞으로는 머리를 2

센티 미만의 삭발로 해. 완전히 베코를 치는 것은 시선을 끄니 안 된다."

삭발이 된 스즈키가 일어서자 요코다는 정면으로 시선을 맞춘다.

"여기서 작별이다, 가즈야. 잘 가라. 최선을 다해서 살아남아."

"고맙다, 유지. 그동안 신세 많이 졌다."

"어서 나가. 소지품을 간단히 챙겨서 떠나라. 나머진 내가 정리할게."

스즈키가 욕실을 나가자 요코다는 담배를 피워 물고 떨어진 머리칼을 주워 변기에 넣는다. 눈물이 난다. 눈에 들어간 담배연기 탓이라고 생각한다. 진정한 야쿠자는 사무라이이고 사무라이는 눈물을 흘리지 않기 때문이다.

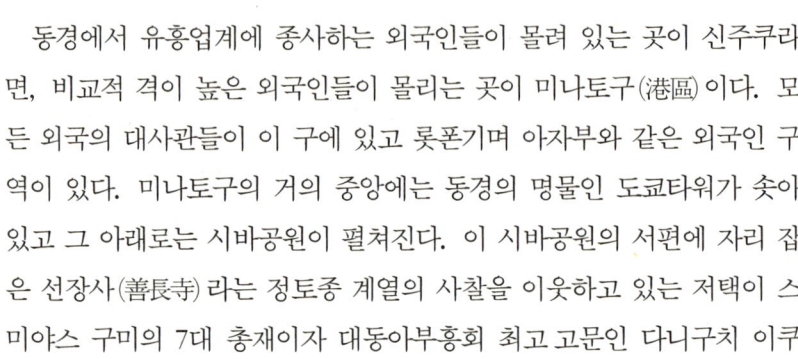

48

동경에서 유흥업계에 종사하는 외국인들이 몰려 있는 곳이 신주쿠라면, 비교적 격이 높은 외국인들이 몰리는 곳이 미나토구(港區)이다. 모든 외국의 대사관들이 이 구에 있고 롯폰기며 아자부와 같은 외국인 구역이 있다. 미나토구의 거의 중앙에는 동경의 명물인 도쿄타워가 솟아 있고 그 아래로는 시바공원이 펼쳐진다. 이 시바공원의 서편에 자리 잡은 선장사(善長寺)라는 정토종 계열의 사찰을 이웃하고 있는 저택이 스미야스 구미의 7대 총재이자 대동아부흥회 최고 고문인 다니구치 이쿠오의 자택이다.

새벽 1시. 시바공원의 새소리가 다니구치 저택의 응접실에 청량한 공기와 함께 들어온다. 요코다의 긴급보고로 스미야스 구미 및 대동아부흥회의 간부들이 모여 있다. 이 자리에는 식민역사연구회 회장인 명성대학 오다 시즈카 교수가 특별히 참석하고 아사이와 요코다가 말석을 차지하고 있다. 그러나 오늘의 회합의 성격을 잘 보여주는 인사가 자리의 무게를 더하고 있었다.

스미야스 구미의 숨겨진 고문변호사는 에토 세이자부로이다. 검찰 출신의 에토 변호사는 일본을 움직이는 숨은 권력자의 한사람이다. 일본 보수세력의 총본산인 대일본회의(大日本會議)의 부회장이기도 한 그는 집권여당과 검찰에게 직접적인 영향을 끼칠 수 있는 극소수의 인물 중 한사람이다. 심야인데도 이탈리아에서 맞춘 양복을 깔끔하게 입고 빨간색 보우타이를 하고 있다. 정상에 선 자는 복장도, 분위기도 그에 준해야 한다고 어려서부터 아버지가 세뇌한 까닭이다. 최고급의 옷과

와인, 여행은 범죄자들을 대변하는 엘리트 법조인의 내면의 가책에서 벗어나는 좋은 방편이었다.

스미야스 구미의 총재 다니구치가 입을 연다.

"늦은 시각에 급히 오시라고 해서 죄송하게 생각합니다. 오늘은 중대한 사안이 있어 결례를 무릅쓰고 에토 선생님의 참석을 부탁드렸으며, 식민역사연구회를 이끄시는 명성대학의 오다 교수님께도 오시라고 했습니다. 조금 귀찮은 일이 생겨서 여러분들의 지혜를 듣고자 합니다. 아사이 군, 간단히 요약해서 보고하도록."

"지난 8월 21일 새벽에 발견된 한국 국회의원 박민자의 살해사건의 용의자로 판명된 것은 스즈키 가즈야라는 자입니다. 스즈키는 우리 구미가 운영하는 대동아부흥회의 간부인 요코다 유지의 개인적 지인입니다. 우리는 구미를 보호하는 차원에서 시모지라는 사설탐정을 고용하여 스즈키의 관찰을 맡겼으나 경찰에게 탐지되어 시모지는 증발하고, 스즈키의 소재를 경찰청이 어떠한 경위로 파악하게 되었고, 그를 미행하던 여자수사관을 불가피하게 제압하는 사태가 발생했습니다. 이로써 스즈키에 대한 조직의 보호를 해지하고 자발적으로 도피하도록 하였으며 다치카와의 안가는 철수하였습니다."

"흠…."

참석자들의 입에서 한숨과 신음이 섞여 나온다.

"곤란하게 됐군. 수상이 지대한 관심을 가지고 있고, 따라서 경찰청의 엘리트 국장인 기무라 군이 지휘하고 있는 사건이야."

에토 변호사는 이미 경찰청의 움직임을 어느 정도 파악하고 있는 모양이었다.

"우리 식민역사연구회와 관련해서는 경찰이 어느 정도 파악하고 있다고 봅니까?"

명성대학 오다 교수의 질문이다.

405

"연구회의 멤버인 동척대학교 안인화 교수가 자신의 차량을 스즈키에게 빌려주었고, 스즈키는 이를 범행하는 데 사용했습니다. 그리고 스즈키의 거주지에 있던 서류상자 모두를 경찰이 압수하였는데, 스즈키의 말로는 그 안에 연구회에 관련한 많은 자료들이 있다는 것입니다."

"참 피곤하게 됐어. 그 안인화라는 여자가 말썽이야."

"안인화가 누굽니까?"

스미야스 구미의 다니구치 총재가 묻는다.

"한국에서 온 여자인데 일본 보수세력의 의견을 대변하는 글을 많이 발표하였지요. 그 덕분에 동척대학교의 교수가 되고, 그 여자는 일본에 귀화했지요. 그런데 …."

"그것은 사건과는 아무 관계가 없으니 본론에 집중합시다."

에토 변호사가 중간에 말을 자른다.

"앞서 아사이 군이 말한 것이 사실관계에 있어 타당한 것이라면 우리 조직이 경찰의 추궁을 받을 만한 근거가 있습니까?"

스미야스 구미의 한 간부가 묻는다.

"직접적으로는 없다고 봅니다. 범인은닉이나 도주방조의 의심이 있지만 이는 입증할 증거를 경찰이 어느 정도 가지고 있는가가 포인트인데 …."

"별로 없다고 봅니다."

요코다가 과감히 말한다.

"우선 살인행위 그 자체에는 우리 조직이 아무 관련이 없습니다. 또한 스즈키에게 은닉처를 제공하였다거나 경찰의 공무를 방해했다거나 하는 직접적이고 강력한 증거를 경찰이 가지고 있지 않다고 생각합니다."

"과연 그럴까?"

에토 변호사가 요코다를 노려보며 반문한다.

"센세이, 무슨 말씀이신지 …."

"이 사건이 사소한 살인사건이라면 넘어갈 수 있을지 모르지만 일한 관계를 흔들 수도 있는 문제야. 그런데 이 조직의 중간간부인 아사이 군이 투자한 호스트 클럽의 경영자, 즉 요코다 자네와 용의자가 각별한 관계라는 것, 용의자가 소지하고 있던 서류들을 임대 창고에 옮기고 다시 이 서류들이 경찰에 넘어갔다는 것, 시모지라는 놈이 조직에 아무런 연락도 없이 사라졌다는 것, 그리고 그를 안 자네가 아사이 군의 사무실에서 긴급히 회동하였다는 것 등….”

“아니, 경찰이 지금 말씀하신 것들을 다 알고 있다는 겁니까?”

다니구치가 놀라 묻는다.

“네. 우리가 모르는 자료들을 상당히 가지고 있습니다.”

“설혹 그렇다고 해도….”

요코다가 지지 않고 의문을 제기한다.

“기사마!”

한 중간보스가 요코다를 죽일 듯 노려보며 뱀 같은 소리를 낸다.

“조용히!”

에토 변호사가 중간간부들의 암투를 제지한다.

“요코다 군의 의문은 타당한 면도 있다. 우리가 너무 약하게 굴 필요는 없어. 큰 죄를 지은 게 아니니까…. 문제는 경찰과 검찰이 조직을 귀찮게 굴 수 있는 재료들을 가지고 있다는 것이야.”

에토 변호사의 말에 모두 의기소침해 한다. 수상이 직접 관심을 가지고 있는 사안에서 경찰과 검찰이 시비를 걸기 시작한다면 살인사건과는 관계없이 조직의 약점들이 불거져 나올 수 있기 때문이다.

“선생님, 어떻게 하면 좋겠습니까?”

다니구치 총재가 묻는다.

“별로 어려울 것 없어요. 경찰과 거래를 하는 수밖에.”

“거래 … 나쁘지 않네요. 주고받는 물건은?”

“용의자에 관한 일체의 정보를 넘기고 검거에 적극적으로 협조하는 거야. 그 대신 조직과 관련된 일은 일체 불문에 붙인다는 약속을 받는 것이고."

"경찰이 받을까요?"

"받게 만들어야지."

에토 변호사가 눈과 어깨에 위엄을 실어 말하자 실내에는 안도의 공기가 감돈다.

"그리고 우리 측에서 성의를 보여야지. 호스트 클럽은 문을 닫고 아사이와 요코다는 당분간 근신하도록. 식민역사연구회도 활동을 중지하고. 그렇지 않아도 하토야마 정권과는 잘 안 맞아. 무엇보다 사설탐정이라는 시모지라는 자에게 손을 대서는 절대 안 돼. 경찰출신에게 손을 대는 것은 금물이라는 것을 항상 잊지 말길."

"잘 알겠습니다. 방금 에토 선생님께서 하명하신 대로 따르도록. 알겠나?"

"잘 알겠습니다."

좌중은 일제히 보스의 명령에 복창을 한다.

그 말을 들은 다니구치 총재는 새삼스럽게 앉은 자세를 고쳐 무릎을 꿇고 인사한다.

"에토 센세이만 믿겠습니다."

이 말에 에토 변호사도 무릎을 꿇고 대답한다.

"최선을 다할 테니 안심하십시오."

보스의 자택을 나오는 요코다의 가슴에 구멍이 뚫리듯이 허망함이 깃든다. 이로써 멋있는 야쿠자가 되겠다는 자신의 꿈은 막을 내리고, 세상을 모르고 조상의 영광에 취해 살던 스즈키는 경찰이 손에 잡히게 되는 것이다.

49

　2010년 9월 10일 금요일 오전 10시, 정부합동청사 경찰청 대회의실에는 팽팽한 긴장감이 퍼져 있었다. 어제 밤에 다치카와에서 발생한 용의자의 도주와 히야마 형사의 부상 소식은 이미 경찰에 쫙 퍼져 있었다. 경찰청 장관의 참석 하에 열린 확대수사회의는 장관의 질타로 시작하여 무거운 분위기에서 진행되고 있었다.

　기무라 형사국장이 본론에 들어간다.

　"어제 밤의 사태로 용의자 스즈키 가즈야를 스미야스 구미에서 보호해 온 것이 분명해졌습니다. 모리 군, 이와 관련하여 새로 발견된 사항이 있다면 보고하도록."

　형사기획과장 모리가 메모를 보면서 발언한다.

　"다시 한번 상기시켜드리자면 전직 경찰 시모지 아츠시라는 자가 경찰에 행한 진술에서 스미야스 구미가 용의자를 다치카와에서 보호하고 있다는 내용이 나온 것입니다. 이어서 어제의 사태가 발생한 것입니다."

　"어제의 사태는 한국에서 온 배영희 형사의 착안으로 다치카와에 있는 도립도서관에 대한 잠복에 들어갔다고 들었는데 …."

　장관의 질문이다.

　"네. 배 형사의 훌륭한 착상이었습니다."

　형사국장이 말을 받으며 배 형사를 보고 지시한다.

　"배 형사, 어제 있던 상황을 간단히 보고하세요."

　한국의 형사가, 더구나 여자형사가 일본경찰청의 수사회의에서 발언하는 것은 아마 처음일 것이다.

"서울에서 와서 지금까지의 수사기록을 정독하며 한 가지 의아하게 생각했던 것은 살인용의자가 범행의 현장에까지 가서 도서관을 찾을 정도로 특이한 배경이나 성향을 가지고 있다는 것이었습니다. 그러한 잠재의식을 가지고 다치카와의 지도를 보며 동경도립도서관이 있다는 것을 보고 생각했습니다. 용의자가 야쿠자 조직의 보호 아래 도피 중이라면 시간이 많을 것이고 따라서 도서관에서 시간을 보낼 가능성이 있다고 생각한 것입니다."

"그래도 그 도서관에 용의자가 나타난다고 해도 모습을 바꾸었기 때문에 특정해 낸다는 것이 쉽지 않을 텐데…."

경찰청 장관은 궁금증이 가득한 어조로 묻는다.

"네. 운이 좋았습니다. 기누가와 만화가가 제공하였다는 용의자의 영상을 보면 왼손을 뒷주머니에 넣고 있는 모습입니다. 그리고 오하시 형사와 함께 찾아갔던 용의자의 부친도 같은 모습이지요. 말하자면 유전자에 그러한 행동습관이 들어있던 것입니다. 도서관에서 한동안 있었는데 어느 남자가 잡지진열대에서 똑같은 모습을 하고 신간잡지를 읽는 것을 발견하였습니다. 두발 등의 외형은 바꾸었으나 용의자와 동일한 신체적 특징을 보이고 있었습니다."

"허…."

회의장에는 경탄의 소리가 나온다.

"용의자는 어떠한 모습을 하고 있던가요?"

"우선 안경을 쓰지 않고 있었습니다. 근시인 그가 안경을 쓰지 않았다는 것은 콘택트렌즈로 바꾸었다고 보는 것이 타당합니다. 전체적인 분위기를 바꾸기 위해 갈색 계통으로 두발을 염색했다는 것입니다."

"그의 모습을 히야마 형사가 촬영하였다고 들었는데…."

"네. 하지만 밤에 피습을 당하면서 야쿠자들이 가져간 것으로 추정합니다. 건물의 옥상에 실신해 있던 히야마 형사에게서는 아무런 소지품이 나오지 않았습니다."

모리 과장의 대답이다.

"안타깝군. 히야마 형사의 용태는 어떤가?"

"네. 쇄골이 부러지고 왼쪽 발목이 심하게 부풀었으며 오른쪽 얼굴에 찰과상이 있지만 그 외의 문제는 없습니다."

"그러면 당면한 현안을 논하고자 합니다."

기무라 국장이 회의의 흐름을 바꾼다.

"용의자의 체포를 방해하고 더구나 경찰관에게 폭행을 가하고 공공의 장비를 탈취한 행위는 용서할 수 없습니다. 따라서 지금이라도 수색 및 체포영장을 청구해서 스미야스 구미에 대한 수사에 들어가야 할 것인가 입니다."

"일본의 야쿠자가 경찰을 공격한다는 것은 절박한 상황이 아니면 없던 일인데, 왜 그런 일을 했을까?"

장관의 의문에 누구나 공감한다. 일본의 야쿠자는 평범한 시민에게는 손을 대지 않아 인심을 잃지 않으며, 경찰에게 위해를 가하여 경찰 전체를 적으로 돌리지 않는다는 두 개의 대원칙 비슷한 것을 지키려고 한다.

"제가 생각하기에는 용의자 스즈키 가즈야와 호스트 클럽 상무라는 요코다 유지의 개인적인 관계가 포인트라고 봅니다. 따라서 수사의 방향을 잡는 데 스미야스 구미 전체를 타깃으로 해야 할지 요코다와 아사이를 중심으로 하는 그룹을 타깃으로 해야 할지 신중하게 고려해야 한다고 봅니다."

다케다 경시의 발언이다.

"용의자와 요코다의 관계를 구체적으로 정리해보게."

형사국장의 질문이다.

"네. 두 사람은 우선 이타미에서 고교를 함께 다닌 동기생입니다. 그

후 둘은 서로 다른 길을 가지만 다시 동경에서 만나 식민역사연구회라는 모임을 매개로 같이 활동하게 됩니다. 요코다는 우익단체 대동아부흥회의 기획간부로서 식민역사연구회를 뒤에서 조종했고, 용의자 스즈키는 개인적인 동기로 역사를 공부하는 이른바 사이버 우익으로서 연구회에 참가했던 것입니다. 용의자가 동척대학 안인화 교수의 차량을 범행에 사용할 수 있었던 것도 이러한 배경에 있습니다."

"그렇다면 요코다라는 자는 야쿠자 조직의 일원이자 친구이기에 용의자를 보호하는 거라고 추론하는 건가?"

"그렇습니다."

"다케다 군의 말이 옳다면 수사의 타깃을 스미야스 구미 전체로 할지 요코다에 초점을 맞출지 고민해야 되는데 …."

기무라 국장이 발언 도중에 갑자기 휴대전화를 본다. 메시지가 들어와 있다.

긴급통화 희망 에토 세이자부로

"장관님, 에토 변호사가 긴급통화를 원하고 있습니다."

기무라 국장은 소리를 죽여 보고한다.

장관과 국장 모두 긴장한다. 에토는 두 사람 모두에게 선배 격이고 또한 지금 사건에 결부된 스미야스 구미의 숨은 상담 역 변호사이기 때문이다.

"우선 만나보게. 피할 수 없어."

"알겠습니다."

기무라는 회의장을 둘러보며 지시를 내린다.

"상부에서 긴급한 호출이 있어 이 회의는 여기서 그치겠습니다. 용의자의 도주로 검색에 최선을 다하도록. 회의는 곧 다시 소집하겠네."

동경을 방문하는 사람은 시다마치(下町)라는 말을 가끔 듣게 된다. 시다마치란 사무라이가 일본을 수백 년 통치한 도쿠가와 시대에 지금의 수상격인 쇼군(將軍)과 그 밑의 사무라이들이 사는 에도성 바깥쪽의 발달한 상업, 유흥지구다. 일본을 대표하는 백화점 미츠코시(三越)가 있는 니혼바시(日本橋), 관광객이면 누구나 가보는 절이 있는 아사쿠사(淺草) 등이 대표적인 시다마치의 명품들이다. 이 시다마치의 상징적 존재가 막부가 허락한 창녀촌인 요시와라(吉原) 유곽이었다. 1958년에 매춘방지법이 시행되기 전까지 수많은 일본 사내들의 마음과 몸과 돈을 사로잡았던 요시와라는 사라졌으나, 그 부근에 있던 무코지마(向島)의 요정들은 지금도 건재하다. 정치가들이 공공연히 다니는 아카사카의 깍쟁이 요정들과 달리 무코지마의 요정들은 옛날의 향취와 여유가 있는 편이다.

점심시간이 살짝 지나 형사국장 기무라와 기획과장 모리가 들어간 무코지마의 요정 아즈마(吾妻)의 정원은 9월의 햇살이 정원 가득히 들어와 작은 식물원 같은 느낌이다. 잔디밭 사이로 듬성듬성 박힌 징검다리 돌계단을 건너 건물에 다가가니 60세는 넘어 보이는 할머니 기생에서 10대의 애기 기생까지 다섯 명의 기생이 고개를 숙이고 기다리고 있었다. 사농공상(士農工商)이라는 사회 위계구조의 맨 위에 군림하던 사무라이가 허리에 찬 칼로 평민의 생사를 결정할 수 있던 시대의 복종을 연출함으로써 손님의 허영심을 극도로 고양시키는 행위였다.

에토 변호사는 정원이 다 보이는 넓은 다다미 대청에 와서 술잔을 기울이고 있었다. 동경대학 법과의 대선배이자 검찰의 실력자로 오래 있던 에토 변호사는 70세에 가까운 나이임에도 불구하고 지금도 골프를 치고 정부를 둘이나 두고 있다는 소문이 있다.

"야 이거 …. 경찰청의 엘리트 두 사람을 이런 누추한 데 모시다니 죄송하구만 …."

"별 말씀을요. 적조했습니다. 건강하신지요."

"마, 죽지 못해 이렇게 탄소만 배출하고 있지 …."

"이쪽은 형사기획과장 모리입니다."

"어, 모리 과장 … 이름은 익히 듣고 있었네."

서쪽의 미국 오바마 대통령의 인물평에서 시작하여 동쪽의 북한 김정일의 셋째 아들 스위스 유학까지, 세계정치를 다양하게 평론하며 거의 한 시간 반을 먹고 마시면서도 박민자 의원 살해사건에 관해서는 일언반구도 없다. 식사가 끝나자 에토는 일본차를 정원의 테이블로 가져올 것을 명한다.

세 사람 모두 허리띠를 늦추며 정원으로 이동하는데 에토가 입을 연다.

"저쪽에서 거래를 하자고 하네."

늘 만나는 장사치끼리 어느 집 물건 팔리는 뻔한 이야기를 잠깐 하는 투이다.

"물건은 뭡니까?"

"스즈키라는 아이를 가게의 점원들이 잠깐 봐준 모양인데 더 이상은 없다는 거야. 그리고 스즈키를 확보하는 것을 적극적으로 돕겠다는 것인데 …."

"어떻게 돕는다는 겁니까?"

"아는 것은 다 알릴 것이고, 앞으로도 아는 것이 생긴다면 그때그때 알리겠다는 것이지."

그러면서 에토 변호사는 주머니에서 쪽지를 하나 꺼낸다.

"이 자를 책임자로 해서 기무라 상 쪽을 돕겠다는 거야. 나쁜 이야기가 아니지."

듣고 보니 나쁜 이야기가 아니다. 스미야스 구미가 가지고 있는 모든 정보를 내놓고 조직을 활용해서 앞으로도 걸려드는 정보가 있다면 다 주겠다는 것이다. 어차피 스미야스 구미를 치는 것은 시간이 많이 걸리는 일이고, 지금으로서는 스즈키를 검거하는 당면한 과제에 오히려 방해가 된다.

"그럼 우리 쪽에는 무얼 바라는 겁니까?"

기무라는 답을 알면서도 확인을 위해 묻는다.

"그냥 서로 좋게 조용히 지내는 거지 뭐….."

기무라는 모리를 쳐다본다. 모리도 고개를 까딱하며 동의한다.

"알겠습니다. 선배님 말씀대로 하겠습니다."

"잘 생각했어. 시간 봐서 필드로 한번 나가자고."

50

마츠모토 역의 홈에 서서 보면 북 알프스 산맥의 웅자가 보인다. 해외에는 잘 알려지지 않았지만 일본의 중부에는 해발 3천 미터 이상의 많은 산이 이어지는 알프스 산맥이 있어, 북, 중, 남으로 나누어 부르는 것이다. 마츠모토 시의 북서쪽에 위치하여 일본해까지 남북으로 뻗은 북알프스 산맥에도 해발 3,190미터의 호타카다케(穗高岳)를 비롯해 여러 산들이 모여 있다. 어디를 둘러보아도 시멘트 건물밖에는 보이지 않는 동경을 떠나 청량한 공기를 뚫고 산맥을 바라보는 기분은 심히 장쾌하다.

어젯밤 다치카와 시를 빠져나와 신주쿠의 싸구려 호텔에서 하룻밤을 보낸 스즈키는 아침에 버스로 자신의 고향인 마츠모토를 향했다. 세 시간이 걸리는 거리를 버스를 타고 오면서 스즈키는 아버지에게 어떻게 전화를 해야 할까 내내 고민했다.

어려서부터 자신에게 말과 주먹으로 상처를 주던 아버지 … 다른 사람들에게는 친절하고 온화한 아버지는 유독 집안에만 들어오면 자신과 어머니, 할아버지를 괴롭혔다. 스즈키는 아직도 그 이유를 다는 모른다. 다만 아버지가 할아버지에게 일종의 열등감을 가지고 있었고, 그 열등감으로 인해 끊임없이 반항한 정도로 이해하고 있다. 그런데 나중에 발견한 할아버지와 영국 간호부와의 사랑이야기는 …?

고민 끝에 스즈키는 집에 전화를 건다. 마츠모토로 가는 버스가 멈춘 휴게실에서였다. 전화를 받은 것은 어머니였다. 가문 좋은 집안의 차녀로 태어나 교양과 미색을 겸비했던 어머니, 행복을 위해 한 결혼이 자신을 평생 서서히 파괴시키는 구렁텅이가 되어 버린 어머니에 대한 연민은 가즈야의 정신세계의 한구석을 가득 차지했다.

"가즈야···."

스즈키의 전화를 받아든 어머니는 목이 메어 말을 잇지 못한다.

"어머니. 죄송해요. 제가 편지 보낼게요. 지금은 자세한 이야기를 할 새가 없어요. 아버지를 먼저 바꾸어 주세요."

스즈키는 가능한 한 어머니와의 대화를 짧게 하려고 한다.

스즈키가 아버지를 찾자 어머니는 다소 놀라는 눈치다.

"가즈야?"

"네. 아버지··· 아버지의 도움이 필요해요."

스즈키가 아버지의 도움을 필요로 한다는 말은 처음이다. 아니, 이러한 대화 자체가 실상 서로에게 생경한 일이다.

잠시 침묵이 흐르고 아버지의 대답이 온다.

"어떻게 하면 좋겠니···."

"할아버지가 늘 다니시던 신사에서 만났으면 합니다. 거기서 자세히 이야기하도록 해요."

"그래, 알았다."

가즈야의 할아버지가 스즈키 데루오가 늘 다니던 신사는 유일하다. 마츠모토 시내에 있는 후카시(深志) 신사를 말하는 것이다. 특정 장소를 입 밖에 내지 않는 가즈야의 용의주도함에 스즈키 교지는 아들이 처한 위기의식을 가늠한다.

"알겠다. 언제가 좋겠니?"

"오늘 저녁이라도···."

"알겠다. 4시까지 갈게."

오사카에서 마츠모토까지는 항공기 직항편이 있어 즉시 준비하고 나가면 시간에 댈 수 있는 것이다.

                        *   *   *

　마츠모토 성의 역대 성주들이 '천신의 깊은 뜻'을 섬겼다는 후카시 신
사는 스즈키 가문의 저택이 있던 마츠모토 성에서 걸어서 쉽게 올 수 있
는 거리이다. 많은 사람들이 관혼상제를 이 신사에서 치르기 때문에 경
내에는 여러 개의 작은 신사들, 그리고 장례식, 결혼식 등을 치를 수
있는 회관도 있다. 가즈야의 할아버지가 살아 있을 때에는 마츠모토 출
신이면서 조선에서 일한 사람들이 이곳에서 '마츠모토 조선회'(松本朝鮮
會)를 매월 열기도 했다. 일종의 사교 모임터이기도 했던 것이다. 신사
에서 멀지 않은 곳에는 가즈야가 고교 1학년 때까지 다니던 후카시 고
등학교가 있다. 이래저래 가즈야에게는 많은 추억이 있는 곳이다.
　1978년에 태어나 17년 간을 살았던 동네와 신사를 배회하며 서른두
살의 젊은 나이에 살인자로서 고향을 다시 찾게 된 자신의 인생을 돌이
키며 마치 어려운 프랑스 철학자의 책을 읽는 듯한 답답함과 안타까움
을 느낀다. 내 인생이 어디서부터 잘못되기 시작했던가? 지극히 평범하
게 살아온 나에게도 이렇게 극적인 운명이 찾아올 수도 있던가?
　스즈키 교지가 후카시 신사에 나타난 것은 오후 4시 반이 다 되어서
였다. 오랜만에 만나는 아버지는 매우 늙어 있었다. 신사의 정문인 토
리이(鳥居) 밑을 지나 걸어오는 아버지의 모습에서 가즈야는 문득 73세
노인을 읽는다. 과거 동네 폭주족의, 건설현장의 깡패사업가의, 그리고
아내와 아들에게 주먹을 휘두르던 폭력가장의 모습들은 어느새 전부 사
라지고 무른 뼈와 처진 살을 입은 약하고 약한 한 인간으로 걸어오고
있었다.
　"오랜만이구나."
　음성도 온화하다.
　"네 …. 아버지. 여러 가지로 죄송합니다."

418

"무엇이?"

"……."

"말도 안 되는 생각을 가진 조선의 정치가를 응징했다니. 잘했구나. 다만 죽일 필요까지는 없었겠지."

조선을 증오하는 마음과 거친 입은 세월의 풍파를 타지 않은 듯하다. 둘은 말없이 신사의 경내를 걷는다.

할아버지와 같이 식구가 모여 식사를 했던 기억이 나는 천신(天神)회관 앞을 지나며 가즈야가 불쑥 묻는다.

"아버지는 할아버지를 왜 그렇게 미워했어요?"

교지는 아들의 질문에 내심 당황한다. 아들과 묻힌 과거에 대해 이야기하게 되리라고는 꿈에도 생각 못했다. 그러나 마음은 오히려 차분하다. 일흔을 넘긴 아버지가 서른 갓 넘은 아들에게 못할 말이라고는 세상에 없다.

"네가 할아버지를 숭배할 정도로 존경한 것은 나도 잘 안다. 분명 훌륭한 분이었어. … 외형적으로는 말이다."

신사 경내의 벤치에 엉덩이를 내려놓으며 교지는 말을 잇는다.

"그런데 나는 어린 시절 우연한 기회에 아버지의 숨은 얼굴을 봤어. 아마 아버지는 내가 자신의 다른 모습을 봤다는 것을 돌아가실 때까지 모르셨을 거야."

"할아버지의 숨은 모습이라…."

"내가 경성에서 소학교에 들어갈 때 아버지는 함경남도 지사를 맡았어. 어린 내게 방학 때 함흥에 놀러갈 수 있는 것은 다른 아이들이 생각도 못하는 특권이었지. 당시 어머니, 즉 너의 할머니는 경성에서 결핵을 앓고 겨우 나아서 먼 여행을 할 수 없었어. 그래서 1년에 두세 번 정도 나는 심부름꾼과 함께 함흥에 갈 수 있었단다. 그때 가지 말았어야 했어. 함흥에서 나는 충격적인 장면을 봤으니까."

"······?"

"··· 소학교 2학년 여름이었지. 도지사 관사에서 아침에 놀러 나갔다
가 혼자 일찍 돌아왔는데···."

스즈키 교지는 한동안 말을 잇지 못한다.

"아버지가 나체로 어린 서양여자와 섹스를 하고 있었어. 어린 내게는
충격적인 광경이었지. 70년의 긴 내 인생에서 가장 강렬한 영향을 준
광경이었어. 지금과 같이 자유분방한 총천연색의 영상이 난무하는 시대
가 아닌 모든 것이 잿빛이고 회색이던 1940년대의 일이야."

아버지는 잠시 숨을 고른다.

"누구나 두려워하고 어려워하는 권위 있는 도지사가 관사에서 대낮에
어린 백인여자와 나체로 뒤엉켜 신음하는 광경을 상상해 보렴. 당시는
나체는커녕 옷을 입은 서양여자도 구경하기 힘든 때였어. 그때 나의 어
머니는 경성에서 시름시름 앓고 계셨지. 그날 이후로 나는 아버지에 대
한 신뢰와 존경을 깡그리 지웠어. 아버지의 영광과 위세는 가식과 위선
에 다름 아니라고 생각했지. 그 광경은 내가 성장하는 과정에 있어서도
마치 악몽처럼 출현해서 나를 괴롭혔다."

"영국인 간호사였던 모양이군요."

"네가 그것을 어떻게···."

"할아버지의 서재를 정리하던 중 할아버지가 영어로 쓰신 편지를 봤
거든요."

"그랬구나···."

"할아버지는 그 여자를 진심으로 사랑했던 것 같아요."

"물론 남자로서 이해는 한다. 그러나 병약한 아내와 어린 아들을 경성
에 둔 제국의 고위관료가 적성국인 영국의 어린 여자에게 감각이 빼앗겨
섹스를 한다는 것은··· 당시 결코 용납될 수 없었다."

아버지는 평소에도 단 한 번 괴로워한다거나 약한 모습을 보인 적이

없다. 그러나 오늘은 모든 굴레와 가면을 벗고 본연의 한 인간이 되어 빛바랜 상처와 마주하며 말을 걸고 있었다.

"내가 아버지를 원망하게 된 결정적인 계기는 전쟁이 끝나고 일본으로 히키아게를 하게 되었을 때였어. 늘 함흥에 계시던 아버지는 그때 무슨 일인지 경성에서 며칠을 묶으셨는데, 어머니와 내가 부산으로 가는 날짜는 이미 정해진 때였어. 그런데 어머니가 갑작스럽게 콜레라에 걸리고 말았지. 당시 경성에는 콜레라가 한창 창궐하고 있었어. 그런데 아버지는 어머니를 단 한 차례 보지도 않았어. 결국 어머니는 아버지를 기다리다가 고통 속에 죽었고 나는 전에 아버지 밑에서 일하던 총독부 여직원의 손을 잡고 일본으로 먼저 돌아왔지. 나는 그때 아버지가 그 영국여자를 만나려고 함흥에 있었다고 믿었어. 견디기 힘들었지. 내 나이 여덟 살 때의 이야기다."

아버지와 진솔한 대화가 그 많은 세월을 보내고 이제야, 더구나 가즈야의 인생이 파괴되는 마지막에 이르러서야 이뤄졌다는 사실에 가즈야는 처절할 만큼 공허하다. 진작 이런 숨은 사정을 알았다면 아버지와의 관계는 달랐을 것이다. 자신이 위선자라고 생각하는 할아버지를 따르면서 부친인 자신은 경멸하는 가즈야에게 아버지는 오랜 세월동안 상처받았을 것이라는 데 생각이 미친다.

"시장한데 어디 가서 요기나 하자꾸나."

어느새 해가 넘어간다.

아버지와 나란히 길을 걸으며 가즈야는 완전한 화해는 아닐지라도 이제부터라도 아버지를 조금 이해할 수 있겠다는 생각을 한다.

역전의 이자카야에 들어가서 맥주를 두어 잔 마시고 아버지가 입을 연다.

"절망스럽지만, 네가 일본경찰의 추적을 피해 도망할 방법은 없다."

"… 네."

"무슨 방안이라도 있니?"

"벌을 피하겠다는 생각도 별로 없지만 가능하다면 일본을 떠나 조용히 살고 싶어요."

"그렇구나. 혹시 마음에 둔 곳이라도 있니?"

"북조선으로 가고 싶어요. 중국 같은 데는 가봐야 결국은 일본경찰의 손이 뻗칠 거예요."

"음. 알겠다. 내가 한번 알아보마. 전화할 테니 조심해서 여행이나 하고 있어라."

저녁을 간단히 한 후 아버지와 아들은 수십 년 전까지 살던 마츠모토 성 부근의 저택까지 산보를 한 후 역 앞에서 헤어진다.

"언제 다시 볼 수 있을지 모르겠구나."

오랜 세월 거친 건설현장에서 깡패들과 어깨를 나란히 하며 일한 아버지는 여전히 거칠다. 흔들리는 감정을 드러내는 것은 수치라고 생각하는 터이다.

"건강 조심하세요. 어머니께도 안부를 …."

결국 가즈야는 울음을 억누르지 못한다.

길에 서서 눈물 흘리는 아들을 바라보던 아버지는 조용히 말을 건넨다.

"의연하게 살아야 한다. 극단적인 생각만은 하지 마라. 너의 운명은 이제 하늘이 결정할 수밖에 없다."

수많은 감정이 얽혀있던 부자의 작별은 간단했다.

51

　조선반도와 일본열도가 감싸서 만드는 바다를 한국에서는 동해, 일본에서는 일본해라고 부른다. 그 바다의 파도가 동쪽으로 멀리 와서 미치는 곳에 자리 잡은 지역이 호쿠리쿠(北陸)이다. 남에서 북으로 후쿠이(福井), 이시카와(石川), 도야마(富山), 니가타(新潟)의 네 현에는 11월부터 3월까지 눈이 내려 가와바타 야스나리라는 작가에게 노벨문학상을 안겨준 유키구니(雪國)를 이뤘다. 옛날 이 지역에 있던 에치고(越後) 국의 수도가 있던 나오에츠(直江津)의 부두에서 바라보는 일본해는 청록색으로 끝없이 펼쳐지고 있었다. 가즈야의 시선방향을 직선으로 따라간다면 그 옛날 할아버지가 일하던 함흥에 도달할 것이다.

　그제 아버지와 마츠모토에서 헤어진 가즈야는 모처럼 해방감을 느끼며 다리가 가는 대로 여행을 했다. 마츠모토에서 북으로 방향을 잡고 나가노 현의 산맥을 넘어 니가타 현의 조에츠(上越)에 이르는 길을 여행하며 그는 지난 인생을 정리한다. 대학동기들을 생각한다. 법조인이 되어 판사나 검사를 하는 친구들, 일류기업에서 중간경영자로서 활약하는 친구들, 그리고 살인자로서 이름 모르는 지방의 버스에 몸을 싣고 도피 중인 자신.

　저기 저 사람들은 무엇을 하고 무슨 생각을 하며 살까? 낯선 지방을 여행하며 갖게 되는 의문이다. 머리에 하얀 수건을 쓰고 마치 기듯이 땅에 붙어 일하는 여인, 부두에 앉아 생선을 옮겨 담는 단순한 일을 아무런 의식 없이 반복하고 있는 중년의 사내, 저들의 인생이 판검사의 인생과 무엇이 다른가. 수십 킬로그램의 뼈와 고깃덩어리인 인간의 입

에 들어가는 음식이 다르면 얼마나 다르고, 그 몸을 뉘는 집이 다르면
또 얼마나 다른가. 대학을 나오고 사회생활에서 성공했다고 하는 자들
의 인생의 가치가 저 들판에 붙어 있는 농부들의 삶과 다르면 얼마나
다른가.

여기서 경찰에 잡혀 종신형을 받아도 좋고, 경찰의 손을 피하여 북조
선에 갈 수 있다면 그곳에서 새로운 생활을 시작해도 좋고, 의미 없이
생을 마감해도 좋다. 다만 앞으로 허용되는 시간 속에서 지금까지의 짧
은 인생에서 있던 의문들에 대한 모든 편견과 통념에서 벗어나 천천히
생각해보고 싶다는 바람뿐이다.

아버지에게 전화를 받은 것은 나가노 현에서 니가타로 넘어가는 부근
의 버스 안에서였다. 하야시(林)라는 사람에게서 전화가 갈 테니 그를
만나 다음 행동을 상의하라는 것이었다. 감정을 억제한 건조하고 사무
적인 통보였다.

* * *

2010년 9월 11일 저녁 6시, 호텔 커피숍에 들어선 이는 50대 중반의
사내였다. 극도로 낮춘 음성으로 천천히 말하는 사내는 재일조선인으로
서 임(林)씨 성을 가진 사람이며, 오사카의 하나신용조합의 간부였다.
하나신용조합이란 일본에 있는 조총련계 금융기관이다. 일본 공안의 계
속적인 조사와 압박으로 피폐한 조총련계 신용조합들은 2002년에 조선
어로 '하나'가 된다는 의미에서 하나신용조합으로 통합되었다. 임씨는
지금까지 가즈야의 아버지에게 진 신세를 생각해 가즈야가 공화국에 들
어가는 것을 돕겠다고 전했다. 북조선 행이었다.

9월 13일 월요일 오후, 니가타 항구에서 원산으로 출항하는 북조선
화물여객선 만경봉호에 승선한다. 2006년에 있던 북한의 미사일 발사

및 지하 핵실험에 대한 제재의 일환으로 입항이 금지되었던 만경봉호가, 하토야마 정권이 추진한 북한과의 관계개선에 따라 입항이 재개된다는 것이었다. 그 역사적인 발전의 상징적 조치로 후쿠오카 조선고급학교의 2학년 남녀 생도 60명과 인솔 교사단이 북조선으로의 수학여행에 오르게 된다고 했다. 가즈야를 이 수학여행의 사진촬영팀 일원으로 넣겠다는 것이다.

"아무 기록도 남기지 말고 잘 기억하시오."

설명을 끝낸 사내는 봉투를 하나 꺼내 놓으며 말한다.

큰 사이즈의 편지봉투를 여니 '외국인등록증'과 재일본조선인총연합회(在日本朝鮮人總聯合會)가 발행한 '조국방문여권'이 들어 있었다. 이름은 '박강식'(朴强植). 일본인 스즈키 가즈야가 조선인으로 바뀌는 순간이다.

"13일 월요일 정오에 니가타 역 북구에 있는 제일호텔 로비에서 만납시다. 그 사이에 시간이 있으니 서류에 있는 사진과 가능한 한 비슷한 모습이 되도록 해보시오."

두 서류에 붙어 있는 사진을 보니 수년 전에 찍은 가즈야의 사진을 합성한 것이다. 가즈야의 아버지가 오사카로 돌아가 불과 하루 만에 위조한 서류들인 것이다.

"일본인 스즈키 가즈야에 관한 일체의 서류는 잘 버리시오. 당신은 이제 더 이상 스즈키 가즈야가 아니니까."

"알았습니다."

"그리고 공화국에서는 일본 돈을 쓸 수 있으니 있는 돈은 다 찾아 현금으로 보관하시오."

이로써 살인용의자 스즈키 가즈야는 이 세상에서 사라지고 재일조선인 박강식이 새로 태어나 북조선 인민공화국에 들어가게 됐다.

* * *

　스즈키 가즈야가 나오에츠에 있던 오후, 경찰청에서는 무거운 분위기 속에서 수사회의가 진행되고 있었다. 기무라 국장의 주재로 핵심 실무진이 모두 모인 전략회의였다. 피로에 지친 침울한 얼굴로 기무라가 입을 연다.

　"당연한 일이지만 다시 한번 강조하는데, 오늘 언급되는 일이 외부에 누설된다면 색출해서 책임을 물을 것이다. 알겠어?"

　"네."

　"어제 스미야스 구미의 고문변호사 에토 씨와 대화가 있었다. 스미야스 구미는 용의자 스즈키에 관한 모든 정보를 제공하고 보호를 철회하기로 하였다. 그 대신 우리는 스미야스의 범인은닉, 도피방조, 공무집행 방해 등에 관하여 일체 수사하지 않기로 한 것이야. 지금 살인용의자를 잡고 이어서 기소에 임해야 하는 마당에 스미야스와의 시비는 중요한 것이 아니라는 고도의 판단에 따른 것이다."

　평소의 신사적인 분위기와는 달리 상부의 결정을 밀어붙이는 어투다. 이해하고 따라 달라는 부탁일 것이라고 수사요원들은 듣는다. 범죄조직과 경찰이 거물변호사를 매개로 거래한다는 것이 배영희의 귀에는 생소하기만 하다.

　"모리 과장, 어제 오후에 있던 스미야스 구미 간부와의 대화에서 중요한 포인트는 뭔가?"

　"네. 우선 급히 공유해야 할 것을 말씀드리면, 용의자는 요코다와 최종적으로 9일 밤에 헤어졌으며, 당시 갈색으로 염색한 머리를 삭발하였다는 것, 용의자에게 스미야스 구미가 금전을 제공하지는 않았으나 용의자 스스로 상당한 현금을 가지고 있어 금전에 곤란을 느끼지는 않는다는 것입니다. 그리고 용의자가 해외로 도피할 것을 계획하고 있는데,

스미야스 구미에 따르면 그가 선박을 통해 동남아 또는 브라질로 밀항할 가능성이 높으며 북조선으로 도피할 가능성도 부정할 수 없다고 하네요."

모리는 이어 기누가와 유노사토 호텔의 노천욕장 담장에서 나온 혈흔은 스즈키 가즈야의 혈액형 및 DNA와 일치하는 것으로 판명되었고, 용의자의 해외출국금지가 법무성에 의해 이뤄졌다고 보고했다.

수사관 전원은 분노와 허탈감과 자책을 동시에 느낀다. 지난 8월 21일 아침 사체가 발견된 후 3주가 경과하는 사이, 일본에서 내로라하는 형사 100인 체제로 시작한 수사본부가 해낸 것이 고작 용의자의 신원을 특정한 것에 지나지 않는 것이다. 수사관들의 이러한 생각을 아는 듯이 기무라 국장이 조용히 입을 연다.

"여러분들이 허탈감과 피로를 느낄 줄 압니다. 허나 우리는 용의자가 누구인지 알고, 그는 현재 일본 내에 있습니다. 더 이상 그의 도주를 방조하는 인간이 없는 이상 정신을 가다듬어 용의자를 검거하는 데 최선을 다해야 합니다."

국장이 말을 멈추자 다케다 경시가 묻는다.

"용의자의 영상을 매스컴에 공개하는 것은 아직 보류 중인가요?"

기누가와 만화가의 디지털 사진은 아직 공개하지 않고 있던 것이다. 용의자의 사진공개가 경찰의 실책을 반복해서 알리는 인상을 줄 수 있고, 입수 당시만 해도 범인의 검거에 자신을 가지고 있어 단행하지 않았던 것이다.

"사실 지금도 고민하고 있어. 여러분들의 생각은 어떤가?"

"저는 부정적입니다. 어차피 이 사건은 초기에 성과를 올리는 데 실패했습니다. 3주 이상의 시간이 지나면서 정치권이나 언론 모두 관심이 일단은 희박해진 상태입니다. 이러한 상황에서 매스컴에 사진을 줌으로써 멀어진 관심을 다시 불러들이는 효과는 피해야 한다고 봅니다."

모리 과장의 발언이다.

"저도 과장의 발언에 찬동합니다. 다만 그 이유는 다릅니다. 용의자가 다시 삭발하였다면 만화가가 찍은 사진을 본 일반 시민들은 모습이 달라진 용의자를 알아보기 힘들 것입니다. 현재 수사진에서는 용의자의 자세한 모습을 알고 있고, 더구나 스미야스 구미 측이 돕는다면 사진을 공개한다는 것은 어쩌면 득보다 실이 더 클 수 있을 겁니다."

팽팽히 부딪히는 두 가지 의견에 사진공개는 다시 유보된다.

"국장님, 그보다 청이 하나 있습니다."

다케다의 말이다.

"말해봐."

"용의자의 은익과 도피를 돕던 아사이 신스케와 요코다 유지를 같이 만나게 해주십시오. 이때 오하시, 배영희 두 형사가 동행하기를 원합니다. 우리 세 사람은 용의자의 배경에 관하여 상당한 조사를 했습니다. 이 두 사람에 대하여 심문할 수 있다면 용의자의 다음 행동에 대한 힌트를 얻을 수 있다는 생각이 듭니다."

"좋은 생각이야. 모리 과장, 즉시 스미야스에 연락하여 미팅을 조정하게."

"알겠습니다."

* * *

일본을 대표하는 제국호텔은 세상의 변화와 관계없는 듯 늘 같은 분위기로 찾아오는 이를 대한다. 경찰청이 예약한 회의실에 다케다를 비롯한 세 명의 형사, 그리고 스미야스 구미의 아사이, 요코다 다섯 사람이 모두 자리한 것은 오후 5시가 넘어서였다.

"에토 변호사를 통해 그쪽의 입장은 들었소."

다케다가 입을 연다. 경찰간부가 폭력조직의 간부에게 하는 말투로서는 온건하다.

흔히 야쿠자라고 불리는 일본의 폭력조직은 그 위상에 있어 다른 나라와 다소 다르다. 과거 에도시대 당시 장터에서의 상행위나 도박판 등에 직접 참여하면서 질서유지에 기여한 바 있어 그들에 대해 갖는 일반인들의 거부감이나 반감이 낮은 것이다.

현재 수만 명에 이르는 폭력단은 폭력단대책법의 요건에 맞는 지정폭력단과 그 외의 비지정폭력단으로 나뉜다. 그러나 야마구치(山口), 스미야스(住安), 이나가와(稲川)의 3대 조직이 전체 폭력단의 약 7할을 차지할 정도로 '시장의 과점화'가 진행되고 있다. 또한 갈취, 마약, 매춘 등 종래 힘을 쏟던 부분에서 부동산, 금융, 무역 등으로 활동의 영역을 넓히며 수입원을 확보해가고 있었다. 그 과정에서 고학력의 스마트한 인물들이 개입하며 인맥 또한 넓어지고 있는 것도 사실이다.

"경찰청의 상층부에서는 거래가 이뤄졌다고 하지만 일선의 수사관이 보는 입장은 다릅니다. 사건은 일어났다가 없어지지만 사건을 다루는 우리 수사관들의 기억은 오래갑니다. 이번에 기누가와 살인사건의 용의자를 스미야스 구미에서 보호하고 도피를 방조하였다는 것은 우리들의 기억에 오래 남을 것입니다. 이는 당연히 앞으로 일어날 사건에서 우리들의 수사행동에 영향을 미칠 것입니다."

다케다가 담담하면서도 단호한 어조로 말을 뱉는다.

"지금 협박하는 겁니까?"

아사이가 인상을 쓰며 다케다를 노려본다.

"협박이 아니라 서로 프로로서 일을 정리해 나가자는 거야."

다케다의 어투가 경어에서 평어로 바뀐다. 어떠한 상태에서도 경찰의 권위에 대한 도전을 용납하지 않겠다는 메시지를 주는 것이다.

"원하는 게 뭡니까?"

"스즈키의 동향에 관해서 알고 있는 것을 다 털어 놓으시오."

"이미 우리 조직에서 아는 바는 전부 제공했습니다만….."

"용의자는 지금 어떤 전화를 쓰고 있습니까?"

오하시 형사가 요코다를 노려보며 묻는다.

"저는 아는 것이 없는데…."

"어이, 요코다. 우리 경찰은 이미 당신에 관해 많을 것을 확보하고 있어. 사건이 터진 이후로 당신을 계속 관찰했고, 지난 9월 7일 새벽 당신과 여기 있는 아사이 상이 이치가야의 사무실에서 긴급회동했던 당시의 사진도 모두 확보했어. 신주쿠 경찰서의 마루보는 당신이 상무로 있던 클럽 카타르시스에 대해 아주 지대한 관심을 갖고 있지…."

오하시의 발언에 분위기는 싸늘해진다. 경찰 상층부와 스미야스 구미 사이의 거래와는 관계없이 일선의 수사관들이 마음만 먹는다면 스미야스 구미를 얼마든지 괴롭힐 수 있다는 암묵적 위협이다.

"스즈키 상과의 진정한 우정을 생각한다면, 지금이라도 자수를 권하는 것이 옳지 않을까요?"

배영희의 발언에 두 야쿠자들의 눈이 휘둥그레진다. 비밀회동에 여자형사가 참석한 것만도 이례적인데, 말을 듣고 보니 일본어가 완전하지 않고 따라서 한국에서 온 여자형사라는 것이 자명하다.

"용의자의 이타미 자택에 가서 부모님과도 만났습니다. 고교시절부터 용의자와 깊은 우정을 나누었다고 하더군요. 그리고 식민역사연구회와 관련한 자료도 다 읽어봤습니다. 일종의 역사적 망상에 따른 살인이었다는 것에는 요코다 상도 동의할 것입니다."

한국에서 온 여자형사의 조리 있는 발언이 계속되고 나머지 네 명의 일본남자들이 묵묵히 듣는 묘한 풍경이다.

"그러한 역사적 신념을 가지고 저지른 살인이라면 궁색하게 피하는 것보다 떳떳이 재판을 받는 것이 사리에 맞지 않을까요?"

이 말을 듣는 요코다는 고개를 푹 숙이고 말이 없다.

여기에 다케다가 나서서 쐐기를 박는다.

"히야마는 몇 대나 때린 거야?"

"히야마라뇨?"

"네가 다치카와 건물 옥상에서 부상을 입힌 여자형사 말이야."

"내가 ….."

"이미 히야마가 네 사진을 보여주고 확인했어. 경찰에게 손을 대는 것은 야쿠자 두목이라도 용서하지 않는 것쯤은 너도 알고 있겠지. 지금이라도 우리는 너를 긴급체포할 재료가 충분하다."

"이거 거래에 어긋나는 것 아닙니까?"

아사이가 나선다.

"거래? 개나 주라고 해. 우리는 정치를 하는 간부들이 아니니까 … 이 사건이 거래로 끝날 수 있다고 생각하나?"

"우리 프로답게 신사적으로 해결합시다."

오하시가 제안한다.

다케다와 오하시의 발언이 한쪽에서 겁주고 다른 쪽에서 무마하는 '굿캅, 배드캅'의 전형이 되고 있다.

"스즈키 상은 지금 어디에 있습니까?"

배영희의 질문이 격앙된 실내의 감정을 가라앉힌다. '스즈키 상'이라는 배 형사의 말투가 마치 그리운 애인의 소재를 묻는 듯 간절하다.

"저는 모릅니다."

요코다가 죄지은 아이처럼 말한다. 그의 말에서 거짓은 읽히지 않는다.

"그럼 스즈키 상의 전화번호는?"

애인을 찾는 듯 배 형사의 질문이 이어진다.

실내가 조용해진다. 모든 소리가 멈춘 탓에 아사이가 담배를 빠는 소리만이 또렷하게 들린다.

한참의 침묵이 지나고 요코다가 안주머니에서 수첩을 꺼내든다.

"090-5xx7-6xx1입니다."

다케다 팀의 승리였다.

* * *

요코다의 입에서 전화번호가 나오자마자 세 형사는 나는 듯이 경찰청 통합정보분석실로 돌아온다. 이동통신회사에 즉시 의뢰한 결과 9월 11일 저녁 7시, 현재 용의자 스즈키는 나가노현 나오에츠 역 앞에 있었다. 정확한 지점을 찾으니 역전의 모 인터넷 카페였다. 형사들이 인터넷 카페에 들이닥친 것은 7시 45분 경, 그러나 용의자와 비슷한 인물은 없었다. 주인에게 물어보니 약 5분 전에 형사가 설명하는 것과 닮은 사람이 계산을 하고 이미 나갔다고 답한다. 그는 약 50분 간 인터넷을 사용하고 나갔다. 인터넷 카페에 형사가 들이닥친 그 시각, 용의자의 휴대전화는 꺼져 있어 더 이상의 전파추적은 할 수 없었다.

연령 32세.
머리는 삭발에 가까운 짧은 머리.
신장 168센티미터.
안경을 쓰지 않음.

인접하는 조에츠와 나오에츠의 모든 경찰서에 하달된 긴급수배명령에 기술된 용의자의 용모였다. 그러나 위와 같은 용모를 가진 남자를 인구 20만의 도시에서 찾기란 쉬운 일이 아니었다.

수사본부를 더욱 곤혹스럽게 한 것은 용의자가 나오에츠 시에 있다는 사실이었다. 나오에츠는 북, 남, 동의 세 방향으로 철도가 연결되어 있고 항구는 후쿠오카, 홋카이도, 그리고 사도로 연결되는 세 개의 페리

항로의 출발점이었다. 여기에 버스 터미널과 공항까지 합한다면 용의자가 선택할 수 있는 경로는 실로 다양한 것이었다. 긴급히 수사본부로 돌아온 기무라 국장은 다케다에게 수사관 수 명을 데리고 조에츠 경찰서로 출동하여 이동수사본부를 설치할 것을 명한다. 두 대의 경찰헬기가 이동수사본부에 할당된 것은 이례적인 것이었다.

이때 배영희 형사가 손을 들고 한 가지 제안을 한다. 오하시 형사와 함께 이타미에 있는 용의자의 자택에 갈 수 있게 해달라는 것이었다. 용의자가 최후의 결단을 내린다면 분명히 어머니에게 연락할 것이고, 그 전에 같은 여성의 입장으로 어머니를 만나 설득해 용의자에게 자수를 권하게 하거나 그가 극단적인 행동을 하지 못하도록 이르게 하기 위함이었다.

기무라 국장과 다케다 형사는 수긍한다. 두 사람의 형사가 빠진다 해도 이동수사본부에는 아무런 문제가 없다. 배영희, 오하시 두 형사가 하네다에서 이타미로 가는 마지막 비행기를 탄 시각에 다케다를 위시한 경찰청 수사요원들을 태운 두 대의 경찰헬기는 군마 현의 상공을 날아가고 있었다.

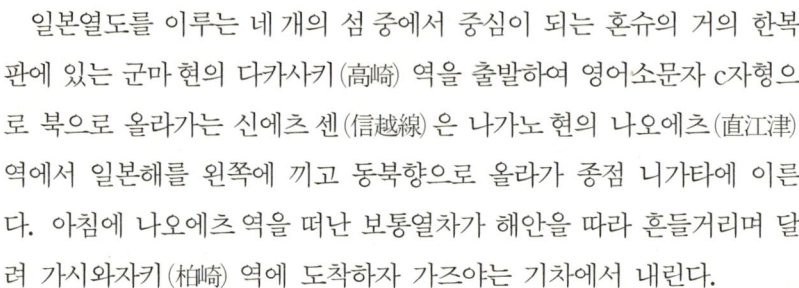

52

일본열도를 이루는 네 개의 섬 중에서 중심이 되는 혼슈의 거의 한복판에 있는 군마 현의 다카사키(高崎) 역을 출발하여 영어소문자 c자형으로 북으로 올라가는 신에츠 센(信越線)은 나가노 현의 나오에츠(直江津) 역에서 일본해를 왼쪽에 끼고 동북향으로 올라가 종점 니가타에 이른다. 아침에 나오에츠 역을 떠난 보통열차가 해안을 따라 흔들거리며 달려 가시와자키(柏崎) 역에 도착하자 가즈야는 기차에서 내린다.

특별한 볼 일이 있는 것도 아니고, 바다를 다시 보기 위해서다. 역에서 내려 한참을 걸어가니 해안공원이 나온다. 바다를 바라보며 편의점에서 구입한 삼각 주먹밥을 꾸역꾸역 먹는다.

9월 12일 일요일 오전, 가시와자키 해안공원에는 인적이 없었다. 들리는 것이라고는 파도소리와 갈매기소리뿐. 평화롭다. 자신과 이 세상을 연결하는 것은 아무것도 없다. 주머니에 든 휴대전화를 생각한다. 요코다가 비상용으로 쓰고 버리라고 하였으나 무언가 미련이 남아 버리지 않았다. 언제 배터리가 나갔는지도 모른다. 아까 편의점에서 배터리 충전을 부탁하여 어머니에게 전화를 넣어볼까 생각하기도 하였으나 이내 자신을 제지하였다.

불쌍한 어머니, 해사한 웃음을 뒤로 하고 그림자 드리운 얼굴로 외롭게 살아온 어머니. 남편의 외도와 폭력, 그리고 아들의 무관심으로 물살에 씻기는 모래처럼 흩어져버린 어머니. 가즈야는 지금도 어머니가 왜 결혼이라는 질곡을 택했는지 이해할 수 없다. 판검사가 되어 한 번은 인생의 보람을 느끼게 해드리고 싶었던 어머니, 그러나 이제는 안

434

녕… 가즈야는 마음속에서 작별을 고한다. 그리고 그 작별을 확인하듯이 주머니에서 전화를 꺼내 일본해에 던져버린다.

일본을 대표한다는 여가수 이시카와 사유리(石川小百合). 유행가를 별로 좋아하지 않는 가즈야는 어머니가 좋아하던 이시카와 사유리의 〈일본해〉라는 노래 중 한 구절이 떠오른다. 흥얼거린다.

당신을 향한 그리움이 넘쳐
흔들리는 마음으로 일본해에 왔어요
헤아릴 수 없는 역사를 말해주는
잔자곶의 파도에 마음이 아파요

일본해! 자신의 머릿속을 오래 지배하던 조선과 일본 사이에 가로놓인 바다, 한국 사람들이 동해라고 부르는 저 바다. 저 깊은 바다가 삼킨 세상의 위선을 생각한다.

제국을 위해 천황폐하로 봉직했던 할아버지의 위선, 자신의 영웅이자 안식처였던 할아버지의 위선, 식민역사연구회 멤버라는 지식인들의 위선, 대학교수다 언론인이다 하며 알량한 봉급쟁이 신분을 지키면서 출세를 위해 서로 생각을 베끼고 그럴싸한 말로 남에게 상처 주기를 주저하지 않는 인간들의 위선, 그리고 저 바다건너 조선인들의 위선 ─. 자그마한 땅덩어리에 살며 긴긴 세월 타국에게 지배받으며 분열된 채 살아왔으면서 '대한민국'이라는 거창한 이름을 갖다 붙이고 사는 저들의 위선.

이 위선자들 사이에서 자신은 무능과 혼돈, 정리되지 않은 욕심들을 역사와 정의란 이름으로 우겨가며 시간을 허비하고 종이와 잉크를 낭비해 온 것은 아닌가. 차라리 모든 욕망이 제거된 북조선으로 갈 수 있다면! 이념의 땅…. 모든 일본인이 두려워하는 어둠과 강압, 몰상식의 세상인 저 북조선으로.

435

어차피 인생은 역설의 연속인지 모른다. 대일본제국의 영광이라는 이름 아래 어두운 조선에서 허비된 조상들의 인생, 부친의 출세와 허장성세에 대한 반항심과 질투로 인생을 망친 아버지, 그리고 북조선이라는 저 범죄자들의 나라에서 새로운 인생을 몰래 꿈꾸는 자신…. 하지만 마음먹기 나름이다. 조국이라는 것도 결국 인간이 만든 상상의 산물 아니던가! 인간이 땅에 붙어 일정기간 숨을 쉬다가 사라지는 동물에 불과하거늘, 아무런 선택 없이 태어난 땅에 조국이라는 이름을 붙이고 그 조국이라는 정치적 상상물에 엄청난 논리를 부여하고 핏대를 올리는 것도 우스운 역설이 아닌가? 이런 생각을 하니 죽더라도 북조선이라는 땅을 보는 것도 나쁘지 않다는 생각에 다다른다. 운이 좋아 함흥에라도 한번 가볼 수 있다면….

* * *

"니가타예요! 용의자는 북조선으로 가는 만경봉호를 타려고 해요!"

긴급한 목소리로 배영희가 다케다에게 전화를 넣은 것은 일요일 오후 2시 경이었다. 이타미에 도착하여 새벽부터 스즈키 부모가 사는 집 밖에서 잠복하던 배영희와 오하시는 정오가 지나 스즈키의 아버지가 외출하는 것을 확인하고 초인종을 눌렀다. 스즈키의 어머니와 담판을 하기 위해서였다. 순순히 문을 열어 준 부인에게 배영희는 거두절미하고 본론으로 들어간다.

"부인, 아드님이 극적인 선택을 하면 안 됩니다. 아드님이 해외로 도주하려고 한다는 말을 들었어요. 이 사건은 매우 중대한 사건입니다. 일본경찰과 인터폴의 손을 빠져나갈 수가 없어요. 도주하면 할수록 아드님의 죄만 무거워질 뿐이에요. 지금이라도 자수하거나, 아니면 일본에서 검거되도록 도와주세요!"

일본인들에게 대성통곡이란 없다. 아무리 큰 슬픔이라도 소리 내지 않고 가급적이면 눈물도 보이지 않는다. 자신의 감정을 남에게 보이는 것을 폐로 생각하기 때문이다. 부인은 한동안 손수건으로 조용히 눈물과 콧물만을 찍어낸다. 긴 침묵을 가르고 부인이 입을 연다.

"… 아무래도 남편이 가즈야가 니가타에서 만경봉호를 타고 북조선에 들어가도록 도운 것 같아요."

예상 밖의 소식에 두 형사는 잠시 충격을 받는다.

"언제요?"

배영희가 조용히 묻는다.

"13일, 내일이에요."

"그 배를 어떻게 탄다는 겁니까?"

"자세히는 모르겠어요. 다만 전화로 말하는 것을 들었을 뿐인데, 어느 조선학교 학생들의 평양여행에 끼어서 가는 모양이에요."

"그래요? 부인, 감사합니다. 어떻게든 스즈키 상을 발견하여 일본에서 정당하게 재판받도록 하겠습니다."

오하시가 감사를 표한다.

"나는 그저 … 가즈야가 북조선이라는 나라에 들어가는 것만은 피했으면 좋겠어요. 더 이상의 도주는 그만…. 죄 값은 달게 받아야겠지요."

* * *

스즈키 가즈야가 니가타 역에서 기차를 내린 것은 일요일 오전 늦은 시간이었다. 새로 얻은 신분증에 있는 모습대로 깨끗이 면도를 하고 캐주얼한 양복을 갖춰 입은 가즈야는 평범한 샐러리맨 그 자체였다. 일본에서 자란 지 32년이 되었지만 니가타에 온 것은 처음이다. 눈과 쌀과 술로 유명한 니가타 현의 수도인 니가타 시는 일본해 연안에서 가장 큰 도시답게 역전부터 붐비고 있었다. 일찍이 미국과의 수호통상조약을 통해 개항된 니가타 시는 항구를 중심으로 발달한 도시였다.

일본해가 시내로 들어오는 시나노 강(信濃川)의 초입에 강을 반으로 가르듯이 커다란 부두가 튀어나와 있고, 그 안에 사도(佐渡) 섬으로 가는 여객선터미널과 대규모 국제전시장이 들어서 있다. 강의 남쪽으로는 북, 동, 중앙의 부두가 세 개 있어 다양한 객선과 화물선이 정박하는 구조였다. 만경봉호는 국제여객터미널이 있는 중앙부두의 북쪽 끝에 정박할 예정이다.

시간이 많은 까닭에 가즈야는 지도를 보아가며 중앙부두의 강 건너편에서부터 천천히 살펴보기로 한다. 니가타 시내를 남북으로 가로지르는 가장 큰 길인 7호선 지방도는 만다이(萬代)교를 건너 일본해 쪽으로 뻗어있다. 역을 출발해 한 20분 걷자니 큰 백화점들이 나오고 커다란 육교가 있는 교차로가 나오는데 경비하는 경찰의 수가 눈에 띄게 늘었다. 가만 보니 오른쪽의 지방도 113호선이 시작되는 길에 'ボトナム通り'(버드나무길)라고 병기되어 있다.

한국전쟁이 끝나고 일본에 있던 여러 조선인들은 평양의 선전에 속아 북조선으로 귀환했다. 이들을 실은 첫배가 니가타 항을 출항한 것이 1959년 12월 14일이었다. 그해 재일조선인들의 북조선귀환에 중심역할을 하던 '재일조선인 귀국협력회'는 평양에서 305그루의 버드나무를 들여와 11월 7일, 니가타 항구에서 가까운 지방도 113호선에 심었던 것이다. 이를 기념하여 당시 니가타 현 지사는 'ボトナム通り'(버드나무길)이라는 이름을 붙이는 것을 허용하였다. 일본과 북조선의 관계에서 현관 역할을 하는 니가타 시의 성격과 위상을 잘 보여주는 사건이었다. 그 길 위에는 '조국왕래기념관'이라는 건물이 있고 이 건물에서 통관수속을 마친 이들이 조금 떨어진 중앙부두로 옮겨 만경봉호를 타는 것이다.

만경봉호의 입항은 니가타 시에서 언제나 커다란 행사였다. 조금이라도 마찰이 일어나는 것을 염려하는 일본정부는 수많은 경찰을 동원하여 철저히 통제한다. 국교가 없는 북조선의 배가 니가타 항구에 들어오는 것을 반대하는 사람들과 찬성하는 사람들이 중앙부두의 주변에서 늘 소란스럽게 데모를 한다. 일본시민의 납치문제가 해결되지 않은 상태에서 북조선이 핵무기를 개발하고 미사일을 일본 쪽으로 발사하는 일련의 사태에 따라 만경봉호의 입항이 금지되어 있다가 하토야마 정권이 들어서면서 다시 재개된다는 것은 과거의 입항보다 훨씬 더 큰 의미를 지니는 것이었고, 그만큼 경찰의 경비도 삼엄할 터이다.

저 소란 속에서 내가 내일 배를 타야 하다니! 가즈야의 두려움과 긴장은 니가타 시내를 걸으면서 증폭한다. 태어나 처음으로 맞는 엄청난 사태 속에서 가즈야는 더 이상 물러설 길이 없음을 통감하며 영화 속에 등장하는 스파이처럼 민첩하고도 차분하게 행동하자고 자신에게 타이르고 타이른다.

흰 화강암으로 만든 만다이 다리를 건너니 파출소가 있고 그 오른편으로 강변 공원로가 넓게 조성되어 있었다. 작은 배들이 정박되어 있고 갈매기가 수없이 날아다니는 강변 공원로를 따라 반시간 남짓 걸어가니 니가타 시 역사박물관이 나오고, 박물관을 지나니 강 건너편으로 만경봉호가 보이기 시작한다.

1992년에 진수한 만경봉 92호는 배수량이 1만 톤에 가까운 여객 및 화물겸용의 큰 배였다. 이 배를 만드는 데는 약 80억 엔이라는 큰돈이 들었는데 재일조선인들의 기부로 마련되었다는 것이다. 정원 350명에 버스를 8대까지 실을 수 있는 이 거대한 페리선이 니가타 항을 출항하여 원산에 도착하는, 말하자면 일본과 북조선을 연결하는 유일한 통로인 것이다. 이 통로를 통해 조선인학교 학생들의 수학여행, 재일조선인들의 북조선방문, 북조선 권력자들이 필요한 물품 구입과 전달 등이 정기적으로 있었다. 길이 126미터, 폭 20미터의 만경봉호는 전체가 엷은 베이지 계통 회색으로 칠해져 있었는데, 갑판 위로 6층과 3층 규모의 선실이 2단으로 지어져 있고 선실 위의 구조물과 커다란 굴뚝에는 붉은색으로 인공기가 그려져 있었다.

강 건너에서 만경봉호를 바라보는 가즈야는 다리에 힘이 빠지고 주머니에 넣은 손에 땀이 난다. 차라리 눈앞에 흐르는 강에 빠져 죽고 싶다는 충동을 누를 수가 없다.

강변공원길을 되돌아 걸으니 닛코호텔과 국제전시장 도키(朱雀) 메세라는 이름의 거대한 컨벤션센터가 이어진다. 그 끝에 사도기선 터미널이 있다. 지친 다리도 쉴 겸 닛코호텔로 들어간다. 고급호텔의 커피숍에서 커피를 한 잔 마신 가즈야는 프런트에 가서 빈 방이 있는지 묻는다. 섣불리 돌아다는 것보다 이 고급호텔에 있는 것이 안전할 것이라는 생각이 든다. 마침 싱글룸이 비어 있다. '박강식'이라는 이름을 대며 일본어를 하는 가즈야를 프런트의 직원은 전혀 의심치 않았다. 재일조선인의 왕래가 빈번한 까닭이다.

객실에 체크인한 가즈야는 더운 물로 샤워하고 천천히 자신의 용모를 살핀다. 요코다의 말에 의하면 경찰이 가지고 있는 자신의 이미지는 세 개다. 기누가와의 편의점 CCTV 영상, 기누가와의 만화가가 찍었다는 디지털 카메라 사진, 그리고 다치카와의 도서관에서 두 여자형사가 목격한 모습이 그것이다. 현재 가즈야의 모습은 이 세 개의 이미지 어느 것과도 다르다. 1센티 이상 자란 짧은 머리, 깨끗이 면도한 얼굴, 그리고 무엇보다 다른 것은 지난 8월 21일의 사건 이후 체중이 71킬로그램에서 64킬로그램으로 줄어 몸이 훨씬 날렵해 보인다.

내일 아침의 모습을 미리 생각해 본다. 회색의 양복바지, 푸른색의 와이셔츠, 그리고 검은 구두. 지극히 평범한 샐러리맨의 복장이다. 여기에 테가 없는 맑은 안경을 쓴다면 평범하고 선량한 직업인으로 보일 것이다. 그리고 가방은 백 팩 하나에 작은 손가방을 들기로 한다. 내일 하야시가 카메라 가방을 준다면 그리 무겁지 않은 여행복장이 되는 것이다.

호텔에서는 니가타 역으로 나가는 셔틀버스가 있었다. 셔틀버스를 타고 니가타 역으로 나가 식당가에서 오랜만에 스시를 즐긴다. 고시히카리라는 일본에서도 최고로 치는 쌀에 싱싱한 생선을 겸해 맛이 좋다. 식사 후 가즈야는 안경을 하나 사서 쓴다. 오랜만에 편안한 마음으로 누리는 여유다.

＊　　＊　　＊

가즈야가 니가타 역에서 모처럼만에 마음의 평온을 누리고 있던 시각, 그리 멀지 않은 니가타 현 경찰본부에서는 긴급회의가 열리고 있었다. 회의를 주도하는 것은 다케다 경시였다. 이타미에서 긴급히 날아온 배영희와 오하시도 합류해 있었다.

"우리 수사본부가 파악한 바로는 용의자 스즈키는 내일 출항 예정인 북조선 만경봉호에 승선하는 것으로 되어 있습니다. 조선학교 학생들의 수학여행 대열에 참가하는 것으로 파악하고 있습니다."

다케다가 입을 연다.

"월요일 15시 40분 출항예정인 만경봉호에 탑승하는 조선학교 수학여행단은 후쿠오카 고급학교 2학년 학생 64명과 인솔교사 등 관계자 21명입니다."

니가타 현 경찰본부 경비부장의 발언이다.

"그렇다면 그 수학여행단의 승선자 명단이 파악되어 있습니까?"

"아닙니다. 외국항공사의 탑승자 명단이 경찰에게 제출되지 않듯이 제출된 것은 없습니다."

"용의자가 본명으로 출국을 시도했을 리는 만무하고…. 경찰청은 어떻게 파악하고 있습니까?"

니가타 경찰본부장의 질문이다.

"그것은 우리도 아직 파악하지 못하고 있습니다."

"그렇다면 승선하는 사람을 하나하나 검색해야 한다는 것인데… 만경봉호의 출항이라는 것이 정치적으로 민감한 사안이어서 아주 자그마한 트러블도 과대하게 보도되고… 이거 곤란하네."

자기 관구 내에서 트러블을 원하지 않는 니가타 본부장이 못마땅한 얼굴로 노골적인 불만을 드러낸다.

"만경봉호의 탑승 및 출항절차는 대개 어떠한 것입니까?"

다케다의 질문에 니가타 현 경찰 경비부장이 프로젝터를 켜고 두 개의 차트를 화면에 쏜다. 하나는 승선절차라는 표이고 또 하나는 중앙부두의 간략한 지도이다.

12:30　조선인 승객 및 관계자 조국왕래기념관 집결
　　　　버스에 승차, 국제여객터미널
13:40　일본인 출국 수속 (조총련 임시차량, 선박 앞)
14:00　승선수속 완료 (터미널 1층 출국관리심사 포함)
　　　　승선대기 (터미널 2층)
15:00　승선완료
15:40　출항

"이 표를 본다면 용의자가 가명의 일본이름을 쓰는 경우와 조선인 이름을 쓰는 경우 두 가지를 나누어 생각해 볼 수 있군요."

"그렇습니다."

"스즈키 가즈야 이외의 일본이름을 쓴 여권, 즉 위조일본여권을 쓴다면 조국왕래기념관에 집결하지 않고 곧바로 만경봉호 앞에 있는 조총련의 임시차량에 가서 수속을 밟을 수 있을 겁니다. 터미널 빌딩에 들어가 법무성이 하는 일반적인 출국심사를 하고 승선대기를 하는 것이죠."

"네."

"그 경우 경찰이 검색할 수 있는 주요 포인트는 중앙부두의 게이트와 국제여객터미널이 될 수 있습니다."

"흠."

"조선인의 신분증을 쓰는 경우에는 이 조국왕래기념관에 들러서 거쳐야 하는 절차가 있군요."

"그렇습니다. 조선인들은 조국왕래기념관에서 조총련이 발행하는 조국방문 여권을 검사하고 여러 가지 주의와 지시사항을 들을 것입니다. 그리고 나서 외부와의 접촉을 없애기 위해 비록 짧은 거리이지만 모두 버스를 타고 국제여객터미널에 직행할 것입니다."

"현재 일본여권의 위조는 기술적으로 매우 어렵습니다. 그 반면에 조총련이 발급하는 조국방문여권이란 기술적으로 조악한 물건이기 때문에 얼마든지 위조할 수 있고, 또한 이를 조총련 측에서 만들어 줄 가능성도 배제할 수 없습니다."

경찰청에서 온 외사계 형사의 말이다. 모두 수긍하는 분위기다.

"용의자가 조선인으로 위장하는 경우에 경비상의 어려움은 이 자가 버스를 타고 곧바로 여객터미널에 진입할 수 있다는 것입니다."

니가타 경찰본부 경비부장의 말은 계속된다.

"조국왕래기념관은 해외공관과 마찬가지로 실질적인 치외법권을 갖기 때문에 일본경찰도 수색영장이 없는 한 들어갈 수 없습니다. 공항터미널은 치외법권은 아니지만 일종의 국제적인 장소이기 때문에 경찰이 자유롭게 행동하는 데 제약이 있습니다."

"어떻게 대처하면 좋겠습니까?"

다케다는 자신의 의견을 내세우는 것보다 니가타 경찰본부를 중시하기로 한다.

"가장 확실한 방법은 버스를 중앙부두 게이트에서 막고 승객들을 모두 하차하게 한 후 좁은 폴리스 라인을 지나가도록 하는 것입니다."

"조총련 측의 반발이 있겠지요?"

"물론 그럴 것입니다. 그러나 지금 그 정도의 반발이 문제가 아니겠지요. 더구나 버스로 이동하는 것은 그들의 권리가 아닌 경찰 측에서 편의를 봐주는 것입니다. 원래 중앙부두 게이트는 항만관계자 이외에는 차량으로 들어갈 수 없습니다."

"좋습니다."

"본부장님, 현재 만경봉호 출항과 관련해서 니가타 경찰에서 동원하는 경비병력이 어느 정도 됩니까?"

"이와 관련한 경비는 항만에서 가장 가까운 동경찰서가 본부가 되어 경찰본부의 경비부, 그리고 니가타 시내의 8개 경찰서 경비과가 총동원되어 400명 이상이 관여하게 됩니다."

"좋습니다. 그러면 다음 사항을 협조해주실 것을 니가타 경찰본부에 부탁드립니다."

다케다가 수사본부를 대표하여 다음과 같이 정식으로 의뢰한다.

첫째, 중앙부두 게이트를 바리케이드로 봉쇄하고 좁은 출입구를 만들어 출입자를 일일이 확인할 것. 이 방침은 사전에 조총련 측에 통보하지 않는다.
둘째, 조국왕래기념관 앞, 중앙부두 게이트, 국제여객터미널 현관, 만경봉호 승선지점에 경찰관을 집중 배치한다.
셋째, 경찰청 수사본부는 파견가능한 모든 인원을 동원하여 중앙부두 게이트와 여객터미널 안에서의 검색에 집중한다.

53

일본인들의 복장이 남녀노소 불문하고 점점 유치하고 희극적으로 변하는 가운데 오랜만에 보는 흰 저고리에 검은 치마는 장엄하고 처절한 인상을 준다. 정오에 하야시를 만나기로 한 제일호텔 부근에 가니 오후에 만경봉호에 탑승할 후쿠오카 조선학교 학생들로 입구부터 분주하다. 남학생들은 평범한 교복이었고 여학생들은 모두 흑백의 치마저고리에 흰 스타킹과 검은 구두를 차려 입었다. 이타미에서 고교를 다니던 시절 조선학교 여학생을 괴롭히던 불량배를 두들겨 패주던 요코다가 생각난다. 지금도 가즈야의 기억 속에서 요코다는 야쿠자의 중간간부가 아니라 의롭고 믿음직스러운 친구로 남아있다.

호텔에 들어서니 조선학교 학생들과 그 가족들로 분위기가 들떠 있다. 로비에 위치한 커피숍으로 들어가려는데 누군가가 소매를 붙잡는다. 하야시이다. 눈짓을 하고 엘리베이터로 간다. 쫓아가니 한 객실로 들어간다. 안에는 두 사내가 있었다. 40대와 30대로 보인다. 두 사람 모두 '촬영'이라는 완장을 차고 있다. 김 씨와 권 씨라는 두 사람 모두 재일조선인이니 일본인과 실질적으로 다를 바 없다. 가즈야가 합류하는 배경을 설명해 놓은 듯한 분위기다.

"처음 길이라 잘 모르니 잘 부탁드립니다."

가즈야는 진심으로 부탁하는 마음을 담아 인사한다.

"박 상은 카메라를 어느 정도 아십니까?"

연상의 김이 묻는다.

"그저 보통 아마추어입니다. 디지털 카메라를 좋아하기는 하는데 ….."

"그럼 됐소. 박 상은 디지털 카메라를 맡으시오. 시간이 없으니 이 가방에 든 카메라를 담당하시오. 배 안에서 이야기할 시간이 많으니 그때 자세히 이야기합시다."

김이란 사내는 커다란 카메라 백과 완장을 내민다.

촬영이라고 쓴 완장을 차고 카메라 백을 맨 뒤 거울을 본다. 테 없는 유리안경에 보수적인 차림이, 흡사 거리에서 흔히 볼 수 있는 기능직 종사자로 보인다. 다소 안심이 된다.

호텔에서 나오니 세 대의 버스가 기다리고 있다. 가즈야 일행은 맨 뒤의 버스에 탄다. 제일호텔에서 나와 5분도 안 되어 가즈야가 어제 본 버드나무 길로 접어든다. 그리고 곧 작은 교차로가 나오고 왼쪽으로 붉은색 4층 건물이 나타난다. 평소 같으면 한적할 동네에 경찰차가 여러 대 서 있고 로터리의 여기저기에 플래카드를 든 사람들의 무리가 있다. 드디어 도착한 것이다. 버스는 좌회전하여 붉은색 건물의 주차장으로 들어간다. 지난 금요일 하야시가 설명한 조국왕래기념관인 것이다.

작은 건물 안에는 의외로 사람이 많았다. 학생들 별로, 인솔교사 등 관계자들 별로, 그리고 각기 다른 목적으로 만경봉호에 오르는 사람들 별로 필요한 서류들을 점검한다. 모두 합쳐 대충 150명은 넘을 것 같다.

가즈야가 내민 외국인등록증과 조국방문여권을 내미니 담당하는 사내는 유심히 보며 말을 하는데 무언가 이면을 아는 눈치다. 안내서류 등을 주는데 조선어로 쓰여 있어 내용을 알 수가 없다.

거의 한 시간을 조국왕래기념관에서 보내다가 일행은 다시 버스를 탄다. 버스는 주차장을 나와서 불과 50미터를 전진하여 좌회전을 한다. '니가타 국제여객터미널'이라는 큰 간판이 보이고, 버스가 약 40미터 전진하자 철책과 게이트가 보인다. 4차선의 좁은 도로에 경찰과 플래카드를 든 사람들이 밀려들어 버스는 간신히 움직인다.

일본우익의 확성기트럭이 북조선을 비난하는 소리, 납치가족모임 회원들의 외치는 소리, 공화국만세를 외치는 조선인들의 소리….

차안에서 카메라를 꺼내 목에 걸고 성능을 점검하던 가즈야는 마치 내장이 굳는 것 같은 심한 불안감을 느끼며 창밖을 내다본다. 하야시의 설명대로라면 버스가 부드럽게 터미널 경내로 진입해야 하는데 앞서 가던 버스들이 정지하고 경찰의 호루라기 소리가 요란하다.

차 안의 사람들이 동요하는 가운데 버스문이 열리더니 조총련 간부로 보이는 자가 올라왔다. 차에서 내려 한 사람 한 사람 신분증을 제시하고 들어가야 한다며 승객들을 제압한다. 가즈야는 순간 온몸의 기운이 빠지고 눈앞이 캄캄해진다. 올 것이 왔구나….

버스에서 내리니 불과 30미터 앞에서 수십 명의 경찰들이 게이트에 사람 하나 겨우 지나갈 틈을 내놓고 도열해 있다. 가즈야는 수색을 통해 저들이 찾고자 하는 목표가 자신임을 직감한다. 일본경찰이 자신을 박강식이라는 조선인으로 알고 패스시킬 가능성은 제로이다.

승객의 무리를 여는 수 없이 뒤따르던 가즈야는 카메라 셔터를 누르기 시작한다. 다른 사람이 보기에는 예정된 버스통과가 제지되고 승객이 걸어 들어가는 급작스러운 사태를 기록하려는 성실한 촬영기사의 몸짓이다. 버스 뒤쪽을 향하며 가즈야는 다양한 방향으로 셔터를 누른다. 인도에서 각자의 구호를 외치는 사람들과 몸이 부딪친다. 현장은 그야말로 인산인해다. 다행이다. 버스 뒤로 돌아가 점점 먼 거리에서 현장을 촬영하는 듯한 시늉으로 뒷걸음 쳐서 아까 좌회전한 로터리에 도달한 가즈야는 완장을 빼 주머니에 넣고 재빨리 길을 건넌다.

로터리에 있던 교통경찰이 가즈야를 보고 접근하려는 순간 빈 택시가 앞으로 지나간다. 급히 택시에 몸을 실은 가즈야는 어느 쪽이든 일단 이곳을 벗어나자고 지시한다.

"난리법석이네요."

택시기사가 한가하게 물어본다.

"그러게요."

가즈야는 한숨을 돌리고 점잖게 대답한다. 위기를 모면하고 민첩하게 빠져나온 자신이 대견스럽다.

택시의 진행방향에 '사도기선'이라는 큰 교통간판이 보인다.

"손님, 목적지가?"

기사가 묻는다.

"사도기선 터미널."

목숨을 건진 자의 당황과 공포 속에서 가즈야는 얼떨결에 사도기선 터미널로 향한다.

어디라도 좋다. 빨리 이 공포심에서 벗어나 조용히 생각하고 싶다. 그렇다면 먼 섬으로 가는 배도 좋을지 몰라. 가즈야는 자신을 설득한다.

* * *

사도, 즉 사도가시마(佐渡島)는 니가타 항구에서 서북쪽에 떠 있는 섬이다. 도쿠가와막부 시대에 대규모 금광이 있어 막부가 직할로 관장하였으며 따라서 일찍이 발달한 섬이다. 위 아래를 눌러 압착한 조선반도와 같이 S자 모양을 가진 이 섬에는 6만 명 이상이 살고 있다. 따라서 사도기선은 제트포일을 비롯하여 다양한 배가 니가타 사이를 오간다.

가즈야가 사도기선 매표구에 당도한 시간은 2시 10분이었다. 사도의 료츠(兩津) 항으로 향하는 고속여객정은 10분 전인 14시에 떠났고 다음 편은 14시 55분이다. 편도 표를 한 장 사들고 나니 시장기가 느껴졌다. 생각해보니 아침에 호텔에서 간단히 조반을 들고 아무것도 먹은 것이 없다. 대합실 식당에서 돈가스를 시키고 창밖을 보니 강 건너편에 만경봉호가 보인다. 방향을 잃었다. 몹시 어지럽다. 한 시간 후에 북조선으로 떠나는 저 배를 결국 타지 못하게 된 것이 잘된 일인지 잘못된 일인지 가늠이 안 된다.

고속페리의 출항 5분 전을 알리는 안내가 나오고 사람들이 개찰구로 들어간다. 천천히 줄을 서서 들어가는데 개찰구의 계원이 가즈야를 멈춰 세운다. 가슴이 철렁하면서도 태연을 가장하고 처다보니 개찰구의 한편에 있는 작은 데스크를 가리킨다. 가보니 '사도기선여객명부'라는 이름의 작은 서식들이 쌓여 있다. 일종의 출항기록을 모두 제출하는 것이다.

데스크에서 끈에 묶인 볼펜을 들고 가즈야는 고민한다. 간단하게나마 개인정보를 넣어야 하는 것이다. 본명을 쓸 수는 없다. 그렇다면 …? 이때 박강식이라는 가명이 떠오른다. 가즈야가 적어 넣은 정보는 다음과 같다.

현주소 : (오사카) 도/도/부/현 (서) 구/시/정/촌
씨명 : 박강식
연령 : 33
성별 : 남

정각에 부두를 떠난 고속여객정은 중앙부두에 정박해 있는 만경봉호를 불과 20미터 정도 스치듯 지나 바다로 나간다. 사도 섬의 료츠 항까지는 딱 한 시간이 걸리는 항로이다. 북서로 달리는 제트포일에서 보는 일본해는 메탈블루의 물이 넘실거리고 하늘에는 낮은 구름이 덮여있다. 어차피 이렇게 된 것, 운명에 맡기자는 체념이 순간 엄청난 피로를 불러온다. 가즈야가 깊은 잠에 빠져든 것은 참으로 오랜만이었다.

*　*　*

경찰청과 니가타 현 경찰 수사관들이 눈에 불을 밝히고 배영희와 히야마 두 여자형사가 기술한 용의자를 찾아봤으나 만경봉호 승선여객 중에

그는 없었다. 순간 패닉에 빠진다. 만약의 경우에 대비해 니가타 현 지사에게 경찰청의 동의가 있기 전에는 만경봉호 출항을 허가해서는 안 된다고 전한다. 니가타 항의 형식적 책임자는 현의 지사이기 때문이다.

"뭔가 이상한데 ···."

중앙부두 출입구 가까이에 위치한 파출소에 모여 경찰청 수사요원들과 다케다가 신음처럼 내뱉은 말이다. 모두 서로를 똑바로 보지 못할 정도로 실의에 빠져있다. 이때 배영희가 조용히 말한다.

"숫자를 한번 맞추어보지요. 이럴 때는 우선 머릿수가 맞는지 봐야 할 것 같아요."

아무래도 외부에서 온 배영희가 냉정한 시각을 유지하기 쉬운 모양이다.

"그렇지. 놈이 배를 타지 않고 빠져 나갔을 가능성이 있어. 오하시 군, 빨리 출입국관리국하고 조총련 양측에 숫자를 파악해 봐."

다케다의 지시를 받은 오하시가 잠시 후에 돌아온다.

"이런. 역시 하나가 빕니다. 출입국관리국에서 파악한 총 승선자수는 149명입니다. 그 중에서 수학여행단이 84명, 개인방문 조선인이 54명, 일본인이 11명입니다. 그런데 조총련 측에 의하면 수학여행단은 총 85명으로서 학생이 64명, 관계자 21명이라는 것입니다."

"그러면 수학여행단에서 한 명이 빠져나간 것이군."

"그렇습니다."

다케다는 즉시 조총련 니가타지부에 전화를 넣는다. 배경을 설명하고 수학여행단 관계자 명단을 파출소의 팩스로 급히 보내줄 것을 부탁한다. 이내 누락된 승객은 다음과 같이 밝혀진다.

朴强植(32세) 사진촬영기사
오사카 서구 3-3-17 거주

다케다와 수사요원들은 즉시 이 정보를 가지고 조국왕래기념관으로 간다. 조총련 간부들이 기다리고 있었다. 만경봉호는 아직 출항하지 못한 채 기다리고 있다.

"일본과 북조선의 관계가 다시 복원되고 그 상징으로 만경봉호가 취항한다는 것은 축하할 일입니다. 그런데 이 과정에서 한국 국회의원 박민자 씨의 살해용의자 스즈키 가즈야가 수학여행단의 관계자로 위장해 위조된 문서를 가지고 승선을 기도했던 것으로 보입니다. 이 용의자의 행방이 밝혀지기 전까지 만경봉호의 출항은 없습니다. 용의자의 검거에 협조 부탁합니다. 다시 개선되고 있는 일본과 북조선의 관계에도 이는 중요한 문제입니다."

다케다가 단호한 어조로 말한다.

"잘 알겠습니다. 협조하겠습니다."

조총련의 책임자로 보이는 자가 순순히 응한다.

"어이, 아까 승선자 대조한 사람들 다 들어오라고 해."

조국왕래기념관 직원들에게 노트북을 통해 기누가와에서 찍힌 용의자의 사진을 보여주자 그 중 한 명이 금세 알아본다.

"아! 이 사람…. 나도 이 자가 좀 수상하다고 생각했어요. 분명히 외국인등록증을 가진 재일조선인인데 우리말을 전혀 못하더라고…."

드디어 표적과 가까워진다.

"인상착의는 어떻죠?"

* * *

조국왕래기념관 직원이 기술한 용의자의 모습은 경찰이 긴급히 작성한 몽타주와 함께 저녁 6시 뉴스를 타고 일본 전국으로 흘러나가고 있었다.

"속보를 전하겠습니다. 오늘 오후 니가타 항에서 북조선의 원산으로 출항하는 화물여객선 만경봉호에, 지난 8월 21일 기누가와에서 한국 국회의원 박민자 씨를 살해한 용의자 스즈키 가즈야가 한국 이름 박강식이라는 가명으로 문서를 위조해 출항을 시도한 것으로 조사됐습니다. 현재 경찰의 검문을 피해 도주 중인 용의자는 168센티미터의 다소 체구가 작은 30대 중반의 남성으로, 도주 시 복장은 짙은 색 바지에 하늘색 와이셔츠이며 테가 없는 안경을 착용한 것으로 …"

54

가즈야가 깊은 잠에서 깨어나 시각을 보니 14시 40분. 료츠 항에 도착하기까지 15분이 남아있다. 사도기선 터미널에서 얻은 사도 섬의 지도를 자세히 보고 가즈야는 너무도 희한한 일치에 소름이 돋는다. 조선반도를 위아래에서 누른 것 같은 모양의 사도 섬에서 료츠 항은 한반도의 원산에 해당하는 지점에 있던 것이다. 더 놀라운 것은 사도 섬의 북반부 동쪽에 금강산(金剛山)이라는 산이 있던 것이다. 사도 섬은 그야말로 조선반도를 축소해 놓은 느낌이었다. 이것도 하나의 인연인가? 불가사의한 느낌을 가지고 료츠 항에 도달한다.

한산한 항구 터미널을 나와 중앙계단에서 내다보는 사도 섬은 산으로 꽉 차 있다. 역 광장 건너에는 경찰서가 있고 그 뒤로 호텔 간판들이 보인다. 3시가 조금 지난 시간, 이 한산한 섬에서 무엇을 해야 할까. 계단을 내려서니 빈 차가 긴 줄을 이루고 있는 택시정류장에서 한 60세 가까이 보이는 운전기사가 담배를 피우고 있다. 순박한 인상이다. 가즈야가 다가가 말을 건다.

"사도 섬을 한번 보러 왔는데 사람이 없고 조용하네요."

"여름에만 사람이 몰리는데 벌써 시즌이 지났지요."

"사도 섬을 한 바퀴 도는 관광버스는 없나요?"

"있기는 있는데 하루에 한 번밖에 없고 오전에 이미 떠났어요."

"택시로 한 바퀴 돈다면 시간이 얼마나 걸릴까요?"

"글쎄… 속도를 내기 나름이지만 천천히 보려면 대여섯 시간은 있어야겠지요."

대여섯 시간이라면 너무 길다. 어둠 속에서 섬을 돌아봐야 아무것도 보이는 게 없을 게다. 가즈야는 다소 머뭇거린다.

"지도를 보니까 섬이 영어의 S자 모양인데 북쪽만 돌면 두어 시간이면 되겠네요."

"그렇지요. 왜, 돌아보려우? 사진을 찍는 사람 같은데. 나도 시간이 있으니까 중간 중간 원하는 데 멈추어 줄 테니 갑시다. 내가 하는 개인택시니까 요금은 미터로 하지 않고 3만 엔에 해드릴 테니…."

가즈야가 생각할 수 있는 다른 대안이 없다. 돈은 문제가 아니다.

"그러지요."

* * *

택시의 뒷좌석에 앉아 지도를 본다. 향후의 행보를 계획해 본다. 사도 섬의 동쪽 해안으로 올라가는 45번 도로를 타고 좌로 돌아…서쪽 해안의 중간지점에서 섬의 허리를 가로지르는 350번 도로를 타자. 그리고 료츠로 돌아오자. 섬의 북쪽 끝에는 오노가메(大野龜)라는 명승지가 그림으로 그려져 있다.

"이 오노가메라는 곳은 어떤 곳인가요?"

"유명한 곳이지요. 높이 167미터의 절벽이 하나의 바위로 되어 있어 그 위에서 보면 일본해가 끝없이 펼쳐져요. 여름에는 간지우라는 노란 꽃으로 뒤덮여 관광객이 많이 와요. 지금은 아마 꽃이 다 졌겠지만…."

"우선 거기에 가서 잠깐 쉬었으면 좋겠어요."

"그렇게 합시다."

오노가메 위에 서니 네 시가 훨씬 지나 일본해로 태양이 기울고 있었다. 하늘과 바다는 금색과 오렌지색으로 하나가 되어가고 있었다. 마치 하늘에서 어마어마한 양의 금을 녹여 바다에 부은 것과 같았다. 아름다

454

운 저녁노을을 보며 잠깐 산보를 하자니 여러 방향으로 지명과 거리를
표시한 입간판이 서 있다.

블라디보스톡 769 km
동경 311 km
오사카 485 km

여기서 우리 부모가 있는 오사카가 485 킬로미터 … 갑자기 부모에 대
한 그리움이 왈칵 몰려온다. 불과 485 킬로미터에 떨어져 있는 어머니 …
그 짧은 거리를 두고 다시는 못 볼 어머니 ….

사도 섬의 북반부를 돌고 묘츠로 돌아왔을 때는 이미 어둠이 내리는
시각이었다.

"기사 아저씨, 이름이 뭡니까?"

"다치바나라고 하오."

"다치바나 상, 내일 다시 안내 좀 해주시겠습니까? 오늘은 사진도 별
로 못 찍었고 …."

"그럽시다. 몇 시에 어디로 올까요?"

"시간은 아침 9시로 해요. 지금 바로 아는 호텔로 데려다 주세요."

다치바나가 안내한 호텔은 가모(加茂)라는 커다란 호숫가에 있는 요시
다야(吉田屋)라는 온천호텔이었다. 오래된 호텔이어서 무언가 바깥세상
의 소식이 차단된 듯한 느낌이 들어 안심이 된다.

＊　＊　＊

TV 방송을 타고 용의자의 모습을 전국에 내보낸 효과는 상당했다. 6
시 뉴스에 이어 매시간에 속보로 용의자의 모습이 전국에 퍼져나가는
가운데 저녁 7시를 조금 지나 첫 번째 제보가 들어왔다. 니가타 국제여

객터미널 입구에서 사도기선터미널까지 용의자를 태우고 간 택시기사였다. 아무런 방향감각이 없던 수사본부에 사도 섬이라는 특정한 방향을 던져준 이 결정적 제보와, 잠시 후 또 들어온 다른 제보를 통해 수사는 잃었던 '원기를 회복했다. 사도기선의 승선장에서 가즈야를 멈춰 세우고 여객명부를 기재하라고 했던 직원이었다.

이로써 용의자 스즈키 가즈야의 소재는 판명되었다. 사도 섬. 그는 이제 독안에 든 쥐였다. 사도 섬에서 빠져 나갈 방법은 오직 선박뿐이다.

사도 섬 료츠 항 터미널 광장에 있는 사도 동경찰서에 다케다 형사를 위시한 경찰청의 수사관들과 니가타 현 경찰본부가 지원하는 수사병력이 집결한 것은 밤 10시였다. 사도 섬에서 외부로 나갈 수 있는 선착장은 료츠(兩津) 항, 아카도마리(赤泊) 항, 오기(小木) 항의 세 항구뿐이다. 다케다는 즉시 각 항구에 10명씩의 수사관을 보내 24시간 감시하게 지시한다. 이제 용의자가 안테나에 걸리는 것을 기다리면 되는 것이다.

* * *

호텔방에 들어와 뜨거운 물에서 천천히 목욕을 한 뒤 가즈야는 TV를 틀었다. 밤 9시였다. 채널을 돌리던 중 가즈야는 뉴스에서 자신의 몽타주와 인상착의에 대한 보도를 접한다. 영상에서 흘러나오는 자신의 모습이 흡사 타인과 같다. 이 착각이 영원한 것임을 바라는 허망함은 곧 물거품같이 꺼지고 생각은 차가운 현실로 돌아온다. 심호흡을 하고 생각을 정리한다.

자신의 인상착의를 경찰에 제보했을 것으로 추측되는 사람이라면 사도기선까지 태워다 준 택시기사와 사도기선 개찰구의 직원일 것이다. 또 사도 섬에서 탑승한 택시에서는 거의 세 시간 동안 기사와 대화를 나누지 않았는가. 이제 자신이 현재 위치한 소재지는 경찰에게 완전히 노출되고 말았다. 택시기사는 저녁에 집에 돌아가 식사를 하며 TV를 봤을 것이고, 그렇다면 내가 지금 앉아 있는 호텔의 위치마저 경찰의 귀에 들어갔을 가능성이 높다. 생각이 여기에 미치자 가즈야의 손이 떨린다. 더는 시간이 없다.

여기서 나가야 한다. 오직 이 생각으로 옷을 주워 입는데 TV 옆 데스크 위에 호텔용 편지지와 봉투가 보인다. 사용할 것을 대비해 볼펜과 함께 급히 백 팩에 넣고 호텔방문을 조용히 연다. 단출한 차림이다. 4층 객실 플로어에는 비상계단으로 통하는 문이 있다. 비상계단을 내려서니 아담한 잔디 정원이 있고, 정원이 끝나는 부분에 호수가 펼쳐진다.

밤 10시가 가까웠으나 그리 춥지 않다. 잔디밭에는 키 작은 소나무가 몇 그루 있고 낮은 돌들이 박혀 있다. 돌 위에 앉아 밤하늘을 바라본다. 호수 위로 별이 총총 빛나고 산의 윤곽이 어렴풋이 보이는 듯하다. 이제 내가 여기서 가야 할 곳은 어디인가? 대답이 선뜻 나오지 않는다. 아니, 대답은 있다. 다만 생각하기가 두려운 것이다. 그러나 이제 그 대답과 마주한다. 마주하기로 한다.

죽음이다. 죽음! 타인에게 죽음을 준 자는 오직 죽음으로 그 대가를 치러야 한다고 법을 공부하며 수없이 고민하고 생각했다. 사람을 죽이고 징역을 받아 국민의 세금으로 감옥에서 밥을 먹으며 허송으로 편하게 지내는 자들을 그동안 얼마나 경멸했던가. 죽음도 삶의 한 방법이라고 버릇처럼 말하던 할아버지가 생각났다. 자신이 낳은 아들에게 불량과 횡포, 갖은 모독을 당한 후 넋이 나가 하시던 말이었다.

죽음도 삶의 한 방법 …. 그렇다 이제는 죽음이라는 삶의 새로운 단계로 들어가야 할 때다. 갈 길을 정하니 머리가 맑아진다. 커피가 마시고 싶다.

백 팩을 열어 호텔을 나오며 챙겼던 편지지를 꺼낸다. 호텔과 옥상 위의 대형간판에서 뿌리는 광선이 글을 쓰기에는 충분한 빛이다.

사랑하는 어머니.

일본문화에서는 사랑한다는 말을 함부로 못하게 하지요. 그래서인지 지금까지 어머니에게 사랑한다는 말을 한 번도 하지 못했어요. 그러나 이제 어머니를 사랑한다는 말을 합니다. 사랑합니다.

저는 이제 새로운 여행을 하려고 합니다. 인간세상의 윤리라면 어머니가 먼저 떠나셔야 할 여행이지만 피치 못하게 제가 먼저 시작합니다. 용서하세요. 그리고 아버지께도 죄송하다는 말을 전해주세요.

어머니, 저는 지금 니가타의 사도 섬에 있어요. 오늘 사도 섬의 북쪽 끝에서 일본해를 바라보았어요. 끝없이 밀려오는 파도…어머니가 좋아하시던 시인 가네코 미스즈의 〈파도〉라는 시가 기억나요.

파도는 아이들
손에 손을 잡고 웃으며
발을 맞추어 몰려오지요

파도는 지우개
모래 위의 글자를
전부 지워 주지요

파도는 잊어버리기 쟁이
그 예쁜, 그 예쁜 조개비를
모래 위에 두고 가지요

어머니, 저도 다 잊고 다 두고 여행을 떠나요. 제가 하고 싶었던 일들…전하지 못한 마음들…. 할아버지에 대한 그리움, 그리고 궁금증. 아버지에 대한 두려움, 연민, 나누지 못한 사랑, 그리고 어머니….

어머니, 제가 목숨을 앗은 박민자라는 한국 사람의 가족에게 미안하다고 전해

458

주세요. 순전히 저의 어리석음 탓이에요. 제가 무슨 큰 이념이나 사명이 있었던 것은 아니었어요. 다만 저의 작고 작은 실패들, 인간적 무능과 답답함, 가식과 위선으로 꽉 찬 세상에 대한 반감…. 이런 어리석음들을 지을 희생양이 필요했던 것 같아요. 진심으로 반성하고 있어요. 그 반성은 말이나 시간이 아닌 몸과 행동으로 증명해야 한다고 믿어요.

어머니, 제가 대학교 2학년 여름방학에 이타미에 내려갔을 때 할아버지의 사랑의 편지를 발견한 후에 우리 들이 나눈 대화를 기억하세요? 아버지가 시대의 희생자라며, 당신을 아프게 했음에도 너그럽게 아버지의 잘못을 용서하고 감싸는 어머니의 모습은 지금도 내 마음 속에 등대처럼 빛나고 있어요. 그러고 보면 아버지, 어머니, 그리고 저 세 사람 모두 운명이라는 실타래에 걸린 힘없는 희생자인지 모르겠어요. 거부할 수 없는 것들이, 세상에는 더 많으니까요.

어머니, 우리가 새로운 여행길에서 다시 만나는 그날은 서로가 서로에게 아프지도, 아프게 하지도 않는 친구로 만나요. 그날엔 대화도 많이 하고 어머니가 좋아하시는 시도 같이 읽고 노래도 함께 불러요.
그럼 기다릴게요. 그때까지 안녕.

당신의 아들 가즈야 드림

* * *

택시기사 다치바나가 잠에서 깨어난 것은 아침 7시였다. 바닷가의 외딴 집에서 홀로 사는 그는 최근 몹시 피곤을 느꼈다. 어제 저녁 젊은 손님을 호텔에 안내하고 집에 돌아온 그는 오랜만에 3만 엔이라는 수입에 만족하며 뜨거운 물에 목욕을 하고 일본주를 데워 마시고 그대로 잠에 빠져 들었던 것이다. 아침 9시에 젊은 손님을 태우러 가야 하니 슬슬 준비해야 한다. 1년 전에 폐렴을 앓던 아내를 잃은 후 이 섬에 와서 택시를 몰며 벌어 사는 그는 아직도 아내가 누리지 못했던 것은 누리지 않겠다는 생각으로 TV조차 아예 사지 않았다.

9시 5분 전에 호텔 요시다야 앞에 택시를 세운 다치바나는 호텔 옆의 호숫가에 가서 담배를 피운다. 맑은 물에 오리떼가 떠있다. 오늘은 어떤 하루가 되려나? 시계를 보니 벌써 9시 15분이 지나 있다. 호텔로 들어가 프런트로 다가가니 종업원들이 무언가 수군거리고 있다.

"저기 … 어제 내가 모시고 온 손님이 안 나오는데 …."

프런트의 직원에게 말을 건다.

"아 다치바나 상, 잠깐 이리로 와 봐요."

워낙 좁은 고장이라 호텔직원들과 택시기사들은 손님을 싣고 받으며 서로 잘 알고 지낸다.

매니저를 따라 호텔사무실로 들어가니 아침 뉴스가 나오는데 어제 모신 젊은 손님이 화면에 나오는 게 아닌가?

"아니, 이 사람은 …?"

"다치바나 상이 어제 모시고 온 손님 맞지?"

"응."

"그래서 경찰에 신고해야 할지 망설이던 중이야."

호텔에서 걸려온 전화를 받고 다케다 형사 일행이 들이닥친 것은 3분 이내였다. 경찰서는 걸어서 10분도 안 되는 거리였다. 수사관들은 용의자가 투숙한 402호실로 돌진한다. 그러나 객실은 비어 있었다. 어제 가지고 온 카메라 백도 그대로였다. 침대 위 이불을 들춘 자국도 없다. 다만 쓰고 벗은 것으로 보이는 목욕가운만이 의자에 걸려 있었다. 어젯밤, 이 방에서 잠을 자지 않은 것이다.

다케다는 택시기사 다치바나에게 어제의 행로에 관하여 자세히 묻는다. 세 시간에 걸쳐 사도 섬의 북반부를 돌았는데 멈춘 곳은 오노가메에서 약 15분, 그리고 서안의 센가쿠만(尖閣灣) 휴게소에서 잠깐 화장실에 들렀을 뿐이라는 것이다. 현재로서 용의자가 갈 만한 곳으로 추정되는 곳은 오노가메뿐이다.

사도 동경찰서 서장이 조심스레 말한다.

"오노가메의 암벽은 167미터입니다. 용의자가 자살을 생각했다면 투신하기에 좋은 곳이에요."

"여기에서 암벽까지 거리는 어느 정도입니까?"

"약 25킬로미터 정도 되지요."

"그렇다면 삼십대 초반의 건강한 사람이라면 7시간 정도면 걸어서 갈 수 있는 거리라고 봐야겠네요."

"그렇지요."

수사관들은 급히 오노가메 암벽으로 차를 몬다. 그러나 아무것도 없었다. 남은 것은 오직 파도소리와 바람소리뿐.

* * *

스즈키 가즈야의 시체가 이와야구치(岩谷口)라는 작은 마을의 해변가에 떠오른 것은 오후 4시가 지난 시각이었다. 오노가메의 암벽에서 남쪽으로 파도를 타고 흘러온 것이었다. 그리고 바로 그 시각, 사도우체국 직원들은 우표를 붙이지 않은 편지를 놓고 설왕설래하고 있었다.

일본해는 어제의 풍광과 다르지 않았다. 여전히 황금색과 오렌지색으로 가득 찬 하늘과 바다는 서로를 구별하지 못하고 뒤섞여 있었다.

에필로그

9월 20일 월요일, '경로의 날'로서 일본의 공휴일 중 하루다. 이날 오후 마츠모토 시내 후카시 신사 경내의 재관(齋館)에서는 스즈키 가즈야의 장례식이 진행되고 있었다. 검은 상복을 입고 서서 향을 피운 조문객들과 차례로 인사를 나누는 스즈키 부모의 모습에서 초연함과 담담함이 느껴진다. 요코다 유지는 뒷좌석에 앉아 단상에 걸려 있는 가즈야의 사진을 바라본다. 어젯밤의 기원의식(通夜)부터 자리를 지켜온 요코다는 가즈야를 처음 만났던 순간을 회상한다.

* * *

1995년 10월, 15년 전의 어느 청명한 가을날, 오사카 이타미(伊丹)의 공립 고등학교 건물 옥상이었다. 그해 정월 대규모 지진이 고베를 휩쓸었다. 도로 가에서 튀김집을 하고 있던 요코다의 어머니는 지붕에 깔려 즉사하고 말았다. 당시 고교 1년생이었던 요코다는 아침에 어머니가 주는 밥을 먹고 학교에 갔다가 오후에 어머니를 잃고 고아가 되어 집으로 돌아온 격이었다.

어머니의 유일한 혈육인 오촌아저씨가 고교를 마칠 때까지 상황을 돌봐주기로 하여 요코다는 오사카의 이타미 시에 있는 학교로 전학하였다. 외톨이로 지내던 요코다는 가끔 빠끔히 문이 열려 있는 옥상에 올라가서 담배를 피우곤 하였다.

난간에 기대어 담배연기를 내뿜을 때 인기척이 느껴진다.

462

'에이, 재수 없이 또 선생에게 걸렸구나' 하고 담배를 버리려는 순간, "나도 하나 줄래?" 하는 낭랑한 목소리가 들린다. 요코다가 오고 그 후 가을이 되어 전학을 왔다는 아이였다. 둘이서 담배를 피우다 자연히 말을 섞게 된다.

"너도 오사카 말을 쓰지 않네 ⋯."

"응. 마츠모토에서 왔어."

"나도 오사카 출신 아니야. 고베에서 왔어. 난 요코다 유지라고 해."

"난 스즈키 가즈야."

이것이 그들의 첫 만남이었다. 둘은 옥상에서 아무 말 없이 담배를 피우며 창공을 바라보며 우정을 싹틔웠다. 그리고 가즈야의 마지막, 최후의 긴박한 순간까지 둘은 함께 했다.

* * *

스즈키 가즈야의 장례식이 진행되고 있던 그 시각, 비행기 한 대가 부산의 창공을 가르고 김해국제공항에 착륙하고 있었다. 박민자 의원의 화장된 유골을 실은 일본정부 전용기였다. 수상의 특별한 지시로 제공된 정부전용기에는 정복차림의 다케다, 배영희, 그리고 아사이 사다코가 앉아 있다. 박 의원의 유일한 혈육인 최덕자의 바람은 해운대의 한 성당에서 고별미사를 거행하는 것이었다.

경찰의 호위를 받은 차량이 성당에 도착하자 수십 명의 기자들을 포함한 많은 사람들이 기다리고 있었다. 정치인으로서 박민자의 삶은 비록 기이하고 외로운 것이었으나 인간으로서 이 세상을 떠나는 길은 결코 외로운 것이 아니었다.

검은 상복을 입은 사다코가 유골이 든 함을 안고 걷자 그 뒤를 일본의 남자경찰관과 한국의 여자경찰관이 정복을 입고 따랐다. 이 전대미문의 광경이 TV를 통해 전국에 방영되고 있는데 이를 보며 남몰래 눈물을 흘리는 사람들이 여럿 있다. 그 중에는 〈해남일보〉 국제부장 서정훈, 그리고 수십 년 전 금기의 사랑을 나누었던 김치성도 포함됐다.

* * *

'부산의 잔 다르크'를 아끼던 많은 사람들로 성황을 이룬 고별미사가 거행된 다음날, 추석을 하루 앞둔 해운대는 선선한 해풍이 맑은 햇살 속에서 일렁이고 있었다.

해운대의 노인홈 옥상정원에서 차를 시켜 마시는 최덕자, 배영희, 다케다 세 사람은 각자 상념에 잠겨 바닷바람이 싣고 오는 갈매기 소리를 듣는다.

"두 사람 덕분에 민자가 이 세상을 떠나는 길만큼은 그리 쓸쓸하지 않게 됐어. 진심으로 고마워."

최덕자의 눈가에 진 많은 주름고랑에 눈물이 차례로 엷게 번진다.

"천만의 말씀입니다. 어머님의 용기 있는 말씀이 저희 수사관들에게는 큰 도움과 격려가 되었어요. 오히려 감사합니다."

두 한국여인의 대화가 끝나자 다케다 경시가 안주머니에서 하얀 봉투를 꺼내 내민다.

"일본총리가 개인적인 자격으로 드리는 추도의 서한입니다. 직접 전달해 달라는 말씀이 있었습니다."

다케다에게 봉투를 받아 편지를 꺼내드는 최덕자의 손가락이 심히 떨린다. 은박이 뿌려진 한지에 붓으로 쓴 몇 줄의 글은 정중한 추도의 말과 한일관계를 위해 애쓴 박민자 의원의 공로에 감사를 표한다는 메시지를 담고 있었다. 노부인이 편지를 다시 봉투에 넣기를 기다렸다가 다케다가 입을 연다.

"이런 말씀이 이제 와서 무슨 소용이 될까 걱정도 되지만, 꼭 말씀드리고 싶었습니다. 박 의원에게 몹쓸 짓을 한 스즈키 가즈야라는 젊은 사람은 마지막에 박 의원과 유족에게 진심으로 사죄하는 글을 남겼습니다. 알아두셨으면 합니다. 그의 생각과 행동이 일본사람을 대표하는 것이 결코 아닙니다. 수사에 참여한 수사관들이 모두 공감하듯 그는 자신의 사소하고도 큰 문제들에 쫓긴 일종의 피해자였다고 볼 수 있습니다."

"알겠어요. 민자가 그랬듯이 그도 머리와 가슴에 병을 안고 살아간 사람이었군…."

"그렇게 이해해주시니 감사합니다. 안심이 됩니다. 그 말씀을 수상에게도 꼭 전하겠습니다."

정오가 가까워지며 햇살이 따가워지는데 고추잠자리 한 마리가 날아들어 화초에 앉는다. 세 사람은 한동안 고추잠자리를 같이 감상하다가 자리에서 일어난다.

"그래, 다케다 상은 동경으로 돌아가고, 배 형사는 서울로 가나?"

노부인의 물음에 두 형사는 금세 대답을 못한다.

노부인이 의아한 얼굴로 보자 영희가 조용히 입을 연다.

"실은 제가 동경으로 가게 되었어요. 이번 사건을 계기로 한국과 일본 정부 사이에 외사경찰관을 교환 파견하여 공조체제를 형성하자는 결정이 상층부에서 이뤄졌어요. 그래서 제가 일본경찰청으로 파견가고, 일본에서는 이번 사건에서 큰 공을 세운 오하시라는 형사가 한국경찰청에 파견되어 1년씩 일하게 되었어요."

"그래? 그것 참 잘됐군. 그런데 영희하고 다케다 형사가 연애하려고 꾸민 일은 아니고? 어째 내 눈에는 그렇게 보이는데?"

"하하. 제발 그랬으면 좋겠어요."

다케다의 유쾌한 대답에 밝은 웃음소리가 모처럼 해운대의 창공으로 퍼진다.

최덕자의 양손을 잡고 세 사람이 옥상정원에서 향하는 시선 끝에 멀리 죽도(竹島)가 보인다. 죽도로 몰려왔다가 다시 사라지는 파도 위에는 수많은 금비늘이 떠있었다.

저자의 말

T. S. 엘리엇의 명시 〈게론티언〉(*Gerontion*)에는 역사라는 것에 대한 흥미로운 구절이 있다. '역사에는 교묘한 통로들과 까다로운 복도들과 문젯거리들이 있지. 이들은 야망을 속삭이며 우리를 부추겨 허무로 이끄는 거야.' 사회적 동물이라는 인간은 역사의식을 가지고 산다. 거창하게 들리는 이 역사의식이란 지나간 일들에 대한 각자의 느낌과 인식과 해석이다. 같은 부모에게서 태어난 형제들마저 생김새가 다르듯이 우리의 역사의식은 각자 다를 수밖에 없다.

오늘을 사는, 그리고 앞으로 태어날 한국인의 역사의식에 존재하는 많은 문젯거리 중 하나가 근대가 시작되는 시점에서 일본이라는 이웃나라에게 국권을 빼앗기고 통치되는 수모를 당했다는 점일 것이다. 민족의식에 투철한 사람이든, 글로벌리즘을 신봉하는 사람이든 한국 땅에서 태어난 사람이라면 한일 강제병합이라는 역사적 사실과 그것이 빚어내는 인식 및 감정들로부터 자유로울 수 없다.

엘리엇이 말한 역사에 들어 있는 '교묘한 통로들과 까다로운 복도들'(*cunning passages, contrived corridors*)이란 우리 자신이 직접 역사에서 꺼내오는 인식과 감정들인지 모른다. 이들은 야망을 속삭이며(*whispering ambitions*) 우리들을 지배하고 농락한다. 1910년부터 1945년이라는 기간 동안 한국 땅에서 살던 사람들에 관하여 수십 년이 지난 지금도 어떤 이가 친일파였다, 아니다 하며 한국인들은 싸우고 고뇌한다. 그리고 이 싸움과 고뇌들은 우리를 허무로 이끌 때가 많다.

성인기 대부분의 시간을 해외에서 지내온 나는 덕분에 한국과 일본이라는 두 나라, 두 민족에 대하여 비교적 거리를 두고 생각해 볼 기회가 많았다. 경술국치로부터 100년째라는 2010년을 맞이하여 오랜 세월 동안 나의 머릿속에 들어있던 고민, 정념, 의문, 공상들을 '이야기'로 풀어보고 싶었다.

모든 것이 빠르고 누구나 바쁜 오늘날, 나의 느낌과 생각들을 강렬하게 표현해야겠다는 강박관념에 나는 살인 추리소설이라는 형식을 빌리기로 하였다. 만물의 영장인 사람이 타인을 죽이는 사건만큼 인간의 원초적 감정과 생각들이 솔직하고 선명하게 나타나는 상황은 없다고 생각하였다. 물론, 이 소설에 나오는 인물들과 상황들은 허구다. 내가 한일 간의 역사에서 상상해 낸 교묘한 통로들과 까다로운 복도들인 것이다.

2010년 새 봄에
단 이 리

상상력 공장장_임헌우 교수가 들려주는 꿈과 희망,
그리고 상상력에 관한 감동적 메시지

상상력에 엔진을 달아라

임 헌 우(계명대) 지음

당신의 잠재력을 열어줄 캔 오프너!

계명대 시각디자인과 교수인 상상력 공장장 임헌우가 인터넷과 사보에 게재되어 이미 많은 사람들에게 감동을 전해준 바 있는 글들을 한데 묶어 책으로 엮어냈다.

기발한 광고 아이디어, 복잡하고 다양한 마케팅의 법칙들이 풍부한 시각자료와 함께 유쾌한 필치로 소개되어 있어 독자들의 시선을 지루하지 않게 잡아끈다.

상상력의 모든 단서들이 결국 인생문제로 귀결되고 있다는 점에서, 이 책은 결국 우리가 미래에 걸어야 할 가치를 담고 있는 글이며 동시에 꿈을 잃은 사람들에게 용기와 희망을 심어주고자 하는 따뜻한 메시지라고도 할 수 있을 것이다.

당신의 생각에, 그리고 열정에 터보엔진을 달고 싶은가? 저자는 상상력은 머릿속에 그리는 드로잉이며, 당신이 어떤 그림을 그릴지는 전적으로 당신에게 달려있다고 말한다. 상상력 공장장 임헌우가 쓴 이 책은 기발한 광고 아이디어, 복잡하고 다양한 마케팅의 법칙들이 풍부한 시각자료와 함께 유쾌한 필치로 소개되어 있어 독자들의 시선을 지루하지 않게 잡아끈다.

· 올컬러 · 값 18,000원